河南大学文学院词学研究丛书　　孙克强 刘军政/主编

历代词选研究

研究

孙克强 等

著

社会科学文献出版社

SOCIAL SCIENCES ACADEMIC PRESS (CHINA)

本书为国家社科基金重大项目"历代词籍选本叙录、珍稀版本汇刊与文献数据库建设"（16ZDA179）阶段成果

本书由河南大学文学院学术著作出版基金资助出版

总　序

孙克强　刘军政

　　河南大学坐落于开封。开封，亦称东京汴梁，战国以来多次建都于此，号称"八朝古都"，其中以北宋首都最为著名。作为"一代之文学"的宋词与开封结下了不解之缘，河南大学作为百年老校亦得益于宋词之都的"江山之助"，词学教育代有传承，同时也是词学研究的重镇。

一

　　公元960年，赵宋王朝建立，首都定为开封。在中国文学史上，词这种新文体迎来了新时代。宋词作为"一代之文学"，与词体在北宋的新变，以及北宋开封城市面貌的新变紧密联系在一起。

　　词体在北宋的新变，主要体现为慢词的异军突起。虽然词体成熟于晚唐五代，但当时流行的是小令，这是"诗客曲子词"的通行之体，由近体诗演变而来。直至北宋真宗、仁宗时期，从福建来到开封考进士的柳永，从胡夷里巷、教坊新腔以及前代宫廷曲调中整合出慢词新声。这种新声迅速风靡整个词坛，无论士人学子，还是市井小民，都竞相追捧，一举改变了小令一统天下的局面。从此慢词长调成为宋词的主流形态，宋词开始具有自身独特的风格和气派，与晚唐五代词相区别，宋词作为"一代之文学"方才实至名归。

　　北宋开封城市面貌的新变，也是促进词的创作不断走向繁盛的重要原因。开封堪称中国乃至世界第一个现代意义上的大都市。在北宋之前，中国的都市，如长安，出于安全的需要，同时受到经济的制约，实行坊市制。坊市制的主要特点是，城中有坊（里），坊有坊门，由官员和士兵把守。城中的居民居住于坊之中，包括歌伎在内的各行业人员分类聚集居住。夜晚城门、坊门关闭，城市实行宵禁，市民没有夜间的消费和娱乐活动，这就导致以夜生活为平台的歌伎活动受到极大限制，词曲演出的发展必然受到限制。

北宋初期经济快速发展，人口大量增加，坊市制逐渐遭到破坏，终至崩溃。宋仁宗时，开封城的坊市制实际已经取消。柳永的《看花回》描写了开封取消坊市制后的面貌：

> 玉城金阶舞舜干。朝野多欢。九衢三市风光丽，正万家、急管繁弦。凤楼临绮陌，嘉气非烟。　　雅俗熙熙物态妍。忍负芳年。笑筵歌席连昏昼，任旗亭、斗酒十千。赏心何处好，惟有尊前。

这首词写出了一座不夜城的繁华景象：酒楼伎馆灯红酒绿，遍布全城大街小巷，通宵达旦。与音乐、美酒相伴的是歌伎，她们是酒筵歌舞中的主角。有文献证明，开封城歌伎的数量在宋仁宗朝之后猛增数万，总数甚至超过十万。歌伎的数量直接关系着词曲的创作。一方面，词的传唱主要依靠接受过演唱训练的歌伎群体；另一方面，歌伎的日常演出需要不断推出新曲、新词。因此，庞大的歌伎数量客观地反映了词曲表演的繁荣。

柳永的《看花回》这首词，真实地记录了北宋开封的城市风貌，展现出中国城市的发展在一千年前已经达到了新的高度。这首词也昭示了方兴未艾的宋词，很快融入宋代富有商业气息和市民风味的城市生活方式中，最终达到了词体发展的最高峰。柳永生活的开封，无疑是一座发展迅猛、日新月异的繁华大都会。

慢词的兴起是宋词繁盛的内在因素，城市格局的变化则是宋词繁盛的外部因素。而这一切均发生在北宋的开封。词体在宋代达到了最高峰，北宋的开封是词体繁盛的起飞之地。

开封的宋词伟业启幕于南唐后主李煜的到来。北宋开宝九年（976），李煜以亡国之君的身份被送到开封，宋廷把他安置在都城西北，此地今称"孙李唐王庄"，其实应该写作"逊李唐王庄"，意为逊位的李唐王的居住处。值得一提的是，此庄与今日的河南大学金明校区仅有咫尺之遥。

李煜在开封的生活虽然尊贵，但实为阶下之囚，相传"终日以泪洗面"，悲伤痛悔之下，他创作了许多感人至深的词作并流传于后世，如："独自莫凭阑。无限江山。别时容易见时难。流水落花春去也，天上人间。"（《浪淘沙令》）"问君能有几多愁？恰似一江春水向东流。"（《虞美人》）"剪不断，理还乱，是离愁。别是一般滋味在心头。"（《相见欢》）清人冯煦也认为，北宋引领创作的晏殊与欧阳修等重要词人"靡不祖述二主"，"同出南唐"（《蒿庵论词》），足见南唐词人对宋代词风的影响。李煜在开封的幽禁生活虽然不长，但他的创作却能深入人心，对宋词的影响更为直接。

二

谈及河南大学作为词学教育和研究重镇的确立，应该提到龙榆生主编的《词学季刊》1933 年创刊号刊登的词坛消息，该消息历数当时国内各著名大学词学学科任教教授十数人，其中河南大学就有邵瑞彭、蔡嵩云、卢前三人。这三位教授均是当时词学界赫赫有名的人物，由此可见河南大学的词学教育和研究在当时大学教学乃至民国词学中的地位。

河南大学的词学教育颇有传统。在 1924 年 6 月河南中州大学（河南大学前身）《中州大学一览》中，《毕业标准暨课程说明》记载，中国文学系开设有"词曲"课程，课程纲要为"本课程选授纯文学文及关于文艺批评之著作，旨在养成学生于文艺有赏鉴及创作能力"。河南大学的"词曲"课程注重培养学生的鉴赏和创作能力。从其历年开设的课程来看，河南大学在全国诸大学中也是较早开设，并且十分重视"词曲"及其课程教学的大学。以其后来在"词曲"学上所取得的研究和创作实绩来看，河南大学也是确立了旧体诗词教学与研究传统的一所大学，这足以证明，河南大学在民国时期的大学词学版图中，占据着非常重要的地位。

据《河南大学校史》记载，1924 年，河南大学易名为河南中州大学，其国文系开设词曲课程，之后不久，国内词学名师竞相云集于此。

1930 年，国文学系开设"词选"课程，由缪钺讲授，时间为一年。

缪钺（1904～1995），字彦威，江苏溧阳人，著名词学专家。1924 年北京大学文预科肄业。缪钺先生的论文《论词》，提出词体特征为"文小""质轻""径狭""境隐"，成为词学经典表述。值得一提的是，缪钺先生在新中国成立后曾第二次来到河南大学中文系任教。

从 1931 年开始，邵瑞彭、蔡嵩云、卢前三位词学大师同时在河南大学任教。

邵瑞彭（1888～1938），一名寿篯，字次公，浙江淳安人。先后加入光复会、同盟会。曾当选国会众议院议员。邵瑞彭拜"晚清四大家"之一的朱祖谋为师，词学传其衣钵。先后任北京大学、北京师范大学、中国学院教授。应清史馆赵尔巽之邀，协修《清史稿·儒林文苑传》。1931年，邵瑞彭受聘为河南大学中国文学系主任，从此寓居开封，直至逝世。

卢前（1905～1951），字冀野，别号饮虹。江苏江宁人。1922年进入东南大学国文系，受教于民国词学大师吴梅先生。他曾出任国民参政会四届参议员，受聘在金陵大学、河南大学、暨南大学、光华大学、四川大学、中央大学等学校讲授词学、戏剧等。有《词曲研究》等著作多种，是民国时期著名的词曲学大师。

蔡嵩云（1891～1950年后），名桢，字嵩云，号"柯亭词人"。江西上饶人。早年求学于两江优级师范学堂。著有《柯亭长短句》《柯亭词论》《词源疏证》《乐府指迷笺释》《作法集评唐宋名家词选》等。值得注意的是，蔡嵩云在河南大学执教时编著了《作法集评唐宋名家词选》。在此书"例言"中，他特意说明："本编为河大国文系《词选》讲稿，所选各名家词，以作法昭著可供学子取则者为准，故与其他选本微有不同。"篇末注明"民国二十二年癸未春日，蔡嵩云写于河南大学之西斋"。"西斋"即西斋房，位于今河南大学明伦校区主干道西侧，与东侧的东斋房遥遥相对，是国家级文物保护单位。

所谓名师出高徒，在三位大师的教导指引下，河南大学的学生中走出了著名的词学家杨易霖。

杨雨苍（1909～1995），字易霖，四川犍为县孝姑镇人。民国二十三年（1934）毕业于河南大学，不仅在河南大学学习词学，而且十余年追随恩师邵瑞彭。著有《周词订律》《词范》《紫阳真人词校补》《读词杂记》等。邵瑞彭曾为杨易霖《周词订律》作序云："犍为杨易霖，从余问故且十载，精研仓雅，尤通韵学，偶为诗余，能窥汴京堂奥。闻余言，爰有《周词定律》之作。书凡十二卷，专论清真格律，审音揆谊，析疑匡谬，凡见存词籍足供质证者，甄采靡遗；于同异之辨，是非之数，尤三致意焉。犹之匠石挥斤，必中隿栝；离俞纵目，弗失豪芒。羽翼前修，衣被来学。不惟美成之功臣，抑亦词林至司南也。"杨易霖音韵学功底深厚，以精于词律而闻名于词学研究界。

以上谈到的邵瑞彭、卢前、蔡嵩云三位词学大师具有一些共同的特点。

第一，他们的词学思想源于清代常州词派，从张惠言、周济、端木埰、"晚清四大家"，再到吴梅等词学家，可谓学有传承，积淀深厚。他们崇尚常州词派意内言外、比兴寄托的宗旨，强调意格与音律并重，尤其是对北宋周邦彦词的音律成就十分推崇，不仅加以总结研究，而且进行模作、和作，细加体会。

第二，秉承传统，在词学教学过程中，理论与创作并重。早在 20 世纪 20 年代，河南大学的王履泰教授就创编《孤兴》《文艺》杂志，刊发河南大学文学院国文学系师生的研究论文和诗词作品。在缪钺任教时期，河南大学学生于 1931 年创立文学社团"心心社"，并创办文学半月刊《心音》，刊发师生的诗词作品。30 年代，在邵、蔡、卢三位教授的指导下，河南大学师生成立了金梁吟社、梁园词社等词社，定期填词习作，选编《夷门乐府》，刊发词作。

第三，重视词法，蔡嵩云编撰讲义《作法集评唐宋名家词选》，在自评部分侧重于讲论每首词的章法结构，揭示其作法脉络。蔡嵩云还特意说明编选宗旨："所选各名家词，以作法昭著可供学子取则者为准……"这一点与词学课程重视创作是相一致的。

民国时期河南大学的词学教育研究，名师汇聚，先后来这里讲授词学的名家不胜枚举，诸如王履泰、段凌辰、李笠、胡光炜、朱师辙、缪钺、邵瑞彭、卢前、蔡嵩云、姜亮夫等。词社活跃，创作繁盛。河南大学作为词学重镇闻名遐迩。

三

从 1952 年开始，全国性的高等学校院系专业进行调整，河南大学许多师资甚至学科，被调到国内其他院校，但中文系古代文学专业的师资随着一批名师的加盟反而有所增强。仅就在词学领域有所成就的名师而言，有三位有必要特别说明，他们是任访秋、高文、华锺彦。

任访秋（1909～2000），先后毕业于北京师范大学中文系和北京大学国学门研究所，新中国成立后终身任教于河南大学。任先生是古代、近代、现代文学研究的专家，尤其是在近代文学研究领域可谓泰山北斗。不过，任访秋先生在民国学界崭露头角却是在词学领域。

晚清民初，王国维的《人间词话》和胡适的《词选》相继出版，二书均体现出了"反传统"的思想观念，打破了清代中后期以来常州词派词学思想笼罩词坛的局面，产生了巨大的影响。任访秋先生敏锐地注意到王国维、胡适二人词学主张的相似性，于 1935 年的《中法大学月刊》第 7 卷第 3 期上发表《王国维〈人间词话〉与胡适〈词选〉》一文，指出："这两部书在近代中国文学批评史上占的地位太重要了，而两书的作者又都是近代中国学术界之中坚，故彼等之片言只字，亦莫不有极大之影响。自两书刊行后，近几年来一般人对词之见解，迥与前代不侔。王先生为逊清之遗老，而胡先生为新文化运动之前导。但就彼二人对文学上见地上言之，竟有出人意外之如许相同处，不能说不是一件极堪耐人寻味的事。"任访秋先生此文实是一个重大发现，即发现了民国新派词学的兴起，以及新派词学的思想源头。

高文（1908～2000），毕业于金陵大学中文系及国学研究班，词曲学师从吴梅先生，曾担任金陵大学中文系主任，新中国成立后调入河南大学中文系任教授。高文先生以唐代文学研究的成就享誉学界，他主编、撰著的《全唐诗简编》《唐文选》等获得了很高的声誉。高先生亦曾发表词学著述，其《词品》刊于《金声》杂志 1931 年第 1 卷第 1 期。其《词品》仿司空图《诗品》以及清人郭麐《词品》之例，以四言韵文形式概括词体风格五种。

（1）凄紧：芦花南浦，枫叶汀州。关河冷落，斜照当楼。白杨萧瑟，华屋山丘。试听悲笳，凄然似秋。风露泠泠，江天悠悠。银湾酒醒，残月如钩。

（2）高旷：神游太虚，包举八纮。万象在下，俯视众生。野阔沙静，天高月明。参横斗转，银汉无声。意趣所极，不可为名。如卧北窗，酒醒风轻。

（3）微妙：云敛气霁，独坐夜阑。遥听琴韵，声在江干。心无尘虑，始得其端。如临秋水，写影层峦。苹花渐老，菡萏初残。蓬窗秋雨，小簟轻寒。

（4）神韵：灵机偶触，忽得真旨。不名一象，自然随喜。婉约轻微，神会而已。即之愈远，望之似迩。白云在天，靡有定止。一曲琴心，高山流水。

（5）哀怨：文章百变，以情为原。潇湘听瑟，三峡闻猿。能不感伤，动其烦冤。秋坟鬼唱，旅谷朱门。缠绵悱恻，敦厚斯存。班姬之思，屈子之言。

用韵文形式撰写文学批评文字，尤其是用四言诗体形容词体风格，展现了高文先生的词学造诣和见识。

华锺彦（1906～1988），先后毕业于东北大学和北京大学，词学师从俞平伯，先后执教于东北大学、东北师范大学，1955 年后终身任教于河南大学。华先生学术视野极为广阔，从《诗经》、汉魏文学，至唐诗、明清小说，无不深研，尤其在词曲研究领域备受学界推重。

华锺彦先生的《花间集注》于 1935 年由商务印书馆出版，是《花间集》最早的注本。著名词学家顾随先生作序。《花间集》是第一部文人词总集，乃百代词家之祖，对后世产生了深远的影响，成为后世词"当行本色"创作道路的典范。民国之前，《花间集》虽然版本众多，但其编集的目的都是为读者提供摹写的范本。《花间集注》却完全不同，它创造性地采用了解释词句、疏通意旨兼及鉴赏的新体式，开《花间集》赏析之先河，以教学和普及推广为目的，呈现出显著的现代大学教材的特征，具有文学经典普及的性质，成为民国时期新派词学在词籍注释领域的学术范本。华锺彦先生的《花间集注》是第一部具有现代学术性质的《花间集》注本，具有里程碑的意义。

以上三位教授具有颇多共同的特点。第一，他们均具有深厚的词学造诣，且均在民国时期已经在词学研究领域有所建树。第二，他们在新中国成立后先后来到河南大学，终身任教于此，且均担任过中文系主任、副主任的行政职务，在师生中享有极高的声望。第三，他们均为既博又专的学者，根据教学的需要在学术上曾涉猎多个领域，但又有自己的学术专长，具有很高的学术知名度。

四

民国词学分为新旧两派。所谓"旧派"，也被称为"体制内派"。"体制内派"的词学批评往往更注重词体的内在结构，讲究词体的学术规定性。旧派的学术渊源是由清代的常州词派传承而来的，大都是常州词派的传人，如"晚清四大家"及其弟子。所谓"新派"，也对应地被称为"体制外派"。新派的词学家大都受西方文艺思想影响较深，是一批新型的学者。他们受西方的教育思想浸润很深，多不以词学为主业。新派也被称为北派，主要是因为他们大都生活在北平和天津一带，如王国维、胡适、胡云翼、郑振铎、俞平伯等人。从新派词学的发展历史来看，王国维是启蒙者，胡适是奠基者，胡云翼是开拓者。从前后任教河南大学的词学教授的学术渊源来看，邵瑞彭、蔡嵩云、卢前、高文属于旧派；任访秋、华锺彦具有新派的色彩。以今天的学术眼光来看，无论旧派、新派，皆有可贵的学术理念和建树，皆是宝贵的词学教育遗产。河南大学今天以保有这样的遗产而自豪。

21 世纪以来，河南大学的词学研究又开辟了新的局面，词学研究稳步前行。邹同庆和王宗堂《苏轼词编年校注》（中华书局，2002）、孙克强《清代词学》（中国社会科学出版社，2004）、岳淑珍《明代词学批评史》（社会科学文献出版社，2014）、刘军政《中国古代词学批评方法》（人民出版社，2015）、陈丽丽《南宋孝宗时期词风嬗变研究》（中国社会科学出版社，2019）等著作的出版，显示出河南大学的词学研究薪火相传，步步坚实。

为了巩固和加强词学研究，在河南大学文学院的大力支持下，河南大学文学院词学研究中心得以组建，重新整合了词学研究力量，确定了三个研究方向：词学文献的整理与研究，词学批评史研究，词史研究。如今河南大学的词学研究具有显著的学术特色：文献与理论并重，以文献整理考辨为基础，以批评史、词史、学术史的建构为方向，以发扬传统、勇于创新为精神动力。这套"河南大学文学院词学研究中心词学研究丛书"的出版，是河南大学词学研究新的起点，展望未来，前途可期。

目　录

第一章　唐宋词选研究

第一节　《花间集》在词学史上的影响和意义

《花间集》是中国第一部文人词总集，成书于五代后蜀广政三年（940），收入晚唐五代十八家五百首词作，集中而典型地反映了早期词史上文人词创作的主体取向、审美情趣、体貌风格和艺术成就，在中国韵文学史上具有典范的地位。在中国古代词学史上，《花间集》具有重要的地位和影响，历代词学家对《花间集》的认识和评价，涉及词学问题的众多方面，不单是当时词坛风尚的见证，还完整勾勒出了古典词学思想演进的全过程，并起到了重要的推动作用。

一　影响确立：宋元时期尊崇和批判并行

宋元时期对《花间集》的认识与评价呈现艺术审美推崇和政教批判并行的状态。成书于五代的《花间集》作为第一部文人词总集，是词体成熟定型的标志。一方面，宋人将《花间集》奉为典范，以花间词为评价后世词作的标准，论词多有"视《花间》不及也""可追逼《花间》"① "无愧唐人《花间集》"② 等类似的评价。宋人还仿效、模拟《花间集》词进行创作，如辛弃疾有"效《花间集》"之体，刘克庄有"且教儿诵《花间集》"之句。现存宋代第一部词选《尊前集》在一定程度上就是为补充《花间集》而编选的。③ 另一方面，宋元人又从政教道德层面对花间词作内容的局限、

---

① 陈振孙：《直斋书录解题》卷二一，上海古籍出版社，1987，第615页。
② 罗大经：《鹤林玉露》，中华书局，1983，第265页。
③ 肖鹏：《群体的选择——唐宋词选与词人群通论》，凤凰出版社，2009，第184～188页。

风格的柔靡进行了批判。

首先，宋元人对《花间集》的艺术审美十分推崇。《花间集》被推尊为"长短句之宗""近世倚声填词之祖"，时人对《花间集》的推重和言说主要集中在艺术审美方面。

其一，情韵悠长的美感效果。北宋李之仪《跋吴师道小词》云："长短句于遣词中最为难工，自有一种风格。稍不如格，便觉龃龉……大抵以《花间集》中所载为宗……至柳耆卿始铺叙展衍，备足无余，形容盛明，千载如逢当日。较之《花间》所集，韵终不胜。"李之仪首先从词体风格的独特性出发，说明填词的关键在于把握契合词这一文体的审美特质与艺术风格，这也正是填词的难度所在，并提出了"以《花间集》中所载为宗"的基本要求。与花间词相对立的北宋柳永的词为迎合听众浅露直白的欣赏习惯，采用"铺叙展衍，备足无余"的表现手法和章法结构，以完整的叙事和细腻的描写为特点，但在情韵方面不及花间词作。在李之仪看来，填词创作应给听众或读者留下想象和参与的空间，求得跌宕起伏、余韵悠长的艺术美感，这正是《花间集》独特的审美价值，因而他还提出论词也应"专以《花间》所集为准"[①]。南宋末张炎《词源》亦认为填词"有余不尽之意乃佳，当以唐《花间集》中韦庄、温飞卿为则"[②]，更加具体地将《花间集》中的温庭筠、韦庄二人作为学习对象，以求达到韵味无穷的理想审美风格。

其二，奇绝精妙的风格特点。南宋初期陈善的《扪虱新话》云："唐末诗格卑陋，而小词最为奇绝，今世人尽力追之，有不能及者，予故尝以唐《花间集》当为长短句之宗。"[③] 陈振孙《直斋书录解题》评《花间集》云："此近世倚声填词之祖也。诗至晚唐、五季，气格卑陋，千人一律，而长短句独精巧高丽，后世莫及。"[④] 二人指出了花间词具有"奇绝""精巧高丽"的风格特征，并且有后世词人极力追慕仿效也不能达到的高度。二人把《花间集》与晚唐五代诗相比较，指出在当时诗体成就普遍不高的情形下花间词所具有的价值，这也正是《花间集》被尊奉为词体之"祖""宗"的

---

① 李之仪：《跋吴师道小词》，曾枣庄、刘琳编《全宋文》第112册，上海辞书出版社、安徽教育出版社，2006，第139页。
② 张炎：《词源》卷下，唐圭璋编《词话丛编》，中华书局，2005，第31页。
③ 陈善：《扪虱新话》下集卷二，商务印书馆，1939，第67页。
④ 陈振孙：《直斋书录解题》卷二一，上海古籍出版社，1987，第614页。

内在原因。

其三，总结概括了《花间集》的艺术成就。南宋绍兴十八年（1148）建康郡斋刻本是流传至今的两部宋版《花间集》之一，卷末有晁谦之跋云："《花间集》十卷，皆唐末才士长短句，情真而调逸，思深而言婉。嗟乎！虽文之靡，无补于世，亦可谓工矣。"① 晁谦之肯定了《花间集》中词作情感真挚、格调闲逸、思想深厚、语言婉丽，并用"工"字总结概括。元人王礼全面评价了《花间集》的审美风格意义，说："自《花间集》后，雅而不俚，丽而不浮，阖中有开，急处能缓，用事而不为事用，叙实而不至塞滞。"② 指出了《花间集》之后形成的文人词区别于民间俗词的审美新面貌。可见，时人认为《花间集》具备多重艺术成就，达到了很高的艺术境界。

其次，宋元人对《花间集》内容风格和社会影响予以批评。虽然宋元时期对《花间集》多有肯定和推崇，然而在具有强大诗教传统的诗词批评领域，花间词内容的局限、风格的柔靡又招致了政教道德方面的批判。上文所引晁谦之跋语中虽有"工"的认定与赞扬，但从"虽文之靡，无补于世"之语足可看出时人从风格的绮靡及社会教化方面对《花间集》的批评。

其一，批评《花间集》思想内容的不足。南宋俞德邻在《奥屯提刑乐府序》中指出：

> 乐府，古诗之流也。丽者易失之淫，雅者易邻于拙，其丽以则者鲜矣，自《花间集》后迄宋之世，作者殆数百家，雕镂组织，牢笼万态，恩怨尔汝，于于喁喁，佳趣正自不乏，然才有余德不足，识者病之。③

俞德邻从儒家诗教的角度看待《花间集》对宋代词坛的影响。汉人班固云："赋者，古诗之流也。"④ 扬雄云："诗人之赋丽以则，辞人之赋丽以淫。"⑤ 诗学传统提倡"丽以则"，反对"丽以淫"，要求既注重辞章修饰，又要遵循儒家思想准则。俞德邻指出，《花间集》的追模者多写闺房男女之

---

① 晁谦之：《花间集跋》，张惠民编《宋代词学资料汇编》，汕头大学出版社，1993，第190页。
② 王礼：《胡涧翁乐府序》，《麟原文集·前集》卷五，《景印文渊阁四库全书》第1220册，台湾商务印书馆，1986，第402页。
③ 俞德邻：《奥屯提刑乐府序》，曾枣庄主编《苏词汇评》，四川文艺出版社，2000，第283页。
④ 班固：《两都赋序》，萧统编《文选》，李善注，中华书局，1977，第21页。
⑤ 汪荣宝：《法言义疏》，陈众夫点校，中华书局，1987，第50页。

间的欢愉之情，虽然在艺术技巧方面不乏成就，但在思想道德方面多有欠缺，这个批评同时也指向了造成影响的《花间集》。南宋鲗阳居士认为："温、李之徒，率然抒一时情致，流为淫艳猥亵不可闻之语。"① 鲗阳居士以倡导词坛复归雅正为目标，认为温庭筠等花间词人之作多写男女情事是"淫艳猥亵不可闻"。

其二，批评《花间集》靡丽淫艳的风格。宋末林景熙说："唐人《花间集》，不过香奁组织之辞，词家争慕效之，粉泽相高，不知其靡。"② 认为《花间集》过分注重辞章修饰并引发了后世争相仿效的不良风气，对淫靡之风非常气愤。陈宗礼《宾退录序》云："古律清润闲远，不作时世妆；长短句亦不效《花间》靡丽之习。"③ 对《花间集》的绮靡艳丽风格提出了批评。

其三，批评《花间集》为"亡国之音"。宋元间的赵文在《吴山房乐府序》中提出："《玉树后庭花盛》，陈亡；《花间》《丽情》盛，唐亡；《清真》盛，宋亡，可畏哉！"④ 古人有"亡国之音哀以思"⑤ 的说法，将音乐风格与国家兴亡联系起来。赵文把《花间集》当作亡国之音，寄予了深厚的政教道德批判。

宋人对《花间集》审美风格的推崇和对社会政治的批评并行的状态，还集中表现在南宋陆游的两则《花间集》跋语中。其第一则云：

《花间集》皆唐末五代时人作，方斯时，天下岌岌，生民救死不暇，士大夫乃流宕如此，可叹也哉！或者出于无聊故邪？

第二则云：

唐自大中后，诗家日趣浅薄，其间杰出者亦不复有前辈闳妙浑厚之作，久而自厌，然梏于俗尚不能拔出。会有倚声而作词者，本欲酒间易晓，颇摆落故态，适与六朝跌宕意气差近，此集所载是也。故历唐季五代，诗愈卑而倚声者辄简古可爱。⑥

① 鲗阳居士：《复雅歌词序略》，施蛰存主编《词籍序跋萃编》，中国社会科学出版社，1994，第 658 页。
② 林景熙：《胡汲古乐府序》，《宋代词学资料汇编》，第 240 页。
③ 赵与时：《宾退录》，齐治平校点，上海古籍出版社，1983，第 139 页。
④ 赵文：《吴山房乐府序》，《青山集》卷二，《景印文渊阁四库全书》第 1195 册，第 13 页。
⑤ 郑玄：《礼记正义》，孔颖达正义，北京大学出版社，1999，第 1077 页。
⑥ 陆游：《花间集跋》，《宋代词学资料汇编》，第 190 页。

此两则跋语所作时间相隔约四十年。第一则跋语作于陆游壮年，此时正值靖康之乱之后不久，陆游目睹山河破碎，国家危难，他从政治的角度将靖康之难与唐末五代的乱世相联系，对花间词人在民生艰难之际却沉湎于作词的行为十分气愤，批评了当时文人"无聊"的创作心态。陆游的这一批评其实是时事政治在文学批评中的体现。第二则跋语作于开禧元年（1205），陆游时年81岁，此时距靖康之难已经七十余年，民族危难被经济恢复、社会安定掩盖。此时的陆游对《花间集》的认识与四十年前相比已经发生了很大的变化，主要是从艺术审美的角度加以评析，认为《花间集》具有"摆落故态""跌宕意气"的风度和"简古可爱"的特质。陆游的两则跋语对《花间集》的态度截然不同，时代风气的变化是影响陆游《花间集》评价的重要因素。

宋元时期是《花间集》接受史上的第一个时期，这一时期不仅确立了《花间集》的"填词之祖"的典范地位，还从词体风格特质、艺术成就、社会功用等多方面对《花间集》加以论析，进而奠定了后世对词文体特质的认识，影响深远。

二 "艳体"与"变体"：明代清初的多面肯定与反思

明代是《花间集》接受史上的第二个高峰期，《花间集》被大量刊刻，版本众多，说明了《花间集》在当时受欢迎的程度。特别是明中后期，《花间集》和南宋词集选本《草堂诗余》一道，引发了词坛的崇拜热潮，有"花草崇拜"之称。从词学思想方面来看，明人对《花间集》的认识与评价也多从"花草之辨"着眼，从《花间集》《草堂诗余》的对比认识花间词的特点。清朝立国（1644）至康熙十七年（1678）浙西词派崛起的三十五年间，词学史家称之为清朝初期。从词学思想和词学风气来看，这基本上是对明朝的延续。

首先，明人对《花间集》的认识主要体现为对《花间集》的艳体风格的肯定。明末卓人月云："《花间》之花，年年逞艳。"[1] 孟称舜云："使徒取绝艳于《花间》，挹余香于《兰畹》，则得词之郛矣。"[2] 明人提及《花间集》，重在肯定其艳体风格。秦恩复也说："晚唐五季，柔曼绮靡之音化为

---

[1] 卓人月：《古今词统序》，冯金伯辑《词苑萃编》卷八引，《词话丛编》，第1940页。

[2] 孟称舜：《古今词统序》，金启华等编《唐宋词集序跋汇编》，江苏教育出版社，1990，第403页。

侧艳……而《花间》为冠。"① 可见明人习词以艳为尚，十分注意取法《花间集》。明代词学热衷于讨论词体的风格特性，提倡诗庄词媚，将《花间集》视为词体当行本色的代表。如何良俊《草堂诗余序》说："乐府以激迤扬厉为工，诗余以婉丽流畅为美……柔情曼声，摹写殆尽，正词家所谓当行、所谓本色者也。"② 明人认为《花间集》中多"婉丽流畅""柔情曼声"之作，是词体中的"当行""本色"。清初王士禛云，"或问《花间》之妙，曰：蘖金结绣而无痕迹"，认为花间词的妙处就在于色彩浓艳又表现自然的风格。王士禛又云："《花间》字法，最著意设色，异纹细艳，非后人纂组所及。"③ 将花间词浓艳多彩的风格、流利华美的语言作为词体理想审美风格，后世词人无法企及。清初邹祗谟亦云："《花间》句雕字琢，调或未谐，句无不致，是昌谷之靡也。"④ 王士禛将《花间集》的风格与唐代诗人李贺的诗歌类比，突出精致靡丽的风格。他还引彭孙遹语云："其工致而绮靡者，《花间》之致语也……洵乎排黄轶秦，凌周驾柳，尽态穷姿，色飞魂断矣。"⑤ 对花间词香艳绮丽风格的推崇是五代以来的传统认识，明代及清初的词论家又加以强调。

在视花间词为艳体的基础上，明人又加以深层阐释，将《花间集》艳词与比兴寄托相联系。万历年间的温博在为《花间集》作序时曾云："众女娥眉，芳兰杜若，骚人之意，各有托也。"⑥ 认为花间词的美女描写有"香草美人"的比兴寄托之意。汤显祖评点"花间鼻祖"温庭筠的词云："温如芙蕖浴碧，杨柳挹青，意中之意，言外之言，无不巧隽而妙入。"认为温庭筠词有隐喻寄托的"意内言外"之妙。明人的这种认识曾引起后世的赞同和批评，清代常州词派的张惠言即持赞同的态度。

其次，明人对花间词的风格也有一定批评。虽然明人对《花间集》十分重视，但《花间集》在明代的传播接受状况却不能与广泛流行的《草堂诗余》相抗衡。汤显祖《花间集序》即说："《花间集》久失其传……《诗余》（按：《草堂诗余》）遍人间，枣梨充栋，而讥评赏鉴之者亦复称是，不

---

① 秦恩复：《元草堂诗余跋》，《词籍序跋萃编》，第 698 页。
② 何良俊：《草堂诗余序》，《唐宋词集序跋汇编》，第 393 页。
③ 王士禛：《花草蒙拾》，《词话丛编》，第 675、673 页。
④ 邹祗谟：《衍波词序》，《词籍序跋萃编》，第 546 页。
⑤ 邹祗谟：《远志斋词衷》，《词话丛编》，第 661 页。
⑥ 温博：《花间集序》，《词籍序跋萃编》，第 634 页。

若留心《花间》者之寥寥也。"① 明人偏爱《草堂诗余》，相比较来说《花间集》未免逊色，其主要原因在于明人将《花间集》视为"变体"，批评其词胜于情。

《花间集》是早期文人词的典范，婉约柔媚的艳体风格是词体有别于诗体的内在特质，被称为"本色当行"，是词体的源头和正宗。但明人的观念却发生了变化，王世贞视《花间集》为"变体"，其《艺苑卮言》云：

> 《花间》以小语致巧……之诗而词，非词也；之词而诗，非诗也。言其业，李氏、晏氏父子、耆卿、子野、美成、少游、易安至也，词之正宗也。温、韦艳而促，黄九精而险，长公丽而壮，幼安辨而奇。又其次也，词之变体也。②

王世贞以"正变"论词史，并讨论了《花间集》的风格特点，应注意其中三点。其一，王世贞的正变观，将李璟、李煜、晏殊、晏幾道、柳永、张先、周邦彦、秦观、李清照视为"词之正宗"的"正体"，将温庭筠、韦庄、黄庭坚、苏轼、辛弃疾视为"变体"。王世贞没有正面阐释"正体"的特点，我们可以从他对"变体"的解说进行相对的理解。王世贞对变体的概括为"艳而促""精而险""丽而壮""辨而奇"，那么与之对立的正体的风格则应是舒缓、和婉、柔曼、雅正。其二，王世贞的正变观，除了把温、韦列为"变体"而出人意料，对其他词人的定位皆为传统的共识。王世贞把花间词人的代表温庭筠、韦庄列为"变体"，是因为其"艳而促"。王世贞还曾说："《花间》犹伤促碎，至南唐李王父子而妙矣。"③ 可见，"促碎"是将以温、韦为代表的花间词列为变体的原因。所谓"促"，是指词中的意象、情韵、语言短促支离。晚清的沈曾植对此曾有解释："五代之词促数，北宋盛时啴缓，皆缘燕乐音节蜕变而然。即其词可悬想其缠拍。《花间》之促碎，羯鼓之白雨点也；《乐章》之啴缓，玉笛之迟其声以媚之也。"④ 可知"促碎"与"啴缓"是相对的，这种特点源于燕乐乐器的特点，"促碎"是由打击乐羯鼓的节奏形成的，"啴缓"乃由管乐玉笛伴奏所致。其三，在王世贞看来，南唐李氏父子，北宋晏氏父子、柳永等人的"啴缓"风格，亦

---

① 汤显祖：《花间集序》，《唐宋词集序跋汇编》，第 341 页。
② 王世贞：《艺苑卮言》，《词话丛编》，第 385 页。
③ 王世贞：《艺苑卮言》，《词话丛编》，第 387 页。
④ 沈曾植：《菌阁琐谈》，《词话丛编》，第 3606～3607 页。

即委婉缠绵的风格是词体风格之"正宗",而《花间集》的"促碎"只能被视为"变体"。与王世贞之论相同,明人胡应麟也指出:"温、韦虽藻丽,而气颇伤促,意不胜辞。"① 认为温、韦二人词气韵不畅,内容贫乏,情感不够饱满,缺乏婉转之致。王、胡二人对花间词皆有"促"的批评。

然而,视《花间集》为"变体"的看法也招致了很多反对,如清初王士禛、邹祗谟等人就偏重于肯定花间词的艳体风格。王士禛云:"弇州(按:王世贞)……谓温、韦为词之变体,非也。夫温、韦视晏、李、秦、周……诗有古诗录别,而后有建安、黄初、三唐也。谓之正始则可,谓之变体则不可。"② 反对王世贞将温、韦词归为变体。

最后,明人常将《花间集》与《草堂诗余》进行比较,意在突出花间词的特点。《草堂诗余》是南宋中期因征歌之需而编撰的一部词选,该集偏重于选录唐、五代、北宋人的作品,以婉丽柔靡风格为上,极大地影响了明代词坛的风尚。清初词坛的审美风尚延续明代,"花草"崇拜风气依然十分流行,"清初沿习朱明,未离《花》《草》"③ 是后人对清初词坛风气的概括。词人尤侗所作"《百末词》,自以为《花间》《草堂》之余"④。王士禛、邹祗谟编选《倚声初集》的目的就是"以续《花间》《草堂》之后"。王、邹二人将二书奉为学词的最高典范:"温、和生而《花间》作,李、晏出而《草堂》兴……至是声音之道乃臻极致,而诗之为功,虽百变而不可以穷,《花间》《草堂》尚矣。"⑤ 认为《花间集》和《草堂诗余》是"声音之道"的极致,推尊之意无以复加。论词者常常将"花""草"进行比较,其"花草之辨"的主要内容有四个方面。一是以《花间集》代唐(五代),《草堂诗余》代宋。如吴承恩《花草新编序》云:"唐则称《花间集》,宋则《草堂诗余》。"陈良弼《花草粹编序》云:"唐则有《花间集》,宋则有《草堂诗余》。"将"花""草"以时代分类,是明人的普遍认识。⑥ 二是以《花间

---

① 胡应麟:《诗薮》,上海古籍出版社,1979,第291页。
② 王士禛:《花草蒙拾》,《词话丛编》,第673页。
③ 王煜:《清十一家词钞》自序,正中书局,1936,第1页。
④ 郭麔:《灵芬馆词话》卷二,《词话丛编》,第1533页。
⑤ 王士禛:《倚声初集序》,《续修四库全书》第1729册,上海古籍出版社,2003,第4387页。
⑥ 明人认为《草堂诗余》为宋人词,并不符合《草堂诗余》的实际。《草堂诗余》中选有部分唐五代的作品。《四库全书总目提要》批评云:"各采其一字名书,已无义理;乃综括两朝之词,而以'花'字代'唐'字,以'草'字代'宋'字,衡以名实,尤属未安。"纪昀总纂《四库全书总目提要》,河北人民出版社,2000,第495页。

集》代小令，《草堂诗余》代长调。《花间集》中所收皆为晚唐、五代的小令，慢词纳入文人笔下是在北宋时期，《草堂诗余》中多有选录。明人对《花间集》小令多有偏爱，田茂遇《清平初选后集叙》中指出："我乡前辈言词者以《花间》为宗，几置长调不作，戒勿涉《草堂》以后蹊径。"① 都专力于学习以花间词为代表的古雅小令，将慢词长调视为俗体并加以贬斥。明末清初云间词人蒋平阶、沈亿年在《支机集·凡例》中提出了词派宗旨："吾党持论，颇极谨严。五季犹有唐风，入宋便开元曲。故专意小令，冀复古音，屏去宋调，庶防流失。"② 将学习的范围划定为五代时期的小令。三是认为《花间集》含蓄，《草堂诗余》直露。从风格差异方面加以辨析。吴承恩编选《花草新编》，序云："近代流传，《草堂》大行，而《花间》不显。岂非宣情易惑而含思难谐乎？"③ 指出《草堂诗余》直率坦露，《花间集》含蓄幽微。四是指出《花间集》雅，《草堂诗余》俗。如钟人杰说："《花间》无俗调，《草堂》人数阕而外，悉恶道语，不耐检。想当时村学究所窜入。"④ 批评了《草堂诗余》的格调低俗，认为《花间集》高雅而有韵致。

在"花草崇拜"的词坛主流风气影响下，明代及清初对《花间集》的认识与评价，深化了宋元人对词体风格、词史地位、审美价值等问题的认识。然而，《花间集》和《草堂诗余》对明人影响甚大，对当时词人的观念产生了一定的不良影响，在后人眼中，《花间集》是造成明词中衰的原因之一。如清人谢章铤就论及明代及清初词人"专奉《花间》为准的，一若非《金荃集》《阳春录》，举不得谓之词，并不知尚有辛、刘、姜、史诸法门"⑤，指出时人为《花间集》所障目，不知此外词家别有天地，限制了学词视野，对词学问题的认识自然就不尽客观、全面。

三　指斥与推崇：清前中期三大词派的观念

清代词学号称"中兴"，其显著标志便是在前代词学和现实词坛的基础

---

① 田茂遇：《清平初选后集叙》，张渊懿《清平初选后集》，北京图书馆藏康熙刻本。
② 蒋平阶、沈亿年：《支机集·凡例》，赵尊岳辑《明词汇刊》上册，上海古籍出版社，1992，第 556 页。
③ 吴承恩：《花草新编序》，《射阳先生存稿》卷二，民国十九年（1930）故宫博物院图书馆排印本。
④ 钟人杰：《花间草堂合刊本跋》，《花间草堂》，明读书堂刊本。
⑤ 谢章铤：《赌棋山庄词话》卷九，《词话丛编》，第 3433 页。

上，发展成为颇具声势的各大词学流派，并且贯穿始终。阳羡、浙西、常州词派是清前中期影响最大的三大流派。综观三派对《花间集》的评价，呈现出由批评贬斥到肯定推重的过程，这不仅是当时词学风气的反映，还体现了清代词学不断完善的过程。

康熙初年，以陈维崧为宗主的阳羡派登上词坛，倡导以苏、辛为代表的豪放词风。出于对明代以来词坛积弱不振局面的痛心，陈维崧对《花间集》多有批评。

第一，批评《花间集》香艳柔弱的风格。陈维崧对词坛充斥的"香弱"艳词之风十分不满：

> 今之不屑为词者固无论，其学为词者，又复极意《花间》、学步《兰畹》，矜香弱为当家，以《清真》为本色，神瞽审声，斥为郑卫，甚或矍弄俚词，闺襜冶习，音如湿鼓，色若死灰。此则嘲诙隐度，恐为词曲之滥殇（觞）；所虑杜夔左骖，将为师涓所不道。辗转流失，长此安穷？①

陈维崧认为，习词者长期以来专力模仿《花间集》是造成明代以来词坛长期积弱不振的主要原因。清初依然沿袭明代风气，"清初诸公，犹不免守《花间》《草堂》之陋，小令竞趋侧艳"②。为了改变词坛风气，陈维崧主张"烦君铁绰板，一为洗蓁芜"③，要用豪放之风去荡涤香婉柔靡的词坛风气，彻底消除《花间集》的不良影响。

第二，批评《花间集》狭窄浅薄的内容。陈维崧曾对《花间集》有如此评价："至于飞卿丽句，不过开元宫女之闲谈；至于崇祚（按：赵崇祚，《花间集》的编纂者）新编，大都才老梦华之轶事也。"④ 认为《花间集》的题材内容大都是宫闱轶事、街谈巷议，狭窄浅薄，不值一提。陈维崧主张推尊词体，认为词不能仅仅"闭门造车，谅无异辙"⑤ 地表现闺房欢愉、男欢女爱，还应有"存经存史"的使命，但浅薄无聊的花间词无法担此重任。

与阳羡派同时、稍后的浙西词派是清代前中期主盟词坛时间最长、影

---

① 陈维崧：《词选序》，《清词序跋汇编》，第 61 页。
② 蒋兆兰：《词说》，《词话丛编》，第 4637 页。
③ 陈维崧：《和荔裳先生韵亦得十有二首》其六，《湖海楼诗集》卷五，《四部丛刊》本。
④ 陈维崧：《乐府补题序》，《词籍序跋萃编》，第 689 页。
⑤ 陈维崧：《词选序》，《词籍序跋萃编》，第 761 页。

响最为深远的词学流派。浙西派推崇以姜、张为代表的南宋词，对以《花间集》为代表的晚唐五代小令多有批评。但随着浙西派词学思想的不断发展和修正，其对《花间集》的态度也更加积极。

早期的浙西派对《花间集》的批评聚焦于其纤秾靡丽的词风。朱彝尊极为推崇南宋姜夔词风。后世吴淳还解释道："南宋词至姜氏尧章，始一变《花间》《草堂》纤秾靡丽之习。"① 指出朱彝尊此举目的在于清除词坛纤秾靡丽的不良风气。然而，与对《草堂诗余》持严厉的黜斥态度不同，浙西派对《花间集》艳丽柔美、流畅自然之风也有所肯定。朱彝尊说："小令当法汴京以前，慢词则取诸南渡。"② 认为小令仍应取法唐五代、北宋，对《花间集》的态度也更加积极。朱彝尊评陈纬云词云："原本《花间》，一洗《草堂》之习。"③ 有意将《花间集》词风与《草堂诗余》加以区别。浙西派词学思想经历了不断的发展和修正，如浙西派后劲郭麐在《灵芬馆词话》开篇论词之四派，就首先单论花间词人："风流华美，浑然天成，如美人临妆，却扇一顾，《花间》诸人是也，晏元献、欧阳永叔诸人继之。"④ 积极评价了《花间集》词艳丽柔美、流畅自然之风及其对宋代词人的影响。李调元《雨村词话》在论述词的流派演变时指出："温、韦以流丽为宗，《花间集》所载南唐、西蜀诸人，最为古艳。"⑤ 此说将南唐词列入《花间集》显然有误，但肯定了《花间集》"流丽""古艳"的风格。

阳羡派、浙西派是清代前中期影响最大的词学流派，前者倡豪放，后者尚清雅，而花间词均不属于两派关注和评论的重心，因而不在焦点论题之列。清代中期之后常州词派标新立异，花间词被推至极高的地位。

清嘉道年间，常州词派登上词坛，很快取浙西词派而代之，词坛风气为之一变。为扭转词坛浅薄无聊、情浮意泛的风气，常州派倡意内言外、比兴寄托，花间词人温庭筠被推尊为比兴寄托的典范，《花间集》被誉为达到了"浑厚气象""沉郁"等极高的审美境界。在常州词派对《花间集》的推崇过程中，张惠言、周济、陈廷焯的作用最为显著。

---

① 吴淳：《序武唐俞氏白石词钞》，夏承焘笺校《姜白石词编年笺校》，上海古籍出版社，1981，第 191 页。
② 朱彝尊：《水村琴趣序》，《清词序跋汇编》，第 338～339 页。
③ 朱彝尊：《陈纬云红盐词序》，《曝书亭集》，国学整理社，1937，第 487 页。
④ 郭麐：《灵芬馆词话》卷一，《词话丛编》，第 1503 页。
⑤ 李调元：《雨村词话》，《词话丛编》，第 1377 页。

张惠言推尊温庭筠为比兴寄托的典范。张惠言《词选》中选录 28 首《花间集》词，占整部《词选》的四分之一，选录最多的词人就是"花间鼻祖"温庭筠，达 18 首之多；认为"自唐之词人，李白为首……而温庭筠最高，其言深美闳约"①。将温庭筠定位为有最高成就的词人，其词具有深沉婉转的韵味和美感，在解读时极力发掘微言大义。如评价〔菩萨蛮〕（小山重叠金明灭）一词云："此感士不遇也。篇法仿佛《长门赋》，而用节节逆叙。'懒起'二字含后文情事。'照花'四句，《离骚》'初服'之意。"②后来的常州词派词学家谭献也认为此篇"以士不遇读之最确"③，给温庭筠笔下女子起床梳洗时的娇慵姿态、闺中思妇独处时的寂寞情怀，赋予了贤人士大夫忠君爱国的政治理想。常州词派反对近世以来重格律、轻意蕴而产生的淫词、鄙词、游词，着意挖掘词作蕴含的"香草美人"的寄托旨意。《花间集》中描写美女爱情的词作，被穿凿附会成了比兴寄托的典型。

周济继承张惠言的衣钵，推崇《花间集》词有"浑厚气象"，将其视为词学正体。其《介存斋论词杂著》云：

> 皋文曰"飞卿之词，深美闳约"。信然。飞卿酝酿最深，故其言不怒不慑，备刚柔之气。针缕之密，南宋人始露痕迹，《花间》极有浑厚气象。如飞卿则神理超越，不复可以迹象求矣。然细绎之，正字字有脉络。④

周济十分认可张惠言对温庭筠词"深美闳约"的评价，并进一步做出阐释。他认为温庭筠词作具有深沉厚重的情感底蕴，在语言表现上"不怒不慑，备刚柔之气"，具有浑然天成的整体美，深入剖析又可见章法字句上的构思精妙。可见，在周济眼中，《花间集》词也达到了"浑厚"的境界，是学词的最高典范。周济曾选编《词辨》二卷，"一卷起飞卿，为正；二卷起南唐后主，为变"⑤。全书选录唐宋词 94 首，其中花间词人温庭筠、韦庄、欧阳炯、鹿虔扆赫然在列，并以正体目之，推崇之意十分明显。

陈廷焯标举《花间集》词"沉郁"的美学境界。"沉郁"说是陈廷焯

---

① 张惠言：《词选序》，《词话丛编》，第 1617 页。
② 张惠言：《词选序》，《词话丛编》，第 1609 页。
③ 谭献：《复堂词话》，《词话丛编》，第 3989 页。
④ 周济：《介存斋论词杂著》，《词话丛编》，第 1631 页。
⑤ 周济：《词辨》后记，《词话丛编》，第 1636 页。

词学理论的核心，其以"沉郁"论温庭筠词："所谓沉郁者，意在笔先，神余言外。写怨夫思妇之怀，寓孽子孤臣之感。凡交情之冷淡，身世之飘零，皆可于一草一木发之。而发之又必若隐若现，欲露不露，反复缠绵，终不许一语道破。非独体格之高，亦见性情之厚。飞卿词，如'懒起画蛾眉，弄妆梳洗迟'，无限伤心，溢于言表。又'春梦正关情，镜中蝉鬓轻'，凄凉哀怨，真有欲言难言之苦。又'花落子规啼，绿窗残梦迷'，又'鸾镜与花枝，此情谁得知'，皆含深意。此种词，弟自写性情，不必求胜人，已成绝响。后人刻意争奇，愈趋愈下。安得一二豪杰之士，与之挽回风气哉！"①陈廷焯认为"沉郁"是一种极高的美学境界，具有深沉厚重的思想内涵和含蓄蕴藉的表现形态，温庭筠词作正是此种境界的典范，而后世词人无法企及。陈廷焯还将"沉郁"境界的情感内涵追溯到"风骚"之旨，进一步发扬常州词派以"比兴寄托"说词的词体观。他认为词体导源于风骚，而以《花间集》为代表的唐五代词正是风骚之旨的典范，后世词人莫能相较：

> 飞卿词全祖离骚，所以独绝千古。〔菩萨蛮〕、〔更漏子〕诸阕，已臻绝诣，后来无能为继。
>
> 飞卿〔菩萨蛮〕十四章，全是变化楚骚，古今之极轨也。徒赏其芊丽，误矣。
>
> 韦端己词，似直而纡，似达而郁，最为词中胜境。②

陈廷焯在回溯词史发展时说道："飞卿、端己，首发其端，周、秦、姜、史、张、王，曲竟其绪，而要皆发源于风雅，推本于骚辩。故其情长，其味永，其为言也哀以思，其感人也深以婉。"③认为温、韦是继承风骚的词体源头，具有深挚婉转的感人魅力。

综观清前中期三大词派对《花间集》的认识和评价，以振起明代以来词学中衰为出发点，态度上经历了由批评到推重的过程，言说方式上也经历了阳羡、浙西二派从风格内容、艺术形式立论到常州词派提出并阐释理论范畴的过程。这些都表现出清代词学批评在理论观念和研究方法上的更新和深化。

---

① 陈廷焯：《白雨斋词话》卷一，《词话丛编》，第 3777～3778 页。
② 陈廷焯：《白雨斋词话》卷一，《词话丛编》，第 3777、3778、3779 页。
③ 陈廷焯：《白雨斋词话》自叙，《词话丛编》，第 3750 页。

四 分化转型：晚清民国时期认识的多元与深化

晚清民国时期，词坛发生了深刻的变化，形成了新、旧两派学人群体。旧派词学家继承常州词派的衣钵，将传统词学加以深化和发展，其代表人物有"晚清四大家"中的朱祖谋、况周颐、郑文焯，以及其弟子、再传弟子。新派词学家多受西方教育思想和文学观念的影响，以王国维、胡适、胡云翼等人为代表。两派在词学审美、词史观念等方面均有较大的差异，在对《花间集》的认识方面两派皆予以推重，但思想基础和认识的角度却有深刻的不同。

旧派词学家论《花间集》词，意在推重其古雅品格。"晚清四大家"继承了常州词派的词学主旨，在"比兴寄托"的基础上，针对现实词坛并融入个人创作经验，提出"重、拙、大"的词学审美理想。在这一点上，显然有常州词派张惠言"深美闳约"说的影响和烙印。况周颐将"重、拙、大"作为词学理论的核心，并时常举《花间集》作为例证：

> 词有穆之一境，静而兼厚、重、大也。淡而穆不易，浓而穆更难。知此，可以读《花间集》。
>
> 《花间集》欧阳炯〔浣溪沙〕云："兰麝细香闻喘息。绮罗纤缕见肌肤。此时还恨薄情无。"自有艳词以来，殆莫艳于此矣。半塘僧鹜曰："奚翅艳而已，直是大且重。"苟无《花间》词笔，孰敢为斯语者。①

况周颐认为，词有多种艺术境界，其最高境界则在一"穆"字，词作具有穆境外象的平淡尚且不易，具备深沉厚重的情感底蕴尤难。上文所引欧阳炯〔浣溪沙〕一词是《花间集》中描写男女情爱最为露骨的作品之一，直面床第之欢的描写视角，是极其淫靡的艳情之作，而况周颐却以"大且重"两大审美理想做评价。可见况氏并非停留在情感描写上，而是深入沉挚真切的内涵和质朴厚重的笔力，证实其所谓"大气真力"之意。而如此浓烈情感背后流露出的单纯静穆的意境，正是《花间集》的可贵之处。

况周颐进一步说明了《花间集》新鲜艳丽的风格背后具有深沉厚重的

---

① 况周颐：《蕙风词话》卷二，《词话丛编》，第 4423、4424 页。

情感实质，而学词之人难以把握，反而浮于表面、走向歧途，因而不宜取法：

> 《花间》至不易学。其蔽也，袭其貌似，其中空空如也。所谓麒麟楦也。或取前人句中意境而纡折变化之，而雕琢、勾勒等弊出焉。以尖为新，以纤为艳，词之风格日靡，真意尽漓，反不如国初名家本色语，或犹近于沉着、浓厚也。庸讵知《花间》高绝，即或词学甚深，颇能窥两宋堂奥，对于《花间》，犹为望尘却步耶。①

况周颐认为，以《花间集》为代表的唐五代词是特定时代背景下文人创作的产物，外部特征为"新""艳"，内在实质是"真意"。而时人学词多着意于"雕琢""勾勒"，关注形式与色彩，而忽视了真情实感，造成"尖""纤"之弊。

> 唐五代词并不易学，五代词尤不必学，何也。五代词人丁运会，迁流至极，燕酗成风，藻丽相尚。其所为词，即能沉至，只在词中。艳而有骨，只是艳骨。学之能造其域，未为斯道增重……晚近某词派，其地与时，并距常州派近。为之倡者，揭橥《花间》，自附高格，涂饰金粉，绝无内心。②

况周颐反对从唐五代词入门学词的路径，批评了只关注用字设色形成艳体风格的做法，认为当下学词者无法达到与真挚情感融合的浑化境界，是理解和学习《花间集》的误区。他还具体说道："五代词切忌但学其表面，所患除表面无可学。松卿词盖犹有内心者。"③ 松卿即花间词人牛峤，其词多慨叹生不逢时和内心苦闷，而习词者大多只停留在表面的语言风格上，而无法表现其诚挚的内心情感。

对花间词具有的内涵与品格，况氏弟子夏敬观《蕙风词话诠评》做了更清晰的解释："'穆'乃词中最高之一境，况氏以读《花间集》明之，可谓要诀。""《花间》词全在神穆，词境之最高者也，况氏说此最深。所指近

---

① 况周颐：《蕙风词话》卷二，《词话丛编》，第 4423 页。
② 况周颐：《蕙风词话》卷一，《词话丛编》，第 4418 页。
③ 况周颐：《历代词人考略》卷五，孙克强辑考《蕙风词话·广蕙风词话》，中州古籍出版社，2003，第 212 页。

人之弊，确切之至，小令比慢词为难，今初学入手便为小令，便令读《花间》，从何得其涂径耶。"① 表明《花间集》具有的"穆"境是词的最高境界，直斥时人习词的弊病，而根源在于小令较慢词学习难度更大，不宜先学。"晚清四大家"中的郑文焯也极力推重《花间集》的古雅品格："唐人以余力为词，而骨气奇高，文藻温丽。"② 也从自身学词经历说明《花间集》不适宜于初学者："入手即爱白石骚雅，勤学十年，乃悟清真之高妙，进求《花间》。"③ "晚清四大家"继承了常州词派由南宋入门的习词路径，反对从收录晚唐五代词的《花间集》入手。

与旧派词学家借助《花间集》阐发词学思想和模拟填词不同，新派词学家将《花间集》视为古代优秀文学遗产加以欣赏，或看作学术研究的对象，侧重于对词作主旨的把握和对艺术特色的鉴赏。王国维以"境界"论词，对《花间集》词有肯定亦有批评。胡适、胡云翼等人对《花间集》词亦有褒有贬。

同样是论花间词人，王国维十分反感常州词派"比兴寄托"的解词方式，曾说："固哉，皋文之为词也！飞卿〔菩萨蛮〕、永叔〔蝶恋花〕、子瞻〔卜算子〕，皆兴到之作，有何命意？皆被皋文深文罗织。"④ 批评张惠言穿凿附会地过度阐发温庭筠等人词中的感士不遇、忠君爱国，认为应关注词作情感表现的艺术感染力。

对同属五代词的《花间集》词和南唐词，王国维更偏爱后者，"予于词，五代喜李后主、冯正中，而不喜《花间》"⑤。考察王氏的偏好，其原因有二。其一，从内容情感看，《花间集》多是男欢女爱、伤春怨别的代言之作，与南唐词相比显得拘狭，王国维说："冯正中词虽不失五代风格，而堂庑特大，开北宋一代风气，与中、后二主词皆在《花间》范围之外，宜《花间集》中不登其只字也。""堂庑特大"是王国维更喜好南唐词的原因。其二，从功能看，《花间集》是早期乐工词客创作的供歌女演唱的歌词唱本，直到李后主国破家亡后才"变伶工之词为士大夫之词"⑥，成为士大夫

---

① 夏敬观：《蕙风词话诠评》，《词话丛编》，第 4588、4589 页。
② 郑文焯：《评花间集》，龙榆生编选《唐宋名家词选》，中华书局，1962，第 12 页。
③ 郑文焯：《郑大鹤山人论词手简》，《大鹤山人词话》附录，《词话丛编》，第 4331 页。
④ 王国维：《人间词话》删稿，《词话丛编》，第 4261 页。
⑤ 王国维：《人间词话》附录一，《词话丛编》，第 4274 页。
⑥ 王国维：《人间词话》，《词话丛编》，第 4243、4242 页。

抒情言志的工具。在王国维看来，《花间集》词无论境界之开阔还是抒情之力度，均不如南唐词，因而"不喜"。

王国维之后，胡适、胡云翼等人依据文学进化观点研究词史，大力鼓吹白话词和民间词。对于《花间集》词有褒有贬，分而论之。

胡适把整个词史分为三个时期：唐至北宋中期，为"歌者的词"；北宋中期至南宋中期，为"诗人的词"，主要指的是北宋苏轼之后到南宋辛弃疾；南宋中期至元初为"词匠的词"，主要是指南宋姜夔到元初。胡适认为第二个时期是最好的时期，是最高峰。而《花间集》即属于早期"歌者的词"，"全是为娼家歌者作的"①，不能作为词这一文体的最高成就。胡适的《词选》将《花间集》词人分为两派：第一派是以温庭筠为代表的"纤丽浮文的习气"，第二派是以韦庄为代表的"长于写情，技术朴素，多用白话"②。胡适对第二派极为赞赏，重在其未经雕凿模拟的自然真情的品格。

胡云翼《中国词史大纲》认为晚唐五代是词体"创造的时期"，词人对词体的开创与创造，使晚唐五代词具有"高贵的品格"③。另一位民国词学家梁启勋也认为：

> 词始于唐，历五代两宋而称极盛。如唐之温庭筠、皇甫松、李白，五代如牛峤、韦庄、欧阳炯、冯延巳、牛希济、孙光宪、后唐庄宗、南唐元宗、南唐后主等，作品皆清空灵妙，格律称最高。
>
> 五代北宋之词，品格高尚，态度雍容，无矫揉造作之痕，亦无剑拔弩张之气。意既尽而语亦完，无事堆砌。此其所以轻清飘举，绝无烟火气也。④

他们崇尚词体初期的文人风格，称赞花间词人"作品皆清空灵妙，格律称最高"，无后世的模拟造作之气。可见，新派词学家对以《花间集》为代表的唐五代词的赞赏，更多是关注其情真意切、清新自然的特点。

民国词学史上值得注意的还有 1934 年出版的《花间集注》⑤，注释者为毕业于北京大学的具有新派特点的华锺彦（字连圃）教授。这本《花间集

---

① 胡适：《词选》，序，商务印书馆，1928，第 5 页。
② 胡适：《词选》，第 10 页。
③ 胡云翼：《中国词史大纲》，北新书局，1933，第 12 页。
④ 梁启勋：《词学》，学海出版社，2000，第 124、44 页。
⑤ 华连圃：《花间集注》，商务印书馆，1934。

注》与以往各种版本的《花间集》不同，它开创了解释词句、疏通旨意兼及鉴赏者的新体式，以教学或普及推广为目的，呈现出突出的现代学术性。《花间集注》的出现，标志着将《花间集》作为模拟借鉴的范本以及发表词学见解载体的传统词学观念的终结，代之而起的是将《花间集》作为古典文学遗产进行鉴赏和学术研究的新观念。《花间集》的接受进入了一个新时代。

纵览千年词学史，历代词学家对《花间集》的解读与评价，态度或推重尊崇，或反思批评，论及词体特质、艺术成就、社会功用等多方面词学问题，所论或有感而发，或自立范畴，或系统阐述，有的也不免片面甚至荒唐，但都是当时词坛风尚的见证，还完整地勾勒出了词学思想演进的全过程，并起到了重要推动作用。

（孙克强、蒋昕宇撰）

第二节 《花间集》现代意义读本的奠基之作

《花间集》是第一部文人词作总集，在《云谣集》被发现之前，一直被认为是词家之祖，故为历代词家所重。自宋以来，《花间集》刊刻不断，而且在明清时期还形成了两个《花间集》出版、评论的高潮。从《花间集》的文本类型来看，明代汤显祖、杨慎均有评点本行世，但《花间集》的注释本在民国之前却一直没有出现。运用现代学术意识，把《花间集》当作经典学术文本来研究，更是要等到 20 世纪 30 年代华锺彦《花间集注》和李冰若《花间集评注》的出版。华氏《花间集注》是《花间集》最早的注本，注释精详，考证翔实，特别是在对文意的疏通上方便了读者的阅读，在艺术审美鉴赏方面多有发明，不仅在《花间集》的传播和接受上做出了重要贡献，《花间集注》本身也已成为学术范本，其中许多精辟的见解和科学的方法，值得我们研究和借鉴。

一 《花间集注》的现代学术意义

在词学史上，对《花间集》和花间词的解读大体可以分为三种模式：

模拟借鉴的范本，发表词学见解的载体，学术研究的对象。三种模式所体现出的词学观念不同，解读方法不同，产生的效果也不同，分述如下。

第一，将《花间集》作为模拟借鉴的范本。此种模式以学习创作为目的，将《花间集》视为词体本色当行的典范。从时间来看，从五代至清代中期主要是这种模式。在《花间集》编成之时，欧阳炯《花间集序》即概括出了《花间集》婉丽的风格特点："绮筵公子，绣幌佳人，递叶叶之花笺，文抽丽锦；举纤纤之玉指，拍按香檀。"并说明《花间集》的编纂是为了给"公子""佳人"提供欣赏娱乐的歌本："庶使西园英哲，用资羽盖之欢；南国婵娟，休唱莲舟之引。"① 此后，《花间集》的婉丽风格成为后世追模的典范，正如南宋陈振孙《直斋书录解题》对《花间集》的评议："此近世倚声填词之祖也。诗至晚唐五季，气格卑陋，千人一律，而长短句独精巧高丽，后世莫及，此事之不知晓者。"② 两宋时期普遍将《花间集》词视为词体本色当行的典范，这种观念一直影响整个明代乃至清代初中期。明代"永乐以后，南宋诸名家词，皆不显于世，惟《花间》《草堂》诸集盛行"③，足可见当时词坛《花间集》盛行的状况。清初毛先舒《正续花间集序》云，"乐府清商、相和诸曲，促节繁音，荡涤心志，缘情绮丽之风，谁其嗣之，不得不奉《花间》为正始，乃笃论也"，视《花间集》"绮丽之风"为词之正体。王士祯《花草蒙拾》云："《花间》字法，最著意设色，异纹细艳，非后人纂组所及。""或问《花间》之妙，曰：'蹙金结秀而无痕迹。'""异纹细艳""蹙金结秀"，正是指花间词浓艳密丽的风格。可见，明清人多将花间词风的婉丽绮艳作为词体当行的正宗和典范④，学习《花间集》的目的在于填词创作。

第二，将《花间集》作为发表词学见解的载体。此种模式赋予《花间集》重要词人（如温庭筠等）的词作以特殊的阐释，表达自己的词学主张。此种模式主要表现在清代中后期常州词派的词学中。张惠言《词选》收录

---

① 华锺彦：《花间集注》，原叙，商务印书馆，1937，第1页。
② 陈振孙：《直斋书录解题》，上海古籍出版社，1987，第614页。
③ 王昶：《明词综序》，《万有文库》，商务印书馆，1937。
④ 当然，在词学史上也有对《花间集》的批评之音，如陆游《花间集跋》云："《花间集》，皆唐五代时人作。方斯时，天下岌岌，生民救死不暇，士大夫乃流宕至此。可叹也哉！或者，出于无聊故耶！"铜阳居士《复雅歌词序略》对花间词人予以批评："温、李之徒，率然抒一时情致，流为淫艳秽亵不可闻之语。"这些批评作为主流观念的对立面，声音是十分微弱的。

了一些《花间集》的作品，每首附以比兴寄托之说，皆视为有家国、君臣内容的政治作品，如张惠言《词选序》中称"温庭筠最高，其言深美闳约"，又评温飞卿〔菩萨蛮〕（小山重叠金明灭）云："'照花'四句，离骚初服之意。"张惠言的这种认识得到了常州词派词学家如周济、陈廷焯等人的普遍认同。但这种牵强附会的解释也招致了后世的许多非议。① 张惠言等人用比兴寄托解说花间词，其实是为了表达他们对词体的认识，提尊过去一直被视为小道、卑体的词的地位，作为政治教化的工具。

第三，将《花间集》作为学术研究的对象。随着时间的推移，在人们的观念中，《花间集》已经从或是艳体歌本，或是政治教化作品逐渐回归文学本位，演变为经典文学文本。从晚清开始，对《花间集》进行校勘、注释、鉴赏，《花间集》成为学术研究的对象和教科书。此种模式又演绎出三种《花间集》的读本。一是注重文字校勘，以为读者提供更为可靠的文本为目的。"晚清四大家"之首的王鹏运将《花间集》收入《四印斋所刻词》中，并撰写跋文考述其版本源流。其后李一氓的《花间集校》（1958）亦属此类。二是着重于评，以表达著者对花间词的认识为目的，以李冰若的《花间集评注》为代表。三是解释词句、疏通旨意兼及鉴赏者，以教学或普及推广为目的。华锺彦先生的《花间集注》正是此种读本的开山之作、典范之作。

从《花间集》文本的接受来说，前两种模式属于古典形态，以自我的感受和见解为出发点，以使别人接受自己的影响为目的，主观性和感发性为其特点；第三种模式属于现代意义模式，其特点是，一方面以客观认识文本为原则，另一方面充分注意受众的接受能力，正是华先生对这两个方面的强调使之呈现出学术的现代意义。如果进一步考察，属于现代意义的第三种模式的华氏《花间集注》，其现代性无疑更为突出。

二 《花间集注》的特点

1934 年、1935 年在《花间集》的传播接受史上是具有划时代意义的两年。1935 年出版了两部《花间集》的注本：一部是李冰若先生的《花间集评注》（开明书店），另一部是华锺彦先生的《花间集注》（商务印书馆）。

---

① 参阅孙克强《清代词学》，第十章"常州派词学"，中国社会科学出版社，2004。

这两部书的出版标志着《花间集》没有注释本的历史的结束，同时标志着《花间集》现代研究形态的开始。这两部注本各有特点。李著的特点是在简注之外汇辑历代评论，同时将自己评《花间集》之语以《栩庄漫记》之名录入书中。可以说李著着重于"评"，长于批评，尤其是《栩庄漫记》因评论之精彩而颇受研究者好评。而华锺彦先生《花间集注》则有两大特点：一是具有明确的读者对象，为学词者提供能够理解的读本；二是文字理解与美学鉴赏相结合，开《花间集》赏析之先河。这两点突破了以往《花间集》的接受模式，使华氏《花间集注》成为第一部具有现代学术意义的文本。概括起来，《花间集注》有以下三个重要特点。

第一，明确的普及、教学目的。《花间集》在民国之前一直没有普及意义的注本，究其原因，一是词为小道，文人不屑为注；二是在古人看来，词本浅显易懂，无须注释。但事实并非如此，随着时代的变迁，语言有很大变化，历代名物的名称也有所转变，顾随先生说道："五代词人之作，本不以隶事为工，似亦无需于笺注。然又有不尽然者。花间一集，简古精润，事长则约之使短，意广则渟之使深，及夫当时之服饰、习语、风俗、地域，在其时固人人口熟而耳习者，千百年后，时移事改，诵读之下，顿觉格格不相入。"[1] 华锺彦先生在其《自叙》中阐明了为《花间集》作注的原因："乡者余读《花间集》，心爱好之，南北舟车，未尝去箧。客春以斯集教于河北女师学院，诸生皆乐于讽咏，惟其遣事摘词，苦难畅晓，勾余注之。"[2] 说明了为《花间集》作注的直接缘由就是教学的需要，目的是解难释疑。

可以与《花间集注》相比较的是李冰若《花间集评注》的注释。李著注典虽多，疏通文意却较少，虽富赡广博，但校注简单，从严格意义上来说，它偏于"资料汇编"性质，有利于做专门的研究运用，但对于初学词者仍有不少疑难困结，难免会有吃力艰涩之感。李冰若还以《栩庄漫记》的名义撰写多条评语，延续的仍然是传统评词方式，为词话性质，批评理论价值较高，但对理解文字辞章作用有限。而华著"本注于词句艰涩，意难洞晓者，一一疏通。读者或可免冥思苦索之劳"[3]，用注释对字词加以解释、典故予以揭示、文意进行疏通，切实解决了读者面临的阅读困难，很大程度上帮助读者加深了对《花间集》作品的理解和认识。《花间集》又成

---

① 华锺彦：《花间集注》，顾叙，第 1 页。
② 华锺彦：《花间集注》，自叙，第 1 页。
③ 华锺彦：《花间集注》，发凡，第 7 页。

为意脉畅通、优美精妙、余韵悠扬的美文。而这一点是李氏《花间集评注》所不能达到的。

第二，现代编纂体例。《花间集注》全新的编撰意图决定了全新的编撰体例，《花间集注》运用现代学术框架创建了比较科学的体例。

首先，华先生自制《发凡》，详细介绍了此次作注的原因及意义，"花间为词中总集之始，唐五代名作之汇归也"，华先生不仅认为《花间集》保存了一代词学文献，还认为"两宋词家，若周、柳、秦、姜、张之伦，莫不导源于是，自来论者推为上选，取而注之，亦示初学先河后海取法乎上之意"，认为读者阅读《花间集》有取法乎上之作用。

其次，著者于十八位词人之下各附小传，钩稽词人生平事迹，将《花间集》词人置于特定的历史环境之中，以期让读者达到以词逆志、知人论世的目的。

最后，《花间集注》对出现的词牌进行了精密考订：词牌之他名、所属宫调、别体、字数、词牌产生之源、词牌之本事等，论点鲜明，论据充分，体现了一代词家的严谨态度和科学方法，这是以前词话性质的评点本所难以达到的高度。华先生于每首词下，先是根据各本作校。华先生不仅仅是列出异文，还根据词意考证哪个版本用得正确或最好。接着对字、词、句作注，细究字、词、句之含义，扫除读者的文字障碍，并疏通章法，以期让读者得到一个全面、客观而深刻的认识。本书虽曰《花间集注》，其实却是集校、注、析、证于一体的良本。

第三，主旨的把握与美学鉴赏。《花间集注》注重对全书和篇章主旨的把握，尤其是在词作艺术的赏析上见解精妙，使《花间集》这部古代经典在新时代焕发出活泼的生命力。

在《花间集》主旨上，华先生认为"其中美人香草，十九寓言。取径欲微，陈义至广"①。这个观点总体来说还是比较客观的，华先生引谢章铤《赌棋山庄词话》自注曰："诗多男女之咏，何也？曰：夫妇人道之始也，故情欲莫过于男女，廉耻莫大于中闺，礼义养于闺门者最深，声音发于男女者易感。故凡托兴于男女者，和动之音，性情之始，非尽男女之事也。"《花间集》中诸家作品，虽多写艳情，但往往寓含托兴之意，词人的身世之感、世事之忧，乃至于家国之慨隐寓词中。这正是我国自《诗经》《楚辞》

---

① 华锺彦：《花间集注》，发凡，第1页。

以来形成的风雅传统表现方式的延续与发展。华先生所谓"美人香草，十九寓言"，与宋代鲖阳居士、清代张惠言解词的方法是有根本区别的。具体来说就是既注意揭示词中的言外之意、韵外之致，又绝不流于微言大义、牵强附会。可以说，《花间集注》的阐释审慎而客观，体现了华先生严谨的学术科研态度，也正因如此，《花间集注》对后世的影响才如此深远。

《花间集注》的一个重要特点是对词作艺术的鉴赏，如举温庭筠〔更漏子〕第一首"惊塞雁，起城乌，画屏金鹧鸪"之例说明："词意虽明显，意实难通。解家往往含糊其词，打诨过去，不知三句皆承上文漏声而来，言漏声迢递，非但感人也，即征塞之雁，闻之则惊；宿城之乌，闻之则起，其不为感动者，惟画屏上之金鹧鸪耳，以真鸟与假鸟对比，衬出胸中难言之痛也。"[1] 又如释韦庄〔浣溪沙〕（夜夜相思更漏残）之"忆来唯把旧书看，几时携手入长安"云："相思之极，唯有看旧时书字而已！焉得携手而同回长安耶？"[2] 在解释字词、名物的基础之上，揭示词的意境和情感特点，凡此种赏析全书多有，有课堂教学之痕迹。从阐释方法来看，乃是将古人的评点与现代的意象、章法分析相结合。半个世纪之后诗词鉴赏热兴起，《花间集注》实开先河。

三　严谨的学术态度

《花间集注》虽以教学普及为目的，但仍体现了严谨的治学态度，在版本目录、文字音韵校勘、名物考证等方面具有较高的学术水准。

《花间集注》以玄览斋巾箱本为蓝本，以影宋晁本及毛本、清王氏四印斋本为副本，按陈振孙《直斋书录解题》原录、毛氏汲古阁重刊宋本，据《花间集》原来面目，把巾箱本十二卷改回十卷，又根据《尊前集》《词综》《词谱》《词律》《历代诗余》《全唐诗》诸刻本加以校订，体现了著者对文献的熟练掌握和审慎的校订态度。

《花间集注》作注时引书颇广，经、史、子、集无所不用，但注中征引最多的还是唐末五代人的诗、词，特别是大量地"用《花间集》中作家的诗词作品证《花间集》的作品"，颇具特色，具有开创性。这里面涉及词籍注释的特殊性的问题，唐宋人受诗词之别观念的影响，填词时具有与诗不

---

[1]　华锺彦：《花间集注》，第 7 页。
[2]　华锺彦：《花间集注》，第 44 页。

同的理念和手法。今人若用古诗去释典、解词，结果可能与词之本意相离更远；而若用与《花间集》时代相近的唐末五代的诗词作注，或可直击词之本意，有事半功倍之效。《花间集注》较多地引用了唐五代的诗、词，这样做有利于疏通词意，使读者认识词的本意，深化对词的本体、风格、内容、艺术手法的认识。

斟酌各说审慎裁定是《花间集注》的重要特点。《花间集》距今已千年有奇，许多名物今人已不知所云，或者解说纷纭。《花间集注》遇此情况采取了审慎的态度，往往并陈诸说，再加研探。如温庭筠〔菩萨蛮〕第一句"小山重叠金明灭"，"小山"释为"屏山"，又加注："金"，日光也。"屏山之上，日光动荡，故明灭也"，并用温庭筠诗为证。完成此说后又介绍了另外一种说法："或曰：小山，谓发也。金，钿钗之属"，并举陈陶诗和陆游诗为证。二说并陈，既有自己的看法，又给读者留有余地。

《花间集注》较多地征引前人的研究成果，进而去粗取精，去伪存真。如温庭筠〔菩萨蛮〕（水晶帘里玻璃枕）一词，张惠言认为："江上以下，略叙梦境。人胜参差，玉钗相隔，梦亦不得到也。"华先生指出："按实非是……江上二句，乃叙时景，谓初春破晓时候也。故下文有藕丝人胜之句。"又如韦庄〔菩萨蛮〕（洛阳城里春光好），夏承焘先生认为此词作于洛阳。华先生指出："窃恐非是，二句云：'洛阳才子他乡老'，其非在洛阳作甚明。参看俞平伯先生《读词偶得》。"皆是对前人的观点提出商榷，自己的意见或是出于对原作的贯通解析，或是借鉴近人的研究成果加以推论，言之有据，态度审慎。

华锺彦先生精通音律，因而对词调的考订是《花间集注》的一大亮点，而且考证翔实，议论精辟。华先生特别注意词的音乐特性，对词牌宫调进行了深入的探讨，并取得了相当大的成就。

《花间集注》出版之后受到各阶层读者的欢迎，至今仍是《花间集》流传最广、影响最大的注本。

李冰若先生的《花间集评注》也于 1935 年出版，按李冰若先生的自序，李先生于 1931 年就已经完稿，然杀青之作久未付梓，延拖四年，方由开明书店出版；而且此书出版后不久，抗日战争爆发，因而传播得不够广泛。作者在颠沛流离中客死他乡，故而此书在当时影响较小。新中国成立以来评本、注本数量颇多，有二十余种，但真正有影响力的不是很多，最好的校本是1958 年由人民文学出版社出版的李一氓先生的《花间集校》，作者还在后记中较详细地阐述了《花间集》版本源流、诸刻得失，并附有宋、明、清各主要版本的题记或序跋，以及宋代以来有关书目对《花间集》的著录情况，从版本、校勘的角度看确属最为精良完善。可惜李一氓先生认为《花间集》不可注，亦不用注，这样自然影响李氏《花间集》校本的传播。

《花间集注》出版之后，因其读者针对性强、语句阐释明了以及高妙的鉴赏艺术这些现代性的构成意义，遂产生了较大的影响。《花间集注》于民国二十四年（1935）由商务印书馆首版，1936年再次印刷，1937年增订再版，1938年第四次印刷，短短四年时间一版再版，在现代所谓畅销书产生之前，作为深具学术价值的作品，很是引人注目，足可说明《花间集注》在当时被人们广泛接受。20世纪50年代之后，《花间集注》的影响未曾稍减，不但在大陆再版数次，而且在台湾于1992年由天工书局加以翻印。

20世纪后期出版了一些《花间集》新的注本，如萧继宗的《评点校注花间集》（学生书局，1977），李谊的《花间集注释》（四川文艺出版社，1986），沈祥源、傅生文的《花间集新注》（江西人民出版社，1987），陈庆煌的《花间集》（金枫出版公司，1987），王新霞的《花间词派选集》（首都师范大学出版社，1993），毕宝魁、王素梅的《花间集注》（春风文艺出版社，1995），房开江注、崔黎民译的《花间集全译》（贵州人民出版社，1997），朱恒夫的《新译花间集》（三民书局，1998），顾农、徐侠的《花间派词传》（吉林民众出版社，1999）等，这些注本无一例外地将华氏《花间集注》列入重要参考文献，有些注释甚至直接搬用。应该说上述新注不乏后出转精之处，但从原创意义上论，华氏《花间集注》当仁不让。

华先生的《花间集注》具有较高的学术价值，在《花间集》的传播和接受上做出了突出贡献。以今天的学术眼光来看，《花间集注》中不仅文本理解和认识应被接受和利用，其中重要的治学方法和态度更应为我们所借鉴。（此节附有蒋昕宇撰写的《21世纪以来〈花间集〉研究述评》，见附录一）

（孙克强、刘少坤撰）

第三节 《草堂诗余》在词学批评史上的影响和意义

在中国文学发展史上，有些文学选本曾产生过巨大的作用，不仅以其所体现的美学观念和艺术标准影响了一代文学风尚，还导致了文学批评理论的发展变化。在词学批评史上，影响最为深远、引起争议最为激烈的词选本莫过于《草堂诗余》。

一 尚北宋婉丽柔靡

《草堂诗余》是一部南宋人编辑的词选。《直斋书录解题》题为"书坊编集"。《四库全书总目提要》考定此书编定于南宋宁宗庆元（1195～1200）以前。集中选录唐五代、两宋词共 380 余首，① 作者 120 人左右。《草堂诗余》选录作品最多的十个词人，依入选词作数目多少依次是周邦彦、秦观、苏轼、柳永、康与之、欧阳修、黄庭坚、辛弃疾、张先。十人作品占全选之半。②

《草堂诗余》体现了较强的审美倾向性，有三点值得注意。

第一，选词范围虽然包括唐五代、两宋，然而并非对各个历史阶段均等选取，而是偏重于北宋，所收词人大多数为北宋人，作品大多数为北宋人的作品。上述十人的作品占全选之半，十人中南宋词人仅辛弃疾一人，并且仅 8 首，为十人作品总数的百分之五，这个比例与全书南宋、北宋词入选比例整体一致。

第二，对各种风格流派的作品并非兼采并收，而是独尚婉丽柔靡，其他风格均遭排斥。周、秦等人之婉约词多被选入，辛词中为人所称道的豪放词皆弃而未收，所取亦皆婉约之作；姜夔词风清空骚雅，有别于婉丽柔曼而另具情貌，《草堂诗余》中也一概不取。③

以上两点又是相互联系的，五代、北宋词秾纤婉丽，流畅生动，率真自然，与南宋词的清峻疏淡、雅洁工致有着不同的艺术风貌。

第三是《草堂诗余》的编排体制。《草堂诗余》现有分类本与分调本两种，王国维、赵万里、陈匪石等人都认为分类本早于分调本，分调本即根据分类本改编而成。④

---

① 《草堂诗余》南宋庆元以前的原二卷本久佚，今存最早者为元顺帝至正十一年（1351）的刻木。原题"建安古梅何士信君实编选"。此本注明"新添者七十六首"。

② 康与之为由北入南词人，对于其词风，论者往往以北宋目之，姑从之。

③ 宋翔凤《乐府余论》："《草堂诗余》，宋无名氏所选，其人当与姜尧章同时。尧章自度腔，无一登入者，其时姜名未盛，以后吴梦窗、张叔夏俱奉姜为圭臬，则《草堂》之选，在梦窗之前矣。"此亦可备一说。

④ 参阅王国维《读〈草堂诗余记〉》，《观堂外集·庚辛之间读书记》；赵万里《明嘉靖类编〈草堂诗余〉提要》，《校辑宋金元人间》；陈匪石《声执》，《词话丛编》，中华书局，1986。

分类本分前、后两集，前集分春、夏、秋、冬四景，后集分节序、天文、地理、人物、人事、饮馔器用、花禽七类。第一类下又分子目，如"春景"类有初春、早春、芳春、赏春、春思、春恨、春闺、送春八个子目。"节序"类又分元宵、立春、寒食、上巳、清明、端午、七夕、中秋、重阳、除夕十个子目。分类本是为了适应歌伎们应歌之需，实际上就是歌伎们在宾宴娱乐、吉庆寿席上应景选题的歌本。清人宋翔凤《乐府余论》云："《草堂》一集，盖以征歌而设，故别题春景、夏景等名，使随时即景，歌以娱客，题吉席大寿，更是此意。其中词语，间与集本不同。其不同者，恒平俗，变以使歌。以文人观之适当一笑，而当时歌伎，则必需此也。""娱客""使歌"可谓抓住了《草堂诗余》分类本的实质。词选变为歌本，是《草堂诗余》由雅转俗的重要原因。

二　明代《草堂诗余》盛行

《草堂诗余》在南宋末、元时并未受到特别的重视，到了明代，在适宜的时代条件下大为盛行。

首先，明代《草堂诗余》的盛行表现为版本丰富。据察查，今存的明本《草堂诗余》就有 35 种之多①，此外还有见于著录的 4 种

---

① 　1. 洪武二十五年（1392），增修笺注妙选群英草堂诗余前集二卷后集二卷，遵正书堂刻本。2. 成化十六年（1480），增修笺注妙选群英草堂诗余前集二卷后集二卷。3. 明李西涯辑南词本。4. 明祝枝山小楷书本。5. 嘉靖十六年（1537），新刊古今名贤草堂诗余六卷，李谨辑，刘时济刻本。6. 嘉靖十七年（1538），草堂诗余别录一卷，张綖编选，明黎仪抄本。7. 嘉靖十七年（1538），精选名贤词话草堂诗余二卷，陈钟秀校刊本。8. 嘉靖年间，篆诗余，高唐王岱翁刊篆文本。9. 嘉靖二十九年（1550），类编草堂诗余四卷，武陵逸史编次，开云山农校正，顾汝所刻本。10. 嘉靖三十三年（1554），草堂诗余前集二卷后集二卷，杨金刻本。11. 嘉靖末，增修笺注妙选群英草堂诗余前集二卷后集二卷，春山居士校刊本，安肃荆聚刻本。12. 约嘉靖末，草堂诗余五卷，杨慎评点，闵瑛璧校订，闵瑛璧刻朱墨套印本。13. 万历十二年（1584），类编草堂诗余四卷，题唐顺之解注、田一隽辑，书林张东川刻本。14. 万历十六年（1588），重刻类编草堂诗余评林六卷，题唐顺之解注、田一隽辑、李廷机评，勉斋詹圣学重刻本。15. 万历二十二年（1594），新刻注释草堂诗余评林六卷，题李廷机批评、翁正春校正，书林郑世豪宗文书舍刻本。16. 万历二十三年（1595），新刻注释草堂诗余评林六卷，题李廷机批评、翁正春校正，书林郑世豪宗文书堂刻本。17. 万历三十年（1602），新锓订正评注便读草堂诗余七卷，董其昌评订、曾六德参释，乔山书舍刻本。18. 万历三十年（1602），新刻增修笺注妙选群英草堂诗余二卷，余秀峰沧泉堂刻本。19. 万历三十五年（1607），类编草堂诗余三卷，胡桂芳重辑，黄作霖等刻本。20. 万历四十二年（1614），类选笺释草堂诗余六卷，题顾从敬类选、陈继儒重校、（转下页注）

版本①，这是明代刊行的其他词选、词集所远不能及的。《草堂诗余》在明代不仅有分类本，中期以后还刊行了分调本。同时出现了各种增补本、评点本、注释本。如此众多的版本，说明了当时社会需求量之大、读者之众。这也是明代其他词选、词集所远不能及的。

其次，明代《草堂诗余》的繁盛表现为参与《草堂诗余》注解、评点、校正等工作的有许多当代的名流。据统计，各版本《草堂诗余》中涉及的参与者有六十多人，这些人身份各异，除了词学名家如杨慎、陈继儒等之外，还有台阁重臣如李东阳、李廷机，文坛主将如唐顺之、李攀龙、袁宏道、钟惺等，也有著名艺术家和作家，如祝允明、董其昌、吴承恩、汤显祖等。此外还有士人学子、山林隐逸等。明代还有《草堂诗余》的十余种续编、扩编本，如杨慎的《草堂诗余补遗》、长湖外史的《续草堂诗余》、秣陵一真子的《续草堂诗余》、沈际飞的《草堂诗余别集》和《草堂诗余新集》、潘游龙的《草堂诗余合集》等以"草堂诗余"命名的明代词选本。

最后，《草堂诗余》的盛行表现为明代一般士子的爱不释手。《渚山堂词话》卷二所载可资参证：

> 江东陈铎大声，尝和《草堂诗余》几及其半，辄复刊布江湖间。论者谓其以一人之力，而欲追袭群贤之华妙，徒负不自量之讥。

(接上页注①)陈仁锡参订，翁少麓刻本（钱允治等合刊三种十三卷）。21. 万历四十三年（1615），新刻题评名贤词话草堂诗余六卷，题李攀龙补遗、陈继儒校正，书林自新斋余文杰刻本。22. 万历四十七年（1619），新刻李于麟先生批评注释草堂诗余隽四卷，题吴从先汇编、袁宏道增订，何伟杰参校，书林萧少衢师俭堂刻本。23. 万历四十八年（1620），草堂诗余五卷，杨慎评点、闵映璧校订，朱之藩刻《词坛合璧》本四种之一。24. 万历年间，类编草堂诗余四卷，昆石山人校辑。25. 万历年间，类编草堂诗余四卷，昆石山人校辑，致和堂印本。26. 万历年间，新刻分类评释草堂诗余六卷，题李廷机评释，李良臣东璧轩刻本。27. 天启五年（1625），新刻朱批注释草堂诗余评林四卷，题李廷机评注，周文耀刻朱墨套印本。28. 天启、崇祯年间，草堂诗余正集六卷（古香岑草堂诗余四集十七卷十二册），沈际飞、钱允治等编，翁少麓印本。29. 明末，草堂诗余正集六卷（古香岑草堂诗余四集十七卷），沈际飞、钱允治等编，万贤楼自刻本。30. 明末，草堂诗余正集六卷（古香岑草堂诗余四集十七卷），沈际飞、钱允治等编，童涌泉刊印本。31. 明末，新刊增修笺注妙选群英草堂诗余二卷，钟惺辑，慎节堂刻本。32. 明末，类编草堂诗余四卷，毛晋汲古阁《词苑英华》本。33. 明末，类编草堂诗余四卷，韩愈臣校正，博雅堂刻本。34. 明末，类编草堂诗余四卷，韩愈臣校正，经业堂刻本。35. 明末，类编草堂诗余四卷，翻刻顾从敬本。

① 1. 明叶盛《箓竹堂书目》著录草堂诗余一册。2. 嘉靖十九年（1540），高儒《百川书志》著录草堂诗余四卷。3. 嘉靖二十八年（1549），《标注续录》著录李谨刊本草堂诗余。4. 万历年间，陈第世善堂著录草堂诗余七卷。

陈大声填词和《草堂诗余》及半，可见其喜爱之甚。而论者又将《草堂诗余》与"唐音"相提并论，视为"群贤之华妙"，亦可窥见《草堂诗余》在明人心目中的地位。对明代这种《草堂诗余》独盛的局面，连当时人都感到困惑不解，毛晋《草堂诗余跋》说："宋元间词林选本，几屈百指，惟《草堂诗余》一编，飞驰几百年来，凡歌栏酒榭丝而竹者，无不拊髀雀跃；及至寒窗腐儒，挑灯闲看，亦未尝欠伸鱼睨，不知何以动人至此也。"一部普通的词选竟能产生如此轰动的社会效应，这不能不使人们感到诧异。

《草堂诗余》在明代盛行的原因是与明代的社会风气相适应，在很大程度上是《草堂诗余》应歌的"实用价值"的特点与当时士人享乐风气相适应。明代城市经济繁荣，市民阶层扩大，社会享乐思想迅速膨胀。置酒高会、欢歌佳丽、纵情声色成了官僚士人生活中不可或缺的内容，文人们醉心于"花晨月夕、诗坛酒社、宾朋谈宴、声伎翕集"①的生活。这就刺激了娱乐业的繁荣。在这种背景下，《草堂诗余》作为宴宾娱客的工具也应运而广为流传。

《草堂诗余》在明代的盛行对明人词学观念的变化产生了深刻的影响。

首先是"本色""当行"说的流行。何良俊《草堂诗余序》说："乐府以激迟扬厉为工，诗余以婉丽流畅为美。即《草堂诗余》所载周清真、张子野、秦少游、晁叔原诸人之作，柔情曼声，摹写殆尽，正辞家所谓当行，所谓本色者也。"何氏之语揭示了明人喜好《草堂诗余》的原因是集中多"婉丽流畅""柔情曼声"之作，并把此作为词的"当行""本色"。"当行""本色"之论源出宋人论析诗词之辨，是作为词的重要特色提出来的。词作为一种独立的文体，应有也必然会有其风格的特色，但持"本色""当行"论者，刻意把这种特色引向极端来否定思想内容的充实提高、题材的扩大和风格的多样性。这就不能不说是一种保守落后的论调了，所以此论引起了人们的批评。然而在明代，此论又重被奉若圭臬谈而不厌，并成为有明一代的通行之论。王世贞《艺苑卮言》云："词须宛转绵丽，浅至儇俏，挟春月烟花于闺幨内奏之，一语之艳，令人魂绝，一字之工，令人色飞，乃为贵耳。至于慷慨磊落，纵横豪爽，抑亦其次，不作可耳。作则宁为大雅罪人，勿儒冠而胡服也。"明代的王世懋也明确地说："词曲家非当行本色，

---

① 钱谦益：《列朝诗集小传·丁集》，上海古籍出版社，2008。

虽丽语博学无用。"① 明人把婉娈柔靡、俏艳绵丽作为词的本色，而排斥包括豪放在内的其他风格，显而易见，《草堂诗余》的繁盛与明人对词的认识是密切相关的。

其次，强调词体的特点为"近俗"。如王世贞说："《花间》以小语致巧，《世说》靡也；《草堂》以丽字取妍，六朝俞也。即词号称诗余，然而诗人不为也。何者？其婉娈而近情也，足以移情而夺嗜，其柔靡而近俗也。"所谓近俗，就是指要适应下层读者或听众的欣赏习惯，曲调柔靡，语言通俗易懂。这种近俗的理论是对南宋以来以姜夔、张炎为代表的骚雅词风的一大反动，并使词学史上雅俗之辩的主俗论达到高峰，其影响及于明末清初，如李渔《窥词管见》虽云"词之腔调则在雅俗相和之间"，但其主旨仍是倡俗反雅。李渔又说："词之最忌者有道学气，有书本气，有禅和子气。"并认为"所不能尽除者，惟书本气耳"。其近俗的观念与王世贞一脉相承。

再次，建立了崇尚北宋以前、黜斥南宋以后的取法观念。受《草堂诗余》的影响，明人学词多崇晚唐五代、北宋，如刘伯温模拟冯延巳，陈大声模拟欧阳修，都曾在当时传为美谈。杨慎十分赞赏"前宋秦、晁风艳"，而鄙斥"晚宋酸馅味，教督气"②。

明代崇北黜南之论的代表是陈子龙。《幽兰草词序》云："自金陵二主以至靖康，代有作者。或秾纤婉丽，极哀艳之情；或流畅澹逸，穷盼倩之趣。然皆境由情生，辞随意启，天机偶发，元音自成，繁促之中尚存高浑，斯为最盛也。南渡以还，此声遂渺。寄慨者亢率而近于伧武，谐俗者鄙浅而入于优伶。以视周、李诸君，即有彼都人士之叹。"陈子龙是云间词派的主帅，云间派的其他成员亦莫不推崇北宋，贬斥南宋，如宋征璧特别表彰七位宋代词人，即苏轼、秦观、张先、贺铸、晏幾道、李清照，皆北宋人。并说："词至南宋而繁，亦至南宋而敝。"③ 由此可见《草堂诗余》对有明一代词人的影响。

最后，特别值得指出的是，明人为《草堂诗余》所障目，不知此外词家别有天地，竟唯将《草堂诗余》代宋词，对《草堂诗余》外的宋人词作忽视不观。如明人陈耀文曾编选唐宋人词集，题名《花草粹编》，陈良弼为

① 王世懋：《艺圃撷余》，《历代诗话》，中华书局，1981。
② 杨慎：《词品》，《词话丛编》，第499页。
③ 徐釚：《词苑丛谈》卷四引，上海古籍出版社，1981，第76页。

之序云："自昔选次者众矣，唐则有《花间集》，宋则有《草堂诗余》。诗盛
于唐而衰于晚叶，至夫词调独妙无伦，然宋之《草堂》盛行而《花间》不
显。"《花草粹编》的收采大致以《花间集》《草堂诗余》为主，《四库全书
总目提要》评论说："耀文自称其因唐《花间集》、宋《草堂诗余》而起，
故以《花草粹编》为名。然使惟以二书合编，各采其一字名书，已无义理，
乃综括两朝之词，而以'花'字代唐字，以'草'字代宋字，衡以名实，
尤属未安。"以《草堂诗余》代宋一朝之词，在我们今日看来荒谬之至，而
在明人的观念中却极为自然。这种观念甚至一直影响清初。王士禛、邹祗
谟编选《倚声集》就是为了"续《花间》《草堂》之后，使夫声音之道不
至淹没而无传，亦犹古歌弦之意也"。王士禛还说："温、和生而《花间》
作，李、晏出而《草堂》兴，此诗之余而乐府之变也。……声音之道已臻
极致，而诗之为功虽百变而不穷，《花间》《草堂》尚矣。"①

　　王氏不仅将《草堂诗余》作为宋词的代表，并给予了极高的评价；还
将自己的词话题名《花草蒙拾》，"草"即指《草堂诗余》，其用心可窥一
斑。清初人顾彩曾选词名曰《草堂嗣响》，赵尊岳说："取诸继声草堂故曰
嗣响。"②

　　清初另一位词人尤侗作《百末词》，也是有意接《草堂诗余》余绪：
"西堂《百末词》，自以为《花间》《草堂》之余。"③

　　由此我们可以看出《草堂诗余》在清初人心目中的地位。这些都是受
明人词学观念的影响所致。清人王煜说"清初沿习朱明，未离《花》
《草》"④，并非虚言。

三　浙西派对《草堂诗余》的批评

　　明代历来被认为是词学的衰微期。填词胜手既少，作品又大多芜滥庸
俗，不堪入目。对此明人已有所认识。陈霆曾说："我朝才人文士，鲜工南
词。间有作者，病其赋情遣思，殊乏圆妙。甚则音律失谐，又甚则语句尘

---

① 王士禛：《倚声集序》，《渔洋山人文略》卷三。
② 赵尊岳：《草堂嗣响解题》，《词学季刊》创刊号。
③ 郭麐：《灵芬馆词话》卷三，《词话丛编》，第 1533 页。
④ 王煜：《清十一家词选》，自序，正中书局，1936。

俗。求所谓清楚流丽，绮靡蕴藉，不多见也。"① 陈子龙亦云："明兴以来，才人辈出，文宗两汉，诗俪开元，独斯小道，有惭宋辙。"②

清初词坛诸大家欲有所作为，也对明词的萎靡不振进行了反思。王士禛认为明词人较唐宋大家"不及前人，其趣浅也"③。沈雄评论王世贞的词"皆不痛不痒篇什"④。刘体仁说："明比晚唐，盖非不欲胜前人，而中实枵然，取给而已。于神味处，全未梦见。"⑤ 对明词弊端认识最深刻、抨击最有力的是先后崛起的阳羡词派主将陈维崧和浙西词派盟首朱彝尊。陈维崧《词选序》云："（明人）其学为词者，又复极意《花间》，学步《兰畹》，矜香弱为当家，以清真为本色；神瞀审声，斥为郑卫，甚或爨弄俚词，闺帏冶习，音如湿鼓，色如死灰。此则嘲诙隐度，恐为词曲之滥觞；所虑杜夔左骖，将为师涓所不道，辗转流失，长此安穷？胜国词流，即伯温（刘基）、用修、元美、征仲（文徵明）诸家，未离斯弊，余可识矣。"⑥ 朱彝尊《水村琴趣序》云："词自宋元以后，明三百年无擅场者，排之以硬语，每与调乖，窜之以新腔，难与谱合。"⑦

在进一步分析明词颓衰的原因时，不少批评者都指出了《草堂诗余》所起到的推波助澜的作用。如高佑釲《湖海楼词序》云："词始于唐，衍于五代，盛于宋，沿于元，至榛芜于明，明词佳者不数家，余悉踵《草堂》之习，鄙俚裹狎，风雅荡然矣。"蒋兆兰更是把明词的弊病都归之于《草堂诗余》："诗余一名，以《草堂诗余》为最著，而误人最深。所以然者，诗家既已成名，而于是残鳞剩爪，余之于词；浮烟涨墨，余之于词；诙嘲亵诨，余之于词；忿戾谩骂，余之于词，即无聊酬应，排闷解酲，莫不余之于词。亦既以词为秽墟，寄其余兴，宜其去风雅日远，愈久而弥左也。此有明一代词学之蔽。"⑧《草堂诗余》不仅影响了有明一代，还直接影响着清初词坛复兴局面的开拓。张其锦《梅边吹笛谱序》指出："我朝斯道（案：指词）复兴若严荪友、李秋锦、彭羡门、曹升六、李耕客、陈其年、宋牧

---

① 陈霆：《渚山堂词话》卷三，《词话丛编》，第 378～379 页。
② 陈子龙：《幽兰草词序》，《安雅堂稿》卷三。
③ 王士禛：《花草蒙拾》，《词话丛编》，第 684 页。
④ 沈雄：《古今词话·词话》下卷，《词话丛编》，第 804 页。
⑤ 王又华：《古今词论》引，《词话丛编》，第 599 页。
⑥ 陈维崧：《词选序》，《迦陵文集》卷二。
⑦ 朱彝尊：《水村琴趣序》，《曝书亭集》卷四十。
⑧ 蒋兆兰：《词说》，《词话丛编》，第 4631 页。

仲、丁飞涛、沈南涥、徐电发诸公，率皆雅正，上宗南宋，然风气初开，音律不无小乖，词意微带豪绝，不脱《草堂》前明习染。"尤为显著的例子是，从康熙八年开始，以陈维崧为首的阳羡词人崛起，给词坛带来了强劲而新鲜的气息，形成了可观的声势，然而《草堂诗余》余习仍未能根本扫清。《词苑粹编》卷八引陈对鸥语云："江左言词者，无不以迦陵为宗，家娴户习，一时称盛，然犹有《草堂》之余。"面对这样的词坛形势，以振兴词业、开一代词风为己任的浙西派主将们，就把扫荡《草堂诗余》余风作为自己的重要任务。

浙西词派是清代前中期影响最大的词学流派，历经康、雍、乾、嘉、道数朝，曾有"家祝姜张，户尸朱厉"的盛风。① 浙西词派能主盟词坛，原因自有许多，而批判《草堂诗余》、清除其影响则是重要的一方面。浙西词派兴起之时，《草堂诗余》仍余流蔓延，朱彝尊立派举旗，倡一代词风，提出新的词学主张，就必须尽扫《草堂诗余》习气。朱彝尊编选《词综》，向人展示词学新天地，意欲取《草堂诗余》而代之；又努力推举《绝妙好词》《乐府雅词》等选本，进而彻底否定《草堂诗余》。朱氏结合对《草堂诗余》的批判，建立了自己的词学理论。

首先，朱彝尊对《草堂诗余》由于征歌需要而形成的分类形式予以抨击："宋人词集大约无题，自《花庵》《草堂》增入闺情、闺思、四时景等题，深为可憎。"② 前文已述，《草堂诗余》是书坊选编，目的在于赢利，以市场需要为取舍标准，并不注重作品的思想、艺术价值。分类编排，以便于歌伎在宴集时选取演唱，吴昌绶对此议论道："惟其出坊肆人手，故命名不伦。所采亦多芜杂，取便时俗，流传浸广。"③

"取便时俗"四字可谓抓住了《草堂诗余》的要害。朱彝尊对分类形式的否定，其实是为了改变人们对词的认识，将词体从歌伎手中拯救出来，使之重新成为文人雅士的艺术品。

其次，对《草堂诗余》的选目失当进行了批评，并大力推举姜夔、张炎一派，开拓了学习宋词的门路。《词综·发凡》云："古词选本，若《家宴集》……皆轶不传，独《草堂诗余》所收最下最传。"为何说《草堂》所收"最下"呢？"发凡"又云："言情之作，易流于秽，此宋人选词，多

---

①　彭兆荪：《小谟觞馆诗余序》，《清名家词》，上海书店，1980。

②　朱彝尊：《词综》，发凡，上海古籍出版社，1978，第15页。

③　吴昌绶：《草堂诗余跋》，《景刊宋金元明本词》。

以雅为目。法秀道人语涪翁曰：'作艳词当堕犁舌地狱。'正指涪翁一等体制而言耳。填词最雅，无过石帚，《草堂诗余》不登其只字，见胡浩《立春》《吉席》之作，蜜殊《咏桂》之章，亟收卷中，可谓无目者也。"朱彝尊对姜、张一派心摹手追，推崇备至。《黑蝶斋诗余序》说："词莫善于姜夔。""发凡"亦云："词至南宋，始极其工，至宋季始极其变，姜尧章最为杰出。"对于姜、张一派的艺术成就，历代有识者都曾给予高度重视，然《草堂诗余》竟弃而不取，实为一弊。朱彝尊推尊姜、张一派，扩大了人们的视野，拓宽了习词路径，有益于清词的发展。

最后，朱彝尊力斥《草堂诗余》之俗，标举醇雅，提出新的审美范畴。《乐府雅词跋》云："词以雅为尚，得是编（案：指《乐府雅词》），《草堂诗余》可废矣。"《书〈绝妙好词〉后》云："词人之作，自《草堂诗余》盛行，屏去《激楚》《阳阿》，而巴人之唱齐进矣。周公谨《绝妙好词》选本虽未全醇，然中多俊语。方诸《草堂》所录，雅俗殊分。"浙西派的词学理论的主要内容之一，就是倡"雅"。朱彝尊更将《草堂诗余》作为雅的对立面（俗）加以贬斥。朱氏主要针对的是《草堂诗余》迎合市侩口味的俚俗倾向："屏去《激楚》《阳阿》，而巴人之唱齐进矣"，强调了高雅与低俗的差异和对立。提倡高雅，即指那些为有较高文化修养者所欣赏的、具有较高欣赏层面和较多欣赏层次的艺术对象，反之，就是低俗。朱彝尊认为，《草堂诗余》为优伶狎客所好，流行于酒楼歌树，因而低俗至极。他正是要用姜夔"野云孤飞，去留无迹""瘦石孤花，清笙幽磬"式的"骚雅""醇雅"去矫《草堂诗余》之俗。朱彝尊正是在对《草堂诗余》的批判中，建立了崇雅、尚南宋、学姜张的理论。

四　《草堂诗余》影响衰微词坛风尚转变

朱彝尊大张旗鼓，浙派词人群起响应，《草堂诗余》之风很快便销声匿迹，词坛风气大为改观，汪森《词综序》说："世之论词者，惟《草堂》是规。白石、梅溪诸家，或未阅其集，辄高自矜诩。予尝病焉，顾未有以夺之也。友人朱子锡鬯，辑有唐以来迄于元人所为词，凡一十八卷，目曰《词综》，……庶几一洗《草堂》之陋，而倚声者知所宗矣。"《词综》的编成刊行，为习词者提供了学习的范本，《草堂诗余》逐渐失去了市场。词人们跳出北宋婉丽一格的狭窄藩囿，眼界始宽，尤为南宋姜、张一派所吸引。

陈廷焯说："国初多宗北宋，竹垞独取南宋，分虎（李符）、符曾（李良年）佐之，而风气一变。"① 郭麐也言及词坛的变化："《草堂诗余》玉石杂糅，芜陋特甚，近皆知厌弃之矣。然竹垞之论未出以前，诸家颇沿其习。故其《词综》刻成，喜而作词曰：'从今不按，旧日草堂句。'"② 词坛风气的转变，得力于浙西派的鼓吹和力行，朱彝尊实为首功。

《草堂诗余》词风退出词坛，浙西派之论影响天下，清代词学进入了一个新的时期。尚须指出的是，朱彝尊倡南宋，推姜、张是为了反拨《草堂诗余》风气，其实朱彝尊并未将唐五代、北宋一概否定，而是多次强调小令应师法北宋以前。③ 然而从朱彝尊对当时和后世的影响来看，人们往往更注意朱氏对南宋的提倡，如陈对鸥说："自《浙西六家词》出，瓣香南宋，另开生面，于是四方承学之士从风附响，知所指归。"④ 朱氏之后，追模浙西者专宗南宋姜、张一体，结果走上另一个极端，又形成了新弊病，同时为浙西派的衰亡埋下了隐患。对此储国钧评论道："自《花间》《草堂》之集盛行，而词之弊已极。明三百年，直谓之无词可也。我朝前辈起而振兴之，真面目始出。顾或者恐后生复蹈故辙，于是标白石为第一，以刻削峭法为贵，不善学之，竟为涩体，务安难字，卒之抄撮堆砌，其音节顿挫之妙，荡然欲洗，草草陋习，反堕浙西成派。彼浙西之词，不过一人唱之，三四人和之，以浸淫遍及大江南北。"⑤ 储氏肯定了浙西派革《草堂诗余》之弊、开一代新词风的功绩，同时指出了浙西派末流存在的问题，应该说是颇具眼光的。

客观地看，朱彝尊对《草堂诗余》的抨击，确有过于激切、过于苛刻之处，这是在当时的词风下出于竖旗立派、矫枉过正的需要。能够对《草堂诗余》进行实事求是的评价，则是在清中期以后，《四库全书总目提要》、谭献、况周颐、王国维对《草堂诗余》的分析颇为合乎实际。《四库全书总目提要》：

> 今观所录，虽未免杂而不纯，不及《花间》诸集之精善，然利纯

---

① 陈廷焯：《白雨斋词话》卷三，《白雨斋词话全编》，中华书局，2013，第 1202 页。
② 郭麐：《灵芬馆词话》卷一，按：所引词句出自朱彝尊《曝书亭集》卷二十六《江湖载酒集》〔摸鱼子〕（同青士重访晋贤，时书楼落成，订词综付雕刻，有怀周士秀青在吴兴）。
③ 参见朱彝尊《水村琴趣序》《鱼计庄词序》《宋院判词序》《书东田词卷后》。
④ 冯金伯辑《词苑萃编》卷八引，《词话丛编》，第 1951 页。
⑤ 谢章铤：《赌棋山庄词话续编》卷三引，《词话丛编》，第 3528 页。

互陈，瑕瑜不掩，名章俊句，亦错出其间，一概诋排，亦未为公论。

谭献《复堂词话》：

> 《草堂诗余》是书，人以恶札目之，然去柳、黄、康、胡诸俚词，
> 则名篇秀句大略具在。
> 《草堂》所录但芟去柳耆卿、黄山谷，胡浩然、康伯可、僧仲殊诸
> 人恶札，则两宋名章迴句，传诵人间者略具，宜其与《花间》并传，
> 未可废也。

况周颐《蕙园词选序》：

> 综观宋以前诸选本……唯《草堂诗余》《乐府雅词》《阳春白雪》
> 较为醇雅。以格调气息言，似乎《草堂》尤胜。中间十之一二近俳近
> 俚，为大醇之小疵。自余名章俊语，撰录精审，清雅朗润，最便初学。
> 学之虽不能至，即亦绝无流弊。于性情、于襟袍，不无裨益，不失其
> 为取法乎上也。

王国维《人间词话》：

> 自竹垞痛贬《草堂诗余》而推《绝妙好词》，后人群附和之。不知
> 《草堂》虽有赓评之作，然佳词恒得十之六七。

以上论述表现了能够不拘于流派之见、独立思考的特点。这正反映出
词学由流派分立论争到融汇交流的时代特点，词学家对南北宋词的特点，
豪放、婉约、清雅各种风格的认识已上升到新的高度。《草堂诗余》也逐渐
还其本来面目。

综观明清词学史的发展，《草堂诗余》无论是作为高扬的旗帜还是抨击
的靶的，一直受到词学家的重视，虽然《草堂诗余》的选编者未必有明确
的词学理论主张，但《草堂诗余》之选仍体现了特定的审美倾向，这种倾
向又在一定历史时期的社会文化、士人心态和文学思潮的背景下产生较大
反响。在词学史上，对《草堂诗余》评价的褒贬反复，促使批评家重视词
选本的作用和影响，以至于用选本来宣扬词学主张、阐发词学理论成为清
代词学的一大特色。正如龙沐勋所言：

浙常二派出，而词学遂号中兴，风气转移，乃在一二选本之力。①

如浙西派的《词综》被称为"词坛广劫灯"②"金科玉律"③。常州派张惠言《词选》出现后，"常州词格为之一变，故嘉庆以后，与雍乾间判若两途也"④。"茗柯《词选》出，倚声之学，日趋正鹄。"⑤ 词学家们不再仅仅主张入门时"初步读词，当读选本"⑥，把词选作为启蒙读物，而且把它作为"赖以发表和流布自己主张的手段"⑦，使之成为词学批评理论的重要载体。

第四节 周密《绝妙好词》之"选词精粹"

在词选史上，《绝妙好词》是一部质量很高的词选，同代与后代词论者均称扬其"选词精粹"。通过考察肖鹏在《群体的选择——唐宋人词选与词人群通论》中提出的选型、选源、选心、选域、选阵、选系六种途径，可以看到其精粹之处主要表现在选词艺术水准高且风格精致、格调雅正符合文人表达和审美习惯、代表一派特色与代表一个时代特色四个方面。《绝妙好词》在选词方面所做的努力深得清代浙西词派的激赏，在他们的推广下，清代许多词选的体例、风格，都可见到《绝妙好词》的影子。

一 周密与《绝妙好词》

《绝妙好词》产生于宋末元初，收前后约 200 年 132 名词人 391 首词，可谓宋末临安词坛的总结与缩影。《绝妙好词》选词标准明晰，作品艺术价值高，并且有明显的宗派意识，在词史及词选史上都有重要的意义。同时代的词论家张炎曾评价它说："近代词人用功者多，如《阳春白雪集》，如

① 龙榆生：《选词标准论》，《词学季刊》第一卷第二号，1933。
② 吴衡照：《莲子居词话》卷三，《词话丛编》，第 2453 页。
③ 丁绍仪：《听秋声馆词话》卷十四，《词话丛编》，第 2759 页。
④ 谢章铤：《赌棋山庄词话续编》卷三，《词话丛编》，第 3523 页。
⑤ 谭献：《复堂词话》，《词话丛编》，第 4009 页。
⑥ 夏敬观：《蕙风词话诠评》，《蕙风词话》，《词话丛编》，第 4599 页。
⑦ 鲁迅：《集外集·选本》，人民文学出版社，2006，第 114 页。

《绝妙词选》（按：即《花庵词选》），亦自可观，但所取不精一。岂若周草窗所选《绝妙好词》之为精粹。"① 清代浙西派词人厉鹗云："宋人选本朝词，如曾端伯《乐府雅词》、黄叔旸《花庵词选》，皆让其精粹。盖词家之准的也。"② 张炎与周密同属于南宋清雅词人，厉鹗也是尊崇清雅词的，艺术品位的相近自不必多言。然而张、厉此论，除了对所选词审美风格的认同，还包含了对周密选词功夫的肯定。《四库全书总目提要》亦评价《绝妙好词》云："去取谨严，于词选中，最为善本。"③ 从词选的角度看，《绝妙好词》也完全当得起"精粹"之名。

"精粹"，指的是对事物最好、最精华部分的提炼。所谓"选词精粹"，即指《绝妙好词》与当时的《阳春白雪》《花庵词选》等词选相比，一是选词质量高，二是经过提炼，在某些方面是富于代表性的。

作者周密，生长于书香之门，夏承焘《唐宋词人年谱》云："父晋……曾宰富春，监衢州，知汀州。富收藏，工词"④，"母章，参知政事良能女。"⑤ 周密上承家学，"诸公载酒论文，清弹豪吹，笔研琴尊之乐，盖无虚日也"⑥，他自身也喜好风雅，"藏书万卷，居饶馆榭，游足僚友"⑦，因此有很高的创作和鉴赏水平。周密是西湖吟社主要成员，也是杨缵之后词坛的骨干人物。宋亡之后，《绝妙好词》中的许多作者，如王沂孙、陈允平、仇远等皆出仕元朝，而周密对南宋王朝仍有很深的感情，坚持隐居不仕，致力于对故国文献的编纂。这种心态在他的词作〔一萼红〕《登蓬莱阁有感》中表达得淋漓尽致。

> 步深幽。正云黄天淡，雪意未全休。鉴曲寒沙，茂林烟草，俯仰千古悠悠。岁华晚、飘零渐远，谁念我、同载五湖舟？磴古松斜，崖阴苔老，一片清愁。回首天涯归梦，几魂飞西浦，泪洒东州。故国山川，故园心眼，还似王粲登楼。最负他、秦鬟妆镜，好江山、何事此

① 张炎：《词源·杂论》，《词话丛编》，第 266 页。
② 周密辑，厉鹗、查为仁笺《绝妙好词笺》，中国书店，2014，第 5~7 页。
③ 周密辑，厉鹗、查为仁笺《绝妙好词笺》，第 2 页。
④ 夏承焘：《唐宋词人年谱》，古典文学出版社，1955，第 316 页。
⑤ 夏承焘：《唐宋词人年谱》，第 317 页。
⑥ 周密：《蘋洲渔笛谱》，江苏古籍出版社，1988，第 53 页。
⑦ 戴表元：《周公谨弁阳诗序》，《剡源集》卷八，《景印文渊阁四库全书》，台湾商务印书馆，1986，第 10 页。

时游！为唤狂吟老监，共赋消忧。①

故国旧梦无处寻觅，故国风物不堪回首，只能把酒吟诗，整理国故，暂以消忧。周密的这种经历，在很多方面也影响了《绝妙好词》的选词活动。

对于词选研究，龙榆生先生的《选词标准论》②首先从理论的角度，对词选之学进行了系统的阐述，如词选的发展史、选词的标准和要求等，可谓词选研究的开山之作。新中国成立以后，这方面较有价值的专著是肖鹏《群体的选择——唐宋人词选与词人群通论》③。书中提出，考察词选，有选型、选源、选心、选域、选阵、选系六种途径。选型即词选的编选体例。按照龙榆生先生的说法，有便歌、传人、开宗、尊体四体，同一部词选可以兼有两种或两种以上的选型特征。选源即所选的对象和范围。选心是选词的目的和意图，是选词者希望传达出来的词论主张和选择标准。选域指的是成书之后内部的覆盖范围，包括所选词人的时代跨度和社会覆盖面，也包括作品题材的广阔程度、内容丰富程度及风格样式的多少，往往与选心、选源直接关联。选阵包含词选所选词人的排列结构、规模、层次、布局等，可以用来考察选心。选系指的是对词选之间外部关系的把握。这六个要素基本涵盖了词选研究的方方面面，在对《绝妙好词》词选价值的判断上，也可以借用这六个角度来观察。

二　选词风格精致

周密将词作艺术价值放在第一位。周密的本心，是把选词作为宗派的宣言。他的选词实践也完全从清雅词派本派的眼光出发。甄选的标准是以词选词，而不是以人选词，更不以政见选词。观察《绝妙好词》的选阵，选词最多的均是格调骚雅、形式协律而寄意深远者，排在前五位的依次是周密 22 首，吴文英 16 首，姜夔 13 首，李莱老 13 首，李彭老 12 首。而当时名声最大的莫过于爱国大词人辛弃疾，合乎周密标准而入选的只有〔摸鱼儿〕（更能消几番风雨）、〔祝英台近〕（宝钗分）、〔瑞鹤仙〕《赋梅》三

---

① 周密辑，厉鹗、查为仁笺《绝妙好词笺》，第 353～354 页。
② 《词学季刊》，第一卷第二号，1933 年 8 月，第 1 页。
③ 肖鹏：《群体的选择——唐宋人词选与词人群通论》，凤凰出版社，2009。

首相对婉约侧艳的词作。周密自身悼故国，重气节，但在选词时，他并不带有政治偏见。周密笔记《癸辛杂识》记萧泰来"黩货背义，丑正党邪，靡所不至"①，为"小人之宗"，有〔霜天晓角〕《梅》：

> 千霜万雪。受尽寒磨折。赖是生来瘦硬，浑不怕、角吹彻。清绝。影也别。知心唯有月。原没春风情性，如何共、海棠说。②

词作风度雅俊，别有寄托，颇有临安词风，因此也被选入集中。可见，周密选词，艺术因素是在其他因素之先的。

《绝妙好词》艺术风格倾向明确。书中 391 首词，没有一首是豪放词，全部是婉约或清雅风格，其中婉约词占了三分之二以上。即便是最有代表性的豪放词人张孝祥、辛弃疾、刘过等，张孝祥有〔念奴娇〕《过洞庭》、〔西江月〕《丹阳湖》、〔清平乐〕（光尘扑扑）、〔菩萨蛮〕（东风约略）四首；辛弃疾三首见上文；刘过有〔贺新郎〕（老去相如）、〔唐多令〕（芦叶满汀洲）、〔醉太平〕（情高意真）三首，均是他们作品中不占主流风格的婉约词或清雅词。婉约词无论是模拟女性口气还是以女性为表现对象，所体现的都主要是女性文学的特征。而清雅词，则是词走向文人化的产物。两者的共同特征，是都要求讲求音律、修饰语言，作品相对精致。

从题材看，《绝妙好词》偏爱结构精巧、寄意深远的咏物词。391 首词中，咏物词占 62 首之多且多数是有所寄托的。对于身处易朝之际、家国之情难以直接言说的临安词人来说，托物寄兴确实是很合适的表达方式。最典型如王沂孙〔庆宫春〕《水仙》：

> 明玉擎金，纤罗飘带，为君起舞回雪。柔影参差，幽芳零乱，翠围腰瘦一捻。岁华相误，记前度、湘皋怨别。哀弦重听，都是凄凉，未须弹彻。
>
> 国香到此谁怜，烟冷沙昏，顿成愁绝。花恼难禁，酒销欲尽，门外冰澌初结。试招仙魄，怕今夜、瑶簪冻折。携盘独出，空想咸阳，故宫落月。③

---

① 周密：《癸辛杂识》，中华书局，1988，第 298 页。
② 周密辑，厉鹗、查为仁笺《绝妙好词笺》，第 177 页。
③ 周密辑，厉鹗、查为仁笺《绝妙好词笺》，第 379 页。

盛时已过，名花纵然曾有万种风情也变得憔悴，再无人怜，唯有独自叹息，怀念故宫落月。水仙花的心声，有意无意间，也道出了亡国词人内心的悲凉。但从此词也可以体会到，与传统的以直接抒情为主的词相比，咏物词要在短短百余字内将个人情志融入体物摹写，是比较需要和更加擅长技巧的。张炎《词源》中说道："诗难于咏物，词为尤难。体认稍真，则拘而不畅；摹写差远，则晦而不明。"① 刘体仁亦认为"咏物至词，更难于诗"②。杨柏岭《论唐宋咏物词的审美特征》解析了原因："诗难于咏物，是因'物'是占空间的存在，适合于空间艺术，而诗歌言情，更适合表达占时间性的情思存在，以时间表现空间，这自然是困难的。进而，词体咏物更难于诗，就不仅有语言的时间性与物象的空间性之间的矛盾，而且有音乐的时间性与物象的空间性之间的矛盾。尽管有这些矛盾，但因咏物在中国古人审美心理中的重要地位，由咏物可以承载、启示无穷的信息，故而人们仍旧会迎难而上，咏物词的艺术性也须表现在这种双重克难的过程中。"③ 为克服这双重的困难，王沂孙这首词中采用了时空交错、用典等南宋词中常用的手法，将渺远的想象、深沉的悲戚浓缩在有限的词句中。咏物词的创作如此繁难，它的大量入选，也从一个侧面证明了这部词选对于精美风格的偏爱和对于艺术技巧的重视。

《绝妙好词》所选的词人群体是当世临安词人，以姜夔为代表，上承柳永、周邦彦对于语言技巧和声律的重视，有切磋词法、酬唱交流的风气，这些都促使他们的审美和创作风格向技巧精密的方向发展。从选心来看，周密是当时的词坛盟主，他选词有存宗派和存故国文献的双重意图。存宗派，自然要选取派别内他认为最优秀的作品；存故国文献，当然也要求站在艺术的制高点上，选择自己国家文化上最精华的东西，而政治倾向、社会地位之类的考虑都要置于其后了。

三 选词格调高雅

书中所选词作的娱乐功能减弱，创作风格更加雅正，题材内容也更多

---

① 张炎：《词源·咏物》，《词话丛编》，第 261 页。
② 刘体仁：《七颂堂词绎》，《词话丛编》，第 621 页。
③ 杨柏岭：《论唐宋咏物词的审美特征》，《盐城师范学院学报》（人文社会科学版）2008 年第 2 期。

地转向心灵与文人生活。《绝妙好词》按照题材大致可以分三类：女性词、文人生活词和咏物词。

女性词中排除香艳之作，而偏爱情感深沉、格调雅正之音。描写女性的词作在全书占了一半以上，有的直接是以女性口吻写的，有的是男性摹写女性生活，这些词中很难看到以往女性词中常见的男女间的嬉戏玩笑，也没有专门对女性进行香艳的身体描写，基本是感情深挚的相思怨别，或者是遵循"香草美人"的传统，借女性自况，内容较以往描写女性的词要严肃许多，情感基调多是哀婉缠绵，也比较含蓄，不同于一般的闺阁之音，显然是经过了斟酌筛选的。如洪咨夔〔眼儿媚〕：

> 平沙芳草渡头村，绿遍去年痕。游丝上下，流莺来往，无限销魂。
> 绮窗深静人归晚，金鸭水沉温。海棠影下，子规声里，立尽黄昏。①

虽写常见的相思，却情感深沉，意象静谧，有冯正中惝恍迷离、"和泪严妆"之风，无半点轻薄之意，是《绝妙好词》中女性词的代表。

记录文人生活的词富有士大夫情怀。写文人生活的词内容丰富，数量上大概占了一半：有文人之间的交游酬唱，如周密和李莱老、李彭老兄弟的唱和词；或感慨光阴易逝、事业未成，自伤身世；还有一类，尤其多见于后几卷，是怀念故国，或者是未写明故国，却处处是无处可依的沉痛心情，姜夔、周密、王沂孙此类作品都有很多。写文人生活的词中，往往充满着传统文人的风雅、含蓄和寄意深远。如周密〔高阳台〕《送陈君衡被召》：

> 照野旌旗，朝天车马，平沙万里天低。宝带金章，尊前草帽风欹。秦关汴水经行地，想登临、都付新诗。纵英游，叠鼓清笳，骏马名姬。
> 酒酣应对燕山雪，正冰河月冻，晓陇云飞。投老残年，江南谁念方回。东风渐绿西湖柳，雁已还、人未南归。最关情，折尽梅花，难寄相思。②

词中有多处用典，把对友人的关切层层写出，沉郁苍凉，简直可以当

---

① 周密辑，厉鹗、查为仁笺《绝妙好词笺》，第24页。
② 周密辑，厉鹗、查为仁笺《绝妙好词笺》，第357页。

作诗来读，但又比诗更加绵密细腻，具有更大的情感容量，此前的韵文中，能将文人内心世界传达得如此生动丰富的并不多见。

　　咏物词也是选取比兴寄托、寓意深远者。咏物词中，一类是只写物，或只描摹物的外形情状，或将物写得伤感哀怨，寄托亡国之痛，如上文王沂孙的词；另一类是托物言志，借物来寄托文人的人格理想，最常见的就是高洁的梅花词。词选中的女性词、文人生活词和咏物词的共同点是，思想内容上比较雅正，重视对文人内心真挚情感的抒写，形式上也讲求文雅，语言精雕细琢，口语极少，经由文人筛选和修正，合乎文人的审美和表达要求。

　　从文人作词开始，词体便不可避免地走上了雅化的道路。经过晏欧等知识阶层的改造、苏轼的"以诗为词"、李清照的"词别是一家"和周邦彦在声律、技巧方面的努力，到南宋，《乐府雅词》《复雅歌词》等词选相继出现，可见对于词来说，"雅"已经成为一个很重要的审美取向。然而由于手头资料、甄选功夫等的限制，这两部词选在这方面的实践并没有做得很成功。宋末风雅词人群体在前人积累的基础上，加上词人间交游密切，有互通有无、交流切磋技巧的优势，必然会将词的内容和风格进一步推向诗化、文人化。周密自身有极高的文化修养和极强的遗民心态，《浩然斋雅谈》引张直夫《李彭老词序》说，作词要"靡丽不失为国风之正，闲雅不失为骚雅之赋，模拟《玉台》不失为齐梁之工"①，基本也可以用来概括他的选词在雅正方面的要求。选源与选心的双重保障，使这部词选在向文人化方向努力方面，达到了前人未曾达到的高度。

四　选词代表流派特征

　　从选阵可以看出，周密在选词时具有很强的宗派门户意识。在所有词人中，选己作最多，达 22 首；与他常有唱和之作的李莱老、李彭老兄弟分别是 13 首、12 首，分别居选词数量排行榜的第三位、第四位；前后与他们选词数量相仿的是当时风格相近的名家：吴文英 16 首，姜夔 13 首，卢祖皋、史达祖、王沂孙分别 10 首。且不论他自身和二李的艺术水准是否真的达到了可与其他名家比肩的地步，仅从选阵来看，就足以证明周密强烈的门户意识，因此词选才呈现出明显的流派特征。

---

① 　周密：《浩然斋雅谈》，中华书局，2010，第 52 页。

与年代相近的其他词选相比,《绝妙好词》的选心是宗派意识,而且选词实践与选心高度吻合。在南宋的几部较为完整的词选中,《阳春白雪》《草堂诗余》为征歌而选,选词的首要因素是可歌。《花庵词选》为存史而选,重在以选为史,故虽有全存文献之功,但因作者审美能力的局限,恐怕也难言"精粹"。《乐府雅词》虽名曰"雅词",但在实际工作中,存史的意识也超出了流派的选择,而且收入转踏与大曲,体例更加复杂。可以说,《花庵词选》与《乐府雅词》两部词选虽有建立某个选型的意识,但实际执行得并不够彻底,选词实践与选心之间尚有差距。从这点上看,《绝妙好词》成功避开了以上问题,选阵完整而不芜杂,是一部典型的宗派词选。

五 选词代表一个时代词坛风貌

从艺术上讲,《绝妙好词》具备后世所谓"南宋体"的全部特征。"南宋体"是指清代词学批评中,南宋词里最富于代表性的一类,无论是浙西词派、常州派还是吴中派,都以此为典型,以其中一面来阐发自己新的主张,故作为一个单独的概念加以总结。"南宋体"主要指的是南宋中兴词人群和江湖词人群的部分作品与临安词人群全部作品所具备的一些共性,主流形式便是姜张骚体。《绝妙好词》在形式上雕琢精美,讲求音律,情感深沉含蓄,善于寄托,恰是"南宋体"最主要的特征。郑文焯评价它"南宋高制,美尽是篇",绝非过誉。

从内容上看,《绝妙好词》中所选词作反映了时代变迁。书中所选词人从南宋初年到宋亡后五十年左右,基本按时间顺序排列,前三卷或相思怨别,或闲适淡雅,感情相对平和畅快,又带有淡淡的哀伤基调;后几卷更多的是文人之间的相惜、落寞和对故国的怀念,以及文人以美人香草自比气节,感情转向深沉凄凉。大致能从中看到时代变迁在词人心灵中引起的震荡。

由于宋末临安词人群体在创作与思想上的成就及选者周密的卓越眼光,《绝妙好词》的体例和选词质量,在词选史上具有典范意义。清代浙西派词学家朱彝尊十分欣赏《绝妙好词》,因其体例纯粹,曾以之为雅词旗帜,黜斥《草堂诗余》俗艳之风。① 厉鹗不仅推扬其为"词家之准的",更与查为

---

① "词人之作,自《草堂诗余》盛行,屏去《激楚》《阳阿》,而《巴人》之唱齐进矣。周公谨《绝妙好词》选本中多俊语,方诸《草堂》所录,雅俗殊分。"朱彝尊:《书〈绝妙好词〉后》,《曝书亭集》卷四十三,《景印文渊阁四库全书》,第7页。

仁以多年考证本事、摘名篇秀句，作《绝妙好词笺》。自此，《绝妙好词》
在清代词坛广为流传，多种词选都是参照它的风格和体例编选而成的，有
的甚至直接承袭其名与原旨。

　　查为仁、厉鹗笺本问世后，余集从周密各种笔记中辑录宋人词作 60 首，
编成《绝妙好词续钞》。道光八年（1828），徐懋重刻《绝妙好词笺》，又
补续一卷，合为《绝妙好词续钞》上、下两卷。余刻本本欲"继草窗之
志"，而徐氏"检《武林旧事》，又钞录当时供奉诸作，而《雅谈》《杂识》
《野语》中尚有未采者，亦在所勿弃。至若王迈、林外、甄龙友诸人之词，
句既零星，词涉谐谑，不复寻矣。知不免挂漏，聊以补余氏续钞之缺云
尔"①，主要为辑佚补遗，因此选词质量远不及原书。

　　咸丰五年（1855），孙麟趾编成《绝妙近词》，选词上起自嘉庆四年
（1799），下至咸丰五年，共 260 首，多与姜夔词风相近，编排体例也有
《绝妙好词》的痕迹。甚至连《绝妙好词》唯己词独尊的做法，也被效仿。
书中选孙麟趾己作 20 首、序作者陈庆溥 20 首，远超过其他词人，足见《绝
妙好词》选词影响之深远。

（孙文婷撰）

---

① 徐懋：《绝妙好词续钞跋》，周密辑，厉鹗、查为仁笺《绝妙好词笺》，河北大学出版社，
　　2005，第 244 页。

第二章　明代词选研究

第一节　明人增修《花间集》选本研究

明代词坛有"花草"崇拜的风气，《花间集》备受推崇。后蜀赵崇祚编纂的《花间集》，是一部主采艳词的选歌类词选。选阵核心是西蜀词人，有着鲜明的地域特性。它在后世词坛具有重要地位和较大影响，经历了由显到晦，又渐推广为"正宗传统"的过程。《花间集》在宋代颇受重视，金元时期湮没无闻，明代重放异彩，深受选家瞩目。茅一桢云："昔人称长短句情真而调逸，思深而言婉者，莫过《花间》。"[①] 姚舜牧云："读其词，率多小令，纤纤而刺人骨，翩翩而令人舞，靡靡而使人忘倦，岂声音之感人自有不可废者哉？"[②] 作为一部始祖型词选，它在万历后期至晚明，翻刻、增修数量之巨，仅次于《草堂诗余》，形成支脉纷繁的"花间族系"。顾梧芳云："余素爱《花间集》胜《草堂诗余》，欲播传之。"[③] 明人将其捧上词坛中心，奉为填词规范，不仅影响了明代香艳绮靡词风的形成，还推动了明末清初词学流派与词学思想的发展。

一　明代"花间"系列词选的版本体系

现存明代"花间"系列词选共十六种，按编排方式划为分人和分调两个体系。分人系列下另列祖本、增补本及评点本。版本、庋藏情况归纳如下。

---

① 参见温博《花间集补叙》，《花间集补释》十四卷，万历八年（1580）凌霞山房刻本。
② 姚舜牧：《花间集补叙》，《花间集补释》十四卷，万历四十年（1612）凌霞山房刻本。
③ 顾梧芳：《尊前集序》，《尊前集》二卷，万历十年（1582）刻本。

（一）分人系列

分人系列，指依词人顺序编排词作，人下列词。此是《花间集》原始体例。下分祖本、增补本及评点本。祖本源出宋刻本。增补本在祖本基础上新增中晚唐词作，附有音释。评点本新增批点。

1. 祖本

（1）吴讷《唐宋名贤百家词》本。天津图书馆藏正德年间抄本，二卷。红格，半页 12 行，行 20 字，单红鱼尾，四周单边，无页码。首欧阳炯序，上卷止于薛昭蕴，下卷起自毛文锡，与现存宋本词人顺序相异。收录唐五代 18 家词 500 首。源出宋绍兴十八年（1148）晁谦之建康郡斋本。

（2）陆元大本。正德十六年（1521）苏州陆元大刻本，十卷。半页 10 行，行 18 字，白口，单黑鱼尾，左右双边。首欧阳炯序，末晁谦之跋，牌记："正德辛巳吴郡陆元大宋本重刻。"据晁谦之本覆刻。校正晁本多处错误，接行写刻词添加"其二""其三"字样，以示分列。

（3）来行学巾箱本。天津焦从海藏万历三十年（1602）西陵来行学五松馆刻本，十卷（存八卷）。半页 6 行，行 13 字。首楷书欧阳炯序，末署"明万历壬寅长至日越西陵来行学颜叔书，五松馆藏板"。次隶书来行学序，末署"壬寅长至日西陵来行学颜叔书"。卷端第三行题"明来行学颜叔校"。来行学，字孟门，号颜叔，萧山人。工篆刻，擅书法，此书是其手写袖珍版。

（4）汲古阁《词苑英华》本。崇祯年间常熟毛氏汲古阁刻本，十卷。半页 9 行，行 20 字，白口，双黑鱼尾，左右双边。各卷首末页版心镌"汲古阁 毛氏正本"，有"琴川毛晋足本"刻印。书末有陆游跋、毛晋识。据宋淳熙鄂州公文本等校刊。

（5）张尚友校本。上海图书馆藏明刻本，二卷。半页 10 行，行 22 字，白口，单鱼尾，左右双边。以陆本为底本，合原书十卷为二卷。序后有简目，题署"银青光禄大夫行卫尉少卿赵崇祚集，姑苏葑溪后学张尚友重校"。张尚友（1542~1599），字益之，号省堂，苏州人，治《春秋》。后有晁谦之跋，改"右《花间集》十卷"为"右《花间集》二卷"。书末补入遗漏词作。有清叶树廉校并跋，暨民国袁克文跋。

（6）紫芝《宋元名家词》本。北京大学图书馆藏明抄本，二卷。半页 9 行，行 15 字。左右双边，版心下有"紫芝漫钞"字样。略同《百家词》

本，上下卷总目次序颠倒，下卷词人排序有出入。

（7）文治堂本。青海省图书馆藏明苏州文治堂刻本，四卷。半页 8 行，行 18 字，四周单边。据《词坛合璧》本后印墨刷，无汤显祖评语。

（8）抄配残本。上海图书馆藏。半页 10 行，行 18 字。以陆本为底本，仅存卷八至卷十，卷九、卷十为正楷抄补，行款同卷八。有清刘毓家跋。

（9）抄残本。台北图书馆藏明蓝格抄本。半页 13 行，行 20 字，白口，单黑鱼尾，左右双边。有墨笔圈点校语。存毛文锡、顾夐、魏承班、孙光宪、牛希济、鹿虔扆、阎选、尹鹗、李珣 9 家，词作 229 首。

2. 增补本

（1）凌霞山房庚辰本。万历八年（1580）吴兴茅氏凌霞山房刻本，十卷附补遗二卷。半页 9 行，行 18 字，白口，单黑鱼尾，左右双边。以陆本为底本，首乌程冯年书欧阳炯序，次叙目、音释。补遗首沈玄征书温博序，次补叙目、补音释。目后牌记："万历商横执徐之岁，朱夏日，归安茅氏雕于凌霞山房。"首卷卷端题"唐赵崇祚集，明温博点句，茅一桢校释"，补遗卷端题"西吴温博编次，茅一桢订释"。补叙目录与卷内实录词数有异，增补唐五代词人李白、张志和、元结、刘禹锡、李涉、王建、白居易、薛能、徐昌图、刘燕哥①、无名氏、李璟、李煜、冯延巳计 14 家，词作 70 首。四川图书馆藏康熙间抄本《花间类编》，卷端题"无着落神仙波斋龙游钱目天定本"，即清人钱觐据茅本混合分调重编。钱觐，字目天，号波斋，浙江龙游人，工篆刻。

（2）玄览斋巾箱本。上海图书馆藏万历三十年（1602）吴兴唐钟英玄览斋刻本，十二卷附补遗二卷。半页 6 行，行 15 字，白口，四周单边。以茅本为底本，十卷拆为十二卷，欧阳炯序中"分为十卷"改作"分为十二卷"，序末缺"时大蜀广政三年夏四月日叙"，末刊"万历壬寅孟夏玄览斋重梓"。首卷卷端题"唐卫尉少卿赵崇祚集"，补遗卷端题"西吴温博编次"。删去音释及温博序。此本校雠粗疏，讹误较多。1919 年商务印书馆《四部丛刊初编》据此影印，有王国维校跋。

（3）凌霞山房壬子本。国家图书馆藏万历四十年（1612）吴兴茅氏凌霞山房刻本，十卷附补遗二卷。据庚辰本重修，版式皆同。补遗叙目、音释移至集前。欧阳炯序后增姚舜牧序。首卷卷端题"唐赵崇祚集"，补遗卷

---

① 刘燕哥，元代歌伎，误入。

端题"西吴承庵姚舜牧校阅"。姚舜牧（1543～1627），字虞佐，号承庵，乌程人。万历元年（1573）举人，历官新兴、广昌知县，治经学。

（4）吴勉学师古斋本。四川图书馆藏万历年间徽州吴勉学师古斋刻本，十卷附补遗二卷。半页9行，行18字，白口，单白鱼尾，四周单边。以茅本为底本，编排校定皆同，无温博序。卷前有王立中、李一岷跋。

3. 评点本

《词坛合璧》本。万历四十八年（1620）吴兴闵暎璧朱墨套印本，辑入朱之蕃编《词坛合璧》，四卷。半页8行，行18字，无竖格，白口，四周单边。集前有娄县季许书欧阳炯序，次汤显祖序，集末有闵暎璧跋。无总目，分卷列目，卷后有音释，考释用字"音""义"。有写体朱笔眉批、旁批、尾批及圈点。接行写刻词标示"其二""其三"。卷端均题"唐赵崇祚集 明汤显祖评"。眉目清晰，刷印精良，堪称坊刻善本。国家图书馆藏覆刻墨刷本，印制不佳。台湾"中研院"史语所傅斯年图书馆藏金阊世裕堂刻《词坛合璧》，亦为墨刷本，闵跋移至集前，音释移至卷首。

（二）分调系列

《花间集》所收词均属小令。分调本在增补本基础上，依词调字数多少重新排序，字数少者在前，多者在后。

1. 读书楼本

上海图书馆藏天启四年（1624）钱塘钟人杰读书楼刻本，二卷。与《草堂诗余》合刻，题《合杨升庵批选花间草堂二集》。半页9行，行19字，白口，单白鱼尾，四周单边。小字双行，行18字。书版页镌"弇州谓《花间》以小语致巧，《草堂》以丽字取妍。临川谓《花间》有俊怀，《草堂》多雅韵。俱为定论。今《草堂》集中祝寿咏桂诸恶道语皆得广传，而《花间》刻无嗣响。譬彼采艳于江南，未睹邯郸之佳丽，惜哉！□□升庵所品选合行之，裨稍益于风流博士家也。读书楼藏板"。集前无欧阳炯序，有张师绎及钟人杰序。首卷卷端题"新都杨慎品定，钱塘钟人杰笺校"。将茅本次序打乱重编，混合原书与补遗，加以删削，以字数多寡为序排列词调，区分同调异体。上卷选40调，词172首；下卷选34调，词271首。较茅本少127首。有少量评语，校雠不精，词人署名多讹误。

2. 雪艳亭活字本

四川图书馆藏明末雪艳亭活字印本，二卷。半页9行，行19字，白口，四周单边。版心下有"雪艳亭"字样。无叙目。首欧阳炯序,序末缺"时大蜀广政三年夏四月日叙",序中"分为十卷"改作"分为十二卷",知其据玄览斋本重编。编排方式与读书楼本相似,混合原书与补遗,有所去取,依原书词调顺序分调排列。李一氓据印鉴"浣花居士""碧窗清供"及署名"雪艳亭"推测,应是明末常熟闺秀翁孺安(? ~1627)自辑闺中读本。

明代"花间"系列词选版本体系丰富,除翻刻(抄)祖本外,余皆属增修词选。对祖本进行增补、释音和评点,表现出明人尊崇唐五代词的复古思想。力求通过补遗全李唐一代之词,通过批评解读普及传播。对增补本进行分调重编,表现出明人对词体初兴体式的辨析。

二 明代增修《花间集》的词学思想

除翻刻祖本外,余皆属增修词选。明人在增修《花间集》的过程中,亦渗透进词学思想,这表现在体例安排、序跋评点中,可归纳为以下三点。

其一,溯源探流,复古尊体。《花间集》是文人雅化词的典范,体现了区别于民间俚俗词的特征。增修《花间集》,在原本基础上追溯源头,显示出明人对词体起源的认识。孙克强先生言:"《花间集叙》是词学批评理论领域讨论词体特征的第一篇文献。"① 温博《花间集补》及伪汤显祖评本② 则丰富了欧阳炯对唐五代词体特征的讨论。《花间集补》选唐词48首、五代词22首,将文人词源头上溯至中唐。温博言:

> 如〔菩萨蛮〕〔忆秦娥〕,世所称调祖也,如〔清平乐令〕,或以为非太白作。而近代杨用修、王元美已愉快之,未为无据。如〔清平调〕〔欸乃曲〕〔杨柳枝〕〔竹枝词〕即七言绝,而实古词,古词多四句也。如〔渔歌子〕〔古调笑〕,比切声调并入古词而采之云。③

陆游称《花间集》为"近世倚声填词之祖"④,后世多从其言。温博径

---

① 孙克强:《试论唐宋词坛词体观的演进——以〈花间集叙〉〈词论〉〈乐府指迷〉为中心》,《文学遗产》2017 年第 2 期。
② 据叶晔《汤显祖评点〈花间集〉辨伪》(《文献》2016 年第 4 期),汤序、汤评皆是伪托,作伪者恐是闵晔璧或其友人。本文为叙述方便称汤评,实与汤显祖无关。
③ 温博:《花间集补叙》,《花间集》十卷附《补遗》二卷,万历八年(1580)凌霞山房刻本。
④ 陈振孙:《直斋书录解题》,上海古籍出版社,1987,第 641 页。

称李白〔菩萨蛮〕〔忆秦娥〕为"调祖",并将脱胎于乐府民歌的七言绝句纳入词调,继承了吴讷的复古观。① 姚舜牧、伪汤序皆持类似观点:

> 三百篇变而骚赋,骚赋变而古乐府,古乐府变而词,词变而曲,抑其时使然也。②

> 考唐调所始,必以李太白〔菩萨蛮〕〔忆秦娥〕及杨用修所传其〔清平乐〕为开山,而陶弘景之〔寒夜怨〕、梁武帝之〔江南弄〕、陆琼之〔饮酒乐〕、隋炀帝之〔望江南〕,又为太白开山,若唐宣宗所称"牡丹带露真珠颗"〔菩萨蛮〕一阕,又不知何时何许人。而其为《花间集》之先声,盖可知已。③

诗歌形式配合音乐系统变化而变化。由《花间集》上溯唐词,至六朝隋代乐府,至骚赋,至《诗经》,进而推尊词体。这是明代诸多词论家的一致观念,词选家将其落实在增补中,彰显词体衍变过程。溯源观体现在评点中:

> 兴语似李贺,结语似李白,中间平调而已。(温庭筠〔菩萨蛮〕其九)

> 〔杨柳枝〕,唐刘禹锡、白乐天而下凡数十首,然惟咏史咏物,比讽隐含,方能各极其妙,如"飞入空墙不见人""随风好去入谁家""万树千条各自垂"等什,皆感物写怀,言不尽意,真托咏之名匠也,此中三五卒章,真堪方驾刘、白。(温庭筠〔杨柳枝〕八首)

指出温词接受李白、李贺、刘禹锡、白居易的影响,汲取唐诗"比讽隐含""感物写怀"的精髓,达到言不尽意的效果。较早揭示了温词的寄托性。温博言:"予初读诗至小词,尝废卷叹曰:嗟哉,靡靡乎,岂风会之使然耶? 即师涓所弗道者。已而睹范希文〔苏幕遮〕、司马君实〔西江月〕、朱晦翁〔水调歌头〕等篇,始知大儒故所不废。何者? 众女蛾眉,芳兰杜若,骚人之意,各有托也。"④ 领悟到小词中的楚骚遗意,阐明其蕴含感发

---

① 吴讷《文章辨体外编·近代词曲》是首部将《柳枝》《竹枝》纳入词调的明代词选。
② 姚舜牧:《花间集补叙》,《花间集》十卷附《补遗》二卷,万历四十年(1612)凌霞山房刻本。
③ 汤显祖:《花间集叙》,《花间集》四卷,万历四十八年(1620)闵暎璧朱墨套印本。
④ 温博:《花间集补叙》,《花间集》十卷附《补遗》二卷,万历八年(1580)凌霞山房刻本。

联想的潜能，首次以《花间集》建构词学寄托理论。上追六朝，认为六朝"风华情致"的文学格调与词体审美理想递相承袭：

> 风华情致，六朝人之长短句也。（温庭筠〔梦江南〕其一）
> 犹似六朝艳曲。（温庭筠〔南乡子〕其三）①
> 六朝风华而稍参差之，即是词也，唐词间出选诗体，去古犹未河汉。（孙光宪〔生查子〕其二）

杨慎首先将"风华情致"作为词体美学范畴提出："大率六朝人诗，风华情致，若作长短句，即是词也。"②词评者借以发挥，将《花间集》与沈约、江淹等六朝文人及《玉台新咏》《文选》等选集联系起来，具象描绘其美学渊源。

除追溯源头外，还注重探讨流衍。汤显祖云："词至西蜀、南唐，作者日盛，往往情至文生，缠绵流露。不独为苏、黄、秦、柳之开山，即宣和、绍兴之盛，皆兆于此矣。"③认为五代词奠定了宋词的繁荣。闵暎璧云："风雅而下，一变为排律，再变为乐府，为弹词，若元人之《会真》《琵琶》《幽闺》《秀襦》，非乐府中所称脍炙人口者？然亦不过撷拾二书之绪余云尔。"④认为元代南北曲名剧撷拾《花间集》《草堂诗余》余绪，词衍变成曲。探流观体现在评点中：

> "帘外晓莺残月"，妙矣，而"杨柳晓风残月"更过之，宋诗远不及唐，而词多不让，其故殆不可解。（温庭筠〔更漏子〕其二）
> 三句皆重叠字，大奇，大奇，宋李易安〔声声慢〕用十重叠字起，而以"点点滴滴"四结之，盖用其法而青于蓝者。（阁选〔河传〕）

《花间集》下启宋词，对柳永、李清照遣词造句皆有影响。又下开南北曲：

> 以下三词颇无佳句，但开曲藻滥觞耳，昔人谓诗情不似曲情多，其流之弊，唐人已先作俑。（顾夐〔献衷心〕）

---

① 此评出于读书楼本，应是钟人杰作。
② 杨慎：《词品》，唐圭璋编《词话丛编》，中华书局，2005，第425页。
③ 王奕清：《历代词话》引《玉茗堂集》，《词话丛编》，第1138页。
④ 闵暎璧：《花间集跋》，《花间集》四卷，万历四十八年（1620）闵暎璧朱墨套印本。

丽藻沿于六朝，然一种霸气，已开宋元间九宫三调门户。（毛文锡〔甘州遍〕其一）

〔柳枝〕之外咏柳之种类极多，今南词中亦尽有佳句，若追先进，当从始音。（毛文锡〔柳含烟〕其二）

"满帆风吹，不上离人小舡"，今南调中最脍炙人口，只此数语，已足该括之矣。（孙光宪〔谒金门〕）

《花间集》深美闳约，秾艳密丽，与曲体文学，尤其是南曲一脉相承，堪称"先进""始音"。因处于雅化词初始之时，俚俗直露处亦与曲体弊端相通。总体而言，明人增修《花间集》时，更注重词与诗、曲的代变，在比较中推尊词体。

其二，重视词调，辨析格律。在增修系列中，分调本比较特殊。一般而言，以调系词的编次方法运用在小令、中调、长调俱存的选本中，目的是合订谱与选词于一体，既获得供审美鉴赏的读本，又可作创作时的格律准式。《花间集》作为一部令词选本，晚明时两次被分调重编，依词调字数多寡（读书楼本）和原编词调顺序（雪艳亭本）排列，这既有上述目的的原因，亦基于重编者对唐五代词体调式的重视。《花间集》所录词调，是民间词向文人词过渡阶段的产物，淘汰了敦煌词、教坊曲的鄙俚牌调，亦保留了初始时的一些特征，属于非常珍贵的词学文献。明代郎瑛（1487～1566）指出，时人对这些牌调极为陌生：

《花间集》词名：〔归国遥〕〔酒泉子〕〔定西番〕〔河渎神〕〔遐方怨〕〔思帝乡〕〔蕃女怨〕〔荷叶杯〕〔上行杯〕〔思越人〕〔三字令〕〔竹枝〕〔河传〕〔摘得新〕〔离别难〕〔相见欢〕〔醉公子〕〔感恩多〕〔满宫花〕〔蝴蝶儿〕〔赞成功〕〔西溪子〕〔中兴乐〕〔接贤宾〕〔赞浦子〕〔女冠子〕〔甘州遍〕〔纱窗恨〕〔柳含烟〕〔月宫春〕〔恋情深〕〔贺明朝〕，右三十二词，乃《花间集》之名也，《草堂诗余》诸本之所无，今作词者，不惟不填此调，亦不知有此名耳。[1]

此种情况，至晚明得到极大改善。考察明中晚期词坛，词人对采用宋元人弃置不用或极少使用的唐五代牌调填词颇为热衷；对宋人按慢曲创造

---

[1]　邓子勉编《明词话全编》，凤凰出版社，2012，第615页。

长调或变换格律的牌调，几乎全依旧体体式填词；对宋元人否认词调属性的牌调，编入词谱并据以填词。郎瑛所举32个词牌，多数至明末才有拟作，与《花间集》经大量翻刻增修、广泛传播密切相关。依调重编《花间集》，实是明人在隋唐燕乐消亡后，为保存、延续唐五代词调式、韵律而付诸的实践。它表现了晚明词学欲矫明词衰弊而提出的"专意小令，冀复古音，屏去宋调"① 的复古追求。分调重编本，甄别同调异体②，剔除不佳例词，反映选家重视旧调，欲促进唐五代词分调经典化，引领创作的心态。与之同步，评点本的词调批评更加直观：

> 唐人多缘题起词，如〔荷叶杯〕，佳题也，此公按题矣，词短而无深味。韦相尽多佳句，而又与题茫然，令人不无遗恨。（温庭筠〔荷叶杯〕）
>
> 直抒情绪，怨而不怒，骚雅之遗也。但嫌与题义少远，类今日之博士家言。（韦庄〔女冠子〕）

因唐词有咏调名本意的传统，故其对韦庄〔荷叶杯〕〔女冠子〕未即题赋词的做法提出批评，甚而比拟为八股文。这种看法显然过于拘狭，表现出对复古观念的矫枉过正。考察词调命名缘由和调名本意：

> 〔醉公子〕即公子醉也，其词意四换，又称〔四换头〕尔，后变风渐与题远。（顾夐〔醉公子〕）
>
> 西域诸国妇人编发垂髻，饰以杂花，如中国塑佛香璎珞之饰，曲名取此。（毛熙震〔菩萨蛮〕）
>
> 原题本旨，直书祠庙中事，自无借灯定影习气。（孙光宪〔河渎神〕）

探讨〔醉公子〕〔菩萨蛮〕〔河渎神〕词调名称起源，每摘袭杨慎《词品》结论，至自我发挥处，则多臆断妄语。

> 唐人旧曲云"帐中草草军情变"，宋黄载亦云"楚歌声起霸图休"，似专虞姬发论。（毛文锡〔虞美人〕）

---

① 沈亿年：《支机集凡例》，冯乾编《清词序跋汇编》第 1 册，凤凰出版社，2013，第 14 页。
② 例如，读书楼本对《杨柳枝》《酒泉子》等牌调俱分体编排。

《益州方物图赞》："虞"作"娱"，集中诸调都不及虞姬事，想以此故。（孙光宪〔虞美人〕）

〔渔歌子〕即〔渔家傲〕也，老不如渔，良愧其言。（李珣〔渔歌子〕）

斥《词品》"虞美人草"条，将词人未咏虞姬事归结为〔虞美人〕即"娱美人"，实属臆测。〔渔家傲〕源自晏殊，与〔渔歌子〕诸体截然不同。评点辨析词体格律：

黄叔旸云：唐词多无换头，如此词自是两首，故重押两"情"字、两"明"字，合作一首者，误矣。（张泌〔江城子〕其二）

仄声七言绝句，唐人以入乐府，谓之〔阿那曲〕，宋人谓之〔鸡叫子〕。平声绝句以入乐府者，非〔杨柳枝〕〔竹枝〕，即〔八拍蛮〕也。（阎选〔八拍蛮〕其一）

此〔柳枝〕之变体也。（张泌〔杨柳枝〕）

〔荷叶杯〕又一变法，终是作者负题。（顾敻〔荷叶杯〕其一）

前两则袭自《词品》，指出唐词多单调、仄韵绝句和平韵绝句调名相异等格律特征。后两则辨析同调异体。重视格律而不缚于格律：

填词平仄断句皆定数，而词人语意所到时有参差，古诗亦有此法，而词中尤多。即此词中字之多少、句之长短，更换不一，岂专恃歌者上下纵横取协耶？此本无关大数，然亦不可不知，故为拈出。（顾敻〔酒泉子〕）

此评亦化用杨慎语。顾敻〔酒泉子〕七首，断句多不同。当格律与语意相抵触时，应"纵横取协"，调整词律以就词情。总的来说，评点者重视唐五代词调原貌，区分词体而不过分严苛。

其三，崇雅抑俗，提倡本色。李之仪《跋吴师道小词》云："长短句于遣词中最为难工，自有一种风格，稍不如格，便觉龃龉……大抵以《花间集》中所载为宗。"[1]《花间集》在宋代便被立为"正宗"，至明中晚期成为

---

[1]　李之仪：《姑溪题跋》，《丛书集成初编》，中华书局，1985，第49页。

词论家标榜的旗帜:"为禁脔《侯鲭》,竖词林嚆矢。"① "花间"风尚较张
綖的"婉约""豪放"二分法更受欢迎,成为压倒性的主流。毛晋云:

> 近来填词家辄效颦柳屯田,作闺帏秽媟之语,无论笔墨劝淫,应
> 堕犁舌地狱,于纸窗竹屋间,令人掩鼻而过,不惭惶无地邪?若彼白
> 眼骂坐,臧否人物,自诧辛稼轩后身者,譬如雷大起舞,纵使极工,
> 要非本色。张宛丘云:幽索如屈、宋,悲壮如苏、李,始可与言词也
> 已矣。巫梓斯集,以为倚声填词之祖。②

将《花间集》视作"倚声填词之祖"。援引张耒语将该选端庄含蓄之风
上溯屈宋、苏李的"幽索""悲壮",柳永、辛弃疾沦为冶艳媟嫚、粗鄙叫
嚣的对立典型。崇尚花间格调,用来扭转词坛学柳、辛而流于下乘的不良
风气。具体到评骘中,评点者的词体正变观反映如下:

> 颂酒赓色,务裁艳语,毋取乎儒冠而胡服也。(顾敻〔临江仙〕)
> 长短句盛于宋人,然往往有曲诗、曲论之弊,非词之本色也。此
> 等漫衍无情,亦复不能免此。(毛熙震〔临江仙〕)

第一则袭自王世贞《艺苑卮言》,点明词应以艳笔写闺襜,风格宜与内
容配套,摒斥豪放词风。第二则涉及词体本色,点明词体与诗、文之区别。
词体应情致蕴藉,而"漫衍无情",就掺入诗文特征,不复当行。在语言上
崇尚隽雅,排斥俚俗:

> 口头语,平衍不俗,亦是填词当家。(温庭筠〔更漏子〕)
> 隽雅不及韦相,而直叙道情,翻觉当行,次首恨有俗句。(薛昭蕴
> 〔女冠子〕)
> 词气委婉,不即不离,水仙之雅调也。(张泌〔临江仙〕)
> 托景怀人,如怨如慕,何减《摽梅》诸什。(张泌〔酒泉子〕)
> 徘徊而不忘思婉,恋而不激,填词中之有风雅者。(孙光宪〔清平
> 乐〕)

不避口语,但要用得本色当行,不落俗套。标举《诗经》"风雅"传

---

① 张师绎:《花间集叙》,《花间集》二卷,天启四年(1624)读书楼刻本。
② 毛晋:《花间集跋》,《花间集》十卷,崇祯年间汲古阁刻本。

统，突显《花间集》诸篇价值。明代词论家普遍认为《花间集》价值高于《草堂诗余》，亦由于前者更加雅致："第《花间》无俗调，《草堂》人数阒而外，悉恶道语，不耐检。"① 为了形成隽雅的语言，评点家鼓励作者多读书，积累语料："词虽小技，亦须多读书者，方许为之。"（评李珣〔浣溪沙〕）

　　明人增修《花间集》，用意不仅在于"足李唐一代之制"②，更在于推尊唐词本色正体的地位，将唐词与唐诗联系在一起。明人周永年《艳雪集原序》云："从来诗与诗余，亦时离时合，供奉之〔清平〕、助教之《金荃》，皆词传于诗者也。玉局之以快爽致胜，屯田之以柔婉取妍，皆词夺其诗者也。大都唐之词则诗之裔，而宋之词则曲之祖。唐诗主情兴，故词与诗合；宋诗主事理，故词与诗离。"③ 认为唐词继承诗的精神，是诗之苗裔。宋词背离诗的精神，是曲之始祖。推尊李白、温庭筠为正体典范。苏轼、柳永被视作变体典型。伪汤评温庭筠〔菩萨蛮〕云："李如藐姑仙子，已脱尽人间烟火气。温如芙蕖浴碧，杨柳抱青，意中之意，言外之言，无不巧隽而妙入，珠璧相耀，正自不妨并美。"首次将李、温并称，给予他们"唐词双璧"的重要位置。清人进一步阐发两者对后世词风的影响，并揭示正、变典范的源流关系："唐人词，风气初开，已分二派。太白一派，传为东坡，诸家以气格胜，于诗近西江。飞卿一派，传为屯田，诸家以才华胜，于诗近西昆。后虽迭变，总不越此二者。"④ 谓苏轼传承李白，气势充沛；柳永传承温庭筠，辞藻纷披，均源出唐词风调，极可能受到了明编《花间集》的影响。

　　评点是一种特殊的文学批评方式，倾向于沟通审美体验而非建构理论体系。《花间集》评点除蕴含词学思想外，亦具有接受史意义和传播价值。

　　从接收史意义上来说，首先，评点的个性化。伪汤评的作者极可能是书坊雇佣的下层文士，他从普通读者的视角对词篇做出个性化的解读，富于感染力。如评韦庄〔菩萨蛮〕云："'洛阳才子他乡老'，可怜，可怜，使我心恻。"评孙光宪〔更漏子〕云："到得情深江海，自不至断肠西东，其

　　① 钟人杰：《花间集叙》，《花间集》二卷，天启四年（1624）读书楼刻本。
　　② 温博：《花间集补叙》，《花间集》十卷附《补遗》二卷，万历八年（1580）凌霞山房刻本。
　　③ 周永年：《艳雪集原序》，《明词汇刊》下册，上海古籍出版社，1992，第1779页。
　　④ 沈祥龙：《论词随笔》，《词话丛编》，第4049页。

不然者命也，数也。人非木石，那得无情？世间负心人，直木石之不若也。"真切传达自身感触，容易引起共鸣。其次，评点的具象化和全面化。前代词论家张炎、沈义父尝举《花间集》为作词法则，然未具体说明佳妙处。评点赖紧密依附作品之便，能更细致地分析文本。如评温庭筠〔南歌子〕云："短调中能尖新而转换，自觉隽永。腐句腐字一毫用不着。"推崇语言的新颖独到，将沈氏所举"字面好而不俗者"① 落到实处。选词亦有庸陋处，评点不讳言缺点。如评韦庄〔喜迁莺〕云："读《张道陵传》，每恨白日鬼话，便头痛欲睡，二词亦复类此。"无甚思想深度，然弥补了前代词论宏观评判的偏颇。

从传播价值上来说，首先，评点的审美导向作用。注重描绘美学风貌，擅用精当的语言揭示词作的艺术特质，提倡隽永的旨趣。如评牛峤〔玉楼春〕云："隽调中时下隽句，隽句中时下隽字，读之甘芳浃齿。"赞美词句含蓄隽永，余韵悠长，益于启人深思。其次，评点模式和话语体系之功用。采用颇为宏通的模式，以诗、曲、画论词。如评毛熙震〔酒泉子〕云："'手抵着腮，慢慢的想'，知从此处翻案，觉两两尖新。"引王实甫《西厢记》曲语论词。评孙光宪〔望梅花〕云："'自去何郎无好咏'，'雪萼红跗相映'，当得一'好'字不？"引高启《梅花》诗语论词。评温庭筠〔菩萨蛮〕云："'碧纱如烟隔窗语'，得画家三昧，此更觉微远。"引画境论词。不同艺术体式相对照，拓宽了读者的阅读视野和审美空间。话语体系与明代各体评点相类，形式短小精悍；语言时见口语，通俗易懂；偏重抒发直觉和主观感悟。明人增修《花间集》，一方面推进它的词学思想的深化，另一方面推进它的可读性，从而加速该选的普及流行。

（吴雅楠撰）

第二节　《古今女词选》的价值和意义

词选在中国词学史上起着重要作用并产生了深远的影响。词选在指示学词门径、保存文献、阐发词学主张等功能之外，还有彰显词坛风尚、反

---

① 沈义父：《乐府指迷》，《词话丛编》，第279页。

映时代词学思想的意义。女性词选是中国古典词选中的奇葩，如果说女性词是女性文学的重要组成部分，女性词选则是古典词选不可或缺的方面军。明代诞生了第一部女性词选——许铨胤的《古今女词选》，从此词学史乃至女性词史翻开了新的篇章。

一 词选与女性词选

词体成熟于晚唐五代，在当时除了不存姓名的女性乐工歌伎之外，文人词中罕见女性词人。北宋时期女性词人逐渐显现于词坛，她们的创作情况多被记载于宋代的笔记词话中，当时的词选集尚未予以关注。随着李清照等人的脱颖而出，女性词人成为不可忽视的存在，南宋之后词选本开始选入女性词人的词作。

五代、两宋时期产生了多种词选本，如《尊前集》《乐府雅词》《草堂诗余》《花庵词选》《绝妙好词》等，这些词选成为唐宋词学不可或缺的组成部分。成书于五代时期的《花间集》是第一部文人词选，在敦煌文献中的《云谣集》被发现之前，它一直被认为是最早的词选，南宋陈振孙《直斋书录解题》云："此近世倚声填词之祖也。"① 《花间集》的婉丽风格成为后世追模的本色当行典范。宋代尚无专门的女性词选，这与宋代女性词人词作还较为稀见是相一致的。但两宋时期的词选已经开始收录女性词人的作品，这种现象可视为女性词选的滥觞。

《花间集》《尊前集》《金奁集》中未收女性词人词作。第一部收入女性词人作品的词选是《梅苑》。《梅苑》又名《群贤梅苑》，共十卷，南北宋之交人黄大舆选编。《梅苑》一书选录的作品皆为咏梅之词，其中仅选了一位女性词人——李清照的词作18首。此后南宋各种词选本皆将李清照的作品予以收录，如《乐府雅词》收录23首，《草堂诗余》收录10首，《阳春白雪》收录3首。而其他两宋女性词人很少被关注，诸词选所收仅有四人：《乐府雅词》收入"魏夫人"词10首，《草堂诗余》收入"阮逸女"词〔花心动〕1首、"孙夫人"词〔南乡子〕〔忆秦娥〕〔烛影摇红〕共3首，《阳春白雪》收入"陆游妾某氏"词〔生查子〕1首。宋代词选中收录女性词人最多的是黄昇的《唐宋诸贤绝妙词选》。此选的卷十专选"闺秀"

---

① 陈振孙：《直斋书录解题》，第 614 页。

词，目录如下：吴城小龙女 1 首、魏夫人 7 首、李易安 8 首、孙夫人 5 首、吴淑姬 3 首、阮氏 1 首、卢氏 1 首、聂胜琼 1 首、陈凤仪 1 首、陆氏侍儿 1 首，共计 29 首。

考察以上情况可以得出三点认识：第一，在宋代，女性词人的成就和影响还很弱小，除了李清照，其他女词人的知名度不高，就连后来清人追捧的宋代女词人朱淑真在宋代词选中也难觅踪迹；第二，李清照是唯一列入"群贤"的女性词人，可以与男性大词人并肩而立；第三，黄昇的《唐宋诸贤绝妙词选》已经具备了性别词人的意识，将女性词人单独编辑，收录为一卷，可见他已经有了对"闺秀词"的独特性的认识。黄昇对女性词的选编实践对后世影响很大，后世诸多"闺秀词选"的产生正可证明。

明代是女性文学创作的高峰时期，从存世文献来看，明代中后期女性著作繁多。据胡文楷《历代妇女著作考》，明代女性作家多达 240 余位，远远超过之前女性作家人数总和（书中载汉魏六朝女性作家 33 人、唐代 21 人、五代 1 人、宋代 46 人、元代 16 人，共计 117 人）[1]。这与明代社会思想解放有关，明代中后期对女性地位的认识有所突破。李贽《答以女人学道为见短书》云："故谓人有男女则可，谓见有男女，可乎？谓见有长短则可，谓男子之见尽长，女子之见尽短，又岂可乎？"[2] 对男女平等性提出质疑，正确认识了女性的才华见识。

明代词选中选女性词已经成为普遍现象，试举陈耀文的《花草粹编》为例。《花草粹编》十二卷，共选录唐、宋、金、元、明词家 626 人，词作 3702 首。[3]《花草粹编》按小令、中调、长调编排，分词调选词，词调下排列词人词作。《花草粹编》中收录了大量的女性词人，女词人名单如下：

> 妙香、管道升、柳氏、张妙静、王丽真、李清照、美奴、严蕊、孙道绚、吴淑姬、朱淑真、魏夫人、舒氏、延安李氏、慕容岩卿妻、珍娘、乐婉、蒋令女、李秀兰、苏小小、洪慧英、花蕊夫人、胡夫人、朱秋娘、肖淑兰、花仲胤妻、吴氏、郑意娘（杨思厚妻）、赵秋官妻、

---

① 据胡文楷《历代妇女著作考》（上海古籍出版社，1985）统计。
② 李贽：《焚书　续焚书》，中华书局，2009，第 131 页。
③ 参阅陶子珍《明代词选研究》，台北：秀威资讯科技股份有限公司，2003，第 197、198 页。

宋宗室夫人、曹仙姑、郑云娘、尹温仪、刘燕歌、梁意娘、幼卿、金
叔柔、玉英、聂胜琼、盼盼、尹温仪、京师妓、放翁妓、蜀妓、曹希
蕴、刘彤、李氏、易少夫人、易祓妻、陶氏、戴复古妻、琴精、洛阳
女郎、孙氏（黄云轩妻）、胡惠斋、王清惠、僧儿、懒堂女子、苏小
娘、吴氏、阮逸女、刘氏、平江妓

以上共计 63 人，这里面还不包括署为"无名氏"但明显出自女性之手
的作品。在编排方面，选编者还有意将女性词人集中排列，如〔浣溪沙〕
词调之下列有延安李氏、李清照、朱淑真、慕容岩卿妻、珍娘五人之词，
〔减兰十梅〕词调下排列魏夫人、蒋令女、朱淑真、李秀兰、苏小小、洪慧
英六人之词。

明代女性词选还有一种特殊形式，即附于女性诗选中的女性词选。
如郑文昂《古今名媛汇诗》①主要辑录历代女性诗作，其中卷十七选录词
作，此卷亦可视为女性词选。《古今名媛汇诗》中所收女词人按时代排序：
南齐 1 人，唐 4 人，宋 24 人，元 4 人，明 3 人。录词数目较多者：李清照
12 首，孙夫人 5 首，延安夫人 4 首，端淑卿 4 首，明代女词人有徐媛、杨
宛、端淑卿 3 家。赵世杰辑《古今女史》②是一部历代女性诗文选，其中
前集卷十二为词选，共选女性词人 40 家，其中唐 2 人，宋 27 人，元 4
人，明 7 人。录词数目较多者有：李清照 12 首，孙夫人 5 首，延安夫
人 4 首。明代女词人有王微、黄峨、端淑卿、项兰贞、小青、徐媛、杨
宛 7 家。以上两部诗文词合编选本皆为通代之选，选源扩展到了明朝
当代。

可见，明代不仅女性词人涌现，创作繁盛，词选家也已经注意到女性
词的特殊风貌和价值。正是在这样的背景下，许铨胤编纂了第一部女性词
选专著——《古今女词选》。

二　《古今女词选》的词选价值

许铨胤，生卒年及生平不详，仅从其序文中知其祖籍温陵（今福建泉
州）。邓子勉《明词话全编》说："（许氏）编有《闲情雅言》，包括《名家

---

① 郑文昂辑《古今名媛汇诗》，明泰昌元年（1620）张正岳刻本。
② 赵世杰辑《古今女史》，崇祯元年（1628）问奇阁刻本。

诗余选》《古今女词选》《唐人观妓诗》《古今名媛诗》各一卷,《古今女词选》录唐至明女词人词六十三首,或有眉评,此书仅见于尊经阁文库所藏,为明刊本。"①《古今女词选》中曾提到明代王世贞(1526~1590,字元美,号凤洲,又号弇州山人,南直隶苏州府太仓州人),其活动时间在嘉靖五年到万历十八年,可知许铨胤是明代嘉靖以后的人。

许铨胤在《古今女词选》的序文中概括了编纂的缘由、宗旨以及基本的词学宗尚,其中也映射了明代词坛的发展状态:

> 词者,诗之余也。古今女诗多矣,何以独选词?曰:诗有选,词未有选也。即《草堂》所选,亦一斑耳。词何以独详宋,曰唐人工诗而不工词,元人变词为曲,词又滥觞矣。宋学士大夫,人人娴词,于是风流之所薰酿,笄黛多以词鸣,如李易安、孙夫人之流,咏其得意语,令少游、子瞻遇之而左次。故尔时女子之擅场名家者,凌厉苏、黄、秦、柳而为词正宗,良非偶也。国朝专工帖括,冠进贤者,未必能词,况女子乎?唯杨用修夫人黄氏诗词清新,与其君子寸力所敌,赓相唱和,是易安所不能得之赵明诚,而孙夫人所不能得之郑文者也,亦希觏矣。梁小玉在烟花籍中,而文笔无脂粉气,著述浩富,自诧如董狐,无乃野狐精乎?噫!宇宙寥廓,岂无有负奇幽闺而姓名不扬者?余聊以耳目睹记,录若干首,亦吉光片羽云,读者无以管窥见嘲。温陵高阳生许铨胤题。

许氏序言主要论及三个问题:第一,此书是第一部专门的女性词选,此前只有女性诗选,还没有女性词选;第二,宋词最工,而且宋代女词人成就颇高,与男性词人相比不仅毫不逊色,甚或有所过之;第三,明朝人专注于科举文章,词受到轻视,因之不工。虽然有黄氏、梁小玉这样的女词人隐于深闺,具有奇异才能,但大多数女性词人声名不彰。《古今女词选》的编选宗旨是突出"女性"主题,用词选的形式为女性词人开辟一片新天地、新领域,以引起人们对女性词人的重视。许铨胤编选《古今女词选》具有明确的女性意识,要为历代女性词人留下芳名且留存作品。

表 2-1 是《古今女词选》选词、评词的情况。

---

① 邓子勉编《明词话全编》,第 4941 页。本文所引《古今女词选》均见邓子勉《明词话全编》,不再注明页码。

表 2 - 1 　《古今女词选》选词、评词

单位：首

序号	朝代	词人	评词总数	品藻数量	记事数量
1	宋	朱淑真	1	1	0
2		李清照	8	7	1
3		易少夫人	2	2	0
4		秀州郑文妻孙夫人	3	3	0
5		翁客妓	1	1	0
6		王莹卿	1	1	0
7		严蕊	2	0	2
8		蜀妓	1	0	1
9		刘金坛	1	1	0
10		曹希蕴	1	1	0
11		阮逸女	1	1	0
12		宋珍娘	1	1	0
13		吴淑姬	1	1	0
14		王昭仪	1	0	1
15	元	贾平章女娉娉	1	0	1
16	明	状元杨慎妻黄氏	2	1	1
17		徐小淑	1	1	0
合计			29	22	7

《古今女词选》共评词29首，包括宋代词人14位，词作25首；元代词人1位，词作1首；明代词人2位，词作3首。点评分为记事与品藻两部分，词选以品藻为主，共计22条；以记事为辅，共计7条，总计29条。如许氏在序文中所说，以宋代词人为主。下面简单梳理一下这17位女词人。

朱淑真：海宁人，文公侄女也。文章幽艳，才色清丽，实闺门之罕有。因匹偶非伦，勿遂素志，赋《断肠集》十卷以自解。[1]

李清照：宋代著名女词人，父李格非，夫赵明诚，有《漱玉词》。王灼《碧鸡漫志》、胡仔《苕溪渔隐丛话》、赵彦卫《云麓漫钞》、罗大经《鹤林玉露》、陈郁《藏一话腴》有相关记载与评论。[2] 黄昇《唐宋诸贤绝妙词

---

[1]　赵世杰辑《古今女史》，崇祯元年（1628）问奇阁刻本，第68页。

[2]　孙克强、杨传庆主编《历代闺秀词话》，凤凰出版社，2019。

选》卷十云："赵明诚之妻，善为词，有《漱玉词》三卷。"① 选李清照词八首。

易少夫人：宋人。清代周铭《林下词选》录易少夫人〔临江仙〕二首。

秀州郑文妻孙夫人：郑文之妻，秀州人。其夫久寓行都，孙夫人多以闺情词寄之。②

翁客妓：南宋人，即陆游客人所交之妓。

王莹卿：字娇娘，宣和时蜀人，其父为通判。

严蕊：字幼芳，天台营妓，名艺冠绝一时。③

蜀妓：宋人。实为"翁客妓"。详后。

刘金坛：宋人。有〔山花子〕词（按：即〔浣溪沙〕"标致清高不染尘"）。

曹希蕴：曹仙姑，初名希蕴，字冲之，后来徽宗赐名道冲，诏加号"清虚文逸大师""道真仁静先生"。赵州宁晋（今邢台宁晋）人，曹利用族孙，《宋史·艺文志》载有曹希蕴诗歌。

阮逸女：宋人。黄昇《唐宋诸贤绝妙词选》卷十云："阮氏，阮逸之女，工于文词，惟此曲（按：〔花心动〕《春词》"仙苑春浓"）传于世。"④ 选阮氏词一首。

宋珍娘：清代周铭《林下词选·补遗》云："宋时女鬼。"

吴淑姬：宋代女词人，生卒年不详，有词集《阳春白雪词》。黄昇《唐宋诸贤绝妙词选》卷十云："女流中黠慧者，有词五卷，名《阳春白雪》，佳处不减李易安也。"⑤ 选吴淑姬词三首。

王昭仪：南宋宫中昭仪王清惠。1276 年正月，元兵攻入临安，南宋灭亡。三月，王清惠随三宫三千人作俘北上，途经北宋的都城汴梁之夷山驿站时，在驿站墙壁上题了词〔满江红〕（太液芙蓉）。后抵元上都，请出为女道士，号冲华。⑥

贾平章女娉娉：贾云华字娉娉，元朝延祐到至正年间（1314～1368）

---

① 黄昇：《花庵词选》，中华书局，1958，第 148 页。
② 赵世杰辑《古今女史》，第 69 页。
③ 赵世杰辑《古今女史》，第 76 页。
④ 黄昇：《花庵词选》，第 152 页。
⑤ 黄昇：《花庵词选》，第 151 页。
⑥ 赵世杰辑《古今女史》，第 77 页。

钱塘（今浙江杭州）人。

状元杨慎妻黄氏：黄娥，字秀眉，四川遂宁人，杨慎妻，尚书黄珂女。慎谪金齿，故黄作诗多寄远感怀，名曰杨状元妻诗。①

徐小淑：即徐媛，苏州府长洲人，副使范允临妻。与寒山陆卿子为诗友，称吴门二大家。"论诗独不喜子美，而雅慕长吉。谓子美虽大家，然多哩语，易入学究。长吉怪怪奇奇，俱出自创，不致以鬼才开宋人门户。"②有《络纬吟》十二卷。

从以上考察可知，《古今女词选》是一部通代女性词选，选人选词的重心在宋代，并已经关注到明朝当代女词人的创作。

对于《古今女词选》的选源，可以通过对比明之前以及明代诗词集来考察。明以前的词集中，《梅苑》《乐府雅词》《草堂诗余》《阳春白雪》《唐宋诸贤绝妙词选》具有代表性意义，而《古今女史》《古今名媛汇诗》《名媛诗纬》是明代比较有影响力的诗词选，对比明代及前代其他女性词选集著作选篇，可对许氏选评的词人词作的文本来源及词作典型性有一定认识。对比见表2－2。

通过表2－2对比明之前及明代涉及女性词的选本，可以发现编者点评的这些词作具有独特性。与前代词集相比，《古今女词选》所选作品与《梅苑》《中兴以来绝妙词选》均不同；并且该书所选词作与《乐府雅词》《草堂诗余》《阳春白雪》《唐宋诸贤绝妙词选》的重合度也不是很高，可见《古今女词选》的文献来源不仅是前代词选集。与同代的诗词集相比，《古今女史》是按调选词，共选50个词牌下不同女词人的词作，《古今名媛汇诗》《名媛诗纬》都是按人选词，其中《古今名媛汇诗》卷十七选词人36位，共62首，选黄氏曲〔黄莺儿〕三首；《名媛诗纬》卷三十五、卷三十六选83位女性词人的90首词作，卷三十七雅集选黄氏曲〔黄莺儿〕。《古今名媛汇诗》《名媛诗纬》都将黄氏〔黄莺儿〕归入曲类。同时，《名媛诗纬》中的翁客妓与蜀妓为同一人，词作是〔鹊桥仙〕。经统计，这三部女性诗词选都未选录翁客妓〔踏莎行〕、王莹卿〔一剪梅〕、刘金坛〔山花子〕、曹希蕴〔踏莎行〕、宋珍娘〔浣溪沙〕、吴淑姬〔长相思〕、贾平章女娉娉〔声声慢〕、徐小淑〔霜天晓角〕，后世词选亦少见这些词作。

---

① 赵世杰辑《古今女史》，第86页。
② 孙克强、杨传庆：《历代闺秀词话》，第212页。

表 2－2 明代以前与明代词选中女性词入选篇对比

朝代	词人	选篇	明代以前词选中女性词入选篇	明代词选中女性词入选篇
宋代	朱淑真	[菩萨蛮]（湿云不度溪桥）		《花草粹编》《古今名媛汇诗》选此词
	李清照	[如梦令]（昨夜雨疏风骤）；[怨王孙]（帝子仿春婀更袖）[萧条]；[生查子]（年年玉镜台）；[浣溪沙]（楼上晴天碧四垂）；[点绛唇]（寂寞深闺）[凤凰台上忆吹箫]（香冷金猊）；[武陵春]（风住尘香花已尽）[绣面芙蓉一笑开）；[醉花阴]（薄雾浓云愁永昼）	《乐府雅词》选[如梦令]；[凤凰台上忆吹箫]《草堂诗余》选[念奴娇]；[醉花阴]；[凤凰台上忆吹箫]《唐宋诸贤绝妙词选》选[醉花阴][如梦令][念奴娇]；《阳春白雪》选[念奴娇]	《花草粹编》选[如梦令][怨王孙]；[醉花阴]；[念奴娇]；[凤凰台上忆吹箫]；[点绛唇]；《古今女史》卷十二选[如梦令][点绛唇][醉花阴]《古今名媛汇诗》卷十七选[生查子][醉花阴]；[凤凰台上忆吹箫]；[点绛唇]
	易少夫人	[临江仙]（记得高堂同饮散）；[临江仙]（何处甘泉来席上）		《花草粹编》选[临江仙]（何处甘泉来席上）；《古今女史》卷十二、《古今名媛汇诗》卷十七选[临江仙]（记得高堂同饮散）
	秀州郑文妻孙夫人	[南乡子]（晓日压重檐）；[风中柳]（销减芳容）；[清平乐]（悠悠飏飏）	《草堂诗余》选[南乡子]《唐宋诸贤绝妙词选》选[清平乐]	《花草粹编》《古今女史》卷十二、《古今名媛汇诗》卷十七选此三首
	翁客妓	[踏莎行]（柳迷莺槛）		
	王莹卿	[一剪梅]（豆蔻梢头春意闹）		
	严蕊	[鹊桥仙]（碧梧初出）；[如梦令]（道是梨花不是）		《花草粹编》《古今名媛汇诗》卷十七选

续表

朝代	词人	选篇	明代以前词选中女性词人选篇	明代词选中女性词人选篇
宋代	蜀妓	[鹊桥仙]（说盟说誓）		《花草粹编》选此词，注明作者为放翁妓；《名媛诗纬·诗余》卷三十六选
	刘金坛	[山花子]（标致清高不染尘）		
	曹希蕴	[踏莎行]（解遣愁人）		
	阮逸女	[花心动]（仙苑春浓小桃开）	《草堂诗余》《唐宋诸贤绝妙词选》选此词；	《花草粹编》、《古今女史》卷十二、《古今名媛汇诗》卷十七选
	宋珍娘	[浣溪沙]（溪溪烟溪景新）		
	吴淑姬	[长相思]（烟霏霏）		
	王昭仪	[满江红]（太液芙蓉）		《古今名媛汇诗》卷十七选，王昭仪写作元代王清惠
元代	贾平章女娉娉	[声声慢]（太华峰头）		
明代	状元杨慎妻黄氏	[黄莺儿]（积雨酿春寒）[巫山一段云]（巫女朝朝艳）		《古今名媛汇诗》卷十七选 [黄莺儿]，《名媛诗纬·诗余》卷三十六选 [巫山一段云]，《名媛诗纬·雅集》卷三十七选 [黄莺儿]
	徐小淑	[霜天晓角]（练波飞溅）		

通过考索可知，《古今女词选》除从词选集中选取作品之外，其选源范围还包括前人笔记。具体来看，《古今女词选》选录的易少夫人词作，前代词集少有涉及，但宋代刘应李《翰墨大全》丁集卷一四录存易少夫人词 1 首。郑文之妻孙夫人，元代《古杭杂记》载其〔忆秦娥〕一词。洪迈《夷坚支志》庚卷十载严蕊其事其词，内容与《古今女词选》有所不同；同卷载吴淑姬〔长相思〕，《古今女词选》选此词；周密《齐东野语》载严蕊〔鹊桥仙〕〔如梦令〕及蜀妓〔鹊桥仙〕，《古今女词选》均选录；① 除选词外，书中涉及的词本事也有部分来源于前代的文人笔记。

《古今女词选》的编纂以当时可见的各种词学文献为选录来源，其虽然选评的词人词作数量不多，但作为女性词选的滥觞，实开古代女性词选的先河，有开创之功。

三 《古今女词选》的评选特质

《古今女词选》选词的同时兼有评论，因而也是第一部专题女性词评点词选。《古今女词选》的评点既包括词人轶事、词本事的记载和词语典故释义，也涵盖审美特点鉴赏和艺术技巧解析等方面。

（一）记载词人轶事、词本事

词话中记载词人轶事、词本事是从宋代延续至清代的书写传统。词人轶事、词本事是指词作产生的背景或故事。词人轶事、词本事的记载对于后世了解词人、解读词作、体味词人情思大有裨益，同时又具有一定的文献参考价值。

许铨胤评点中记载词人轶事、词本事的方法可分为两类。

第一类是引录前人的词话文献，以彰显词本事。如评严蕊〔鹊桥仙〕"碧梧初出"词，引录南宋周密《齐东野语》的记载：

> 七夕郡斋开宴，坐有谢元卿者，豪士也。凤闻其名，因命之赋词，以己姓为韵，酒方行而已成，元卿为之心醉，厚赠而归。②

---

① 以上均见孙克强、杨传庆主编《历代闺秀词话》，凤凰出版社，2019。
② 《齐东野语》卷二十载。周密著，张茂鹏点校《齐东野语》，中华书局，1983，第 375 页。

　　这则词话记载了严蕊填词的一段故事。严蕊为南宋名妓，在一次七夕夜宴上，富商谢元卿想验证一下严蕊的才艺，就让她即七夕之景，用原题七夕的词调〔鹊桥仙〕当宴填词，并要求用自己的姓氏"谢"为韵。严蕊立刻创作的这首〔鹊桥仙〕全词为"碧梧初出，桂花才吐，池上水花微谢。穿针人在合欢楼，正月露、玉盘高泻。蛛忙鹊懒，耕慵织倦，空做古今佳话。人间刚道隔年期，指天上、方才隔夜"①。此词紧扣秋月景色、情人相会、天上人间诸要素来写，情、景、事完美照应，展示了严蕊的"捷才"。

　　又如评严蕊〔如梦令〕（道是梨花不是）词：

　　　　天台营妓严蕊，善琴弈，歌舞、丝竹、书画，色艺冠时，间作诗词。唐与正守台日，酒边尝命赋红白桃花，即成〔如梦令〕，与正甚喜，赏以双缣。后朱晦翁以行部使节至台，知唐与严狎，系严于狱，月余，久不得情。狱吏因好言诱之，曰："汝何不早认，亦不过杖，况已经断，罪不重科，何为受此辛苦耶？"严答曰："身为贱妓，纵与太守有滥，科亦不至死罪，然是非真伪，岂可妄言以污士大夫？虽死，不可诬也。"于是再倍箠楚，两月间，委顿几死，然声价愈重，至彻阜陵之听。未几，朱公改除，而岳霖商卿为宪，怜其无辜，命之自陈。严略不构思，即口占〔卜算子〕云："不是爱风尘，似被前缘误。花落花开自有时，总赖东君主。去也终须去，住也如何住？若得山花插满头，莫问奴归处。"即日判令从良。

　　这则词话亦出自周密的《齐东野语》。从内容来看可分为两部分。其一，介绍这首〔如梦令〕的创作本事：在一个桃花盛开的春天，台州太守唐与正命侍宴的营妓严蕊即景填词，严蕊立刻写成了这首〔如梦令〕："道是梨花不是。道是杏花不是。白白与红红，别是东风情味。曾记。曾记。人在武陵微醉。"②许铨胤引录《齐东野语》正是为了说明严蕊这首〔如梦令〕的创作本事。其二，引录《齐东野语》关于严蕊故事的记载，即严蕊如何遭受朱熹的严刑逼供，以及岳霖"怜其无辜""判令从良"的经过，意在补充说明严蕊的生平遭遇和结局。

　　第二类，整合相关材料，并加以自己的析评说明词本事。如评黄氏

---

① 唐圭璋编《全宋词》，中华书局，1965，第 1678 页。

② 唐圭璋编《全宋词》，第 1678 页。

〔黄莺儿〕（积雨酿春寒）云：

> 杨又别和三词，俱不能胜。又：夫人又有诗寄升庵曰："雁飞曾不到衡湘，锦字何由寄永昌。三春花柳妾薄命，六诏风烟君断肠。日归日归愁岁暮，其雨其雨怨朝阳。相闻空有刀环约，何日金鸡下夜郎。"古以金鸡衔赦书。

"黄氏"即明代杨慎的夫人。杨慎因朝政进谏得罪，贬谪云南三十年。许氏评点特加说明："嘉靖时，杨慎议礼，谪滇南金齿，故夫人作词寄之。"黄氏这首〔黄莺儿〕（积雨酿春寒）即寄外之词。评点又引黄氏的一首七律诗，说明黄氏诗词兼擅，才艺出众。许铨胤此评交代了黄氏作词的本事，同时称赞黄氏词艺高妙，丰富了对黄氏身份和才情的认识。

又如评贾平章女娉娉〔声声慢〕（太华峰头）：

> 娉娉，先与衮明魏参政子鹏婚，鹏馆其家，私与合。鹏登第，姻不诗（疑作谐），娉忧死。此词末端有意。

许铨胤评点介绍了作者及这首词的创作背景。娉娉乃贾平章女，与魏鹏始乱而合，后婚姻不谐忧郁而死，评点结合词人生平阐释词中深意。

（二）阐释典故

解释语意和典故是评点的应有之义，许铨胤《古今女词选》对典故的解释十分着力。典故一般可分为语典和事典两种。语典指词句的出处和寓意，事典指词中使用的故事。

其一，语典的解释。以明晰词语的出处为主，如《古今女词选》析评朱淑真〔菩萨蛮〕"一枝和雪香"句云："唐诗'遥知不是雪，为有暗香来。'"指出此句是化用北宋王安石《梅花》诗之句。又如析评李清照〔醉花阴〕"东篱把酒黄昏后"句云："古诗：'愁人不似黄花瘦，人比黄花瘦几分。'陶诗：'采菊东篱下。'"指出李清照此句是从陶渊明诗句化用而来的。又如析评易少夫人〔临江仙〕"只恐曲终人不见，歌声且为迟迟"句云："唐诗：'曲终人不见，江上数峰青。'"指出词中此句出自唐代钱起的《省试湘灵鼓瑟》。又如析评李清照〔点绛唇〕"人何处，连天衰草，望断归来路"句云："古词：'平芜尽处是青山，行人又在青山外。'"指出此句化用北宋欧阳修〔踏莎行〕中的名句。

《古今女词选》对一些词语加以解释，以明了词语意蕴。李清照〔生查子〕有"梅蕊宫妆困"之句，许铨胤解释"宫妆"云："效梅妃妆谓之宫妆。"〔凤凰台上忆吹箫〕中有"任宝奁尘满，日上帘钩"，〔武陵春〕中有"斜飞宝鸭衬香腮"，许铨胤分别解释云："宝奁，镜台也。""宝鸭，首饰也。"易少夫人〔临江仙〕有"惠山名品在"，许铨胤解释云："惠山中冷水品第一"，并释词中"月团"为"茶也"；黄氏〔巫山一段云〕中有"阿母梳云髻"，许氏注明"阿母"为"西王母"。其他如注释易少夫人〔临江仙〕词中的"玉绳"为"星明"等。

其二，阐释事典。如许铨胤评点王昭仪〔满江红〕（太液芙蓉）词，解释了词中的典故及语言的寓旨所在：

> 此词传播中原，文丞相读至句末，叹曰："惜也！夫人于此少商量矣。"……和云："燕子楼中，又挨过，几番秋色。相思处，青年如梦，乘鸾仙阙。肌玉暗消衣带缓，泪珠斜透花钿侧。最无端，蕉影上窗纱，青灯歇。　　曲池合，高台灭。人间事，何堪说！向南阳阡上，满襟清血。世态便如翻覆雨，妾身元是分明月。笑乐昌一段好风流，菱花缺。"

这一段本事与周密《浩然斋雅谈》的记载大致相同。南宋末年爱国英雄文天祥读罢王昭仪题在驿站墙壁上的〔满江红〕词，和作了一首。许氏在引录这段记载之后，又解释了文天祥〔满江红〕和词中的三个典故。其一，解释"燕子楼"云："唐时张尚书妓关盼盼，尚书殁，守节，终年坐燕子楼。"突出"守节不嫁"的坚贞。其二，解释"向南阳阡上，满襟清血"云："南阳诸葛庐，杜诗称诸葛云：'出师未捷身先死，长使英雄泪满襟。'"突出死而后已的忠君之志。其三，解释"笑乐昌一段好风流，菱花缺"云："乐昌公主破镜与夫分离。"突出矢志不移的情怀。通过对文天祥词中典故的解释，明晰了文天祥词的旨意所在。

（三）阐明词作比兴寄托的含义

词史上的一些作品往往言在此而意在彼，正所谓"托寓""寄托"，或云言外之意。许铨胤的评点指出了一些作品的寄托之意，运用了比兴寄托解词的方法。如对王昭仪〔满江红〕（太液芙蓉）一词的评点，王昭仪即王清惠，在南宋灭亡后被俘北上，途中作〔满江红〕词，全词如下：

> 太液芙蓉，浑不似、旧时颜色。曾记得，春风雨露，玉楼金阙。
> 名播兰馨妃后里，晕潮莲脸君王侧。忽一声鼙鼓揭天来，繁华歇。
>
> 龙虎散，风云灭。千古恨，凭谁说？对山河百二，泪盈襟血。驿
> 馆夜惊尘土梦，宫车晓辗关山月。问姮娥、于我肯从容，同圆缺。

许铨胤评点云：“周宣王妃脱簪谏王。”运用历史典故说明王清惠这首
〔满江红〕的寄托之意。西周宣王的王后姜氏，看到宣王沉溺享乐，疏于朝
政，为了警醒宣王就摘掉自己头上的簪子等首饰，跪在永巷自罚，意为宣
王荒疏朝政罪在己身。此举震动宣王，使之幡然醒悟，从此洗心革面。这
就是历史上著名的“姜后脱簪”的典故。许铨胤的评点将王清惠写〔满江
红〕比作姜后进谏，指明了寄托之意。《古今女词选》在解释王惠清词时引
录了一首文天祥代作的词〔满江红〕，并指出词语的“托寓”。文天祥词
如下：

> 试问琵琶，胡沙外，怎生风色。最苦是，姚黄一朵，移根北阙。
> 王母欢阑琼宴罢，仙人泪满金盘侧。听行宫、半夜雨淋铃，声声歇。
>
> 彩云散，香尘灭。铜驼恨，那堪说。想男儿慷慨，嚼穿龈血。回
> 首昭阳离落日，伤心铜雀迎新月。算妾身不愿似天家，金瓯缺。[①]

许铨胤对此词中一些特殊的词语进行了阐释。“姚黄”：牡丹；“昭阳”：
汉殿；“落日”：日，比君；“铜雀”：魏台；“新月”：自比。这些看似是对
自然景物的描写，其实皆有作者的托寓，对这些词语的解释，显现了文天
祥词中比兴的意蕴。

（四）审美艺术批评

注重诗词艺术手法的运用，是历代诗词评点不可或缺的内容，也是
《古今女词选》评点的重要内容。许氏主要注重阐释词作的意境、语言修辞
等方面。

其一，意境。诗词艺术以意境为上。词体的意境要眇宜修，更具特色。

---

① 唐圭璋编《全宋词》，第 3306 页。

许铨胤《古今女词选》的评点十分重视对词作意境的揭示。李清照〔浣溪沙〕上片云"楼上晴天碧四垂，楼前芳草接天涯。劝君莫上最高梯"①。对于此词，许铨胤评云：

> "欲骋千里目，更上一层楼"，此云"勿上"，何也？天涯极目空断肠。

李清照词前两句写景，后一句议论感慨，点出相思之情的主题。词作采用抑而不扬的手法，戛然而止，留有余味。许铨胤的点评，先引用唐朝诗人王之涣《登鹳雀楼》中的名句"欲骋千里目，更上一层楼"，彰显语句出处；再设问："此云'勿上'，何也？"最后以作答点题，"天涯极目空断肠"，阐明了此词的旨意所在。

吴淑姬〔长相思〕词中有"疏影横斜安在哉？从教塞管催"之句，许铨胤评曰："羌笛有《落梅曲》。"②"疏影横斜"是北宋林逋咏梅诗中的名句，代梅枝；"塞管"即边地笛管乐器。许铨胤的评点既是词语解释，又兼有意境会通之妙。将古人诗典与羌笛相连，使梅的形象与乐声相交融，可谓意境全出。

李清照〔念奴娇〕的上片为"萧条庭院，又斜风细雨，重门须闭。宠柳娇花寒食近，种种恼人天气。险韵诗成，扶头酒醒，别是闲滋味。征鸿过尽，万千心事难寄"③。许铨胤评"宠柳娇花"句云："四字艳甚，又清俊之甚。"所谓"艳"即词作内容写男女之情，"清俊"即说其书写男女之情浓而不腻，未入俗套。艳情出之清俊，点出了李清照词的独特风貌。

许铨胤的评点注重作品的感情脉络。孙夫人〔风中柳〕词云："销减芳容，端的为郎烦恼。鬢慵梳、宫妆草草。别离情绪，待归来都告。怕伤郎、又还休道。利锁名缰，几阻当年欢笑。更那堪鳞鸿信杳。"④此词写思妇的孤寂感受。许铨胤评"别离情绪，待归来都告。怕伤郎、又还休道"句云："欲告又休，几回转折。"揭示了女子又怨又怜的心理活动，表现了评点者的细微而妙的艺术感受。

---

① 此词一作周邦彦词。
② 唐圭璋编《全宋词》，第 1354 页。
③ 唐圭璋编《全宋词》，第 931 页。
④ 唐圭璋编《全宋词》，第 3538 页。

其二，语言修辞。许铨胤的评点对作品奇特的修辞手法以及展现出来的美感特别重视。评李清照〔凤凰台上忆吹箫〕（香冷金猊）云：“'红浪'，奇。”以波浪形容红色锦被的翻动，进而透出孤寂女子的慵懒和躁动，称赞此词比喻新奇。又如评〔武陵春〕（绣面芙蓉一笑开）云：“面如。”点明作者使用了衬托的修辞手法，美人的脸腮与芙蓉相映美丽。

宋珍娘〔浣溪沙〕词云：“溪雾溪烟溪景新。溶溶春水浸春云。碧琉璃底静无尘。风扬游丝随蝶翅，雨飘飞絮湿鸳唇。桃花片片送残春。”①许铨胤评曰，“水无尘，如琉璃之光。风飏飏，自造语甚巧”，从景物描写精妙、语言新巧别致的角度进行评点。翁客妓〔踏莎行〕词云：“醉柳迷莺，懒风熨草，约郎暂会闲门道。粉墙阴下待郎来，藓痕印得鞋痕小。　　玉漏方催，月光渐小，望郎不到心如捣。避人归倚小围屏，断魄还向墙阴绕。”②许铨胤评云：“描望郎之境，妙极形容。”肯定了词人以画面的形态表达相思之深的生动摹画。评孙夫人〔清平乐〕（悠悠飏飏）云：“描景甚妙。”“描景”包含了景物描写的方法与语言，许氏以“妙”字加以赞扬，揭示词作写景摹态之传神。

从《古今女词选》的评点来看，许铨胤有着较好的词学文献基础和艺术审美鉴赏能力，评点之语集中于对词人词作的理解以及对作品意蕴和审美特点的揭示，评点的艺术眼光和水平在前人之上。

四　《古今女词选》之弊病

《古今女词选》产生于明代，不免受到明代词坛风尚的影响。明代词学的粗疏往往被人诟病，《古今女词选》受风气濡染亦有粗疏之弊。试举数例加以说明。

例一，《古今女词选》所收词人有“翁客妓”和“蜀妓”二人，“翁客妓”有〔踏莎行〕“柳迷莺懒”；“蜀妓”有〔鹊桥仙〕（说盟说誓），并附有词话：“陆放翁自蜀挟一妓西归……”按，此则词话出自周密《齐东野语》，原文为“放翁客自蜀挟一妓归……”③可知所谓“翁客妓”原意指“放翁客人之妓”；而《古今女词选》引《齐东野语》时，缺一“客”字，

---

① 唐圭璋编《全宋词》，第 3866 页。
② 唐圭璋编《全宋词》，第 3881 页。
③ 周密著，张茂鹏点校《齐东野语》，第 195 页。

却又将此人称为"蜀妓"，进而将《齐东野语》记载的一人分为两人。另，《古今女词选》所录"翁客妓"之〔踏莎行〕（柳迷莺懒），在《全宋词》中为宋人紫竹（紫竹，方乔妻）之词，《古今女词选》却标作者为"翁客妓"，未详何据。

例二，《古今女词选》中选有"刘金坛"〔山花子〕（标致清高不染尘）。《全宋词》亦收录词人此词。① 然而刘金坛是不是女性，文献不明，历代女性词选和词话再无将"刘金坛"标为女性者。

其他疏漏还包括对作品的归属未考证辨明，以现代词学研究的眼光来看，有重出不明的问题。明代普遍视词体为小道、末技，无论是创作还是批评，往往带有游戏的态度，尤其表现为对文献使用得轻慢和随意。许铨胤的《古今女词选》亦难免受到时代风气的影响。然而瑕不掩瑜，《古今女词选》还是值得高度重视的。它作为中国第一部女性词选，在词学史乃至文学史上具有重要地位。它开启了女性词选专著的先河，标志着女性词的地位不仅得到承认，还受到重视。《古今女词选》又是第一部专题女性词评点词选，评点之语体现了明人对女性词艺术审美特色的认识，是女性词学批评不可忽视的一环。

（孙克强、王平撰）

第三节　《古今词统》词调观研究

卓人月、徐士俊选评的《古今词统》是近年来明代词选研究的重点对象。它作为一部分调编次词选，选调极为关键。就学界目前成果而言，未见从词调观角度对其进行全面论述的专文。《古今词统》的选调具有倾向性、谱系性、规范性三方面特征。其词调观蕴含着选家抉发词调声情、扩大词体范围、构建词调统序等词学思想。研究《古今词统》的词调观，能够深入阐释相关批评，完善该选本的词学价值；揭示其流行原因及影响，提升该选本的词史地位；补充当代学者屡加解读的"统序"观，开辟词选研究的新路。

---

① 《全宋词》收有刘金坛〔浣溪沙〕（标致清高不染尘），并注云："金坛，夫死为女道士，后嫁韩师厚。"

浙江仁和（今杭州）籍文学家卓人月（1606～1636）、徐士俊（1602～1681）选评的《古今词统》，是明季兼具总结和开拓意义的重要词选。它是在晚明复古运动和浪漫思潮的双重作用下，在嘉靖中期以来近百年词学复兴积累后，在"词萃东南"的创作繁荣背景下产生的一部大型通代词选，富于词学理论价值，长期以来备受学界关注。选本批评的最高标准是建立统序，诗选、文选有所谓诗统、文统，词选亦有词统，即依据特定词学思想遴选典范词人词作，按照特定纂集体例进行编排，利用序跋、凡例、图谱、评点等批评方式来阐明词风取向和词学传承，从而建构起一个可供读者欣赏、学习的闭合性系统。有学者提出，《古今词统》具备模糊的统序观念，是清初朱彝尊建构浙西派词统的先声。① 笔者则认为，《古今词统》的统序观是明确而成熟的，不应被简化为一个明清之交词学变化的端倪或象征，应充分认识其丰富复杂的内涵，意识到清初诸多选家对它的抽绎性继承和衍展性发展。简言之，词学统序的构建并非始于清代，而应始于明季《古今词统》。

对于一部高质量的词选来说，如何选调十分重要。《古今词统》的词调观颇具深意，是形成其统序观的关键之一。目前尚未有专门从词调角度研究其词学价值的论述。因此，无论是认识《古今词统》的选调概况，分析其词调观蕴含的词学思想，还是从词调角度阐释研究该选的意义，对于填补词学空白，均是极为必要的。

一 选调概况

《古今词统》现存明崇祯六年（1633）刻本，又有经剜改易名《草堂诗余》《诗余广选》的翻印本，实际同出一版，内容无差。今本《古今词统》凡十六卷②，收录唐五代至明末词家462人（唐五代48人，宋代191人，金代23人，元代92人，明代108人），鬼仙等小说依托者21人③。选词

① 张宏生：《统序观与明清词学的递嬗：从〈古今词统〉到〈词综〉》，《文学遗产》2010年第1期。
② 末附徐士俊、卓人月唱和词《徐卓晤歌》一卷，收词136首。
③ 据王兆鹏《〈古今词统〉误收误题唐五代词考辨》（《唐代文学研究》，广西师范大学出版社，2002）、陶子珍《明代词选研究》附表《〈古今词统〉误题作者之词》（台北：秀威资讯科技股份有限公司，2003）结论统计得出，与书前附"氏籍"不同。

2037 首，选调 296 个①。全书按字数多寡从 16 字调（〔十六字令〕）至 235 字调（〔莺啼序〕）排列，同调选词大体依时代排序，同调异体词标明体式，分列各卷，为分调编次词选。《古今词统》对于词调的选择有如下特点。

首先，《古今词统》选调具有倾向性，推动了分调经典化过程。该书选小令 140 调，中调 66 调，长调 100 调。短调令曲最多，长调慢曲亦大量入选。在明代词选中，选调量仅次于陈耀文《花草粹编》（702 调）和毛晋《词海评林》（387 调）。相比这两部词选，《古今词统》选录僻调、孤调不多。集中选取一首作品的词调计 114 个，其中孤调仅为 25 个。不同词调选词数目差异较大，蕴含着丰富的词学思想。表 2－3 以明代最流行的词选——分调本《草堂诗余》三种为参照，概述其选调倾向。

《古今词统》选词数量排第 11 至第 20 位的词调是〔满江红〕（40）、〔踏莎行〕（39）、〔念奴娇〕（35）、〔卜算子〕（28）、〔点绛唇〕〔生查子〕〔水龙吟〕（26）、〔浪淘沙〕（25）、〔清平乐〕（24）、〔水调歌头〕（23）、〔临江仙〕〔望江南〕〔南乡子〕〔南歌子〕（21）、〔如梦令〕〔调笑令〕〔西江月〕（20）。前 20 位中，小令 18 调，中调 3 调，长调 6 调。结合表 2－3 可知，除〔竹枝〕〔柳枝〕〔沁园春〕几调外，其余均是《草堂诗余》高频调。《类编草堂诗余》限于篇幅，各调选词量差距极小。《类选笺释草堂诗余》《古香岑草堂诗余》续选时，着重提升经典词调选词量，《古今词统》3% 的词调选词量（10 调，695 首）占选词总量的 34%。词调的次序发生变化，本属唐人七言绝句的〔竹枝〕〔柳枝〕大幅选入，南宋豪放词人常用的〔沁园春〕增幅明显，〔满庭芳〕〔长相思〕诸调则呈降势。《古今词统》继承《草堂诗余》选调倾向，偏重五代、北宋流行词调。吸收新高频调，拓展选词范围，提升了分调经典化效率。

其次，《古今词统》辨析词体，选调具有谱系性。在张綖《诗余图谱》将词调划分小令、中调、长调后，解决一调数体问题势在必行。《花草粹编》《唐词纪》《词的》等选本，已透露出词体辨析意识②。但辨析体式差异，

---

① 《古今词统》共选 306 个词调，其中同调异名者 17 调（〔玉联环〕同〔洛阳春〕，〔眉峰碧〕同〔卜算子〕，〔月照梨花〕同〔怨王孙〕〔河传〕，〔灼灼花〕同〔小桃红〕，〔风中柳〕同〔卖花声〕，〔钗头凤〕同〔摘红英〕〔惜分钗〕，〔满路花〕同〔满园花〕〔一枝花〕），故实选 296。文中引述词选、词谱调数均是去除同调异名得出，不再一一赘述。

② 陈耀文《花草粹编》、茅暎《词的》将隶属同一词调之单调、双调和令词、慢词分开排列，然尚未落实"又一体"概念。董逢元《唐词纪》前列《词名微》，考释调名，辨别词体，然该选主体为分类编次，未能区分体式。

表 2 - 3　分调本《草堂诗余》三种与《古今词统》选调数量前十位调名

单位：首

词选排序	《类编草堂诗余》	计调	《类选笺释草堂诗余》合刊三集	计调	《古香岑草堂诗余》合刊四集	计调	《古今词统》	计调
1	［念奴娇］	22	［浣溪沙］	49	［浣溪沙］	72	［竹枝］	219
2	［浣溪沙］	18	［念奴娇］	47	［蝶恋花］	55	［浣溪沙］	70
3	［蝶恋花］	13	［菩萨蛮］	39	［玉楼春］	50	［菩萨蛮］	66
4	［贺新郎］	11	［玉楼春］	37	［念奴娇］	44	［蝶恋花］	57
5	［满庭芳］［水龙吟］	9	［蝶恋花］［满庭芳］	30	［鹧鸪天］	37	［鹧鸪天］	56
6	［鹧鸪天］［阮郎归］	8	［鹧鸪天］	26	［满庭芳］	36	［玉楼春］	51
7	［如梦令］［菩萨蛮］［小重山］［满江红］	7	［如梦令］	25	［贺新郎］	32	［沁园春］	46
8	［点绛唇］［临江仙］［渔家傲］［水调歌头］	6	［点绛唇］	23	［临江仙］［浪淘沙］	31	［柳枝］	45
9	［长相思］［忆秦娥］［谒金门］［南乡子］［踏莎行］［蓦山溪］［洞仙歌］	5	［南乡子］	21	［满江红］［踏莎行］	30	［渔家傲］	44

续表

词选　　排序	《类编草堂诗余》	计调	《类选笺释草堂诗余》合刊三集	计调	《古香岑草堂诗余》合刊四集	计调	《古今词统》	计调
10	[卜算子] [青玉案] [玉蝴蝶] [瑞鹤仙] [莺迁莺] [风流子] [女冠子] [烛影摇红]	4	[满江红]	19	[长相思]	29	[贺新郎]	41
占总选词比重（%）	53		31		32		34	

将"又一体"概念落实在编次上，当始于《古今词统》。该选借鉴《诗余图谱》《啸余谱·诗余谱》的分体意识，侧面展现词体的复杂。共选异体词调19个，计42体①。分布如表2-4所示。

由表2-4可见，全书12卷有异体词调，9调各体均属小令，1调均属中调，5调兼具小令、中调两体，3调兼具小令、长调两体。归纳体式的依据包括三个方面。（1）字数不同。同一词调因添减字数，形成不同体式。〔荷叶杯〕〔柳枝〕〔思帝乡〕〔千秋岁〕属于此类。遇到体式繁杂的情况，不过度细分。〔临江仙〕第二体，点明"前后段第四句都少一字""前后段起句各少一字"②，然不再另辟两体。（2）分片不同。同一词调有单调、双调两种体式。〔望江南〕〔天仙子〕〔江城子〕〔河满子〕属于此类，双调为单调叠用。〔南歌子〕〔南乡子〕前两体是字数不同的单调，第三体是双调。（3）仅调名相同。借旧曲名，创制新体。〔浪淘沙〕〔调笑令〕〔风流子〕〔女冠子〕〔应天长〕属于此类。〔诉衷情〕前三体字数与分片不同，第四体实为〔诉衷情令〕，注"林钟商"③，点明乐调相异。《古今词统》非词谱，归纳体式未考虑字声、韵位因素，但在分体编次上具有词谱特征。

最后，《古今词统》从大量词谱中选取例词，选调具有规范性。卷三选〔调笑令〕《春暮》一首，后注："《诗余图谱》注'斗南'二字：宋有欧阳斗南，上书弹秦桧者，不闻作词。"④翻检《诗余图谱》诸版本，未见收录〔调笑令〕词调。查其出处，在万历二十七年（1599）谢天瑞刻《诗余图谱补遗》。该书卷七选〔调笑令〕一调，例词即"春暮"，署名"斗南"。知《古今词统》选源，除分调本《草堂诗余》系列外，尚有《诗余图谱》系列。现将明编词谱例词入选数目统计如表2-5所示。

结果表明，《古今词统》存在对明编词谱接受的情况。除未曾刊刻的《词海评林》外，诸词谱选入例词比重均在40%以上。当代学者叶晔说："例词首先强调的是体式的规范性……也就是说，例词是一个考据化的产物，它可以经久不变。"⑤卓、徐二人参与到稳定例词和深化考据的过程中。

---

① 卷六《贺圣朝》下注"第一体"，卷十《贺圣朝》下注"第二体。一名《贺明朝》"。此是异调名称相似，非同调异体。卓氏混同误收，实选异体词调18个、40体。
② 卓人月汇选，徐士俊参评，谷辉之校点《古今词统》，辽宁教育出版社，2000，第328、329页。
③ 卓人月汇选，徐士俊参评，谷辉之校点《古今词统》，第145页。
④ 卓人月汇选，徐士俊参评，谷辉之校点《古今词统》，第74页。
⑤ 叶晔：《明人分调编次观与唐宋词的分调经典化》，《文学评论》2016年第1期。

表 2 - 4　《古今词统》一调多体分布（附选词数）

单位：首

调名＼卷帙	卷一	卷二	卷三	卷四	卷六	卷七	卷八	卷九	卷十	卷十一	卷十三	卷十五
南歌子	第一体（2） 第二体（2）											
荷叶杯	第一体（2） 第二体（4）											
望江南	第一体（17）					第二体（4）						
南乡子	第一体（6）		第二体（2）				第三体（13）					
浪淘沙	第一体（5）					第二体（20）						
柳枝		第一体（43）	第二体（2）									
调笑令			第一体（9） 第二体（11）									

续表

调名＼卷帙	卷一	卷二	卷三	卷四	卷六	卷七	卷八	卷九	卷十	卷十一	卷十三	卷十五
诉衷情			第一体（2） 第二体（1）	第三体（3） 第四体（4）								
风流子			第一体（2）									第二体（7）
思帝乡			第一体（1） 第二体（2）									
天仙子			第一体（2）						第二体（3）			
江城子			第一体（4）						第二体（13）			
河满子			第一体（4）							第二体（1）		
女冠子				第一体（8）								第二体（1）

续表

卷帙\调名	卷一	卷二	卷三	卷四	卷六	卷七	卷八	卷九	卷十	卷十一	卷十三	卷十五
贺圣朝						第一体(1)				第二体(1)		
应天长						第一体(4)						第二体(1)
临江仙							第一体(1)		第二体(20)			
河传							第一体(8)			第二体(1)		
千秋岁										第一体(6)	第二体(1)	

表 2 – 5　明编词谱例词入选《古今词统》

单位：首

词谱	例词			例词选入比重（%）
	小令	中调	长调	
《词学筌蹄》	73	29	46	42
嘉靖本《诗余图谱》	49	26	23	44
《文体明辨·诗余》《啸余谱·诗余谱》	136	48	47	40
《诗余图谱补遗》	72	38	53	40
《增正诗余图谱》	41	23	23	44
《词海评林》	400	111	142	26

重视词谱的严谨性，选取例词作为体式典型，从而规范选词音律。卷八张绖〔虞美人〕《寓律诗一首》评点引沈际飞语：“维扬张世文作《诗余图谱》七卷，于宫调失传之日，为之规规而矩矩，诚功臣也。”① 选调“规矩”深受词谱影响。评点中常有校律，如卷十三评王世贞〔桂枝香〕云：“‘急难甥舅’句少一字，当作‘仄仄仄平平’。”卷十五评方千里〔过秦楼〕《和周清真》云：“‘多少艳景关心’，可作‘仄仄平平仄平’。末句或少二字，作‘浓似飞红万点’。”卷十六评蒋捷〔白苎〕《春情》云：“柳耆卿作，于后半‘忆昨’之下，多‘平平仄仄’四字句用韵，疑此词有缺文。”② 皆据词谱对校，得出阙文结论。当然，《古今词统》选词标准以审美趣味为先。卷四评徐媛〔霜天晓角〕《题采石矶蛾眉亭》云：“句多不合调，爱其俊气，存之。”卷十评小青〔天仙子〕云：“平仄多谬，然不忍释。”③ 如遇到词艺甚佳而调不合谱的情况，格律自可通融。

二　词调观蕴含的词学思想

《古今词统》的词调观，蕴含着丰富的词学思想。对词调观给予分析，可以完善该选本的词学价值，提升该选本的词史地位，对于当代学者屡加解读的“统序”观，亦能获得新认识。

---

① 卓人月汇选，徐士俊参评，谷辉之校点《古今词统》，第 297 页。
② 卓人月汇选，徐士俊参评，谷辉之校点《古今词统》，第 489、553、596 页。
③ 卓人月汇选，徐士俊参评，谷辉之校点《古今词统》，第 134、388 页。

第一，《古今词统》意在抉发词调声情，与辞情相互观照。词曲本出一源，唐宋时期曲子词就是时曲之词。俞彦《爰园词话》云："唐之诗，宋之词，甫脱颖，已遍传歌工之口。元世犹然，至今则绝响矣。即诗余中，有可采入南剧者，亦仅引子。中调以上，通不知何物，此词之所以亡也。今世歌者，惟南北曲宁如宋犹近古。"[1] 元代以后，北曲渐兴，燕乐消亡，词体残存在南曲中，不复可歌。而卓人月、徐士俊身为精通音乐的戏曲家，能自创词调，自然对声情别有会心。徐士俊云："调佳则词易美。"[2] 关注声情与辞情的契合。孟称舜《古今词统序》云：

> 盖词与诗、曲，体格虽异，而同本于作者之情。古来才人豪客，淑姝名媛，悲者喜者，怨者慕者，怀者想者，寄兴不一。或言之而低徊焉，宛恋焉；或言之而缠绵焉，凄怆焉；又或言之而嘲笑焉，愤怅焉，淋漓痛快焉。作者极情尽态，而听者洞心怂耳，如是者皆为当行，皆为本色，宁必姝姝媛媛，学儿女子语，而后为词哉？

认为"极情尽态"就是当行本色，提出"以摹写情态，令人一展卷而魄动魂化者为上"[3] 的选词标准。历来研究者皆认定此是打破词体正变观、合婉约与豪放于一统的重要理论。着眼其选调，亦可得出类似结论。除〔浣溪沙〕〔蝶恋花〕〔菩萨蛮〕等声情婉转、常用以抒发相思离别之情的短调外，《古今词统》最值得注意的是大量选入长调。选词数量前 20 位中的 6 个长调，即〔沁园春〕〔贺新郎〕〔满江红〕〔念奴娇〕〔水龙吟〕〔水调歌头〕，均声情激荡，适宜抒发慷慨豪放之情。在《草堂诗余》系列占据高位的〔满庭芳〕则被摒弃在外。卓人月《古今诗余选序》云：

> 夫《花间》之不足屡人也，犹有诸工艳者堪与壮色；而为粗俚人壮色者，惟一稼轩。余亦不得不壮稼轩之色，以与艳词争矣。奈何有一最不合时宜之人为东坡，而东坡又有一最不合腔拍之词为"大江东去"者，上坏太白之宗风，下衷稼轩之体面，而人反不敢非之，必以为铜将军所唱，堪配十七八女子所歌，此余之所大不平者也。故余兹选，选坡词极少，以别雄放之弊，以谢词家委曲之论；选辛词独多，

---

[1]　俞彦：《爰园词话》，《词话丛编》，第 400 页。
[2]　卓人月汇选，徐士俊参评，谷辉之校点《古今词统》，第 4 页。
[3]　卓人月汇选，徐士俊参评，谷辉之校点《古今词统》，第 3 页。

以救靡靡之音，以升雄词之位置。①

《古今词统》选辛弃疾词独多，不仅因其欣赏辛词豪放风格，也源于稼轩擅长写作长调，酣畅尽情。至于言苏轼〔念奴娇〕《赤壁怀古》词不合腔拍，主要是针对其破坏乐句而言，在声情上并无不妥，故而依然选入。

第二，《古今词统》意在扩大词的体性范围，沟通诗、词、曲之间的文体界限。卓、徐二人并未强烈追求复古，也未过度接受时曲同化，总的来说注重辨体。但在《古今词统》选调中，确可见文体互渗倾向。这与选家文体代变观念相关，作为具有"词史传承意识"的统序型选本，它有必要在选调中展现这一过程。

诗词代变观念，主要表现在两个方面。（1）将本非词调的诗题采入词调。继承杨慎《词品》"诗辞同工而异曲，共源而分派"②的论断。杨慎将词体滥觞上溯至齐梁，徐士俊持有异议："余谓齐、梁以前乐府多长短句，其体未定，不宜入词。但可以炀帝〔望江南〕为始。"③以隋唐为词体起源。对杨慎将唐人乐府声诗归入词调，则多有认同。选本中〔花非花〕〔阿那曲〕〔字字双〕诸调皆源出《词品》论断。〔一七令〕乃白居易等人所创杂言诗。《升庵长短句》归属于词作，《古今词统》即作词调选入。〔江南春〕乃拟六朝乐府旧题诗，明代颇为流行，《古今词统》亦选入。七言绝句〔竹枝〕〔柳枝〕，因选家爱赏其民歌风调，被大量选入。（2）偏嗜句式整齐、节拍鲜明、使用律句更多的词调。审视选词数量前十位牌调，几乎均以近体诗五七言句式为主。略举数例：〔浣溪沙〕"7，7，7/7，7，7。"〔菩萨蛮〕"7，7。5，5。/5，5。5，5。"〔玉楼春〕"7，7。7，7。/7，7。7，7。"如果说这些词调选量大是因宛转美听，最为常用，继承《草堂诗余》征歌属性，那么从选本增幅极大的几个词调中，则能窥见选家倾向诗律的用心：〔生查子〕"5，5。5，5。/5，5。5，5。"〔渔家傲〕"7，7。7，3，7。/7，7。7，3，7。"即使是繁复多变的慢词长调，〔沁园春〕"4，4，4。5，4，4，4。4，4，7。3，5，4。/6，3、5，5，4，4，4。4，7。3，5，4。"句式也较规整。以上词调，在词乐消亡后，借助诗体特征保留较强节奏感，便于学习和模仿。

---

① 卓人月：《古今诗余选序》，《蟾台集》，明崇祯丁丑（1637）传经堂刻本。
② 卓人月汇选，徐士俊参评，谷辉之校点《古今词统·旧序》，第14页。
③ 卓人月汇选，徐士俊参评，谷辉之校点《古今词统·旧序》，第15页。

词曲代变观念，主要表现在两个方面。（1）将明人自度曲和剧曲采入词选。《词统》共选明人自度曲 4 调，包括杨慎〔落灯风〕、王世贞〔小诺皋〕、徐渭〔鹊踏花翻〕、汤显祖〔添字昭君怨〕。后世词论家对明人自度曲常持否定态度。杜文澜言，宋人自度曲能协律，是"由于宫谱之备也"①，而明人填词"绝少专门名家，间或为词，辄率意自度曲，音律因之益梦"②。徐士俊也表示："词家习熟纵横，故句或无常，而声能协调。且如姜尧章之流，能自度曲，总由精于音律之故，不许效颦也。"③ 虽明言不许效颦，却选入时曲，意在以时乐接续古乐，显示"曲为词变"。所选汤显祖曲 15 首，均来自"临川四梦"，也展现此用心。（2）引曲调押韵方式入曲词。徐士俊言："词取香丽，既下于诗矣，若再佻薄，则流于曲，故不可也。"④ 有区别词曲风格之意识。在用韵上则较宽容，众多评点均体现出推崇曲韵倾向。蒋捷〔女冠子〕《元夕》下评："高季迪〔石洲慢〕词驳正旧韵，颇与此同。"又引杨慎《词品》："沈韵多不合声律，即如'打'字与'等'字押，'卦''画'与'怪''坏'押，此鸠舌之病，可为法？元人周德清著《中原音韵》，伟矣。宋词已有开先者，如蒋捷〔女冠子〕、晁叔用〔感皇恩〕，酌古斟今，可为用韵之式。"⑤ 《古今词统》特重押韵，认为"软美撩人，全在韵脚"，"炼句不如炼韵"⑥，填词可参用曲韵，可通押，可错杂，并向宋人词寻出处。欣赏韵脚押险字、尖新字以达到出奇见巧的效果。评牛峤〔菩萨蛮〕"两首'急'字俱尖极"，评张一如〔踏莎行〕"韵脚宁险勿夷，词头有生无熟"，评瞿佑〔桂枝香〕"叶韵愈出愈新，亦愈雅贴"⑦，均体现出曲化观念。

第三，《古今词统》意图用选本形式构建词调统序。卓人月之弟卓回在《古今词汇·缘起》中描述明末士人耽于科举考试云："白首溺沉，而不知改。习诗古文若仇雠，况词乎？兄意独否，然当其时，犹齐庭之瑟也，赏音者或寡矣。"⑧ 李蓘《花草粹编叙》云："北曲起，而诗余渐不逮前，其

① 杜文澜：《词律校勘记序》，江顺诒撰《词学集成》卷二引，《词话丛编》，第 3237 页。
② 杜文澜：《憩园词话》，《词话丛编》，第 2852 页。
③ 卓人月汇选，徐士俊参评，谷辉之校点《古今词统·杂说》，第 37 页。
④ 卓人月汇选，徐士俊参评，谷辉之校点《古今词统·杂说》，第 34 页。
⑤ 卓人月汇选，徐士俊参评，谷辉之校点《古今词统》，第 553 页。
⑥ 卓人月汇选，徐士俊参评，谷辉之校点《古今词统》，第 412、598 页。
⑦ 卓人月汇选，徐士俊参评，谷辉之校点《古今词统》，第 153、323、488 页。
⑧ 卓回：《古今词汇·缘起》，赵尊岳编《明词汇刊》，上海古籍出版社，2012，第 1544 页。

在于今，则益泯泯也。盖士大夫既不素娴弦索，又不概谙腔谱，漫焉随人后而造次涂抹，浅易生硬，读之不可解，笔之冗于简册。不知回视古法，犹有毫末存焉否也。无怪乎其词湮而书之存者稀也。"① 由于不受重视，加之时曲冲击，词调系统湮没无闻，此是明词衰落原因之一。因此，如何诠释声调、学习法度，成为明代词学家孜孜以求的职志。徐士俊评何良俊《草堂诗余序》曰："《花间集》一调中长短多寡不同，即一人一调，而数首亦不相类。宋创为体格，如方圆之莫易，寸黍不差矣。"② 词调创自唐五代，宋代体式固定，明代张綖、顾从敬、徐师曾、沈际飞等人，在词乐失传情况下以词选为载体，对词调系统进行重构，形成了以线性思维运筹的分调观念③，从而使词体成为一种法度谨严的格律诗。至《古今词统》，可称博采众长，构建起较完备的词调统序。具体表现如下。

（1）标明同调异名。全书共 62 调标明异名，异名数自 1 个至 5 个不等。④ 词牌有别字情况，亦标出⑤。评点说："名异而调同者，词家好新，诡立美名耳。"⑥ 虽然书中重收同调异名 10 调，但相比明代其他词选，其对调名的归纳当属清晰。（2）标明异调同名。比如，〔相见欢〕〔锦堂春〕俱别名〔乌夜啼〕，〔浪淘沙〕〔谢池春〕俱别名〔卖花声〕。（3）标明宫调和自度曲。共 12 调标明宫调，7 调标明自度曲⑦。对个别宫调名称予以解释，如〔稍遍〕下注："般瞻调。'般瞻'，龟兹语也，华言为五声，盖羽声也，于五音之次为第五。〔稍遍〕三选，每选加促。'稍'，去声，俗作'哨'。'瞻'，俗作'涉'。"⑧ 注意保存词调律吕。（4）考释调名起源。选取调名起源词时，加以阐释。唐庄宗〔如梦令〕下注："此〔如梦令〕之祖。史称庄宗喜音声歌舞俳优之戏，此其自度曲也，因词中有'如梦'二字，故名。"顾复〔玉楼春〕下注："〔玉楼春〕之得名以首句故。"⑨ （5）区别异

① 李雯：《花草粹编叙》，邓子勉编《明词话全编》，凤凰出版社，2012，第 1864 页。
② 卓人月汇选，徐士俊参评，谷辉之校点《古今词统·旧序》，第 12 页。
③ 叶晔：《明人分调编次观与唐宋词的分调经典化》，《文学评论》2016 年第 1 期。
④ 例如，〔水龙吟〕下注"一名《小楼连苑》"，〔沁园春〕下注"一名《洞天春色》，一名《大圣乐》"。《小秦王》苏轼词下注"东坡词集中作《阳关曲》"。
⑤ 例如，〔浪淘沙〕下注"'淘'一作'涛'"，〔归国遥〕下注"'遥'一作'谣'"。
⑥ 卓人月汇选，徐士俊参评，谷辉之校点《古今词统·杂说》，第 37 页。
⑦ 例如，〔雨霖铃〕下注"双调"，〔永遇乐〕下注"歇指调"。〔落灯风〕下注"升庵自度曲"，〔小诺皋〕下注"元美自度曲"。
⑧ 卓人月汇选，徐士俊参评，谷辉之校点《古今词统》，第 608 页。
⑨ 卓人月汇选，徐士俊参评，谷辉之校点《古今词统》，第 75、274 页。

调近体。〔法驾导引〕下注："比〔望江南〕多迭一句。"〔芳草渡〕下注："略似〔三字令〕。"〔万年欢〕下注："与〔孤鸾〕大同小异。"① （6）区别韵位差异。谢逸〔柳梢青〕下注："用仄韵。后半起句不用韵。"温庭筠〔玉楼春〕《春暮》下注："'睡'字不用韵，与顾敻作同。"李清照〔一剪梅〕《离别》下注："'来'字、'除'字俱不用韵。前半段末句又与本调异。"② （7）区别分句差异。苏轼〔念奴娇〕《赤壁怀古》下注："'小乔'句宜四字，'雄姿'句宜五字。"秦观〔水龙吟〕《赠妓》下注："'垂杨院落'是一句，《谱》以'落红'二字连读，误也。"③ 此外，对选词失韵、重韵、借韵和字声平仄不谐处均加以评注。

徐士俊云："按词之法，则如杨诚斋（应作杨缵）所撰《词家五要》，一曰择腔，二曰应律，三曰按谱，四曰详韵，五曰立新意。"④ 又云："人谓览《五要》而词无难事矣，吾正于此见其难。"⑤ 五要中，除"立新意"外，其余皆隶属词调系统。卓、徐二人直面困难，用选本形式构建词调统序。徐士俊充满自信地表示："或曰：诗余兴而乐府亡，歌曲兴而诗余亡，夫有统之者，何患其亡也哉？倘更有上官氏者出，高踞楼头，称量天下，则余二人之为沈为宋，是未可知也。"⑥ 将自己同卓人月比作近体诗声律的奠基人沈佺期、宋之问。词调统序一经构建，那么即便词乐湮灭，词体也不会消亡。

三 从词调角度研究《古今词统》的意义

上文从倾向性、词谱特征、规范性诸方面描述《古今词统》选调概况，对词调观蕴含的词学思想予以分析。研究一部词选，抛开其选调、选词、编排的过程，仅从"成品"来评论选家的词学观念和选本的词学价值未免失之偏颇。为此，有必要专门论述从词调角度研究该选本的意义。

首先，选取词调角度，利于深入体认关于《古今词统》的批评。清初

① 卓人月汇选，徐士俊参评，谷辉之校点《古今词统》，第 70、255、490 页。
② 卓人月汇选，徐士俊参评，谷辉之校点《古今词统》，第 212、275、354 页。
③ 卓人月汇选，徐士俊参评，谷辉之校点《古今词统》，第 493、522 页。
④ 徐士俊：《古今词统·序》，第 1 页。
⑤ 卓人月汇选，徐士俊参评，谷辉之校点《古今词统·杂说》，第 35 页。
⑥ 徐士俊：《古今词统·序》，第 2 页。

词论家邹祇谟云：“《词统》一书，搜奇葺僻，可谓词苑功臣。”① 王士禛
云：“《花间》《草堂》尚矣。《花庵》博而未核，《尊前》约而多疏，《词
统》一编，稍撮诸家之胜。”② 又云：“卓珂月自负逸才，《词统》一书，搜
采鉴别，大有廓清之力。”③ 邹祇谟、王士禛对该选的批评集中在两个方面：
一是“搜奇撮胜”，二是“鉴别廓清”。当代学者阐释此评，认为是褒扬其
拓宽选源，独具选心。笼统而言，固然不错。联系二人所编《倚声初集》，
则必包含肯定其在选调辨体上的功绩在内。《古今词统》于选调上，向前代
别集和选本中博采词调、约取例词；于辨体上，标明同调异名、异调同名，
划分同调异体、异调近体，考释词调起源及词乐属性，构建起分调编次词
选较完善的声调统序。《古今词话》引王庭语：“《词统》一书，为之规规而
矩矩，亦词家一大功臣也。”④ 此语亦见沈际飞评《诗余图谱》，王庭借以评
《古今词统》，指出其能于选本中起典范作用，堪为后世效法。这与该选的
词调观密切相关。

其次，选取词调角度，利于揭示《古今词统》流行原因，把握其对后
世选、词谱的影响。《古今词统》在明末清初风靡一时，其畅销程度，由
书贾屡次篡改书名、序言再版可知。卓回云：“方今词学大兴，识者奉
《古今词统》）为金科玉律。”⑤ 清初词论家丁澎云：“先是珂月《词统》之
选，海内咸宗其书，垂四十年，遂成卓氏之家学。”⑥ 《古今词统》的流行，
与它选调辨体的谨严分不开。从清初几部重要词选《倚声初集》《兰皋诗余
汇选》《古今词汇》的接受中，显示出词调观的示范作用。《倚声初集》接
续《古今词统》，选明末清初词人，效仿其体例，唯将前附“氏籍”改为
“爵里”；《兰皋诗余汇选》是清代首部明词选，分调编排，词末评点，沿袭
其体例。编者胡胤瑗在《与徐野君》中说：“某垂髫即喜读先生等身之书，
于《词统》一集，尤脍炙不去口。因于此种得领玉屑，盖不啻入琳琅之圃
而探夜光也。自后明词之选，倡和之章，先生之范围者深矣。”⑦ 谈到了

---

①　邹祇谟：《远志斋词衷》，《词话丛编》，第 655 页。
②　王士禛：《倚声初集序》，《续修四库全书》第 1729 册，上海古籍出版社，2002，第 164 页。
③　王士禛：《花草蒙拾》，《词话丛编》，第 685 页。
④　沈雄：《古今词话·词评下》，《词话丛编》，第 1032 页。
⑤　卓回：《古今词汇·缘起》，《明词汇刊》，第 1544 页。
⑥　丁澎：《正续〈花间集〉序》，《扶荔堂文集选》，《清代诗文集汇编》第 78 册，上海古籍
　　出版社，2010，第 478 页。
⑦　张之鼎：《栖里景物略》卷九，当代中国出版社，2014，第 148 页。

《古今词统》对自己及时人编纂词选的重要启迪。卓回《古今词汇》将家兄选本作为选源，承继其依字数分调编排选型之做法，试图"补其所未备，实一线之续"①。孙致弥《词鹄初编》、康熙《御选历代诗余》、陈鼎《同情集词选》均采用该选型，渐成后世词选主流。其对后世词谱的影响，未见诸议论，然万树《词律·发凡》云："本谱但叙字数，不分小令中长之名……旧谱之最无义理者，是第一体第二体等排次，既不论作者之先后，又不拘字数之多寡，强作雁行，若不可逾越者。而所分之体，乖谬殊甚，尤不足取……本谱但以调之字少者居前，后亦以字数列书又一体。"② 能满足分调编排、依字分体诸多要求的前代大型词选，《古今词统》是首部。其针对词调同调异名、异调同名的划分，启《词律》之先。应当说，《词律》未受其影响而自创体制的可能性极小。

最后，选取词调角度研究，目的是以此为尝试，为词选研究开辟新路，为古代词选史的撰写积累经验。现今学术界对各类词选进行专论时，几乎全部是从编选特点、词学价值、词史意义、与同时词创作互动关系等"体制外"角度切入，尚未有从词调选用角度来探讨选家编定词选过程的著述。词体文学大致可分为"声""辞"两部分，选声方能定辞。词人填词首先要考虑选调，选家选词亦不能忽视词调的地位。词调的选用问题不仅关系到词选编纂的动机，也关系到选家裁量词作的标准，涉及古乐与今乐、诗体与曲体等多方面的复杂问题。本书试图对此中"关节"进行初步打通，如能改变词选研究固守"体制外"的状况，引入"体制内"，也包括词调之学在内的研究，或许将不无裨益。

（吴雅楠撰）

---

① 卓回：《古今词汇·缘起》，赵尊岳编《明词汇刊》，第 1544 页。
② 万树：《词律·发凡》，《词律》，上海古籍出版社，2013，第 9、10 页。

第三章　清代词选研究

第一节　词选在清代词学中的意义

清代词学号称"中兴"，兴盛的原因有很多，词选的作用颇为值得重视。选本之学始于对六朝《文选》的研究，词史上的词选之学则滥觞于北宋对《花间集》的评议，成熟于词选本繁盛的南宋。就编词选的目的而言，有为歌伎选编唱本者，如龙榆生所言："宋人编纂词集或选集歌词，皆以便于歌唱为主，乐章流播歌者之口。"① 有以存人或存词为目的的文献式词选，其特点是"主调备，则不计其工拙；取人多者，则不论其雅俗"②；亦有为体现某种思想主旨或审美倾向的词选，将词选作为"赖以发表和流布自己的主张的手段"③。而发表词学主张对于词学理论、词学批评更有意义。清代词坛选词之风甚盛，各类词选大量刊行。既有历代词选，又有当代词选；既有唐宋词选重刊，又有对唐宋词的新编；既有断代之选，又有历代总集。以当代词选为例，仅叶恭焯《全清词钞》所引用的词选就有 221 种之多。清人赋予词选以更多使命，词选也就成为清代词学理论的重要载体。

一　唐宋词选的新用：借他人酒杯浇自己块垒

唐宋词是清人学习的典范，对唐宋词选本的批评是清代词学最热衷的话题之一。清代词学史上，不同的流派为了阐扬本派的理论主张，往往采用借古鉴今的方法，对唐宋词选本展开讨论，或贬抑抨击，或推举张扬，

---

① 龙榆生：《选词标准论》，《词学季刊》第一卷第二号。
② 吴蔚光：《自怡轩词选序》，清刻本。
③ 鲁迅：《集外集·选本》，人民文学出版社，1973，第 114 页。

将本派理论主张托付于对某种唐宋词选的褒贬之中，于是该词选就成为清代词学流派的重要标志之一。

唐宋词选中对后世影响最大的首推《草堂诗余》。《草堂诗余》是一部南宋人编辑的词选。《直斋书录解题》题为"书坊编集"。《四库全书总目提要》考定此书编定于南宋宁宗庆元（1195～1200）以前。《草堂诗余》在南宋末、元时并未受到特别的重视，到了明代，在适宜的时代条件下大为盛行。明代《草堂诗余》的版本十分繁多，今存的明本《草堂诗余》就有35种之多，这是其他词选本远不可及的，由此可以见出《草堂诗余》在明代流行的盛况。明代《草堂诗余》的繁盛还表现为参与《草堂诗余》注解、评点、校正等工作的有许多当代的名流。据统计，各版本《草堂诗余》中涉及的参与者有六十多人，这些人身份各异，除了词学名家外，还有台阁重臣、文坛主将、士人学子、山林隐逸等。对明代这种《草堂诗余》独盛的局面，连当时人都感到困惑不解。明末的毛晋说："宋元间词林选本，几屈百指，惟《草堂诗余》一编飞驰，几百年来，凡歌栏酒榭丝而竹之者，无不拊髀雀跃；及至寒窗腐儒，挑灯闲看，亦未尝欠伸鱼睨，不知何以动人一至此也。"①《草堂诗余》对明朝人影响之大由此可见一斑。在明代词坛上有这样一个现象：凡是《草堂诗余》收录的词人，皆广为人们熟识；凡《草堂诗余》未收入的词人，几乎不为人所知晓，如姜夔及其之后的南宋词人吴文英等。②

《草堂诗余》不仅在明代繁盛，对清初词坛也影响极大。张其锦曾指出："（清初词人）上宗南宋，然风气初开，音律不无小乖，词意微带豪绝，不脱《草堂》前明习染。"③ 王煜说："清初沿习朱明，未离《花》《草》。"④ 浙西词派领袖朱彝尊为革除词坛积弊，开创新的词风，就对《草堂诗余》进行了激烈的批评：一是对《草堂诗余》由于征歌需要而形成的分类形式予以抨击；二是对《草堂诗余》的选目失当进行批评，并大力推举姜夔一派；三是力斥《草堂诗余》之俗，标举醇雅。

---

① 毛晋：《草堂诗余跋》，汲古阁本。
② 宋翔凤《乐府余论》："《草堂诗余》，宋无名氏所选，其人当与姜尧章同时。尧章自度腔，无一登入者，其时姜名未盛，以后如吴梦窗、张叔夏俱奉姜为圭臬，则《草堂》之选，在梦窗之前矣。"《词话丛编》，第2500页。
③ 张其锦：《梅边吹笛谱序》，《清名家词》。
④ 王煜：《清十一家词选》，自序。

浙西词派在黜斥《草堂诗余》的同时，还推举《绝妙好词》。朱彝尊《书〈绝妙好词〉后》云：

> 词人之作，自《草堂诗余》盛行，屏去《激楚》《阳阿》，而《巴人》之唱齐进矣，周公谨《绝妙好词》选本虽未全醇，然中多俊语，方诸《草堂》所录，雅俗殊分。

《激楚》、《阳阿》和《巴人》的差异正是高雅和低俗的区别。《草堂诗余》是坊间商人为了迎合宴集征歌之需而编选的，欣赏者自然多为"巴人"，朱彝尊将《绝妙好词》作为《草堂诗余》的对立物，崇雅斥俗，褒贬分明。浙西派中期领袖厉鹗步其后尘，对《绝妙好词》更是推崇有加。乾隆十三年（1748），厉鹗赴京谒选县令，途经天津，寓查为仁水西庄，于查家见到《绝妙好词》，爱不释手，遂改变行程，留下与查氏合笺《绝妙好词》，刊行后传播更广。厉鹗指出，明代"徒奉沈氏《草堂》选为金科玉律，无怪乎雅道之不振也"。厉鹗力推《绝妙好词》亦着眼于以之取代《草堂诗余》，在词坛提倡"雅道"①。此后，经厉鹗笺注的《绝妙好词》取代《草堂诗余》而影响词坛，正如陈匪石所云：

> 清中叶前，以南宋为依归。樊榭作笺，以后翻印者不止一家，几于家弦户诵，为治宋词者入手之书。风会所趋，直至清末而未已。②

朱、厉偏爱《绝妙好词》是因为该选本体现了浙西派所追求的词学理想。《绝妙好词》七卷，为南宋末周密所选，共选词人 132 家，收词 385 首。《绝妙好词》的编选内容和形式有三点值得注意。

第一，《绝妙好词》"纯乎南宋之总集"③，选词范围限于南宋，始自张孝祥，终于仇远，是一部断代词选。就周密的选编意图来说，是为了整理和保存一代故国文献④，但对于以提倡南宋为旗帜的浙西派来说，《绝妙好词》则是一部现成的范本。

第二，《绝妙好词》又是一部体现了流派意识的词选。陈匪石说：

---

① 厉鹗：《绝妙好词笺》，上海古籍出版社，1984。
② 陈匪石：《声执》卷下，《词话丛编》，第 4958 页。
③ 陈匪石：《声执》卷下，《词话丛编》，第 4958 页。
④ 参阅肖鹏《群体的选择——唐宋人选词与词选通论》，第五章"遗民词选"，文津出版社，1992，第 194 页。

周氏在宋末，与梦窗、碧山、玉田诸人皆以凄婉绵丽为主，成一大派别。此书即宗风所在，不合者不录。①

《绝妙好词》汇集了风格相近、旨趣相类的词作，因而具有流派之选的性质。而这一特点恰与朱彝尊、厉鹗树旗立派的意图相合，自然得到朱、厉的推崇。

第三，《绝妙好词》还是一部具有鲜明的审美主旨的词选，其审美主旨概括起来讲即求雅。《绝妙好词》与张炎的《词源》的审美倾向有着一致性②，《词源》中提出的重要词学主张在《绝妙好词》中都得到了体现，如推尊姜夔，提倡格调雅正，强调协律合谱等。这些皆与朱彝尊、厉鹗的词学主张相一致，《绝妙好词》的审美特性是浙西派选中的因素。

正是由于以上因素，《绝妙好词》才得到了浙西词派的大力提倡。焦循《雕菰楼词话》曾说："近世朱彝尊所选《词综》，规步草窗，学者不复周览全集，而宋词选为朱氏之词矣。"焦氏对浙西派多有批评，但他对浙西派与《绝妙好词》内在继承关系的认识还是颇有见地的。

在清代词坛上产生深远影响的宋代词选还有《乐府补题》。康熙初年的浙西词派、阳羡词派均十分推崇它，而嘉道时期的常州词派亦极重此选。当然，各派欣赏的内涵各有不同。同一部词选被具有不同词学倾向的词派欣赏，是一个值得研究的现象。

《乐府补题》是南宋末年王沂孙、周密等十四家遗民词人的唱和之作，共咏五题——龙涎香、白莲、莼、蝉、蟹，借咏物以抒写宋末遗民的身世之感。对于此书主旨的认识颇有分歧，夏承焘先生上承周济的看法考证它是为南宋景炎三年（1278）杨琏真伽发掘会稽高宗等帝后陵而作。亦有研究者认为此书是元初词社唱和的词集，可能暗含一定的身世，但并无可以征实的言外之意③。此书在元、明两代未见流传，清初朱彝尊于常熟吴氏处见到抄本，过录后于康熙十七年（1678）携至京师，然后由蒋景祁镂版行世。朱彝尊对《乐府补题》颇为称赏，《乐府补题序》云：

---

① 陈匪石：《声执》卷下，《词话丛编》，第 4958 页。
② 肖鹏《群体的选择——唐宋人选词与词选通论》（第 202 页）说："《绝妙好词》不是周密个人的词选，它属于临安词人群所共有。……张炎《词源》代表了它的共同理论主张……而周密的《绝妙好词》则是它词史观和词论审美理想的具体运用。"
③ 参阅肖鹏《群体的选择——唐宋人选词与词选通论》，第五章 "遗民词选"，第 212 页；丁放《〈乐府补题〉主旨考辨》，《安徽师范大学学报》（人文社科版）2001 年第 4 期。

大率皆宋末隐君子也。诵其词可以观志意所存，虽有山林友朋之娱，而身世之感，别有凄然言外者，其骚人《橘颂》之遗音乎？

除了亦是南宋选本的因素之外，《乐府补题》文人雅士的气质、含蓄蕴藉的风格、咏物而不黏滞于物的手法皆是朱彝尊对它心仪的原因。阳羡词派的领袖陈维崧对《乐府补题》的感受与朱彝尊又有不同，陈维崧作《乐府补题序》，特别强调国破家亡的悲愤之情对词的影响："嗟乎！此皆赵宋遗民作也。"[1] 陈维崧指出《乐府补题》乃"遗民"之作，认为故国之哀、身世之痛和不能自已之情"援微词而通志，倚小令而成声"，才使这部词集具有感动人心的力量，历数百年而不泯。经过朱、陈二人的推扬，《乐府补题》迅速影响词坛，蒋景祁指出了当时词风的变化："得《乐府补题》而辇下诸公之词体又一变，继此复拟作'后补题'，益见洞筋擢髓之力。"[2]

清代中期之后，词学思想随着政治形势的变化而变化，常州词派突出了词体"意内言外"、比兴寄托的作用，对《乐府补题》的认识亦随之发生变化。张惠言《词选》指出《乐府补题》中的"碧山咏物诸篇，并有君国之忧"。周济对《乐府补题》的解读重在寄托寓意，王树荣《乐府补题跋》云："周止庵《宋词选》于唐玉潜《赋白莲》曰：'冰魂犹在，翠辇难驻。'曰：'珠房泪湿，明珰恨远。'以为当为元僧杨琏真伽发宋诸陵而作。又《赋蝉》曰：'佩玉流空，绡衣剪雾。'曰：'晚妆清镜里，犹记娇鬟'，疑亦指其事。"[3] 可知周济认为《乐府补题》中的唐珏词〔水龙吟〕〔齐天乐〕皆为宋陵被盗毁之事而作。可见，周济对《乐府补题》的重视乃在于其中的比兴寄托之意。其后常州派词人蒋敦复在《芬陀利室词话》卷三中也指出《乐府补题》皆是有寄托之作：

> 词原于诗，即小小咏物，亦贵得风人比兴之旨。唐、五代、北宋人词，不甚咏物，南渡诸公有之，皆有寄托。白石、石湖咏梅，暗指南北议和事。及碧山、草窗、玉潜、仁近诸遗民《乐府补遗》（按：即《乐府补题》）中，龙涎香、白莲、莼、蟹、蝉诸咏，皆寓其家国无穷之感，非区区赋物而已。

---

[1] 陈维崧：《乐府补题序》，《陈检讨四六》卷九，《四库全书》本。

[2] 蒋景祁：《刻瑶华集述》，中华书局，1982 年影印本。

[3] 王树荣：《乐府补题跋》，《彊村丛书》。此跋文所引周济《宋词选》及对唐珏的词作的评论，不见今本《词辨》《介存斋论词杂著》《宋四家词选》，或为《词辨》原十卷本。

常州词派后期的代表人物谭献对《乐府补题》亦十分推重，他认为浙西词派虽然欣赏《乐府补题》，但未能窥见其精髓所在："《乐府补题》，别有怀抱。后来巧构形似之言，渐忘古意，竹垞、樊榭不得辞其过。"① 晚清常州派词学家陈廷焯也从比兴寄托的角度对《乐府补题》所载词作的内蕴进行了分析："碧山〔天香〕《龙涎香》一阕，庄希祖云：'此词应为谢太后作。前半所指，多海外事。'此论正合余意。惟后叠云：'荀令如今渐老，总忘却尊前旧风味。'必有所兴。"② 以上种种评论皆可看出常州派词论家以比兴寄托认识《乐府补题》的特点。

《乐府补题》在清代一直受到重视，但认识的角度各有不同：浙西派欣赏其高雅的气质和咏物技巧；阳羡派从故国之痛中找到心灵、情绪的沟通；常州派推重其比兴寄托。《乐府补题》与其他几部唐宋词选一样，由清人不断阐发其意蕴，并对清代词学产生了十分深远的影响。

二　新编唐宋词选：表现词学主张

龙榆生先生曾指出："浙、常二派出，而词学遂号中兴。风气转移，乃在一二选本之力。"③ 此言对词选在清代词学史上的作用概括得十分精当。清代的词学流派还把编纂词选本作为重要的武器，用以表现本派的审美倾向和理论主张，这些词选也就成为流派的重要标志。

开风气之先的是康熙初年朱彝尊、汪森选编的《词综》。如前所述，朱彝尊的《词综》是针对明代以来词坛最为流行的词选本《草堂诗余》而编的。《词综》二十六卷，汪森增补十卷，共计三十六卷。全书收录唐、五代、两宋、金、元词 2253 首，词人 659 人。为了彻底改变明代以来的词坛风气，浙西词派朱彝尊不仅提出了鲜明的词学主张，还选编了《词综》，意欲清除《草堂诗余》的影响并取而代之。《词综》是以明确的词学思想为指导的词选本，朱彝尊提出学习姜、张，倡导南宋，崇尚雅正等一系列词学主张，《词综》即体现了这种思想。陈廷焯云："竹垞所选《词综》……一以雅正为宗。"④ 陈匪石亦说："(《词综》) 所录之词，自唐迄元，一以雅正

---

① 谭献：《复堂词话》，《词话丛编》，第 4008 页。
② 陈廷焯：《白雨斋词话》卷二，《词话丛编》，第 3809 页。
③ 龙榆生：《选词标准论》《词学季刊》第一卷第二号。
④ 陈廷焯：《词坛丛话》，《词话丛编》，第 3730 页。

为鹄。"① 《词综》以较大的篇幅收录南宋词人词作，如姜夔的词当时"仅存二十余阕也"②，《词综》全部收入。另如吴文英、周密、王沂孙、张炎的词收入数量也居于前列，此种特点与《草堂诗余》中南宋词较少、姜夔派词人词作遗缺的状况形成了鲜明的对比。可以说，《词综》以选本的形式表现了与《草堂诗余》截然相反的审美倾向。《词综》的编成刊行，给习词者重新提供了范本，《草堂诗余》失去了市场。词人们跳出北宋偏重婉丽之藩篱，尤为南宋姜、张一派所吸引，词坛风气开始发生变化。汪森《词综序》言及词坛所尚由《草堂诗余》到《词综》的变化时说：

> 世之论词者，惟《草堂》是规，白石、梅溪诸家，或未窥其集，辄高自矜诩。予尝病焉，顾未有以夺之也。友人朱子锡鬯，辑有唐以来迄于元人所为词，凡一十八卷。目曰《词综》……庶几一洗《草堂》之陋而倚声者知所宗矣。

《词综》刊行之后，赢得了学词者的广泛欢迎，正如丁绍仪所说："自竹垞太史《词综》出而各选皆废，各家选词亦未有善于《词综》者。"③ 还把《词综》比作词家的"金科玉律"④，吴衡照说："词选本以竹垞《词综》为最善……洵词坛广劫灯也。"⑤ "金科玉律""广劫灯"之称足见《词综》在人们心目中地位之崇高。事实上，《词综》成了浙西词派理论的载体，对浙西派取得词坛盟主地位起到了助推的作用。

《词综》之后，浙西派词学家亦十分注意用词选本来推扬词学主张。如王昶曾先后编成《明词综》、《国朝词综》和《国朝词综二集》等，其"选词大旨，一如竹垞太史所云"⑥。王昶之后又有黄燮清的《国朝词综续编》，选词宗旨亦如朱彝尊和王昶。潘曾莹为其作序云："其规式悉依竹垞、兰泉两先生选本。"⑦ 由此可见《词综》影响之深远。可以说，浙西派的迅速崛起和持久兴盛从以上几种词选得力甚多。

---

① 陈匪石：《声执》卷下，《词话丛编》，第 4962 页。
② 朱彝尊：《词综》，发凡，上海古籍出版社，1978，第 10 页。
③ 丁绍仪：《听秋声馆词话》卷十三，《词话丛编》，第 2734 页。
④ 丁绍仪：《听秋声馆词话》卷十四，《词话丛编》，第 2759 页。
⑤ 吴衡照：《莲子居词话》卷三，《词话丛编》，第 2453 页。
⑥ 王昶：《国朝词综序》，《四部备要》本。
⑦ 潘曾莹：《国朝词综续编序》，《四部备要》本。

另一部对清代词学产生重大影响的词选是张惠言的《词选》。《词选》是张氏兄弟嘉庆初年在歙县馆于金家授课时所编的词学教材。《词选》共选录了唐五代、宋词44家，116首。张惠言《词选》之后，郑善长又编了《词选附录》，所选皆当代词人词作。道光十年（1830），张惠言的外孙董毅又编了《续词选》，形成了《词选》系列。为阐明自己的词学思想，张惠言写下了著名的《词选序》，序中论及许多词学理论问题，被后世尊为常州词派的理论基础。《词选》的意义表现在以下两个方面。

第一，《词选》是第一部以思想内容为标准的词选，正如施蛰存先生所指出的：

> 自《花间集》以来，词之选本多矣，然未有以思想内容为选录标准，更未有以比兴之有无为取舍者，此张氏《词选》之所以为独异也。其书既出，词家耳目为之一新。[1]

与以往的词选本相比，《词选》最大的特色是选词标准的思想性要求，即以"比兴寄托"为选词标准。在此之前朱彝尊的《词综》影响最大，但《词综》本身并未刻意突出某种风格特色，在词的选取上并没有明显的特定审美指向。张惠言的《词选》则是词学思想明确、具有现实针对性的词选。针对"安蔽乖方，迷不知门户"的词坛现实，张惠言编《词选》是为了改变人们对待词体"不敢与诗赋之流同类而风诵之"的认识，从而提高词体的地位。这种编选思想在其弟张琦的《重刻词选原序》中亦有明示："先兄以为词虽小道，失其传且数百年。自宋之亡而正声绝，元之末而规距隳。窔宲不辟，门户卒迷。乃与余校录唐宋词四十四家，凡一百十六首，为二卷。"《词选》中选取的都是张氏认为有"比兴寄托"的词作，他对所选词作的评语亦皆从"比兴寄托"立论。谢章铤说："（张惠言）用意可谓卓绝，故多录有寄托之作，而一切夸靡淫猥者不与，学者知此，自不敢轻言词矣。"[2]潘曾玮也说：

> 读张氏词选，喜其于源流正变之故，多深造自得之言。……窃尝观其去取次第之所在，大要惩昌狂雕琢之流弊，而思遵之于风雅之归。[3]

---

① 施蛰存：《历代词选集叙录》，《词学》第六辑，华东师范大学出版社，1988，第216页。
② 谢章铤：《词话纪余》，《赌棋山庄全集·稗贩杂余》卷三。
③ 潘曾玮：《词辨序》，《词话丛编》，第1638页。

与以往以存人、存词，或以选家之偏好为标准的词选本不同，《词选》以"比兴寄托"为选编标准，给词坛带来了强烈的震撼，追随影从者日众，对改变词风产生了重要影响，以至于"《词选》出，常州词格为之一变，故嘉庆以后，与雍乾间判若两途也"①。

第二，常州词派的后继者出于宗派和现实的需要，对《词选》又赋予了更多内涵和意义。如认为张惠言编《词选》是出于创常州派、取浙西派而代之的明确意识，并认为张氏之论皆与浙西词派相对立。又如认为张氏有意标举北宋乃是对浙西派推崇南宋的反动："翰风（张琦）与哲兄（张惠言）同撰《宛邻词选》（按：即《词选》），虽町畦未辟，而奥窔始开。其所自为，大雅遒逸，振北宋名家之绪。"② 又如认为浙西派尊崇南宋姜夔、张炎，张氏则反其道而行之："《茗柯词选》，张皋文先生意在尊美成而薄姜、张。"③ 金应珪把《词选序》中批评的"放者为之，或跌荡靡丽，杂以昌狂俳优"，进而发挥成"三蔽"："淫词""鄙词""游词"（《词选跋》）。谢章铤进一步分析"三蔽"所指，说：

> 一蔽是学周、柳之末派也，二蔽是学苏、辛之末派也，三蔽是学姜、史之末派也。皋文《词选》，诚足救此三蔽。其大旨在于有寄托，能蕴藉，是固倚声家金针也。④

后来又有学者认定"'跌荡靡丽'，谓竹垞；'昌狂俳优'，谓其年。此常州派之所以别于朱、陈而起也"⑤。由以上诸说可见，张氏《词选序》的论述被不断引申发挥，《词选》的作用也日益扩大。

继张惠言之后的常州派主将周济更是将词选的作用发挥到了极致，他前后曾选编了两部词选——《词辨》和《宋四家词选》。通过词选系统地阐发了他的词学思想。《词辨》旨在分辨词的正变源流，原作十卷，作于嘉庆十五年（1810），书成后，交由弟子田端带往京师，然而田端不幸于舟中将手稿遗落黄河，原书就此亡佚。两年后的嘉庆十七年（1812），周济"稍稍追忆，仅存正变两卷，尚有遗落"，即今本《词辨》。《词辨》继张惠言

① 谢章铤：《赌棋山庄词话续编》卷三引张曜孙语，《词话丛编》，第 3523 页。
② 谭献：《复堂词话》，《词话丛编》，第 4009 页。
③ 江顺诒：《词学集成》卷五引汪稚松语，《词话丛编》，第 3273 页。
④ 谢章铤：《赌棋山庄词话续编》卷一，《词话丛编》，第 3485 页。
⑤ 卢冀野：《温飞卿及其词余论》，曾昭岷《温韦冯词新校》引，上海古籍出版社，1988。

《词选》之后，选词亦以"意内言外，变风骚人"为标准，正如谢章铤所评："其选录大意则本于皋文。"① 潘曾玮《词辨序》亦说："要其大旨，固深恶夫昌狂雕琢之习而不反，而亟思有以厘定之，是固张氏之意也。"由《词辨》可以看出周济的词学虽然多受张惠言的影响，"辨说多主张氏之言"②，但并不盲从，有自己的见解和论析，在继承张惠言词学理论的基础上，开始了自己的探索并有所建树。

作于道光十二年（1832）的《宋四家词选》③ 以及《宋四家词选目录序论》，标志着周济确立了自己独立的词学思想，建立起包括入门、途径，以及最高境界在内的完整的词学理论系统。这一时期周济对浙西词派末流的弊端有了更为清醒的认识，《宋四家词筏序》指出：

> 近世之为词者，莫不低首姜、张，以温、韦为缁撮，巾帼秦、贺，筝琶柳、周，伧楚苏、辛。一若文人学士清雅闲放之制作，惟南宋为正宗，南宋诸公又惟姜、张为山斗。呜乎，何其陋也！词本近矣，又域其至近者可乎？宜其千躯同面，千面同声，若鸡之哜哜，雀之足足，一耳无余也。④

这里周济对浙西词派的弊端进行了深刻的反思，认为词坛之"陋"的原因在于独尊南宋姜、张而造成"千躯同面，千面同声"。在此基础之上，周济提出了具有常州派特征的词统主张："问涂碧山，历梦窗、稼轩，以还清真之浑化。"主张学词由深寓寄托的王沂孙词入门，最后达到无寄托的周邦彦词的浑化境界。周济将唐宋词人分为四派，又将四派由入到出、由近至远、由浅而深结构为系统，示人以途径，建立了常州派入门词统。

晚清词学家陈廷焯也具有明确的用词选表现词学主张的意识。他早期习从浙西派，曾编有《云韶集》；后来改宗常州派，又选编《词则》。两种词选词学宗旨迥异，体现了其词学思想的变化。《词则》分为四集：《大雅集》《放歌集》《闲情集》《别调集》。陈廷焯说：

---

① 谢章铤：《周氏词辨序》，《课余续录》卷四。
② 潘曾玮：《词辨序》，《词话丛编》，第1638页。
③ 包括《宋四家词筏序》。《蕙风词话》卷二云："《宋四家词筏》未见，疑即止庵手录之《宋四家词选》。"见《词话丛编》，第4448页。
④ 周济：《止庵文》，《常州先哲遗书补编》。

《大雅》为正，三集副之，而总其名曰《词则》。求诸《大雅》，故有余师。即遁而之他，亦即可于《放歌》《闲情》《别调》中求《大雅》，不至入于歧趋。①

充分体现了重视词体意格和社会效果的思想。这部词选也是以张惠言的"意内言外"为宗旨，继承发扬《词选》思想的选本。

"晚清四大家"亦看重词选本，朱祖谋编有《宋词三百首》，亦蕴含有丰富的词学思想。为了弥补张惠言《词选》"既狭且偏"之失，其"内容主旨以浑成为归"②，而且"力破邦彦疏隽少检、梦窗七宝楼台之谰言"③。郑文焯也有编词选的计划，并曾拟出选目。④ 可以看出，在常州词派崛起、壮大、嬗变的过程中，词选一直起着重要作用。

三　当代词选：群体和繁盛的展示

清人重视唐宋词选的作用，目的是指导当代的创作，因而当代词人的词选同样受到重视。以康熙初年为例，各种当代词选本纷纷问世，江尚质曾赞叹：

人文蔚起，名制若林。近披朱竹垞《词综》、毛驰黄《词谱》、邹程村《倚声集》、蒋京少《瑶华集》，家玭人璧，评者纷如。⑤

当时影响较大的就有：王士祯、邹祗谟的《倚声初集》，顾贞观、纳兰性德的《今词初集》，陈维崧、吴本嵩的《今词苑》，蒋景祁的《瑶华集》等。选编者或为词坛繁荣所感奋，心存记录一代词史的宏愿；或为创作走向而忧心，针砭时弊。当代词选的编纂刊行对词坛风向的引导产生了重要影响，如《倚声初集》在当时就起到了"转移风气""词格之变"⑥ 的作用。清代的词学流派亦十分重视当代词选的作用，清代词派多以本邑本乡词人为基本阵容，各派都选编有体现本派阵容的词选本，如云间派有《幽

---

① 陈廷焯：《词则·总序》，《词话丛编》，第 3891 页。
② 唐圭璋：《宋词三百首笺注》，自序，中华书局，1958，第 1 页。
③ 唐圭璋：《宋词三百首笺注》，吴梅序，第 3 页。
④ 《郑叔问石芝西堪宋十二家词选目》，《词学季刊》第一卷第二号。
⑤ 沈雄：《古今词话·词品》下卷引，《词话丛编》，第 881 页。
⑥ 况周颐：《蕙风词话》卷五，《词话丛编》，第 4510 页。

兰草词》，西泠词人有《西陵词选》，松陵词人有《松陵绝妙词选》，梁溪词人有《梁溪词选》，柳州词人有《柳州词选》，阳羡派有《荆溪词初集》，浙西派有《浙西六家词》，"后吴中七子"词派有《吴中七家词》，常州派有《词选附录》《国朝常州词录》等。收录当代词人作品的流派词选编成刊行，既宣告本派的正式登场，也对本邑本乡词坛的成就、声势和特色起到了宣传造势的作用。

《浙西六家词》的刊刻标志着浙西词派的兴起。康熙十八年（1679），朱彝尊的好友龚翔麟将朱彝尊《江湖载酒集》三卷、李良年《秋锦山房词》一卷、沈皞日《柘西精舍词》一卷、李符《耒边词》二卷、沈岸登《黑蝶斋词》一卷、龚翔麟《红藕庄词》三卷合刻为《浙西六家词》，打出浙西派的旗帜；并将当时已失传数百年的张炎《山中白云词》八卷附刻于书后，以明浙西派词学渊源。由此浙西词派广为世人所知，并逐渐居于词坛主流。陈对鸥说："自《浙西六家词》出，瓣香南宋，另开生面，于是四方承学之士，从风附响，知所指归。"[①]

又如张惠言《词选》面世之后，认同其词学主张、追随其后者日众，尤其以常州词人为多，常州词派由此形成并日益壮大。继《词选》之后，"二张"弟子、歙县人郑善长又编了《词选附录》一卷，郑氏《叙》云：

> 《词选》刻既成，余谓张子：词学衰且数百年，今世作者，宁有其人耶？张子为言其友七人者，曰恽子居、丁若士、钱黄山、左仲甫、李申耆、陆祁生、黄仲则。各诵其词数章，曰此几于古矣。……益以张子之词为九家。金子彦郎甫者，学于张子，为词有师法，又次录焉。

以上十家[②]加上郑善长本人之作，共得十一家，所谓"几于古"，即能得到古人之精神，实指认同张惠言词学宗旨者。《词选附录》所选皆当代词人词作，谢章铤云：

---

① 陈对鸥语，《词苑萃编》卷八引，《词话丛编》，第 1951 页。
② 十家：张惠言（1761～1802），字皋文，号茗柯，著有《茗柯词》；张琦（1764～1833），字翰风，号宛邻，有《立山词》；恽敬（1757～1817），字子居，号简堂，有《蒹塘词》；丁履恒（1770～1832），字若士，号冬心，有《思贤阁词》；钱季重，原名梦兰，字季重，后以字行，有《黄山词》；左辅（1751～1833），字仲甫，号杏庄，有《念宛斋词》；李兆洛（1769～1841），字申耆，晚号养一老人，有《养一斋诗余》；陆继辂（1772～1834），字祁孙，有《清邻词》；黄景仁（1749～1783），字汉庸，一字仲则，有《悔存词钞》；金式玉（1774～1802），字郎甫，有《竹邻词》。

二张及七家，皆常州人。二金及郑，则歙产也。合十家。或一二阕，或十数阕，其题多咏物，其言率有寄托。相其微意，殆为朱、厉末派饾饤涂泽者别开真面，将欲为词中之铮铮佼佼者乎。①

《词选附录》配合《词选》，形成了古代与当代的结合，构成了以"比兴寄托"为主线的词学传承，"二张"等十一人形成了常州词派初期的大体轮廓。《词选》的再三翻刻，董毅《续词选》的增补，扩大了《词选》的影响。继张惠言《词选序》之后，张琦、金应珪、张百禥的序跋不仅起到了推扬《词选》的作用，也使常州词派的"比兴寄托"理论变得更加丰富。

清代词学史上的论辩往往由词选引发，甚至直接将词选作为靶的。前文曾述及，朱彝尊的《词综》刊行后产生了深远的影响，王昶（述庵）追模朱氏，选编有《明词综》、《国朝词综》和《国朝词综二集》，选择宗旨和标准亦规步朱氏。对此谢章铤论云：

述庵一生专师竹垞，其所著之书，皆若曹参之与萧何。然竹垞选《词综》，当时苏辛派未盛，故所登寥寥。至国朝，则"铁板铜琶"与"晓风残月"齐驱并驾，亦复异曲同工。划而一之，无怪有遗珠之叹。②

对王昶以宗派宗旨为选词标准的做法予以批评。晚清的文廷式则将批评的矛头直指《词综》：

自朱竹垞以玉田为宗，所选《词综》意旨枯寂，后人继之，尤为冗漫。以二窗为祖祢，视辛、刘若仇雠家法若斯，庸非巨谬。二百年来，不为笼绊者，盖亦仅矣。③

文氏之言不免过于激切，然而倒是深刻地指出了后期浙西派颓靡衰微与其早期作为流派经典的《词综》之间的内在关系。

再如对张惠言《词选》的批评。随着《词选》传播愈广，影响愈大，开始有人对《词选》提出批评。或批评《词选》选词太少，标准太严，如陈廷焯云："唐五代两宋词，仅取百十六首，未免太隘。"④ 或批评其选目失

---

① 谢章铤：《赌棋山庄词话续编》卷一，《词话丛编》，第3483页。
② 谢章铤：《赌棋山庄词话》卷一，《词话丛编》，第3321页。
③ 文廷式：《云起轩词自序》，《清名家词》。
④ 陈廷焯：《白雨斋词话》卷一，《词话丛编》，第3777页。

当，如樊增祥云：

> 今张氏不薄苏、辛，而系梦窗于黄、柳之次，论其甄藻，岂可谓平。又醇雅如清真，清峭如白石，其所甄录，不过数阕，梅溪、玉田，仅尝一脔。顾于希真《樵歌》亟登五首，论其去取，岂可谓公。①

　　在对《词选》的批评之中，潘德舆的《与叶生名沣书》名气最大。潘氏对《词选》的批评主要针对"宏音雅调多被排摈，纤猥之作时一采之"，即选词不当而发。潘氏认为当选而未选者，如李白的〔忆秦娥〕及其他五代、北宋佳词，"张氏亦多恝然置之"；不当选而选者，如苏轼的〔洞仙歌〕。潘氏尤其对被视为"雕琢曼词"的温庭筠词在《词选》中的显著地位表示不满。整体来看，潘德舆对张惠言《词选》的批评虽然严厉，但对《词选》的主旨并无异议，只是认为所选未合其旨而已。所以，谭献《复堂词话》说潘德舆"针砭张氏，亦是诤友"。凡此种种，并非根本意义上的否定，而是对《词选》未能尽善尽美以起到更重要作用的批评，因而这种批评反而使《词选》的名气更大，影响更为远播。

　　清人编撰词选，往往以治学的态度和方法而为之。如朱彝尊编的《词综》，选择、编辑、校勘等各个环节皆可与其治经治史相媲美，以实际行动与词为"小道""卑体"的观念决裂。《词综》编选态度之严谨、认真在词学史上是空前的。汪森《词综序》介绍编纂过程说："计览观宋、元词集一百七十家，传记、小说、地志共三百余家，历岁八稔，然后成书。"朱彝尊在《词综·发凡》中详细列出了所引用书目及版本来源，举凡别集、总集，甚至稗官小说的名称无不详列，对词人姓氏、爵里的考订也甚为认真："考之正史，参以地志、传记、小说，以集归人，以字归名，得十之八九。"并对词的字句音韵做了考订，以求精当。郭麐说"《词综》一书，鉴别精审"②，诚非虚言。陈匪石说："朱氏搜求佚书，不遗余力。凡明人未见之本，多经朱氏发见。例如专集之《山中白云》，总集之《绝妙好词》《元草堂诗余》皆是。读其例言，凡所见之本及旁求而未获之本，一一罗列，后

---

① 樊增祥：《微云榭词选自叙》，《微云榭词选》。
② 郭麐：《灵芬馆词话》卷一，《词话丛编》，第 1503 页。

人按图索骥，藉以觅获久佚之籍，其功为多。"①

四 对词选的反思和批评

"作词难，选词尤难"② 是清人的共识。正因为词选的重要作用，清代词学家十分重视对词选本特性的分析。沈雄《古今词话·词品》专列"选词"一门，汇集了五条前人或时人对词选的认识。如引周长卿语"非惟作者难，选者亦难也"，见出对词选高度重视。又引朱彝尊《词综·发凡》之语"填词风雅，无过石帚一集，草堂之选不登其只字。胡浩然吉席之作，僧中殊咏桂之章，亟载卷中"，对《草堂诗余》选目提出批评。涉及词选的入选标准和整体风格，可见对词选的思考还是十分深入的。

清初的《梅墩词话》强调当行之选，对其认为存在弊端的"文人选词"和"诗人选词"提出批评：

> 文人选词，与诗人选词，总难言当行者。文人选词，为文人之词。诗人选词，为诗人之词。等而下之，莽卤者胜，更恐失村夫子面目也。③

言下之意是，只有词人选词才能"当行"。表面看来这只是当行本色之论，其实体现出对词体特征、词史发展具有深刻理解的要求。

金应珪指出，对词学史上词选的优劣要有区别，如果"雅正无别，朱紫同贯"④，则会产生不良影响。陈廷焯指出选词要"以我之性情，通古人之性情"⑤，深入理解古代词人的情感以及词作的背景，才能选好词。清初王晫曾写有《与友论选词书》，对当时词选中存在的诸种弊病进行了批评：

> 夫历下选唐诗，非选唐诗也，选唐诗之似历下者，是以历下选历下也；竟陵选唐诗，亦非选唐诗也，选唐诗之似竟陵者，是亦竟陵选

---

① 陈匪石：《声执》卷下，《词话丛编》，第 4963 页。
② 陈廷焯：《白雨斋词话》卷八，《词话丛编》，第 3970 页。
③ 沈雄：《古今词话·词品》下卷引，《词话丛编》，第 881 页。
④ 金应珪：《词选后序》，《词话丛编》，第 1619 页。
⑤ 陈廷焯：《白雨斋词话》卷八，《词话丛编》，第 3907 页。

竟陵也。今之选词亦然。习周、柳者，尽黜苏、辛；好苏、辛者，尽
黜周、柳。使二者可以偏废，则作者似宜专工，何以当日有苏、辛、
又有周、柳。即选者亦宜独存，何以旧选列周、柳又列苏、辛？况苏、
辛亦有便娟之调，周、柳亦有豪宕之音，何可执一以概百也。故操选
政如奏乐，然必八音竟奏，然后足以悦耳，如调羹然，必五味咸调，
然后足以适口。如执一音以为乐，执一味以为羹，而谓足以适口、悦
耳者，断断无是理也。虽然，此犹为习尚言之也，若夫交深者，词虽
不工，亦选至什百；交不深者，词虽工，亦不过二三。爱者存之，憎
者删之，夫选政为何事而以交情爱憎为也。虽然，此其小焉者也。至
有资者，词固不求工，亦可不论交，必列如数；无资者交且不论，又
何暇论词，必弃如遗。往往以刻资之厚薄为选之多寡，亦时有以酒席
之丰俭为词之去留。嗟乎，选者贪鄙若此，其为书不大可见耶。甚有
名登仕版，毋论素不工词，并不知词为何物，亦必多方伪作，以存其
名。若韦布之士，毋论词所素工，且有全稿，或有刻本，必相訾议曰：
是非香奁语也，是为酬应作也，概置不录。推其心，多列贵人，贵人
或恩我，庶可望以周旋，而不知此辈梦梦焉。虽一部尽刻贵人之名，
彼所喜不在是，初不以为恩也，是贵人未必知感，而所为韦布之士且
怨之入骨矣。操选者，恩怨固不必避，然而选政至此尚忍言哉。虽然
不独词选也，诸选皆然。吾见少年以所选为羔雁之具，藉以纳交于大
人；宿儒以所选为声气之媒，藉此取润于当事。有刻一封面而其书终
身不完，有遍索刻资而其余尽充囊橐，比比而是。吾安得起昭明于九
原，一登文选之楼，而正其罪耶。①

这封书札提出了对词选和选词的主张，并指出词选领域的种种弊端，
概括起来主要涉及两方面。第一，关于选古代词，王晫认为选词者应该具
有全面的眼光，反对按照一己偏好选词。其理由有二：其一，各种风格的
存在都有历史的必然性，如苏、辛的豪放和周、柳的婉丽同存在于宋代；
其二，词史上的大词人并非只有单一的风格面貌，如苏、辛并非只有"豪
宕"，所以个人的爱好很可能是片面的，并不符合词史的实际情况。第
二，关于选当代词，王晫认为有不少弊病：将交情的厚薄作为选词的标

---

① 王晫：《与友论选词书》，《霞举堂集》卷五。

准；将捐资多少作为入选的标准；将官场名气大小作为入选的标准。将选词当成结纳亲朋、获取钱财、攀附权贵的工具和手段。性质十分恶劣，影响甚坏。从王晫的这封书札可以看出，词选的利弊和作用已经引起高度重视。

诸迟菊的《词综续编序》指出了词选中的“五弊”：

> 词选之难，厥弊有五：夫其翠谑红笑，好搜艳歌，粉怨珠啼，但罗研唱，溺志丁娘之索，塞耳秀师之呵。雅音不存，哇响竞奏。古怨写意，闲情署题。此则强须眉之客，涂饰粉黛，袭闺房之语，评鹭履舄。此一弊也。或者矫宗辛、刘，蔑视秦、柳。累牍块磊，乏纵横之才，连篇叫嚣，无雄放之气。谓宝瑟不韵，矜其筝琶。谓琼琚可捐，崇其冠剑。斯犹瓮牖奇士，引怒蛙为鼓吹，幽并少年，结屠狗而宾客。此一弊也。乃至抗心迈古，肆力式靡。吹花嚼蕊，相炫虚华。范水模山，自诧澹远。鲜姜、史之清俊，守郊、岛之寒俭。韵要眇而不幽，思缠绵而不尽。是谓宋子名句，仅此蘋末见赏；南威淑姿，必以蓬葆称微。此又一弊也。握玉麈者，惑清谈之习，唱铜鞮者，忘正始之原。鬲指之声，訾石帚多事；煞尾之字，以梦窗太严。取快喉舌，毁弃钟吕，又何啻冠笏倚胡床之座，弦袍挽羯鼓之挝。是曰逾闲，难语同律。则亦一弊也。又吹求过刻，鸷博或夸。光耀沉落，非无天外一鹤之表；声气标榜，不皆春初万花之观。谢客山居，未登削简；南郭朝位，乃备吹竽。况之潮汐鲜流，则羼杂蚌蛎。培塿孤峙，而希树松柏。此贤者之过，亦一弊也。①

一弊为淫艳，二弊为豪莽，三弊为寒乞，四弊为不守律，五弊为惑于虚名。可以看出论者是以浙西派的词学观立论的，浙西派的清雅正是对以上五弊的反拨。

词选体现了清人的词学审美理想，成为清代词学理论的重要载体，对词风的嬗变和词学理论的发展起着重要作用。正因为词选在清代词学中所起的作用，所以清人对词选高度重视，对词选中的诸种弊端的认识也非常清晰，对词选亦提出了很高的要求。

---

① 诸迟菊语，《词学集成》卷六引，《词话丛编》，第3281页。

第二节　清初论词选词析论

在词学史上，以词为载体展开词学批评活动滥觞于宋代。不独如此，宋人还以词体形式评论各种词选。比如，张炎〔西江月〕《〈绝妙好词〉乃周草窗所集》："如今贺老见应难。解道江南肠断。"[①] 吴文英〔踏莎行〕《敬赋草窗〈绝妙词〉》："杨柳风流，蕙花清润。蓣□未数张三影。"[②] 及至清初，词人们也常以词体形式来评论各家词选。其主要原因有两个。其一，清初论词词的数量急剧增多。据统计，有宋一代论词词共有 15 首，明代有 9 首，而清初却有数百首，其中陈维崧有 24 首，曹贞吉有 11 首，浙西六家共有 27 首。这从侧面反映了清人以词为载体已成了清初词学批评常见的形式之一。其二，清初词选不但数量繁多，而且类型丰富。《倚声初集》《古今词汇》《瑶华集》《今词选》《词综》等就是这一时期颇具代表性的词选。此外，清初还出现了专门论词选的文章——王晫《与友人论词选书》。尽管清初论词选词只有 22 首，但这与宋代 2 首、明代 1 首相比之下，显然远超前代。这既反映了清人重新确立词统的词学意识，又显现出清人对词选的高度重视。同时，从清初论词选词的独到见解看，也能在一定程度上显现清人对词选的文学接受。因此，探究清初论词选词，一方面有助于我们探讨词选的编纂特色和词学主旨，另一方面也有助于我们探讨词选的传播范围和词学影响。

一　清初以词论词选

从现存文献看，清初词人论词选词的情况具体如表 3 - 1 所示。

表 3 - 1　清初论词选词一览

作者	词题
傅占衡	〔洞仙歌〕《书宋词选后》
金堡	〔蝶恋花〕《焕之有〈草堂诗余〉，予偶携之行笥，颇解岑寂，题此乞之》

---

① 吴则虞校辑《山中白云词》，中华书局，1983，第 97 页。
② 赵慧文、徐育民编著《吴文英词新释辑评》，中国书店，2007，第 1046 页。

续表

作者	词题
先著	〔高阳台〕《看桃花，坐苍翠庵，叠前韵 时磴仙携有周草窗词选，予疑其赝》
纪迈宜	〔满江红〕《客夏陈别驾招饮，用其自寿〔满江红〕韵为赠，即次徐考城白榆送春作韵也。今考城枉驾见过，共论〈花间〉〈草堂〉宗旨，极推陈检讨其年，与予同志。复次前韵赠之，并申向往之意》
沈谦	〔万峰攒翠〕《沈氏词选成，寄常州邹程邨》
	〔玉女剔银灯〕《夜阅〈倚声集〉怀邹程邨》
邹祗谟	〔戚氏〕《辑〈倚声集〉将成，复得阮亭新词并简》
陈维崧	〔绮罗香〕《龚节孙录余所选〈今词〉，赋此奉柬》
方炳	〔金缕曲〕《书陈其年〈今词选〉后，用刘须溪韵》
卓回	〔贺新郎〕《丁巳初秋重游建康，同周子雪客合辑〈词汇〉，偶题二阕，用张白云饷鹤词韵》（2首）
周在浚	〔贺新凉〕《钱塘卓方水，年七十，走数百里来白下，为予合选〈词汇〉，于其垂成，作此志喜，再用瑶星韵》（2首）
周铭	〔莺啼序〕《题〈林下词选〉》
钱芳标	〔无闷〕《偶阅〈林下词选〉，戏题》
陆进	〔一寸金〕《兰陵蒋京少选〈瑶华集〉，滥收余词。吴枚吉携以见惠，赋谢京少，兼寄近集》
孔传铎	〔贺新郎〕《西峰陈健夫以所藏〈瑶华词〉集见赠，赋谢》
傅燮词	〔百字令〕《和王瑶全韵，读予所集〈词觏〉，及观郭子所画蛱蝶图》（2首）
朱彝尊	〔摸鱼子〕《同青士重访晋贤。时书楼落成，订〈词综〉付雕刻，有怀周士、季青在吴兴》
龚翔麟	〔消息〕《刻六家词竟，怀竹垞、柘西、南亭在日下，秋锦在濠上。效陈西麓叶平体》
汪森	〔金缕曲〕《题浙西六家词》

依据表 3-1 内容，可以看出清初论词选词在整体上呈现出如下特征。

其一，从词作数量看，清初词人十分重视当代词选。虽然清人也注意到了《花间集》《草堂诗余》的词学价值，但从根本上看，这显然尚未彻底脱离"《草堂》前明习染"①。比如，金堡评《草堂诗余》云："乞与《草

---

① 张其锦：《梅边吹笛谱序》，陈乃乾辑《清名家词》第六卷，上海书店，1982，第3页。

堂》浇酒具，古人胜有伤心句。"①（〔蝶恋花〕"点着眼前禁不住"）。然而从表 3-1 统计数据看，清初词人评论当代词选的词作共有 19 首，占总数的 86%。这表明清初词人以词体形式展开对词选的批评，最终目的是在扩大当代词选影响的同时，以便树立起新的词统。因此，摆脱单纯的模拟复古，探讨新的词学门径，扭转词坛创作风气，就成了清初词人首先要解决的词学问题。比如，方炳评《今词选》云："词家裔派从来别。看《草堂》《花间》各选，微多不合。"②（〔金缕曲〕"笔墨真难说"）沈谦评《倚声初集》云："词唱金荃，歌翻玉树，谁似风流英绝。"③（〔玉女剔银灯〕"天气初寒"）从这些评论看，清初词人对当代词选不仅寄寓了很大的期望，还赋予了新的词学使命：以当代词选为词学门径，革新以《草堂诗余》《花间集》为主的柔媚颓靡词风。可见，清初论词选词对当代词选的推崇和赞誉并不是简单附庸风雅，它们对引导倚声填词步入健康的创作道路④，扩大当代词选的影响力度与传播范围，皆起到了一定的推动作用。

其二，从评论对象看，清初论词选词从侧面反映出清初词学多元化的发展趋势。从表 3-1 中的词题看，清初词人所评之词选共有 14 部之多，占清初词选总数的 39%，几乎涉及清初所有重要的词选，并且他们所评词选的类型也较为丰富。这其中有以女性词为范围的，如《林下词选》；有以地域为范围的，如《浙西六家词》；有以时间为范围的，如《倚声初集》；有以当代词为范围的，如《今词选》《瑶华集》《词觏》；更有阐明词学主张的《词综》等。这些词作固然与词人的词学观念和审美情趣有关，但从根本上看，清初论词选词与"清初词派，承明末余波，百家腾跃"⑤的兴盛局面密切相关。由于选本既是供人以阅读、学习的范本，又是"文学批评的特殊形式"⑥，因此，清初词人运用词体形式对各种词选进行评价的举动，显现了清人对不同文学流派的接受和认同。

综上所述，作为从创作实践中提炼出的词学话语，清初论词选词不但

---

① 南京大学中国语言文学系《全清词》编纂研究室编《全清词·顺康卷》第 2 册，中华书局，2002，第 946 页。
② 《全清词·顺康卷》第 10 册，第 5820 页。
③ 《全清词·顺康卷》第 4 册，第 2009 页。
④ 陈水云：《清代词学发展史论》，学苑出版社，2005，第 79 页。
⑤ 叶广绰编《广箧中词》卷一，沈辰垣等编《御选历代诗余》，浙江古籍出版社，1998，第 608 页。
⑥ 闵丰：《清初清词选本考论》，上海古籍出版社，2008，第 1 页。

反映了清初编纂词选风气之盛，而且显现了清初词学多元化的发展态势。但论词选词并不是词人被动接受，它们在某种程度上代表了清初词人的词学选择：在推崇当代词选的同时，扭转清初词风萎靡不振的局面。

二 "自批评"意识

清初论词选词的一个显著特点是它们带有明显的"自批评"的词学意识。表 3-1 显示，朱彝尊、邹祇谟、周在浚、傅燮词等词人，既是论词选词的作者，又是词选的编纂者。同时他们也是词选的第一读者，更是最合格的评论者，故而他们的词作既陈述了词选的编纂经历、编纂动机和编纂目的，又阐明了个人的词学观念、选词态度等。此类词作共有 10 首，占总数的 45%。这表明，相对于以他人作品为对象的"他批评"而言，清初论词选词中的"自批评"，一方面反映了清初词学渐趋发达的发展趋势①，另一方面又显现了清初词学批评的自觉意识。这主要表现在三个方面。

第一，清初论词选词阐明了编纂者的词学主张。比如，朱彝尊评《词综》云："别裁乐府。谱渔笛苹洲，从今不按，旧日《草堂》句。"②（〔摸鱼子〕"小舟纤"）这是朱彝尊词学主张的真实流露，也是他编纂《词综》的词学追求：彻底消除《草堂诗余》的流弊，推动词的创作走上醇雅之路。这与朱彝尊推崇"清空"、宗法南宋的词学主张也是相吻合的。在朱彝尊看来，清初词坛萎靡不振与《草堂诗余》的词学影响是分不开的，"《草堂诗余》所收最下最传，三百年来学者守为《兔园册》，无惑乎词之不振也"③。《词综》正好是医治《草堂诗余》流毒的最好"良药"。可以说，朱彝尊词对《词综》的推崇和倡导，其最终目的是"一废《草堂》之陋，首阐白石之风"④。同样，邹祇谟对《倚声初集》也寄寓了很高的期望："银管裁将，雪儿唱彻，风吹细语幽纷。便优伶周柳，叱咤辛刘，下笔如神。"⑤（〔戚氏〕"忆青春"）从词句的表述看，邹祇谟对《倚声初集》所具有的词学价

① 欧明俊：《论清代词学中的"自批评"》，《北京大学学报》（哲学社会科学版）2013 年第 4 期，第 77 页。
② 朱彝尊：《曝书亭集》上册，世界书局，1937，第 322 页。
③ 朱彝尊：《词综·发凡》，朱彝尊、汪森编《词综》上册，上海古籍出版社，1987，第 11 页。
④ 郭麐：《灵芬馆词话》卷一，《词话丛编》，第 1503 页。
⑤ 《全清词·顺康卷》第 5 册，第 3026 页。

值是颇为自负的。他认为，自己选编的风格、体式不同的"今词"丝毫不逊色于"古词"，并且这些"今词"范本对于清人创作而言，必然会产生巨大的影响。这与邹祗谟在《倚声初集序》中提出的词学宗旨有着一脉相承之处："（《倚声初集》）为时不及百年，而为体与数与人，仿佛乎两宋之盛……庶几百年而后，得比于《花庵》《尊前》诸选，不零落于荒烟蔓草之间，以存一时之啸咏，何莫非灵均'骚辨'之余，靖节'闲情'之继?"①很显然，邹词在推崇《倚声初集》的同时，更集中显现了邹祗谟的词学主张：只有兼容并蓄，才能拓宽词的创作领域；词体并非一成不变，止步于宋人，今词亦有与古词相提并论的价值。由此可见，朱、邹二人的词作所显现的词学观念虽截然不同，却体现了清人力图超越前代的词学意识。他们词作所体现出的词学观念，也正是清初词坛趋于活跃、丰富多彩的先期征兆。②

第二，清初论词选词反映了编纂者的词学动机和目的。这在女性词选《林下词选》的题词中体现得尤为明显。

> 缉柳编蒲，消不尽平生心事。频回首、旧恨千端，回肠九折而已。两字功名容易误，读书万卷徒为耳。甚英雄，老大心情，付与流水。
> 醉脸横春，好花簪帽，总是闲游戏。笑从来，酒圣诗豪，空留断简残纸。羽觞醉煞谪仙人，彩毫抹倒元才子。到而今，费尽雌黄，毕竟谁是。　幽悰几许，好似杨花无蒂，一刻经千里。便检尽奚囊，锦字成灰，有愁难寄。秦女吹箫，罗敷弹瑟，算来未是消魂候，问何时禁得穷途泪。霜天好夜，熏炉瑞脑频添，邺架牙签重理。　行间脂印，字里香痕，闺阁多才思。留取松煤研露，翠管调朱，也难描出，柔情密意。换羽移宫，偷声减字。画眉楼上停针处，想伤离、怨别多相似。尽他块垒填胸，白云何据，此生已矣。③

从此题词表述看，周铭编纂《林下词选》的主要动机集中在三个层面。其一，《林下词选》是词人抒发胸中块垒的词学追求。词人慨叹一生蹉跎无成且境遇坎坷，为了排遣心中的愤懑和感伤，"缉柳编蒲"就成了词人毕生

①　邹祗谟：《倚声初集序》，《续修四库全书》第 1729 册，上海古籍出版社，2002，第 167 页。
②　严迪昌：《清词史》，人民文学出版社，2013，第 66～67 页。
③　《全清词·顺康卷》第 14 册，第 8204 页。

的追求。其二，保存女性词作的文献存录意识。周铭认为，女性词作具有动人心魄、感人至深的艺术魅力。在某种程度上说，它们既不失大雅之作的本色，又丝毫不逊色于须眉才子。但由于女性深处闺阁，她们的词作往往"锦字成灰，有愁难寄"。因此，为了避免清代女性词作的缺失与失传，词人决定编纂词选以弥补这一缺憾。其三，闺阁女子不但"多才思"，而且她们的词作与词注重音律、长于言情、要眇宜修的文体特征有着天然相近之处。对此，周铭在《林下词选·凡例》中做了详细的阐释："闺秀之词杂见诸书，从来苦无专选。殊不知帏房旖旎之习，其性情于词较近。"并且她们的"长短句每多合作，考其声律，挹其风韵，定非丈二将军所能"①。

同样，周在浚词亦明确表示，自己参与编纂《古今词汇》的主要目的在于廓清词坛流弊，为词人创作树立起一个全新的词学门径："吾曹肯使源头涸。漫搜求、缥缃秘籍，互加斟酌。大雅独存真不易，陈腐何能生活。况又是、依人匍匐。堆垛饾饤尤可叹，叹昔今、传习非真钵。披毒雾，见寥廓。"②（〔贺新凉〕"辛似天边鹤"）可见，在周在浚眼中，作为创作源头的"活水"，一部好词选自然应当细加斟酌，力求以前人佳作为艺术典范，存大雅而去陈腐。③同时，他既反对单纯地"堆垛饾饤"、模拟前人，又反对以艳词为雅的选词倾向。"戞戞陈言之务去，看谁能、自把胸怀写"④（〔贺新凉〕"举世何为者"），才是他心目中最佳词作的标准。尽管周在浚的选词标准与《古今词汇》主编卓回发生了冲突，导致其所主张入选的作品被悉数删去，但周在浚选词的词学目的是十分明确的。

通过以上论述，我们可以看出清初论词选词中的自批评意识，既有明确的选词动机，又有鲜明的词学宗旨，并且这些词作还对选词得失、选词标准等进行了总结。这对清初"词选之学"的形成与发展有着积极的意义与作用。

第三，清初论词选词反映了选词之难。严沆说："词虽小技，匪作者之难，而选之者犹不易也。"⑤的确，选词之难只有编纂者自己体会得最为深刻。正如周铭〔莺啼序〕《题〈林下词选〉》所表述的，选词之难不仅在于

---

① 周铭：《林下词选·凡例》，《续修四库全书》第 1729 册，第 555 页。
② 《全清词·顺康卷》第 14 册，第 7921 页。
③ 陈水云：《清代词学发展史论》，学苑出版社，2005，第 83 页。
④ 《全清词·顺康卷》第 14 册，第 7921 页。
⑤ 严沆：《见山亭古今词选序》，陆次云《见山亭古今词选序》卷一，康熙十四年见山亭刻本。

难以穷尽词人之作，还在于对词体的辨识，如李白〔清平乐〕诸调皆是合于音律、可以歌咏的词作，但词界对其文体的辨识，至今依旧争论不休，莫衷一是。不独如此，这在其他编纂者的词作中也体现得十分明显。比如，下面一组词句：

> 唱遍新词空洒泪，旁人不会。（沈谦〔万峰攒翠〕"春暖玉屏风细细"）
>
> 七十老翁偏好事，夜焚膏、手录更三打。（周在浚〔贺新凉〕"举世何为者"）

从字里行间看，我们能深切地感受到编纂者的艰辛与不易：编纂者不仅要对词作手自笔录，仔细加以甄别，还要焚膏继晷地对词选进行完善和充实。但真正令编纂者感到苦闷和伤感的却是知音难觅，无人会意。此外，由于这些词作是编纂者自己的陈述，故而这种自批评也最具理性。这对我们了解和认识清初词选的编纂"原生态"有着十分重要的借鉴价值与意义。

总之，清初论词选词所体现出的自批评意识，为我们探究编选者的词学宗旨、编纂动机、编纂历程与词学观念等提供了第一手材料，故而这些词作既有一定的理论价值，又有文献价值，不应该被词学界忽视。①

三　论词选的价值与作用

表 3－1 显示，初期浙西派论词选词虽只有 4 首，却几乎占总数的五分之一，并且他们所评词选不仅包括本派词选，还涉及其他词选。这表明初期浙西派已深刻地认识到了词选的重要价值与作用。如朱彝尊说："词人之作，自《草堂诗余》盛行。"② 这句评论也在某种程度上反映出初期浙西派的词学视野是比较开阔的，即他们在倡导词主醇雅的同时，还有涵纳其他词派的雅量。因此，初期浙西派论词选词既丰富了浙西派的词学主张，又扩大了清初词选的影响范围。这主要表现在两个方面。

其一，初期浙西派论词选词带有浓厚的宗派意识。清初词学流派"不

---

① 欧明俊：《论清代词学中的"自批评"》，《北京大学学报》（哲学社会科学版）2013 年第 4 期，第 80 页。
② 朱彝尊：《书〈绝妙好词〉后》，《曝书亭集》下册，第 522 页。

仅都选编有体现本派成员成就、声势和特色的当代词选本，而且特意在选编古人词选上，大做文章以阐明本派的词学主张"①。这在初期浙西派词选编纂上也体现得十分明显。除了朱彝尊推崇《词综》的举动外，他们还十分看重"浙西六家"。比如，龚翔麟曾云："新倚声、更寻好手，细雕枣香。"②（〔消息〕"橘雨初歇"）可见，龚翔麟编纂此词选的目的是在扩大浙西派词学影响的同时，促使更多词人以浙西派"新声"为方向，走上宗法南宋、依归雅正的创作道路。汪森对《浙西六家词》更是赞誉有加：

> 雨洗桐阴绿。卷疏帘、签犀细展，旋消幽独。今日填词西浙好，占尽湖山清淑。总一似、百泉飞瀑。二阮双丁都竞爽，更含香、粉署金莲烛。招红袖，为吹竹。　陂塘记共浮醽醁。况碧山、锦树凝秋，耒边耕玉。遥想吟窗增蝶梦，柘影疏篁低屋。是谁唱、樵歌西麓。蟹舍渔村拚共载，听藕花、深处蘋洲曲。柳溪卷，许吾续。③（〔金缕曲〕《题浙西六家词》）

汪森以为，《浙西六家词》之所以能在词坛独树一帜，既与浙地的钟灵毓秀密切相关，又与他们的词学主张和词学成就密不可分。虽然《浙西六家词》是一部带有明显唱和性质的地域词选，但他们在朱彝尊的感召和影响下，深得南宋词之精髓。比如，《秋锦山房词》的词情凄切，颇似碧山词；《红藕庄词》的空灵风致，则可媲美草窗词。而这一切都令汪森对之心仪不已，并且他还以浙西派后进自许。正是缘于此，汪森认为，《浙西六家词》犹如"百泉飞瀑"一样，必然会对清初词坛产生重大的影响。经过浙西派词人的大力宣扬，《浙西六家词》作为浙西派形成的标志性词选之一，对浙西派的形成与壮大，以及清初词风的转变产生了很大的推动作用。清人陈对鸥的评价就是明证："自《浙西六家词》出，瓣香南宋，别开生面，于是四方承学之士，从风附响，知所指归。"④ 不仅如此，浙西派词人对《浙西六家词》的词学评价，对后世的词学观念也产生了一定的影响。比如，谢章铤对初期浙西派的评语"浙西风雅，允冠一时"⑤，在某种程度上

---

① 孙克强：《清代词学》，中国社会科学出版社，2004，第 64 页。
② 《全清词·顺康卷》第 17 册，第 10159 页。
③ 《全清词·顺康卷》第 16 册，第 9263～9264 页。
④ 冯金伯辑《词苑萃编》引，《词话丛编》，第 1951 页。
⑤ 谢章铤：《赌棋山庄词话》，《词话丛编》，第 3462 页。

就得益于汪森的论词选词。总之，浙西派论词选词的宗派意识，既在理论和创作实践上为浙西派自立于词坛之上做了较为全面的展示，又为浙西派的形成和词坛创作树起了一面旗帜。①

其二，浙西派词人对《瑶华集》的赞誉，从侧面表明初期浙西派词学"门户壁垒，尚远未森严"②。比如，陆进对《瑶华集》的评论：

> 曾到澄江，拟向兰陵探春色。好与君把袂，酒浮桑落，茶烹阳羡，倚声弄笛。月挂梧千尺。京少著《梧月词》。主人去、潇湘作客。回船转，看罢樱桃，澄江有樱桃园，果熟时，游人极盛。高卧西泠自扪虱。　有友乘流，轻风吹送，瑶华载新集。倚雕阑、细读琳琅，满目金荃兰畹，一齐甄识。燕石惭非玉。与昭华、却同收拾。感知音，重寄缄藤，再葺琼笈。③（〔一寸金〕《兰陵蒋京少选〈瑶华集〉，滥收余词。吴枚吉携以见惠，赋谢京少，兼寄近集》）

陆进在赞誉蒋景祁不俗才情的同时，还十分欣赏蒋景祁的选词之才。他认为，《瑶华集》的词学贡献是编纂者以选为史，收录了清初"四十年来词体复雅的进程中所涌现出的各个流派、各种作家、各类作品"，"展现出表彰一代之盛的恢弘气度"④。而这一切均得益于蒋景祁的慧眼如炬："满目金荃兰畹，一齐甄识"，即蒋景祁不仅对清初众多词人的词作一一加以甄别，还为词坛树立起了远绍古词传统的创作方向。另外，陆进词还从侧面显现了《瑶华集》的编纂特点："感知音，重寄缄藤，再葺琼笈。"这表明蒋景祁编选《瑶华集》的一个重要来源就是别集。这在蒋景祁《刻〈瑶华集〉述》中也能得到印证："名家集本有以词单行者，有附载诗文末者，统观全体，则作家之甘苦毕出。景祁于诸名人得读其书，不敢不尽心，凡有去取，必三复详慎而后定。"⑤ 由此可见，陆进之所以不遗余力地称赞《瑶华集》，不仅与蒋景祁折中各家成一家之选的通融的选词态度有关，还与初期浙西派词学取径尚未偏狭有着紧密的联系。与此同时，陆进评《瑶华集》

---

① 孙赫男：《〈浙西六家词〉对浙西词派形成之影响》，《北方论丛》2010 年第 1 期，第 13 页。
② 方智范等：《中国词学批评史》，中国社会科学出版社，1994，第 235 页。
③ 张宏生主编《全清词·顺康卷补编》第二册，南京大学出版社，2008，第 794 ~ 795 页。
④ 闵丰：《清初清词选本考论》，上海古籍出版社，2008，第 82 ~ 84 页。
⑤ 蒋景祁：《刻〈瑶华集〉述》，《续修四库全书》第 1730 册，上海古籍出版社，2002，第 6 页。

词也从侧面反映出《瑶华集》在清初词坛影响之大。

虽然清初论词选词存在过于零散、不成系统等不足，但清初词人用词体形式论词选的举动，对于扩大词选的影响以及彰显词人的词学主张，皆有一定的积极推动作用。尤其是清人在论词选词中体现出的自批评意识，更是对清代词选之学的形成与壮大有着不可忽视的作用和意义。不仅如此，清初论词选词在某种程度上，又为我们探究清初词选的编纂与词学主张提供了最重要的原始文献。此外，清初论词选词体现出的宗派意识，对清初词派的形成与发展起到了积极的作用。总之，清初论词选词作为清代词学的重要组成部分，对我们探讨清代词选、词选之学有着比较重要的价值与意义。

（韩鹏飞撰）

第三节　《词洁》对前期浙西派词学思想的修正与超越

清初词学呈中兴之势，各类词选繁盛。康熙十七年（1678）《词综》初刻本刊行，彻底廓清了《草堂诗余》的影响，次年《浙西六家词》刊刻，同年南宋遗民词选《乐府补题》重现人间，使"辇下诸公之词体一变"[1]。至此，统治词坛百年之久的浙西词派宣告诞生。词选在转移风会、指示门径、影响词坛好尚方面作用巨大，龙榆生先生曾说："自浙、常二派出，而词学遂号中兴；风气转移乃在一、二选本之力；选词标准，亦遂与前代殊途。"[2]《词洁》成书于康熙三十一年（1692），正值浙西派如日中天，故其深受《词综》影响，这一方面表现在高达 66% 的选词重合率上，另一方面表现为相同的崇尚雅洁、尊奉姜张的词学观；但《词洁》又绝非《词综》的简单翻版，其大量丰富的评点较前期浙西词派表现出更为宽广的理论视野与宏通的词学眼光，有些观点甚至已为词史证明为不刊之论，并得到现代词学家的高度评价，认为"它在词学批评方面所达到的深度是同时词学

---

① 蒋景祁：《刻〈瑶华集〉述》，冯乾编《清词序跋汇编》，凤凰出版社，2013，第 270 页。

② 龙榆生：《选词标准论》，《龙榆生词学论文集》，上海古籍出版社，2009，第 78 页。

家所不及的"①。可惜该书完全被《词综》的光芒掩盖，湮没无闻，仅被冯金伯、况周颐等词学家征引过，直至 1986 年胡念贻从北京图书馆善本室辑出评点，唐圭璋先生据以收入《词话丛编》，才广为人知。

《词洁》由先著、程洪合选合评。先著（1651～1721 年后），字渭求，号迁甫，祖籍四川泸州，先世流寓南京，事迹不彰，著有《之溪老生集》八卷、《劝影堂词》三卷，与周斯盛、吴绮、石涛等名士唱和。程洪，字丹问，生卒年不详，原籍安徽歙县（见邓汉仪《诗观》二集卷十二），居扬州，曾与吴绮合编谱体词选《记红集》。《词洁》凡六卷，另附前集一卷，共选录 750 首词，其中前集一卷选录唐五代词 119 首，无评点，作为附录，从词史角度展现唐五代词概貌，《词洁·发凡》道："是选专录宋一代词，宋以前则取花间原本，稍为遴撮。盖以太白、后主之前集，譬五言之有汉魏，本其始也。"《词洁》六卷共选词 631 首（含金、元词 20 首），共 190调，各类评点 106 则，可视作宋词的专精之选。《词洁》六卷所录调式及词数统计如表 3-2 所示。

表 3-2　《词洁》选录南、北宋词统计

单位：首

卷数 ＼ 类别	调数	词数	北宋词	南宋词	金元词
卷一	29	151	91	57	3
卷二	32	132	78	50	4
卷三	34	85	30	53	2
卷四	34	86	15	70	1
卷五	27	92	21	68	3
卷六	34	85	19	59	7
总　计	190	631	254	357	20

《词洁》以调编次，即按词调字数由少到多的顺序排列，前两卷以小令为主，北宋词明显多于南宋词；后四卷专选慢词，南宋词具有压倒性优势，如按字数划分为小令、中调、长调，《词洁》六卷选录调式数量为小令 44，中调 32，长调 114，慢词长调于全书占绝对优势。由此可见，《词洁》推尊

① 谢桃坊：《中国词学史》，巴蜀书社，2002，第 237 页。

南宋、偏爱慢词与浙西词派的词学观相一致，深合朱彝尊"小令宜师北宋，慢词宜师南宋"（《鱼计庄词序》）的说法。

《词洁》共选录 137 位（北宋 56 位，南宋 81 位）宋代词人的 611 首作品，其中 405 首见于《词综》，重合率高达 66%。前十一位词人中南宋占 7 位，共计 201 首，占全部作品的三分之一强；《词洁》所录前十一位词人与《词综》相同者为 7 人（见表 3－3），分别为姜夔、张炎、吴文英、史达祖、辛弃疾、周邦彦、晏几道，其中姜夔入选率均居第一（当时所能见到的姜夔词仅为 22 首），南宋典雅词人均位居前列，由此可见《词洁》以《词综》为主要选源，考虑到《词洁》不及《词综》四分之一的规模，而选录的南宋名家词数几与之相埒，可以说《词洁》是《词综》的具体而微，在推崇姜张及南宋词上，其比《词综》有过之而无不及。

表 3－3　《词综》（初刻本）、《词洁》选录情况对照

单位：首

	周密	吴文英	张炎	周邦彦	辛弃疾	王沂孙	张先	史达祖	贺铸	晏几道	姜夔
《词综》	54	45	38	37	35	31	27	26	25	25	22

	张炎	吴文英	周邦彦	苏轼	史达祖	晏几道	姜夔	秦观	辛弃疾	蒋捷	陆游
《词洁》	72	36	33	24	23	21	20	18	18	16	16

比较表 3－2 和表 3－3，可发现三处明显差异。其一，《词洁》选录张炎 72 首，是同书第二位吴文英的两倍，也几乎是《词综》所选张炎的两倍，造成这种状况的原因是朱彝尊编选《词综》时，所见者为二卷本《玉田词》，八卷本《山中白云词》尚未被发现，朱彝尊在《词综·发凡》里已明言，虽然朱氏自言作词更近张炎，"倚新声、玉田差近"（〔解佩令〕《自题词集》），但囿于选源，张炎在《词综》中屈居第三。在先著、程洪选评《词洁》时，《山中白云词》已由龚翔麟刊刻，已然成为《词洁》的选源，而且先著喜爱《山中白云词》，"玉田词卷沉酣，比香新闽荔，液美吴柑"①，并极其推崇张炎词在改变清初词坛风气中的巨大作用："四十年前，海内以词名家者，指屈可数，其时皆取途北宋，以少游、美成为宗。迨

---

① 先著：《之溪老生集·劝影堂词》，《四库未收书辑刊·集部》第 8 辑第 28 册，北京出版社，2000，第 580 页。

《山中白云词》晚出人间，长短句为之一变，又皆扫除秾艳，问津姜史。"①
这里先著把张炎词视作通向姜夔、史达祖的津梁，故于张炎选录尤多，张
炎跃至榜首。其二，周密在《词综》中以54首的数量高居榜首，却在《词
洁》中跌出前十一位，仅入选14首。《词洁》评周密〔拜星月慢〕（腻叶阴
清）云："后段步骤美成，并学尧章用字，可见当日才人，降心折服大
家。"② 可见先著不以周密为可资师法且能转移风气的大家，而是作为"具
夔之一体"者，故而无须加以突出；另外，《词洁》认为周密词风密丽芊
绵，近似诗家温、李，与雅洁有所差距，这也是选录草窗词不多的原因。
"草窗诸家，密丽芊绵，如温、李一派。玉台延至于宋初，而宋词亦以是终
焉。"③ 其三，《词洁》中北宋词人有明显上升的趋势，特别是苏轼位列第
四，这是他自明末清初稼轩风盛行以来首次反超辛弃疾，《词洁》对东坡词
价值的阐发详见下文。

　　《词洁》虽然打上了崇醇雅、重南宋的浙西词派烙印，却能自出手眼，
表现出不为时代牢笼的卓特见识，下面拟从三个方面探讨《词洁》对前期
浙西派词学思想的修正与超越，所述前期浙西派是指从《词综》刊刻的康
熙十七年至康熙末年这段时期。

一　雅洁、真质

　　词坛复雅之风肇自南宋，词选多以"雅"命名，如《乐府雅词》《复雅
歌词》等，至南宋末张炎《词源》出，更使雅正的词学思想理论化，但时
至明代，"花草之风"（《花间集》《草堂诗余》）盛行，词的雅化暂告衰歇，
直至清初《词综》出，才彻底肃清了《草堂诗余》带给词坛的不良影响，
树立了以雅正为鹄的的词学宗尚。在以朱彝尊为代表的浙西词派努力下，
尚醇雅、奉南宋已成词坛共识。

　　《词洁》以"雅洁"为选词标准，这与浙西词派醇雅、雅正的词学观是
一致的，如汪森《词综·序》所言："鄱阳姜夔出，句琢字炼，归于醇雅。"
朱彝尊说："盖昔贤论词，必出于雅正。"④ 朱彝尊、汪森提出"醇雅"的

---

① 先著：《若庵集词序》，冯乾编《清词序跋汇编》，凤凰出版社，2013，第411页。
② 先著、程洪编选，刘崇德、徐文武点校《词洁》，河北大学出版社，2007，第213页。
③ 先著、程洪编选，刘崇德、徐文武点校《词洁》，第203页。
④ 朱彝尊：《群雅集序》，《清词序跋汇编》，凤凰出版社，2013，第339页。

口号，但并未做具体详细的解释，《词综》选词宏富，于北宋爽快、南宋幽秀之词兼收并蓄，并未表现出明显偏倚，"秀水《词综》一书，二者并收，未尝有所独去而独存也"①。而规模较小的《词洁》更是把"雅洁"贯彻到选词的过程，先著在《词洁·序》里解释"雅洁"道："《词洁》云者，恐词之或即于淫鄙秽杂，而因以见宋人之所为，固自有真耳。"一方面，雅洁要求词作创作思想、内容雅正，对俗艳鄙俚之词一概排斥。《词洁》选录词作内容题材多样，举凡言情、思乡、写景、咏怀、咏物等均以雅正为旨归，不涉纤毫俗艳鄙俚，而于南宋清雅派词人选录尤多，如姜夔、张炎、吴文英、史达祖等入选词数均位居前列。对以俚俗著称的黄庭坚词、以艳媟为名的柳永词则选录很少，黄庭坚入选 6 首，柳永入选 9 首，评点中对两人多有批评。如批评柳永"其词芜累者十之八"（《词洁·发凡》），认为"山谷于诗词多失之生硬，而词尤伤雅。其在当时，固以柳七、黄九并称"②，"山谷于词，非其本色，且多作俚语，不止如柳七之猥亵"③。对于《词综》选录的刘过〔沁园春〕咏美人之类艳亵之作，《词洁》一概黜落，以还雅观。另一方面，雅洁要求遣词造句自然，不雕饰，忌用俗字俗语。如以自然与雕镂为标准，比较姜夔、史达祖之优劣："史之逊姜，有一二欠自然处。雕镂有痕，未免伤雅，短处正不必为古人曲护。意欲灵动，不欲晦涩。语欲稳秀，不欲纤佻。人工胜则天趣减，梅溪、梦窗自不能不让白石出一头地。"④ 认为梅溪、梦窗词时见雕镂痕迹，有伤雅洁，虽能时时以人工取胜而终减自然天趣，在这方面要逊于白石词的妙合自然。词须婉约而不失灵动，不可晦涩纤佻。又如评程过〔满江红〕（春欲来时）"粗服乱头，却胜他雕镂者"⑤。"粗服乱头"即纯任自然，摆落雕饰，常州词派中坚周济曾以"粗服乱头，不掩国色"⑥赞扬后主词的真情自然远胜温庭筠、韦庄的人工雕琢。

《词洁》倡导雅洁，同时推崇宋词的真质。浙西派推尊词体遵行的是溯源与拓宽词体功能的途径。词体溯源主要从长短不齐的句式着眼，上攀"诗三百"，如汪森《词综序》开篇便曰"自有诗而长短句即寓焉"，即从

---

① 沈皞日：《瓜庐词序》，金人望《瓜庐词》，国家图书馆藏康熙三十六年刻本。
② 先著、程洪编选，刘崇德、徐文武点校《词洁》，第 89 页。
③ 先著、程洪编选，刘崇德、徐文武点校《词洁》，第 101 页。
④ 先著、程洪编选，刘崇德、徐文武点校《词洁》，第 164 页。
⑤ 先著、程洪编选，刘崇德、徐文武点校《词洁》，第 117 页。
⑥ 周济：《介存斋论词杂著》，《词话丛编》，第 1633 页。

词体参差不齐的句式特征攀附古诗。拓宽词体功能，则以朱彝尊《红盐词序》所论为代表，"词虽小技，昔之通儒巨公，往往为之。盖有诗所难言者，委曲倚之于声。其辞愈微，而其旨益远。善言词者，假闺房儿女子之言，通之于《离骚》、变雅之义，此尤不得志于时者所宜寄情焉耳"①。推崇词体在表现幽微隐约的心曲、言志寄托方面较诗为宜，能言诗所不能言。可惜这一进步的词体观没有得到很好的执行，朱氏晚年论词已转向了词当歌咏太平，"词则宜于宴嬉逸乐，以歌咏太平，此学士大夫并存焉而不废也"②。先著并没有沿袭浙西派尊体老路，而是另辟蹊径，从宋词与时代的依存制约关系立论，认为宋词能跻身为"一代之文"，得益于其生存土壤，相较于宋诗的槁弊，宋词更趋新妍。先著认为宋词是宋代的专属与特产，但未做正面解说，而是借荔枝产于闽方、木芍药产于中州为喻做类比，来说明宋词独一无二的时代特色。"闽方之果曰荔枝，中州之花曰木芍药，非其土地，则不荣、不实，是草木之珍丽，天地之私产也。有咀其味者，喻之以醲酪；有惊其色者，拟之以冶容，亦得其似而已。宋之词犹是也。"③荔枝味若醲酪，因其出于闽方；木芍药色如冶容，因其产自中州，移植别处则不荣、不实，宋词专属宋代的时代性也与此类似，也即《词洁·序》中所谓"故论词于宋人，亦犹语书法、清言于魏晋间，是后之无可加者也"。这比时人动辄上攀《诗经》的尊体策略更为贴近问题的本质，先著把宋词的这种时代性概括为"真质"，何谓"真质"？"《词洁》云者，恐词之或即于淫鄙秽杂，而因以见宋人之所为，固自有真耳。"宋词之"真"排斥淫鄙秽杂，那么这种"真"即寓于雅之"真"，先著进一步解释道："必先洗粉泽，后除雕缋，灵气勃发，古色黯然，而以情兴经纬其间。"④宋词的"真"是在雅洁主导下的一种摆落雕饰的自然真情的状态；并从反面立论，声称"抟土涂丹以为实，剪采刻楮以为花，非不能为肖也，而实之真质，花之生气，不与俱焉"。这对当时词坛逐渐显露的堆垛故实、凿虚镂空、巧构形似之言而乏真情的现象来说，无异于当头棒喝，这也正是《词洁》的现实意义之所在。"悬古人以为之归，而不徒为抟土剪采者之所为，虽微词而已，他又何能限之。"

---

① 朱彝尊：《陈纬云红盐词序》，《清词序跋汇编》，第 233 页。
② 朱彝尊：《紫云词序》，《清词序跋汇编》，第 240 页。
③ 先著、程洪编选，刘崇德、徐文武点校《词洁》，第 1 页。
④ 先著、程洪编选，刘崇德、徐文武点校《词洁》，第 2 页。

二　倡风格多元

前期浙西派词家对不同词风还能持包容态度，如曹溶提倡"豪旷不冒苏辛，秾亵不落周柳者，词之大家也"①，朱彝尊也屡次声称"小令当法汴京以前，慢词则取诸南渡"②。虽体认出词体的时代特性，但其创作上依然有所偏嗜，"吾最爱姜史，君亦厌辛刘"③。到康熙末年浙西词派逐渐缺乏创造力，影写模拟主要集中于宋末姜、张诸家，而且多连篇累牍、咏物题图的优孟衣冠之作，如同木雕美人，毫无生气。后人对此多有指责，如史承豫所言："浙西后来诸子惟取纤冷侧艳，遂成一种赝派。此仿南宋而仅窃其肤之故。"④ 郭麔更是一针见血道："倚声之学今莫盛于浙西，亦始衰于浙西。"⑤ 出现这一局面，浙西派后来诸子虽不得辞其咎，但更主要的是浙西词派一开始便一味求醇雅、奉姜张，置其他风格于不顾，导致自我局限。《词洁》于《词综》补遗本问世的次年刊刻，在雅洁的总原则下，提倡风格多元，欲突破浙西派过求醇雅的风格局限的选心显而易见。先著在诗中曾明言："称诗何限山阴派，别订花庵绝妙词。"下注"时余录《词洁》"⑥。"山阴派"指清初流行的宋诗派，"花庵绝妙词"指黄昇编选的宋词选本《花庵词选》，联系上下语境可以看出，此处的"山阴派"即影射浙西词派，其不以浙西派自限的意图不言自明，准备重新选评一部宋词经典选本，以期影响词坛风气。

为提倡风格多元，先著先从历时角度，以果中荔枝、花中木芍药喻宋词为一代之文学，后世难以超越；接着从共时角度说，假如按荔枝、木芍药的标准来衡量、甄录其他花木（意即以"词中姜张"的标准来选录其他词人），那么符合标准的寥寥无几，"为花木者，不几穷乎"。自然界本就百花争艳，粗梨虽非荔枝，仍爽口可食，花木只要不是赘菉等杂草，皆可悦目。"虽则粗梨皆可于口，苟非赘菉皆悦于目。"（《词洁·序》）宋词也与

① 曹溶：《古今词话序》，《词话丛编》，第 729 页。
② 朱彝尊：《水村琴趣序》，《清词序跋汇编》，第 338 页。
③ 朱彝尊：《水调歌头·送钮玉樵宰项城》，屈兴国、袁李来点校《朱彝尊词集》，浙江古籍出版社，2011，第 90 页。
④ 史承豫：《与马绳贤论词书》，《苍雪斋古文》，南京图书馆藏嘉庆刻本。
⑤ 郭麔：《梅边笛谱序》，《清词序跋汇编》，第 736 页。
⑥ 先著：《之溪老生集》，《四库未收书辑刊·集部》第 8 辑第 28 册，第 475 页。

此类似，宋词本就风格多样，名家也绝非一种，"宋人之于词，犹唐人之于诗也，以其人各一面目，故为一代独绝之作。今人好尚，即不免雷同，是以去之尚远耳"①。宋词之所以能成为"一代之文学"，就在于"人各一面"的丰富性与多样性，后世不可专主一家以致雷同，而应广泛学习。淮海婉约，清真浑化，白石清雅，东坡超旷，稼轩豪宕，梦窗质涩，不一而足，后世选家也不能仅持一以求。豪放不失于粗犷，婉约不入于轻靡，均可兼取，多种风格当并存。《词洁·发凡》云："虽豪宕震激，而不失于粗，缠绵轻婉，而不入于靡。即宋名家固不一，亦不能操一律以求。"因此，《词洁》提倡风格多元，只要不是俗艳鄙俚，均可酌情选取。

这里举苏轼、吴文英、辛弃疾来做解说。此三家为当时词坛所忽视，三家实为三种独特词风的代表，《词洁》在推尊姜张雅词的同时，对此三家多有阐发推扬，这既是对风格多元的提倡，也是对当时词坛唯姜张是尚的反拨。对东坡词的评价历来分为两极，贬之者评为"以诗为词"，非本色当行；誉之者赞为"清丽舒徐，高出人表"。《词综》仅选录东坡词15首，甚至不及毛滂（21首），于有宋名家为最少；《词洁》不满于此，选东坡词24首，多有评点，力矫偏见。先著认为苏轼词虽有不守音律的缺憾，但兴象高妙，纯以神行，苏词的清雄不同于姜张的醇雅。如评〔水调歌头〕（明月几时有）"凡兴象高，即不为字面碍。此词前半，自是天仙化人之笔。……诗家最上一乘，固有以神行者矣，于词何独不然。题为中秋对月怀子由，宜其怀抱俯仰，浩落如是。录坡公词若并汰此作，是无眉目矣。亦恐词家疆宇狭隘，后来作者，惟堕入纤秾一队，不可以救药也"②。先著一方面指出东坡词多有不守律及字面芜累处，并不讳言东坡词的缺点，但另一方面盛赞东坡的超凡笔法，一片神行，批评《词综》对东坡此词的漏选，冀以东坡词的清雄超旷以济纤秾，使词坛知姜张外别有一境，而不致陷于自囿自隘之地。《词综》据《容斋随笔》黄庭坚手书选录〔念奴娇〕《赤壁怀古》，先著不满于这种为求合律而不顾词意的做法，认为"坡公才高思敏，有韵之言多缘手而就，不暇琢磨。此词脍炙千古，点检将来，不无字句小疵，然不失为大家。……此仍从旧本，正欲其瑕瑜不掩，无失此公本来面目耳"③。《词洁》仍从旧本，不屈从苟同。关于吴文英词，自张炎"七

---

① 先著：《劝影堂词自序》，《四库未收书辑刊·集部》第 8 辑第 28 册，第 568 页。

② 先著、程洪编选，刘崇德、徐文武点校《词洁》，第 124 页。

③ 先著、程洪编选，刘崇德、徐文武点校《词洁》，第 167 页。

宝楼台"之讥后，"质实""凝涩晦昧"几成定评，《词洁》选吴文英词
36首，位列第二，足见对梦窗词的重视。评吴文英〔珍珠帘〕（蜜沉炉暖
余烟袅）"用笔拗折，不使一犹人字，虽极雕嵌，复有灵气行乎其间。今之
治词者；高手知师法姜史，梦窗一种，未见有取涂涉津者，亦斯道中之广
陵散也"①。先著首先指明梦窗词用笔拗折、雕嵌，但灵气潜行的特点；其
次点出梦窗词独异的价值，视梦窗词为词中"广陵散"，对词坛只知模拟姜
夔、史达祖而不学梦窗感到遗憾。作为清人首次针对梦窗词的深刻评论，
此对晚清戈载、况周颐对梦窗词的认识起到了直接启示作用，也呼应着晚
清词坛的"梦窗热"。清初词坛曾刮过一阵稼轩风，陈维崧以其横霸之才得
"稼轩后身"之美誉，但随着社会形势由乱趋治，陈维崧过世后，稼轩风遂
成绝响。先著认为稼轩词自辟门户，本色豪气，为宋词一变，不同于婉约、
清雅、超旷，不能仅以粗豪视之，风格多元自不可少此一种，选录辛词18
首。评辛弃疾〔沁园春〕（叠嶂西驰）"稼轩词于宋人中自辟门户，要不可
少。有绝佳者，不得以'粗豪'二字蔽之。如此种创见，以为新奇，流传
遂成恶习。存一以概其余。世以苏辛并称，辛非苏类，稼轩之次则后村、
龙洲，是其偏裨也"②，先说明辛词的独创，但又担忧无稼轩之性情而学稼
轩，易流于粗豪叫嚣，遂成恶习。对于世人皆以"苏辛"并称，先著予以
辩驳，认为"辛非苏类"，刘克庄、刘过才是稼轩风的高扬者。虽缺乏进一
步的分析，但对于思考苏辛之别颇具启发意义。

三 南北承继与谱系建构

宋词的南北宋之争是贯穿清代词学的一项重要命题，清初词坛在云间
派影响下多师法五代、北宋，竞摹小令；自浙西派树旗，词坛风气一变，
共推南宋，转而对北宋略而不顾，多数论者严分南北，视同水火，只见其
异，不见其同，于两者关系更是少有论及。

当时词坛对强分南北宋的现象不是没有提出过批评，早在浙西派盛行
之前，查涵即言："病世人之品词者，苏辛、周柳，迭相訾毁，视南北宋如
水火，而词亡矣。"③ 这还只是批评婉丽、豪放两种词风的对立；之后聂先

---

① 先著、程洪编选，刘崇德、徐文武点校《词洁》，第149页。
② 先著、程洪编选，刘崇德、徐文武点校《词洁》，第234页。
③ 潘思齐：《西庄词钞序》引查涵语，《清词序跋汇编》，第35页。

对浙西派独尊南宋提出婉讽，"近来浙西一派，独嗜姜、史，追尊南宋，殊不知倚声之道，不可执一而论"①。蒋景祁则更进一步说："今词家率分南北宋为两宗，歧趋者易至角立。究之，臻其堂奥，鲜不殊途同轨也。"② 相较于只见南、北宋词的差异，蒋景祁意识到了南、北宋词的相通之处，可惜点到为止。以上均为浙西派之外词人对南北宋之争的看法，"浙西六家"之一的沈皞日晚年对南北宋之争的反思代表了前期浙西派所能达到的理论高度，沈皞日在写于康熙三十五年（1696）的《瓜庐词序》中说道："一代有一代之风气，一人有一人之性情，既不可强之使合，亦不可强之使分。……然余怀罔罔，夜蛩诉雨，败叶吟风，有感于中不能自已，若别之为南，别之为北，则茫茫无以答也。……宇宙日穷之数也，吾生日逆之境也，仅于字句间求此一刻之快意，犹畏缩不敢出诸口，何其愚也。勉强求南，勉强求北，余则未之敢信而何以信于人？"③ 此处沈皞日从个人处境与心境对主体性情的影响立论，认为应以主体性情为主，尊北或奉南主要取决于词风与主体性情的契合，不可强合，亦不可强分，南北皆可取，南北不必分，要以适性达情为上。

先著、程洪论南、北宋词不分轩轾，程洪曾言"顾后之为词者，考之于声调，往往不合，而徒论乎南宋北宋之分，周柳苏辛之别"④，不同意把南、北宋词对立看待，《词洁》推尊南宋，不薄北宋，对南、北宋词一视同仁，尤其指明了南、北宋词继承与新变的关系，修正并超越了前期浙西派在这一论题上的认识。

首先，《词洁》推崇北宋小令体制高妙，浑然天成。《词洁》选录小令较多者为晏几道、秦观、苏轼、张炎四家，并通过评点抉发出北宋小令的特色，如评晏几道〔减字木兰花〕（长亭晚送）云："轻而不浮，浅而不露。美而不艳，动而不流。字外盘旋，句中含吐。小词能事备矣。"先著以极其精炼的对比辩证的语言概括出了北宋小令质轻而美、含思宛转、空灵蕴藉的特点，并认为这种高妙浑然是由时代造就的，后世难以企及。"宋初去五代不远……体制高妙，不减花间。"⑤ "然入崇、宣以后，虽情事较新，而体

---

① 聂先：《药庵词题词》，《清词序跋汇编》，第 204 页。
② 蒋景祁：《刻〈瑶华集〉述》，《清词序跋汇编》，第 270 页。
③ 沈皞日：《瓜庐词序》，金人望《瓜庐词》，国家图书馆藏康熙三十六年刻本。
④ 程洪：《记红集序》，吴绮、程洪编选《记红集》，康熙二十五年刻本。
⑤ 先著、程洪编选，刘崇德、徐文武点校《词洁》，第 3 页。

气已薄，亦风气为之，要不可以强也。"① 宋初词承继唐五代，古色盎然，体制高妙，及至北宋徽宗崇宁、宣和年间，题材、情感虽较之前新颖，却缺少流转的气势，这是不以人的意志为转移的词体迁变的结果，南宋名家即使雕肝镂肾，也难以复还北宋小令的浑然风貌。"南渡以后名家，长词虽极意雕镂，小调不能不敛手。以其工出意外，无可着力也。"② 南宋名家雕琢慢词，驰骋才情，但小令"贪于取巧"③，"仅能细碎，不能浑化融洽"④。由此总结出小令、慢词各有专擅是南、北宋词的时代特色，批判扬南抑北的论调，"今多谓北不逮南，非笃论也"⑤。

其次，南宋词以北宋词为门径。先著曾言及南、北宋词道："虽南北体制稍有不同，而后因于前，其为工妙绝伦则一。"⑥ "后因于前"即指出了南宋词对北宋词的继承；"工妙绝伦则一"则是对南、北宋词一视同仁，不分轩轾。在〔高阳台〕一词中，先著对此有更进一步的论述，"词家北宋开南宋，要论量，青出于蓝"⑦，认为北宋词为南宋词提供可资师法的门径，南宋词因革而变化，最终青出于蓝，后来居上。《词洁》虽推崇以姜张为代表的南宋词，认为词至南宋而极工，"南渡以来，此道穷态极变"⑧，却能指出南宋词是对北宋词的继承与新变，体现了超越时代的词学眼光。如评王安石〔千秋岁引〕（别馆寒砧）云："'无奈'数语鄙俚，然首尾实是词家法门。阅北宋词，须放一线道，往往北宋人一二语，又是南渡以后丹头，故不可轻弃也。"⑨ "放一线道"是禅宗术语，即放开一线之道，让人有路可循，系禅家接引学人时的方便法门。⑩ "丹头"是道教丹术名词，外丹家用以称初步炼成的状如黍粒的丹饵，此可用来点化初学者。⑪ 先著连用释、道两家术语，形象地指出了北宋词为南宋词提供初学门径和树立词学范式。又如评张先〔青门引〕（乍暖还轻冷）云："子野雅淡处，便疑是后来姜尧

---

① 先著、程洪编选，刘崇德、徐文武点校《词洁》，第 60 页。
② 先著、程洪编选，刘崇德、徐文武点校《词洁》，第 15 页。
③ 先著、程洪编选，刘崇德、徐文武点校《词洁》，第 86 页。
④ 先著、程洪编选，刘崇德、徐文武点校《词洁》，第 74 页。
⑤ 先著、程洪编选，刘崇德、徐文武点校《词洁》，第 74 页。
⑥ 先著：《若庵集词序》，《清词序跋汇编》，第 411 页。
⑦ 先著：《之溪老生集·劝影堂词》，《四库未收书辑刊·集部》第 8 辑第 28 册，第 580 页。
⑧ 先著、程洪编选，刘崇德、徐文武点校《词洁》，第 86 页。
⑨ 先著、程洪编选，刘崇德、徐文武点校《词洁》，第 102 页。
⑩ 袁宾、康健主编《禅宗大词典》，崇文书局，2010，第 131 页。
⑪ 黄海德、李刚编著《简明道教辞典》，四川大学出版社，1991，第 184 页。

章出蓝之助。"① 认为姜夔词雅淡处借鉴了张先；评张先〔师师令〕（香钿宝珥）云："白描高手，为姜白石之前驱。"② 姜词白描手法亦得张先启示。乾隆年间马荣祖在《红雨斋词序》中说道："不知子野为白石之先驱，美成即宋末之蓝本，南北宋未可以优劣论也。"③ 马氏是否受到了《词洁》的影响，还有待考证。北宋词的字法、句法及思路皆为南宋词人学习借鉴，而这种细节的承继主要体现在南宋名家对周邦彦的学习与继承上。

最后，初步建构以周邦彦为中心的宋词传承谱系，为浙西派溯源。先著的友人吴贯勉在〔白苹香〕《题〈劝影堂词〉》中说道："雕镂净剔粉香浓。犹恐清真绝种。"④ 赞颂先著对周邦彦词的瓣香，在"数十年来，浙西填词者家白石而户玉田"⑤、举世奉姜张若神明的情况下，《词洁》却独具慧眼地指出姜夔、张炎诸南宋名家皆师法周邦彦，并从笔意、句法等方面寻绎南宋名家对周邦彦的承继，宋词传承谱系呼之欲出，隐然为浙西词派探根溯源。如评张炎〔齐天乐〕（分明柳上春风眼）云：

> 美成如杜，白石兼王、孟、韦、柳之长。与白石并有中原者，后起之玉田也。梅溪、梦窗、竹山皆自成家，逊于白石，而优于诸人。草窗诸家，密丽芊绵，如温、李一派。玉台延至于宋初，而宋词亦以是终焉。以诗譬词，亦可聊得其仿佛。⑥

先著以诗喻词，于词学史上首先提出"美成如杜"的口号，遥启晚清王国维"词中老杜"之评。先著以周邦彦比拟"诗圣"杜甫，实为宣称周邦彦集大成的"词圣"地位。"词家正宗，则秦少游、周美成。然秦之去周，不止三舍。宋末诸家，皆从美成出。"⑦ 周邦彦一方面上承并超越北宋诸家，另一方面下开以姜张为代表的南宋名家。关于姜、张对周邦彦的师法、借鉴，《词洁》从思路、笔法给予了较为详细的解说。如评姜夔〔暗香〕云："用意之妙，总使人不觉，则烹锻之工也。美成〔花犯〕

---

① 先著、程洪编选，刘崇德、徐文武点校《词洁》，第 46 页。
② 先著、程洪编选，刘崇德、徐文武点校《词洁》，第 95 页。
③ 马荣祖：《红雨斋词序》，《清词序跋汇编》，第 452 页。
④ 南京大学中国语言文学系《全清词》编纂研究室编《全清词·顺康卷》第 17 册，第 10076 页。
⑤ 朱彝尊：《静惕堂词序》，《清词序跋汇编》，第 279 页。
⑥ 先著、程洪编选，刘崇德、徐文武点校《词洁》，第 203 页。
⑦ 先著、程洪编选，刘崇德、徐文武点校《词洁》，第 126 页。

云：'人正在、空江烟浪里。'尧章云：'长记曾携手处，千树压，西湖寒碧。'尧章思路，却是从美成出，而能与之埒，由于用字高，炼句密，泯其来踪去迹矣。"① 对比姜夔、周邦彦同题咏梅之作，从创作思路上认为姜夔汲取了周邦彦词中时空转换的叙述方式，又能出以高超的用字炼句，泯去痕迹。又如评周邦彦〔应天长慢〕（条风布暖）云："空淡深远，较之石帚作，宁复有异。石帚专得此种笔意，遂于词家另开宗派。如'条风布暖'句，至石帚皆淘洗尽矣。然渊源相沿，固是一祖一祢也。"② 首先说明姜夔得了周邦彦"空淡深远"的意致，在笔法上淘洗尽了周词的柔媚通俗处，而得清空幽雅，遂开宋词第三派③；其次一语指明姜、周祖祢渊源的关系。另外也多次谈及张炎对周邦彦的取资师法，"美成词是此等笔意处最难到，玉田亦似十分模拟者"④。"玉田此调，与美成一一吻合。"⑤ 不仅姜、张，宋末其他名家如周密、蒋捷等，也均师法周邦彦。比如，评蒋捷〔金盏子〕（练月萦窗）云："大抵亦自美成出，但字字作意。"⑥ 评周密〔拜星月慢〕（腻叶阴清）云："后段步骤美成，并学尧章用字，可见当日才人降心折服大家。"⑦ 诚如陈匪石先生所评："周邦彦集词学之大成，前无古人，后无来者，凡两宋之千门万户，《清真》一集几擅其全，世间早有定论矣。"⑧

关于姜、张两人位次，《词洁》认为姜、张并立，张次于姜，"白石老仙以后，只有此君与之并立"⑨。张炎"夺胎于尧章"⑩，宋末其他诸名家又等而下之，"史之逊姜""梅溪、梦窗自不能不让白石出一头地"⑪。至此，先著借鉴了吕本中关于江西诗派的"一祖三宗"之说，初步建构起以周邦彦为一祖，姜夔、张炎为"二宗"，史达祖、吴文英、蒋捷为名家的等级分明、次序井然的宋词传承谱系。朱彝尊认为宋末诸家皆出自姜

---

① 先著、程洪编选，刘崇德、徐文武点校《词洁》，第 147 页。
② 先著、程洪编选，刘崇德、徐文武点校《词洁》，第 147 页。
③ 孙克强：《清代词学》，第 205 页。
④ 先著、程洪编选，刘崇德、徐文武点校《词洁》，第 187 页。
⑤ 先著、程洪编选，刘崇德、徐文武点校《词洁》，第 166 页。
⑥ 先著、程洪编选，刘崇德、徐文武点校《词洁》，第 206 页。
⑦ 先著、程洪编选，刘崇德、徐文武点校《词洁》，第 213 页。
⑧ 陈匪石著、钟振振校点《宋词举》，江苏古籍出版社，2002，第 83 页。
⑨ 先著、程洪编选，刘崇德、徐文武点校《词洁》，第 115 页。
⑩ 先著、程洪编选，刘崇德、徐文武点校《词洁》，第 135 页。
⑪ 先著、程洪编选，刘崇德、徐文武点校《词洁》，第 164 页。

夔，"词莫善于姜夔，宗之者张辑、卢祖皋、史达祖、吴文英、蒋捷、王沂孙、张炎、周密、陈允平、张翥、杨基，皆具夔之一体"①。先著则把姜夔、张炎都纳入师法周邦彦的谱系，把姜夔置换为周邦彦，隐然为浙西派寻祖溯源，体现出更为客观通透的词史观。浙西派直至中期主将厉鹗才把周邦彦纳入派内加以推崇，先著此论可称其先声。词学固有传承，不必讳言因袭，在师法姜张的同时，更应师姜张之所师，方不自我局限。

孙克强师说："词选体现了清人的词学审美理想，成为清代词学理论的重要载体，对词风的嬗变和词学理论的发展起着重要作用。"② 遗憾的是，《词洁》长期隐没，缺失了对于清代词学理论的建构，有必要对其予以重新认识。

（张鹏撰）

第四节　谭献《箧中词》点评与碑学书风

《箧中词》作为奠定谭献词学史地位的一部词选，其点评简洁短小而不失精警，突出地体现了谭献论词的主旨。值得注意的是，《箧中词》的点评中出现了如"波折""垂缩""逆入平出"等概念范畴，这些概念与其时书学史上的碑、帖之争颇有渊源。此外，谭献的词评中还高频出现"重""拙""大"的概念，并体现出鲜明的书法运思倾向。这与作为词家、词学家的谭献同时身为金石学家、碑学家的多重艺术身份有关。谭献援书论词并非偶然现象，而是特定文艺思潮背景下词学批评呈现出来的特殊理论形态，是清代以降由诗、书、画"三绝"到诗、书、画、印"四全"文艺观转变的典型。

谭献（1832～1901），初名廷献，字仲修，号复堂；浙江仁和（今杭州市）人；近代词人、学者。对晚近词坛产生深远影响的《箧中词》是奠定谭献词学史地位的一部词选，其作为选本批评的典范，在尊体、溯源及开

---

① 朱彝尊：《黑蝶庵诗余序》，《清词序跋汇编》，第 215 页。
② 孙克强：《清代词学批评史论》，上海古籍出版社，2008，第 283 页。

词学风气等方面有着重要的意义。夏敬观先生评价说："谭氏于《词辨》有评，辑《箧中词》，剖析精微，议论恰当。"① 夏孙桐亦言《箧中词》"抑扬二百余年之作者，评价精而宗旨正，光绪以来言词者奉为导师"②。点校《箧中词》的罗仲鼎先生认为《箧中词》的一个突出优点就是"议论深刻，品评恰当"③。谭献《箧中词》点评出现了不少书学概念，这与谭献的多重学术身份密切相关。受朴学及金石学影响，晚清碑学大盛，文人濡染金石碑版十之八九，譬如常州词派开山张惠言、张琦书法亲碑体，善篆、隶书法；周济曾与碑学倡导者包世臣论书；王闿运师法北碑，谭献、况周颐、王鹏运、朱祖谋都嗜好金石书画；若郑文焯等则径以金石书画家的身份名世……词学与书画学的融合交叉是晚近时期文艺发展的一大特点。谭献作为开晚近词学风气的词学家，其《箧中词》对词坛走向有着深刻的影响，其点评中出现的书法概念并非无意识的引用，而是时代风会所致。目前的词学研究及书画研究并未充分关注到这一点，尤其是词学研究缺少将其置于特定文艺背景下的整体考察。笔者以谭献《箧中词》点评中出现的碑学笔法概念为例，试图勾勒这一晚近词学的批评生态及文艺史发展特点。

一　谭献与金石学及碑学

谭献论词体现出较为明显的书法入思方式，多引用书法概念，这与其浸淫金石学而崇尚碑学有着直接的关系。清中晚期以降，受朴学、金石学影响，书学史上出现了碑、帖之争④，晚近文人受这一学术思潮影响者十之

---

① 夏敬观：《广箧中词序》，见叶恭绰选辑、傅宇斌点校《广箧中词》，人民文学出版社，2011。
② 夏孙桐：《广箧中词序》，见叶恭绰选辑、傅宇斌点校《广箧中词》，人民文学出版社，2011。
③ 罗仲鼎：《箧中词序》，见谭献编选，罗仲鼎、俞浣萍点校《箧中词》，人民文学出版社，2015。
④ 碑学与帖学是清中晚期书学家提出来的两种相对的书法风格概念，最早见于阮元《南北书派论》《北碑南帖论》。碑学崇尚北碑、魏碑及楷书碑，后经邓石如、杨守敬、赵之谦等将其引向秦汉篆隶之学；帖学指宋代以降以《淳化阁帖》为代表的刻帖之学，后含义扩大，泛指二王墨迹及唐、宋、元以来的行草手札书风。二者在用笔及审美风格上大异其趣。晚清碑学大盛，实现了书法由端正、娟秀、柔媚、娴熟、流美向奇崛、朴茂、雄强、稚拙、沉涩的风格转变，深刻影响了整个时代的文艺思潮。

八九，谭氏的学术研究亦典型地体现了这一文化史现象。谭献曾有一位对其学术影响颇深的老师，即许楳（1787～1862），又名映涟，字叔夏，号珊林、乐恬散人，室名红竹草堂、古韵（又作"均"）阁、享金宝石斋、行吾素斋等。其致力于金石、文字、书法，以六书名其家，攻《说文解字》颇有创获，并刻有《金石存》。谭献对其极为推崇，自称私淑弟子，并为其作《许府君家传》。许楳不但精通小学，对古文字颇有研究，而且是一位非常聪慧的精于政事的人。正是由于其在古文字学上的造诣，他的书法呈现一种较为独特的风格。他的楷书较为中正，篆书却吸收了秦砖汉瓦的神韵，严谨中见活泼。其隶书温厚典雅，不见险峭，却自有一种从容不迫的雍容华贵之姿，颇具古味。谭献濡染金石、书法，与他的这位老师应该不无关系。受其影响，谭献与晚清诸多词家一样，嗜好金石碑版。他曾在日记中记载："阅《两汉金石记》。覃溪于碑版固是大宗，所论多平实，似胜王兰泉。"① 已明言其对金石的关注，并多次帮人审定金石碑版。又记云：

> 手粘《鲁峻碑》。碑面雄伟，汉碑中最健者。阴尤绝妙，篆法居多，笔情恣纵，包尽六朝佳刻，诚鸿宝也。予论金石不甚贵难得及世所传孤本，正在审定耳目近物，得其精要耳。②

又说：

> 浦金兰生藏旧拓《大达法师碑》，虚和劲逸，笔转气灵，绝非本槁木形骸。诚悬得力在篆，所谓银钩铁画，皆与少温《怡亭》《三坟》诸刻默默相通。非此佳拓，几使印泥画沙之妙埋没庸手毡蜡中，枯脊不复有生气，非古人之不幸与！十月初，见刘叔孔所藏《皇甫府君》《多宝佛塔》二碑旧拓。欧碑清劲，较近拓多百余字，"邻人为之罢舍"尚完好。可宝也。颜碑尚不逮箧中之万历年拓本。③

可见其对金石碑版浸淫之深。又"往年碑客以汉隶求售，未审定也，以为洪氏《隶释》中《无极山碑》。今付装裱，稽之翟文泉《隶篇》，为《三公山神碑》，吴子苾侍郎始得之元氏者，从未著录。隶体浑穆，篆势初

---

① 谭献著，范旭仑、牟晓明整理《谭献日记》，中华书局，2013，第 22 页。
② 谭献著，范旭仑、牟晓明整理《谭献日记》，第 201 页。
③ 谭献著，范旭仑、牟晓明整理《谭献日记》，第 131 页。

变者也。然则《无极山碑》固不可复见矣"①，这里提到了《金石录》中说到的汉隶碑版，而且以碑学家的口吻论及篆、隶之变。

谭献身处晚近碑学大盛的书法革变时代，对碑学的接受也是显而易见的。其日记中曾记云："蓝洲得张婉紃夫人楹联以赠我。夫人正书为近时第一手，老辈如吴让之、友朋如赵捣叔皆当却步。此联非其杰作，然柔厚无唐以后姿媚之习，对之意远。"②谭献提到的吴让之即著名的篆刻家兼书法家吴熙载（1799~1870），是碑学运动的扛旗手包世臣的入室弟子，又师法碑学第一大家邓石如，吴昌硕曾评其曰："让翁平生固服膺完白，而于秦汉印玺探讨极深，故刀法圆转，无纤曼之气，气象骏迈，质而不滞。余尝语人：学完白不若取径于让翁。"③可见其在碑学史上的地位之高。赵捣叔即赵之谦（1828~1884），是晚近著名的篆刻大师，被誉为近代"海上画派"先驱，也是碑学的后劲。至于这位张婉紃夫人，《清稗类钞》记云："张婉紃书似李北海。道、咸间，阳湖有工书之女士张婉紃名纶英者，皋文犹女，翰风女也。其书神似李北海。年七十余，尚能为人作书。会稽赵之谦常师事之，犹王羲之之于卫夫人也。"④又俞陛云《清代闺秀诗话》记载："婉紃最嗜书，由北碑上溯西晋，归宿于汉。用笔刚健沉毅，正书遒丽，分书峭逸。晨起作数百字，始理妆。夜分书数百字，始寝。或夜起临池，家人劝之，答曰：'吾一日不作书，若有所失，欲罢不能也。'清代闺秀工书者多矣，而擅名者莫如曹墨琴，嗜书者莫过张婉紃。若墨琴遗翰，尚有见者，婉紃书惜未观也。"⑤原来这位体现碑版书风的张夫人就是常州词派开山张惠言的侄女，张琦的女儿。谭献认为张夫人的书法甚至要超过吴熙载与她的老师赵之谦，因其"柔厚无唐以后姿媚之习"，唐以后书法的姿媚之习也正是碑学所大声讨伐的。由此可见谭献的书法观，崇尚碑学无疑。值得注意的是，谭献在夸赞张夫人书法时也用到了他最为重要的词学概念——柔厚。可见其词学理念与书法观的一致性，亦可知谭献对于晚清碑学书法之兴盛是深谙于心的，对于碑学书家的经典论书之言也不可能没有了解。

谭献又与金石画家吴昌硕交往颇深，吴氏曾为谭献绘《复堂填词图》，

---

① 谭献著，范旭仑、牟晓明整理《谭献日记》，第122页。
② 谭献著，范旭仑、牟晓明整理《谭献日记》，第41页。
③ 吴昌硕：《吴让之印存跋》，见《吴让之印存》，西泠印社，1981年影印本。
④ 徐珂：《清稗类钞》卷六。
⑤ 俞陛云：《清代闺秀诗话》卷四。

在用笔上，吴昌硕被评为"重、拙、大"之典范。词学批评到晚近时期已经和其他艺术门类的创作批评有着较为深刻的融合，所谓风会所致；并且此时出现了由清前期诗、书、画"三绝"到诗、书、画、印"四全"的艺术追求的转变。绘画史上的"道咸中兴"金石入画最根本的就是在中国画的创作中融入了金石意味，这一艺术思潮同样影响了词学批评，这在谭献的词论中已经体现得较为明显。要之，金石碑版对谭献的濡染是其将书法概念引入词学批评的重要原因，《箧中词》点评中出现了诸多与其同时代书学批评在笔法及情感表达、审美倾向等层面有着深刻一致性的现象。

二　《箧中词》点评的碑学笔法概念

在清代书学史上，碑学最早伏笔于清初傅山、朱彝尊等对汉隶的推崇，从某种程度上来说，推崇汉隶带有鲜明的复古色彩，隐含着遗民文人的特定的文化诉求与文化心态。后由于康、乾二帝对董其昌等帖学书法的喜好，碑帖更迭的过程较为漫长。至清中晚期，社会历史环境发生了很大变化，尤其是晚清以降内忧外患，风雨飘摇，加之在金石学的直接影响下，碑学遂趋于大盛。阮元（1764～1849）著《南北书派论》《北碑南帖论》，正式提出碑学与帖学之变。包世臣接受了阮元的主张，并且最终试图从笔法这个书法创作最为根本的层面为碑学寻找依据，因此笔法变革是碑学变革的关键。碑学笔法主要是复归汉魏时期的篆隶笔法，包世臣提出的笔法概念被后世碑学家广泛接受。

谭献作为碑学书家，对这些具有典型碑学色彩的笔法概念尤为熟稔，如"垂缩""一波三折""逆入平出"等出现在《箧中词》点评中的概念极为典型的碑学笔法。对词学批评中出现的这些笔法概念须由碑学入手，才能见出其包含的丰富含义。

（一）垂缩

谭献《箧中词》选王世贞〔醉花阴〕《和漱玉词》（香闺小院闲清昼）一首并评曰："含凄垂缩，尚不堕入曲子。"① 又评厉鹗〔八归〕（隐几山楼

---

① 谭献编选，罗仲鼎、俞浣萍点校《箧中词》，第18页。

赋夕阳）云："无垂不缩。"① 这两处的"垂缩"概念就属于典型的书法笔法概念。除此之外，谭献又曾评温庭筠〔更漏子〕（玉炉香）下阕云："下片，似直下语，正从'夜长'逗出，亦书家无垂不缩之法。"② 可见谭献对"垂缩"概念的引用并非偶尔为之，而是下意识的引用。

"垂缩"作为书法概念，有两种含义。一是《翰林密论二十四条用笔法》有"垂露法"，云："锋管齐下，势尽杀笔缩锋。又，始筑笔而极力，终注锋而作弩。又，无垂不缩。此言顿笔以摧挫为功。"③ 这是针对写"垂露"笔画时的用笔原则，所谓"垂而复缩，谓之垂露"④，指竖画结尾处顿笔往上缩锋，横画结尾处将笔向左收，上下左右呼应，笔势成圆转饱满之态。二是隋代书法家释智果《心成颂》有"变换垂缩"一条，谓："两竖画一垂一缩，'并'字右缩左垂，'斤'字右垂左缩，上下亦然。"⑤ 这仅是针对结字过程中并行的两画在布局上的要求。一般取第一种含义，如"意尽则用悬针，意未尽须再生笔意，不若用垂露"⑥。可见，所谓"垂露"正在表现"垂而不尽"之意，与词在语言表达上含蓄婉转、要眇宜修有同理之趣。姜夔《续书谱》引米芾言曰："翟伯寿问于米老曰'书法当何如？'米老曰：'无垂不缩，无往不收。'"⑦ "无垂不缩，无往不收"指作字运笔时，锋在点画尽处或虚或实地收缩、回锋。姜夔认为这就是书法达到了至精至熟的境地。此后，"无垂不缩，无往不收"成为书学上最为经典的用笔原则之一。明丰坊《书诀》认为"无垂不缩，无往不收"意为"不露圭角"⑧。

　　到了清代，碑学家包世臣对这一用笔概念的理解有了较大的改变，他曾说："《书谱》云：'真以点画为形质，使转为性情；草以使转为形质，点画为性情。'是真能传草法者。世人知真书之妙在使转，而不知草书之妙在

---

① 谭献编选，罗仲鼎、俞浣萍点校《箧中词》，第 103 页。
② 谭献著，谭新红辑《重辑复堂词话》，葛渭君编《词话丛编补编》卷二，中华书局，2013，第 1193 页。
③ 《翰林密论二十四条用笔法》，见陈思编撰、崔尔平校注《书苑菁华校注》，上海辞书出版社，2013，第 23 页。
④ 姜夔：《续书谱》，华东师范大学古籍整理研究室编《历代书法论文选》，上海书画出版社，2014，第 385 页。
⑤ 释智果：《心成颂》，《历代书法论文选》，第 94 页。
⑥ 姜夔：《续书谱》，《历代书法论文选》，第 387 页。
⑦ 姜夔：《续书谱》，《历代书法论文选》，第 385 页。
⑧ 丰坊：《书诀》，崔尔平选编、点校《明清书论集》，上海辞书出版社，2011，第 118 页。

点画，此草法所为不传也。大令草常一笔环转，如火箸划灰，不见起止。然精心探玩，其环转处悉具起伏顿挫，皆成点画之势。由其笔力精熟，故无垂不缩，无往不收，形质成而性情见，所谓画变起伏，点殊衄挫，导之泉注，顿之山安也。"① 碑学以篆、隶及楷书为主体，注重用笔的"重、拙、大"原则，反对草书、行书的用笔法，包世臣借用被书学史奉为圭臬的《书谱》中对楷书及草书用笔的不同侧重，为碑学笔法寻找依据，认为草法之不传，原因在于一味强调使转而忽视了点画。这也是碑学家批评帖学流美、纤滑的原因。在他看来，要能够在环转处形成一种点画之势，其实是指用笔在环转处须有顿挫，避免纤滑，与《翰林密论二十四条用笔法》所言"垂缩"更为接近；并认为由于王羲之笔力精熟，环转处的笔锋顿挫不露痕迹，遂能达到无垂不缩、无往不收的境地。因此，在碑学家看来，垂缩是用笔顿挫起伏并达到精熟境界的一种高超造诣。谭献作为对碑学体认较深的词学家，将书法的垂缩概念引入对词学的点评与分析中，自有其用意所在。

谭氏评王世贞〔醉花阴〕词，言其"含凄垂缩，尚不堕入曲子"。词云：

> 香闺小院闲清昼。屈戍交铜兽。几日怯轻寒，箫局香浓，不觉春先透。韶光转眼梅花后。又催裁罗袖。最怕日初长，生受莺花，打叠人消瘦。

这首词写闺情，上片写静景，慵懒含情，为下片蓄势；下片由惜春之情到伤己之悲，但并未直接写明，而是以婉转蕴藉之笔出之。结合书学的"垂缩"笔法内涵来看，这首词看似直写眼前景，自道心情，却又能在结笔时有所保留，笔锋迂回顿挫，情味遂深，即所谓"含凄垂缩"。这也是词与曲在表达上的不同之处，即词笔能留得住，避免一泻无余，而相对而言，曲则难免油滑多了，所以谭献认为这首词"尚不堕入曲子"。这也是他以书法概念"垂缩"论词的缘由，谭氏后两则词评的"无垂不缩"概念可做同样的理解。对于厉鹗〔八归〕（隐几山楼赋夕阳），朱庸斋评曰："为樊榭代表之作，妙用宕笔，疏远有致。"② 特别提到上片结句"想故苑燕麦离离，满地弄金粉"与下片"冷和帆落，惨连笳起，更带孤烟斜引"，言其"妙用

---

① 包世臣：《艺舟双楫》，上海古今书室，1933，第 138 页。
② 朱庸斋：《分春馆词话》，广东人民出版社，1989，第 81 页。

宕笔"即指其善于用笔,其高妙处在于虚实变换,欲断还连,遂有书法用笔无往不收、无垂不缩之势,与包世臣等碑学家的用意具有同理性。其后不少词学家引用书法的"垂缩"概念点评分析词作的用笔及结构,当肇端于谭氏。

(二) 一波三折

谭献《箧中词》也数次用到"一波三折"的概念,这一概念在现代汉语表达中已了无深意,但作为书法概念却有着丰富的书法内涵及书学史意义。王羲之《题卫夫人笔阵图后》记录了这样一个故事:"昔宋翼常作是书,繇叱之。三年不敢见繇,即潜心改迹,每作一波常三过折笔。"① 宋翼(151～230)由于作书不佳而被其老师钟繇叱责,然后三年不见其师,苦心修炼,终于悟出"一波三折"的用笔之道。王羲之又说:"学草书需要篆势、八分、古隶相杂,亦不得急令墨不入纸。若急作,意思浅薄,而笔即直过。惟有章草及章程行押等不用此势,但用击石波而已,其击石波者缺波也。又八分更有一波谓之隼尾波,即钟公《太山铭》及魏文帝《魏文帝受禅碑》中已有此体。"② "波"是篆、隶书体的典型笔法,"一波三折"是指书写"波"时需要沉着迟涩,顿挫起伏,才能达到较好的用笔效果,可谓是历代书家的度世金针。

后世对这一概念的理解不断深化。陈绎曾(1287～1351)《翰林要诀》有"圆法","波"为其一:"纵波五停,首一中三尾一;横波五停,首一中二尾二。大体作仰画不蹲,以锋傍裹,空蹲三面力到,顺指欹下,力满微驻仰出,三过笔中又有三过,如水波之起伏也。"③ 所谓"三折"只是泛指,实是多次停顿转笔的过程。元无名氏《书法三昧》说:"夫作字之要,下笔须沉着,虽一点一画之间,皆须三过其笔,方为法书。盖一点微如粟米,亦分三过向背俯仰之势。一字有一字之起止朝揖顾盼,一行有一行之首尾接下承上之意。此乃古人不传之妙,宜加察焉。"④ 这里将"一波三折"

---

① 王羲之:《题卫夫人笔阵图后》,《历代书法论文选》,第 27 页。
② 王羲之:《题卫夫人笔阵图后》,《历代书法论文选》,第 27 页。
③ 陈绎曾、郑杓、盛熙明著,郭云洁、钟彦飞、罗琴点校《翰林要诀 衍极 法书考》,北京师范大学出版社,2016,第 25 页。
④ 无名氏:《书法三昧》,崔尔平选编、点校《历代书法论文选续编》,上海书画出版社,1993,第 210 页。

由一点一画推及结字布局及篇章结构的层面。值得注意的是，《宣和书谱》记释昙林书云："作小楷下笔有力，一点画不妄作……但恨拘窘法度，无飘然自得之态。然其一波三折笔之势，亦自不苟，岂其意与笔正，特见严谨，亦可嘉矣。"① 这里提到了用笔"一波三折"会出现"拘窘法度，无飘然自得之态"的弊端，但具有"亦自不苟""特见严谨"的特点，而这正是有清以降碑学之所以推崇此笔法的重要原因。如汪士鋐（1658～1723）说："不学古隶，不知波折往复之理，不习晋贴，不知回环牵结之妙……"② 包世臣《答熙载九问》中被问及其推崇一波三折之用笔与其书作看似直来直去二者的矛盾，包氏答复说虽看似直来直去，其实不然，以拳术喻之，所谓"骨节节可转，筋条条皆直……"③ 可见"一波三折"笔法的碑学倾向。

谭献《箧中词》将项鸿祚（1798～1835）与纳兰性德（1655～1685）、蒋春霖（1818～1868）三家并举，说：

> 莲生（珂谨按：即项鸿祚）古之伤心人也。荡气回肠，一波三折，有白石之幽涩，而去其俗。有玉田之秀折，而无其率。有梦窗之深细，而化其滞。殆欲前无古人。其乙稿自序"近日江南诸子，竞尚填词，辨韵辨律，翕然同声，几使姜张颔首。及观其著述，往往不逮所言"云云，婉而可思。又丁稿序云："不为无益之事，何以遣有涯之生。"亦可以哀其志矣。以成容若之贵，项莲生之富，而填词皆幽艳哀断，异曲同工，所谓别有怀抱者也。④

项鸿祚词之所以能一波三折，与其性情有重要的关系，所谓"古今之伤心人"也。项词题材较为狭窄，多"言愁说恨"，但用情颇深。谭献评价项词"荡气回肠，一波三折"，是很高的评价，因为其之所以能达到这样的境界，在于其能"有白石之幽涩，而去其俗。有玉田之秀折，而无其率。有梦窗之深细，而化其滞"。结合书学的波折观来看，用笔能一波三折，在于运笔过程中有停顿起伏，也是迟涩的表现，既要有转折，又能用重笔，所谓下笔沉着，一点一画，"皆须三过其笔"，而笔能一波三折正

---

① 王群栗点校《宣和书谱》，浙江人民美术出版社，2012，第50页。
② 汪钟翰点校《清史列传·文苑传》，中华书局，1987，第5813页。
③ 包世臣：《艺舟双楫》，第141～142页。
④ 谭献：《复堂词话》，唐圭璋编《词话丛编》卷四，中华书局，2005，第4011页。

在于能"接下承上",呈天然流动之态,没有停滞阻隔的弊病。这几条内容基本上与谭氏解释项词能一波三折的内涵两相对应。谭氏又评江皋(1635～1715)〔江城子〕《秋柳》、王鹏运〔宴清都〕《四月望日,谢子石前辈招引花之寺》云:"每作一波,恒三过折"①,也完全印证了这一书法内涵。

(三) 逆入平出

词学批评中的"逆入平出"之说,最早正是由谭献而始,后被陈洵、杨铁夫、陈匪石等词学家引入其词论中,成为词学批评的常用概念。谭献评王曦〔水龙吟〕(鹊华桥踏月)云:"书家所谓逆入平出。"② 点明了这一概念引自书法。在评吴翌凤〔桂枝香〕(壬辰秋,蒙泉有湘中之游,蠡槎歌此调送之,邀予同作)时说:"善用逆笔。"③ 又评徐珂(1869～1928)〔疏帘淡月〕(梅花为彝斋赋)"笔能逆入平出"④。

逆入平出是用笔法之一。张怀瓘论用笔十法提到《翰林密论二十四条用笔法》有十二种隐笔法,其中"迟笔法在于疾,疾笔法在于迟,逆入倒出,取势如功"⑤。这里的"逆入倒出"指起笔时笔锋逆向落纸,行笔时转变笔锋,铺毫而出,一起一出笔锋相反,所以是"逆入倒出"。此后几乎没有人提到这一概念,直到清代碑学家包世臣提出"逆入平出"之说,由于笔尖着纸即逆,而毫不得不平铺于纸上,因此"逆入平出"与"逆入倒出"实无二致,"倒出"是相对于"逆入"而言的,"平出"则旨在说明笔锋转出的形态。包世臣之所以提出这样一个概念,与碑学的兴起有着密切的关系,他结合了几位书法家在用笔上的心得,领悟到古人用笔具有"逆入平出"的特点,谓:"古人论真行书,率以不失篆分意为上,后人求其说而不得,至以点斜拂形似者当之,是古碑断坏,汇贴障目,笔法不传久矣……大凡六朝相传笔法,起处无尖锋,亦无驻痕;收处无缺锋,亦无挫锋,此所谓不失篆分遗意者……盖山东多北纬

---

① 谭献编选,罗仲鼎、俞浣萍点校《箧中词》,人民文学出版社,2015,第25、491页。
② 谭献编选,罗仲鼎、俞浣萍点校《箧中词》,第191页。
③ 谭献编选,罗仲鼎、俞浣萍点校《箧中词》,第127页。
④ 谭献编辑,罗仲鼎、俞浣萍校点《箧中词》,第502页。
⑤ 张怀瓘:《唐张怀瓘论用笔十法》,见陈思编撰、崔尔平校注《书苑菁华校注》,上海辞书出版社,2013,第32页。

碑，能见六朝真相，此诸城之所以或过华亭也。今观荣邸书，虽抚《戏鸿》木本而笔势逆入平出，江左风流俊然若接，不受毡墨之愚，可谓诸城而后，再逢通识者已。"① 认为"逆入平出"是古之用笔法，这一用笔法的效果在于势的营造，所谓"步步崛强，有猿腾蠖屈之势"②。康有为等碑学家都沿用了这一概念，并赋予了鲜明的碑学内涵，如张宗祥就说："六朝之碑，方笔者，点结顺入，而收笔上挑，画皆平锋斩起，而收笔顺出。故点之用笔顺而意逆，画之用笔以斩起为逆，以平出为顺。"③ 认为"逆入平出"是六朝碑版的用笔原则。

谭献《粤东三家词钞叙》说："佩玉千声，流水九曲。书艺正宗，逆入平出。此楞华之谛也。送远碧草，登楼青山。目之所际，春秋佳色。此随山之珍也。锦瑟幽忆，奇珠转园，裴回裴回，采诗入乐。此秋梦之禅也。"④ 谭献认为"逆入平出"是"书艺正宗"，体现了他对碑学的体认。"逆入平出"从书法用笔上来讲是一笔一画的用笔方法，对于词来说，是句法，也是章法。谭献《箧中词》引用的这一概念的点评较为简短，要具体解读这一概念的词学内涵还要借助于谭氏的其他词论。如《复堂词话》评周邦彦〔六丑〕一词曰："'愿春'二句，逆入平出，亦平入逆出。'为问'三句，搏兔用全力。'静绕'三句，处处断、处处连。'残英'句即愿春暂留也。'飘流'句即春归如过翼也。末二句仍在逆挽。片玉所独。"⑤ 这里为什么说"愿春"二句既是"逆入平出"又是"平入逆出"呢？陈匪石认为，"前者以意言，后者以笔言。实则作者此时已入化境，并无平逆之成心耳"⑥，所谓"以意言"，就是从作者表达的词意来看，作者是希望春能常在的，但春却已然无踪了，所以说"愿春暂住"只是一种心愿，春天还是要逝去的。所以，"愿春暂住"是逆入，"春归如过翼"是平出；但是，从词的用笔层面来讲，这首词的主题就是惜春，所以作者扣题而落笔，"愿春暂住"是顺着题意而来的，但春却不在了，是一个转折，所以从这个层面来说，"愿春暂住"是平入，"春归如过翼"是逆出。谭献又评其〔花犯〕（粉墙低）云："'依然'句

<hr>

① 祝嘉：《艺舟双楫　广艺舟双楫疏证》，巴蜀书社，1989，第86~87页。
② 包世臣：《艺舟双楫》，第128页。
③ 张宗祥：《书学源流论》，崔尔平选编、点校《明清书论集》，第1660页。
④ 谭献：《粤东三家词钞叙》，冯乾编校《清词序跋汇编》，凤凰出版社，2013，第1793页。
⑤ 谭献：《词辨》，黄苏、周济、谭献选评，尹志腾校点《清人选评词集三种》，齐鲁书社，1988，第155~156页。
⑥ 陈匪石：《宋词举辑论》，葛渭君编《词话丛编补编》卷五，中华书局，2013，第3633页。

曰：'逆入'。'去年'句曰'平出'。过变曰：'放笔为直干'。'相将见'两句曰'如颜鲁公书，力透纸背'。又曰'凝望久'以下'筋摇脉动'。"① 这首词中，"粉墙低，梅花照眼"是词人目之所及，是现在看到的情景，说"依然"意思是已经过了一年，但风景竟然没有变化，有"逆"的意味。接下来"露痕轻缀。疑净洗铅华，无限佳丽"实为回忆去年游赏的情景，所以后面紧接着点出"去年胜赏曾孤倚"，是由回忆场景到走出回忆，因此是"平出"。评吴文英〔点绛唇〕（试灯夜初晴）首句"卷尽浮云，素娥临夜新梳洗"说："此起稍平。"过遍句"辇路重来，仿佛灯前事"说"便见拗怒。"词云：

> 卷尽浮云，素娥临夜新梳洗。暗尘不起。酥润凌波地。酥润凌辇路重来，仿佛灯前事。情如水。小楼熏被。春梦笙歌里。

这首词起笔写景，漫天的浮云被风吹散，月光皎洁如同刚刚梳洗过一般清新可人，润雨初过，纤尘不起，一片清丽之景。正是"但道眼前景"，因此谭献认为其起笔稍平。下片"辇路重来"是回忆幡然而来，前事如在目前，情感陡然升温，与上片之风轻云淡相较，显得料峭拗逆，因此是"拗怒"。这首词上片是平入而下片是逆出。先著说吴文英词"用笔拗折，不使一犯人字，虽极雕嵌，复有灵气行乎其间"②，也是言其在行文上具有拗折的特点。"逆入平出"是谭献从书法里借用来的概念，为词学批评中的作品评析开创了一种新的入思方式，这不能不说是谭献论词的一个创新。

要之，这里提到的谭献《箧中词》中出现的几个书法概念，已经不是简单的书法概念，而是带上了浓厚的碑学色彩，这与谭献本人多重艺术身份及学术思想有直接关系。将书法概念引入词学批评并不是简单借用，而是需要深入具体的文艺史、学术史背景中，去探讨这些概念的具体内涵。因此，这些概念往往昭示着特定时代背景下的批评祈向。

---

① 谭献：《词辨》，黄苏、周济、谭献选评，尹志腾校点《清人选评词集三种》，第158~159页。

② 先著、程洪撰，胡念贻辑《词洁辑评》，唐圭璋编《词话丛编》卷四，中华书局，2005，第1360页。

三　谭献论词之"重""拙""大"与碑学书风

"重""拙""大"作为晚近词学批评的经典概念，一般认为其肇端于端木埰，经王鹏运，而光大于况周颐，而且这一经典词学概念的形成亦与晚清书学有着密切的关系。① 然而，谭献在《箧中词》的点评中已经较为频繁地出现"重""拙""大"的概念，并且呈现出鲜明的书法色彩。如评严绳孙〔南歌子〕（积润初消砌）"能用重笔"②，杨燨生〔一萼红〕（秋霖乍歇，同人泛舟環溪）"胸襟甚大，针线甚细，此非易到"③，左辅〔浪淘沙〕（曹溪驿折桃花一枝，数日零落，裹花片投之涪江，歌此送之）"所感甚大"④，〔南浦〕（夜寻琵琶亭）"濡染大笔，此道遂尊"⑤。又评蒋春霖〔换巢鸾凤〕（云涌苏槎）"调易堕曲，宋词原唱亦不免。作者乃沉着而大雅"⑥。评王尚辰〔卖花声〕《清明》"消息甚大"⑦，所谓"消息甚大"，是指词中所寄托的意义重大，微言大义。评叶衍兰〔珍珠帘〕《题高唐神女图》"直接本旨，大笔淋漓"⑧，评蒋复敦〔兰陵王〕《秋柳。用清真韵》"以深重之笔，发绵邈之思"⑨，评汤贻汾〔长亭怨慢〕《衰柳》"力透纸背"⑩。唐圭璋先生就曾释义"重、拙、大"为"力透纸背"⑪，评范仲淹〔苏幕遮〕起句"碧云天""大笔振迅"⑫。又见《复堂词话》评温庭筠〔南歌子〕三阕，首阕起句"手里金鹦鹉"一首，说："尽头语，单调中重笔，五代后绝响。源出古乐府。'百花时'三字，加倍法，亦重笔也。"⑬ 又如其为郑由熙（1830～1897）《莲漪词》作跋说："词以深婉为主，然不讳

① 参见杜庆英《况周颐"重、拙、大"与晚清碑学》，《文艺研究》2016 年第 10 期。
② 谭献编选，罗仲鼎、俞浣萍点校《箧中词》，第 77 页。
③ 谭献编选，罗仲鼎、俞浣萍点校《箧中词》，第 135 页。
④ 谭献编选，罗仲鼎、俞浣萍点校《箧中词》，第 135 页。
⑤ 谭献编选，罗仲鼎、俞浣萍点校《箧中词》，第 135 页。
⑥ 谭献编选，罗仲鼎、俞浣萍点校《箧中词》，第 263 页。
⑦ 谭献编选，罗仲鼎、俞浣萍点校《箧中词》，第 358 页。
⑧ 谭献编选，罗仲鼎、俞浣萍点校《箧中词》，第 460 页。
⑨ 谭献编选，罗仲鼎、俞浣萍点校《箧中词》，第 272 页。
⑩ 谭献编选，罗仲鼎、俞浣萍点校《箧中词》，第 334 页。
⑪ 秦惠民、施议对：《唐圭璋论词书札》，《文学遗产》2006 年第 6 期。
⑫ 谭献：《复堂词话》，唐圭璋编《词话丛编》卷四，第 3993 页。
⑬ 谭献：《复堂词话》，唐圭璋编《词话丛编》卷四，第 3989 页。

浅，浅语必快；不讳拙，拙语必重。浅而快，南宋人亦能之；拙而重，非晚唐、北宋不能为。"① 谭献认为词笔能"拙""重"是北宋词才有的境界，相比而言南宋词就显得"浅而快"了。对词能"拙"能"重"持赞赏态度，这与碑版书法的审美倾向也是一致的。评朱彝尊〔庆春泽〕《春影》云："尚有拙致，频伽不能为。"② 谭氏在《箧中词》中选朱彝尊词尤多，在他看来，朱彝尊开浙西派自有其高功，其词亦可称绝，但到了郭麐等浙西派末流便丧失了高格。谭献身为常州派词学家，在总结批判浙西派流弊时尤其能切中关键。总体上其风格倾向已然发生变化，况周颐后来所倡"重、拙、大"呼之欲出。

此外，又评蒋春霖〔琵琶仙〕（五湖之志久矣！羁累江北，苦不得去。岁乙丑，偕婉君泛舟黄桥，望见烟水，盆念乡土，谱白石自度曲一章，以空侯按之。婉君曾经丧乱，歌声甚哀）云："屈曲洞达，齐梁书体。"③ 这里以齐梁书体来比喻蒋春霖的这首词体格高旷，"洞达"是清代碑版书家品评碑版书法的重要范畴，如康有为就曾言："昔人称中朗书曰：'笔势洞达'，通观古碑，得洞达之意，莫若隋世。"④ "洞达"有深明大气之意，与巧媚妍丽不同。

谭氏论词多次出现"重""拙""大"的词语，这是值得怀疑的，况周颐早年作词侧重侧艳一路，直到光绪十五年（1889）其二十九岁的时候进京入值薇省，常与王鹏运切磋词学，其《餐樱词》自序记云："己丑薄游京师，与半塘共晨夕，半塘于词夙尚体格，于余词多所规诫，又以所刻宋元人词属为校雠，余自是得窥词学门径……体格为之一变。"⑤ 而两年后，即1891年，况周颐在杭州暂住期间与谭献以词学相过从，并为谭氏题〔南浦〕《题谭仲修丈斜阳烟柳填词图》。⑥ 谭献《复堂日记》记云："临桂况夔笙舍人周仪，暂客杭州，闻声过从，锐意为倚声之学。与同官端木子畴、王幼遐、许玉瑑唱和，刻《薇省同声集》，优入南渡诸家之室……"⑦ 况周颐与谭献"以词学相过从"，但有没有在此时谈及"重、拙、大"已不可知，谭

① 谭献：《莲漪词题识》，冯乾编校《清词序跋汇编》，凤凰出版社，2013，第1526页。
② 谭献编选，罗仲鼎、俞浣萍点校《箧中词》，第75页。
③ 谭献编选，罗仲鼎、俞浣萍点校《箧中词》，第264页。
④ 康有为著，崔尔平注《广艺舟双辑注》，上海书画出版社，1981，第109页。
⑤ 况周颐著，孙克强辑考《蕙风词话　广蕙风词话》，中州古籍出版社，2003，第443页。
⑥ 郑炜明：《况周颐先生年谱》，上海古籍出版社，2009，第52页。
⑦ 谭献：《复堂词话》，唐圭璋编《词话丛编》卷四，第4007页。

献在其词论中也没有明确地提出"重、拙、大"之概念，但谭献早在此前的诗文评中就屡次提到"大""重"的概念，如《谭献日记》记癸亥年即1863 年，有"阅《梦陔堂诗》。体气博大，予雅重之，以为无一字无来历，春谷先生足以当之"①。又"阅《采菽堂古诗选》。门径博大，真识渐出。然言情言辞尚隔一尘，以禅喻之，未是上乘"②。谭献这里对博大的理解与后来况周颐提出的"重、拙、大"之义有同理之义。从上述情况来看，谭献论词的"重""拙""大"概念有可能是受到了况周颐的影响，但也不排除是其自发现象。谭献作为碑学的推举者，必然受到时代艺术风尚的影响，"重""拙""大"不仅是词学的经典批评概念，也是碑学书风崇尚的美学理想，包含用笔及审美两个层面的内涵，这在谭献的词论中也表现得较为明显。

谭献论词除了引用到上述词学概念，还有不少点评与分析都体现出鲜明的书法入思方式。如其《箧中词》评钱季重（1758～1821）〔六丑〕《朱藤》云："写仿清真，唐临晋帖，终非廖莹中所能为。"③ 以书法发展史上的问题来比喻词的创作问题，认为钱季重模仿周邦彦词，如同唐人临摹晋帖，善模仿而少独创。评吴文英〔齐天乐〕（烟波桃叶西陵路）云："虽是平起，而结响颇遒。'凉飔乍起'句，领句，亦是提肘书法。"④ 所谓"提肘"，是一种执笔的功力，包世臣言其学书经历云："族曾祖槐植三独违世尚学唐碑，余从其问笔法……其书首重执笔，遂仿其所图提肘拨镫七字之势，肘既虚悬，气急手战，不能成字……至甲寅，手乃渐定……余既心仪遒丽之旨，知点画细如丝发皆须全身力到，始叹前此十年学成提肘不为虚费也。"⑤ 以书法创作中的"提肘书法"来比喻吴文英这首词所具有的"腾踏"之势，凸显的是其运笔的功力。评沈世良〔兰陵王〕《感旧用片玉词韵》云："笔笔中锋，清真法乳。"⑥ "中锋"与侧锋相对，亦是碑版书法推崇的用笔法，旨在说明沈词能得清真词真髓，以书法之中锋来比拟词笔，主要是指情感真挚浑厚而有风骨。评周济〔征招〕《冰钲》云："掷笔空际，伟岸深警，

---

① 谭献著，范旭仑、牟晓明整理《谭献日记》，中华书局，2013，第 11 页。
② 谭献著，范旭仑、牟晓明整理《谭献日记》，第 11 页。
③ 谭献编选，罗仲鼎、俞浣萍点校《箧中词》，第 152 页。
④ 谭献撰，谭新红辑录《重辑复堂词话》卷二，葛渭君编《词话丛编补编》第二册，中华书局，2013，第 1199 页。
⑤ 包世臣：《艺舟双楫·述书上》，浙江人民美术出版社，2017，第 145～146 页。
⑥ 谭献编选，罗仲鼎、俞浣萍点校《箧中词》，第 430 页。

如读杜诗。"① 词学批评史上有"潜气内转"的概念，与书法亦不无关系，尤其是词由声乐文学变为案头文学之后，这一概念的笔法意义更多的与文论及书论相近，这里的"掷笔空际"，比喻词笔的转换有形无迹，即所谓"潜气内转"。又如谭献论词尚"涩"，与碑版书法笔法汲汲求涩的倾向有着深刻的一致性。谭献的这些评语借用了诸多书法概念，体现出典型的书法入思特点，而且整体上体现出一种偏于沉着、遒劲、拗折的美学倾向。

综上，谭献《箧中词》点评及其他词论中出现的概念范畴与其时代书学的革变两相呼应，体现出鲜明的书法运思倾向，并同时体现在用笔与审美两个层面上。清代学术的发展从总体上呈现出一种大汇合的态势，一方面数千年传统文化的累积达到巅峰，另一方面在内忧外患、民族危亡形势下孕育着深刻的自省倾向与勃郁的变革意识。有清以降至近代，整个文艺风尚出现由诗、书、画"三绝"到诗、书、画、印"四全"文艺观的转变，其中所谓"印"不仅仅代表印学在文人群体的兴盛与普及，更是朴学、金石学影响下的一种古涩、质拙、沉着的审美倾向，这种转变不仅体现在书法、绘画领域，诗学包括词学也深受其影响，晚近词学建构对于现代词学有着深远的影响，词学与朴学、金石学、书学、画学有着内在的联系，这是晚近词学生成的特殊学术生态背景，对这一学术生态的解读与探究无疑对晚近以来的词学研究有着重要的意义，也正是词学研究应该深入关注的视角。

（杜庆英撰）

第五节　陈廷焯《云韶集》对浙西派词学的改造及其根源

陈廷焯（1853~1892）是晚清著名词学家，他在《白雨斋词话》中提出精微要眇、自成体系的"沉郁说"，极大地发展了常州词派的比兴寄托理论。很长一段时间内，陈廷焯都被视为忠实的常州派信徒。直至 20 世纪 80 年代，其成书于同治十三年（1874）的《云韶集》及所附《词坛丛话》公

---

① 　谭献编选，罗仲鼎、俞浣萍点校《箧中词》，第 126 页。

之于世，学界方才认识到陈氏早年乃是取法浙西词派。值得注意的是，陈廷焯早期虽以浙西派为宗，却未局限于此。其词学思想超出浙西派范围者，如重视苏、辛等豪放派作家作品，提出词史上的"五圣"，认为南、北宋词不可偏废等，前辈学者已经指出。[①] 而陈氏为何会有与浙西派主流不同的观念？他的这些观念之间是什么关系？他在浙西派中扮演怎样的角色？笔者不揣浅陋，拟就上述问题略陈拙见，以求教于方家。

一　雅正观与主情论

受朱彝尊的影响，陈廷焯早期论词鼓吹雅正。此外，他还极力高扬词中"情"的作用，几乎与"雅"相提并论。雅正观与主情论是陈廷焯早期对词体的两大基本认识。

（一）一以雅正为宗

作为有清一代影响最为持久的词选，《词综》不但在清代前中期风靡词坛，而且在嘉、道以后流风未泯，仍是学词的重要入门读物。同治年间，青年陈廷焯接触到《词综》，读后即为该书所折服："竹垞所选《词综》，自唐至元，凡三十八卷，一以雅正为宗，诚千古词坛之圭臬也。"[②] 在陈氏看来，"雅正"二字不仅是《词综》的选词宗旨，更是颠扑不破的词体规范。因此，他仿效《词综》，亦把"雅正"作为自己编选《云韶集》的基本原则：

> 竹垞辑《词综》一书，洗《花间》《草堂》之陋，一以雅正为宗。千载后古乐不致泯没者，皆先生力也。余选此集，屏邪扶雅，大旨亦不敢外先生也。[③]

不难看出，年轻的陈廷焯对竹垞可谓亦步亦趋。那么，究竟何为"雅

---

① 参见屈兴国《记陈廷焯〈云韶集〉稿本》，《白雨斋词话足本校注》，附录，齐鲁书社，1983；彭玉平《陈廷焯前期词学思想论》，《中国韵文学刊》1994 年第 2 期；陈水云、张清河《〈云韶集〉与陈廷焯初期的词学思想》，《湖北大学学报》（哲学社会科学版）2002 年第 6 期。

② 陈廷焯：《词坛丛话》，陈廷焯撰、孙克强主编《白雨斋词话全编》，中华书局，2013，第 10 页。

③ 陈廷焯：《云韶集辑评》卷十五，《白雨斋词话全编》，第 375 页。

正"呢？《词综》所选词作便是最好的答案。翻开《词综》，我们会发现这里并非一种词风的天下，它既有柳永风情万种的〔雨霖铃〕（寒蝉凄切），又有东坡铁板铜琶的〔念奴娇〕（大江东去），还有姜夔清虚骚雅的〔暗香〕（旧时月色）。这些风格迥异的词作，在书中所占比重虽有不同，但皆属于朱氏首肯的雅词。由此，陈氏便将"雅正"理解为一种可以涵盖诸多不同风格的美学范式。在《词坛丛话》中，他明确指出这一点：

> 是集所选，一以雅正为宗。纯正者十之四五，刚健者十之二三，工丽者十之一二。①

陈廷焯向读者声明，《云韶集》所选虽有工丽、刚健和纯正之别，但它们同在雅正之作这一大的框架下。对于这三者，陈氏的雅正观念有不同的体现。

所谓工丽者，主要指的是那些虽属艳词却不淫亵的作品。我们说，艳词以美女与爱情为主要内容，遣词艳丽，风格旖旎。稍有不慎，就会滑入秽亵，成为败坏风气的诲淫之作。陈廷焯以"雅正"这一标尺衡量艳词，实际上是秉承儒家"思无邪"传统，严斥涉淫的描写。他在《词坛丛话》中说："词虽不避艳冶，亦不可流于秽亵。……是集所选艳词，皆以婉雅为宗。"② 婉雅就是丽而有则，此即陈氏雅正观念在艳词上的体现。

所谓刚健者，乃是陈廷焯对那些符合雅正的豪放之作所给予的称呼。在《云韶集》卷十四曹尔堪小传下，陈氏引录了清人尤侗的一段话："近日词家爱写闺襜，易流狎昵；蹈扬湖海，动涉叫嚣，二者交病。"③ 雅正是排斥"狎昵"的，这在上文已有论述。而"蹈扬湖海，又失雅正之旨"④，叫嚣之习、粗豪之气同样有悖于雅正。我们知道，传统的豪放词既"豪"且"放"，每每放任豪情，发泄无余。陈廷焯去"豪放"而取"刚健"，就是要以雅正之旨对磅礴之气有所约束。故肯定刚健，反对叫嚣，是陈廷焯雅正观念的又一表现。

对于艳体词而言，不流淫亵，便是雅正；对于豪放词而言，不涉叫嚣，便是雅正。工丽者与刚健者只是部分符合雅正的观念，真正能够充分体现雅正范式的乃是纯正者。这类词作的开山祖师是南宋姜夔。汪森《词综序》

---

① 陈廷焯：《词坛丛话》，《白雨斋词话全编》，第15页。
② 陈廷焯：《词坛丛话》，《白雨斋词话全编》，第17页。
③ 陈廷焯：《云韶集》卷十四，南京图书馆藏誊清稿本。
④ 陈廷焯：《词坛丛话》，《白雨斋词话全编》，第13页。

云："言情者或失之俚，使事者或失之伉。鄱阳姜夔出，句琢字炼，归于醇雅。"① 汪森认为，白石词能够避免艳体词与豪放词的缺陷，呈现出一种醇雅的风貌。其特点是重视锤炼字句，力避香艳辞藻，表达方式温厚和平，绝不激烈等。这种清雅工致的词风最合文人趣味，乃是陈廷焯雅正观念的代表，故"纯正者十之四五"，在《云韶集》中占据了半壁江山。书中有些地方提及雅正，实际上就是特指清雅。

（二）词必以情为主

如果认为陈廷焯以"雅正"论词，那么这只说对了一半。在天平的另一端，"情"同样占据举足轻重的地位。

清人蒋士铨〔贺新凉〕（潇洒房栊底）一词，有"残月晓风多少恨，我辈钟情而已"之句。陈廷焯读后，深有感触，不禁写下"我亦是钟情者"②的批语。年轻时候的陈廷焯一往情深，对人世间各种情感都表现得极为炽烈与执着。二十岁左右的年纪，正是春心萌动之时，他向往男女爱情，甚至以"情种"自许。其评萧抡〔卜算子〕"酒病何曾病。梦醒何曾醒。拼尽今宵长短更，翠被余香冷"云："情之至者，应有此语。情关一座，千古谁能破得？我哀古人，我知后人又哀我也。"③ 对于男女之情，陈廷焯深感前人之痴，也深知自己之痴。除了柔肠，陈氏还有铁骨。《丹徒县志摭余》谓其"性磊落，敦品行，素有抱负，尤能豪饮"④，他的满怀豪情在家国忠爱面前展现得淋漓尽致。"拔剑斫地，敲碎玉唾壶。余读之，距跃三百，曲踊三百。"⑤ 这是陈廷焯读岳飞〔满江红〕的感受，我们分明可以看到一个热血男儿的形象。总之，年少的陈廷焯是深情的，也是多情的。而在他看来，词这种文体就是用来抒发感情的，"情"被其视作词体之核心。陈氏认为"词不可无情"⑥，又云："词以情为上。"⑦ "词必有情方工。"⑧ 以至于斩钉

---

① 朱彝尊、汪森编，李庆甲校点《词综》，上海古籍出版社，1978，第1页。
② 陈廷焯：《云韶集辑评》卷二十一，《白雨斋词话全编》，第499页。
③ 陈廷焯：《云韶集辑评》卷二十三，《白雨斋词话全编》，第544页。
④ 李恩绶纂修，李丙荣续纂《丹徒县志摭余》，中国国家图书馆藏民国七年（1918）刻本，卷八，第26页。
⑤ 陈廷焯：《云韶集辑评》卷四，《白雨斋词话全编》，第116页。
⑥ 陈廷焯：《云韶集辑评》卷十七，《白雨斋词话全编》，第407页。
⑦ 陈廷焯：《云韶集辑评》卷十八，《白雨斋词话全编》，第452页。
⑧ 陈廷焯：《云韶集辑评》卷二十四，《白雨斋词话全编》，第603页。

截铁地说："词若无情，便不成词。"① 可见陈廷焯已将词体的抒情性推到极致。

在主情的观念下，陈廷焯大力鼓吹那些情真语挚、能够给他强烈触动的作品。比如，评写男女之情的艳体词"情真语真，焉得不令人骨醉"②，写爱国之情的豪气词"我读之欲歌欲泣，为之起舞"③，写避世情怀的隐逸词"写出无限乐趣，真令我心醉"④。这仅是一些例子，无论写何种内容，只要饱含真情，能够动人，陈廷焯都予以肯定。陈廷焯的"主情论"在《云韶集》最后一卷体现得最为明显。《云韶集》卷一至卷二十三按朝代录词，卷二十四补词，卷二十五补人，此乃沿袭《词综》的体例。而卷二十六收录"杂体"，则是陈氏别出心裁。他说："曰杂体者，上溯汉唐，下迄国朝，隐乎词曲小唱诸传奇而言也。"⑤ 今杂体一卷所收作品大致分为以下三类。

其一，汉至隋歌曲类于词者。陈廷焯认为"唐以前无词名，然词之源肇于赓歌，成于乐府"⑥，则从上古至六朝这一漫长时期的流行歌曲，可谓词之源头，故"兹将汉晋六朝诸歌曲，择其类于词者若干首，录入杂体一卷，亦数典不忘祖之义云"⑦。计有汉、晋、六朝、隋人杂体词凡 19 首。

其二，唐至清之杂曲传奇。唐以后，词体正式确立。陈氏选录自唐至清的一些山歌、道情、词曲、传奇。计有唐、五代十国、宋、元、明、清人杂体词凡 104 首，以及附录于清人杂体词之后的无名氏之作 15 首，传奇《荆钗记》《桃花扇》各一首，总共 121 首。

其三，本该录入前二十五卷中者。位于宋、金人杂体词下，凡 4 首。

综上所述，剔除本应录入前编的四首词，杂体一卷共收作品 140 首。创作时代上自西汉，下至清朝，时间跨度近两千年。体裁方面更是多种多样，有山歌、民谣、酒令、道情、词、散曲、传奇等。这些作品虽然看上去较为驳杂，但都符合陈氏的选取标准，即具有真挚的情意及强大的感染力。陈廷焯说："集中所选，大率风流秀曼，痛切入骨及一

① 陈廷焯：《云韶集辑评》卷二十一，《白雨斋词话全编》，第 504 页。
② 陈廷焯：《云韶集辑评》卷十四，《白雨斋词话全编》，第 343 页。
③ 陈廷焯：《云韶集辑评》卷十，《白雨斋词话全编》，第 227 页。
④ 陈廷焯：《云韶集辑评》卷二十四，《白雨斋词话全编》，第 599 页。
⑤ 陈廷焯：《云韶集辑评》卷二十六，《白雨斋词话全编》，第 663 页。
⑥ 陈廷焯：《词坛丛话》，《白雨斋词话全编》，第 3 页。
⑦ 陈廷焯：《词坛丛话》，《白雨斋词话全编》，第 3 页。

切看破红尘之作。"① 显然，这些作品感情充沛，直抵人心，能够给其带来精神的愉悦。他说：

> 汉唐之际，歌曲有类于诗，实为词之先声，有目共赏，姑弗具论。自唐人以后，山歌樵唱、酒令道情、以及传奇、杂曲言虽俚俗，而令读者善心感发，欲泣欲歌，哀者可以使乐，乐者可以使哀，灯前酒后可以除烦魔，可以解睡魔。况夫古乐不作，独劳人、思妇、怨女、旷夫发为歌词，不求工而自合于古，何也？同一性情之真也。②

这段话乃是陈廷焯选录杂体的理论依据。在他看来，汉至隋的歌曲是"词之先声"，自当列入。而他在具体选录的时候摒弃了那些年代虽远却无甚意味的作品："《南风》之操、五子之歌是词之祖，然味淡声稀，骤读之，乌知其快，故弗录。"③ 对于词源，陈廷焯不收淡乎寡味，唯取深情厚意，甚至不惜语涉淫邪。如隋朝丁六娘的一首《十索曲》：

> 兰房下翠帏，莲帐舒鸳锦。欢情宜早畅，密意须同寝。欲共作缠绵，从郎索花枕。

此词以女子口吻直抒对欢爱的渴望，毫不避讳。陈氏评云："'密意'五字淫而有味，以其真至故也。"④ 这与王国维所说的"然无视为淫词、鄙词者，以其真也"⑤ 可谓不谋而合。可见陈廷焯对于"词之先声"，完全把真情挚语作为第一要义。唐代以后，词体正式形成。陈氏仍然选录一些民歌道情、传奇杂曲，理由是它们具有"性情之真"，能够打动人心。他的具体批语也说明了这一点，如评唐代猺人《猺歌》"行路思娘留半路，睡也思娘留半床"云："一隙不离，情之至者。"⑥ 评元代赵孟頫《赠管夫人词》云："言虽俚俗，却妙绝人寰，真第一等钟情，第一等痛快语。"⑦ 评清代郑燮道情云："借以消余之烦恼，并借以平天下之争心。"⑧ 可知陈氏对于这些

---

① 陈廷焯：《云韶集辑评》卷二十六，《白雨斋词话全编》，第 663 页。
② 陈廷焯：《云韶集辑评》卷二十六，《白雨斋词话全编》，第 663 页。
③ 陈廷焯：《云韶集辑评》卷二十六，《白雨斋词话全编》，第 663 页。
④ 陈廷焯：《云韶集辑评》卷二十六，《白雨斋词话全编》，第 669 页。
⑤ 王国维：《人间词话》，人民文学出版社，1960，第 220 页。
⑥ 陈廷焯：《云韶集辑评》卷二十六，《白雨斋词话全编》，第 671 页。
⑦ 陈廷焯：《云韶集辑评》卷二十六，《白雨斋词话全编》，第 677 页。
⑧ 陈廷焯：《词坛丛话》，《白雨斋词话全编》，第 13 页。

歌谣杂曲，同样着眼于其中的真情。

总的来看，杂体所录皆属音乐文学，与词相一致。更为重要的是，陈廷焯专挑那些情深语挚的汉晋六朝歌曲作为词之"祖先"，又在自唐至清的民歌杂曲中精选出情深语挚者，作为词之"近亲"。可以说，在陈氏眼中，杂体与词体虽有文体面貌之别，但在抒情精神上血脉相通，"同一性情之真"。过去学者研究陈氏早期词学，往往不太关注《云韶集》最后一卷，认为其所论芜杂，不属词学范畴。事实上，陈廷焯对杂体中"情"的推崇，正是其词体主情论的延续与放大。

如果说"雅正"是陈廷焯步武朱彝尊《词综》的明确宣言，"主情"则犹如一股暗流，渗透于《云韶集》的具体评选中，并在最后一卷中得到尽情的释放。陈廷焯早期词学思想中，雅正观与主情论是同时存在的。

二 雅与情的矛盾

雅与情，二者可以结合起来，形成雅情兼胜的作品。然而很多时候，陈氏的雅正观与主情论自相矛盾，这在《云韶集》中屡屡出现。

"雅"与"情"并非不可调和，在理想状态下，二者可以实现完美的统一。对于工丽、刚健和纯正三类词，陈氏都找到了雅情兼具之作。如江昉〔绮罗香〕（细擘湘痕），就被他视为"不必淫亵，俨有情态"[1]的佳作。又如顾贞观的名作〔贺新郎〕《寄吴汉槎宁古塔，以词代书》二首，陈氏批云："二词如说话一般，而淋漓痛快，婉转反覆，两人心事境况，一一可见。"[2]既不乏刚健之风，又将深厚的友情和盘托出，令读者动容。再如厉鹗〔曲游春〕（一水仙源曲），下半阕有云："容易斜阳，恐穿烟凤子，尚寻珠唾。波面虹桥卧。任怨咽，玉箫吹过。无奈澹月笼灯，翠扉恨锁。"陈氏认为其"词绝丽，情绝深，而措语雅正，词人有此，庶几无憾"[3]，高度肯定醇雅与深情的融合。

然而就一种词风来说，想要实现"雅"与"情"的恰到好处，绝非易事。很多时候，陈廷焯都处在两者之间这一尴尬的境地，左右摇摆，顾此

---

① 陈廷焯：《云韶集辑评》卷二十，《白雨斋词话全编》，第480页。
② 陈廷焯：《云韶集辑评》卷十五，《白雨斋词话全编》，第362页。
③ 陈廷焯：《云韶集辑评》卷十八，《白雨斋词话全编》，第439页。

失彼。据陈氏自述，他早在十七八岁时便开始学词，而"初好为艳词"①，
其一入手便是写男欢女爱。高寿昌也说"亦峰喜为香奁体"②。可见他对艳
体文学有一种特殊的偏好。虽然"四五年来，屏削殆尽"③，编《云韶集》
时陈廷焯已经能以雅正的观念删削淫词亵语，但结习难忘，极具刺激性的
描写还是会让血气未定的他心旌摇动，从而偏离雅正的轨道。如《云韶集》
卷十三选明人呼举四首〔皂罗袍〕，分题《春》《夏》《秋》《冬》。其二云：

> 早是莺儿时候。见莲花儿出水，瓣瓣风流。心儿欲火畏红榴。鼻
> 儿酸涕过梅豆。门儿重掩，帘儿半钩。人儿不见，病儿怎瘳。扇儿折
> 叠眉儿皱。

　　此与丁六娘《十索曲》有异曲同工之妙，亦以女性口吻直接表达对心
上人的思念。通首触景生情，又以外物相比拟，将一己之寂寞与对欢爱之
向往抒发得淋漓尽致。其中"心儿欲火"云云，不免语涉淫邪，有违雅正
之旨。对此，陈氏的主情论一时占据了上风。他说："所作〔皂罗袍〕四
词，虽不免淫亵，而一往情深，盖有出于不得已者，我安忍不选？"④ 因为
稍涉淫亵便将此深情之作弃置，钟情的陈廷焯着实不忍。他认为"文如词
丽而淫矣，然风致殊胜"⑤，其强调"情"的一面，不惜破坏"丽而有则"
的原则，可谓主情论对雅正观的一次反戈。
　　对于传统的豪放词，陈廷焯要求不涉叫嚣，成为符合雅正之旨的刚健
者。然而，叫嚣之气往往成为词中情意喷薄而出的有力推手。陈氏说："盖
有气以辅情，而情愈出。"⑥ 如果从主情论出发，叫嚣之词反而能给他带来
更加强烈的情感触动，故陈氏说："苏、辛横其中，正如双峰雄峙，虽非正
声，自是词曲内缚不住者，独至处，美成、白石亦不能到。"⑦ 他明知苏、
辛词不合雅正，仍然难掩喜爱之情。又如清代郑燮和蒋士铨词，皆为辛派
一路，而狂呼叫嚣，更是变本加厉。二人之作深深触动陈氏的心魄："读板

①　陈廷焯：《词坛丛话》，《白雨斋词话全编》，第 15 页。
②　陈廷焯：《白雨斋诗钞》，《清代诗文集汇编》第 777 册，上海古籍出版社，2010，第 63 页。
③　陈廷焯：《词坛丛话》，《白雨斋词话全编》，第 15 页。
④　陈廷焯：《云韶集辑评》卷十三，《白雨斋词话全编》，第 329 页。
⑤　陈廷焯：《云韶集辑评》卷十三，《白雨斋词话全编》，第 329 页。
⑥　陈廷焯：《词坛丛话》，《白雨斋词话全编》，第 11 页。
⑦　陈廷焯：《云韶集辑评》卷五，《白雨斋词话全编》，第 127 页。

桥词，使人醒龊消尽；读心余词，使人气骨顿高。皆能动人之性情者。"①
在古今众多豪放词中，陈廷焯尤爱"淋漓酣畅，色舞眉飞"②、"无一字不直
截痛快"③ 的板桥词。《云韶集》卷十九选郑燮词 35 首，卷二十四补录 14
首，卷二十六杂体又选入 12 首，总计多达 61 首。陈氏这样记述自己读板桥
词的情形：

> 余每读板桥词，案头必置酒瓶二、巨觥一、锤一、剑一，击桌高
> 唱，为之浮白，为之起舞，必至觥飞瓶碎而后已。④

对酒当歌，拔剑斫地，何其痛快，何其豪爽！"在倚声中当得一个快
字"⑤ 的板桥词无疑是"情胜"的典范。借板桥词之酒杯，消我胸中之块
垒，陈氏的情绪可以得到最大程度的释放。出于雅正观，陈氏自然会说：
"板桥不免叫嚣，失雅正之旨。"⑥ 但在主情论的驱使下，他又大量选入板桥
词，并且啧啧称奇。其评郑燮〔沁园春〕（花亦无知）云："此词太野，然
痛快可喜。"⑦ 以板桥词为代表的猛起奋末之音，正是"情"到极致，亦
"野"到极致，陈廷焯雅正观与主情论的矛盾再一次被凸显出来。

纯正者是陈廷焯雅正观念的代表，这种醇雅词风的基本特点是注重人
工思力之安排，即锤炼字词，追求警句。然而"过炼之弊，转伤真气"⑧，
在雕章琢句上过于费心，就会舍本逐末，影响词情的真挚与浑成。陈氏的
主情论恰好与之相反，是以情为主，以词为辅，并不要求以词取胜。他说：
"作词第一要以情胜。"⑨ 至于文辞字句，"情胜则不假词藻"⑩，甚至"情到
至处，其词无有不工"⑪。陈氏认为，情是填词之根本。具备了真情实感、
绝世之情，辞章字句自会如影随形，因之达到绝妙的境地。由此，他提出

---

① 陈廷焯：《词坛丛话》，《白雨斋词话全编》，第 14 页。
② 陈廷焯：《词坛丛话》，《白雨斋词话全编》，第 12 页。
③ 陈廷焯：《词坛丛话》，《白雨斋词话全编》，第 12 页。
④ 陈廷焯：《云韶集辑评》卷十九，《白雨斋词话全编》，第 463 页。
⑤ 陈廷焯：《云韶集辑评》卷十九，《白雨斋词话全编》，第 463 页。
⑥ 陈廷焯：《云韶集辑评》卷十六，《白雨斋词话全编》，第 385 页。
⑦ 陈廷焯：《云韶集辑评》卷二十四，《白雨斋词话全编》，第 598 页。
⑧ 陈廷焯：《词坛丛话》，《白雨斋词话全编》，第 15 页。
⑨ 陈廷焯：《云韶集辑评》卷十四，《白雨斋词话全编》，第 342 页。
⑩ 陈廷焯：《云韶集辑评》卷六，《白雨斋词话全编》，第 159 页。
⑪ 陈廷焯：《云韶集辑评》卷十五，《白雨斋词话全编》，第 361 页。

"情之至者词亦至"① 的观点。可见在对待修辞的态度上，陈廷焯的雅正观与主情论同样存在龃龉之处。

因为重情，陈廷焯对淫亵之词和叫嚣之气网开一面，对句琢字炼的醇雅之作亦心怀隐忧。雅正与主情并非水火不容，但二者在陈氏头脑中的交锋却是客观存在的。

陈廷焯天性钟情，故其视词体为抒情之文学、娱人之文学。他后天深受朱彝尊《词综》影响，鼓吹纯正、刚健、工丽等雅正之词。从本质上说，"情"推崇真实与极致，"雅"则倡导修饰与节制，二者的确存在一定的对立。正是由于雅正观与主情论的矛盾，陈氏方对浙西派词学进行反思与改造。

三　对浙西派词学的改造

自朱彝尊开创浙西词派始，浙西派逐渐形成一套以雅正为旨归的词学体系：风格方面，独尊清雅；词人方面，独尊姜张；南北宋词之辨方面，独尊南宋。陈廷焯对此予以全面的改造。

（一）"兼之乃工"的风格论

在千年词史中，词风大致有三：婉约、豪放和清雅。前文已经说过，清雅之词在《云韶集》中占将近一半。这种以清雅为尚的倾向，乃是陈廷焯对浙西派词学的继承。但这并不能让陈廷焯心满意足，若以他的雅正观与主情论综合评定，任何一种词风都是瑕瑜互见的。

所谓"雄高则可以警心动魄，柔媚则可以断肠销魂"②，婉约与豪放两种词风长于抒情，易于动人，最合陈廷焯口味。然而其优点突出，缺点也很明显，那就是容易流为俗艳、粗鄙，有悖雅正之旨，所以他说："低唱浅斟，不免淫亵；铜琶铁板，见笑粗豪。"③ 陈氏意识到婉约、豪放各有其美，亦各有其病。其美在多情，病在伤雅。

清雅词风"既不流于柔靡，复不蹈于豪放"④，原本是以补救婉约、豪

---

① 陈廷焯：《云韶集辑评》卷十五，《白雨斋词话全编》，第 380 页。
② 刘然：《可做堂词序》，冯乾编校《清词序跋汇编》，凤凰出版社，2013，第 334 页。
③ 陈廷焯：《云韶集辑评》卷十六，《白雨斋词话全编》，第 385 页。
④ 姚潜：《秋屏词钞题辞》，《清词序跋汇编》，第 294 页。

放之弊的姿态出现的。清代厉鹗是浙西词派的代表人物，也是清雅词风的忠实践行者。他"尝病倚声家荡者失之靡，豪健者失之肆，因约情敛体，深秀绵邈"①。其中"约情"一词颇为值得注意，它反映出清雅一派要以人工思力之安排对真切自然之感情进行约束和规范。这样一来，该派末流虽极"雅正"之至，词情却是死气沉沉，晦涩不彰。杜诏说："彼学姜、史者，辄屏弃秦、柳诸家，一扫绮靡之习，品则超矣，或者不足于情。"②"不足于情"可谓清雅派的致命缺陷。陈氏有感于此："舍是二者（按：指'低唱浅斟'与'铜琶铁板'），一以雅正为宗，又动涉沉晦迂腐之病。"③ 这里的"雅正"即指清雅一路，其"雅"有余而"情"不足。虽符合陈氏的雅正观，却扞格于他的主情论。

婉约、豪放，多情而伤雅；清空骚雅，极雅而乏情。这两大阵营之间，恰可互为补充。单就婉约、豪放来说，彼此亦多互补之处，故陈廷焯在《云韶集》中每每把一种词风作为另一种词风之药石。如以婉约医叫嚣，《云韶集》卷十九选清人陈章〔谒金门〕（天欲暮），结句云："一霎无声投那处。隔溪黄叶树。"陈氏批云："婉约得妙，是板桥所欠。"④ 再如以清雅医叫嚣，陈氏评杜诏〔宴清都〕（晕碧裁红遍）云："紫纶词大有怨情，然怨而不怒，《风》《雅》之遗也。说到自己凄风苦雨中，仍自雅正，真郑板桥一流才人之师也。"⑤ 婉约与清雅之所以均对叫嚣之症，是因为二者在含蓄蕴藉的抒情方式上是相通的。虽然豪放叫嚣屡屡成为"整治"的对象，但同时它也是陈廷焯力矫纤冶、平庸之失的猛药。例如，"粗粗莽莽，任意疾书"⑥ 的蒋士铨词，"彼好为艳词丽句者，对之汗颜无地矣"⑦；又"板桥词是马浩澜、施浪仙辈一剂虎狼药"⑧，均是以桀骜不驯的英雄之气矫正柔腻秽亵的儿女之情。此外，豪放词中的凛凛生气还是饾饤成篇、千人一面的清雅末流所欠缺的。陈氏说："板桥论诗，以沉着痛快为第一，而以温厚

---

① 龚翔：《秋林琴雅跋》，《清词序跋汇编》，第 417 页。
② 杜诏：《弹指词序》，《清词序跋汇编》，第 287 页。
③ 陈廷焯：《云韶集辑评》卷十六，《白雨斋词话全编》，第 385 页。
④ 陈廷焯：《云韶集辑评》卷十九，《白雨斋词话全编》，第 469 页。
⑤ 陈廷焯：《云韶集辑评》卷十八，《白雨斋词话全编》，第 436 页。
⑥ 陈廷焯：《云韶集辑评》卷二十一，《白雨斋词话全编》，第 498 页。
⑦ 陈廷焯：《词坛丛话》，《白雨斋词话全编》，第 14 页。
⑧ 陈廷焯：《云韶集辑评》卷十九，《白雨斋词话全编》，第 463 页。

和平者为小家气。其言虽偏，可以药肤庸，自是一时快论。"① 事实上，沉着痛快的板桥词正是陈氏医治"沉晦迂腐"之作的良药。总之，《云韶集》中多录板桥词，固是陈廷焯主情论的体现，而他欲以豪放习气消弭另外两派弊端的用心也是十分明显的：

> 板桥词，讥之者多谓不合雅正之旨，此论亦是。然与其晦，毋宁显；与其低唱浅斟，不如击碎唾壶。余多录板桥词者，一以药平庸之病，一以正纤冶之失，非有私于板桥也。②

"低唱浅斟"的婉约，"铜琶铁板"的豪放，"一以雅正为宗"的清雅，三者既各有利弊，又互能补救，因此，陈氏提出"必兼之乃工"③ 的词风构想。

为了取长补短，实现"雅"与"情"的和谐统一，陈廷焯欲熔婉约、豪放、清雅于一炉，提出"兼之乃工"的风格论。学界此前讨论陈氏早期词学，多未留意其风格论，事实上这是他改造浙西派词学非常重要的一环。

（二）"圣于词者有五家"的词人论

浙西派标举清雅词风，推崇姜夔、史达祖、高观国、张炎、周密、王沂孙等清雅派词人。其中"姜尧章氏最为杰出"④，是浙西派词人心目中至高无上的"词圣"。陈廷焯在认同姜夔崇高地位的同时，又举四人与之并列，形成"词中五圣"的词人论。

陈廷焯说："余谓圣于词者有五家，北宋之贺方回、周美成，南宋之姜白石，国朝之朱竹垞、陈其年也。"⑤ 这五人之所以被陈廷焯推为"词圣"，是因为他们的词作是"兼之乃工"的典范。

首先来看贺铸。张耒《东山词序》云："夫其盛丽如游金、张之堂，而妖冶如揽嫱、施之祛，幽洁如屈、宋，悲壮如苏、李，览者自知之，盖有不可胜言者矣。"⑥ 已经指出方回词体非一格、博采众长的特点。作为后世

---

① 陈廷焯：《词坛丛话》，《白雨斋词话全编》，第 12 页。
② 陈廷焯：《云韶集辑评》卷十九，《白雨斋词话全编》，第 463 页。
③ 陈廷焯：《云韶集辑评》卷十六，《白雨斋词话全编》，第 385 页。
④ 朱彝尊：《词综》，第 10 页。
⑤ 陈廷焯：《云韶集辑评》卷十六，《白雨斋词话全编》，第 385～386 页。
⑥ 张耒：《东山词序》，金启华等编《唐宋词集序跋汇编》，江苏教育出版社，1990，第 59 页。

之"览者",陈氏与张末所见略同：

> 词至方回，悲壮风流，抑扬顿挫，兼晏、欧、秦、柳之长，备苏、黄、辛、陆之体，一时尽掩古人。①

陈廷焯也认为方回词兼具婉约、豪放二体之长，并以"悲壮风流"四字概之。除了刚柔相济外，贺铸在词法方面也造诣甚高，令陈廷焯叹服。宋末张炎说："如贺方回、吴梦窗，皆善于炼字面，多于温庭筠、李长吉诗中来。"② 在借鉴唐诗、善于炼字的基础上，贺铸对词中句法尤为究心，甚至达到出神入化的境界。如"记得西楼凝醉眼，昔年风物似而今。只无人与共登临"，陈氏批云："纯用虚字琢句，奇绝横绝。"③ 再如"初未试愁那是泪，每浑疑梦奈余香"，陈氏批云："此种句法贺老从心化出，真正神技。"④ 不难看出，方回词虽句琢字炼，但并不堆砌生词僻字，而是"只就众人所有之语运用入妙"⑤，既新奇，又自然，带给读者飘飘欲仙之感。陈氏对此叹赏不止："方回词，笔墨之妙，真乃一片化工。"⑥ 又云："若论其神，则如云烟缥缈，不可方物。"⑦ 锤炼字句以至于矫变莫测、超凡脱俗，正是清雅一派复绝之境，因此，方回词中也存在清雅词风的审美旨趣。悲壮风流加上词笔超凡，方回词由此实现婉约、豪放、清雅之兼容。

再来看周邦彦。张炎说："美成词只当看他浑成处，于软媚中有气魄。"⑧ 陈廷焯也注意到了清真词之刚柔兼具。如写羁旅思乡，〔六丑〕有"为问家何在，夜来风雨，葬楚宫倾国"之句。陈氏批云："如泣如诉，语极呜咽，而笔力沉雄。"⑨ 以沉雄之笔，传呜咽之情。再如写男女相思，〔过秦楼〕结句"但明河影下，还看稀星数点"，陈氏批云："凄艳绝世，满纸是泪，而笔墨极尽飞舞之致。"⑩ 意极哀怨，词笔却一气卷舒，毫不滞涩。可见清真

---

① 陈廷焯：《云韶集辑评》卷三，《白雨斋词话全编》，第76页。
② 张炎：《词源》，《词话丛编》，第259页。
③ 陈廷焯：《云韶集辑评》卷三，《白雨斋词话全编》，第77页。
④ 陈廷焯：《云韶集辑评》卷三，《白雨斋词话全编》，第78页。
⑤ 陈廷焯：《云韶集辑评》卷三，《白雨斋词话全编》，第77页。
⑥ 陈廷焯：《词坛丛话》，《白雨斋词话全编》，第5页。
⑦ 陈廷焯：《词坛丛话》，《白雨斋词话全编》，第5页。
⑧ 陈廷焯：《词源》，《词话丛编》，第266页。
⑨ 陈廷焯：《云韶集辑评》卷四，《白雨斋词话全编》，第94页。
⑩ 陈廷焯：《云韶集辑评》卷四，《白雨斋词话全编》，第96页。

词与方回词一样，亦是以豪放之笔状婉约之情。在词法方面，美成词同样善于融化前人诗句，"炼字炼句，精劲绝伦"①。但正如陈氏所说："美成词，镕化成句，工炼无比，然不借此见长。此老自有真面目，不以缀拾为能也。"② 清真词的长处不在于句琢字炼，而在于章法上的抑扬顿挫、回环往复，即"下字用意皆有法度"③。在这方面，清真词实乃冠绝古今。陈氏云："美成词极顿挫之致，穷高妙之趣，前无古人，后无来者。词至美成，开合动荡，包扫一切。"④ 周邦彦在词法特别是章法上的讲求，使其词作进一步文人化和精致化，再加上"笔力劲绝，是美成独步处"⑤，故清真词虽写柔情，却不散漫萎靡，而是"于纡徐曲折中有笔力，有品骨"⑥，体现出一份高雅的品格。陈廷焯曾这样描绘自己读清真词的感受：

> 读之如登太华之山，如掬西江之水，使人品概自高，尘垢尽涤。⑦

在陈氏眼中，清真词无疑是高雅脱俗的。这其中既有凌云健笔的功劳，也离不开细密词法的作用。美成词于软媚中有气魄，兼婉约、豪放之长；又变方回词夭矫莫测之句法为整饬严密之章法，为南宋清雅词派开辟无数法门。陈廷焯说："南宋白石、梅溪，皆祖清真。"⑧ 又云："竹屋、梅溪、梦窗、草窗诸家大致远祖清真，近师白石。"⑨ 美成词刚柔兼济，导源清雅，由此成为陈氏心目中"兼之乃工"的典范。

再来看姜夔。姜夔是清雅词派的祖师，其词鲜明地体现出句琢字炼、清虚骚雅的特点。陈廷焯认为，作为清雅词风的开创者，姜夔是该派之中成就最高、影响最大的词人：

> 碧山学白石得其清者，他如西麓得白石之雅，竹山得白石之俊快，梦窗、草窗得白石之神，竹屋、梅溪得白石之貌，玉田得其骨，仲举

---

① 陈廷焯：《云韶集辑评》卷四，《白雨斋词话全编》，第 96 页。
② 陈廷焯：《词坛丛话》，《白雨斋词话全编》，第 5 页。
③ 陈廷焯：《词坛丛话》，《白雨斋词话全编》，第 5 页。
④ 陈廷焯：《云韶集辑评》卷四，《白雨斋词话全编》，第 93 页。
⑤ 陈廷焯：《云韶集辑评》卷四，《白雨斋词话全编》，第 97 页。
⑥ 陈廷焯：《云韶集辑评》卷四，《白雨斋词话全编》，第 96 页。
⑦ 陈廷焯：《云韶集辑评》卷四，《白雨斋词话全编》，第 93 页。
⑧ 陈廷焯：《词坛丛话》，《白雨斋词话全编》，第 5 页。
⑨ 陈廷焯：《云韶集辑评》卷七，《白雨斋词话全编》，第 169 页。

得其格，盖诸家皆有专司，白石其总萃也。①

在陈氏看来，王沂孙、陈允平、蒋捷、吴文英、周密、高观国、史达祖、张炎、张翥等人虽被视为清雅一脉的嫡传，但不过"皆具夔之一体"②，只有姜白石才是清雅词风的集大成者。白石词不仅领袖清雅一派，还旁逸斜出，复汲取婉约、豪放之长，从而将三种词风熔于一炉。陈氏评价白石词说：

> 清劲似美成，风骨似方回。骚情逸志，视晏、欧如舆台矣；高举远引，视秦、柳如傀儡矣。清虚中见魄力，直令苏、辛避席；刚健中含婀娜，是又竹屋、梅溪、梦窗、草窗、竹山、玉田以及元、明诸家之先声也。③

骚情逸志，高举远引，乃是清雅词风之底色。在此基础上，白石词又汇入风情骨韵和清刚劲节。特别是"清虚中见魄力""刚健中含婀娜"二语，尤能看出陈廷焯对白石词三体兼备风貌的发掘与推崇。

再来看朱彝尊。朱氏曾说，"小令宜师北宋，慢词宜师南宋"④，陈廷焯认为竹垞本人的作品并未以此自限。如小令〔一叶落〕（泪眼注），陈氏以为"如读汉人短乐府"⑤；〔桂殿秋〕（思往事），又可谓"真唐人化境"⑥；〔卖花声〕（衰柳白门湾）气韵沉雄，"出苏、辛之上"⑦；而〔好事近〕（新月下孤洲），则被陈氏视作"小令亦有如许气骨，此美成、白石化境也"⑧ 的佳什。因此在陈廷焯看来，竹垞令词实乃兼有众长：

> 竹垞词小令之工，兼唐、宋、金、元诸家而奄有众长。⑨

竹垞小令不拘一格，都呈异彩。其长调同样相题成文，不主一家。集

---

① 陈廷焯：《云韶集辑评》卷九，《白雨斋词话全编》，第 203 页。
② 朱彝尊：《黑蝶斋词序》，《清词序跋汇编》，第 215 页。
③ 陈廷焯：《云韶集辑评》卷六，《白雨斋词话全编》，第 150 页。
④ 朱彝尊：《鱼计庄词序》，《清词序跋汇编》，第 340 页。
⑤ 陈廷焯：《云韶集辑评》卷十五，《白雨斋词话全编》，第 380 页。
⑥ 陈廷焯：《云韶集辑评》卷十五，《白雨斋词话全编》，第 376 页。
⑦ 陈廷焯：《云韶集辑评》卷十五，《白雨斋词话全编》，第 376 页。
⑧ 陈廷焯：《云韶集辑评》卷十五，《白雨斋词话全编》，第 377 页。
⑨ 陈廷焯：《云韶集辑评》卷十五，《白雨斋词话全编》，第 375 页。

中有〔长亭怨慢〕（结多少悲秋俦侣）这样"既悲凉又忠厚"① 的清雅正宗，也有"通首气魄悲壮"② 的〔满江红〕（玉座苔衣），而后者显然是苏、辛一脉，故陈氏云：

> 长调之妙尤为沉郁顿挫，独往独来，取法南宋而不泥于南宋。③

　　总之，竹垞的令词未尝以北宋婉约自缚，慢词长调更是突破了南宋醇雅词风的范围。就填词一道而言，朱彝尊实乃兼才，故陈氏赞叹道："先生真人杰哉！"④ 需要注意的是，同为"兼之乃工"的典范，朱彝尊与贺铸、周邦彦、姜夔以及后面的陈维崧在内涵上是不同的。方回诸人词之"兼"，乃是对婉约、豪放、清雅三种词风做出新的熔炼，从而形成自己独特且相对固定的风格。而朱彝尊则是随物赋形，变化从心，兼有多种风格之词作。难能可贵的是，竹垞词无论以何种笔墨出之，都能做到情深一往，归于雅正。正是在这一点上，他与另外四家殊途同归。

　　最后来看陈维崧。一般认为，其年词祖述苏、辛，乃是豪放词派后劲。陈廷焯认同"其源亦出苏、辛"⑤，但将其年词视作有别于传统豪放的一种新词风。他说：

> 其年才大如海，其于倚声，视美成、白石，直若路人。东坡、稼轩，不过借径。独开门径，别具旗鼓，足以光掩前人，不顾后世。⑥

　　其年词渊源于苏、辛，而它的词笔"力量更大，气魄更胜，骨韵更高"⑦，早已将婉约风格纳入其中。如〔春夏两相期〕有句云："草深小巷入都迷，竹暗层扉敲谁应。浅样风帘，爱他草阁，居然蚱蜢。"陈氏批曰："曲折画境，他手叙来风致必秀，此独字字有骨力，而其秀亦即在骨，真词坛巨擘也。"⑧ 如果说婉约追求风韵的话，那么在其年笔下，风韵已然蜕变为骨韵。正是在此意义上，陈氏认为其年词"视彼'浅斟低唱'者，固无

---

① 陈廷焯：《云韶集辑评》卷十五，《白雨斋词话全编》，第 381 页。
② 陈廷焯：《云韶集辑评》卷十五，《白雨斋词话全编》，第 376 页。
③ 陈廷焯：《云韶集辑评》卷十五，《白雨斋词话全编》，第 375 页。
④ 陈廷焯：《云韶集辑评》卷十五，《白雨斋词话全编》，第 375 页。
⑤ 陈廷焯：《词坛丛话》，《白雨斋词话全编》，第 10 页。
⑥ 陈廷焯：《词坛丛话》，《白雨斋词话全编》，第 11 页。
⑦ 陈廷焯：《词坛丛话》，《白雨斋词话全编》，第 10 页。
⑧ 陈廷焯：《云韶集辑评》卷十六，《白雨斋词话全编》，第 387 页。

论矣"①。将婉约收入囊中后，其年词亦将清雅招致麾下。陈廷焯说："即视彼清虚骚雅，归于纯正者，亦觉其一枝一叶为之，未足语于风雅之大也。"②其年词舍弃"一枝一叶"的形式，直探清雅词风的核心，即温柔敦厚之情。陈氏说：

> 其年词，能包一切，扫一切，源出苏、辛，实兼姜、史之长，真词中之圣也。其年、板桥皆祖苏、辛，然板桥不免叫嚣，失雅正之旨。其年则学苏、辛而出其上，既淋漓悲壮，又忠厚温柔，除竹垞外谁敢与之并驱哉！其年年近五十尚为诸生……而词又其最著者，纵横博大，鼓舞风雷，其气吞天地、走江河，而其大旨，仍不外忠厚缠绵之意，后人蹈扬湖海，那有先生风格耶？③

其年词以豪放为底色，包容婉约，兼并清雅，洵推词中之圣。特别是它以淋漓悲壮为外表，以忠厚温柔为旨归，更成为陈廷焯心目中"风雅之大"的代表。

陈廷焯标举的"词中五圣"，可谓其"兼之乃工"风格论的具体体现。贺、周、姜、朱、陈五人，彼此词风明显有别，但他们皆熔炼多家，体非一格，由此达到情深语挚、雅韵欲流的境界。

（三）"不可偏废"的南北宋之辨

清代词学史上长期存在南北宋之争④。推崇北宋，还是师法南宋，俨然词学思想的风向标。朱彝尊以来的浙西词派中人高度肯定以姜夔为代表的清虚骚雅的南宋词，普遍认为南宋胜于北宋。陈廷焯对此观念予以修正。

朱彝尊云："世人言词，必称北宋。然词至南宋始极其工，至宋季而始极其变。"⑤ 认为南宋胜于北宋。陈廷焯说："词至于宋，声色大开，八音俱备，论词者以北宋为最。竹垞独推南宋，洵独得之境，后人往往宗其说。"⑥他肯定朱彝尊对南宋词特质的揭橥，同时认识到"独推南宋"已然成为浙

---

① 陈廷焯：《词坛丛话》，《白雨斋词话全编》，第 11 页。
② 陈廷焯：《词坛丛话》，《白雨斋词话全编》，第 11 页。
③ 陈廷焯：《云韶集辑评》卷十六，《白雨斋词话全编》，第 385 页。
④ 参见孙克强师《清代词学的南北宋之争》，《文学评论》1998 年第 4 期。
⑤ 朱彝尊：《词综》，第 10 页。
⑥ 陈廷焯：《词坛丛话》，《白雨斋词话全编》，第 3 页。

西派家法。然而，陈氏并未全盘接受，而是改动朱彝尊的表述，提出自己的南北宋之辨："北宋词极其高，南宋词极其变。"① 具体来说，"高"与"变"之别体现在以下三个方面。

其一，北宋词言短意长。词调的演进，乃是从令词逐渐向慢词长调发展。北宋人多作令词，至南宋长调始成主流。据此，陈氏提出"长调以南宋为宗，小令则以五代、北宋为宗"②。我们说，令词篇幅短小，"须突然而来，悠然而去，数语曲折含蓄，有言外不尽之致"③。北宋词正是深得"言有尽而意无穷"之妙。南宋词则多长调，重词法，贵铺叙，情韵往往体现在转折变换之中，不以言外之意取胜，故陈氏说："要言不烦，以少胜多，南宋诸家，或未之闻焉。"④ 所谓"不着一字，尽得风流"，在这方面，北宋词远出南宋词之右。

其二，北宋词风格更高。陈廷焯曾说："古人之高，愈味愈出，后人词愈工，骨愈下矣。"⑤ 从一种文体的发展来看，最初往往专主情意，朴实无华。其后渐渐究心于辞藻，踵事增华，最终不免情为词掩。在主情论下，陈氏必然推崇相对近古的作品，认为其风格更高。就两宋词来说，北宋先于南宋，而且多令词，词人兴寄所至，冲口而出，不假修饰，不事雕琢。其佳者情韵并茂，真是自然而然。这就深契陈氏以情为主、情之至者词亦至的观念。而南宋多长调，词人以赋法入词，专诣为之。降天工为人巧，感发的力量被大大削弱了，因而陈廷焯判定"北宋而后，古风日远，南宋虽极称盛，然风格终逊北宋"⑥，原因就在于"南宋非不尚风格，然不免有生硬处，且太着力，终不若北宋之自然也"⑦。北宋词以感发为主，浑然天成，自成高格；南宋词以锻炼为工，斧凿未除，力求高格。两者相较，高下立判。

其三，南宋词尤为雅正。陈氏说："北宋间有俚词，间有亢语。南宋则一归纯正，此北宋不及南宋处。"⑧ 北宋词不假雕琢，自然而然，其高者固

① 陈廷焯：《云韶集辑评》卷二，《白雨斋词话全编》，第 49 页。
② 陈廷焯：《云韶集辑评》卷十五，《白雨斋词话全编》，第 376 页。
③ 沈祥龙：《论词随笔》，《词话丛编》，第 4050 页。
④ 陈廷焯：《词坛丛话》，《白雨斋词话全编》，第 3 页。
⑤ 陈廷焯：《云韶集辑评》卷二，《白雨斋词话全编》，第 54 页。
⑥ 陈廷焯：《云韶集辑评》卷十八，《白雨斋词话全编》，第 448 页。
⑦ 陈廷焯：《词坛丛话》，《白雨斋词话全编》，第 3 页。
⑧ 陈廷焯：《词坛丛话》，《白雨斋词话全编》，第 4 页。

是天籁，其下者又不免放荡、粗率之弊。而以清雅词派为代表的南宋词，炼字炼句，炼意炼骨，毫无叫嚣、淫冶之失，达到了雅正的极致，也就是说，以"雅"这一标准衡量，南宋词无疑更胜一筹。

北宋词之高，在于它以少胜多，自然传情；南宋词之变，在于它别树清雅，一归纯正。可见，两宋词互有短长。因此陈氏说："北宋词，《诗》中之风也；南宋词，《诗》中之雅也。不可偏废，世人亦何必妄为轩轾。"①他以《诗经》中的"国风"和"二雅"相比拟，凸显出北宋词以"情"胜、南宋词以"雅"胜的特点。而这恰好分别与陈廷焯的主情论、雅正观相合，故"不可偏废"云云实乃顺理成章的结论。

浙西派后学"皆奉石帚、玉田为圭臬，不肯进入北宋人一步"②，一味模拟，生气索然，在清雅的道路上越走越窄。陈廷焯则在继承的基础上，对浙西派词学进行了全面的"拓宽改造"。其词风不主一体，词人不主一家，不偏废南北宋词，构建起一个更为开放包容的词学体系。

朱彝尊明确提出把"雅正"作为词体准则，浙西词派中人莫不翕然从之。然而由于过分求雅，不免忽视词中情感的真实表达。清人袁学澜说："樊榭词一味幽淡，毫无情味。"③浙西嫡传、中期盟主厉鹗尚且如此，他人词之雅而不韵可想而知。浙西派后期词家已经发现这一弊端，并试图予以补救。如吴锡麒（1746~1818）不唯姜、张是尊，追求健骨，主张抒发性情；郭麐（1767~1831）不固执于门户之见，主通变，抒性灵等。自许为朱氏门徒的陈廷焯与两位前辈一样，也对浙西派词学进行改造。他在承袭竹垞雅正观念的同时，高扬自己的主情论。为了解决雅与情的矛盾，陈氏提出"兼之乃工"的风格论，并把符合这一标准的"词中五圣"作为典范词人。至于不偏废南北宋词，则是其既主雅、又主情的必然选择。陈廷焯早期论词，出发点和落脚点在于追求词体之雅情相兼、尽善尽美，他是继吴、郭之后浙西派后期新变的又一代表。

（张海涛撰）

---

① 陈廷焯：《词坛丛话》，《白雨斋词话全编》，第4页。
② 蒋敦复：《芬陀利室词话》，《词话丛编》，第3636页。
③ 孙克强师：《袁学澜〈适园论词〉辑校——附〈零锦词〉评》，《厦门广播电视大学学报》2012年第3期，第73页。

第六节 《艺蘅馆词选》的编选意图及选词思想

《艺蘅馆词选》为梁令娴 16 岁时选抄，初版印于光绪三十四年（1908），其后续有再版，分别为民国二十四年（1935）上海中华书局排印本及 1981 年广东人民出版社刘逸生校点本。梁令娴（1893～1966），广东新会人，是近代维新派领导人、著名学者梁启超的长女，家学渊源深厚，自幼爱好诗词、音乐，为清末民初有名的才女。"艺蘅馆"系梁令娴书房名，为梁启超所取。《艺蘅馆词选》五卷为梁令娴师从麦孟华习词时抄录历代词作校编而成，初有两千多首，后经麦氏加以甄别，删繁去累，始成此选。麦孟华（1875～1915），字孺博，号蜕庵，广东顺德人，为康有为弟子，光绪举人，著有《蜕庵词》一卷，为梁令娴父执。一般认为这部词选为梁令娴、麦孟华二人合作而成。也有学者认为令娴时届髫年，编定词选力必有所不逮，故该选本为"梁启超所编而假名于其女"①。《艺蘅馆词选》由梁令娴选抄，体现了梁启超、麦孟华的词学观点，因而该选本是梁令娴、梁启超、麦孟华三人共同合作编选而成的。

一 《艺蘅馆词选》的编选

《艺蘅馆词选》由正编、附录（词论）、补遗三部分组成。其中，正编分甲、乙、丙、丁四卷，甲卷选唐五代词 31 家 110 首，乙卷选北宋词 33 家 129 首，丙卷选南宋词 52 家 191 首，丁卷选清朝及近人词 68 家 167 首；另以戊卷为补遗，录南宋、清代及近人词作 79 首，共 676 首。前有梁令娴作于光绪三十四年（1908）的《自序》一篇及例言 9 条，附录李清照《词论》、杨缵《作词五要》、张炎《词源》、陆辅之《词说》、周济《词选序论》、况周颐《玉梅词话》凡 6 种。此选本将"前贤批评，摘抄附于眉端"，摘录了黄昇、张炎、张惠言、周济、谭献的评语，同时还有麦孟华、梁启超等人的词评，可以说这是一部评选结合的通代（除元、明外）词选本。需要注意的是，这里的评论带有资料汇编的集评之意，除了眉批中的评语

---

① 宜雨苍：《词澜》，《国闻周报》第 3 卷第 10 期，1926，第 28～30 页。

之外，编者于词人小传之下汇集对词人正反面的品评资料，便于后学对所选词人进行全面了解。另外"词之本事，有可考见者，附录于末"，这一编排便于后学对词作本事进行了解，从编者的编排方式来看，《艺蘅馆词选》是一部便于初学的选本。

《艺蘅馆词选》在编排体例上受到了《绝妙好词》《箧中词》的影响。《艺蘅馆词选》正编丁卷所选最后一位词人为梁启超，梁令娴于梁启超小传后加以按语："家大人于十五年前，好填词，然不自以为工。随手弃去。令娴从诸父执处衷集，得数十阕。今兹选词，乞麦丈为摘录二首。昔弁阳翁选《绝妙好词》，录周明叔三首。窃取斯义，以殿全帙云尔。"① 显然，编者模仿周密《绝妙好词》于选本中收录其父周明叔词作的做法，于正编最后收录梁启超词作。《箧中词》将谭献自己的词作收入词选中，冯煦在《箧中词序》中即有所交代："宋曾慥《乐府雅词》、赵闻礼《阳春白雪》、周密《绝妙好词》，皆以己作与诸家并列，仲修犹前志也。"② 《箧中词》的编选早于《艺蘅馆词选》，因此可以说，《艺蘅馆词选》收录梁启超词作的做法，受到了《绝妙好词》《箧中词》编排体例的影响。此外，《艺蘅馆词选》戊卷为补遗，录南宋、清代及近人词作 79 首，其中补录清代及近人词作 60 首，与其例言"近人词所见甚稀，他日有得，当更补钞"相呼应，而《箧中词》有续集 4 卷，冯煦在《箧中词序》中交代其编排体例为"续有所得，则仿补人、补词之例"，两相对照，《艺蘅馆词选》的补抄体例显然受到了《箧中词》补人、补词体例的影响。

第一，编选意图。梁令娴《艺蘅馆词选》"自序"言："夫选家之业，自古为难，稚齿谫学如令娴，安敢率尔从事。顾词之为道，自唐迄今千余年，在本国文学界中，几于以附庸蔚为大国，作者无虑数千家。专集固不可得悉读，选本则自《花间集》《乐府雅词》《阳春白雪》《绝妙好词》《草堂诗余》等，皆断代取材，未由尽正变之轨。近世朱竹垞氏，网罗百代，渤为《词综》，王德甫氏继之，可谓极兹事之伟观。然苦于浩瀚，使学子有望洋之叹。若张皋文氏之《词选》、周止庵氏之《宋四家词选》，精粹盖前无古人。然引绳批根，或病太严，主奴之见，谅所不免。令娴兹编，斟酌于繁简之间。麦丈谓以校朱、王、张、周四氏，盖有一节之长云。"这段文

---

① 梁令娴编，刘逸生校点《艺蘅馆词选》，广东人民出版社，1981，第 275 页。
② 谭献辑，罗仲鼎校点《清词一千首》，西泠印社出版社，2007，第 1 页。

字说明三点：其一，陈述操选政者于作品取舍之难，表明梁令娴从事选家之业的严谨、认真态度；其二，不满于《花间集》《乐府雅词》《阳春白雪》《绝妙好词》《草堂诗余》等选本未能尽正变之轨的断代取材；其三，对较有影响的清词选本进行了品评，认为《词综》过于浩瀚，张惠言《词选》和周济《宋四家词选》选词太严，主奴之见在所难免。在此基础上表明《艺蘅馆词选》的编选目的，即该选本为通代词选，通代取材以尽正变之轨，通过分段循序选录数量不等的作品以展现千年词史滥觞、鼎盛、中衰、复盛的发展演化历程。《艺蘅馆词选》"例言"曰："唐五代为词之滥觞，摘钞若干首，以明渊源。词之有宋，如诗之有唐。南宋则其盛唐也。故是编所钞以宋词为主，南宋尤夥……元明两代，名家者少，故阙焉。清朝斯道大昌，嘉道以后，作者骎骎欲逼古人。钞若干首以觇进化。"为方便说明，特列《艺蘅馆词选》有关词的发展阶段、朝代分期、词作数量、词人数量、卷次收录情况，如表 3 - 4 所示。

表 3 - 4　《艺蘅馆词选》选词情况

词的发展阶段	朝代	作品数量	词人数量	卷次
滥觞期	唐五代	110 首	31 家	甲卷
发展期	北宋	129 首	33 家	乙卷
鼎盛期	南宋	191 + 19 首	52 + 1 家	丙卷 + 戊卷
衰落期	元、明	0	0	无
中兴期	清朝及近代	167 + 60 首	68 + 10 家	丁卷 + 戊卷
共　计		676 首		

唐五代是词的建立时期，两宋是词的发展、光大时期，元明之际，词道衰落，至清又再振兴，晚清数十年间，词道益尊，人才益盛。起伏变化，踪迹可寻。选者正是循着这一发展脉络，选唐五代词 110 首，以显示词的发源滥觞；继选北宋词 129 首，以见词的继承发展；继又选南宋词 210 首（含戊卷补充的 19 首），以见词的繁衍鼎盛；元明词道衰落，故元明词人一首未选；选清代及近人词 227 首（含戊卷补充的 60 首），以示词的继起复兴。从选词数量来看，清代词作及词人数量最多，南宋词作及选家数量位居第二，体现了编选者对清词中兴的肯定及对南宋词的推崇。

该选本抉择严谨中和，力避严苛与"主奴之见"，通过所选作品反映词史发展各个阶段不同的艺术风貌。徐珂《清代词学概论》云："梁令娴有

《艺蘅馆词选》，盖以《词综》《续词综》之撰录为过滥，而又病《宛邻词选》《宋四家词选》之甄采为过严，乃有是辑也。"①《艺蘅馆词选》能充分吸收此前多种选本的优点，既不同于浙西派《词综》续选系列的芜杂泛滥，又不同于张惠言《词选》的苛酷严厉，较之周济的《宋四家词选》也在一定程度上避免了片面偏嗜。作者在序中引录了麦孺博的评语，颇以是编而自矜："麦丈谓以校朱、王、张、周四氏，盖有一节之长云。"不仅如此，杨全荫《绾春楼词话》（1912）对该选本也评价甚高："倚声之道，自唐迄今，专集选本，高可隐人。惟女史之道。论专集，则有《漱玉》《断肠》，媲美两宋；论选本，则千余年来，仅见《艺蘅》而已……其选本上溯唐五代，下迄有清。博视竹垞《词综》，而无其浩瀚；精视皋文《词选》，而矫其严苛。繁简斟酌，颇具苦心，艺蘅亦一词坛之功臣欤。"②

梁令娴在《艺蘅馆词选》之"自序"中引用梁启超语："凡诗歌之文学，以能入乐为贵。在吾国古代有然，在泰西诸国亦靡不然。以入乐论，则长短句最便，故吾国韵文，由四言而五七言，由五七言而长短句，实进化之轨辙使然也。诗与乐离，盖数百年矣。近今西风沾被，乐之一科，渐复占教育界一重要之位置，而国乐独立之一问题，士夫间莫或措意。后有作者，就词曲而改良之，斯其选也。然则兹编之作，其亦可以免玩物丧志之诮与！"这里所强调的中心内容有二：一是诗词宜入乐，二是以梁启超"词曲改良"论来指明其编选目的——以改良达到经世致用之目的，这一目的与梁启超在《饮冰室诗话》中所表达的希望通过音乐文学教育开发民智以实现启蒙的意图是一致的，因此有学者认为该选是"维新派人士以常州派理论为基点发挥自己的观点"③。

第二，选词来源。梁令娴在《艺蘅馆词选》序言中交代了选词来源，"令娴家中颇有藏书，比年以来，尽读所有词家专集若选本，手钞资讽诵，殆二千首。乞丈更为甄别去取，得如干首"。梁令娴家中藏书颇多，选词来源于家中所藏书目中的词家专集及选本。《艺蘅馆词选》的词作评语多引自黄昇、张惠言、周济、谭献，如舒亶〔菩萨蛮〕（画船挝鼓催君去）黄叔旸云："此词极有味。"李玉〔贺新郎〕（篆缕消金鼎）黄叔旸云："李君词虽不多见，然风流蕴藉，尽此篇矣。"李清照〔壶中天慢〕（萧条庭院）黄叔

① 徐珂：《清代词学概论》，山西人民出版社，2015，第15页。
② 雷瑨等：《闺秀词话》，民国五年（1916）上海扫叶山房石印本。
③ 谢永芳：《广东近世词坛研究》，上海古籍出版社，2008，第123页。

旸云："前辈称易安'绿肥红瘦'为佳句，予谓'宠柳娇花'语，亦甚奇俊，前此未有能道之者。"李清照〔声声慢〕（寻寻觅觅）黄叔旸云："'黑'字真不许第二人押。"史达祖〔双双燕〕（过春社了）黄叔旸云："形容尽矣。又云：姜尧章最赏其'柳昏花暝'之句"。吴激〔青衫湿〕（南朝千古伤心地）黄叔旸云："彦高词精妙凄婉。"这些评语都出自黄昇《花庵词选》。此外，《艺蘅馆词选》于周邦彦〔瑞龙吟〕（章台路）眉批评语曰："清真词评语全录周止庵《宋四家词选》，其不标名者，皆止庵评也。令娴记"；于吴兆骞〔念奴娇〕（牧羝沙碛）眉批评语曰："清朝词评语，全录谭仲修《箧中词》。其不标名者，皆仲修评也。令娴记。"由此可见，该选本明显在选源上参考了黄昇《花庵词选》、张惠言《宛邻词选》、周济《宋四家词选》、谭献《箧中词》等选本。

此外，该选本中的个别词人小传下附有按语，揭示了选词来源，如：

王仁堪，字可庄，闽县人……梁令娴案：可庄（王仁堪）太夫子，文学吏治，有声于时。今从《薇省集》录出一首，以志渊源。

黄遵宪，字公度，嘉应人。有《人境庐词》。令娴案：公度世丈之诗，近世独步，多能知者。其词亦骎骎追辛、姜。全集写本昔存家大人处。戊戌之役，散佚不可复得。今仅从《饮冰室诗话》录两首，非丈得意之作。然尝鼎一脔，可以知味。

康有为，字广厦，南海人。令娴案：南海太夫子不以词名家，偶从仲父所录《南海诗集》中，见此一首，盖少作也。录志渊源。

梁启超，字任甫，新会人。令娴案：家大人于十五年前，好填词，然不自以为工。随手弃去。令娴从诸父执处裒集，得数十阕。今兹选词，乞麦丈为摘录二首。昔卉阳翁选《绝妙好词》，录周明叔三首。窃取斯义，以殿全帙云尔。

曾习经，字刚甫，揭阳人……令娴案：蛰庵年丈之诗，家大人箧中甚多。惟词则仅此一阕。盖畴昔书簏见赠者。录此俟补。

这五条按语交代了选本来源：从《薇省集》中录王仁堪词一首；从《饮冰室诗话》中录黄遵宪词两首；从《南海诗集》中录康有为词一首；从梁启超的友朋处录梁启超词二首；从曾习经与梁启超的交往中录曾习经题扇词一首。同时"全集写本昔存家大人处""家大人箧中甚多"也说明，梁令娴父亲广泛的交游及大量的藏书，为梁令娴编选《艺蘅馆词选》提供了得天独厚的条件。

二 《艺蘅馆词选》的选词思想

《艺蘅馆词选》体现了常州词派的旨意。《艺蘅馆词选》选辑于光绪末年，正当社会变革日烈之际，编者受到常州词派理论的影响，接受了该派的"意内言外"之说，论词强调意格，注重比兴、寄托。这些特点在编者所选词作及词作评语中有所反映。

首先，所选词作体现了常州词派的词学思想。《艺蘅馆词选》选词数量的倾斜。其例言曰："清真、稼轩、白石、碧山、梦窗、草窗、西麓、玉田，词之李、杜、韩、白也。故所钞视他家独多。"编者于两宋名家中，尤注重周邦彦、辛弃疾、姜夔、王沂孙、吴文英、周密、陈允平、张炎八家，以为是词中的"李、杜、韩、白"，故选其作品尤多。为便于说明，特列《艺蘅馆词选》所选词作数量（10 首以上），如表 3－5 所示。

表 3－5 《艺蘅馆词选》所选词作数量（10 首以上）统计

朝代分期	词人词作数量		
唐五代	温庭筠 21 首	冯延巳 14 首	李煜 13 首
北宋	周邦彦 24 首 李清照 10 首	秦观 18 首	欧阳修 11 首
南宋	吴文英 35 首 王沂孙 18 首	辛弃疾 27 首 周密 18 首	姜夔 21 首 张炎 18 首
清代	朱祖谋 20 首 潘博 13 首	纳兰性德 19 首 谭献 12 首	郑文焯 16 首 王鹏运 11 首

由此可知，选者于唐五代选温庭筠词作最多，北宋选周邦彦词作最多，南宋选词较多的词人依次为吴文英、辛弃疾、姜夔、王沂孙、周密、张炎。清代选词较多的词人依次为朱祖谋、纳兰性德、郑文焯、潘博、谭献、王鹏运。所选词作较多的唐宋词人多为常州词派所推崇：温庭筠是张惠言《词选》极力推崇的词人；周邦彦、吴文英、辛弃疾、王沂孙是周济《宋四家词选》所推尊的四位词人；所选词作较多的清代词人中，朱祖谋、郑文焯、王鹏运都是承继常州词派的传人，受常州词派影响，谭献更是常州词派的重要词论家，因此，从选词数量的侧重上可以得出两点结论：其一，这本词选明显受到了清代中叶常州词派理论的影响；其二，这本词选体现

了当时的词坛风尚。《艺蘅馆词选》于宋代词作选吴文英最多，清代词作选朱祖谋最多，梁令娴在《艺蘅馆词选》中于朱祖谋小传后引用王鹏运《彊村词序》云："自世之人知学梦窗，知尊梦窗，皆所谓但学《兰亭》面者。六百年来，真得髓者，非公更有谁耶？"可见，对朱祖谋的推崇，实际也是对吴文英的认可，而梁令娴对吴文英词作的推尊反映了当时词坛的趋向。吴熊和先生曾指出："清末崇尚梦窗词之风转盛。王鹏运、朱孝臧、郑文焯、况周颐为晚清词坛四大家，于梦窗词皆寝馈甚深，倡导甚力。"[①] 诚如孙克强师所言："四大家对梦窗词的思想意义、艺术价值进行了深入的阐发，并有意用梦窗词的特殊风格影响、改变现实词坛的风气，'以梦窗词转移一代风会'。"[②]

从选目来看，所选南宋词人辛弃疾的 27 首词，多为寄托家国情怀之作；所选较多的清代词人朱祖谋、郑文焯、王鹏运之词作也注重内容的厚重，如编者于郑文焯小传后附有梁令娴按语："叔问舍人，今代词家第一，全集琳琅不可悉收，专取其感咏戊戌、庚子国事者录之。"从梁令娴的按语来看，其选录郑文焯词作注重家国之忧。因此，就选词题材取向来说，注重表现重大题材内容，体现了常州词派的词学主张。

《艺蘅馆词选》词作评语体现了常州词派的理论主张。

其一，引用常州词派理论家的词选评语，对其"意内言外"、比兴寄托之说多有引录，具体表现在两个方面。首先，词作眉批中引用常州词派的词选评语。选本中的唐五代词、宋词，摘录张惠言《词选》、周济《宋四家词选》评语较多，其中温庭筠词评语全部抄录自张惠言《词选》，清真词评语全录自周止庵《宋四家词选》，选本中的清代词评语全录自谭献《箧中词》。其次，所选词人的介绍文字中多引用常州词派理论家的观点：选本中的唐五代及宋代词人的介绍文字多引张惠言、周济语；清代词人的介绍文字多引用谭献语。

其二，梁令娴老师麦孟华的评语也注重词作的思想性。由于这部词选是梁令娴在麦孟华的指导下甄别去取而成的，因而麦氏的观点也代表了词选的倾向。麦氏在词选中的评语有多处体现了常州词派的理论观点，如评陆游〔鹊桥仙〕（茅檐人静），麦丈云："当有所刺。"评史达祖〔双双燕〕

---

① 吴熊和：《郑文焯批校梦窗词》，《吴熊和词学论集》，杭州大学出版社，1999，第 297 页。
② 孙克强：《以梦窗词转移一代风会——晚清四大家推尊吴文英的词学主张及意义》，《河南大学学报》（社会科学版）2007 年第 4 期，第 1 页。

（过春社了），麦丈云："讽词。"评黄孝迈〔湘春夜月〕（近清明），麦丈云："时事日非，无可与语，感喟遥深。"评王沂孙〔高阳台〕（残萼梅酸），麦丈云："此言半壁江山，犹可整顿也。眷怀君国，盼望中兴，何减少陵。"评周密〔大圣乐〕（娇绿迷云）下阕，麦丈云："此刺群小竞进，慨天下之将亡也。忧时念乱，往复低回。"评张炎〔高阳台〕（接叶巢莺），麦丈云："亡国之音哀以思。"这些评语或揭示词作的家国情怀，或注重词作反映现实的功能，或阐发词作的比兴寄托，与常州词派的观点深相契合。

其三，梁启超的评语也体现了对词作思想内容的关注。《艺蘅馆词选》以"家大人语"的形式收录梁启超词评27条，在众多词人中，梁启超对辛弃疾的评语较多，诚如林志钧《〈稼轩词疏证〉序》所言："梁启超对辛词好之尤笃，平时谈词辄及稼轩，盖其性情怀抱均相近。"梁启超评辛弃疾〔青玉案〕（东风夜放花千树）云："自怜幽独，伤心人别有怀抱。"评〔念奴娇〕（野塘花落）云"此南渡之感"。评〔破阵子〕（醉里挑灯看剑）为"无限感慨，哀同甫亦自哀也。"梁启超解读辛词最为关注的两个焦点是"词人那元气淋漓、真切深厚的南渡之感和辛词'寄物托兴'的想象路径"。借助于"寄物托兴"的想象路径，辛弃疾在伤春伤别、美人香草中寄托了自己恢复中原的希望已经断绝的感慨。梁启超对辛词的评价集中体现了常州词派比兴寄托的理论主张。这是因为梁启超所处的时代背景与辛弃疾有相似之处，身处末世，政局动荡，国势飘摇，令人空有一腔爱国之志而报国无门，扼腕叹息，故辛词最能引起梁启超的共鸣，两者的爱国情思是相通的，故评论尤为深切。

需要注意的是，麦孟华与梁启超的评语还表现出对词作豪迈、悲壮情怀的认可，如〔水调歌头〕（万里云间戍）麦丈云："菊坡虽不以词名，然此词豪迈，何减稼轩。"〔兰陵王〕（柳阴直）家大人云："斜阳七字，绮丽中带悲壮，全首精神提起。"〔渔家傲〕（天接云涛连晓雾）家大人云："此绝似苏辛派，不类《漱玉集》中语。"〔菩萨蛮〕（郁孤台下清江水）家大人云："如此大声镗鞳，未曾有也。"〔贺新郎〕（凤尾龙香拨）家大人云："琵琶故事，网罗胪列，乱杂无章，殆如一团野草。惟其大气足以包举之，故不觉粗率。非其人勿学步也。"〔摸鱼儿〕（更能消几番风雨）家大人云："回肠荡气，至于此极。前无古人，后无来者。"从这些评语可知，在情感表达上，麦氏与梁氏欣赏"大声镗鞳""大气包举"的豪迈情怀以及"绮丽中带悲壮""回肠荡气"等感伤悲凉情调，这两种情感看似矛盾，实则对立统一。政局动荡，国势飘摇，难免使人悲从中来，但在国脉危急如缕之际，梁启超渴望以豪迈情怀力挽狂澜，因而体现的是一种悲壮情怀。《艺蘅馆词选》重视选录寄托家国情怀及抒发救亡图存的壮志豪情之作，既是常州词派词论的体现，同时也是对梁启超主张的"诗界革命"的一种呼应。

《艺蘅馆词选》重视"清空"。首先，从对南宋词人的选词数量来看，排在吴文英（35 首）、辛弃疾（27 首）之后的词人是姜夔（21 首）、张炎（18 首）。由此可见编者对姜夔、张炎的重视，同时选录的姜夔、张炎的词作多为"清空""骚雅"之作。其次，《艺蘅馆词选》多处引用张炎"清空""骚雅"理论，具体表现在两个方面。一是在附录中摘录了与张炎《词源》相关的"系列"词论：杨缵《作词五要》、张炎《词源》、陆辅之《词说》。杨缵的《作词五要》是张炎《词源》的理论来源之一，陆辅之《词说》所论作词内容、作词方法及作词尺度皆宗张炎论词之旨。这些词论意在强调词的"雅正""清空"。二是在词作评价及词人小传后引入张炎的相关词论，特罗列如下：

王安石〔桂枝香〕（登临送目），张叔夏云：清空中有意趣。

苏轼〔水调歌头〕（明月几时有）张叔夏云：清空中饶意趣，非有大笔力者，不能到。

陆淞〔瑞鹤仙〕（脸霞红印枕）张叔夏云：景中带情，屏去浮艳。

姜夔〔琵琶仙〕（双桨来时）张叔夏云：情景交炼，得言外意。

又云：白石〔疏影〕〔暗香〕〔扬州慢〕〔一萼红〕〔琵琶仙〕〔淡黄柳〕等曲，不惟清虚，且又骚雅，读之使人神观飞越。

吴文英〔唐多令〕（何处合成愁）张叔夏云：清空不质实，集中不多见。

王沂孙小传下：张叔夏云：中仙词娴雅，有姜白石意趣。

这些评语体现了对张炎"清空""骚雅"词论的重视。可见，《艺蘅馆词选》的选目、词评及附录的词论都表现出编者对张炎词论的关注。

《艺蘅馆词选》强调词作的音乐性，这一点在序言及词选附录的词论中有所体现。《艺蘅馆词选》在附录中摘录了李清照《词论》、杨缵《作词五要》、张炎《词源》、陆辅之《词说》、周济《词选序论》、况周颐《玉梅词话》凡六种，所引词论尤为重视词作的音乐性。具体而言，李清照《词论》的核心观点是"词别是一家"，即强调词是音乐文学，是配合乐曲演唱的歌词，突出词的音乐性特征；杨缵《作词五要》把词作为一种包括音乐要素和文学要素在内的"艺术"来看待。其"五要"为择腔、择律、填词按谱、随律押韵、立新意。这"五要"的前四条，都是就词的音乐特性而言的（第五条"立新意"体现了对词作思想内容及语言形式的要求）。编者择取张炎《词源》下卷的音谱、制曲、句法、字面、虚字、清空、意趣、用事、咏物、赋情、离情、令曲、杂论等目，体现出对词与音律关系、词法等方面的重视；选录的《宋四家词选目录序论》有四分之一的篇幅谈及周济的音律思想。编者之所以重视词作的音乐性，是因为梁启超认为，音乐文学是改造国民品质的一个重要手段："盖欲改造国民之品质，则诗歌、音乐为精神教育之一条件，此稍有识者所能知也。……盖自明以前，文学家多通音律，而无论雅乐、剧曲，大率皆有士大夫主持之，虽或衰靡，而俚俗犹不至太甚。本朝以来，则音律文学，士夫无复过问，而先王乐教，乃全委诸教坊优伎之手矣。读泰西文明史，无论何代，无论何国，无不食文学家之赐；其国民于诸文豪，亦顶礼而尸祝之。若中国之词章家，则于国民岂有丝毫之影响耶？推原其故，不得不谓诗与乐分之所致也。"① 在梁启超看来，明代以前文学家多是精通音乐的，较好地发挥了"动天地、感鬼神、移风易俗"的社会作用，遗憾的是到了清代，文学与音乐分流断裂，清代的士大夫不再过问音律之学，将先王乐教委于教坊优伎之手，从而造成词这种特殊文体之教育功能的丧失。梁启超从振兴音乐的角度主张词体经世致用的功能，《艺蘅馆词选》"自序"言："凡诗歌之文学，以能入乐为贵……以入乐论，则长短句最便，故吾国韵文，由四言而五七言，由五七言而长短句，实进化之轨辙使然也。诗与乐离，盖数百年矣。近今西风沾被，乐之一科，渐复占教育界一重要之位置，而国乐独立之一问题，士夫间莫或措意。后有作者，就词曲而改良之，斯其选也。"由此可知，《艺蘅馆词选》重视词作的音乐性，主张恢复古代诗乐合流的传统，以词体改良音乐，目的是让词肩负起开启民智、改造国民品质的"新民"重任，实施其"诗界革命"的精神。

三　《艺蘅馆词选》的编选意义

《艺蘅馆词选》的选词思想是既重寄托，又讲清空，体现了将常州词派

---

① 梁启超：《饮冰室诗话》，人民文学出版社，1959，第 58 ~ 59 页。

与浙西词派融合的趋向。同时，"清空寄托"说的提出有其现实针对性，即以浙西词派标举的"清空"来针砭清季词坛推尊梦窗所导致的晦涩之风；又强调常州词派"寄托"的核心思想，以防止创作陷入浙西派末流之空疏。

梁启超指出，音乐文学是改造国民品质的手段之一，深切痛惜音乐文学功能之丧失。这是儒家乐教在近代启蒙运动中的运用与发展。《艺蘅馆词选》强调词作的音乐性，认为词作是音乐文学，是"新民"所必需的一种精神手段。提出改良音乐的主张，认为词体是最佳选择。

梁启超率先倡导"诗界革命""文界革命""小说界革命"，试图通过文体改革更新来沟通社会实践和艺术实践，达到"新民"的目的。而《艺蘅馆词选》把词作为"新民"的一种手段，要求词发挥改造国民品质的社会作用，与其"诗界革命"的理论主张息息相通，是梁启超"诗界革命"的具体体现。

（刘红红撰）

第七节　刘毓盘《〈花庵绝妙词选〉笔记》考论

上海图书馆藏《〈花庵绝妙词选〉笔记》（以下简称《笔记》），抄本，一册，题"刘子庚讲授"，讨论了南宋黄昇《唐宋诸贤绝妙词选》（《花庵绝妙词选》两种之一）卷一中约四分之三的内容，起于李白〔菩萨蛮〕，讫于孙光宪〔浣溪沙〕。刘毓盘（1867～1928），字子庚，号嚍椒，浙江江山人，晚清民国著名词学家和词人，有《词史》《唐五代宋辽金元名家词集六十种辑》及《濯绛宦存稿》等著述问世。《笔记》经整理，刊载于《词学》第30辑上。当前，刘毓盘生前已刊著述已进入研究者的视野，然而《笔记》至今还未引起人们进一步的关注。笔者试做初步的探讨，以期能够推动刘毓盘词学研究有所进展。

一　《笔记》概述

就一些基础性的问题进行考证，以便为进一步的研究做铺垫。

（一）《笔记》是学生的听课笔记

从字面上看，一说"笔记"，一说"讲授"，让人不由自主地与老师授课、学生笔录联系在一起；而且，刘毓盘在北京大学国文系讲词，确实是"每次在黑板上写个提纲，学生抄作笔记"①，这里并未指明讲授的是关于词的哪门课，但在通常情况下，一个人的授课风格一旦形成，他在讲授不同课程中使用的方式方法不会发生多大的变化，所以这也可看作讲授《花庵词选》的做法。但仅凭这些佐证去断定《笔记》就是学生的课堂笔记，大概还显得理由不甚充足。这里列举两种现象，以证实这一推断。

其一，补充与《唐宋诸贤绝妙词选》关系不大的内容。《唐宋诸贤绝妙词选》开篇是胡德方《序》，而后是"唐词"，具体是按照词人时代列出唐五代的词人词作，然而《笔记》并没有依此展开，而是在讨论第一首词作即李白〔菩萨蛮〕前增补了30余段原始文本所没有的文字，在内容上，有关于词乐等理论问题的探讨，有关于学词门路的指引，还有关于词的分类及分片等常识问题的介绍，以及构建词学理论等问题，这些内容除了拿《唐宋诸贤绝妙词选》与《中兴以来绝妙词选》、周密《绝妙好词》比较优劣外，其余部分与《唐宋诸贤绝妙词选》的内容几乎无直接关联。若在一部著述中出现这一状况，可谓一忌。

其二，某些内容前后重复。较明显者如：

> 《词源》"温韦"并称。按韦词薄而温词厚，温犹之周（邦彦），韦犹之张（炎），相去甚远，张不能与周并，韦亦不能与温并，但曰温以秾艳胜，韦以清丽胜，不考其厚薄，尤观其皮毛也。
>
> 《词源》论以"温韦"并称，其实二家派别不同，温以浓厚，韦以明浅，其厚薄相隔甚远。

又如：

> 此本（《绝妙好词选》）是继《花庵》而选的，优于《中兴》本。
> 草窗选本（《绝妙好词选》）尤在《中兴词选》之上。

---

① 陶钝：《一个知识分子的自述》，山东人民出版社，1987，第129页。

这里不是用同一个说法来说明不同的问题、证明不同的见解，而是用相同的说法来表达相同的观点，在不足 1.6 万的文字中，间或出现前后重复的现象。若是一部著述，此为又一忌。在著述与由说讲形成的文字之中，它唯一的可能，当是后者，即记录老师授课而形成的书面材料。老师授课，可以补充与讲授文本关系不大，但与整个学科有关的内容，所谓"课外知识"，这样学生可以了解到原始文本上所没有涉及的内容，对开阔视野、扩充知识面，继而增进对专业理论知识的认知不无帮助；老师授课，可以反复讲述认为是重要的内容或要点，这不仅无重复之感，而且还在不断的重提中，更能够突出教学的重点、难点。由此我们认定《笔记》是学生记录刘毓盘授课的书面文字。其两种做法，在很大程度上是为了尽可能收到良好的教学效果的需要。只是未详出自何人之手。另，书衣钤"孙东生章"，"孙东生"，暂无考。

（二）《笔记》完成于民国十四年（1925）前后

因是课堂笔记，《笔记》的完成必然与课堂授课联系在一起。刘毓盘早年追求功名，并以明经第入仕清廷，辛亥鼎革后，"乃绝意不再出"①，在浙江省立一师任国文教员②，讲授作文③、词曲④等。民国六年至嘉兴省立二中，任国文教员⑤。此间，虽讲授过词方面的课，但未曾专门开设过"词选"一类的课程。民国八年秋应聘至北京大学国文系，直到去世。民国十年秋始为本科生开设"词"和"词史"课，此为"以词学授诸生"⑥之始，至民国十二年秋，除仍开设"词史"外，另去"词"而改开"词选"和"词家专集"。"词史""词家专集"有各自的同名铅印本讲义，可知这两门课程讲授的基本内容。"词选"也有相应的油印本讲义，如北大图书馆藏《诗选讲义》附《词选》，系授课者自选词选⑦，此外，未详"词选"其他

① 刘毓盘：《唐五代宋辽金元名家词集六十种辑·自序》，《唐五代宋辽金元名家词集六十种辑》，北京大学出版部民国十四年（1925）铅印本。
② 姜丹书：《姜丹书艺术教育杂著》，浙江教育出版社，1991，第 220 页。
③ 查猛济：《濯绛宧文钞跋》，《濯绛宧文钞》卷末附，刘毓盘《濯绛宧文钞》，民国七年（1918）铅印本。
④ 曹聚仁：《我与我的世界》，上海三联书店，2014，211 页。
⑤ 叶瀚：《亡友刘子庚传》，《文字同盟》民国十七年（1928）第十八号，第 77 页。
⑥ 刘毓盘：《唐五代宋辽金元名家词集六十种辑·自序》。
⑦ 北京大学图书馆藏《诗选讲义》，其后半部分列有词作，起于《点绛唇》（病起恹恹），讫于吕渭老《祝英台》（宝蟾明），版心依次载"词选"、页码、"刘子庚"，此为"词选"讲义。

的讲义及具体讲授的内容。若从设置课程与讲授对象的各自名称上来看，"词选"与讲授前人选本《花庵词选》能够对号入座，而且，在这三门课中，《词史》《词家专集》两种讲义鲜涉《花庵词选》方面的内容，相应地，讲授《花庵词选》也只会是"词选"课上讲授的内容之一。另外，"词选"课是否讲授除《词选》《花庵词选》以外的词选，暂不得而知，但依据历年"词史""词家专集"两课讲授内容相对固化这一做法来看，讲授《花庵词选》极有可能就是历年上"词选"课的重要内容。若结合自民国十二年秋之后每学年都开设"词选"课来看，抄成《笔记》当在这一学年至民国十七年夏（时刘毓盘卒）。

此跨五个学年，太显宽泛，可以进一步缩小范围。然囿于文献，得出的也只是个时间段。陶钝《一个知识分子的自述》说："（管教室的老校工）说：'刘（毓盘）教授几年来讲词都用这个提纲，每次有所增补修改，所以一年一度抄写，已经几年了，前后相比，有所不同。'"① 陶钝于民国十四年秋考入北大政治学系，选修国文系课程当在第二或第三学年，可知记述的当是十五至十六学年或十六至十七学年的信息。结合讲课风格形成后具有凝固化的特点推断，不论是讲哪一种词课，提纲屡做补订的做法，也是讲授《花庵词选》的做法。前文提及，《笔记》前边的一小部分内容是按授课者意图增添上的，比起后一部分依《花庵词选》顺序展开，更能展示出论述的严密程度。检视这些文字，其依时间先后，有述有评，有理有据，逻辑严密，结构紧凑，可以看出，这是经认真加工过的内容。"增补修改"，当是不断朝着认为内容正确、表述合理的趋势发展无疑。作为一部较为成熟的文本，《笔记》的抄成当更接近于后一时间节点。检视该期的《国文系课程指导书》，在开始的前两个学年，"词选"属"自由练习"科目，至民国十四年秋，国文系进行课程改革，明确将"中国文学"列为必修科目，同时规定"中国文学"之一的"词选"课须"作札记，随时请担任本科目之教员评阅，作为平时成绩"。结合《笔记》绿丝栏稿纸、行楷手抄、书面整洁的外部特征推断，它或是要交由刘毓盘评阅以作为平时成绩的课堂札记，相应地，抄成的时间当不早于本学年。

《笔记》"底稿"是一个"增补修改"的过程，故而它的形成时间也是一个时间段，下限当在抄成之际。至于上限，可笼统地认为是在首次开设

---

① 陶钝：《一个知识分子的自述》，第 129 页。

"词选"课之际或之前。"之前",时间范围很大,这里举一例来判定之。"序言"署"辛酉(1921)秋九"的《词史》油印本第六章标题作"论南宋六大家","序论"署"壬戌(1922)仲秋"的《词史》铅印本改作"论宋七大家词",较南宋六家多北宋周邦彦一家,这也是据定本刊行的上海群众图书馆公司印本的观点。检视《笔记》,其说法同于铅印本。若把"序论"署时作为改定这一见解的大致时间,采用该说的《笔记》"底稿"基本内容的完成当不早于是时。据此,"底稿"形成的时间当为民国十一年壬戌仲秋至民国十四年秋。若考虑到这是一项较为成熟的内容,"底稿"的形成当更接近于抄录的时间上限,即民国十四至十五学年。

二　《笔记》的价值

从理论和文献两个方面着眼展开讨论,以见《笔记》的价值所在。

(一)词学理论价值

《唐五代宋辽金元名家词集六十种辑》编定于《词史》之后,差不多和《笔记》同期完成,因它绝少出现辑录者的观点,故凡《笔记》中出现的见解,均代表着刘毓盘晚年的观点。

第一,构建"厚"的词学理论范畴。在清末民初,知名词学家时有提出自己的词学理论主张,或标新立异,提出新见,如况周颐提出的"拙""重""大";或旧说新翻,阐发微意,如朱祖谋就吴文英词阐释"涩"的价值。刘毓盘也尝试构建自己的词学理论:

> "皱""瘦""透"三字是宋人论石,后人借以论词。……"皱",清蒋剑人(敦复)论词以"皱"为上乘,"皱"即曲折,多使人一览不尽之意。"皱"与"透"相反,而两相成"厚"。

认为"厚"是位居"皱""透"之上且又能够相融相生的一种意象。他同时为"厚"做注脚:"张炎《词源》言周邦彦《片玉词》厚。"张炎并未具体解释何者为"厚",但认为周词"善于融化词句"①,并能得"雅而正"②。

---

① 张炎:《词源》,《词话丛编》,第255页。
② 张炎:《词源》,《词话丛编》,第266页。

据此，这里的"厚"当指词于炼字、于意境均能够达到的"浑厚和雅"①的境界。他又说："温以浓厚，韦以明浅，其厚薄相隔甚远。"其"厚"的另一层含义是"浅""薄"的相对面，与"浓"义近，可见其"厚"所指代的丰富意蕴，亦可见"厚"之作品的内在根本。当然，这一理论有其不尽完善之处，如在阐释"瘦"的问题时说："'瘦'与'肥'对。诗不妨肥，词非瘦不可，如清人〔浣溪沙〕'寒窗愁听一楼钟'，论者以为佳句，唯'楼'嫌肥，能易'窗'字尤佳。"若照此改易，一句中出现两个"窗"字，与《笔记》中强调的"诗词最忌犯复"相抵牾。总的来看，他提出的"厚"的词学范畴，不论是在字面还是在内涵上，既承袭前人，又有所创新，构建起了他在词学理论建树方面罕见的一项内容，可与况周颐在解释"重"的词学范畴时提出的"厚"对读而相得益彰。

第二，重释"比兴"说。比兴寄托说是常州派词学理论的核心内容，该派词学家张惠言编《词选》，倡导词"意内而言外"，后经周济等人的阐发而逐渐成为清代后期词学发展的一个基本导向。后来又有论者引入"赋"与"比兴"并列论词②。刘毓盘在此基础上提出：

> 唐词，兴也；五代词，比也；宋词，赋也。宋以下能得兴、比之体者极少，至清人词，若蒋春霖《水云楼词》，颇能从唐词入手，故其品纯高。

又说：

> 唐人词则不然，专以兴体为之，所以其品极高。五代词专以比体为之，已下手唐人矣。……如杜牧〔八六子〕……深得兴体，与其诗不同，如《早雁》等作是赋体，故其词可居上品，诗不得居上品。

认为词之兴、比、赋，唐、五代、宋各有专擅，而且"兴"体以唐词为最上、"比"体五代词次之、"赋"体宋词为最下，推重词之"兴"体胜于词之"比"体，较张惠言比兴说更进一步；并从中衍生出"品"，作为评词的一项标准。何谓"品"？诗词作品在"兴"体上所能达到的意格谓之品。参照《笔记》开首提出的"唐词最好"，"词必以温庭筠为第一，为其

---

① 张炎：《词源》，《词话丛编》，第 255 页。
② 沈祥龙：《论词随笔》，《词话丛编》，第 4048 页。

厚也"和这里的杜牧词"可居上品"的见解,同在讨论最高等次的唐词,作为论"兴"体的一种延伸,"品"与上述"厚"的范畴有着相通之处,可以这么说,"厚"之唐词可居上品,上品之作必"厚"。不同的是,"厚"侧重于评词具有的意境,"品"强调诗词所可能达到的境界,更倾向于论定结果。可以看出,论"品"具有鲜明的艺术倾向性。

正是持有以上的观点,改变了他的一些认识,决定了他的一些做法。

一是订正见解。较为明显的例子当数关于"温韦并称"问题的讨论,最早关注的是在署年"光绪丙午(1906)"的《〈浣花词〉校记》中:"张炎《词源》以温韦并论。"撰于民国四年秋与六年夏①的《中国文学史》也说:"世且以温韦并称矣。"与上例一样,基本上以引文的形式出现,未表明自己的态度,但结合上下文的语意来看,其是作为论据来使用的,显然是赞成此说的。《词史》承续之:"张炎论词以温韦并称,温以秾艳胜,韦以清丽胜,固异曲而同工也。"明确予以肯定。《笔记》则是"韦词薄而温词厚,温犹之周(邦彦),韦犹之张(炎),相去甚远,张不能与周并,韦亦不能与温并,但曰温以秾艳胜,韦以清丽胜,不考其厚薄,尤观其皮毛也",彻底否定了此前的看法,而与"词必以温庭筠为第一"的提法一致起来。当然,这与张惠言认为"温庭筠最高,其言深美闳约"②是貌似而神异。

二是纠正学词路径。刘毓盘十二岁请学词,其父授示:"小词学唐,慢词学宋,朱竹垞之言也。"③稍后,他分别从潘钟瑞、谭献学词④,此二人分别是浙西派和常州派词学发展史上较为重要的成员,这为他在学习中各有所取提供了最大的可能性,而且不会背离乃父指示的学词路径。然而,他在《笔记》中提出:"后人以小令尊唐,以慢词尊宋……何必专学宋人之赋体。""唐五代词无俳词,故必从唐五代入手。"否定了朱彝尊,也包括其父,提出新的门径。在清代词学史上,常州派的中坚周济曾提出"问涂碧山,历梦窗、稼轩,以还清真之浑化"⑤的学词途径,比较之下,刘说可谓"背道而驰"。

三是附会解词。他在讨论薛昭蕴时总结指出:"五代词必须先考求其人所处之地、所处之时、所遇之人,皆须一一看清,不可混同而论,此要诀

---

① 叶瀚:《亡友刘子庚传》,《文字同盟》民国十七年(1928)第十八号,第77页。

② 张惠言:《〈词选〉序》,《词话丛编》,第1617页。

③ 刘毓盘:《唐五代宋辽金元名家词集六十种辑·自序》。

④ 刘毓盘:《唐五代宋辽金元名家词集六十种辑·自序》。

⑤ 周济:《宋四家词选目录序论》,《词话丛编》,第1643页。

也。"使词的字词句映射词人所处的时、地、人，并将这一解词方法贯穿于《笔记》之中。我们说，张惠言为了提高词的地位，从词中寻求微言大义，说了不少夸张的话，开常州派附会说词之风。刘毓盘是有过之而无不及。基于此，人们往往把刘毓盘归为常州派，我们结合上面两点讨论可知，简单地归类，或失之偏颇。

第三，主张浙、常合一，强调音律。其父又有授示："浙派主协律，常州派主立意，沟而通之，斯得矣。"① 学词应合二者为一，据以学词，并有所长进。而立之后，他复辑《词律斠注》②，"解析音韵的规律，同时修正万氏《词律》、戈载《词林正韵》的阙漏"③。特别是"服膺万红友说，较论声病，至为谨严，迨老不变"④。这些观点和有针对性的践行在《词史》中得到了归纳和总结，所谓"（浙西派、常州派）各有可取"，在第十章末段指出："有清二百六十八年来，浙派主南宋，常州派主北宋……若夫汇刻词……'吴中词七子'则书，以其融二派于一，以臻于极盛也。"⑤ 与起初其父的基本主张没有多大的区别，只是在有关论述中依据《词律》解决了一些问题，或是就自己治词所得订补《词律》之失。这与此前在《濯绛宧存稿》自识中提出的"律据音先，意写言外"的观点不尽一致。而在《笔记》中，他一反常态，将此前的一些观点，包括在不同著述中相互间存在少许矛盾的见解进行整合，并明确地展现出来。以"比兴"解词且始终如一，常州派的做法可谓深入"骨髓"，另外，在涉及音律问题时，除了仍参引《词律》或校补其所缺失之外，就是驳斥常州派的不足："〔木兰（花）〕即〔玉楼春〕，平仄可不拘，必曰何者是、何日非，此瞽说也。常州派不知律，何必争。"同样在讨论这一问题，作者按语道："按，常州派均不知律，专重用意，止庵所论，非也。"另外，在《笔记》开头处即用数段文字来专门探讨词乐问题，在这篇可以"随意"发挥意愿的补充文字中，授课者的意图尤为明显，换言之，是以两派各自的专长来解决同一类问题，同时以浙西派之长来纠正常州派之缺，而不是相反。可见，刘毓盘的词学思想是

① 刘毓盘：《唐五代宋辽金元名家词集六十种辑·自序》。
② 刘毓盘：《唐五代宋辽金元名家词集六十种辑·自序》。
③ 查猛济：《刘子庚先生的"词学"》，《词学季刊》民国二十二年（1933）第一卷第三号，第47页。
④ 叶瀚：《亡友刘子庚传》，《文字同盟》民国十七年（1928）第十八号，第76页。
⑤ 刘毓盘：《词史》，上海书店，1985，第210～211页。

合浙、常两派为一而又偏重于浙西派重协律的一面。

刘毓盘在《笔记》中所展示出的词学见解是对融合浙西派、常州派各自专擅的一种继承和发展，是对其父学说的一种扬弃，是其词学思想趋于成熟、形成自己特有风格的一种表现。

（二）词学文献价值

《笔记》是刘毓盘课堂畅所欲言的再现，因而更接近初始风貌，是研究其人及其词学的一种难得一见的资料。

第一，重现课堂讲词的面貌。学生是老师授课效果最权威的评定者，如北大民国十七年（1928）毕业生梁遇春说："他（刘毓盘）教词，总说句句话有影射，拿了许多史实来引证，这自然是无聊的。"[1] 同是北大民国十七年（1928）毕业生的石民说："刘先生是有名的词学专家，也许正〔因〕为是专家的缘故罢，他讲解词，好比毛公说《诗》，无非美刺，王注《楚辞》，尽属寄托似的，实在迂拘得可以。"[2] 在若干年后的回忆中，学生仍以"无聊""迂拘"来总评，这是课堂授课留给学生最为深刻的记忆。然而这是当事人的记录，仅凭这些文字，他人很难感受到讲词中出现的"影射""寄托"的场景。而《笔记》则较为全面地保留了这一现象，再现了课堂授课的基本面貌，试举解"第一"词人温庭筠〔菩萨蛮〕（小山重叠金明灭）一词为例："'小山'一首当是初应试时作。'新着'，别本作'新帖'，用此二字，可见其预备考试情形。'小山'句，忧主试者之不明也。唐诗'纪央绣出从君看，不把金针度与人'，'度'字，即传授新法之意。用一'懒'字、一'迟'字，与首句同意。'照花'二句，言己之文章绝妙。"解词附会的程度可见一斑，这是我们只能从课堂笔记上读到的并得到的直观感受，当然，这也是他授课的一大特点。

在主观上，刘毓盘认为讲课底稿可以与课堂讲授有所不同甚至区别较大，他说："《词史》一书，为余授学讲稿，初不过示学者以纲要。至明其体变，详其作家，多在诸生笔记中。"[3] 尽管我们尚不知道在这类"笔记"中是否也涉及附会问题，但《词史》讲义与"词史"课"笔记"迥异，而且

---

[1] 梁遇春：《致石民的信》，《梁遇春文集》，第 190 页。
[2] 石民：《应征的自述》，《宇宙风（乙刊）》1941 年第 43 期。
[3] 李维：《读〈悼江山刘毓盘先生〉》，《大公报》民国十七年（1928）十一月二十六日，第 10 版。

这一做法也是被他的印本著述证实过的，检视刘毓盘的各种印本著述，包括自选《词选》油印本讲义可以发现，它们几乎做到据实陈述、客观论证，很难找出涉嫌附会的只言片语。可见，刘毓盘著述的态度是相当严谨的。此外，刘毓盘在国文系期间完成的著述，全是讲义或讲义的扩展，作为需有学校出版部负责印制的讲义，它们须经得起学校出版委员会的审查①，虽然不详审查的具体内容，但在保证出版质量的前提下，内容多涉附会、武断，或难以通过。与之对应，著述态度也由不得不严谨。这样，在印本讲义面前不易表达的观点、意愿及讲课的方式方法等，在声音稍纵即逝的课堂讲授上，可以尽情宣讲。通常而言，课堂讲授与讲课底稿乃至由此形成的著述基本上是一致的，但在特殊情况下，它们间或出现不一致的情况，这一切取决于授课者，刘毓盘即此中的特例。夏承焘曾说："阅刘子庚讲词笔记，附会牵强，几如痴人说梦。张惠言尝欲注飞卿词，若成书，则又一刘子庚矣。"② 认为较张惠言过之而无不及。由于《笔记》的确存在这一方面的问题，差评也是在情理之中的。这里做一假设，若指撰写成书的情况，刘毓盘的态度是认真的，论说也是客观的，反倒是张惠言显得附会。另外，从知识传授层面上来说，附会加上武断，缺乏必备的说服力，其教学效果大概不会很好，在学生的满意度不很高的情况下，自然难以称得上受欢迎的老师。他的学生梁遇春说："他（刘毓盘）是弟所爱听讲的教授。"③ 此话有些言过其实，或许是为了感谢培养之恩而不免带有几分溢美之词，或许是刘毓盘在其他方面表现出色而弥补了他的这一不足，或许是学生上课未能注意到这一缺失，总之，应当重加审视，以防后人仅据此对刘毓盘授课效果做定论。

第二，词学思想的补充。他的另外两部著述，即《词史》"示学者以纲要"④，《唐五代宋辽金元名家词集六十种辑》重在辑佚，理论建树有限。比较之下，《笔记》承载了一定量的理论，因受到的关注度不够，那些仅见于此的观点，构成了刘毓盘词学思想的一个补充。这主要表现在对词人词作的评定上。如评大家词：

---

① 《北京大学新组织》，《北京大学史料（1912—1937）》，北京大学出版社，2000，第82页。

② 夏承焘：《天风阁学词日记》，《夏承焘集》第5册，浙江古籍出版社、浙江教育出版社，1997，第212页。

③ 梁遇春：《致石民的信》，《梁遇春文集》，第190页。

④ 李维：《诗史·序》，李维《诗史》，《民国诗歌史著集成》第一册，南开大学出版社，2015，第275页。

北宋柳永为词家正宗。

秦少游词卷三全属俳词。

长期以来，柳词被看作俗词的代表，柳永被认为是大家，但很少有人说他是"词家正宗"。秦词常被视为婉约词派的正宗，此处点明的是"俳词"，何谓"俳词"？"方言俗语鄙陋不文谓之俳词"，同时指出俳词不可学，显然，秦词在否定之列。

又如评小词人：

其实司徒（毛文锡）词和顺之中亦多稳洽。

但须玩其（欧阳炯词）组织字句、调和音节，虽处困境，一无怨言，此非五代当时人所及。

历来词家评五代人词，以毛词为最下，这里指出的是它的可贵之处。欧阳炯词因有描写露骨的床第之欢，历来为众多评家所不齿，这里从字句等角度来解读，评价颇高，可与况周颐述其〔浣溪沙〕（兰麝细香闻喘息）并读，体味其词的意境。这些评论或打破前人固见，或别创一格，虽三言两语，但时有灼见且清新可颂，与当时风行的"梦窗热"区别开来，构成了刘毓盘词学独具特色的一面。

另外，他论词又持以中肯的态度。比如，他说："言五代词必以炯及韦庄二家首称，一以悲怨，一以和平，二家各有擅长，不以人废言，斯可耳。"同时列出欧阳炯的生平简历："专权误国，国人恨之，号为五鬼之一，蜀之亡与①有力焉……。五代词人人品最下者莫如炯……。时代屡变更，初无故国故君之念，盖其人知有富贵，而不知有名节者也。"知人论事，欧阳炯"人品最下"，但其词却"非五代当时人所及"。正是"不以人废言"，一分为二地看待问题，才有如此独到的见解，与他附会说词形成鲜明的对比。这一点和上列见解一并，共同丰富并发展了刘毓盘的词学思想。

总之，《笔记》是当前仅见的研究刘毓盘词学的别样文献，足应引起后人的重视。

（胡永启撰）

---

① 原文作"预"，据刘毓盘《词史》改。

第四章　清代女性词选研究

词选是词学批评的重要形式，体现了编选者的词学思想。五代时期出现了《云谣集》《花间集》等具有歌唱性质的选本。到了清代，词学繁盛，词派迭出，词选亦层出不穷。清代词选兼具表彰流派、宣扬词学主张的功用，词选所遴选的时代、词人、作品风格以及编排体例、序跋、点评，直接或间接地体现出选家个人的词学思想和主张，清代的词选成为词学理论的重要载体。

以女性的词作为遴选对象的选集初现于明末，至清代各类女性词选不断涌现，成为这一时期女性词繁荣的突出表现，又反过来助推了女性词的传播。女性词选又是女性词史文献和女性词批评文献的重要载体，有助于考察、发掘女性词的独特审美价值，对女性词选的研究可以丰富对于整个词史和词学理论批评史的研究。应当注意到，女性词选和一般的词选相比，有其自身的特点，编选者具有独特的视角和标准。

学界对于女性词选关注和研究有逐渐加强的趋势。王兆鹏的《词学史料学》第六章第三节明清词选下的"女性词选"部分，介绍了六部女性词选，分别是《林下词选》《古今名媛百花诗余》《众香词》《历代名媛词选》《本朝名媛诗余》《小檀栾室闺秀词钞》，对其版本、编纂体例、入选情况做了简要的介绍。李睿的《清代词选研究》[①] 是一部清代词选的专题研究著作，然而其中没有涉及女性词选。邓红梅的《女性词史》[②] 无疑是女性词研究的扛鼎之作，该书以"花史同构"借喻女性词的发展史，其中对清代女性词的创作进行了独到、细腻的分析，在文献的运用方面涉及清代的部分词选。

---

① 李睿：《清代词选研究》，安徽大学出版社，2011。
② 邓红梅：《女性词史》，山东教育出版社，2000。

第一节 女性词与女性词选

中国传统的女性文学，由于其独特的视角与体验，在创作中能呈现男性不易呈现的境界，可谓"别是一家"。

一 女性词创作

后世对女性词有不同的解读，有偏见认为女子柔弱不宜为诗，却无意地指出了一个事实——女性更宜于创作词这一柔性的文体。换言之，女性具有天然的与词体的亲和力。因此，女性词具有引人瞩目的内在特质。

女性词的起源、发展和兴盛几乎与词的起源、发展和兴盛同步。随着唐代城市中大量歌伎、艺伎的出现，歌唱乃至创作配乐的"歌词"促进了女性与文学的结缘，并从而成为词体的滥觞。除了以演唱的方式展现词作者的内心乃至进行"再创作"外，她们也有如柳氏〔杨柳枝〕、杜秋娘〔金缕曲〕这样的女性创作。

入宋以来，词逐渐成为士大夫创作的重要文体之一，而女性的词创作也随之逐渐兴起。北宋时闺秀如魏夫人、延安夫人等的创作侧重于描写生活趣味与个人情感，标志着女性词具有自我特征的开始。然而，与后来的闺秀词类似，这时的女性词内容浅近，技巧稚拙。到了两宋之交，孙道绚、李清照等人甚至进入士大夫文学创作圈子。李清照的词学、诗作、学问皆压倒须眉，堪称中国古代女性文学家的巅峰。与此前乃至此后的诸多女性词作相比，孙、李二人词作的遣词造句与命意抒情都追求典雅，这标志着所谓"男子而作闺音"的词体同样可以被女性作者很好地驾驭。

女性词的发展呈现两种倾向：一类保持女性特征仍作闺音，风格为纤细、柔弱、微妙、轻灵，其长处为发扬女性独特的性格潜质，其感情风格往往为男性不能达；另一类则有意识地向士大夫文学风格靠拢，下笔追求典雅，内容趋向关怀国家社会，其内容乃至风格的女性特征渐趋淡化。此后的女性词发展史，大体依照上述两方面发展。

宋亡以后，在相当长的一段时期内，女子"不习吟讴"，文学创作进入相对的停滞期。至明万历以后，随着社会风气的移转与开放，女性逐渐参与社会，学习文化，并参加文学创作。如晚明的叶氏家族中产生了大量优秀的女性作家，可谓当时女性词人的冠冕。吴江沈宜修嫁给才士叶绍袁，他们的女儿叶纨纨、叶小纨、叶小鸾都表现出独特的文学才能。她们的词作与叶、沈家族的男性作者同编入《午梦堂集》中，"午梦堂一门"成为才女的标志性符号。沈宜修的词作下笔典雅、语言精致、感情真挚，而叶小鸾的词作更表现出独特的人生体验，这种生命体验远远超出了一般女性的所思所感。此外，晚明乃至明清之际的女性词家如王凤娴、徐媛、项兰贞等以词名显于世，她们虽然各具风格，但由于才情所限，并没有产生重要影响。

清初社会动荡，女性词风亦与世道一样转为悲伤凄婉。名妓柳如是、李今是以词叙写家国沧桑。清初大词人顾贞观之姐顾贞立孤愤傲岸，独造开阔不凡的词境。徐灿词深沉幽咽，忧生患世，充满故国之思。清代女性词人数量及存世别集甚至超过以往的总和。清代女词人还与男性士大夫词人交往互动，如袁枚门下女性弟子群等，她们的词学活动成为一道特殊的风景。这一时期的女性词风格呈现出万花为春的局面。

明清以来的闺秀词人大多自幼接受了良好的家庭教育，有些女性如王端淑、顾若璞甚至能以女性身份传承家学；她们的婚姻往往门当户对，婚后能成为丈夫的精神伴侣，在完成管理家务、服侍翁姑、教养儿女之余仍然保有对文学的热爱，能够带领家族中的女性进行闺门之内的文学聚会，如沈宜修、黄德贞等。明清时期，江南一带经济繁荣，文化发达，女性文化知识水平远远高于其他地区。闺门之内诗词创作普遍，乡邑之间雅聚之风流行。女性词人层出不穷，其中不乏知名大家。随之而来，女性词的传播亦流行起来，女性词选亦次第产生。

二 女性词选的发展

选本是中国文学史、文学批评史上的重要形式，随着文学自觉化的过程而日益成为文学作品的重要载体之一。选本通过"经典的形成"，引导文学发展的方向，促进风气的演变，其中的批评观念与选目标准均具有重要的文学思想价值。同时，在文献保存与流传尚不易的古代，选本也成为保存文献的重要文本，在今天具有校勘、辑佚、辨伪的价值。而选本在当时的历史语境下，也起到了传播作品、扩大影响的重要作用，并在相当大程度上影响了一般读者的接受，进而影响了读者的文化知识与文学理念。可以说，一种文体的兴衰，一定程度上也可通过相关选本的情况进行观察。

词选在一定程度上反映了作家的接受史。有代表性的词人在不同历史时期的接受度可以通过被词选收录的情况进行考察。目前，明以前存世的词选尚有 10 余部，明代词选超过 30 部。相比较而言，唐宋词选影响较大，明代词选则相对较少佳制，主要以因袭为主，这与各代文学成就的高下有直接关系。有清一代是词选编撰的高峰期，在词学发达的大背景下，各种清人词选，如雨后春笋，层见叠出。其总数多达 100 余种，它们类型多样，体例精整，编撰态度更为自觉，总体质量较高，呈现出远胜前代的风貌。

从选本的形态来看，唐宋时期，出现了选歌型词选、存史型词选和宗派型词选这样几大类型，后世选本规模已经初定。选歌型词选如《云谣集》《花间集》《尊前集》《草堂诗余》。其中"花""草"成为影响后代词选的核心选本，影响深远。南宋时期还出现了以黄昇《花庵词选》为代表的存史型词选，规模庞大，内容翔实，全面展示了唐宋文人词发展的历程。宋末出现以周密的《绝妙好词》为代表的宗派词选，以选为论，所选以临安词人为主，实际上形成了一个词人群的宗派门户。

明代选歌体的词选《花间集补》《草堂诗余四集》《花草粹编》等均一定程度上效仿了《花间集》《草堂诗余》风格，形成了明代的"花草崇拜"。然而，明代"花""草"的选本的旨趣已经发生了变化，取《花间集》的细腻演变为香艳，取《草堂诗余》的通俗演变为鄙俗，花草之风影响至有明一代，反映了明代鄙俗绮艳的词学风尚。词选复经名家如杨慎、汤显祖等人的评选，影响渐大，而评点一体的影响随之及于词学，词选又反过来助推了词坛风气。

明末时期的词选又有新的气象，卓人月的《古今词统》特重豪放词风，选稼轩词约 140 首，从而推动了清初崇尚南宋的词坛新风气的形成，启发了其后的云间词派，振起明代词风，走出唐五代北宋崇拜、香艳笼罩的藩篱。清初的词选《倚声初集》《古今词汇》都表示接续《古今词统》，注重兼收并蓄，和明代众多的"花""草"后继选本情况又复不同。

最早的女性词选出现在明末，随着女性文学活动的迅速发展而出现。明清之际的女性词人，包括闺秀词人和妓女词人，还有一些女性在改朝换代、家庭变故之后选择皈依佛道，成为空门女词人。不同身世有不同的审美品格，时代变迁为女性词选的生长提供了新鲜养料。

将女性词单独选出编辑的情形早在《花庵词选》中就出现了，《花庵词选》卷十题为"闺秀"，选录李清照等 10 位女性词人的词作。明代产生了词学史上的第一部闺秀词选，也是第一部附有点评的闺秀词选，即明人许铨胤的《古今女词选》。该选选唐至明代女词人 17 家，女性词 57 首，并附评语 31 则。许铨胤《〈古今女词选〉小引》云：

> 宋学士大夫，人人娴词，于是风流之所熏酿，筓黛多以词鸣，如李易安、孙夫人之流，咏其得意语，令少游、子瞻遇之而左次。故尔时女子之擅场名家者，凌厉苏、黄、秦、柳而为词正宗，良非偶也。国朝专工帖括，冠进贤者，未必能词，况女子乎？唯杨用修夫人黄氏诗词清新，与其君子寸力所敌，赓相唱和，是易安所不能得之赵明诚，而孙夫人所不能得之郑文者也，亦希觏矣。梁小玉在烟花籍中，而文笔无脂粉气，著述浩富，自诧如董狐，无乃野狐精乎？噫！宇宙寥廓，岂无有负奇幽闺而姓名不扬者？余聊以耳目睹记，录若干首，亦吉光片羽云，读者无以管窥见嘲。①

此小引主要说明了两点：其一，从宋代至明代，闺秀词人词作取得了引人瞩目的成绩；其二，闺秀词值得肯定并加以传播弘扬。《古今女词选》是词学史上第一部专题论述女性词的文献。

明代末期最具影响力的选本是沈宜修的《伊人思》，崇祯十年后刊刻，这也是第一部女性编选的女性作品选集，卷首有叶绍袁序和沈宜修自序，收录从宋至明的女性 46 人约 200 首作品，其中大部分是明人。该选收录的体裁包括诗、词、文，依作者编次，题材混杂，在卷末还汇编了笔记两则和"唐宋遗事"十余则，录古代能文女子的奇闻逸事和评论女性作品的诗话词话等。该选就选型而言是一部存人型选集，即使是编者认为"语非所宜"的残句，也为"存其人"而收录，具有较高的文献价值。其选源既包括编者直接接触的别集，也包括散见于他书的断章残句、出处不明的传闻故事，从书中小字注的只言片语可以了解到收集材料的曲折艰难。该选的小传往往对诗人的美貌、才华予以很多关注，对有天赋的女性抑郁而早逝充满同情，这一风气对其后的女性诗词选颇有影响。

---

① 《古今女词选》仅见于日本尊经阁文库收藏，为明刊本。此选历代书目未曾记载。参阅邓子勉编《明词话全编》，凤凰出版社，2012，第 4941 页。

三　清代词选与女性词选

清代是词的"中兴时期",也是词选的繁盛时期。清人通过继承、传扬宋代词选的方式标举自己的宗派意识,提出自己的词学见解,这成为研究清代词学十分重要的一个方面。清初朱彝尊编纂存史型词选《词综》,体大思精,博采众家之长,成功取代明人奉为圭臬的《草堂诗余》,摆脱了明词淫哇鄙俗之习。此后王昶编《明词综》《国朝词综》等仍然继承了相同的宗旨。浙派还推尊南宋末年周密的《绝妙好词》,朱彝尊积极宣传、刊刻该书,加以弘扬。乾隆时期,厉鹗北上天津拜访查为仁,还与之合作《绝妙好词笺》,不仅使这部选本重见天日,还阐发其意蕴,使其成为浙派提倡"清空骚雅"的南宋词风的经典范本。清代的统治者也以编词选的方式干涉词坛风气,编纂于康熙年间的《御选历代诗余》就是以"雅正"为选词标准的大型词选本。

嘉庆年间,张惠言以"比兴寄托"的思想内容和"意内言外"的表达特征为标准选词,使《词选》成为常州词派的理论奠基之作。清代词选与词论、词派以及作家都有着密切的关系,词选对词学风尚、词学理论的发展发挥了重要的作用,诚如龙榆生先生所说的"风气转移,乃在一二选本之力"[①]。总之,关注某个群体或某个时期的词史、词学史发展情况,需要对词选给予足够的注意。

清代也是女性词及女性词选的繁盛时期,从清初开始,女性词选如雨后春笋,层出不穷。周铭《林下词选》,徐树敏、钱岳《众香词》,陈维崧《妇人集》,钱谦益《列朝诗集·闰集》,王士禄《然脂集》和时代更晚的钱三锡《妆楼摘艳》,顾嘉容、金寿人《本朝名媛诗余》,归淑芬等《古今名媛百花诗余》、薛绍徽《国朝闺秀词综》先后刊行。清代大规模的词选往往将女性词作为附录置于卷末,如王昶的《明词综》《国朝词综》。此外还出现了一批以女性诗词为编选对象的郡邑文征,如佚名《滇词丛录》、《湖南女士诗钞》十二卷、黄瑞《三台名媛诗辑》,第一部有闺秀卷,后两者均附有词辑,这几种书均以保存文献为首要目的。

清末价值最高的女性词选是徐乃昌的《小檀栾室汇刻闺秀词》的丛刻

---

① 龙榆生:《选词标准论》,《龙榆生词学论文集》,上海古籍出版社,2009,第78页。

和《小檀栾室闺秀词钞》，前者是从宋至清女性词集的丛刻，后者实际上具有总集的性质，专门收集《小檀栾室汇刻闺秀词》中未收的别集已散佚、只有一鳞半爪散落在其他书中的女性词作。这些词选多以"存人"为目的，主要关注的是闺秀词人的家庭出身和人生经历。如徐乃昌《小檀栾室汇刻闺秀词》汇编闺秀词集，前后 10 集，10 种为一集，收录明末至有清一代女词人别集 102 家。其后，徐乃昌又编《小檀栾室闺秀词钞》计 16 卷，词人521 家。后续《词钞补遗》和《词钞续补遗》四卷又录有 160 家。两选合计选明清闺秀词人 723 人。编者为闺秀词人"存人"的意图十分明确。无论是从校勘的严谨还是从资料的宏富来说，《小檀栾室汇刻闺秀词》和《小檀栾室闺秀词钞》都是首屈一指的。清末民初编选的这两部书，正是收束千年词史的集大成之作。

民国时期，随着文学解放、妇女解放，女性词的选集又一次呈现了井喷式的发展。这一时期的女性词选如胡云翼《女性词选》、孙佩苣《女作家词选》、吴灏《中国历代女子词选》、范烟桥《销魂词选》、李辉群《历代女子词选》，展示了这一领域的繁盛景象。此外还有徐珂《历代闺秀词选集评》、顾宪融《红樊精舍女弟子集》等，各有侧重和思考。

有一些词选十分注意文献史料的收集，选者从各种词话、诗话、史传、笔记、方志中辑录出闺秀词人的轶事及词本事，这些文献从形式上看与词话文体没有任何不同。例如，《小檀栾室闺秀词钞》"黄媛介"之下，罗列了从《林下词选》、张庚《画征录》、姜绍书《无声诗史》、韩昂《续图绘宝鉴》、陈维崧《妇人集》、朱彝尊《静志居诗话》、阮元《两浙𬨎轩录》、沈季友《槜李诗系》等书籍中辑录出来的记录和评论闺秀词人黄媛介及其词作的文字，这些文字可以视为关于黄媛介的词话汇集。这些文字提高了词选的史料价值。

第二节　清初词选《林下词选》

《林下词选》是清初一部女性词选，继明代女性词选之后，开清代闺秀词选之先河，并对后世产生了深远的影响。《林下词选》13 卷，补遗 1 卷，编者为周铭。周铭（1641～?），字勒山，原名曾璘，字苍承，江苏吴江人，诸生。与清初著名文人曹尔堪、徐釚、尤侗、顾有孝等交往。著有《华胥放言》3 卷，编有《松陵绝妙词选》4 卷，《林下词选》14 卷。其词集《华胥语业》1 卷，附于《松陵绝妙词选》之后。《林下词选》为闺秀词选，共选录历代女性词人 205 家，收词 544 首，其中卷一至卷四为宋词，卷五为元词，卷六至卷九为明词，卷十至卷十三为清词，卷十四为补遗。周铭编辑《林下词选》得力于未刻秘本叶绍袁的《填词集艳》与沈尔燨的《初蓉集》，此二书今不见著录。《林下词选》有尤侗、吴之纪、赵沄序。据书中所列，参校者有朱彝尊、扬无咎、赵执信、徐釚、孙旸、姜实节、叶舒颖、冯勖、沈用济、吴尚采、顾嘉誉、戴天瑞、韩矩、李果，多为当时蜚声词坛的人物。《林下词选》有康熙十年（1671）初刊本。

一　《林下词选》的编纂

先来看《林下词选》编选的资料来源。在《凡例》中，周铭自称在编辑过程中，采用了《填词集艳》《初蓉集》两部文献："至所购未刻秘本，则有吾邑叶仲韶先生所订《填词集艳》，于中得十之一二，而吾友西吴沈凤羽尔燨所编闺人词曰《初蓉集》更为详赡，于中盖得十之三四焉，不得不以首庸归之。"如他所述，上述二书中有大量资料被《林下词选》采用，且来源于二书的记载和词评在词选中常以小字注形式出现作为补充。如卷六"张倩倩"小传："《填词集艳》云，倩倩艳色清才，年三十四而殁，遗香仅存一二。"又如卷十四"素贞女子"小传："见《填词集艳》，未详其姓。"卷八"韩智钥"小传："沈凤羽《初蓉集》云夫人余中表也，禀余姑母夫人教，篝灯呫唔如经生……"同卷"黄埈"小传见于《初蓉集》，则词作取自二书的可能性也比较大，惜两书今皆不见，其详细情况难以考实。

此外，编者在书中指明借鉴的文献资料还有：

《女史》：卷一"幼卿"小传云："词见《女史》，不著其姓。"

《花庵词选》：卷一"阮氏"小传。

《彤管新编》：卷三"春娘"词后小字补充材料。

《古今词统》：卷五"洞天女"〔玉蝴蝶〕词后小字引词评。

《诗话类编》：卷五"吴氏女"小传。

《名媛诗归》：卷六"王娇鸾"小传："《名媛诗归》曾录其《长恨歌》一首。"

《青楼韵语》：卷九"刘胜"注明"词见《青楼韵语》"。

《苏台名媛集》：卷十二"吴贞闺"小传所引评语。

《晋安逸志》：卷十四"张红桥"："见第六卷，其〔玉漏迟〕一阕得之《晋安逸志》，今录此。"

除了上述注明者之外，没有明确说明而转引的资料尚有不少。如上引"幼卿"一条，幼卿事迹及词作可见于宋人笔记《能改斋漫录》。周铭所说《女史》一书，今查田艺蘅所编《诗女史》并无此条，或为另一根据历代笔记整理的资料。《四库全书总目提要》云：

国朝周铭撰。铭字勒山，松江人。是集题曰"林下"，盖取世说所载谢道韫事也。其书采取女子之作，自宋、元、明以及国朝，编次颇为无绪。末卷以〔减字木兰花〕词，题为《南齐苏小小》。亦沿田艺蘅之误，而不能正也。①

认为周铭此选与田书有因袭关系，从选材标准上看确有相似处，但该选采撷素材远较田书丰富。上述著书多有亡佚不可考者，赖此选而使部分资料得以保存。小传、词评、校勘使用的材料来源甚广，包括上述《填词集艳》《初蓉集》中的评论，以及明清之际江南学者章嘉祯、陈继儒、卓人月、沈雄等人的观点。

除了上述引用资料以外，直接采自明清女性刊刻的诗词集也占了一定比重。由于明清时期江南地区对女性教育的重视，女性文学活动开始从家族内部走向闺阁之外，闺秀出版诗词集一方面能得到男性家族成员和文坛宿老的支持，另一方面得益于江南出版印刷业的发展。即如卷七仅收录沈宜修母女四人的词作，当取材于叶绍袁所编家集《午梦堂集》，其在"沈宜修"小传中对此进行了介绍。卷十四"王秋英"小传云："近阅《万鸟啼春集》又得其词二首，皆他选所不录。"当是来源于词人的别集，作者对自己取自一手材料补他选之缺是饶有自信的。

该书所选的 104 名明清时期女词人中，有集传世的有 62 人。可以认为其中有相当一部分，编者见到了一手资料，并有选择地抄录了他认为有价

---

① 《词选存目提要》，纪昀纂《四库全书总目提要》卷二〇〇，河北人民出版社，2000，第5519 页。

值的部分。如卷十二"钱涓"小传中引用了她的《抱雪吟》自序：

> 闻之登高能赋，遇物能铭，文人伎俩，岂巾帼所有事，然性之所近，自不能已。忆予甫离褓襁，先子之教予一如所以教子者，予遂得优游寝息于艺林。虽东观图书未穷十乘，而西崑简册聊见一班。即妇薛君，奉事舅姑而外，即与校雠史籍，商略风雅，乐此不疲，忘年永日，何图不禄，中道弃捐。伯也辽鹤游魂，未还华表，予也孤鸾只影，愁对菱花。间以风雨飘摇，破巢取子，忧心惙惙，无复好怀。自分雅宗堕地，翰墨无传，而臭味难忘，时形咏叹。或炉烟一剪，或灯炧半篝，或潇潇渐渐，雨扑窗棂，或胶胶喈喈，鸡催曙旦。思以情生，情因境出，长吟短谣，予将假是为忘忧萱草焉。用是不揣固陋，从事杀青，就正大方，集成颜曰"抱雪"。以余茕茕未亡人，甘向终南阴岭伴老雪蛆，是又区区欲见之素心也。①

从这段文字中，我们可以看出清代闺秀在童年时可以接受和男性程度相当的教育，出嫁以后也可以凭借自己的才学与丈夫进行精神沟通，从而获得真正意义上的爱情体验。诗词写作成为其一生中各阶段的重要支撑力量，而将自己的作品刊刻传世，显示出成为中年妇人的名媛闺秀对自己的写作事业有着强大的自信。该词选丰富的材料来源和编辑者开放的心态，使这篇序文得以保留，也可见这部词选具有多方面的特色，自相矛盾而能和谐统一。

《林下词选》校勘严谨，突显音律追求。由于当时女性词传播途径狭窄，尤其是明清两代的作品。如果要求编者得到多个版本进行参校，未免过于苛刻。虽然编者在编辑过程中做了认真的校勘工作，但仍存在很多问题。对于不同版本的异同，作者均以小字形式在词中或词末注出。这种校勘主要出现在宋词部分，如李清照的〔如梦令〕（谁伴明窗独坐）词末注"一本误作向丰之"，〔浣溪沙〕（楼上青天碧四垂）注"一本误刻周美成"，〔菩萨蛮〕《闺情》（绿云鬓上飞金雀）注"一本误作牛峤"，〔浪淘沙〕（帘外五更风）注"一本误刻六一居士"。虽然实际上除了最后一首作者无可考外，另外几首编者以为他本误刻的都确为别人的作品，编者周铭将其列入李清照名下才是真正误收。又如收录的朱淑真的 11 首作品中，〔生查

---

① 周铭编《林下词选》卷十二，清康熙十年（1671）刊本。

子〕（去年元夜时）作者为欧阳修，〔柳梢青〕《咏梅》（冻合疏篱）作者为扬无咎，编者的论断系沿袭明代以来人们的错误认识，今人如果苛求过多未免成了以今律古。虽然编辑过程中由于材料不丰和作者的主观揣测存在一些校勘失误，但他选择某首词之时必然确信其符合自己为该书制定的选拔标准，因此本文论述编选特色时对误收之作也不进行特别回避。

编者在《凡例》中说："选词之难十倍于诗，盖诗之途广，易求佳什，词则拘于腔调，作者极少，而求其协律者尤不可多得。"① 可见，协律是入选的一个重要标准，编者周铭对此十分重视。但由于闺秀词的总量并不丰富，如果强求协律方可入选，则不得不在文学性上打折扣，于是他对入选的每首词是否合律都进行了精审的检查，不合律的字句全部在词末尾用小字标出。

《林下词选》的编选标准有不稳定和取材任意性的特点。这里所说的标准不稳定主要有两层意思。首先是对不同时代的作品遴选的宽严标准不同。宋元两代入选作品多有作者姓名不可查考者，如前所述，未待考证来源的作品只要符合编者的期待，也径行入选。而对于明清女性词，编者能接触到一手资料，就进行了从容的精挑细选，往往注意个人不同风格词作的平衡，使其不同风格的作品得到展现。其原因一方面固然是宋元时期作品较少，可供选择的词作不如明清丰富，另一方面说明编者所持的标准是有弹性的。其次是对于不同作者艺术风格的评判，与编者在序和凡例中确定的标准或同或异。词选卷首有尤侗的序：

> 愚独谓韦母《周官》、大家《汉志》、宋尚宫《论语》、郑孺人《孝经》未免女学究气。小窗功课，吟咏为宜。而诗余一道，尤为合拍。正以柳屯田"晓风残月"须十七八女郎红牙缓唱，即髯苏"大江东去"终不如王子霞歌"花褪残红"使人肠断天涯也。②

这段话表明了如下观点：其一，女性钻研儒学难免"女学究气"，不如究心文学；其二，在文学当中，词的文体性质及音乐性质均为女性化的，因此女性比起男性来格外具有优势。叶嘉莹在她的《论词学中之困惑与花间词之女性叙写及其影响》一文中写道："如果从西方女性主义所提出的两

---

① 周铭编《林下词选》，凡例。

② 尤侗：《林下词选序》，《林下词选》。

性语言之性质方面的差别来看，则毫无疑问的，诗之语言乃是一种更为有秩序的明晰的，属于男性的语言，而词则是比较混乱和破碎的一种属于女性的语言。"① 叶嘉莹进一步指出，词的这种混乱、破碎、长短不齐的形式正是词曲折幽隐的特点的成因。从这个角度看，女性的词是基于闺阁生活的体验，这是男性拟作所不能达到的。这一点被该词选的编者周铭所承认。周铭在自己所作的《凡例》中说道："帏房旖旎之习，其性情于词较近。故诗文或伤于气骨，而长短句每多合作。考其声律，挹其风韵，定非丈二将军所能按弦而合节也。"② 此正与尤侗的观点异曲同工。他认为女性受生活范围、性情特征的影响，更适宜创作词，并且其声律风韵往往能有男性词所不能达到的艺术成就。从中也可以看出，周铭对于音律十分讲究，这一点也在选集中以严谨地进行音律校勘的形式体现出来。

这种编选标准的不稳定向其负面过度滑落，导致了选材上菁芜并蓄的结果。对究竟入选作者的哪些作品，以及作者间如何编排，该集的处理亦较为粗疏。如周铭在《凡例》中所说，女性词人的爵里世系相对于男性来说较难考证，所以他采取的方法是"兹于元明则约略次第，直以鄙意先后之，而国朝诸秀大率随到随梓，甲乙出于无心"，并未究心于时代生平之考据。

诚如《四库全书总目提要》对该书"编次颇为无绪"的评语，编者在编次时不但时间先后有错乱，而且在同一时代中将传说人物、笔记琐闻的记载和现实中的女词人混排，显示出在选材方面的随意性。如该书所选宋代女性词作，共 65 人 142 首词，单从数量上看相当丰富，但如仔细考察词人小传和词作内容，不难发现，入选的词人不乏传说故事和戏曲小说中的人物作品，足见编者拣择之粗率。如卷三中所选"王娇娘"词 7 首，词人小传云：

　　王娇娘，字莹卿，梅州王通判女。王有甥申纯，字厚卿，宣和间与兄纶同及第。纯常寄迹王署，娇因与善。后王受帅府聘，娇竟以忧卒，留诗别生，有"汪汪两眼西风泪，犹向阳台作雨飞"之句。纯闻讣得诗，亦悲愤成疾而陨。王遂举娇枢归于申，合葬于濯锦江边。后

---

① 叶嘉莹：《论词学中之困惑与花间词之女性叙写及其影响》，《词学》第十一辑，华东师范大学出版社，1993，第 165 页。
② 周铭编《林下词选》，凡例。

人见有双鸳鸯飞翔其上，名为鸳鸯冢云。

这段故事完全取自明清时期广为流传的小说《娇红记》。这篇小说的时代尚无定论，李剑国、陈洪主编的《中国小说通史·唐宋元卷》，章培恒、骆玉明的《中国文学史新著》等都认为其创作于元代，小说的作者一般认为是宋梅洞。词选编者在小传中概括了情节的始末，只是省略了原作中为制造冲突点而创作的闺房幽会、偷传信物、逼迫改嫁、婢女协助等情节，使人物经历显得更近实情，语言雅洁更近于文人传记笔法。传情词则完全收录集中。小说中男女主人公进行诗词赠答的作品共有 60 余首，其中词 32 首，比之前的《莺莺传》有过之而无不及，诗词作品的文学成就也相对较高，可以看出小说作者具有较高的审美水平和文学素养。不同词作的水平也参差不齐，有"窗儿外、疏雨泣梧桐"（〔一丛花〕），"常记当时月色"（〔满庭芳〕），"豆蔻梢头春意闹"（〔一剪梅〕）等化用古人成句的，也有"千金身已破，脉脉愁无那。特地祝檀郎，人前谨口防"（〔菩萨蛮〕），"媒妁无凭，佳期又误"（〔一丛花〕）等为情节而作的句子，置之"闺秀词"中，显得颇不雅驯。

与此相似的材料还有卷五王氏，小传中云"闽中魏惟度新编《芙蓉屏记》亦引此词"。词如下：

少日风流张敞笔，等闲扫就云烟［写生不数黄荃］。芙蓉画出最鲜妍，岂知娇艳色，翻抱死生冤［缘］。粉墨［绘］凄凉余绘质［幻影］，只今流落谁怜，素屏寂寞伴枯禅。今生缘已断，愿结再生缘。（卷五·王氏〔临江仙〕《题芙蓉屏》）①

在编成戏剧之前，《芙蓉屏记》已有小说，即《初刻拍案惊奇》卷二十七"顾阿秀喜舍檀那物，崔俊臣巧会芙蓉屏"，其中已经有这首词。而在《芙蓉屏记》小说出现之前该词未见流传。但要说明的是，词选中这首词的文字与各小说均有出入，如引文中所标注。词选中的这一版本高于小说中词的表达技巧，更具文人化的特点，该词的这个版本也未见于他书记载。究竟是故事附会于词，还是文人造词以附会故事，则难以考据。

对待一些材料来源可疑的作品，作者明知其不可信，依然采纳，以此

---

① 引文［］中的内容为与《初刻拍案惊奇》中有区别的文字。

保存珍稀的史料。如卷五所选"洞天女"小传云：

> 玄（原本避讳作"元"）之《梦游词序》云："夏夜倦寝，游神异境，榜曰'玄妙洞天'。见一少女独立于中，朗然高咏云：'欢非有欠，觇自不来。彼何人也？两心是怀。惟君与妾，双双不散。姚女既嫁，得国之半。'歌已，命侍儿传语曰：'与君有缘，把臂密迹。今时未至，请速退矣。'余心异之，翻然而醒。自是之后，不数夕一梦，其邂逅之详，自有私志。所歌之词，聊籍于此，以示好事。"夽丘道人跋曰："玄之必有所为，难于显言，托之华胥耳。"玄之、夽丘不知何许人，欢、觇八句必是隐语，词共十有八阕。今录其半。[①]

同一人的作品入选 9 首，在这部词选中是相当大的分量。而从编者的评论和小传中所引资料可以看出，对于这则故事之伪他是心中有数的。明知作品可能为男性作者伪托，依然将其大篇幅收入集中，这个做法是值得深刻玩味的。八句"隐语"纯属字谜，并不需要词作为解读的线索。所选 9 首词全拟闺中女子的生活情态，在侍女陪伴下照镜梳妆、绣花女红、赏花看柳是其全部生活内容，对生活内容的描绘事无巨细、不厌其烦，如"女伴声停刀尺，蟋蟀争鸣四壁"（〔谒金门〕），"芙蓉面瘦，蕙兰心病，柳叶眉颦"（〔眼儿媚〕），"菱花低照拂眉梢，玉梳云发润，不喜上兰膏"（〔临江仙〕），"对镜梳妆，愁见那、怯怯容颜瘦弱。……看取杨柳腰肢如削，珠履玲珑，罗衫雅淡，件件无心着"（〔念奴娇〕）。这些词作中也看不出有寄托的情怀，内容和风格都像对花间词进行的学习和模仿，表现出男性作家对女性闺阁生活的审美期待，以及对物化的、精致化的女性的鉴赏和玩味。这类作品与女性自己写作的闺中生活有明显的区别，词中女性的喜怒哀乐都是简单的、平面的，好像一幅工笔画，面对她的观众展示自己，以柔弱、美艳、相思病容为美，没有可供深思的余味。

此外如"梅香和杏倩""吴城小龙女"等皆出自笔记琐闻，编者编辑之时未对出处加以说明，如果读者不细加考据，很容易混淆现实和故事。

编者在选择这些作品时，一方面不注意选材来源的真实性，另一方面在关注文学性之余，不介意本事的真伪，甚至对背后的故事津津乐道。这种个人的审美偏好致使他编选的标准出现了前后不一致的情况，也和他在

---

　① 周铭编《林下词选》卷五。

序中提出的原则不能相符。足见这只是文人风雅之趣，而缺乏应有的学理，除反映当时士人风尚外，无甚文献价值。

词选的最后一卷"补遗"中，还收录了苏小小、花蕊夫人等人的词。这些作品明显是后人伪托附会之作，编者熟悉词史，显然不会是无心之失，而是出于资料求全心理的明知故犯，即便是传为女性创作的无稽之谈也一并收录。这也并非编者一家之过，肖鹏在《群体的选择——唐宋人词选与词人群通论》一书中对这种做法提出了批评："选本后面附录的补遗、拾遗、外集，是一种不负责任的流行做法，大多数情况下，它不仅与正卷难以形成统一的整体，而且往往选源不同、去取标准不同、编选者不同，徒乱自家选阵和选心。"① 这部词选的"补遗"正存在这样的问题。本事和来源的出处更多要依赖词选文本以外的资料才能得以了解，这也是卓人月《古今词统》、田艺蘅《女诗史》及众多词选本的通病，不能苛责编者。在它后面出现的女性词选，则不再有这样的情况，在选材方面明显严谨得多。似乎可以认为，在朴学尚未成为主流的康熙朝，其空疏的学风深受明季影响。

总体来看，《林下词选》的选材特点是前期求全、后期求佳。早期的女性词，编者出于保护前代文献的考虑，不加考量，悉皆收录，又对其间出现的奇人异事、风流故事津津乐道。而编选到了明清两代，尤其是在清代的女性词遴选方面，虽然总数大为提升，但无论是词人还是作品，都有极高的可信度。清代女性词资料的丰富性使编者在编选过程中游刃有余地发挥自己的审美偏好，呈现出一个真正具有艺术价值的选本应有的形态。

二 《林下词选》的审美特点

在《林下词选》卷首自序中，周铭阐述了自己对女性词发展历程的认识：

> 词虽发源于隋唐，而体格详明、声调修整，至宋始备。一时学士大夫不独以为摹写性灵之资，而且以为润色廊庙之具，以致闺阁之中，

---

① 肖鹏：《群体的选择——唐宋人词选与词人群通论》，凤凰出版社，2009，第 233 页。

其谐音协律，如抗如坠，彬彬大雅如此，由上之所尚在是也。故余之论次，断自宋始。晦翁有言，我朝能文女子惟李易安、魏夫人而已，然则弁斯集者，舍易安居士而谁乎？①

此处简要追溯了宋以来杰出女性进入词史的过程，并标举李清照为女性词人之冠冕。在这里，周铭认为士大夫和统治者的提倡，是词传播到闺阁的根本原因。但编者显然不认为女性词有一个被士大夫提倡、被先贤表彰的开端，就要遵循辅佐政治教化的发展历程。在多种多样的艺术风格中感受古今才女典范更符合他编选的宗旨，在这部词选中，可以看出他兼收并蓄、雅俗共赏的审美取向。

第一，"林下之风"与女性才华。

《林下词选》之"林下"，语出《世说新语·贤媛》篇："谢遏绝重其姊，张玄常称其妹，欲以敌之。有济尼者，并游张、谢二家，人问其优劣，答曰：'王夫人神情散朗，故有林下风气；顾家妇清心玉映，自是闺房之秀。'"② 王夫人即指谢道韫，"林下风气"指清雅超逸的气质。相比较而言，"闺房之秀"更偏重闺房女性美，"林下之风"是超凡脱俗的体现，已经超出了闺房之限。词选题名"林下"，即以谢道韫的"神情散朗，故有林下风气"为标榜对象，呈现出对才女的推重。如明末沈自征在为其姊沈宜修撰写的《鹂吹集序》中，以"林下风气"赞美其姊的"天资高明""触绪兴思，动成悲惋"。以"林下"比喻女子文学才能，为明末以来惯用之语，但其意涵在当时已经有了新的开拓。"林下风气"及"闺房之秀"成为两种相对比的理想女性类型。《林下词选》在当时广为传播，影响甚大。

女性文学才能的提升与家庭教育直接相关，《缀珍录——十八世纪及其前后的中国妇女》指出：

　　对女儿的教育在盛清一世变得越来越重要。在婚姻市场上，博学标志着一个女子成为众人争相延聘的对象，成为一个不仅能生育子嗣还能为儿子们提供最优越的早期教育的未来母亲。再进一步说，她在亲朋戚友和整个社会眼中还是她的"家学"传统的继承者。女儿的满腹诗书是她家书香门第深厚渊源的缩影，因而也是她值得聘娶的一个

① 周铭编《林下词选》自序。
② 刘义庆著，余嘉锡笺疏《世说新语笺疏》，中华书局，2011，第604页。

关键标志。①

美国学者高彦颐也对这一现象进行过研究，其在陈述了明清之际文人欣赏"荀奉倩重色"这一社会风气之后，分析叶绍袁和谢肇淛关于女性"德—才—色"三者的思考，总结了这种新变化："叶绍袁和谢肇淛这两位士大夫，事实上提出了两个标准：首先，美是女性的一个重要特征；其次，智力和诗歌才华是美的必不可少的组成部分。女性的长相不能与其内在品质相分离，这些内在品质可能包括天生的才华，但更重要的是道德教养和文化教育的结果。"②

随着女性受到更为优质的家庭教育，明清之际才女文化逐渐流行于江南地区，叶绍袁刊行表彰妻女的诗文，《牡丹亭》在闺阁中流传引发众多女性的点评活动，冯小青"彩凤随鸦"的悲剧故事被多次改编，才子佳人故事成为当时小说的一大热门题材……这些发生在明末清初的事件都表明，女性教育质量的提升和男性对闺秀的新期待使"才女崇拜"成为一个特殊的时代现象。

第二，回文词的选录。

《林下词选》中对于女性才华的推崇通过编者的选择倾向、小传和评语多方面表现出来。词的选取方面，编者对回文体词极为偏爱。回文词是一种特殊的词的形式。吴兢《乐府古题要解》云："回文诗反复读之，皆歌以成文也。"③ 学者徐元对回文诗词的起源进行过完整的梳理，认为回文诗最早出现在晋代，经历南朝、唐五代至宋代而日益发展。回文词则是随着回文诗的繁复、多样发展而在宋代产生的新形式。徐元指出："唐五代词还是词这种合乐的曲子词发展的初级阶段，那时还不具备创制回文词的条件，所以我们至今还没有发现唐五代词中有回文词。一定要在词作高度发展，特别是文人词日益繁荣的基础上，才有可能出现回文词。"并总结出回文诗词的几个特点，即"题材以写景咏物和闺怨为主"，"表现手法以叙述、描写为主，以赋为主，偶用比兴、拟人"，"情景交融，诗中有画"④。

---

① 〔美〕曼素恩（SusanMann）：《缀珍录——十八世纪及其前后的中国妇女》，定宜庄、颜宜葳译，江苏人民出版社，2005，第75页。
② 〔美〕高彦颐：《闺塾师——明末清初江南的才女文化》，李志生译，江苏人民出版社，2005，第172页。
③ 吴兢：《乐府古题要解》，丁福保辑《历代词话续编》。
④ 徐元：《回文诗词简论》，《文学遗产》1989年第3期。

回文词的形式多种多样，最为常见的是词的相邻上下两句之间构成回文的对称关系，能够符合这个要求的词牌必须每两个相邻的句子之间符合上下句字数相等、平仄相对的要求，如〔生查子〕〔菩萨蛮〕，或上句减字倒读变成下句，如〔阮郎归〕。另一种是全首倒过来读也成词，或重新断句变成另一词牌、七言律诗，如〔浣溪沙〕可直接倒读，〔十六字令〕〔捣练子〕〔菩萨蛮〕拆开原句倒读后于平仄无碍，〔卜算子〕倒读为〔巫山一段云〕，〔虞美人〕倒读为七律。

这种表达方式一方面需要作者具有较强的词写作技巧、敏捷的才思，另一方面因为格式固定、意象固定，所能表达的情感内容就会受到很大限制，因而极少有回文体词成为传世名作。相比于为书写怀抱而作的词，回文体更像显示创作才能的一种文字智力游戏，与真正意义的文学创作无涉。女性的文学创作具有游戏性，和回文诗被发明出来一样，是对这一文体熟练驾驭后才能实现的。从这一侧面我们可以知道女性在写作回文词时，已经经过了多年的诗词写作训练，因而对格律、写作手法的使用驾轻就熟，而她们对词的看法也和同时期的男性士大夫相似，甚至将词视为游戏的小道。如陈廷焯认为"回文、集句、叠韵之类，皆是词中下乘。有志于古者，断不可以此居奇。一染其习，终身不可语于大雅矣"①，在这种观念的影响下，虽然男性也进行回文词创作，却很少被列入男性的词选本中，这个现象也是值得注意的。

在《林下词选》中，选取了五首回文词：

> 柳疏垂映长亭酒，酒亭长映垂疏柳。人去促飞尘，尘飞促去人。雁征愁信远，远信愁征雁。弹泪染绡纨，纨绡染泪弹。（卷七·沈宜修〔菩萨蛮〕《送仲韶北归》）

> 柳丝迷碧凝烟瘦，瘦烟凝碧迷丝柳。春暮属愁人，人愁属暮春。雨晴飞舞絮，絮舞飞晴雨。肠断欲昏黄，黄昏欲断肠。（卷七·叶小纨〔菩萨蛮〕《暮春回文》）

> 冻云微压花如梦，梦如花压微云冻。魂傍月边尊，尊边月傍魂。我怜花久坐，坐久花怜我。烟柳幂平川，平川幂柳烟。（卷八·钱夫人〔菩萨蛮〕《回文和美承韵》）

---

① 陈廷焯：《白雨斋词话》卷七，载孙克强主编《白雨斋词话全编》，中华书局，2013，第1271页。

晓花留露春风小，小风春露留花晓。轻燕掠波平，平波掠燕轻。绿阴帘控玉，玉控帘阴绿。惊梦奈深情，情深奈梦惊。（卷八·沈静专〔菩萨蛮〕《春晚回文》）

夜寒垂幕消兰麝，麝兰消幕垂寒夜。鞋凤冷莓苔，苔莓冷凤鞋。月华铺砌雪，雪砌铺华月。看得几时圆，圆时几得看。（卷十三·张学贤〔菩萨蛮〕《月夜回文》）

从明代到清代的五位女词人，都选择了〔菩萨蛮〕这个词牌，换韵频繁、句式单一，适用于创作简单的回文词，形式都是直观的上下句回文，内容包括写景和赠答两种，从构思难度上来说，相对于其他回文词变体是比较容易的。如果从文学性来说，若前半句完全运用平铺直叙的描写，罗列常见意象铺叙景物，则很难在下句翻出新意，则回文词的妙处不能彰显出来，这几首词正有此弊病。钱夫人的词虽然有新意，但因为是步韵之作，内容空泛，情感也显得单薄。

总体来说，书中所选的女性回文词，其文学价值既低于她们非回文体的词作，也没有显示出高于同时期男性回文词的写作技巧，这些有回文词入选的女词人除张学贤外，入选词都不止一首，并非没有删汰的余地，那么编者对于女性回文词的偏爱，只能从欣赏其才情的角度进行理解。

第三，对女性才华的赞赏。

在词人小传中，编者难掩对女性才华的赞赏，详细地记载了多则由于女性的才学出众、多才多艺，其命运转变、家庭和睦，获得当地文人士大夫称赞的事迹，其称赏的态度并不因为女性的出身高低而有差别。编者尤其对反映才思敏捷的事迹兴趣浓郁。

钱塘人，与魏夫人同时，夫人尝置酒邀淑真，命小鬟队舞，因索诗，以飞雪满群山为韵，援笔立赋五绝，夫人为之心折。（卷二·朱淑真小传）

成都官妓，性黠慧，能词速敏。值帅府作会，以送都钤帅，命才卿作词，应命立就，都钤大赏其才，以饮器百星送之。（卷四·赵才卿小传）

词选中又有如宣和时观灯女子赋金杯自解事，管道升以词阻止丈夫纳妾事。而青楼出身的女词人才思出众事例更富，如严蕊即席咏红白桃花和获释后填词自解，南宋妓女楚娘从良后填词一首赢得正室的谅解，不仅以能词扬名，还以词获得生活中实际的好处，获得和丈夫平等交流的机会。能否即席填词作诗，是对男性士大夫才华进行评判的常见标准，如宋人对苏轼即席填词、能援笔立就十分赞赏。到了明清时期，才思敏捷也成为名媛才女的标志之一。至于闺阁之内的琐事秘闻传于男性士大夫的世界，则很难排除传说的可能。编者征用男性世界的批评话语，建构一个虚虚实实的闺阁文学世界。一方面，编者借他人的闺中情事传闻满足窥私和艳羡的心理；另一方面，传闻揭示了诗词是沟通闺阁内外男女之大防的特殊话语系统。诗礼传家的家族中，女性和男性亲属诗文唱和赠答在当时确实已是实情，这要以女性的才藻丰赡、才思敏捷为基础。即使此类传闻真伪没有定论，但放在女性文学史的视域来说，此类观照和想象，可以看出编者对女性才华的重视。

女词人的才华往往是多方面的，工于诗词只是其中的一方面，女性多才多艺，尤其是善于书画，则往往受到更高的评价，如"画学寒山，赵文淑，其花草为吴中第一"的郭琴，"能文词，行草皆有法"的杨宛，"善属文，兼精书画"的徐灿，"久以诗文擅名，其书画亦为世所珍"的黄媛介，"善书鼓琴，束牍有晋人风致"的吴贞闺等。虽然书画技艺和女性的文学才能之间并无必然联系，但编者还是在词人小传中不厌其烦地评点其书画成就。不难理解，才女的才情如果能通过书画展现，则更符合其受到过良好教育、秀外慧中的闺秀形象。诗词才华连同艺术才华一起，构成了编者对女性才华的整体期待。

三 雅俗共赏、题材多样

编者对女性词的评价采取了一种十分开放的态度，体现出对各种风格的兼容，早期选词不避艳俗，明清两代部分则以"雅词"为主。他虽然提出了关于闺帷本色的见解，但在具体的评价中，各种风格的女性词都能被加以欣赏，而那些能突破闺阁风气的女词人，编者给予了更高的赞誉，所用评语与点评男性词人之语并无明显区别。以下分风格进行论述。

（一）闺帷本色

> 著有《石园五集》，牧斋钱宗伯为序，雪堂熊少宰称其诗余秾纤情

丽，不减易安。（卷八·朱中楣小传）

小词字字婉媚，得《花间》之神者。（卷八·顾若璞）

庐州人，有集行世，其词风度嫣然，自是闺帷本色。（卷十·张娴娴小传）

词多韵语，不杂脂粉，自是香闺雪艳。（卷十二·孙兰媛小传）

字瑶芳，嘉兴人，屠成烈女。适孙渭璜，是为黄月辉之媳。其小词情思婉约，不让乃姑。（卷十二·屠苣佩小传）

苏台名媛集云其诗词举体芳隽，不减李夫人姗姗来迟时也。（卷十二·吴贞闺小传）

这是本书收录的词作的最主要的风格。关于"闺帷本色"的具体内涵，编者并没有给出一个清晰的解释，从编者在《凡例》中定下的题旨来看，最符合本色的前代楷模是李清照。易安词含蓄、婉约、清丽的风格，确实在后代女词人中影响很大，或者说，易安词中所涉及的生活范围、情感体验，后代女性与之相比只是有减无增。闺中生活的单调决定了女性词较为单调的内容和情感，运用"秾纤倩丽"的笔触描写精致、细腻的生活细节，成为大多数女性词创作的主要风格。

编者对于这种"本色"的期待是"不涉脂粉"，是能写闺阁生活而自饶风度，丽而不俗。这类词作最常见的题材是咏物、观景、亲友赠答，感情的表达纡徐和婉。"词多韵语"即"举体芳隽"，指遣词造句方面流丽雅致。"李夫人姗姗来迟"典故出自《汉书·外戚传》，其写李夫人步态："是邪，非邪？立而望之，偏何姗姗其来迟。"① 其原意指女子步态优雅从容、不疾不徐，这里编者所引的评论，意在以之形容吴贞闺的诗词风格啴缓而摇曳生姿。如下面两首词：

晓窗怯怯罗衣薄，痴打鹦哥豆落。呼鬟欲剪雨中花，为甚泪含来，花人情自各。睡起情丝关不住，织在眉峰一处，非愁非病为谁来？痴倚玉楼前，忘却收针刺。（卷十二·吴贞闺〔临江仙〕《春闺》）

湿云销尽朝阳敏，庭前绿遍忘忧草。玫瑰香浓，紫霞凌晓，重帘不锁炉烟袅。树头梅子青多少，熏风吹透荷钱小。愁在眉山，忪看林表芳菲，又恐莺啼早。（卷十二·屠苣佩〔七娘子〕《喜晴》）

---

① 《汉书》卷六十七《外戚传》，中华书局，1962，第3951页。

第一首词写闺中女子在落雨的春日触发了难以名状的愁绪，见到雨中花，念及花含泪与人愁绪相通。下片点出约束不住的是情思，堆在眉头，乃至女红都不能专心完成，只是停针痴想。这种心绪不是因为病和愁，而是作者含蓄透露出的闺中少女特有的敏感的情思，可能是对春光易逝、青春短暂的伤感，可能是对门外无限风光的艳羡，可能是对未来婚姻生活的迷茫。虽然这首词于词律稍有不合，但细腻生动、婉转低回，确有值得细细品读的韵味。

第二首词则是写春晴，氛围轻松明快。词人在雨过天晴的早上欣赏满园的花红草绿，尽管自己身处重帘包裹的深闺，但心情好像一缕不受拘束的炉烟已经飞到无限春光中。在这样美好的春景中，女词人还是含蓄地表达了她的忧虑：是否不久就会"梅着子，笋成竿"？春天还未过去夏天已经露出一点萌芽，还有几天美好的春光？虽然眼前林表芳菲令人欣喜，但唯恐这个春梦一般的情景被过早唤醒，念此也不禁愁上眉头。

正值适婚年龄的女子对于青春是极为敏感的，一方面是青春的不可久待，另一方面是闺中生涯的不可久留。对于当时衣食无忧的闺秀来说，出嫁意味着生活质量迅速跌落，趁摽梅之期将青春的价值转变为未来生活的保障，这个过程也就是从掌上明珠变成家族底层儿媳的过程。对于婚姻，不能简单说她们是期待还是抗拒，不同女性、不同时间的感情，可能是复杂而矛盾的。明清之际，无论是以叶小鸾为代表的少女出嫁前忽然离世，还是一些女子立志不嫁终生侍奉父母，以及丈夫早亡后立志守节的女子，选择让自己的青春和贞节一起以未亡人的身份凝固，都可被视为女性对居家生活的主动选择，甚或永恒存在。但大多数女性对于整个过程是无能为力的，只能在词中倾吐自己那无处不在的愁思。这种矛盾而反复的感情与男性的怀才不遇有明显的区别，并非男性士大夫通过拟作闺怨能传达的。

在这一风格下，还有一类特殊的词，我们暂且将其统称为"咏物戏作词"，这是一些闺中女子聚会时所作的文字游戏，她们选择的咏物对象是自己身体的一部分和身边的女性物事。如卷九徐惊鸿〔临江仙〕《戏题》："自爱凤头能窄小，踏春纤草刚填，绮窗徒倚尚称艰。只堪莲上步，最懊酒中传。"咏女子小鞋。又如卷七沈宜修〔踏莎行〕《作问疑词戏示琼章》，全词内容为咏其女叶小鸾仙女一般美丽的容貌与衣着。卷十一吴森札的〔菩萨蛮〕《赋得愿在发而为泽》、〔绮罗香〕《赋得愿在衣而为领》和卷十三胡氏〔菩萨蛮〕《又赋得愿在发而为泽和潇湘居士》，以"赋得体"的游戏形式写女性的头发和衣领。

这类作品在女性中流传时原本是闺中戏作，女性对自己性别的体认和对自己被规定的身体特征的认识，都被纳入她们的诗词世界中。但这种认识是自发而非自觉的，虽然我们无法确定闺阁女性是否认为缠足、衣饰是她们自身无法分割的部分，但在进行创作的时候，这些词作的作者显然将这些特征视为女性朋友之间私密而共同的情感纽带。如高彦颐在《闺塾师——明末清初江南的才女文化》一书中说："在女性的一生中，脚所显现出的魅力，一直是她与其他女性相互影响的一个中心主题。女性交换诗歌以颂扬小脚；如诗歌一样，像绣鞋这样的纪念物被广泛用来加强女性间的友谊。"①

女性在词中传达出对自身生活方式的关注，而这种并不以文学价值著称的词作具有最为强烈的女性特征，其普遍的风格是细腻称艳。不同于词初创时期男子代作的闺音，女性自己写作的真实闺阁生活带有独特的性别魅力。当其进入操选政的男性视野，就带有一种暧昧的、难以言说的吸引力，这也是这类作品被选入集中的原因。

（二）高雅澹远

尝题诗扇头，有"叶落空山万木齐"之句，识者谓其清古秀洁，非一时闺阁所能。（卷八·郭璚小传）

填词澹远，真有林下风致。（卷八·钱夫人小传）

其诗余声情尔雅，不涉浓艳，自是大方。（卷八·商景兰小传）

善属文，兼精书画，诗余真得北宋风格，绝去纤佻之习。其冠冕处即李易安亦当避席，不独为本朝第一也。（卷十·徐灿小传）

尝论"词宜铲落铅粉，特出新裁，时惟李易安差足语耳，若朱淑真犹未免俗"。（卷六·孟淑卿小传）

编者对与传统闺秀词风相区别的高雅澹远之风给予很高的评价。在全书女词人小传中，他给予最高赞美的当属徐灿。徐灿一人的词作入选22首之多，以数目论仅在李清照之下，而编者以为其佳作水平犹高于李清照。

徐灿一生身经国变，多有坎坷，能以长短句写兴亡之感、风尘际遇。

① 〔美〕高彦颐：《闺塾师——明末清初江南的才女文化》，第160页。

其夫陈之遴序其词集曰："湘蘋长短句得温柔敦厚之意，佳者追宋诸家，次亦楚楚无近人语，中多凄婉之调，盖所遇然也。……余与湘蘋流离坎壈，借三寸之律，相与短歌。微吟以消其菀结，感愤何遭逢之径庭也。"① 生活的广阔决定了徐灿词题材与其他闺秀有别。在清人眼中，徐灿词的成就正在于不受闺阁风气约束，蒋景祁认为："闺中秀士，惟苏州范夫人、海宁陈夫人无闺阁气。"② 吴骞认为其"洗尽铅华，独标清韵"③。关于徐灿的诗词成就，前人已进行过深入的探讨。就本词选来说，入选的徐灿作品既有遭遇改朝换代和身世遽变后的感时伤事之作，也有题咏季节景物、闺阁生涯之作。在 22 首中，前者占了 10 首，即传统闺秀词题材和非传统题材的比例大体相当。徐灿最为人称道的代表作〔满江红〕《感事》、〔青玉案〕《吊古》均入选。

兹再举词选中另一首这种风格的词进行分析：

> 一帘萧瑟梧桐雨，秋色与、人归去，花底双尊留薄暮，云深千里，雁来寒度，客有愁无数。片帆明日东皋路，送别恨重重烟树，越水吴山知何处？舞移灯影，筝调弦柱，且尽杯中趣。——商景兰〔青玉案〕《别黄皆令》

商景兰是明代名臣祁彪佳之妻，在祁彪佳投水殉国之后，作为遗孀的商景兰承担起教养儿女、管理家事的职责，家中女子皆工吟咏，并邀请家族以外的女性参与她们的文学聚会活动。黄皆令即商景兰的好友黄媛介，由于丈夫家境贫寒，又生逢战乱，不能为官便没有谋生技能，黄媛介便以诗书技能自给，或卖字画或任女塾师，像同时的男性士人一样长期流寓在外，"吴中闺阁皆延至为师"，自称"虽衣食取资于翰墨，而声影未出于衡门"，其困顿可见一斑。她曾受过商景兰的接济，并参与其家族的文学活动。这首词是商景兰为送别黄媛介而作，开篇点明是在秋天雨后，办一场宴席来为她送别，以浓云、大雁烘托送别的伤感气氛，又象征对方四海漂泊的身世。下片虚写一笔，想象送别场景，东皋送别时烟树迷蒙，好友将乘船前往的地方不知远在何方，念及此处又将笔触拉回现实，暂且在眼下

---

① 陈之遴：《拙政园诗余·序》，载孙克强主编《清人词话》，南开大学出版社，2012。
② 蒋景祁：《刻〈瑶华集〉述》，载孙克强主编《清人词话》，南开大学出版社，2012。
③ 吴骞：《拜经楼诗话》，载孙克强主编《清人词话》，南开大学出版社，2012。

的欢宴中共饮几杯。整首词结构完整严谨，意境高远，感情的渗透夹杂在描写中，娓娓道来、层层深入，下片在情感陷入悲痛之前挽住颓势，而以欢会场面振起全篇，无论笔力还是情感，都符合商景兰名媛领袖、大家族长的身份，深合"大方"二字定评。

编者对女性词能避免脂粉气表现出十分欣赏的态度。分析这种风格的内涵我们会发现，女性"澹远"词风并不等同于一般所说的"清雅"词风。这种澹远主要是相对于前论第一种词风而言的。它与男性士大夫词相近处主要在于题材的多样化和表现手法的诗化：前者需要将视线离开闺阁，关注更广阔的自然和社会，以丰富的人生体验替换伤春悲秋的常见题材；后者如适当运用典故，降低意象密度，保持人和意象的情感距离，都会产生澹远的特征。

（三）悲壮豪宕

> 词意悲壮，闺阁中之有侠气者，杂之稼轩集中正复难辩。（卷十一·董如兰小传）

此类风格的词作在词选中数量很少，在同期女性词中绝对数量也是很小的，编者也给予了关注。如：

> 羁人情绪，似禽鱼、误入绦笼难出。极目乡关何处是，云树苍烟遥隔。不敢哀号，恐惊肠断，默默空凄恻。自家儿女，怎叫他个怜惜。应叹两字功名，半生劳顿，堪笑还堪咄。离别伤心，梦中相聚后、醒来悲泣。误我归期，欺他归约，各度如年日。君平频问，故园何日归得？（卷十一·董如兰〔大江东去〕《归思》）

从内容看，这首词写作者为了生计陪伴丈夫在外为官，而将儿女放在家中交给别人照看，想到在外漂泊的艰辛愈发思念家乡。以比喻开篇，直接点出羁旅愁思的浓重，自己像被笼子困住一样无计可施。然后用饱含深情的笔触再三叙写这种困苦心情，交织着对儿女的疼爱，对漂泊生涯的无奈，更不知何时才能像严君平那样归隐故园。整首词感情浓烈，风格悲壮，在女性词作中是不可多得的别调。

> 一片松阴，半庭梧叶，纵横占满空阶。授衣时节，砧声隔墙来。

渐老懒亲刀尺，褰帘望，秋水佳哉。真难料，千余里外，来看木樨开。叹阎浮狭小，斗争坚固，利嫁名媒。怕胸中块垒，辜负新醅。但使逍遥鹏鹍，知何事、荏苒萦怀，高楼晚，孤鸿别浦，乡思忽相催。（卷十一·钱夫人〔满庭芳〕）

女词人在写作时面临与上引董如兰创作时相似的情形：时近初秋，漂泊在外。最大的特色在于语言风格雄健爽利，近于稼轩体。写自己在秋天的一片感触。"褰帘望，秋水佳哉"，虽然异乡风景好，但是"真难料，千余里外，来看木樨开"，为了功名利禄，不惜背井离乡，作者自嘲这样是否值得。数句打成一片，一气直下。下片运用了《世说新语》《庄子》的典故，再次抒发自己对追名逐利生涯不喜却又无可奈何的感情。虽然写的是常见的感情，但作者时而幽默自嘲，时而沉痛悲慨，时而故作放达，其表达感情的方法迥异于大多数女性词。

（四）通俗天然

　　明慧好学，其韵语多出天然。（卷十三·许心檀小传）

该词选中还有相当一部分词是通俗直露的作品，这种风格的作品主要出现在编者没有掌握可靠材料的宋元时期，而在明清两代也有部分女词人作品以通俗明快著称。

宋代俗词主要流传于歌伎中，歌伎自己也可以进行俗词的写作，以此增加自己的身价。该词选中收录的宋代妓女聂胜琼、平江妓、马琼琼、赵才卿、蜀妓、翁客妓，元代妓女乐宛等人的词作都属于通俗直率风格，而身份相同的严蕊、僧儿、尹温仪、京师妓、湘江妓和元代妓女陈凤仪、刘燕歌的词作却文辞典雅。编者对于这种风格和身份差异采取了一视同仁的原则。下面举俗词几例加以论述。

　　雪梅妒色，雪把梅花相抑勒。梅性温柔，雪压梅花怎起头？芳心欲诉，全仗东君来作主。传语东君，早与梅花作主人。（马琼琼〔减字木兰花〕《题梅雪扇》）

作为一首题扇词，我们可以认为这首词可以脱离音乐而仅凭文本获得喜爱，不论其背后本事真伪，其内容十分通俗易懂。这首词使用了象征手法，作者对她预期的男性读者传达了这样的信息：词人自己正如被嫉妒的梅花，希望找到做主的那个人。无论这个预期读者是一个人，还是一个能从中产生预期读者的群体，都有可能在看到这首词的时候瞬间感动于作者那富有柔情和敏感的内心世界，帮助她实现寻找美好归宿的愿望。

> 帘栊卷，穿来穿去双双燕。双双燕，乌衣新剪，天涯游倦。衔花杏苑胭脂片，翩跹掠雨深深见。深深见，雕梁春永，呢喃自遣。（许心檀〔忆秦娥〕《燕来》）

清代闺秀词人许心檀的词风被编者概括为"韵语多出天然"。这首词主旨为咏燕，没有斧凿痕迹，写燕子情态和观赏者与之进行情感联结，恰到好处。

编者采用了一种宽容的态度选取词作，对女词人不同的创作风格都给予了恰当的评价，所选的词作也大体符合定评，表现出编者较高的审美水平。编者对女词人的评论也被其后的词学家继承和沿用，产生了较为深远的影响。

综上所述，《林下词选》虽然有编次草率、内容芜杂、体例不一的问题，但仍是一部瑕不掩瑜的词选。由于编者选取的词作风格多样，入选人数众多，保留了各时期女性词的原貌；其编写的小传中有很多重要的词人资料，为后来众多选本奠定了基础；其对女词人的词作做出了恰当的点评，使人们了解当时一般男性文人对女性诗文的看法更加直观。

第三节　清初词选《众香词》

《众香词》，清徐树敏、钱岳编。徐树敏，生卒年不详，字师鲁，清代康熙朝内阁学士徐乾学（1631～1694）之子。钱岳，生卒年不详，字十青。《众香词》六卷。共选录明末清初女词人 383 家，词 1490 余阕。《众香词》的编排按照先秦儒家"六艺"分为礼、乐、射、御、书、数六集各一卷。书前有清初尤侗、吴绮及满族文人岳端所作之序，署名审阅、校定者有尤侗、吴绮、王士禛、陈维崧、宋荦、曹寅、周在浚、何焯、屈大均，均为清初名人。各集前又有题词。

《众香词》收清代及明代嘉靖、隆庆以后女词人词作，从名门闺秀到婢妾妓女无所不收。各集目录有作者字号、世系、乡里、著述，卷中有详细的作者小传，并注出处，但目录和正文的顺序常不能对应。该书有康熙二十九年（1690）宝翰楼刊本、民国二十二年（1933）上海大东书局影印毗陵董氏诵芬室重校本。

该选还体现出一定的商业性，编者在《凡例》的最后发布广告，希望该选行世以后如再有愿将作品刊行的女词人，可以将其作品邮寄给编者，以延续他们的编辑工作。但这部词选的影响未及其预期强烈，此后二人也没有继续编辑女性词选，但该选小传和评语多为王蕴章《燃脂余韵》、沈善宝《名媛诗话》、徐乃昌《小檀栾室闺秀词钞》、胡文楷《历代妇女著作考》等书采信，影响及于后世。

一 选源：文献翔实可信，难免人情之弊

该书具有选源开阔、资料翔实的特点，但也存在选源的非文学因素掺入致使选阵混乱的弊病。

据编者在《凡例》中所说，该书的资料主要来源有二。一者为邮寄资料，二者为编者四处搜求得来的词集或单篇作品，几乎都是珍贵的一手资料，多有比他书丰富者，词人（尤其是名媛词人）的生平履历记录详备可征。正文中还以双行小字的形式附录了很多关于词人和词集的辅助资料，如词集序文、他人题词等，多为此前他书未具，因而资料价值颇高。此外，所采信的二手资料有归淑芬的《名媛百花诗余》、钱谦益的《列朝诗集·闰集》。

从上述第二种途径得到的作品皆由编者亲自收集得来。编者一生足迹遍布全国各地，所到之处皆有文士与之往来。根据小传中的记述大体可知，编者途经各地必宣传他有收集女性词并刊刻传世之志，因此很多人将自己收集的女性词提供给了编者，甚至可以见到闺秀生前宣称"秘不示人"的诗稿。其中既有无偿赠送，也有编者出资收购的。卷五中记载了这样一个事例，吴县（今吴中区）女子陈翡翠与一少年交往，遭少年始乱终弃，翡翠遂投缳自尽，死夕自焚衣物和诗文稿，故而所存者鲜，"少年素抄录者仅得三十余首，余购得之。……余将梓以行世，少年复窃去，自悔慢藏"①。

---

① 徐树敏、钱岳编《众香词》卷一《陈翡翠小传》，上海大东书局，1933。

可知编者在搜求资料方面，资金和精力都投入甚夥。

编者对于女词人的词风介绍往往混杂在生平介绍里，但很多时候入选代表作的风格和生平无法形成对应，其家族背景对词风也没有产生直观的影响，因此了解其传奇人生并不能帮助读者知人论世，如下例：

> 沈榛，字端孟，嘉善人。明南昌司李玉虬公女。幼失恃，外父手授《诗》《礼》《内则》及三唐近体《香奁》《草堂》诸集，故所拈小令长调皆清婉有致，书法秀劲得九成宫意，能背读《纲鉴》，于古今理乱沿革举一得十，不愧巾帼学士矣。年十五归钱书樵孝廉，温清定省，寒暑无间，书樵乙未成进士，司理池阳，相佐多政声。时寇警渐迫，遣避山村，端孟佩匕首以备寇，闻即遁去。后同书樵乞归，茹斋事佛，内外拼挡皆其贤也。哭孙多哀感之作，年五十二而卒。①

前引这段小传的最后几句话表明了作者得到这位女词人词稿是其家人亲手所赠，或许也正因此，他详细记录了这位女词人不为人知的生平经历，而不是像介绍其他词人一样仅仅做记述亲属关系的平面介绍。这位富有才华的女性，也需要依靠男性的传扬才能使其文学创作保存下来，所选作品表现了她"清婉有致"的词风，但和她的生平经历并不相关。与之相似的还有卷一邓太妙，编者在小传中详细记录了她的经历：以继室身份嫁于朱翔青后夫妇相得，时常诗词唱和，而后其夫病故，太妙以悼文扬名关中，再后来李自成兵乱起，太妙才名为其所知，遂至流离失所，在驿馆留下许多叙写身世感慨的题壁诗。在讲述她的一生经历之后，编者写到了解这段传奇始末缘由："壬申长至华山，王无异征君下榻草堂，出示二阕并志其颠末。"

在小传中，编者有时会说明获得词稿的机缘，并对赠稿人表示感谢。如卷一沈榛小传末尾写道："……辛未秋，余游武塘，忝竹林之雅，书叔授其《洁园全稿》，深得草堂之隽，仅采其尤者。"也正是由于这种当面赠送的方式，使编选过程不能完全秉承一视同仁的客观态度，不得不受到一些人情关系的影响。被着重托付的词稿，编者就会有倾向性地放宽标准，影响女词人入选作品的数量和质量。如卷一赵承烼，词选中选了她的 17 首词，据编者在小传中的说明，材料来源是"难弟昊野出示全集，属余评定"。在

---

① 徐树敏、钱岳编《众香词》卷四《沈榛小传》。

入选的词中，除了〔竹枝词〕四首组词外，还有使用〔桃源忆故人〕〔传言玉女〕〔爪茉莉〕〔金菊对芙蓉〕等较为生僻的词牌写的词作，作者不能熟练驾驭词牌，从水平上来说词作不过平庸之作，题材也不出闺阁词常见的咏物、写景、赠答等，其文学价值并没有明显高于其他人，却被放低门槛，大批入选。又如同卷的钱凤纶，编者在小传结尾写道，"己卯七夕再晤珠湖，孙无辉孝廉属余入选并付梨枣，足志世讲之谊"。现在无法考证孙无辉与钱凤纶之父钱绳庵之间的友谊，但我们可以认为在人均入选 3~5 首的词选中一人入选 24 首，应该或多或少与这句嘱托有一些关联。编者在小传中对其蕉园诗社的活动也有详细的记载，并由衷地表示赞叹，虽然钱凤纶在清朝确为一杰出的女诗人，但客观而论，其词的成就并不能超过列位卷首的徐灿，而后者的词作也仅有 13 首入选。类似的情况还有卷一李朓、卷三金庄、卷五李端生等，入选词均是接受他人手授的赠稿。

另外，编者所撰的词人小传也或多或少受到赠稿人的"干扰"，如卷一查清小传云：

> 有大德，善持家，贤而不妒。决疑处难数出奇谋，刺史赖助甚多。晨昏课子，人称严母，散财好义，乡里艺林咸钦坤德，诚巾帼学士也。其琴书吟咏乃余事耳。有《绿窗小草》，云间闺秀曹苇坚序之行世。①

在查清入选的 9 首词后，还有钱岳所作的一首〔玉女摇仙佩〕并一段小字："戊寅上巳，舟过黄歇浦，访曹十经，征其一家词，并惠刘夫人查太清《绿窗小草》，属余入选，漫题卷末。"曹十经即为《绿窗词稿》作序的曹鉴冰（苇坚）之父，曹鉴冰和查清为闺中密友，由此可知这也是一部亲友托付的词稿。反观小传，编者不仅记载了其生平，还十分罕见地在小传中表明其文学作品的成就相比于为人处事的高尚品德只是小道，着力表现其办事才干，对其夫妇唱和、文学活动、词作风格只字未提。而在该选的大部分词人小传中，编者时常流露出看重才华、感慨女性传奇经历的笔调，如卷二吴朏小传"女工之隙弥不综览，若史汉离骚文选及李杜集，虽当操作未尝释手"，卷一记翁孺安"句效长吉，则牛鬼蛇神，穿天出月，雕戈谲鼎不足以为其色也"，卷五记载明末女性战乱中黍离悲歌的事迹更不胜枚举。小传中推尊其行事品德的文字既是编者对此兴致浓郁的体现，或许也

---

① 徐树敏、钱岳编《众香词》卷一《查清小传》。

部分地出于赠稿人的托付和女词人自己的期望。

尽管该词选中入选的大部分女词人都刊刻了别集，但其词名的传扬不能依赖流传在家族亲友小圈子中的词集，一个汇集全国作品的大型词选的作用是不言而喻的。操选政者应当坚持既定的选拔标准，慎重对待每一位词人，即便不能反映当时的普遍词学观，至少应该在其中如实反映自己的审美倾向。不得不说，社交人情的因素使这部选本难以从入选比重来分析编者的文学审美旨趣，这也是该选广阔且高可信度的选源产生的一个弊端，但作为保留女性词的宝贵文献材料，依然瑕不掩瑜。

二 选阵：词人身份先行、重视家族传承

这部词选的编次方式特殊，据《凡例》所述，编者出于将不同身份的女子作品区分开的考虑，分为六集：

> 首台阁如夫人恭人孺人小姐，次女宗如姑息母女姊妹，次玉田如伉俪倡酬，次珠浦如离鸾别鹄，次云队如婢妾媵女冠宫披，次花丛集列卷末书妓不名。①

"台阁"一集在正文中作"笄珈"，意为所选都是台阁高官家族的女子。编者在卷首题词中对该集的女词人做出概括，第一集题词中，编者写道："故用台阁而为压卷，可推六艺班头，倘得闺房以此传名，必列九卿末座。"编者给入选该集女词人赋予了领袖闺阁文学的使命，认为闺阁文学传名也需要有大力者倡导。该集中入选女性52人，其中大部分是明末清初的士大夫妻女，或有子侄在朝为官的女性。

实际上前四类的区分比较牵强，除了女性身份地位的差别，编者将家族式写作的女词人单列，将夫妻和谐和晚年丧偶的女性分别列出。但编排的实际情况并不符合编者规划的分类方式，如卷一中的王凤娴二女张引元、张引庆是母女传承，也可列入卷二；卷一张启为妾室，瞿寄安身份不明，不符合卷一宗旨；卷一邓太妙"既归于文，春秋佳日，奉太夫人板舆出游，登车吊古，夫妇唱酬，笔墨飞舞，争相斗捷"，这样的事迹显然更合于第三集的标准；卷二张芸为"叶水部白泉公第四子宁州都阃道子公恭人"，也具

---

① 徐树敏、钱岳编《众香词》，凡例。

备收入第一集的条件；卷五"云队"与前四集中清一色的闺秀有所区别，词人主要身份是妾室，但也有生活不幸的普通士人妻子如邵笠、郝湘娥、杨毓珍，前明宫婢尼静照、宋蕙湘，未嫁而卒的少女如王昙影、周姗姗、妓女齐景云、寇湄等。只有第六集中的女词人身份单一，均为各地名妓，并且在各集词的内容里难以看出这种身世差别对作品的影响。

编者原本的意图是通过女词人身份的差异，揭示不同地位、身份女性创作的差别，以及社会地位、家族风气、夫妇和谐、教育出身等因素对女性文学的影响，但由于分类并不清晰，这个目的并没有全部实现。

在该词选的词人小传中，一般详细介绍女词人的身份和其父、其夫的字号、仕宦，这类记载占了相当大的篇幅。尤其是对彼此之间有血缘和姻亲关系的女词人，往往进行详细周密的说明。如卷一杨彻小传云："字朝如，吴县人，庄简公女孙，解元杨维斗公姊，适太学韩君明，为慕庐学士叔祖母。所著有《蟾香楼词》。"其妹杨徵小传云："字元卿，朝如妹，归徐太学名廷栋，为念飓侍郎家媳，有《鹊巢阁词》。"姊妹二人是明兵部尚书杨成之孙，复社领袖杨廷枢之姊，是当时闺秀名媛的典型代表，自幼接受正统的闺秀教育，所嫁的夫家的名望也甚高，她们的地位远高于一般的士人妻女，这为我们在解读她们的作品时更好地理解其心态提供了条件。

该选的第二集中收录的女性词人大部分彼此有亲属关系，编者在小传中的详细记载为我们爬梳江南女性家族创作活动提供了详细可征的资料。如：沈宜修及其三女叶纨纨、叶小纨、叶小鸾，其侄女沈华蔓，侄女暨儿媳沈宪英，小纨之女沈树荣构成一个"母系"文学家族；黄德贞与其从妹黄媛介，其女孙兰媛、孙蕙媛，媳屠苴佩，兰媛之女陆宛椇构成文学家族；张学雅、学仪、学典、学象、学贤姊妹和学典之女杨芝、杨芬构成文学家族。

编者对于这些女词人彼此间的亲属关系、婚姻子女关系记载甚明。由于女性很少有机会凭借个人事迹进入正史，凭借这些记载，我们可以发现明末清初女性文学活动的家族式特点。女性之间的血亲关系比婚姻关系更为牢固，母女、姊妹之间的文学互动十分常见，无论出嫁前还是出嫁后，她们都可以通过诗词写作分享生活感受，她们文学活动的组织形式基本上可以认为是"母系"的。即便在闺秀出嫁后，她们也没有和自己原生的家庭中止文学互动。她们的父亲和兄弟热衷于将其作品推荐给编者，如卷三收录的沈珮过世后"其兄隆九辑其稿，付之梨枣"，毛媞《静好集》由其父毛先舒（稚黄）作序并为之传扬，文中引述毛媞自陈"我近四十乃无子，诗乃我神明为之，即我子矣"。不同于男性作诗的实用性，她确实是以文学为灵魂的寄托，其父颇为之感动，力促其集刊行。这一方面说明清代士大夫对于女性进行诗词写作的态度是比较宽容的，另一方面可以看出家庭因素也是女词人文名得到传播的一个重要因素。

该书中女词人的词选若获得著名文人士大夫的评点、题诗等，则往往将评点摘录甚至全文抄录。小传中收录的士大夫撰序文如卷一陈璘小传云："字兰修，常熟人。瞿稼轩中丞媳，伯申孝廉室。王烟客太常序其《藕花庄集》。"并全文抄录序文内容。又如卷一朱中楣《镜阁新声》有钱谦益序文，季娴《雨泉龛集》有钱塘陆云龙序文，顾之琼《亦政堂集》有桐城钱饮光征君序文，商景徽词集有陈维崧序文，卷三吴山《青山集》有魏禧序文，卷六薛素素诗集有王穉登序。此外还有各种形式的点评、和作、传记等，如卷二王端淑词后附录钱谦益《赠王大家映然子十截》，卷五王苏小传中抄录其夫周亮工（栎园）所撰《赖古堂集》中为她所作的传记。编者对全部引文的出处都有清楚的标注，故现在多数引书虽已散佚失考，赖该选尚可窥其一斑。

对于闺秀来说，她们的身份具有明显的依附性，史籍中的女性往往是作为某家族的女儿、某人的妻子而留下名字。在其成为一个杰出女性之前，首先她是属于某一个家族的，嫁入一个同样优秀的男性的家族中成为通文墨的贤妻良母，成为其父母善于教养女儿的活的例证。编者要对其从女儿到妻子的前后身份变化进行说明，才是一个完善的介绍，女词人的身份和文学才能是一个不能分割的整体。因此，在编者看来，不仅要重视其作品的文学价值，女词人的家族履历也是进行介绍时需要首先关注的内容。

三 选心：弘扬才华与真情

明清之际，急遽变化的社会生活给女性提供了更多可能，面对女词人各不相同的生活经历和道德追求，无论是长于深闺还是流落风尘，编者不以出身论人品，不以人品论词品，而是将才华和真情作为选取的标准，尽量从多方面表现女性的才能和成就，还在简短的小传中展现出女词人的个性特征，通过词人词作多样性的特点，展现出具有真情和才华的女词人群像。

1. 夙慧与天然：表彰才女和女性词

该选重视女性才华的倾向，反映了明晚期以来风气的转向。在明代晚期以来关于女性才学的大讨论之后，社会对于女性文才的看法有了新的转变。岳端序云："副笄袆翟，实有彰于俗美化行，乌得以其出于巾帼而遽少之哉？至谓女子有德便是才，无才便是德，独不闻'为不善非才之罪'乎？"① 副笄、袆翟代指女子，岳端认为女子写词也是有利于教化风俗的，不能因为女性的身份而削弱其价值，至于一般人以"女子无才便是德"否定女性的才学，他用《孟子·告子上》中的"若夫为不善，非才之罪也"② 来回应，原文意为仁义礼智都是人天性中固有美好的品德，如果做了不善的事，也不是天性才具的罪过。这里岳端将天性的品质理解为文学才能，以孟子的观点纠正人们对于女性文学才能的偏见。这反映出男性对才的认可是当时女性词能够通行于世的一大原因。吴绮在序中，流露出对于女性作词的赞赏态度：

> 诗重沉郁，抒壮夫垒块之思；词贵柔靡，写曼脸媌嫽之态。然强誉罗敷之媚，总涉浮辞；侈谈西子之妆，讵曾平视。探来芳信，莫须有之幽欢；误尽佳期，想当然之恨事。何如应浓应淡，自谱画眉；宜短宜长，亲填捣练。③

这段话揭露出两层意思。首先是诗词有别，词不需要具备诗的沉郁之风，不承担抒写块垒之思的功能，词应该是柔靡婉媚的，词的本色是更适宜女性的。其次，历来男子拟作闺音，以臆想的方式写的爱情和美女的作品只是流于表面的模拟之辞，不能切近女性的真实生活和感受，因此女词人写词能比男性更贴近真情。尤侗在序中也说道："卿言亦好，我见犹怜。未免有情，非关无礼。遂忘绮语之戒，重为绝妙之题。"④ 再次肯定了词具有绮艳的本色，不假寄托之说，直指艳情本身。

该选不断流露出对女性才学的肯定，尤其是天才夙慧的女性，每每引起编者的注意。如下面几则小传中的记载：

---

① 岳端：《众香词》，序，上海大东书局，1933。
② 杨伯峻：《孟子译注》，中华书局，2008，第 200 页。
③ 吴绮：《众香词》，序，上海大东书局，1933。
④ 尤侗：《众香词》，序，上海大东书局，1933。

（姚凤翔）凤翔幼博经史，善吟咏。

（吴湘）年十二即工诗。

（杨芝）自幼敏慧，沉静寡言，读书过目不忘，其舅氏以《诗经》讲义授之，辄覆诵如水泻。

（张引元）容止婉娈，天资颖拔。六岁能诵唐诗三体，皆得母王文如之训，左、国、骚、选诸书示之，妹一一了悟，似有夙契。

（严曾杼）幼即颖慧不凡，不俟数习而能女红之事，才一经目已能自出机杼。诗书略一上口辄能背记会悟。

（范姝）早失怙，夙慧性成，九岁时辄能咏新月。

在该书中类似的记录还有很多。这种记传的写法无疑来自历史传记的写法，对于男性的评价也常见这样的描述，但男性诗人的传记中，在少年时期更强调其读书求学坚定努力，而不会有意地将其文学成果归因于天资夙慧。女性的文学更容易被认为是一种天才文学，从以"天然"评价女性词，进而以为女性的文学才能是不假人力、浑然天成。女性天生的聪慧不仅体现在写作上，还在学女红、读经史、背诵古诗等方面得到体现。在评论者的眼中，女作家的偶然性特质被过度放大，因而忽略了女性写作在诗礼之家具有普遍性这一事实。

2. 死亡与闺训：写作生涯的两种挽歌

该选中词作题材大多属吟咏景物、伤春悲秋、相思怀人之类的女性诗词传统题材，题材比较狭窄，而这一点在写作生涯过早终止的女词人身上尤其明显。该词选中记载了大量有才华的女性在出嫁前或二十几岁的青年时期夭亡，这些去世过早的女性通常具有早慧的特质（如卷三王璋、卷四王姜）。其中一部分还记载了去世前后有成仙之兆，如叶小鸾死后"举体轻柔，类同尸解"（卷二），张引元生前梦到神示（卷三）。

值得注意的是，在明末清初时期才女早夭现象是非常多见的。事实上，女性出嫁前后或亡于持家劳累，或亡于远嫁水土不服，或亡于"刲骨疗亲"，死亡率并不会因为才华的高低而发生改变。但在记录者的笔下，像叶小鸾这样出众的才女的早夭得到了更多的注意。"古来才命两相妨"本是针对男性的，"命"是指仕途之穷达带来的生活质量高下之别，对于女性，则成了寿命长短之别。同为女性的商景兰直言"女之夭，不夭于天，而夭于多才"，即认为女性的才华过高使见解不同常人，难以见容于世情，遂至早夭。陈廷焯评叶小鸾〔虞美人〕"咏灯题不落小家子样，一片哀感，真慧心女子，然亦是早夭之征"①，即认为情深不寿，强极必辱，过于聪慧不是长寿之兆。这种言论也使女性夭亡前后称其成仙的托梦，以及扶乩附身的无稽之说有了理论根据。

除了早夭，还有很多女性写作生涯因为人为原因忽然终止。编者在客观叙述之余，也流露出一些惋惜。如沈珮："……既乃不怿，忽自悔曰：才非女子所宜。遂自焚其稿，绝口不谈者屡月。"（卷三·沈珮小传）纪映淮："诗词系少时作，称未亡，曰：此非妇人事也，少作误为人传，悔不及。"（卷三·纪映淮小传），以及纪松实："属纩前一日，检其稿焚之，曰：我生平可以告无愧者，'酒食是议，毋父母诒罹'而已，此不足以留，且留此徒增良人伤感耳。"（卷三·纪松实小传）这是女性在没有任何人妨碍其写作时萌发的矛盾心理，死前也要将诗稿销毁。而更多的情况是家族中人对女性写作的不满，如王璋："诗词虽其所长，然舅宇台先生西泠理学名儒也，最恶妇女作诗，璋仰体舅意，即绝笔不作。"（卷三·王璋小传）。"蓉湖女子"是一个有诗才的女子，但其夫家不满其吟咏，故姓字不传。对此编者评论道："夫女子亦问其持身何如耳，苟大节不渝，而徒以吮毫弄墨为罪，则昔之青丝步障为小郎解围者，宁置之女囚山下耶？"（卷三·蓉城女子小传）即便古代最为人称赏的才女谢道韫，也做过违背"内言不出于阃"的事，那么写作诗词更不能算错误。编者认为如果在大是大非上没有错误，那么对女子的文学爱好吹毛求疵是没有道理的。

编者多次在字里行间流露出对女性突然中止写作的遗憾，也表明了对家庭教导、支持女性写作的赞叹。刊印女性词在当时已是社会风气使然，编者的心态正是当时江南士大夫对女性教育的普遍看法的代表。由此可见编者以选存人、表彰才情的编选宗旨。

3. 爱情与婚姻：抒情的重要话题

该书的编者对才女良配、伉俪情深特别赞赏。按照编者的规划，该书第三集"玉田"专载"鸳鸯并宿，豆蔻同开"的闺中静好之词。实际上反映夫妇情深的词作和词人事迹在各集都有分布，这种偏好，在词则为不胜枚举的"寄外""和外"词，在小传则为大同小异的伉俪情深事迹。姑引小传以为证：

---

① 陈廷焯：《云韶集》卷十三，载孙克强主编《白雨斋词话全编》，第 323 页。

维时阶翻红药，庭茂宜男，剪烛论诗，壁垒相对，亦云乐也。（卷三·沈珮小传）

有句曰："常同仿帖凌晨起，每伴敲诗午夜眠。"唱随之乐可想见矣。（卷四·庞蕙纕小传）

淑章七岁能诗，且善楷，兼工画，琴亦清越，然以非女子事，故隐而不矜。长适无锡华子子三，对月商诗，琴瑟静好。（卷四·刘淑章小传）

倡和闺阁，茗碗琴樽，乐数晨夕。（卷四·查士英小传）

这些小传表明，在当时，建立在爱情基础上的婚姻确实大量增加。尤其是对于闺秀才媛来说，女性的教育水平高，会促使家庭和自己的择婿条件更加严格，甚至书中记载了多则女性自己相中方可订婚的例子，故而拥有门当户对的丈夫并不是很难办到的事，尤其在文化传统浓郁的江南地区更是如此。编者钱岳与原配夫人孟湛也是伉俪情深的典型代表，他们的结识经过也在该选中得到详细记载。孟湛是一个"于诗歌之外喜填词，性沉稳温淑，有林下风"的早慧才女，其父对她的婚姻寄予厚望，于是在该书另一编者徐树敏的介绍下与同样才貌双全的钱岳订婚，而后"湛年十八即合卺于玉照园……钱子与湛坐小楼，炉香茗碗，问月评花，迭相唱和，闺中良友，十三年如一日云"（卷四·孟湛小传）。钱岳继室黄御袍也是一个能文女子，在同卷中收录了她的五首词作。钱岳的婚姻经历在当时的士人群体中具有一定的代表性，钱岳正是出于自己美好的婚姻体验和对夫人的怀念，才在编选该集时对夫妇闺中唱和饶有兴趣，也对才女写作持极为宽容的态度。

该选收录的词作中，闺情赠婿是一个重要的题材，与四季感怀、咏物写景、咏画题画、亲友往来几种题材比重相当，这几类的总和占全书的九成以上。实际上这也是传统的闺秀词题材。其中闺怨寄外和亲友往来也是从功能上区分的，它们可以包含咏物写景的内容，即用丰富的表现手法达成和远在异地的丈夫的精神沟通。

闺秀大部分要拘束在狭小的生活空间内，有一个可以在诗词上共鸣的丈夫是她们在婚后保持创作的重要条件，而当丈夫外出时，思念之情就由此而愈发浓烈。在这些词作中，我们可以看出在"寄外"词中女性如何向久别的丈夫展现自己的深情与智慧。

4. 家庭与风月：各具特色的女性才能

尽管作者对女性文学活动中表现出的才华给予了很多关注，但在记录这些女性的事迹时也会受到道德规范的影响。因人论词、因德论人的做法并不只存在于对女性作家的评价中，但在女性身上显得尤为明显。编者评价女性作家时往往在道德和文学间有所轻重取舍，认为道德规范是女性文学活动的基础和前提，对女作家的孝亲、教子、以身殉节的事迹予以高度赞许。视文学活动为锦上添花，道德成就评价优先于文学评价，这样的做法在女性诗选、词选中比比皆是。不可避免的是，《众香词》中也有这样的例子。例如，卷三杨芬"女红之余，口不辄咏，尤嗜忠孝节义之事"，通文墨使她更能自觉接受忠孝节义的故事。此外，如纪映淮"毁面觅衣食供姑"，"以节孝旌闾"，至晚年自毁少作；又如刘氏身逢丧乱手刃女儿后自缢身死，作绝命词传世等事迹，编者都将其身世遭遇和词作一起完整保存下来。通过这种方式将才女之文学/学问的爱好同其道德形象结合起来，可以帮助读者形成整体评价，使其形象更加完整。

一些词作也表现了词人对女德的自觉依从。如卷一收录的蔡捷词〔满江红〕《吊仁和沈孝女刲股殒命》有"酬地誓将遗体代，呼天暗把炉香爇"之句，又如〔瑞鹤香〕《宜兴周贞女未字守节》有"休说冥途辽绝，温清翁姑，死生何别。古今义烈，差片念，误清节"之句。很多类似言论并非出于编者的概括，而是女词人自己的"经典语录"，可以让我们更直观地了解当时的闺秀如何在女德教育中形成自己的身份认知。

对闺秀名流和风尘女子，编者采取了两套评价体系以相调和。闺秀的贤能是在家庭场域中实现的。如冯体婧"善筹度，多贤能，其教子彬彬有才"（卷一·冯体婧小传），顾若璞"所遗二子女彬彬有文，皆若璞教之也"（卷三·顾若璞小传），柴贞仪"既于归，相夫教子，勤劳井臼，暇辄以吟咏自娱"（卷三·柴贞仪小传）；女性的贤德表现为深明大义，能妥善料理家政并处理好家族内外的各种人事关系，甚至如蒋文琬、许飞云、吴瑗等女词人[1]，在家徒四壁时能够"词藻自给"，凭才学供养全家。这些女性以才谋生的目的却在于帮助自己的家庭，文学才能最终服从、服务于品德的规约。编者试图在传播闺秀词人的声名时，将德与才分而论之，但实际上

---

[1] 徐树敏、钱岳编《众香词》卷四《蒋文琬小传》，卷四《许飞云小传》，卷五《吴瑗小传》，大东书局，1933。

体现出在社会和女性自我的要求下相契合的局面。

如果说闺秀的才华用武之地在家中，那么名妓歌女的才华表现就更具多样性。卷六中，身份不入流的异类女性，除了美貌外，也可以凭借各自的才华和个性，在《众香词》中留下自己浓墨重彩的一笔。如"能画兰竹，作诗词，善挟弹走马，以女侠自命"的名妓薛素素（卷六·薛素素小传），"善画，能琴歌，有绕梁之声"的袁莲似（卷六·袁莲似小传）。编者能尊重不同女性的人生选择，欣赏不同的个性，才使选集呈现出百花齐放、异彩纷呈的样貌。

第四节　清初其他女性词选

明末清初除了一些专题的女性词选之外，还有一些其他类型的女性词选。《名媛诗纬初编》是一部女性诗选，42 卷中有 2 卷为诗余卷，单列可以视为女性词选。《古今名媛百花诗余》是一部咏花词选，是女性词选中的专题词选。

一　《名媛诗纬初编·诗余》

《名媛诗纬初编》42 卷，明末王端淑编。王端淑，字玉映，号映然子，又号青芜子，山阴人，明末著名学者王思任之女，生于"辛酉秋七月八日"①，即明天启元年（1621），卒于清康熙中后期。王端淑学识渊博，是一位创作丰富的女诗人，撰有《吟红》《留箧》《恒心》《无才》《宣楼》诸集，尚编有《名媛文纬》等。陈维崧《妇人集》云："玉映意气荦荦，尤长于史学，父季重常抚而爱怜之，曰有八男不易一女。"② 文学选集外，王端淑还编纂了学术著作《历代帝王后妃考》，足见其史学功力深厚。《名媛诗纬初编》的编纂过程历时 26 年之久，至康熙三年（1664）始编成，是王端淑青年和中年时期的作品。该书有《美国哈佛大学哈佛燕京图书馆藏明清妇女著述汇刊》影印康熙六年清音堂刻本，另有赵尊岳在辑刊《明词汇刊》

---

① 王猷定：《王端淑传》，《名媛诗纬初编·卷首》，康熙六年（1667）清音堂刻本。
② 陈维崧编《妇人集》，载王英志主编《清代闺秀诗话丛刊》，凤凰出版社，2001，第 19 页。

时将该书中的二卷词选命名为《名媛诗纬初编诗余集》收录。本文所据版本为前者。

这部诗选在选取时首先以存人为主，如《凡例》中说："诗以人存，如一人而有专集，则选其诗之臧否。如一人只有一首半首存者，虽有瑕疵，亦必录之，盖存其人也。"使该选通过存人实现文献方面的价值。该书收录以明代女诗人作品为主，兼及少量宋元女性。"诗"取广义，以诗为主，亦附有词和曲，然数量较少，惟卷三十五、卷三十六为诗余，收录 83 位词人的 90 首词作。《名媛诗纬初编·诗余》具有以下特点。

第一，"以纬存经"的道德意图。书名曰"纬"自有编者的一番苦心。"纬"是与经相对之意。在自序中，她说："日月江河，经天纬地，则天地之诗也。静者为经，动者为纬，南北为经，东西为纬，则星野之诗也。不纬则不经。昔人拟经则经亡，则宁退处于纬之足以存经也。"① 即将诗歌的价值推尊到和经相对等的地位，以纬存经，目的在于发挥和《诗经》相近的美教化、移风俗的功能，延续始于诗三百的女性文学对于"世道人心"的价值。从该书的选择倾向和编者留下的诸多评语中可以看出，编者确实有以继承孔子删诗事业为己任的心态，而非仅仅在口头上将"功能性"作为该书标榜的宣传口号。如评方维仪"予品定诸名媛诗文，必先扬其节烈，然后爱惜才华"（卷十二·方维仪），又如评述明末名臣祁彪佳之女祁德渊诗，特意指出她诗好的原因是"忠敏家教使之然也"（卷十二·祁德渊），将其文学才能和家风忠敏联系起来。此类因人论诗的言论在该书的评语中比比皆是，编者站在维护儒家道德礼教的立场上，认为闺秀的道德水准是其文学作品的前提。但"孔子删诗不废郑卫之音"②，所以即便是鄙俚淫艳之作也有所收录。

该选的词作者绝大多数是明代女性，且多有诗作入选，每位词人的名字后面都有编者所撰评语，或为评论其整体词风，或具体点评入选的词作。不过，与选诗不同，数十条评语中，编者没有流露出因人废词的观点，对于词旨不高的作品也能从写作技巧、感情深度方面予以评价，因而评语也是该选最有价值的部分。

由于编者自己抱有社会教化使命，以及书编成后是陆续编成付梓的，

---

① 王端淑：《名媛诗纬初编》，自序，康熙六年清音堂刻本。

② 王端淑：《名媛诗纬初编》，凡例，康熙六年清音堂刻本。

因此编次比较复杂，大体是以创作者的身份、道德水准、时代、体裁多因素混合编次，显得极为混乱。卷三十二、卷三十三和卷四十又收录"擅画事而不能诗者"，只做小传和评论，而没有选录诗词作品，使该选具有为才女存名的性质，这样就在内容上略显芜杂。

第二，淡化性别特征的词学观。对该选中每一位词人，王端淑都进行了简明扼要的点评，既有针对具体词作的，也有针对词人整体风格的，从中可以看出王端淑的词学观，十分值得注意。下面结合词作进行简要分析。

首先是推尊词体。在孟淑清的评语中，王端淑如此说道："诗余继《离骚》，最为近古。闺阁多粉艳，更难乐府，欲得澹远轻新、曲尽情致，正未易得。"（卷三十五·孟淑清）王端淑认为词是言情的文体，在诗、骚两个起源之中，词被认为是对《离骚》继承，就在于词能更曲尽其妙地表达作者的感情。而闺阁女性生活局限较大，难于写作"曲尽情致"的词作。这里是借和其他闺阁"粉艳"之作的对比来赞赏孟淑清澹远的词风。与很多男性词学家不同的是，王端淑并不认为女性情感细腻就适宜词这种文体，她意识到闺秀生活的浅薄单一不利于形成健康的词风和提高情感表达技巧。

其次是赞赏典雅正大的词风。"婉娈正大，调如二雅，愁深三叠，以此入清庙明堂之曲，唐山夫人何足称美。"（卷三十五·商景兰）这是对商景兰〔青玉案〕（一帘萧飒梧桐雨）的评语，王端淑将这首词与《诗》之雅颂相比，赞其风格典雅端正。马淑祉入选的词作〔捣练子〕：

> 花泣雨，月悲风。衰草空阶月影中。坐久不知灯蕊老，清清鹤唳古亭松。（卷三十五）

这首词写词人在一个凄风苦雨的月夜，独坐灯下，对景抒怀，构建出一个苍劲悲凉的境界。对此王端淑点评："高老清孤，光风霁月，此是词家风流濂洛。"（卷三十五·马淑祉）认为这首词典雅正大，像理学家之诗一样内外一片正气，因此值得推崇。虽为女子，实是站在男性立场上加以批评，并将词学以外的理论引入词的批评，并且进一步实现以弘扬典雅词风来推尊词体的目的。

再次是对自然、质朴词风的认同。在评价徐媛词时，王端淑说"词不难于艳，而难于朴。不难于填，而难于切"（卷三十六·徐媛），并认为徐媛的〔渔家傲〕《郊居》写景具有质朴天然之美。又评姚青娥〔竹枝词〕

指出："〔竹枝词〕以俚谑得妙，此等轻脱是太白鼻祖。"立足于〔竹枝词〕原本应有的自然俚谑的风格进行点评，认识到不同词牌应有的风格差异。

最后是崇雅斥俗的追求。一方面，表现为对俗词的批评。卷 36 收录刘翠翠〔临江仙〕《新婚枕畔作》：

> 曾向书窗同笔砚，故人今作新人。洞房花烛十分春，汗沾蝴蝶粉，身惹射香尘。㬟雨尤云混未惯，枕边眉鬓羞颦。轻怜痛惜莫辞频，愿郎从此始，日近日相亲。

王端淑曰："词意不雅。"（卷三十六·刘翠翠）即使认为该词的内容过于香艳，也并没有妨碍她将该作品收入集中，大概是留此以表示对类似词作的批判。另一方面，表现为推崇读书对写作的重要性。如王微〔捣练子〕评语云："词家胜地已为修微占尽，胸中若无万卷书，眼中若无五岳潇湘，必不能梦到想到。"（卷三十六·王微）王端淑的评语相对于这首词的质量来说完全是溢美之词，或许王端淑编纂时看到词人的其他词作引发了感慨，而以评语概括其人词风。以学问为词从来不是一个主流的词学观点，这个观点可以间接地理解为广泛涉猎和观览山水可以开拓词人胸襟，提高眼界，从而摆脱拘束，达到"落想空灵，吐句慧远"的境界，而女性词的境界开拓需要以读书为媒介。

此外，在词评中还可以看出她欣赏感慨悲怆的词风，崇尚以真情作词，崇尚"花间"而贬斥"草堂"等。明代词坛绮艳鄙俗的风尚至此已经完全被王端淑摒弃。顺康时期的主要词学观在推尊词体方面大体相同，而她自己的词学观还不成体系，表现为对部分词人词作的评价过高，对多种风格都给予高度评价，推尊词体也缺乏理论依据。这一方面和点评的形式局限有关，另一方面可以看出王端淑当时提出的词学观念是晚明心学、清初尊体思潮和自己固有道德观审美观几者融合的产物。有学者认为王端淑的词学观在推尊词体方面具有超前的理论价值，恐怕为过誉之说。但我们不能否认，王端淑作为一个优秀的名媛暨知识女性，站在女性的诗教立场进行的这一次词学批评活动具有重要意义。身为女性的王端淑在点评女性词作时，能很大程度上淡化性别成见，就词论词，同时也能熟练地驾驭男性批评家建立的批评话语，淡化自身的性别特征。认识到这一点，有助于我们客观地评价这部词选的理论价值。

二 《古今名媛百花诗余》

《古今名媛百花诗余》，又题名《云烟过眼录》，归淑芬等编，康熙二十三年稿本，共选91人约400首词。另有稿本题归淑芬、沈栗、孙蕙媛、沈贞永四人同选辑，见雅昌拍卖行2010年秋季拍卖图录。本文所据底本为国家图书馆藏康熙年间稿本。

归淑芬，字素英，浙江嘉兴人，高阳继室，偕隐花村，工吟咏，兼长书画。著有《云和阁静斋诗余》。据《林下词选》小传云，归淑芬还曾与黄德贞、申蕙合集《名闺诗选》。归淑芬在江浙一带闺秀之中颇有影响力，与徐灿、黄德贞、黄媛介、申蕙、张鸿述等闺秀皆有往来，有赠答诗词可证，归淑芬还和多名闺秀一起为张鸿述的《清音集》作校注。沈栗，字恂仲，号麟溪内史，浙江嘉兴人，陈仲严室，著有《麟溪内史集》。孙蕙媛，字静畹，号天水内史，浙江嘉兴人，庄国英室，著有《愁余草》。沈贞永，字琼山，浙江嘉兴人。

该选别本有归淑芬自序云：“庚申秋杪，予纂《百花诗史》，乃托兴寄以消岁月，何当郡志邑乘，俱采入书目。辛酉夏末，就正海昌徐湘蘋夫人，幸蒙鉴赏，慨为玄晏，且期待以诗余，可歌可咏，庶几珠联璧合。”[1] 则该选之前已有诗选，编选初衷是“托兴寄以消岁月”，编辑活动由归淑芬倡导，并得到了徐灿的赞赏和支持，之后又编纂了更具娱乐性质的词选，以与诗选并传。今归淑芬词集不可见，该选中收录其词作64首，其中大半为他书未见，赖该集而得存。

该选集收录均为咏花词，编次首先分为春夏秋冬四季，依十二月令排列，同季节中按照花的种类编排，每种花又按照作者时代先后编次，书中另有小字对正文内容加以简要说明。词人时代由宋至清初，是一部限定题材和作者身份的词选，但不同于南宋时《梅苑》具有应歌之用，该选并没有实用意图，所以就其选型来说是一部存词型的词选。

该选对于选源没有进行明确说明，但由于很多作品是编纂者自己创作的，且编者在闺秀文学圈中活动频繁，和选中多名女词人关系密切，得到

---

[1] 本书所据稿本无序跋，转引自宋清秀《十七世纪才女文学交游网络及其意义》，《浙江社会科学》2011年第1期。

很多珍稀的一手资料并不困难。而时代更早的宋元及明前期作品来源就难以确定了。通过对比几首词作的文字，可以发现有若干首和《林下词选》内容完全相同，如题名宋代梅娇的〔满庭芳〕《梅花》（一种阳和），《林下词选》中收录该词和时代相近的《坚瓠集》中的该词文字颇有差异。情况相似的孙道绚〔菩萨蛮〕《梅花》又见《游宦纪闻》《全闽诗话》，此篇文字异于二者，而同于《林下词选》。又如〔柳梢青〕《咏梅》（冻合疏篱）题名朱淑真作，亦沿《林下词选》之误。故可以认为该选有部分或取材自《林下词选》，或与《林下词选》选源有所重合。

这部词选以手稿形式流传，不免多有舛误，流传至今的传本也屈指可数，但在编纂的系统性上却超过其他作品，虽然是以闺阁娱乐为主，但有较高的文献价值。

该集保存其他同时代闺秀作品亦复不少，很多也未被其后的大型词集，如女性词集《小檀栾室汇刻闺秀词》和《小檀栾室闺秀词钞》等书收录，当代编辑的大型词集也未能收集该选中的资料，盖该选当时并未进行大范围的传播，流传仅限于闺秀好友之间，并随着一个时代才媛的故世而湮没。虽然在传播上没有发挥更大的作用，但该选保留了当时的不少词人词作。梳理该书的作者谱系也有助于我们增加对清初江南闺秀社交活动的了解。

第五节　清代中后期的女性词选

从康熙晚期到道光时期是女性词选发展的第二阶段，这一时期虽然文化风气日趋压抑，但女性的文学活动几乎未受舆论制约而持续发展，如袁枚门下的随园女弟子群广泛活跃于江南地区，持续时间蔓延乾嘉乃至道光前期，认同、欣赏女性文学成为众多士大夫的共识，他们更多地从女性命运出发欣赏女性发出的真情之声。但女性词选的数量比较少，影响力也比较微弱。出现于康熙末年的《本朝名媛诗余》是一部地域性强的词选，但对前人的借鉴多于原创，因而价值大打折扣。此外，钱三锡的《妆楼摘艳·诗余卷》、王昶的《国朝词综·闺秀》都是这一时期的代表词选，后者虽然是一部深受朱彝尊《词综》影响产生的大型词选，但在选取女性词时受到浙西派词学风尚的影响比较大，保存文献的目的更为凸显。

一 《本朝名媛诗余》

《本朝名媛诗余》4 卷，署梅社顾嘉容（字伊彦）、莲溪金寿人（字受
筬）合编。卷首有顾、金二人序。正文有作者小传，无评点。卷首两序分
别作于康熙五十七年（1718）和康熙五十八年冬，则该书成书当在康熙五
十八年以后。本文所据版本为国家图书馆藏康熙末金氏秀实轩刻本，卷首
末文字多有漶漫。该书共收录 176 人 346 首词。

该集是一部断代词选，实际上主要生活时代为明末的词人也多有入选。
该集对词人和词作均有选拔，尤其词作入选标准严格，人均入选作品 1~3
首，连作为选阵核心的徐灿和沈宜修，也分别仅入选 4 首。女词人多江苏、
浙江籍，分布于环太湖文化带，尤以苏州府及附近长洲、吴江等地最多，
即编者所说"籍本桐阳旧里，去两浙闻见未遥，若夫汉南游女，自古不乏
佳章，燕赵名邦，当今岂无妙选，纵博稽往哲之搜罗，遗珠犹在"，欲以
"爵里于篇章，取其征信"① 也，因此词人籍贯也是影响其遴选的一大因素。

该选编者并未表明编次依据，也非依年代早晚或地域分布，仅卷末附
"云队花丛"，系按身份分类。该选在编次、词人小传、选词篇目几方面与
《众香词》相类，入选词人重合率也极高，收录的 176 位词人中，只有卷二方
笙、方佺，卷三邵莲史、苏清月、赵昭，卷四鼓淑、王媚珠数人未为后者收
录，附订"云队花丛"部分悉取《众香词》最后两卷。同一词人入选词作出
现顺序也和《众香词》基本一致。将卷一中所选前五位词人即徐灿、吴绡、
杨彻、杨徵、王芳与和《众香词》中对应部分相对比，结果如表 4-1 所示。

表 4-1　《本朝名媛诗余》卷一中前五位词人与《众香词》之比较

		《众香词》	《本朝名媛诗余》
徐灿	小传	字湘蘋，长洲人，海昌陈素庵相国夫人。善诗文，兼精书画，其词极得北宋风格，绝无纤佻之习，可谓本朝第一大家。后相国没塞上，夫人扶榇归。尝手绘大士像万余轴，种种变相绝不雷同，真所谓千百亿化身也，鉴赏家藏为拱璧。有《拙政园词》传世。（卷一）	字湘蘋，长洲人，海昌陈素庵相国夫人。善诗文，兼精书画，其词极得北宋风格，绝无纤佻之习，可谓本朝第一

---

① 金寿人：《本朝名媛诗余·序》，顾嘉容、金寿人编《本朝名媛诗余》，康熙五十七年
（1718）金氏秀实轩刻本。

续表

		《众香词》	《本朝名媛诗余》
徐灿	词目（依先后顺序，下同）	〔如梦令〕《垂丝海棠》 〔卜算子〕《春愁》 〔菩萨蛮〕（一春谁试桃花雨） 〔浪淘沙〕《庭树》 〔南乡子〕《秋雨》 〔一剪梅〕《伤别》 〔惜分钗〕《旅怀》 〔千秋岁〕《感怀》 〔御街行〕《燕京元夜》 〔满庭芳〕《京邸岁暮》 〔念奴娇〕《西湖雨中感旧》 〔水龙吟〕《次素庵感旧咏合欢花》 〔望湘人〕《黄月辉以劈莲词索序寄之》	〔卜算子〕《春愁》 〔添字浣溪沙〕《元夜》 〔浪淘沙〕《庭树》 〔南乡子〕《秋雨》
吴绡	小传	字冰仙，长洲人，别驾水苍公女，常熟许文玉进士室。清心玉映，绮思云蒸，薰四种之好香，绣十样之名锦。琉璃砚匣自足清娱，玳瑁笔床时供幽赏。……（中略）年九十得道，端坐而化。有《啸雪庵稿》。（卷三）	字冰仙，一字片霞，别驾吴水苍女，适琴川进士许文玉
吴绡	词目	〔忆王孙〕《秋夜》（寒砧风急捣衣秋） 〔忆王孙〕（湘帘月上正黄昏） 〔风流子〕（粉面阿谁相比） 〔忆秦娥〕（春风急） 〔忆秦娥〕（春薄劣） 〔醉花阴〕《秋闺》（游子天涯音信久） 〔蝶恋花〕《病怀》 〔疏帘淡月〕《本意》	〔忆王孙〕（寒砧风急捣衣秋） 〔醉花阴〕（游子天涯音信久）
杨彻	小传	字朝如，吴县人，庄简公女孙，解元杨维斗公姊，适太学韩君明，为慕庐学士叔祖母。所著有《蟾香楼词》	字朝如，吴县人，解元杨维斗公姊
杨彻	词目	〔点绛唇〕《送女》 〔阮郎归〕《忆女》 〔浪淘沙〕《除夜》 〔踏莎行〕《秋景》 〔蝶恋花〕《忆女》 〔渔家傲〕《本意》 〔满江红〕《秋闺》	〔渔家傲〕《本意》

		《众香词》	《本朝名媛诗余》
杨徽	小传	字元卿，朝如妹，归徐太学名廷栋，为念嬲侍郎家媳，有《鹊巢阁词》	字元卿，朝如妹
	词目	〔桃源忆故人〕《冬夜》 〔满宫花〕《春晓》 〔玉楼春〕《迟起》 〔临江仙〕《春思》 〔苏幕遮〕《牡丹春睡》 〔风中柳〕《秋日寄外》	〔玉楼春〕《迟起》
王芳与	小传	字芳从，仁和人，翰林严颢亭夫人。《玉树楼词》	字芳从，仁和人，翰林严颢亭夫人
	词目	〔菩萨蛮〕《八月十六夜月》 〔临江仙〕《月下看绣球》	〔菩萨蛮〕《八月十六夜月》

从表 4-1 中可见，《本朝名媛诗余》的小传和词作都与《众香词》重合度很高，但也有极少量后者中没有的词作。

该选出现于《众香词》刊成后十数年，且没有在书中指出选源，出处亦毫无标注，故而我们可以认为编者以二手资料为主，在相当的程度上借鉴了前人的成果，而在体量上进行了大幅度的压缩，又增入了编者从其他来源征集的少量资料，或许出于编者的审美偏好和地域方面的考量，但根据词选文本内部的结构很难进行指证。从这个角度看，该书在文献方面的价值远不如《众香词》，其词论价值或可从序文中加以挖掘。

顾序言："至于闺阁之词，虽不得与诸公齐驱并驾，然香奁弱质，用以摹写性情，亦有所谓乐而不荒，怨而不怒，合于风人温厚和平之旨者。"①意谓女性词作不及男子，然自有佳处，其在于能描写性情，而佳者当合于儒家的诗教要求，表现温柔敦厚的风人之旨，风格上多藻思绮语，可发挥娱乐的功用，此集之编，便是出于消遣娱乐目的，兼具保存文献之功，故虽为好事之举，而实不止于好事，编者希望编纂该书能兼顾诗教和性情两方面的要求。

金寿人序文则概括了清代女性词的几大特点：风格及内容多样，既有"啸月吟风""小窗私语"，也有"绝命之词""从戎之作"，与通常认为女

---

① 顾嘉容：《本朝名媛诗余·序》，顾嘉容、金寿人编《本朝名媛诗余》。

性词仅能吟咏香奁的见解不侔；家族写作、一门风雅的情况多见；女性词正处于繁荣时期，"骈词俪句，律法或逊于三唐；而减字偷声，风雅直追乎两宋"①。在他看来，清代的女性词价值之高可以和唐宋词相媲美。顾、金二序虽在女性词的风格和内容方面见解区别较大，但最终落脚均为"用为玩物适情之具"，故编选不过出于消遣，而强以保存文献和采风问俗相开解。

二　《妆楼摘艳》

《妆楼摘艳》十卷，卷首一卷，刻本，八册。编者钱三锡，会稽人。该书编纂始于清道光十二年（1832），于次年编成。选集内容基本为清代女性作品，按体裁编次，其中卷一、卷二为五言律诗，卷三、卷四为七言律诗，卷五为五言绝句，卷六、卷七为七言绝句，卷八为五言古诗，卷九为七言古诗，卷十为词。诗余卷收录了16位词人的58首词作，其中大部分人时代与编者相近或略早，不过也有相距甚远的明末叶小鸾的6首作品。卷首有钱氏自序，及《妆楼摘艳偶谈》一篇，并录238位女诗人名录及小传。本文以国家图书馆藏道光刻本为据。

该选为编者在资料并不充足的情况下编辑的女性作品选集，是一部既选人又选词的词选。编者并不具有保存文献的自觉，也没有体现出传递词学观念的意图。该选无论是选词风格，还是编者的审美旨趣、女性文学观，都别具一格。

第一，深受袁枚影响的女性观。

编者的女性文学观主要集中于卷首的《偶谈》②一文中。这篇文章讨论的内容可分为四部分。

首先，论述了女性的德、才、色三者之间的关系，认为女性有才不会妨害道德，但如果无才即便容貌姣好也缺乏魅力。钱三锡列举事实来论证女性学习文学的合理性，他反问道："女子有才岂非天实生之乎？"认为女性有才华是上天赋予的本性，不能因性别而被剥夺，并且文学对于道德没有妨害，"且女子能通文墨即如知礼义，在父母善于教之，有以得其性

---

① 金寿人：《本朝名媛诗余·序》，顾嘉容、金寿人编《本朝名媛诗余》。
② 钱三锡：《偶谈》，《妆楼摘艳》，道光十三年（1833）刻本。

情之正而已"，会不会影响道德主要在于父母的教养，和学习诗词没有关系。

其次，用丰富的例证，论述了才女福薄的不幸更甚于男子。一是早夭早寡，"女子有貌可惜，有才更可惜"。二是所嫁非偶，"巧妻常伴拙夫眠，岂徒若天壤王郎之恨哉？"三是贫苦困厄，"诗人少达而多穷，不独才人为然，才女亦往往如此"。

再次，论述了才女能诗之难及当代才女之多，列举了众多女性文学家族，以及命妇、空门，甚至歌姬、青楼中也有不为环境所限的能诗女子，编者为此感叹"天壤间才人直是无所不有"。

最后，他将女性文学的价值归结于能抒发真情，"欢娱之辞只令人歆羡，悲愤之语能使人感泣，情深故也"，最能打动人的是悲愤伤感之作。

在这篇文章中，钱三锡用丰富的清代女诗人事例论证了女性学习诗词以及彰显才名的困难。在他之前的袁枚曾发表过类似的观点，如"俗称女子不宜为诗，陋哉言乎！圣人以《关雎》《葛覃》《卷耳》冠《三百篇》之首，皆女子之诗。第恐针黹之余，不暇弄笔墨，而又无人唱和而表章之，则淹没而不宣者多矣"[①]。性灵派认为文学最高的价值在于抒发真情，而女性由于天生感情细腻，故而能创作优秀的诗篇。袁枚指出女性的婚姻家庭生活对其文学生涯有决定性的影响："近日闺秀能诗者，往往嫁无佳偶，有天壤王郎之叹。"[②] 袁枚广收女弟子，为女性举办文学聚会、刊刻诗集，选《随园女弟子诗》等做法，尽管在当时颇受物议，但影响非常大，在袁枚之后还有陈文述亦步亦趋地对他进行模仿。《妆楼摘艳》一书从选阵来看，选录的 16 位女词人中，张玉珍、孙云凤、孙云鹤、沈纕、尤澹仙均为随园女弟子。袁枚的"随园女弟子群"从一个侧面反映了清代中期的闺秀才媛已经通过社会交际与男性士大夫阶层产生实质的联系。这正是清代中期女性文学兴盛的一个突出表现。

第二，偏好艳词情词的审美观。最值得注意的是，该选在风格上特重"夜词"，闺情词占了相当之比重，超越了前期和同期女性词选。此外的内容不外咏物、题画，题材较为狭隘，而从这些词作中可以看出作者从男性视角出发的女性词偏好。

---

① 袁枚著，顾学颉校点《随园诗话·补遗》卷一，人民文学出版社，1982，第 590 页。
② 袁枚著，顾学颉校点《随园诗话·补遗》卷四，第 669 页。

孙荪意的〔夺锦标〕《染指甲》有句云"又是乞巧筵前，女伴穿针偷此。更较唇间脂晕，臂上砂痕，一般妍媚。怕猩红易褪，遮莫向、银塘频洗"，写女子刚染好的指甲纤巧无双，和口红、守宫砂相映成趣，精致的细节描写，女性化的表达特征，都充满含蓄的诱惑力。

又如孙云鹤〔沁园春〕《咏口》：

> 薄染轻朱，艳传樊素，一点红凝。爱杏花楼畔，吹箫略掩，海棠风里，摩笛长横。玉甲偎腮，金钗剔齿，界破盈盈半颗樱。严妆罢，吮毫端螺子，染上微青。秋千欲上还停，怕汗湿冰肤喘未胜。忆午窗慵绣，彩绒半睡，春招消渴，花露偷噙，敛黛将吁，低鬟欲笑，十度沉吟万种情。堪怜甚、更戏调鹦鹉，软语轻轻。

上片运用典故，营造场景，写出红唇之美，偎、剔、界破、吮几个动词，辅以梳妆的工具和动作，将女子的娇俏、妩媚渲染到极致。下片写欲上秋千而未上，一推一拉，沉吟往复，格外低回婉转，完美表现了女性温柔娇羞的气质。整首作品虽为咏物，但展现了词人高超的文字驾驭能力。但需要注意的是，整首词都是从男性欣赏女性的角度出发的，而女词人运用自己的性别优势，更能揣摩出这种爱好的关键所在，将女性的性别魅力描绘出来供人鉴赏，通过描绘闺中美人的慵懒、柔弱、性感，也就完成了对自我的物化。乔以钢曾指出："在中国这个男本位传统悠久的国度，社会审美心理更多地反映着男性趣味。作为男性世界附庸的女子当其人生为男性社会所摆布，其命运为男性主人所决定时，审美判断中也便十分自然地渗透着男性眼光。……其中最为引人注目的，是她们对女性以柔弱为美的高度认同。"① 这种物化的形式除了女性以自我为描写对象，还有以美人生活细节、咏美人图画为描写对象的形式，该选中收录的孙荪意〔高阳台〕《题李香君小影》、〔满庭芳〕《美人春睡图》、〔沁园春〕《美人风筝》及熊澹仙〔蝶恋花〕《咏刺绣美人》即其例。

第三，自娱自乐的编选原则。该选还有一些词作风格特异，其中既有风格、内容均比较独特的佳构，也有文学价值不高的应酬之作。前者如集中所选的胡慎容〔菩萨蛮〕：

---

① 乔以钢：《中国女性传统命运及其文学选择》，《天津师范大学学报》（社会科学版）1996年第3期。

> 人言我瘦形如鹤，朝朝揽镜浑难觉。但见指尖长，罗衣褪粉香。
> 若能吟有异，不管腰身细。清减肯如梅，凋零亦是魁。

这首词中，女词人对自己消瘦的形貌并不感到悲伤，因为对诗词的追求超过了对自己外貌的在意，对精神境界的追求超过了对健康的追求，文辞明快清新，虽然不以写作技巧取胜，几乎通篇白描，但瘦硬有力，在以自我为描写对象的女性词中，是一首非常有个性特点的词作。

该选中有一些文学价值并不高、入选原因不明的作品，如孙云凤〔贺新凉〕《题随园先生归娶图》有句云"如此恩荣如此寿，千古才人第一，真不羡蓬莱仙客"，又其妹孙云鹤〔贺新凉〕《答随园先生除夕告存诗》"贺诗此日应千纸……历劫如此，神仙有几，真别有人间天地"，满纸谀辞，难说有多少文学价值。

有几首作品只选了半阕，如叶小鸾〔踏莎行〕《闺情》：

> 意怯花笺，心慵绣谱。送春总是无情绪。多情芳草带愁来，无情燕子衔春去。倚遍阑干，斜阳几许。望残山水蒙蒙处。青山隔断碧天低，依稀想得春归路。

书中只录上阕，类似的还有〔蝶恋花〕《兰花》只录下阕，〔蝶恋花〕《秋海棠》只录上阕。对于一部选集，这种处理方式似乎失之草率。

其他作品如张玉珍〔金缕曲〕《余自遭变以来久抛笔砚，春光过半，肠断泪流无可自解，聊寄长调以写悲怀》、〔满江红〕《春日课儿感悼外子》诸作，悼念亡夫，自悲身世，情真意切，感人至深。江珠〔凤凰台上忆吹箫〕《和心斋题浣纱词卷》虽为步韵之作，表达了感谢、自谦、感念知音兼安慰对方的复杂感情，运用多个典故而浑化无痕，缥缈俊逸，跌宕有致，笔底生风。

自娱自乐的性质决定了编者收录所有作品的唯一标准是能够触动自己，即便是应酬的作品，也可能触发他本人的某种兴致而被选录集中，这既是该选的弊病，也是其特点所在，它疏离了同时期男性词坛上常州派的词学主张，只追求情感表达的以心传心，这正是该选的价值所在。

第六节　余论

女性词选出现在明清时期，这本身反映出女性词在明清两代发展到了一个新的阶段。女性的词创作逐渐摆脱男性士大夫文学的附庸地位，开始以其自身的特质得到关注。总结明清时期有代表性的女性词选，我们可以发现，女性词选在数量上远远少于同时期的男性词选，并且时间上十分离散，浙西、常州两家争胜的乾嘉时期，几乎未见具有影响力的女性词选，因而很难按照词坛风气的兴替举出具有典型性意义的女性词选。女性词在相当长时间内处于自说自话的发展脉络中，疏离于同时期的词坛整体风气，在阅读具体作品时，女词人的性别身份是首要的甚至唯一的标签，因而女性词选中几乎看不到词派宗风对女性词的影响，女性词选也没有像清代的一般词选那样起到张扬词学主张的功用。

周铭在《林下词选·凡例》中说："选词之难，十倍于诗。"[1] 陈廷焯也说"作词难，选词尤难"[2]，编辑女性词选，不但在选源上受到比男性词选更大的限制，而且女性词本身的特点也使编者更难于在进行遴选时坚持明确的选心。通过研究明清时期的几部有代表性的女性词选，我们可喜地发现女性词选有几方面特殊的价值。

其一，女性词选保存了丰富的文献资料，具有较高的辑佚价值。这一点在女性词选编辑者的主观意愿上得到了鲜明的体现，从沈宜修编选的女性诗词集《伊人思》到本文中重点研究的《众香词》，以及各地附于郡邑词征如《滇词丛录》《三台名媛诗钞》等的女性词部分，都存在因作品而存人的现象。这一时期还出现词选编辑者发布广告，在海内广泛征求投稿的新风，《众香词》的编者钱岳和徐树敏就做了这样的尝试。女性词作难以流传的情况虽然在明清时期有了很大的改观，但由于大量单行词集只在亲友之间流传，最终保存和传扬女词人的才名还是有赖这些女性词选之功。

其二，女性词选的选阵对于研究女性文学社交网络具有较高的价值。词选在小传中往往对女词人的家族、联姻、交友情况进行详细的记载，可以借由这些记载爬梳出江南女性家族创作活动。如从《林下词选》和《众香词》的小传中可以摸索出沈宜修及其三女叶纨纨、叶小纨、叶小鸾，其侄女沈华蔓，侄女暨儿媳沈宪英，小纨之女沈树荣构成的"母系"文学家族；黄德贞与其从妹黄媛介，其女孙兰媛、孙蕙媛，媳屠苜佩，兰媛之女

---

① 周铭编《林下词选》，凡例。
② 陈廷焯：《白雨斋词话》卷十，载孙克强主编《白雨斋词话全编》，第1330页。

陆宛椒构成的文学家族；张学雅、学仪、学典、学象、学贤姊妹和学典之女杨芝、杨芬构成的文学家族。归淑芬所编《古今名媛百花诗余》选源主要是她所在的嘉兴闺秀社交圈的女性词作，她和孙蕙媛、沈栗、沈贞永等人的来往也由此得到进一步的印证。女性词选的小传往往对于这些女词人彼此间的亲属关系、婚姻子女关系记载甚明。明末清初女性文学活动的家族式特点是，无论出嫁前还是出嫁后，她们都可以通过诗词写作在家庭内部分享生活感受。一些在家族中有影响力的年长女性，如王端淑、商景兰，还可以成为不同小闺秀群体之间沟通的枢纽，让闺秀的文字和声名传出闺门之外。由于女性很少有机会凭借个人事迹进入正史，凭借词选中的记载，我们可以对女性的文学交往情况进行更深入的研究。

其三，通过考察男性编选女性词的视角，对比男性读者和女性读者眼中的女性词的不同价值侧重。本文重点研究的女性词选中，《林下词选》《众香词》《本朝名媛诗余》《妆楼摘艳》四部出自男性选家之手，而《名媛诗纬初编》《古今名媛百花诗余》编辑者是女性。通过考察，我们可以得到以下结论。女性词选的小传偶尔侧重于道德事迹记述，而入选的女性词为"女卫道士"代言的却占很小的比例。编者作为一般的男性文人，对女性的道德期待甚至不如女性对自身的道德期待高，仅以本文所研究的几种词选而言，以编选女性词为业的男性文人，对女性的才华、品德看法是比较开明的，尽管品评女词人的才藻、行事时，也会不可避免地存在物化女性的倾向。在他们的记载中，女词人的才华很少和其道德形成直接对抗，但在个体和个体、家族和家族之间仍存在巨大的差异性，《林下词选》《众香词》《妆楼摘艳》等都证明了这一点。这对于我们在考察清代才媛的文学活动时，审慎地看待社会道德的影响力具有借鉴意义。

选心各异、选者身份各异的女性词选，显示出明清女性文学在逐渐摆脱才女文学的附庸地位。一些男性或女性编选者开始摘掉有色眼镜，正视女性文学的价值，甚至不惜以矫枉过正的态度推尊女性词的价值，如《名媛诗纬初编》中王端淑以纬辅经之论，钱三锡《妆楼摘艳》将女性文学推尊为才女特有不可剥夺的天赋。这一情况同时也表明，不同于清代词学强烈的宗派意识，解读女性词选的价值应更多着眼于女性词发展的历程。尊重女性词发展疏离于词坛主流风尚的客观事实，尊重选本体现的男性对才女文化的认识演变规律，有助于我们更好地借重女性词选进行女性词学研究。

　　女性词选是研究女性词不可回避的重要文献。江南地区的乡邦文献性质女性词选未被本文所深入研究，此外还有大量附录于男性词选末尾的"闺秀卷"，若能和同书中的男性词选部分对读，当会发现更大的研究空间。对明清女性词选进行深入发掘任重而道远。

（李晓楠撰）

附篇　民国女性词选研究

第一节　民国女性词选的产生

民国时期的词学呈现出新的面貌。一方面，传统词学经过清代的高峰时期已经呈现衰退之势；另一方面，新兴词学异军突起，形成颇具声势的潮流。民国女性词选亦呈现出不同于前代的特色，在历代女性词选中具有不容忽视的地位。

民国时期出现了较多的女性词人，词作也颇为丰富。随着时代的巨变和新旧文化的碰撞，女性解放思潮在社会上扩散，民国女性词在内容上少了些情感单薄的无病呻吟，多了些感情厚重的家国之思与身世之感，在词境上对前代有所超越。如在民国较为知名的丁宁、陈家庆、吕碧城、徐小淑、张默君等人的创作，展现了民国女词人独树一帜、不逊于男词人的风范。

关于民国女性词选的研究，已经引起研究者的重视。许菊芳在《民国以来"女性的词选"类别及其意义探论》① 一文中，曾提及几部民国时期专选女性词的词选，如胡云翼的《女性词选》、云屏的《中国历代女子词选》、李白英的《中国历代女子词选》、徐珂的《历代闺秀词选集评》、李辉群的《历代女子词选》、孙佩苣的《女作家词选》等。宋秋敏在《民国时期女性词选的特点和意义》② 一文中，将民国女性词选作为特定的研究对象。文中将民国女性词选分为两类：一类是民国时期编选出版的选本，如吴灏的《历代名媛词选》、张友鹤的《历代女子白话词选》、李辉群的《注释历代女

---

① 　许菊芳：《民国以来"女性的词选"类别及其意义探论》，《文艺评论》2015 年第 2 期。

② 　宋秋敏：《民国时期女性词选的特点和意义》，《贵州社会科学》2017 年第 3 期。

子词选》等；另一类是民国时期翻印清代的女性词选本，如柳如是的《绛云楼历代女子词选》，徐树敏、钱岳等人合编的《众香词》等。文中共考索了18种民国时期的女性词选，并从词选的外部特征、词选的功能与编选目的、词选的编撰方式三个方面着重介绍了这些女性词选的特点，叙述了民国女性词选的文献价值，以及对研究中国女性文学与中国女性心灵发展史的意义。

民国之前的清代，女性词选有10部：周铭的《林下词选》、柳如是的《绛云楼历代女子词选》、归淑芬的《古今名媛百花诗余》、徐树敏与钱岳等人合编的《众香词》、顾嘉容与金寿人合编的《本朝名媛诗余》、徐乃昌的《闺秀词钞》与《小檀栾室汇刻闺秀词》、薛绍徽的《国朝闺秀词综》、黄瑞的《三台名媛诗辑五卷词一卷》、陆昶的《历朝名媛诗词》等。这些词选在选析女性词时，或总览历代，或聚焦本朝，体例与编排也基本完备。民国女性词选在形态上对其多有借鉴。

民国时期妇女解放运动伴随社会新思潮而兴，女性词选也迎来了发展繁荣期。与清代相比，民国女性词选有了新的气象，女性文学观念增强，体现了女性文学地位的上升。

一　民国女性词选的成长土壤

由于民国时期特殊的社会背景与时代风潮，民国女性词人的生存环境有了很大的不同。无论是新文学运动，还是女性解放思潮与女子运动，都为女性词选的进一步发展提供了有利条件。在这种情况之下，民国女性词选不仅在数量上有所增加，在类型特征上也呈现出较之前代更加丰富多彩的特点。

女性词选经历了明清两代的发展，至民国，迎来了一个空前的高潮。民国是中国历史上比较特殊的一个时期，这一时期的社会、政治、经济、文化等方面都发生了翻天覆地的变化。时代的新旧交替，带来了女子运动与女性解放的思潮，也带来了新文学运动的蓬勃发展，为民国女性词选的成长提供了特殊的土壤。从文化和词的创作与传播的角度对民国女性词选的背景加以考察，有三个方面值得注意。

首先，女性解放与女性文学认同。中国旧时的女子，被长期的社会束缚压制了文学表现，她们的文学作品也往往得不到重视。谭正璧曾指出：

"若问封建时代的女性作家在文学上的贡献有些什么？那真如近人辉群女士所说：'真是我们妇女界的一件耻事。'"① 自明末清初以至于民国，随着女性解放的缓慢推进，这种情况逐渐得到了改善。

民国的女性解放事业，从百日维新、辛亥革命一路走来，在五四新文化运动之后取得了巨大的成就。清末的维新运动中，康有为曾大力提倡男女平等，认为在生存与生活的权利上，女子没有异于男子之处，男子也没有异于女子之处。他提出，要想达到大同之世、太平之境，必须倡明男女平等。他还分析了中国女性自古以来备受压迫的种种原因，提出了"设女学""婚姻自由""自行婚配"②，在法律上承认女子的独立地位等女性解放的具体途径，表达了深刻的女性解放的思想。梁启超也提出废缠足、兴女学的倡议，鼓励女性的自由和独立，极大地改变了女性的生存观念。辛亥革命爆发后，女性解放思潮在社会上进一步扩散，引发了人们对女性更多的关注。到了五四新文化运动时，传统的价值标准受到了极大的冲击，一些代代相传的制度风俗、圣贤遗训等成为五四先贤们怀疑和批判的对象，封建道德和伦理纲常被视为扼杀个性自由和人格尊严的"糟粕"，传统思想遭受巨大的冲击，引发了社会上关于父子家庭、妇女解放、社会改造等问题的思考。以《新青年》为代表的杂志与报刊，也对女子教育、女子职业、妇女解放、女性贞节观等问题展开了激烈的讨论，在全社会掀起了女性解放的热潮。

轰轰烈烈的女性解放运动，使女性问题成为全社会广泛关注并讨论的热点问题，在这样的背景之下，女性文学以高昂的姿态进一步走入人们的视野之中，女性在文学创作方面的成就也得到了充分的肯定与认同。民国时期诞生了大批的女性作家，她们基于性别主体意识，显露出对女性情感和女性命运的特别关注，如冰心、庐隐、丁玲、白薇、谢冰莹等。同时，五四新文学对女性形象的塑造也透露着女性解放的色彩。中国历代女性作家的文学创作也得到了更多的关注和肯定，女性的文学地位也因此有所提高。于是，一些致力于体现女性文学观念、肯定女性文学成就的女性词选便应运而生了，如胡云翼的《女性词选》、范烟桥的《销魂词选》、孙佩苣的《女作家词选》等。这些词选指出了"男子作闺音"的虚伪性和粉饰性，

---

① 谭正璧：《女性词话》，中央书店，1935，第 22 页。
② 康有为：《大同书》，上海古籍出版社，2009，第 190 页。

较多地关注女性的文学观念与女性意识，肯定了女性词作真挚的感情与独特的美感。如范烟桥的《销魂词选》，认为在情感与艺术方面，女性词可以弥补男性词在"真"上的不足，他在评点沈静专〔醉公子〕《忆梦中美人》"月色到纱窗，寻思暗抵牙"一句时，说"暗抵牙是何等的情景？只有女子去体想，最够味"①。除了对女性词的真挚情感加以赞赏之外，他对女性在词艺方面的别出心裁也多有称道，如叶小鸾〔谒金门〕《秋晚忆两姊》一词中，有"芳树重重凝碧，影浸澄波欲湿"之句，范烟桥对此十分欣赏，说"'影湿'，是何等灵思妙想！"②可见民国时期一些选家对女性词的认同与欣赏。

其次，白话文运动与白话词选的产生。民国文学是中国文学的嬗变期，这一时期，既是古代与近现代文学的分水岭，也是新旧文学交替的重要节点。体现在文学语言上，便是白话文在文学创作中的大量应用。

20世纪初，新文化运动的开展，带来了新文学运动的风潮，揭开了中国现代新文学的篇章。1915年9月，陈独秀主编的《新青年》杂志成功创刊，成为新文化运动的主要阵地。之后，在胡适、李大钊、鲁迅、周作人等知识分子的积极响应与号召之下，波澜壮阔的新文化运动就此展开。这场彻底的、反帝反封建的思想革命，主要目的是把国民从封建思想和伦理道德的禁锢中解放出来。为了对处于蒙昧状态的民众进行更有效的思想启蒙，与日常口语严重脱离的文言文遂不可避免地成为批判对象，白话文运动随之产生。1917年初，胡适发表了《文学改良刍议》一文，针对如何对文学进行改良这一问题，提出了八点建议。其中，第八条为"不避俗语俗字"，指出白话文学是中国文学的正宗，并且是将来文学必将广泛使用的利器，大力提倡白话文。③陈独秀、鲁迅等相继而起，主张报纸、书籍、教科书等全部改为白话书写。以白话取代文言，已成为当时不可抑制的潮流大势。正如王羽在《中国文学提要》中所言：

> 这是不用怀疑的，今后的文学趋势，一定要全部白话化。清末的新文化运动，不过是把汉唐文学的深奥诡僻通俗起来，改为浅显的文体，使得人容易懂，这个目的已经达到了。今后的趋势，还要进一步，

---

① 范烟桥编《销魂词选》，中央书店，1934，第2页。
② 范烟桥编《销魂词选》，第4页。
③ 黄健：《民国文论精选》，西泠印社出版社，2014，第12页。

　　文言文无论怎样浅显，仍旧不适用。①

　　随着白话文运动的影响不断扩大，越来越多的文人作家投入白话文学的创作之中，白话在民国文学中的应用也越来越频繁。

　　以此为背景，民国的词选本中出现了大量的白话词选。胡适的《词选》，选录唐五代至宋末元初词人39家，词作350首，词人小传与编者评价皆为白话，一些语言浅近、几近白话的词也受到较多关注，如南渡词人向丰之，胡适称其词明白流畅，甚至全用白话、土话作词，这与胡适的白话文学主张密切相关。又如编有《历代女子白话词选》的张友鹤，也是新文学运动的拥趸，在女性词选之外，他还编撰了《白话词选》《注释白话词选》《中国女子白话诗选》等白话选本。其他民国女性词选编者中，也有不少在著作中大量使用了白话文。如李辉群，她的《女性与文学》一文便是由白话写成，书中收录的胡云翼、刘大杰等人的文章也都是白话文。她的《注释历代女子词选》，为了达到令中学生读者明白易懂的目的，于是便编写为一本以白话作序并作注的词选。范烟桥也是民国时期以白话写作的尝试者，他的《茶烟歇》，虽然是文言随笔，却在《白话剧》《白话文》等篇中对白话文学持肯定态度。他所编撰的《销魂词选》，无论是序言，还是对女性词的评点，全是简单易懂的白话。还有胡云翼，不仅坚持用白话写作，著述颇丰，在评价他的研究对象时，也较多地以白话文学的标准进行评判。比如，他的《女性词选》，便对那些语言浅近、几近白话而又充满真情的女性词关注颇多。此外，孙佩蓓、曾迺敦、张友鹤等人，在编著女性词选时也选择了更易被读者接受的白话语言。因此，民国女性词选的编者中，除吴灏、吴克岐、光铁夫等少数几个传统文人仍使用文言之外，大多数编者受五四新文化运动影响较深，在文学著述中多使用白话。于是，在这些编者坚持以白话写作的努力之下，民国的女性词选在语言上呈现出与前代不同的特征，那就是文言词选与白话词选的共生共存。

　　最后，民国的报刊出版与词的传播。五四新文学运动之后，民国的报刊业与出版业也迎来了一个发展的高峰期。当时出现了一些刊选诗词作品的报纸，以及以女性读者为主要受众的报刊。这种对女性创作者与女性读者群体的重视，提高了女性文学的地位，使之能够与男性文学比肩，同时

---

① 王羽：《中国文学提要》，世界书局，1930，第149页。

大大激发了女性在文学创作上的热情，提高了她们将作品发表传世的信心。此外更有一些出版社，出版了系列性的女性文学作品集，其中就包括女性词选。

甲午战争之后，中国的报刊业逐渐发展起来。一些有识之士痛定思痛，欲以报刊为阵地，传播社会改革的政治思想，唤醒麻木的民众。因此，晚清到民国成立的短短十几年之间，社会的新旧交替更加明显，各种思想文化的碰撞也愈发激烈，报刊作为宣传革命思想与政治观念的主要载体，也因此得到飞速的发展。这些大大小小的报刊，不仅是政治家、革命家宣传新思想的传声筒，还是文艺创作者发表作品、获取稿酬的重要渠道，对当时的文学创作产生了一定的促进作用。早期的综合性报刊，往往增设副刊，用于刊登诗词歌谣之类的作品。如在当时影响力较大的《申报》，便增设了专刊旧体诗词的《瀛寰琐记》月刊，深受读者喜爱。除此之外，《时报》《京报》《晨报》等刊物也刊登了许多诗词作品。其后，随着新文学运动的不断推进，新体诗歌和白话小说等文学样式逐渐成为文学创作的主流，为了鼓励和宣扬新文学创作，于是出现了一些专业的文艺性质的报刊，如《小说月报》《南社》《国粹学报》等。到了 20 世纪 30 年代，还陆续产生了一些专业的词学刊物。如陈灨一主编的《青鹤》杂志，以继承和发扬传统国学为目的，专门设立了词学栏目"近人词钞"。这一栏目吸引了许多文人学者，包括夏敬观、叶恭绰、冒广生等人，他们刊登了大量的诗词作品，并在此进行了词学观念的碰撞与交融。此外，龙榆生主编的《词学季刊》和《同声月刊》，也是民国时期出现的非常专业的词学特刊，一度成为当时词学研究的核心刊物。此二刊也网罗了众多学者，这些学者有夏承焘、叶恭绰等人，在当时的词学界均有颇高的声望。这些刊物的出现，为民国词学的创作和发展提供了专业、高效的交流平台，同时为民国的女性词人提供了一个可以展示才学的舞台。如龙榆生主编的《词学季刊》，便设有女子词录栏目，该栏目收录吕碧城、丁宁、陈家庆、汤国梨、陈翠娜、张默君等现代女词人 23 位，词作 150 余首，展现了民国女词人在创作内容与创作技艺等方面的特点。除此之外，还有《妇女杂志》《女子世界》等报刊，也刊登了一些女性诗词作品，为女性文学走入大众视野提供了一个有效的途径。

以出版业的高度发展为基础，以女性解放运动为推手，民国时期出现了大量的与女性文学相关的出版物。民国的三十多年间，出现过的图书出版机构和个人出版实体数不胜数。这些出版机构的规模不一，在当时比较知名的有中华书局、光明书局、大东书局、启智书局等。它们出版了一些关于女性文学的研究著述，对女性的文学作品及其创作历史较为关注。这些著述，有谭正璧的《中国女性的文学生活》、李辉群的《女性与文学》、谢无量的《中国妇女文学史》等。有的还出版了一些优秀的女性文学作品或女性作品选本，如广益书局 1933 年出版的朱淑真的《断肠词》和 1935 年出版的《六朝女子文选》，中央书店 1935 年出版的《当代女作家日记》和《当代女作家随笔》等。女性作家作品广泛地走入编辑出版者的视野，成为文学史、词史研究者的关注对象，大量女性词选的相继出现也就不足为奇了。值得注意的是，当时有些编辑家、出版家对女性词选十分关注，间或有人主动委托一些文人进行女性词选的编撰工作。《女作家词选》便是孙佩蕴受时希圣先生所托编成，而时希圣恰是广益书局的编辑。曾迺敦编撰《中国女词人》，也是出于类似的原因。在词选的自序中，他曾言明自己的编撰缘由："姚名达先生主编女子文库，由女子书店印行……以《中国女诗人及其代表作》《中国女词人及其代表作》两书相托……"[①] 曾迺敦所言的"女子书店"，是 20 世纪 30 年代姚名达及其夫人创办的以出版妇女著作为主的书店，出版有《女子文学丛书》《现代中国女作家创作丛书》《妇女运动丛书》等共 30 余种。该书店在出版了大量民国女性文学著述的同时，对民国女性的解放运动也做出了较大的贡献。民国女性词选的繁荣，离不开女性解放运动的蓬勃发展，更离不开女性文学意识与女性文学地位的提高。同时，出版传播业的繁荣发展，也是推动女性词选在民国发展壮大的坚实力量。

二　民国女性词选概观

经过数百年的积累，女性词选在民国有了长足的发展。在数量上，民国女性词选有了明显的增长；在类型特征上，民国女性词选体现出更加多样的风貌。与前代相比，在体现女性文学意识与女性词学观念等方面，一些民国女性词选有了很大的进步。

第一，民国女性词选的考索。关于女性词选，王兆鹏的《词学史料学》

---

① 曾迺敦编《中国女词人》，女子书店，1935，第 1 页。

一书，共提及了 6 种，其中民国的有 1 种；林玫仪的《词学论著总目》，列出了明清至现代的一众女性词选、诗词选，其中民国女性词选有 5 种。笔者综合以上资料，搜集查考了民国女性词选共 18 种，现分列如下：

（一）《中国历代女子词选》，李白英编，1932 年光华书局出版

（二）《销魂词选》，范烟桥编，1925 年上海中央书店出版

（三）《女性词选》，胡云翼编，1928 年亚细亚书局出版

（四）《女作家词选》，孙佩苣编，1930 年女作家小丛书社出版

（五）《中国女人》，曾迺敦编，1935 年女子书店出版

（六）《注释历代女子词选》，李辉群编，1935 年中华书局编印

（七）《历代闺秀词选集评》，徐珂编，1926 年商务印书馆发行

（八）《闺秀百家词选》，吴灏编，1925 年扫叶山房石印本

（九）《历代名媛词选》，吴灏编，1915 年上海扫叶山房石印本

（一〇）《五百家名媛词选》，吴灏编，即 1927 年《历代名媛词选》石印本

（一一）《历代女子白话词选》，张友鹤编，1926 年文明书局出版

（一二）《安徽名媛诗词征略》，光铁夫编，1936 东方印书馆出版

（一三）《寿香社词钞》，何振岱编，1942 年福州林心恪刻朱印本

（一四）《清代词女征略》，吴克岐编，有 1922 年铅印本

（一五）《词女词抄》，吴克岐编，南京图书馆存有稿本

（一六）《现代女子词录》，龙榆生主编，《词学季刊》"词录"栏目

（一七）《近代女子词录》，龙榆生主编，《词学季刊》"词录"栏目

（一八）《中国历代女子词选》，云屏编，1935 年上海大光书局出版

需要说明的是，上文谈及的宋秋敏《民国时期女性词选的特点和意义》一文，考索了 18 种民国女性词选。宋文所列 18 种与本文所列有所不同。宋文中所列《绛云楼历代女子词选》《林下词选》《众香词》三种，是民国时期对清代女性词选的直接翻印，并非严格意义上的民国女性词选。本书列举的 18 种词选中又有三种为宋文所无：《寿香社词钞》《词女词抄》《清代词女征略》。

第二，民国女性词选的类型特征。肖鹏在研究唐宋词选时曾指出，词选的类型和形态会随着选词目的和编撰体制的不同，呈现不同的特点。曹辛华借鉴了这一观点，在进行民国时期的宋词选本研究时，从词选的外部

特征、词选的编撰方式、选词的目的与功能三个方面对词选进行了分类①。这种分类方法，对民国女性词选研究亦具有一定的借鉴意义。

（1）词选的外部特征，包含许多要素，如选词范围、选词对象、撰述语言等。

其一，从选词范围来看，民国女性词选分为通代型和断代型。通代型词选指历朝历代的词选，民国女性词选共有 13 部，如李白英的《中国历代女子词选》、胡云翼的《女性词选》、吴克岐的《词女词抄》。它们的选词范围涉及多个历史时期，可以让读者感受到不同时代女性词作的不同风采。徐珂的《历代闺秀词选集评》是集评型的通代词选，重在汇辑对历代闺秀的评论，如宋人黄昇、明人沈际飞及清人周济、王闿运、梁启超等人的评语，其中谭献、况周颐的评语更占据突出位置。

断代型女性词选指特定历史时期的词选，如吴灏的《闺秀百家词选》，以明代和清代的女性词人为主要选阵，是对明清两代女性词集的汇总。又如吴克岐的《清代词女征略》，以清代为范围，搜罗了这一时期数百位女词人的作品。

其二，从词选所收录的对象来看，有以地域和文学社团为选词范围的选本。地域型女性词选较少，主要有光铁夫、刘淑玲夫妇二人合编的《安徽名媛诗词征略》等。该选以弘扬安徽地域文学的风采、彰显本省女子的才华为目的，选录了古今安徽名媛近 400 人的诗词作品。何振岱的《寿香社词钞》，则以 20 世纪 30 年代福州的女性诗社——寿香社为界定范围，选 10 余位社内女词人的社课之作，成为研究女性诗词社课活动的重要文献。

其三，从词选使用的撰述语言来看，民国的女性词选可以分为文言和白话两种类型。由于这些女性词选的编者中，有很大一部分人受新文学运动和白话文运动的影响较多，因此白话型的词选在数量上也远远多于文言词选。范烟桥的《销魂词选》、孙佩苣的《女作家词选》、张友鹤的《历代女子白话词选》等，或以白话作序、列词人小传，或以白话评点词作，语言浅近明白，通俗易懂。而吴灏、吴克岐、徐珂等晚清民国的传统型文人，在选编词选时使用传统的文言。

（2）词选的编撰方式各有不同，往往也会导致词选呈现不同的类型特征。从编排方式上看，有以人系词、以题材系词、以调系词三种类型。以

---

① 曹辛华：《民国宋词选本的选型析论》，《枣庄学院学报》2008 年第 6 期。

人系词，即依照词人姓氏或者时代顺序来选词。民国女性词选的编录，往往以这种方式为主。一些通代型词选，录词时大多以女词人出现的先后为序，并体现出重前代、轻当代的特点，如吴灏的《历代名媛词选》、曾迺敦的《中国女词人》等。在近 20 部民国女性词选中，以题材系词和以调系词的词选极少。范烟桥的《销魂词选》比较特殊，它将所选女性词分为怀人、咏物、感时等 10 个专题，是民国时期唯一的专题型女性词选。李白英的《中国历代女子词选》，则是类型比较少见的一部词选。该选只录小令，以调系词，所收词牌甚多，大约有 130 种，其中以〔浣溪沙〕〔浪淘沙〕〔菩萨蛮〕〔如梦令〕等调居多，由此可观女性词人在词牌选用方面的倾向。另外，从词选的具体撰述方式来看，属于简单的抄录型的有《近代女子词录》等，注释型的如李辉群的《注释历代女子词选》，评点型的如范烟桥的《销魂词选》。

（3）从词选的编撰目的与功能来看，民国女性词选主要有文献型和普及性读物型。一些受传统文化影响较深的旧式学者，在编写词选时更注重对女性词文献的保存，如吴灏的《历代名媛词选》、吴克岐的《清代词女征略》、光铁夫与刘淑玲合编的《安徽名媛诗词征略》等，这些选本的资料性极强，属于文献型的词选。如吴克岐的《词女五录》是收录历代女词人最多的闺秀词选，所收各代女性词人如下：隋唐五代 21 人，宋代 95 人，辽金元 22 人，明代 107 人，清代 567 人，共计 812 人。其在所收女词人名下附录从各种文献中搜集的小传和评论。可以说，《词女五录》是现存闺秀词人信息最全的著作。与之相对应的，便是民国时期受新思潮影响较大的一些选家，在词选的撰述过程中，更注重对女性文学成果的肯定，并对入选词人的女性意识和女性文学观念多有阐释。这一类的词选，有胡云翼的《女性词选》、孙佩苣的《女作家词选》、曾迺敦的《中国女词人》等，这些都可以看作文学普及性质的读物。其中，最能体现普及性读物这一特征的，当属李辉群的《注释历代女子词选》。该选是初中学生文库的一种，受众主要是中学生，因此作者在编撰词选时，舍弃了那些典故过多和文字堆砌的长词，而以浅近易懂的小令为主，总体看来较为通俗浅白，普及性读物的色彩较为明显。

由于划分标准不同，同一种词选通常可以体现出不同的类型特征，这恰恰体现了民国女性词选的多样多姿。编选者、编撰方式、选词目的及词选的功能等要素，共同构筑了民国女性词选的特点。

第二节　文言女性词选研究

民国女性词选的种类较多，体现出不同的面貌风格。在具体的编撰过程中，由于编选背景、编撰目的、选源参考等因素不同，词选在内部结构与外部特征上也往往呈现不同的特点。为了更好地展现不同词选的独特风貌，本文将选取几部较具特色的词选进行个案研究。本节所要重点论述的词选均为文言词选，分别为彰显清代女子才情、文献资料性极强的《清代词女征略》，着力于弘扬地域文化、辑录本省才媛的《安徽名媛诗词征略》，以及女性词史意味较浓的《中国女词人》。

一　《清代词女征略》

《清代词女征略》，吴克岐编选，有民国十一年（1922）铅印本，藏于南京图书馆。现存的《清代词女征略》为残本，所存卷为卷七至卷十三，收女词人250余人。

吴克岐，生卒年不详，字轩丞，或字嶷孙，号忏玉生、红楼梦里人，又号犬窝老人，江苏盱眙人。早年供职于新闻界，平生致力于红学和词学研究。红学著述有《读红小识》《犬窝谈红》等，词学著述甚丰，有《词女词抄》《词女五录》《清代词女征略》《雪梅居词样》《犬窝五代词矩》《犬窝北宋词矩》《东坡乐府笺》《词调异名录》等，另著有《皖江妇女诗征》《古代妇女年华录》等。[①] 可见吴克岐对女性文学和词学方面用功甚勤。吴克岐在女性文学方面的这些著述，对中国古代女词人的生平与创作活动进行了较为系统的整合与梳理，资料与文献价值不容忽视。同时，这些女性词学研究著述，也为今人研究女性词提供了十分便利的参考。《清代词女征略》具有以下特点。

第一，丰富的选源与浓厚的文献性。《清代词女征略》在编撰时先介绍女词人姓名、里居、婚配、著述等情况，然后对女词人的资料传载、词话本事等内容进行汇编，随后抄录词作。所录女词人，创作水平高低不等，

---

① 　邓子勉：《吴克岐的词学研究》，《中国典籍与文化》2003 年第 3 期。

因此词作的收录也多寡不一。对于一些作词成就较高的词人，录词可达数十首；有的词人，存词少而不精，则只录一二首；还有不见诗词存世，但编者为了保存其人其名，只记载相关词话本事文献。所录词作之后，间或有编者的勘校考辨，有的点出字词之异，有的则对女词人的姓名与生平迹事略作考辨。此外，该选不仅选编女作家词作，于其诗文也有所收录。总的来说，该选在体例上较为完备，保存了大量的女词人资料，可视为清代女性词人的存史之选。

该选在选录女性诗词时，采用了多种词学资料，选源尤为丰富。其中，除了女性的诗词别集之外，又有诗话、词话、诗词选，以及各种随笔杂记等。选录的诗话如《闺秀诗话》《随园诗话》《然脂余韵》《名媛诗话》《远香诗话》等；词话如《闺秀词话》《春草堂词话》《听秋声馆词话》《灵芬馆词话》《莲子居词话》等；诗选如《随园女弟子诗选》《国朝闺秀正始集》等；词选如《词综》《闺秀百家词选》《名媛词选》《小檀栾室汇刻闺秀词》《闺秀词选集评》等；笔记丛谈如《两般秋雨盦随笔》《南野堂笔记》《犬窝随笔》《闺媛丛谈》《履园丛话》等。选源是选本品质的重要保证，广泛而极具参考价值的选源，为编者的摘录转抄与整理筛选工作提供了便利的条件，也大大提高了该选的质量。正如肖鹏所言：“选词如采矿，采出来的矿物的质量、产量，不仅取决于采矿者的素质、工具、采掘方式，而且更取决于矿床的地貌和蕴藏量。”[①] 以各种丰富的词学资料为源，吴克岐的《清代词女征略》选录了数量可观的女性诗词作品。选阵中的女性词人，有些于诗词创作上成果颇丰，词选载其作品往往高达几十首。如卷十一中，编者在席佩兰名下，从《随园诗话补遗》《桐阴清话》《正始集》《名媛词选》《湘烟小录》《闺秀百家词选》等资料中，选录其诗词作品 30 余首，所选作品较为全备，为了解席佩兰的文学创作提供了直观的参考。

该选在撰述女词人的生平迹事时，也引用了大量的文献资料。除了上述的诸多词学资料，编者还多次引用了州县府志等地方性的文献著述，如《武进阳湖合志》《丹徒县志》《通州志》《苏州府志》《金陵诗征》《杭郡诗辑》《闽川闺秀诗话》等。对各种历史文献的采用，使该选在内容上呈现出浓厚的资料性与文献色彩。对一些比较重要的女词人，该选所引的资料更加翔实。例如，卷八仅录词人 16 位，其中关于贺双卿一人的资料篇幅尤

[①]　肖鹏：《群体的选择——唐宋人选词与词选通论》，第 13 页。

大，编者罗列贺双卿的生平资料，从史震林的《西青散记》中摘录了大量的关于贺双卿的生平轶事与文学活动的记载，展示了一位"性潇洒""以才情自晦"的清代才女形象。此外，该选还收录了一些女词人之间的赠酬唱和之作，可以从中了解清代女词人间的交游往来。如卷十三述许庭珠时，编者抄录了李佩金的《秋夜怀林风》一诗，可见二人的"闺房文字之交"。又录李佩金的〔鬟云松令〕《得林风信后作》，以及许庭珠的和作〔采桑子〕《春日寄怀纫兰妹》，由此亦可窥女词人之间的书信往来。

作为一部断代词选，《清代词女征略》较为系统地整理了清代女词人的词学文献资料，对于清代女词人的研究有很大的助益。

第二，清代女性才华与真情的彰显。明代中后期以降，社会上有一种推崇才女文化的氛围，士林间极力称颂历代才女，对女子的聪明才智加以肯定。当时，有一些文人在撰书时专门辑刊女子的文学创作，如张之象的《彤管新编》，收录先秦至元代的女性作品近 700 篇；钟惺的《名媛诗归》，选历代女诗人作品 1500 余首；赵世杰的《古今女史》，也选录历代女子的诗文作品等。这种对女性才学的重视，蔚然成风，直到清末民国时期也未曾消减。吴克岐是对女性才学较为关注的一个文人，他的几部整理女性词学资料的著述，无一不透露出对女子学识与才情的认同。

《清代词女征略》在介绍女词人的生平琐事时，常常体现出编者对女子才学的褒赞。词选中的女性词人，或工于填词、自成一家，或性喜吟咏、善写性灵，或琴棋书画、各有所精，而这些女词人自身所具备的良好品性更是为她们的才华增添了不少光彩。对这些才德兼备的女性，编者不仅选录了她们大量的诗词作品，还从各种文献中摘抄了与其相关的记载，显露出对清代女子才情的弘扬。在这样的选心之下，从吴克岐所引用的女词人小传中，经常可以看到当时的一些文人对女性文学天赋的关注。在他们的词话或笔记中，有许多关于女子"宿慧"与"早慧"的记载。如：

庄盘珠：阳湖庄佩莲女史盘珠，生有神异，颖慧好读。[1]

杨蕴辉：生甫数龄，冬日见雪花飞着梅树，指示家人曰：是非李峤诗所谓"拂树添梅色"耶？闻者异之。[2]

---

① 吴克岐编《清代词女征略》第 12 卷，1922 年稿本。

② 吴克岐编《清代词女征略》第 13 卷。

惲　珠：幼颖慧，从父尉肥乡，十岁工诗，兼精绘事。①
杨　芸：根于宿慧，苞于性真，不仅薰于习染者。②
顾　翎：幼慧，多巧思。③

因此，也许是出于对才女的特别欣赏，词选中所记载的才女迹事，经常笼罩着一层神秘的色彩——将女子非同凡响的才华归根于"宿根"，将女子的早夭归为"重回上界"，为女词人的生平增添了些许传奇性质与浪漫意味。如在第九卷中，编者汇编王采薇的生平典事之时，引用了其父王光燮所作《亡女采薇小传》，传云：

采薇，余第四女，其生母方娠时，梦月旁星光熠熠，或告曰，此四女星也，欲手摘之，倏不见也。及生，资质清弱。既长，貌端丽，性柔婉，耽文史，手不释卷，尤好吟咏……而宿根灵慧，时有出尘之想……卒年二十有四。殓时，颜貌如生，手足温软，似解脱者。今春托仙乩致寄外者八绝，自言尸解仙去，居□利东宫，掌上界书三百架。④

"出尘仙去"的王采薇之外，还有"垂绝复苏""见神女数辈抗手相迎"的庄盘珠，以及"母梦吞梅花而生"的葛秀英等。从这些充满浪漫幻想与奇异色彩的生平传载之中，可以看到当时的一些文人对女性才华的认同与标榜。

此外，吴克岐对这些女词人的真情真性也有所关注。一方面，编者对诸如王采薇与孙星衍、西林春与奕绘等夫妇唱和、伉俪情深的情况多加笔墨，时有称赞。如卷九"王采薇"之下，吴氏选取、抄录了大量的资料，以此来表现女词人与丈夫之间的真挚深情，以及女词人的才华天赋。如：

孙星衍《亡妻王氏事状》曰：既婚数日，夫人属余填词，并约围棋，余皆未学，颇心愧之。后遂为小词，而卒不能对弈……好洁除几

---

① 吴克岐编《清代词女征略》第 13 卷。
② 吴克岐编《清代词女征略》第 13 卷。
③ 吴克岐编《清代词女征略》第 13 卷。
④ 吴克岐编《清代词女征略》第 9 卷。

席，余每陈书满案而出，比入室，则夫人为整齐之。偶得许氏《说文》，与余约，日识数十字，久之，予遂通小学。①

王采薇嫁孙星衍秀才，伉俪甚笃，夫妇二人于诗词学问方面多有交流。采薇善于作诗，著有《长离阁集》，集中有"户低交叶暗，径小受花深""研墨污罗袖，看鱼落翠钿""一院露光团作雨，四山花影下如潮"等妙句。又如席佩兰与孙原湘夫妇，吴氏抄录《桐阴清话》曰：

> 子潇太史，与德配席浣云，俱能诗，唱和甚伙。其《示内》句云：赖有闺房如学舍，一编横放两人看。又《赠内》云：五鼓一家都熟睡，怜卿犹在病床前。上联想见闺房之乐，下联想见伉俪之笃。②

通过对这些资料记载的收录，吴氏展露了他对夫妇唱和之乐的赞叹和对女性才情的褒扬。此外，吴氏还选录了许多女词人的"寄外"与"和外"之作，如浦安的〔卜算子〕《晓起试茶和外韵》、许权的〔柳梢青〕《寄外》等，展现了清代夫妇之间的诗词酬唱。另一方面，女性词人与亲友的唱和往来之作同样受到了编者的关注。如卷十三在选录李佩金诗词作品时，吴氏曰：

> 纫兰与杨蕊渊（芸）、王畹兰（长生）、许林风（庭珠）诸女士为知心友，时唱和投赠，有《生香馆词》一卷。〔虞美人〕《赠王畹兰妹》云：飞来青鸟传娇病……纫兰〔金缕曲〕《自题生香馆词集后并寄林风畹兰》云：往事思量遍……梁德绳〔百字令〕《题生香馆词稿》云：秋空琴响……太清春〔木兰花慢〕《题长洲女士李佩金生香馆遗词》云：生香孤馆在……吴藻〔迈陂塘〕《题李纫兰女史生香馆遗集》云：袅香丝文心一缕……③

李佩金与杨芸、王长生、许庭珠等人的唱和投赠之作，展现了清代才媛女子之间的交游与往来，为了解闺阁女子的日常生活与内心情感打开了一扇窗。这些闺怨赠外和亲友往来之作，传达出女性词人的喜怒悲欢与牵

---

① 吴克岐编《清代词女征略》第 9 卷。
② 吴克岐编《清代词女征略》第 11 卷。
③ 吴克岐编《清代词女征略》第 13 卷。

挂思念，展现了清代女性的生存状态与生活图景，以及她们多情多彩的内心世界。

吴克岐的《清代词女征略》，是一部特色较为鲜明的文言词选。该选选源极广，并且极具文献价值，充分彰显了有清一代女子的才华与真情，对了解清代女性词学、全面把握清代词坛，有重要的参考价值。

二　《安徽名媛诗词征略》

《安徽名媛诗词征略》，是光铁夫与其夫人刘淑玲共同编选而成的，1936 年由东方印书馆出版。编者光铁夫，安徽桐城人，现代学者，素工诗文，尤精集部之作，对于近代辞章流别及人文史迹，皆有较深的研究。该选原分五卷，另有补遗 13 首，分县编订，收安徽古今名媛 393 人之诗词，每人皆有小传。其中卷一至卷四录诗，约 800 首，卷五录词，约 144 阕。此外，该选有序言 6 篇，题诗 19 篇，题词 2 篇。该选是一部比较少见的地域型女性词选，在民国女性词选中有特殊的地位。《安徽名媛诗词征略》具有以下特点。

第一，地域文学的弘扬。在中国历史悠久、灿烂辉煌的文学宝库中，安徽有一定的地位，历代安徽文人所留存下来的诗词文章，为这座文学宝库增添了色彩。一方水土养一方人，造就一方的文学，文学与地域之间有十分密切的联系，不同区域的文学发展往往有很大的差异。就词学而言，不同区域之间的词学发展也呈现出很大的地域性和不平衡性。叶恭绰曾对清代词人的地域分布做过统计，其中江浙两地是绝对的核心，其次便是安徽。这些地区的文化繁盛，与长江流域灌输便易、经济繁荣、传播发达有密切的关系。

清代文人强烈的地域观念，铸就了地域词学的高度发达。这一时期的词学乡邦文献整理风气较盛，一些词家为了弘扬本地词人的词学成就，扩大本地词学的时代影响，编撰了大量的郡邑词征。如叶申芗的《闽词钞》、林葆恒的《闽词征》、况周颐的《粤西词见》、缪荃孙的《国朝常州词录》、陈作霖的《国朝金陵词钞》、朱祖谋的《湖州词录》等。安徽的乡邦词征也有不少，如徐乃昌的《皖词纪胜》，所录词人并非仅仅局限于安徽省籍，而在选词时将目光放在了那些作于安徽境内的词作上，并通过对入选词作的解读，展现安徽各州府的自然与人文风光，它是一部融词选与舆地纪为一体的词学乡邦文献；又如李国模的《合肥词钞》，将选域定为合肥籍词人，时代则限定在清初至民国这一段时期，共选录了词人50余家，词作近700首。此外还有刘世珩的《国朝安徽词录》等。这些地域型词选，有的选录全省，有的只录省内某一州县，有的选录中国历代本地词人词作，也有的只录一朝一时的本地词作。这些词选的文学价值并不太高，却对乡邦文献的保存以及地域文学的弘扬有着不容忽视的作用。

清末民国时期，还出现了一批区域色彩浓厚的女性诗文选本。如毛国姬的《湖南女士诗钞所见初集》、钱学坤的《青浦闺秀诗存》、黄瑞的《三台名媛诗辑》、费善庆与薛凤昌合编的《松陵女子诗征》、郑瑛的《太原闺秀比玉集》、冼玉清的《广东女子艺文考》、光铁夫的《安徽名媛诗词征略》等。① 这些女性文学乡邦资料的汇编，保存了大量的本地女性的文献资料与文学创作，也彰显了本区域才女闺媛的文学成就。

《安徽名媛诗词征略》，编者为光铁夫及其夫人刘淑玲。此选的编撰目的有二。一是"拯乎道之丧、文之蔽"②。民国时期男女平等之说渐兴，女子读书通文墨者甚众，然而她们的诗词创作有时却倾于流俗轻佻，光铁夫及其夫人对此深有感触，于是合编该选，以期对当代女性的文学创作风气加以挽救。二是弘扬本省女子的才华。清代有一些文人辑刊了女性诗词选本，如施淑仪的《清代闺阁诗人征略》、徐乃昌的《小檀栾室闺秀词钞》等，其中皖省才女入选者，固不乏人。陈诗的《皖雅》也附录了安徽各县数十家闺媛的作品。然而安徽山川雄丽，幅员辽阔，女子多擅才华，却埋没乡野。光铁夫有鉴于此，于是对安徽历代女子词作广为搜选，辑成专书，以显皖省才媛之贤。为此，夫妇二人在辑刊诗词选时付出良多，程孟林为该选作序时云：

> 尝昏暮过君庐，见其孤灯斗室，与夫人刘淑玲女士，濡毫伸纸，兀兀对坐。几案间，诗词集丛杂至不可理，询之，知其有安徽名媛诗词征略之辑……凡三阅寒暑乃成。③

---

① 胡文楷：《历代妇女著作考》，附录，商务印书馆，1957，第82～100页。
② 光铁夫编《安徽名媛诗词征略》，序二，东方印书馆，1936，第3页。
③ 光铁夫编《安徽名媛诗词征略》，序五，第9页。

在夫妇二人的苦心搜辑之下，该选共收录了安徽历代近 400 位名媛的诗词作品。所选诗词作品，谨遵诗歌温柔敦厚的旨趣，乐而不淫，哀而不伤，怨而不怒。入选的女词人作品，题材和内容多样，既有唱随远游之轻快，又有离愁别绪之悲苦；既有贞静幽娴的兰室之怀，也有慷慨激昂的柏舟之志。这些诗词，写景生动逼真、清新秀丽，写情情真意切、感人至深，都是文辞斐然可诵的作品，读之令人感叹。通过对这些诗词的辑录，彰显了安徽才媛的文采风流，展现了安徽地域文学的丰富多彩。

第二，存人存史的编撰意图。《安徽名媛诗词征略》，最初名为《安徽才媛纪略》，当时的《学风》月刊和《大淮报》曾对其部分内容进行了刊登，嗣更加以厘正之后，改为今名。该选专辑皖省历代名媛诗词，共收录安徽古今才媛 393 人之诗词 900 余首，所涉及的历代才女皆有小传，保存了丰富的女性文学资料，历史文献性极强，体现出编者存人存史的编撰意图。

光氏夫妇二人为女词人存史的意图，主要体现在两个方面。其一，所选闺媛遍及全省历代。该选在体例上分县编订，所录女性创作者甚众，分布于怀宁、桐城、休宁、合肥、宿县、六安、盱眙、芜湖等 42 个县，几乎涵盖了安徽省当时所有的县。其中，桐城、歙县、合肥等地，入选的才女尤多，这与几个地方深厚的文化底蕴有密切的关系。此外，该选几乎搜罗了从汉魏至民国的所有安徽名媛。特别值得注意的是，编者对生存于民国当代的闺秀也予以选录：

> 前人辑本，例皆生存不录。近读李革痴先生《方志学》，有"艺文志及列传，凡生存人之可取者，亦应收入"之语。是编虽为私辑，然亦一省艺文之重要部分，故窃从之，间录当代闺秀之作。①

正如光铁夫在例言中提到的那样，前代的一些选本在辑录人物时，有"生存不录"的惯例，但他受李革痴《方志学》的启发，将生存于民国当代的才女闺媛录入选中，如胡春谷、严士瑜、吕坤秀、吕美荪、吕碧城等人。可惜的是，虽然民国女子以学识见长者众多，但编者难以访寻周全，故收录尤鲜。不过，这种对民国当代文学女性及其创作的关注，从一定程度上来说，体现了编者在词选编撰中的存人意识。

其二，作品与资料的求全求备。该选在具体的编排上，仿照了近人张

---

① 光铁夫编《安徽名媛诗词征略》，例言，第 1 页。

维屏编撰诗选的体例。张维屏的《国朝诗人征略》共六十卷，乃清代诗人的资料汇编，收顺治至嘉庆年间诗人930余家的传略，所收诗家生平事迹，大都散见于诸家文集及志乘、说部诸书，编著者浏览群书、随意录之，自谓编修此书"意在知人，本非选诗"，全书较多地保存了鸦片战争以前的诗人史料。与之相类，光氏夫妻的选本也"意在知人"，夫妇二人在撰录时参考了丰富的词集文献与文史材料。光铁夫自言该选所录事迹及诗词，或见本书，或见总集，或见史乘，或见诗话、笔记及稗官野史，或据省志访稿，或由征求而得，取材甚广。对于那些只得事迹未见诗词或只得断句的才媛，编者均对其另行保存，以待采访，续成二编。由此可见其强烈的存人存史意图。

秉承存人存史的观念，光铁夫在编撰该选时，纵览历朝历代，将观照的目光几无遗漏地投向安徽各县，同时对所录名媛的生存资料搜罗详尽，使该选成为安徽历代才媛的留史之作。但该选收集的才媛并非徽州才女的全部，仍有缺漏，并且选本中少数女诗人的姓氏字号及配偶姓名等生平资料仍须辨正。此外，编者"拯乎道之丧、文之蔽"的编撰意图，导致他们在致力于匡正女子创作风气的过程中，对糟粕性的封建女子道德进行了过度的弘扬，如宣扬夫死守节的女性贞节观：

> （卷一 方维则小传）年十六而寡，一子复殇，因矢志靡他，与老姑同卧起。年八十四卒。旌节孝。[1]
>
> （卷三 蔡节妇小传）合肥人。母氏吴，同邑蔡庚室。年二十一夫亡，一子复天。事姑以孝闻。殆姑殁，裂帛草自叙词将缢，家人惊救，责以立嗣承祧，较死为重。乃以侄为嗣，教养成人。年八十八始卒。旌如例。[2]

选本中类似的词人小传还有很多，这些女性的诗词作品往往透露出封建伦理道德对女性的压制和束缚，透露出古代女子自我意识的缺失，并不值得大肆宣扬。但编者出于存人存史的考虑，对这些女性作品均予收录，却也无可厚非。

光铁夫与刘淑玲夫妇在编选《安徽名媛诗词征略》时，以弘扬安徽名

---

① 光铁夫编《安徽名媛诗词征略》，第 29 页。
② 光铁夫编《安徽名媛诗词征略》，第 226 页。

媛才情与安徽地域文化为己任，以保存皖省才媛的资料及作品为目的。二人共同编著的这部词选，是一部罕见的地域型的诗词选本，在民国的女性词选中独树一帜。

三 《中国女词人》

《中国女词人》，编者为曾迺敦，1935年由女子书店出版。曾迺敦，福建漳州人，上海持志大学毕业。他在文学创作和文化研究方面著述颇丰，其著述内容涵盖文学、文化、体育、社会学等，体裁包括小说、报告文学、话剧、政论、学术著作等，其笔耕不辍，视野开阔，文化素养较高。

《中国女词人》为应姚名达编《女子文库》邀请而作。本书论选合一，共分六章。第一章"导言"叙述词的起源，次就唐女词的胚胎、五代宋辽女词的繁荣、元明女词的衰落、清女词的极盛及中国妇女与词的关联分别论述。选词范围自唐至清，所选女词人约270家，既有皇后贵妃、官宦妻女，又有平民侍妾、女冠娼妓。这些女词人的身份地位不一，词学成就也高低不等，编者将其一一收入词选，体现出强烈的存人与存词意识。该选紧紧围绕"女性"与"词"两个核心，对历代女词人及其代表作进行了梳理和阐释，女性词史的意义较强。《中国女词人》具有以下特点。

第一，选心：支持妇女运动与女性解放。《中国女词人》一书的编撰出版，是民国时期妇女解放运动的重要产物。曾迺敦在自序中曾言及此选的编撰背景，该选的编撰与产生是受姚名达所托。当时姚名达主编女子文库，全部由女子书店出版发行，特意嘱托曾氏编写其中的两本，即《中国女诗人及其代表作》和《中国女词人及其代表作》。曾氏由此着手编选，伏案数月，词选先一步写成。至于编者提到的姚名达，则是一位热心支持妇女运动的学者，他为民国时期的妇女解放工作做出了很大的贡献。

姚名达曾担任商务印书馆的编辑，他在工作中接触了许多书籍丛刊，深刻地意识到女性文学与女性历史的缺乏。他认为，女性对自身的认识十分不足，缺乏提升文学等知识素养的渠道，需要为女性创办一所专门提供知识的图书馆。于是，他便萌发了一个想法，那就是为女性的解放运动做些工作。他的夫人黄心勉，也在他的影响之下，成为一名妇女解放运动的支持者、推动者。20世纪30年代初，乘着五四运动后妇女解放运动的东风，姚名达夫妇的《女子月刊》和女子书店创办成功了。《女子月刊》和女子书店的宗旨，在于启发女子智识、推动女子解放运动。在《女子书店的第一年》中①，黄心勉曾对他们的创办宗旨做了十分详尽的描述，即发表女子的作品，为女性提供文学读物；为当时的女子教育提供辅助，提高女性的知识水平，从而推动女子运动；研究女子的历史，讨论妇女问题，提倡女子职业以发挥其能力，逐步矫正旧社会女子的陋俗，同时达到改良家庭生活、提高女性地位的目的。在这样的宗旨指导之下，《女子月刊》在其办刊的短短 5 年之间，刊登了许多文章，内容涉及女子解放运动、女子心理健康、女性婚姻生活等，成为民国女性重要的发声平台。女子书店则以出版女性著述为主，如黄心勉《心勉偶存》、吕云章《世界妇女运动史》、章衣萍《看月楼词草》、王茗青《法国女作家》、汤咏兰《现代女子书信指导》等。《女子月刊》与女子书店的创办，从实际上启发了女性的智识与能力，推动了女子运动与女子解放事业的发展。

曾迺敦的《中国女词人》，发行于女子书店，是该书店出版的女子文学丛书的一种。他为历代在词坛上显耀一时或努力耕种过的女词人留下记录，整理出一部有体系的女性词史。该选在论述女性词时，将其发展历程划分为四个历史时期。从唐五代的胚胎，到宋代的繁荣、元明两代的衰落，再到清代的极盛，编者徐徐道来，为读者清晰地梳理出中国古代女性词的发展轨迹。值得注意的是，编者在本书的最后一章还详述了中国妇女与词的因缘，对中国古代女子遭受的重重高压和痛苦深表同情，并对她们的文学创作进行肯定，折射出民国时期独特的女性解放的思想色彩。

曾迺敦在行文之中对他的情感倾向并无避讳，无论是论述具体的女词人，还是在末章的总结中，都可以看到他对中国古代女性词人的感慨。中国古代的女子，在宗法社会的压迫之下，由于遗传血统和没有财产继承权等问题，女性的经济来源被封锁，又缺乏自立的环境，只能一味地向男性社会屈服。对此，编者对束缚古代女性的伦理纲常大加批判，深切地表达了对这些身处封建社会的女性的同情。对于那些命途多舛、红颜薄命的才女闺媛，编者在表达怜惜之感的同时，遗憾之情也经常溢于言表。如在论述花蕊夫人时，编者曾感慨"古来才女，同罹薄命，真可慨叹了！"② 又如

① 黄心勉：《心勉偶存》，女子书店，1935，第 99 页。
② 曾迺敦编《中国女词人》，第 23 页。

评价叶小鸾时，他称叶小鸾"才华卓绝，惜天不假以年，使尽其才，则文采当不止如是也！"① 可见他对薄命才女的惋惜。对于那些所谓的"宫人""弃妇""寡妇""妾婢""娼妓"等身世凄惨的女子，编者也十分同情她们可怜的境遇，并对她们所承受的痛苦表示理解。对这些女子所作的诗词，编者也多有肯定。他认为，女性温柔的性情以及外界给予的压抑环境，使她们不敢明目张胆地与男性世界抗衡，只好在暗地里泣诉，这造成了女性婉约的文学。词这一文体，自其产生以来，便是趋于婉约的。因此，这些纤婉动人、抒写性情与发泄情感的女性词，也就成为中国词史上不可或缺的色彩。曾迺敦这种对于女性的同情与怜惜，以及对女性文学的认同与弘扬，既是编者个人性情的展示，又是五四以后女性解放这一时代特征的重要体现。

第二，女性词史与女词人群体意识。曾迺敦的《中国女词人》，既可以看作一部历代女性词选，又可以看作一部女性词史。曾迺敦将中国女性词的发展历程分四章论述，并在专章和小节中分别列举了各个时期具有代表性的女词人作品。通过对唐、五代宋辽、元明、清四个时段的论述，展现了女性词由萌发到繁荣、几近衰落而又至极盛的发展轨迹。在述及具体时期的某些女词人时，编者又有意识地对她们进行了归类，这些分类包括"闺秀词""亡国宫人词""娼妓词""袁派女词人""陈派女词人""姊妹词人""珍贵词人"等，体现出编者的女词人群体意识。

隋代侯夫人所作的〔一点春〕，通常在词史研究中被看作词的滥觞，但实际上它仍然是诗，只是被曲化了而已。至唐代才有女性词出现，但编者认为但它们并不严整，只可视为雏形，如杨贵妃〔阿那曲〕、刘采春〔望夫歌〕、柳氏〔杨柳枝〕等。在他看来，唐末耿玉真的〔菩萨蛮〕才是一阕完全成熟的词。自唐而后，经过五代的酝酿，女性词逐渐成熟，宋辽两代是女性词发展的繁荣期。两宋出现了几位"伟大词人"。如李清照，编者认为"她是过去中国妇女作家，最成功的一位……古来多少伟大的男作家，还自甘愧服于她呢"②。李清照之外，还有朱淑真、吴淑姬、朱希真、张玉娘等人。此外，宋代的孙道绚、孙夫人、延安夫人等"贵族词人"，与严蕊、聂胜琼、琴操等"娼妓词人"，还有舒氏、徐君宝妻、赵秋官妻等无名词人，

---

① 曾迺敦编《中国女词人》，第 130 页。
② 曾迺敦编《中国女词人》，第 24 页。

也为宋代女性词的繁荣做出了贡献。元明时期是女词发展的衰落期。宋亡之后，金德淑、章丽真、袁正真等亡国宫人，写下了一些感伤身世的哀音。元代女词人极少，比较知名的有管道昇、陈凤仪、罗爱卿等。至明代，女词人和词作的数量都有了很大的增加，出现了沈宜修、叶纨纨、沈树荣、张倩倩、顾贞立、端淑卿等闺秀词人，她们写下了大量的词作，有的还有词集传世。还有柳如是、杨宛、王微等名盛一时的娼妓词人，虽常引争议，倒也写下了一些脍炙人口的词篇。清代，女性词发展至极盛，女性词人较前代更多，创作也更加繁荣。这一时期，还出现了女性文学社团，如徐灿、柴静仪、顾之琼等人共同组建的"蕉园诗社"。也有一些追求风雅的男性文人，如袁枚、陈文述等，广收女弟子，传书授学，推动了清代女性词的繁盛……从唐代至清代，曾迺敦将女性词的发展轨迹一一绘出，清晰地展现了中国古代女词人的风采，描绘出女性词动人的发展历程。

在编撰女性词选时对女性词人进行分类，这一做法并非曾迺敦首创。在《众香词》一选中，徐树敏、钱岳等人便已按照当时妇女地位的等级，将词选分为六卷，分别收录官宦妻女、寡妇烈女、婢妾女冠、宫女妓女之词，体例严格而完整。曾迺敦的词选，在对女词人进行分类时，不局限于女子的身份和地位，女词人的创作成就、女子文社、门派、家族等要素也是重要的划分依据，女词人群体意识较为鲜明。

在曾迺敦对女词人群体的划分中，女性词家的身份地位是最基础的划分依据。如在介绍宋代的女词人时，他从"贵族词人""娼妓词人""无名词人"几个角度，分别对孙道绚等出身仕宦家庭的显贵女词人、严蕊等沦落风尘的女词人，以及姓名资料不详的女词人进行了论述，展现出不同身份女子词作的多彩风貌。李清照、朱淑真、吴淑姬等词作颇丰、词艺较高的词人，则按创作成就被归为"伟大词人"一类。编者对词人之间的亲缘关系和词人家族也极为关注。如明代的闺秀词人中，王凤娴与她的两个女儿张引元、张引庆皆能作诗词；沈宜修与她的三个女儿叶纨纨、叶小纨、叶小鸾亦是比较知名的才女，而与叶氏家族相关的沈树荣（叶小纨之女）、沈宪英（沈宜修儿媳）、张倩倩（沈宜修表妹）等人，于作词方面也小有成就，呈现出沈叶一门才女辈出的盛况。编者便对这些女词人进行集中论述。清初的张学雅、张学仪、张学典、张学象等姊妹七人，与许心榛、许心碧等姊妹四人，则被归为"姊妹词人"的类别。张绮的女儿张𫄷英、张珊英、张纶英、张纨英，皆有才情，四人有《毗陵四女集》合刊，因此被列入

"毗陵四女"。编者对这些"母女词人""姊妹词人"等女词人家族的论述，展现了明清女词人分布的家族性和地域性特征。女词人的社课与门派也是曾迺敦划分女词人群体的一个不容忽视的依据。清代的顾之琼，曾号召徐灿、柴静仪、钱云仪等女士，组织蕉园诗社，一时成为艺林佳话，这些女词人被划入"蕉园诸子"一列。此外，师从不同男性文学家的词人也被纳入不同的词派——介绍，如师从王渔洋的王潓卿、纪映淮等"王派女词人"，师从袁枚的席佩兰、归懋仪、孙云凤等"袁派女词人"，师从陈文述的吴规臣、李佩金、吴藻等"陈派女词人"等。通过以上分类，曾迺敦对中国历史上数量繁多的女性词人进行了细致的梳理，展示了女词人从闺内吟咏到闺外结社的演进过程，描绘出精彩非凡的女词人群像。

曾迺敦的《中国女词人》，是诞生于民国女性解放运动背景之下的一部词选，深刻地反映了民国时期的女性文学观念，展现了中国女词人的群体风貌，勾勒出女性词史的清晰脉络，同时对女性文学有存人存史的意义，成为女性文学研究的重要著述之一。

第三节　白话女性词选研究

本节着重论述的词选有三部，分别为范烟桥的《销魂词选》、胡云翼的《女性词选》、孙佩苣的《女作家词选》。这几部词选的编者，均是受五四新文化运动影响较大的"现代型"文人。他们以白话撰述词选，在选词时倾向于选择那些能够体现女子真挚情感的婉约之词。而他们在操选政时所表露的女性词学观念，也往往折射出民国时期独特的社会背景。

一　《销魂词选》

《销魂词选》，编者为范烟桥，该选 1925 年由上海中央书店出版。选女词人近 200 人，录其词作 350 余首，所选皆为词作者"最有真性情寄托"的作品，是"中国近六百年女子的呼声"[1]。所选女词人，以明清两代居多，如沈宜修、柳是、商景兰、顾春、徐灿、王微等。此外，词选还选录了吕

---

[1] 范烟桥编《销魂词选》，前言页。

碧城、陈家庆、丁宁、邵英戡等民国女词人的词作。该选分专题选词，共有怀人、咏物、感时等 10 个专题，以白话语言撰述，简洁明了，口语化特征较强，是一部较有特色的、分专题选词的白话词选。

范烟桥（1894~1967），江苏吴江同里人，原名镛，字味韶。他名中的"烟桥"二字，取自姜夔的诗句"回首烟波第四桥"。范烟桥一生著作颇丰，笔名也尤其多，目前可考的主要有乔木、鸥夷、西灶、愁城侠客等，他的室名也有很多，如无我闻室、愚楼、小天一阁、鸥夷室、邻雅小筑等。范氏一族诗礼传家，廖群的《范烟桥传略（上）》考述："在古城苏州，自唐以降，有范氏一族，书香传世，代有名人。他们最早有记载的先祖范履冰，为唐朝宰相……到宋代，范家出了个济世治国的名臣范仲淹，他先忧后乐的高风亮节传颂千秋。范仲淹有一从侄朝奉房纯懿公，其后代思椿公，在明朝末年，从苏州吴趋坊迁居吴江同里……"① 范烟桥的父亲，名为范葵忧，是清末的举人，因此他自幼便接受了较为良好的教育。他的母亲严文珍，是个颇通文墨的古典女子，尤其喜爱弹词，这一喜好对范烟桥的文学之路产生了一定的影响。范烟桥少年时不喜读枯燥的经书，常常在枕畔偷读母亲所藏弹词唱本，后投师名家，学习唐宋文及近代文，兼及历史地理与小说，写作渐通。读书期间，他喜好填词作诗，自办《同言》报，刊登了大量的诗文。辛亥革命爆发后，范烟桥因仰慕南社的文采风流，与里中几位文学青年成立了"同南社"，并出版《同南》社刊，每年一册，出版诸多社友的诗词文章。此外，范烟桥还创办过《吴江报》周刊、《珊瑚》半月刊、《星报》等，是民国时期影响力较大的一个报人。

范烟桥从事教育工作数十年，耽好文史，潜心著述，对小说、散文、随笔、杂文、史论、弹词、曲艺等均有所涉猎。诗词著述有《作诗门径》《销魂词选》，小说著述有《中国小说史》《民国旧派小说史略》，弹词有《太平天国》，随笔杂文有《茶烟歇》《鸥夷室杂缀》等。范烟桥工于诗词，所作诗词大多记载于他的书札日记中，可惜手稿在战乱中遗失，再无缘见到。从他的《烟丝集》② 一书中，仍可以看到零散的几篇诗词作品。《烟丝集》共 23 篇，收游记、诗词、传奇、小说、剧本、杂著、散文等作品，所载诗词不多。他所著《作诗门径》一书，主要讲述旧体诗的作法，对新体

---

① 廖群：《范烟桥传略（上）》，《苏州杂志》2004 年第 2 期，第 29 页。
② 范烟桥：《烟丝集》，苏州秋社，1923，第 29 页。

诗也有所论及，深入浅出地传授了学诗、读诗与作诗的方法，为学诗者提供入门指导。而他的词学见解与词学思想，较多地体现于《销魂词选》一书中。《销魂词选》具有以下特点。

第一，专题分类的编纂方式。《销魂词选》在民国的女性词选中有特殊的地位，因为它是众多词选中唯一一部按专题分类撰述的词选。女性词选中分专题编撰的极少，康熙二十四年（1685）刊行的《古今名媛百花诗余》是其中的一种。《古今名媛百花诗余》分春、夏、秋、冬四卷编录，是历代女性词总集，共选宋代至清代女词人近百人的词作，明清闺秀词人佚者，赖此获存。此外便是范烟桥的《销魂词选》。该选主要选录明清两代的女词人，分怀人、咏物、感时、别绪、哀悼、投赠、题咏、闺怨、艳情、无题10个专题论述。每个专题之下都有相应的总评，如"投赠"一题，范烟桥评道："没有解放的女子，交际是处处拘束的。但诗词的投赠，在所不禁，所以有许多心事，都在字里行间发抒出来。最够销魂的，当然是寄外……在婉约蕴藉中间，也可看到深藏在心底的情绪。便是寻常唱和的词，往往有诉尽平生的话。"① 词题之后有词人小传，简列女词人的名号、籍贯、身世生平、婚嫁情况以及所著诗词集等，可视为研究女词人的重要资料。词后有简要评点，或对佳句妙语进行赏析，或对词中描绘的情景加以阐发，或对女词人的整体风格与创作技巧予以评点。此外，该选以白话铸就，无论是序言，还是词评，均以简洁明了的口语写成，浅显易懂。分专题选词，以白话论述，这样独特的编撰方式，使《销魂词选》成为民国一众女性词选之中比较与众不同的一种。

第二，"销魂"的主题。"销魂"一题，源于范烟桥对"词的真意义"的认识，这两个字也可视为他的选词标准。江淹的《别赋》有"黯然销魂者，惟别而已矣"之句；秦观的〔满庭芳〕也有"销魂当此际，香囊暗解，罗带轻分，漫赢得、青楼薄幸名存"之句；杨蓉裳为纳兰词作序时，也称其词"凄风暗雨，凉月三星，曼声长吟，辄复魂销心死"。范烟桥认为，这几句话比较能够反映"词的真意义"，而他所选的词也是"魂销心死"的程度，于是便把词选命名为"销魂"。

该选所辑女词人，以明清两代居多。宋代虽然是女性词发展的黄金时代，但宋代女子流传下来的词却寥寥可数，一些比较有名的词，早已经过

---

① 范烟桥编《销魂词选》，第 56 页。

许多选家的采录，变成脍炙人口的篇章了，因此范烟桥便将选词的目光聚焦到明清。明清两代的女性词较之前代更为发达，这一时期出现了许多女性词集与女性词选。到了清代，袁随园与陈碧城等人，广收女子为徒，在他们的指导之下，也出现了一批女作家。至民国，新文化运动振起之后，无拘无束的新体诗逐渐取代了有规律、有格局的诗词，沉浸在文学陈酒里的女词人越来越少，于是民国女性的词也选得很少。因此，《销魂词选》所选的近200位女词人中，绝大多数是明清女子。也正是在这样的情况之下，范烟桥称该选是"中国近六百年女子的呼声"。

在范烟桥看来，词为艳科，像苏东坡"大江东去"、辛弃疾"千古江山"一般的慷慨悲歌实在不多。那些能够引起读者快感和同情的词，总是充满着热烈的儿女之情，因此范仲淹的"残灯明灭枕头欹，谙尽孤眠滋味"、欧阳修的"月上柳梢头，人约黄昏后"、司马光的"相见争如不见，有情还似无情"等词，更能表现词作者的真挚情感，也更容易引发读者的共鸣。从这个层面上来看，长于写情传意的女性词似乎有着天然的动人意味。在编者的眼中，女性词是温柔婉约的，女子词中所表达的感时伤怀、离愁别绪、闺怨艳情等情感更为真挚、动人。他认为：

> 在男子为中心的社会里，男子所作的词、男子词里所发泄的热情，是虚伪的，是粉饰的，是勉强的。深刻地说一句，多少总含有一点侮辱性的。我们要寻觅真的热情，非到富有情感的女子的词里去找不可！女子在男子中心的社会里……无论是屈服，或者是抵抗，都应有一种对于性的发泄。经过多愁善感的陶冶，自然一字一句都可以回肠荡气了。①

范烟桥将男子所作的词视为"虚伪"和"粉饰"的，认为女子词"富有情感"，可以从中"寻觅真的热情"。他的这种女性词学观念，与胡云翼十分相近。在《女性词选》中，胡云翼曾对女子作词的不求名、不求利十分推崇，认为这是女性词较男性词感情更加真挚的原因。秉着这样的词学观念，范烟桥的《销魂词选》录词350余首，所选之词"至少是作者最有真性情寄托的作品，至少可以看出一时代的女子思想、情绪、生活的一斑"。因此，词选各个专题之下的词作，总能体现女子的真性与真情，展现

---

① 范烟桥编《销魂词选》，前言页。

出女子真切的内心呼喊。这些呼喊，有的是对父兄姊妹的想念，有的是对残春暮秋的感伤，有的是对爱情婚姻的悲叹，也有的是对已逝亲友的哀思等。

如"怀人"一题，编者录沈静专词一阕：

　　醉公子·忆梦中美人
　　无意拈花片，有恨抛针线。细想梦中人，芳姿记未真。默坐还相忆，珠泪和香滴。月色到纱窗，寻思暗抵牙。

末句"寻思暗抵牙"，短短五个字，将女子思念梦中之人的动人情态描摹得淋漓尽致，因此范烟桥评曰："暗抵牙是何等的情景？只有女子自己去体想，最够味。"① 男子大约很难写出这般的女子情态。

又如"感时"一题，编者录徐灿悲秋词：

　　木兰花·秋暮
　　才见黄花秋以暮，滴滴虫声啼绣户。鸳鸯双枕不知寒，银蜡竟成红泪颗。
　　梦里乡关云满路，钗压绿鬟蝉半軃。月延罗帐似依依，谢他只把人愁锁。

徐灿的早年至中年生活是优裕富足的，这一阶段，她写下了许多伤春悲秋之作，这首词便是其中的一首。自然界的变化触动了词人的敏感心灵，为温婉多情的女词人提供了丰富的绮思与无尽的感慨，因此也就有了词人的这篇暮秋之叹。范烟桥感慨于女词人在时间与季节上的纤婉细腻的心绪，对她们的感时伤怀之作时有褒赞。他对上文所录徐灿词"谢他只把人愁锁"一句十分欣赏，认为"把人愁锁，反感谢他，是幽默的拗话"②，在评点词作时，对女词人遣词造句上的别出心裁大加赞赏。

又如"哀悼"一题，下有沈宜修悼亡词三首，这几首词都是她写给亡女叶小鸾的，分别为〔菩萨蛮〕《对雪忆亡女》、〔忆秦娥〕《寒夜不寐忆亡女》、〔踏莎行〕《寒食悼女》。这三首词一首比一首沉痛，将一个慈母对早夭亡女的想念与哀痛深刻地表现出来，令人倍加动容而深感哀戚。编者还

---

① 范烟桥编《销魂词选》，第 2 页。
② 范烟桥编《销魂词选》，第 36 页。

选录了庞慧缳〔满江红〕《书嘉禾李孝贞女事》、沈宪英〔水龙吟〕《哭少君姑母》、沈鹊应〔浪淘沙〕《悼外》等词，展示了这些女词人悼亡时的哀戚与苦楚。

《销魂词选》作为一部专题词选，将中国女子词的咏物、怀人、感时、别绪等题材一一述来，又对女性的内心世界与真情实感予以记录，展现了近代中国女子的喜乐与哀愁。范烟桥自称此选为"中国近六百年女子的呼声"，可谓十分贴切。

二 《女性词选》

《女性词选》的编者为胡云翼，该选于 1928 年由亚细亚书局出版。胡云翼大致依照时代顺序，按人编排，收唐代至清代 73 位女词人词作约 90 首，其中李清照、朱淑真二人词作收录最多，对于一些只存词一二首、其实称不上词人的女性，编者也将其收编入选，如一些妓女、尼姑、寡妇、怨女等。词后大多有词人小传，并无特定格式，或简介女词人名姓籍贯、婚配归属情况，或略述女词人生平遭际，或引前人资料介绍词的本事。该选规模较小，是词学小丛书的一种。《女性词选》的特点如下。

第一，表现了对女性的关注。胡云翼是中国著名的文史学家和词学研究家。他是湖南桂东人士，本名胡耀华。作为民国时期对词学研究较多的一位专家，胡云翼在词选的编著方面成就极高，他一生共编撰了十余种词选，其中，断代词选如《清代词选》《唐宋词选》《宋名家词选》，专题词选如《抒情词选》《故事词选》《女性词选》等。除了在词选编撰方面的成就之外，胡氏在词学理论方面也做出了很大贡献。而他在词学上的成就，也体现在他对女性词的关注和探索上，这对女性词学研究有特殊的意义。

《女性词选》的编纂与胡氏编选《抒情词选》的实践有密切的关系。胡云翼《抒情词选序》指出：

> 这本《抒情词选》是从我素来爱读的一千多首词里面选出来的。第一次选时删除了五百多首，第二次又删除了三百多首，第三次又删了二百多首，末了又把女性一方面的词另编《女性词选》。[1]

---

[1]　胡云翼编《抒情词选》，序言，亚细亚书局，1928。

可知《女性词选》原本是《抒情词选》中的一部分。该选是胡云翼众多词选中唯一的女性词选，它是胡云翼女性词学观念的直接体现。胡云翼所编著的其他一些词选中，也常常有女性词人入选。如《词选》，共收录唐五代至宋代 200 余位词人的词作 500 余首，其中，包括女性词家 10 余人，作品近 20 首；专选宋词的《宋词选》，共收词作近 300 首，其中，有 7 位女性词人的词作 17 首；注重词本事的《故事词选》，包罗了唐五代至元代初期的词家 100 余人，也选录了多位女词人的作品，如柳氏、花蕊夫人、琴操、魏夫人等。胡云翼之所以如此重视女词人，究其原因，在于他对女性词中流露出的真情实感十分欣赏，这一点可从《故事词选》的序言中得知。他认为：

> 妇女及无名氏之作尤为珍贵，因为她们不是文人，平居绝不咬文嚼字，偶有一二首词流传人间，所写皆为真情实感，故能传之久远。①

除了上述的这些词选本，胡云翼还编选了《李清照词》，共选词 57 首，诗 8 首，文 2 篇，有《李清照评传》。

胡云翼在他的一些词学论著中，也对女性词人关注较多。如《宋词研究》一书中，他将女性词人纳入词史研究，对歌伎和平民女子词进行了较多的介绍，还将李清照列入下篇的"宋词人评传"②。《词学 ABC》一书中，胡云翼又列"一群珍贵的女词人"③ 一章，专讲宋代女词人。他称赞李清照、朱淑真、魏夫人等女性作家所描绘出的"女性的心灵""小女儿情态""情趣浓厚"，肯定她们词作中的真挚情思，认为"宋代词人喜欢作妇人语"是"老着面皮来作娇声情语"。宋代的歌伎多长于词曲，她们在筵席上推杯换盏之际，写下了一些白话词，其中一些在胡云翼看来是"很美妙的白话词"，为此，他在书中列举了聂胜琼、严蕊、琴操等人的词加以辅证。他的《中国词史大纲》，也对中国的女性词人有所关注，如在第二十二章中，他便对以李清照为代表的北宋女词人进行了论述。④ 由于篇幅的限制，这些著述并未对女性词人及其作品做十分详细的论述，但能够在词学研究中对女性多有观照，体现了胡氏在词学观念方面的进步之处。

---

① 胡云翼编《故事词选》，序言，中华书局，1939。
② 胡云翼：《宋词研究》，中华书局，1926，第 130 页。
③ 胡云翼：《词学 ABC》，世界书局，1930，第 63 页。
④ 胡云翼：《中国词史大纲》，北新书局，1933，第 179 页。

胡云翼不仅对女性词多有关注，在其著述中多次论及，他对女性词的评价也很高。在《女性词选》的序言中，他曾这般感慨"女性文学的伟大"：

> 单就词的一方面讲，我们真实看不出女性的词比男性的词有丝毫逊色，除了量的方面相差以外。——但是，量的多，能够增加作品的价值吗？

在这里，胡云翼将女性词的创作水平视为比之于男子而毫无逊色的存在，对女性词的"质"大加肯定，这在一定程度上可能会显得有失客观。但考虑到他所生活的那个年代是处于才女辈出、女性解放运动蓬勃发展的时期，他在肯定女性文学成果的同时，有意识地对女性文学的地位有所拔高，似乎也就变得容易理解了。

第二，《女性词选》的选词特点。在民国的一众词学研究者中，胡云翼是对女性词有着较多观照的一位。无论是从他的词学研究著述，还是他的词选编纂的实践中，都可以看到他对女性词人的关注。他的女性词学观念，以及他对女性文学意识的发掘，都深刻地体现于《女性词选》之中。该选在选词方面，主要有三个特点。

其一是对女性词婉约特质的推崇。在词选的小序中，胡云翼曾这样说道：

> 假定中国文学可以简单地分为"豪放"与"婉约"两派，那末，女性底文学，实在是婉约文学的核心，实在是文学的天国里面一个最美丽的花园。

将女性文学视为婉约文学的核心，或许有些偏颇，但却准确地反映了女性文学纤婉、轻约的特点。就女性词而言，女性在以词抒情时，娓娓道来的往往是个人的欢喜欣然、个人的苦恼与烦闷，这种细腻纤微的情感，与充满豪情壮志的国家政治与个人抱负全然无关，因此往往呈现出曲折婉转的风格美感。女子相对封闭的生存环境，使她们在选择意象时受到了很大的限制，于是闺房内外的景象便成为女性词中的常用意象。珠帘、香炉、细雨、微风等优美纤微的景象，与女性内心细腻曲折的情感相互映照，共同造就了女性词的婉约本质。虽然在女性词史上有些女性词作不尽能以"婉约"二字概括，如李清照南渡以后所作的一些风格偏豪放的词等，但从整体而言，婉约仍是女性词的主体风格。

胡云翼在编撰该选时，选择的女性词作虽不多，却几乎全是婉约的类型。中国历代的女性词，从整体风格来看，的确是婉约优美的。但也有一些女词人，作出了许多不同于婉约词的"别调"，这些"别调"的风格偏于豪放。如徐君宝妻的〔满庭芳〕：

> 汉上繁华，江南人物，尚遗宣政风流。绿窗朱户，十里烂银钩。一旦刀兵齐举，旌旗拥、百万貔貅。长驱入，歌楼舞榭，风卷落花愁。
>
> 清平三百载，典章文物，扫地俱休。幸此身未北，犹客南州。破鉴徐郎何在？空惆怅、相见无由。从今后，断魂千里，夜夜岳阳楼。[①]

这首绝命词将个人与国家的双重悲剧融于一体，意蕴遥深，气度非凡。又如李清照、顾贞观、秋瑾等人的词，也时常有豪放的意味。但胡云翼在《女性词选》中几乎对女词人的豪放之词视而不见，只取其婉约纤柔的一面。在这本词选中大多是一些温柔缠绵的婉约之作，如吴淑姬的〔小重山〕：

> 谢了荼蘼春事休。无多花片子，缀枝头。庭槐影碎被风揉。莺虽老，声尚带娇羞。　独自倚妆楼。一川烟草浪，衬云浮。不如归去下帘钩。心儿小，难着许多愁。[②]

表达了词人因青春将逝而产生的感慨，以及盼望心上人却不得相见的孤独与哀愁。又如朱淑真的〔蝶恋花〕：

> 楼外垂杨千万缕。欲系青春，少住春还去。犹自风前飘柳絮。随春且看归何处。　绿满山川闻杜宇。便做无情，莫也愁人苦。把酒送春春不语。黄昏却下潇潇雨。[③]

综观整本词选，诸如此种风格的词作数不胜数，而风格偏于豪放的女性词作却难以寻见。胡云翼通过所选的这些风格较为单一的词作，将女性词的婉约特质展现得淋漓尽致。

其二是肯定女性词的感情真挚。中国的古代诗词中，有许多"男子作闺音"的作品，这些诗词在题材上表现女性的情感与生活，意象和语言使

---

① 胡云翼编《女性词选》，亚细亚书局，1928，第 42 页。
② 胡云翼编《女性词选》，第 14 页。
③ 胡云翼编《女性词选》，第 25 页。

用上也呈现出女性化的优美纤细的特征。但男性的"闺音"之词，与真正的"闺音"相比，却永远少了一点"真"。正如编者在序言中提到的：

> 我们只看见许多文人学士在那里作妇人语；我们只看见许多诗词家在摇头摆尾的模拟那些旖旎的情歌；我们只看见许多文学者在拟作闺怨、闺情，在描绘女性的温柔和情态，甚至于七八十岁了的老头儿，做起诗词来，也老着面皮来试做娇声，这是无论如何也不会像样的……婉约而温柔的文学，总得女性自己来作才能更像样——可不是，无论文人怎样肆力去体会女子的心情，总不如妇女自己表现的真切；无论文人怎样描写闺怨的传神，总不如妇女自己表现自己的能够恰称。①

在胡云翼看来，与男性相比，女子所表现的闺怨等情感更为真实贴切。这恰恰是因为，女词人创作时的动机完全是"为艺术"，她们在写词时并没有别的什么念头，只是为了作词而作词。由于她们被礼教观念所束缚，不求名、不求利，也难以求名、求利，作词只是为了表现自己的情感，作词对她们来说是一种心理安慰。因此，比之于男子作闺音的无病呻吟，她们的词作往往有真挚的情感，能够不落流俗。从词选所选之词中，可以看到女子对爱情的渴望与期待，看到她们在追逐爱情的过程中所遭遇的苦闷与哀怨，这些以爱情为主题的词几乎填充了《女性词选》的全部内容，无一不诉说着女性内心深处幽微纤细的情感。

《女性词选》所选的女词人，有宫妃，有贵族女子，有平民女性，也有姬妾娼妓。这些人中，既有李清照、朱淑真等被称为词人的女子，也有非词人的普通女子。胡云翼在论及女性词的真情时，对非词人所作的女性词给予了较高的评价：

> 其余大多数的词，是非词人的妓女、尼姑、寡妇、怨女们写出来的，她们的作品都是出于情之不能自己才抒写出来的——妓女略有应酬之作——她们也不问写出来的好不好，她们只知道写出来的是她们自己的欢和笑、血和泪、真挚的实感。惟其有真挚的实感作背境，所以才能写来那么动人！②

---

① 胡云翼编《女性词选》，第 1 页。
② 胡云翼编《女性词选》，第 5 页。

他对这些女性词中所流露出的真挚情感较为关注，于是在词选中选录了许多能够完美体现女子真情的作品。如唐婉的〔钗头凤〕：

> 世情薄，人情恶，雨送黄昏花易落。晓风干，泪痕残，欲笺心事，独语斜栏。难，难，难！　人成各，今非昨，病魂常似秋千索。角声寒，夜阑珊，怕人寻问，咽泪装欢。瞒，瞒，瞒！①

这首词是唐婉和陆游词所作。在词中，唐婉内心的凄怆酸楚与愁苦哀怨之情被十分真切地表达出来，可谓字字泣血，令人动容。

又如戴石屏妻的〔怜薄命〕：

> 惜多才，怜薄命，无计可留汝。揉碎花笺，忍写断肠句。道旁杨柳依依，千丝万缕，抵不住、一分愁绪。　　如何诉。便教缘尽今生，此身已轻许。捉月盟言，不是梦中语。后回君若重来，不相忘处，把杯酒、浇奴坟土。②

此词亦可直观女词人的真挚情感。全篇语言直切却情深义重，读之令人动容。通过对这些词作的选录，胡云翼展示了他标榜真情真意的女性词学观念。

其三是在选词时更偏爱那些语言浅近自然、几近白话的词。除推崇女性词的婉约特质及其真挚情感外，胡云翼对女性词作浅俗近白的这一特征也关注颇多。在《词学 ABC》一书中，胡云翼专门列了一个章节来讲南宋的白话词，对一些几近白话的歌伎之词，他也有所肯定。在评价李清照时，胡云翼称"易安每能运用最通俗、极粗浅的话头，放在词里面做成很美妙的诗句"③，"李清照也不喜欢用典，喜欢用自己造的词句来描写……李清照的词也多是用通俗的字句表现极深挚的情感"④。他的《女性词选》所选录的一些词作，也有不少言语浅近而情真意切者，如管仲姬的《情词》：

> 你侬我侬，忒煞情多。情多处，热似火。把一块泥，捻一个你，

---

① 胡云翼编《女性词选》，第 21 页。
② 胡云翼编《女性词选》，第 31 页。
③ 胡云翼编《李清照词》，教育书店，1947，第 18 页。
④ 胡云翼：《中国词史略》，大陆书局，1933，第 91 页。

塑一个我。将咱两个一齐打破，用水调和。再捻一个你，再塑一个我。我泥中有你，你泥中有我。我与你生同一个衾，死同一个椁。①

这首以白话写就的词，将夫妻关系比喻成泥，用词设喻十分巧妙，字里行间透露着女主人公性格的大胆直白，以及对爱情的坚守与维护，文字浅白而情意浓厚。

又如吴藻的词：

如梦令

燕子未随春去，飞入绣帘深处，软语多时，莫是要和侬住？

延伫，延伫，含笑回他："不许！"

连理枝

不怕花枝恼，不怕花枝笑。只怪春风，年年此日，又吹愁到。正下帷、趺坐没多时，早蜂喧蝶闹。　天也何曾老，月也何曾好。眼底眉头，无情有恨，问谁知道。算生来、并未负清才，岂聪明误了？②

这两首词都近乎白话，一读即懂。前一首清丽纯朴，充满童趣，从中可见闺阁少女的娇憨情态。后一首则以清浅的言语道出令人黯然叹息的痛苦心曲。

胡云翼是受五四新文学影响较大的一位作家，他对白话词的这种特别关注，离不开民国时期白话文运动的影响。曾大兴曾指出："胡云翼是以新文学作家的身份从事词学研究的，一生坚持用白话写作，同时也坚持用白话文学的标准来审视他的研究对象。"③ 反映在《女性词选》中，便是他对女子所作的那些近乎白话之词的喜爱。在他看来，女性词有一个长处，那就是能够以最浅白通俗的字句来表达她们的真挚情感。

《女性词选》是胡云翼众多选词实践中的一种，它体现了编者对女词人的关注，也透露出编者对女性词的婉约特质的推崇，以及对感情真挚的白话词的喜爱，折射出民国时期女性解放的时代风潮，以及白话文运动这一独特的背景。

---

① 胡云翼编《女性词选》，第 41 页。
② 胡云翼编《女性词选》，第 55 页。
③ 曾大兴：《胡云翼先生的词学贡献》，《文学遗产》2006 年第 2 期。

三　《女作家词选》

《女作家词选》，编者为孙佩苣，该选于 1930 年由上海女作家小丛书社出版，广益书局发行。女作家小丛书社出版的书籍，目前能见到的只有 3 种，分别为玉痕的《爱的牺牲》、童纫兰的《女作家诗选》、孙佩苣的《女作家词选》。这套小丛书由时希圣主编，第一辑共 10 种，均为女作家所著，体裁丰富多样，涉及女性诗词文、小说、札记、童话、故事等内容。孙佩苣所著，是该丛书中的女性词选本。该选分为三个部分，即前记、概说与词选。词选部分大致依时代顺序，先后录隋唐至清代 80 位女词人词作 80 阕，以隋代侯夫人〔一点春〕始，以清代袁枚女弟子归懋仪终。词题之下有女词人的生平小传，包括姓名字号、生平遭际、配偶姓氏等。该选作为一部以女性视角选录历代女性词的选本，体现了女性编者的编撰风格与女性文学观念，在民国女性词选之中的意义可谓独特。

第一，女性的文学批评。民国女性词选中，操选政者为女性的极少，仅有孙佩苣的《女作家词选》、李辉群的《注释历代女子词选》等。其中，李辉群又编有《注释历代女子诗选》，该选收汉代至清末女诗人共 20 人，诗作 300 余首，是一部以白话作序作注的诗歌选本。女性编撰女性词选的实践，深刻地体现了她们的文学观念与批评意识。

女性广泛搜寻女性作家的诗文，并将其编选为诗文集，出现在明代。明代中后期，女性作家的数量大大增加，文学创作也日益繁荣，女性诗文集的编撰、刊行也随之发展。在这些女性诗文选集中，女性的编撰活动尤为引人注目。值得注意的是，这些由女性编成的诗文集，较多地将目光投至与自己同时代的文学女性，与男性编者的重古薄今相比，显露出更重视当代的倾向。如沈宜修的《伊人思》，这本诗文集共收录了 40 多位女作家，其中有绝大部分是明代的才女闺秀。明清两代是女性编选女子诗文集的高峰期，明末清初的王端淑，编有《名媛文纬》二十卷和《名媛诗纬》三十八卷，二者是十分重要的女性文学选本。此外还有柳是的《历代女子诗词选》、归淑芬的《古今名媛百花诗余》、季娴的《闺秀集初编》、恽珠的《国朝闺秀正始集》、施淑仪的《清代闺阁诗人征略》等。这些女性编者，往往有较强烈的女性主体意识，她们对女性的才华有深刻的认同，并渴望女性的文学成就和文学地位能够被社会所认可，她们的内心，还有为女子留名的历史责任感。因此，女性编撰的这些选本，不仅是古代女子的文学创作得以保存的途径，更是承载着女子文学批评意识和诗词审美观念的载体，为研究古代女性的文学创作，以及中国女性的文学批评，提供了重要的参考依据。

孙佩茝的《女作家词选》，体现了民国这一特殊背景下的女性文学审美观念，同时也展现了新文学影响下的女性词学批评。该选有前记、概说、词选三个部分，论词与选词相呼应，体现出女性编者的词学观照。在前记中，编者叙述了这部词选的编撰背景，指出了中国女性词的美术之美。概说则详细论述了编者对词这一文体的认知，主要包括以下五个方面的内容。（1）什么叫作词。编者认为，词是有声的诗，它的形成经历了一个从诗到乐府最后再到词的过程。（2）词的起源。孙佩茝对词起源于唐代一说并未否定，但她认为将唐玄宗的〔好时光〕、李白的〔菩萨蛮〕和〔忆秦娥〕等看作"词"，其实十分牵强，因为它们从本质上来讲依然是诗。晚唐只有小令和中调，直至长调在宋代产生，词之一体方显完备。（3）女词作家。编者对女性词作在美术上的独特表现大加赞扬，认为女性词在艺术上具有天然的美感，并将女词人的作品与男性词人作对比，突出了女性词更能全面地表现女子的"真性情"与"真态度"这一优势。（4）词的格调与效用。讲述读词、作词之难和词牌、韵脚等问题，以及词表现人的性情这一功能，肯定了女性词的"真"和"美"。（5）词的变迁。诗不再配乐而歌，于是变而为词；词的音乐性逐渐丧失以后，便变而为曲。曲盛行之后，本来可歌的词便成了文人的案头咀嚼之作，与诗赋并论了。孙佩茝从音乐性这一方面，讲述了词这一文体由倚声填词、配乐而歌，到"可悦目而不可悦耳"的演变过程。在具体的选词过程中，孙佩茝倾向于选择那些能够体现女子天然的"真"与"美"、展现词这一文体的美术性的作品，这些词作大多婉转动人、感情真挚，显露出编者略为单一的选词倾向。对婉约的女性词的过分关注与推崇，使编者忽略了女性词的其他风格，这对于一部词选来说，或许是一个不小的遗憾。

民国女性词选的编者中，鲜有女性，像孙佩茝这般对词的起源、变迁等内容大加议论的更是极少。李辉群的《注释历代女子词选》是专为中学生而选的一种简单易懂的读本，编者摒弃了那些典故过多和文字堆砌的长词，选的多是中学生能够理解的文字浅近、情感丰富的词。从李辉群的这个选本中，很难获取到更多的关于编者词学观念的信息。孙佩茝的《女作家词选》则不同。在这本词选中，不仅可以看到女性编者对词这一文体的认识，看到女性编者对女性词人及其创作的态度，还可以从所选的词作中感受到编者的文学审美以及词学批评观念。从一定程度上来说，女性编者辑录女性词选的实践，扩大了词学研究的女性视角，也是研究女性词学批评的重要依据。

第二，女性词"真"和"美"的凸显。女性词选的编者，向来对女性词人及词作较为重视，孙佩苣也不例外，她对女性词的评价极高。在《女作家词选》中，她曾这样说道：

> 女子的作品，总归不及男子们的多。但这是量的比较，不是质的比较；量的比较，女子诚然不如男子；要是拿质来比较，只要一位李清照，已经足以抵得过无数的李后主、张子野、姜白石、辛稼轩，以及一切一切的男作家了。①

毋庸置疑，女性词在量上是远不及男性词的。因为中国古代的女子，从出生之日起便受"女子无才便是德"这一观念所困，即使有才华，也不愿轻易展露出来。间或有一二才女崭露头角，她们的文学作品也难以受到重视，能够得以留存并传播，更是难上加难。若以词的质量而论，李清照确实是中国女性词史上一位空前绝后的词人。

《女作家词选》的编撰目的，在于向世人展现真正的"闺音"，以体现女性词的出类拔萃。在论及女性词作的特点时，孙佩苣极力称赞女性词的"真"和"美"，她认为：

> 讲到妇女文学，讲到女词人，实在足以自豪，决没有什么比不过男子的地方。我并敢斗胆地说一句：讲到真秀丽，真清优，真细腻，真熨帖，足以当得起一个"美"字，完全建筑在美术基础上的，或者女子的作品，还要比较着男子的作品高出一筹。②

女性词确实有男性词所不能及的地方，那便是女性词之"真"，这一点胡云翼也曾提及。孙佩苣认为，在作词的动机上，男性作家作词并不在于求善求美，"不过借来做求名求利的阶梯"，或者在无聊时写几阕来消遣解闷。这些男性词人"故意装作出女子的口气"，"扭扭捏捏地模拟些旖旎的

---

① 孙佩苣编《女作家词选》，前言，广益书局，1930，第 3 页。
② 孙佩苣编《女作家词选》，概说，第 8 页。

情歌",这样作出来的词远不及自然的善美。女性则不然,她们比男性"天真一些",没有求名求利的心,写词完全是为了表现自己的情绪,或是安慰自己的痛苦。这种由女性冲口而出、不加雕琢的词,要比男子作闺音更容易打动人心。从这个层面来看,女性词至少比男性词要真挚一些。这一观念,在"词的效用"一节中,也有所展现:

> 这又可以见词的本质,完全在表显人的性情;嬉笑,怒骂,涕泣,舞蹈,好,恶,荣,辱,哀,乐,悲,愤;凡心里所怀抱的,都可以表显在词上……既然这样,那么男子们拿来做猎官渔利的工具,言不由衷,无病呻吟;不问他字句怎么秀丽,声调怎样好听,总已失掉词的本相。①

由此可见编者对女性词的非功利性的激赏。

女性词在"真"这一特性之外,还有"美"的优点。在孙佩苣看来,女子有天然的美,与词的"美术"有天生的密切联系:

> 词本来是一种有声的诗,从《诗经》变到古乐府,再从古乐府一变到词,正是表现性情、思想、意识的一种美术……女子的天性,本是爱美的,对着美术,更是十分欣赏,因着欣赏,便就和他接近,自己也不知不觉的被他熏陶,随处发挥他的美;所以男子们尽管博览群书,读破万卷,要是讲起美的文艺来,总归有些生硬,不及女子们的自然。②

词是一种美文,它的本色在于清优秀丽、细腻熨帖,这与女子温婉轻约的性格、细腻纤微的心理不谋而合,因而女子在表现自己的闺阁生活与心理情感时,总是能够自然婉转地表现出词的婉约之美,这可能是男子很难做到的。关于这一点,孙佩苣曾举李后主"绣床斜凭娇无那,烂嚼红茸,笑向檀郎唾"一词,与唐代女词人的"含笑问檀郎,花强妾貌强"一词作对比,认为前者虽然将女子的情态形容得惟妙惟肖,但未免把女子形象塑造得有些"泼悍"了,后者则更能表现出女子的娇憨情貌。这是有一定的道理的。男子作闺音时虽也能模拟女子的情态,但有时也很难领会女子的

---

① 孙佩苣编《女作家词选》,概说,第22页。
② 孙佩苣编《女作家词选》,前记,第1页。

真性情和真态度，在写女子心境时难免有些浮于表面。相比之下，女性词人写起自己的心思与情感来，当然更趋于"真"和"美"了。

《女作家词选》是民国女性词选中为数不多的由女子编选的选本，它在具体的选词实践中凸显了女性词的"真"与"美"，展现了民国女性的词学批评观念，成为研究女性词选以及女性词学批评的重要参考。

第四节　民国女性词选的意义

女性词选作为民国词选不可或缺的组成部分，有着别具一格的面貌。研究女性词选，对进一步了解女性词史甚至整个女性文学史都有不可忽视的意义。

一　词选的当代性与文献价值

选本作为保存文献的重要文本，在当时的历史语境下，具有传播作品、扩大影响的作用，同时对今天的校勘、辑佚与辨伪有着重要的作用。

第一，民国女性词选的当代性。在近 20 部民国女性词选中，通代型词选占了绝大多数。李白英《中国历代女子词选》、曾迺敦《中国女词人》、吴灏《历代名媛词选》、胡云翼《女性词选》等词选都是选析历代女性词的选本，体现了编选者对女性词史的关注。也有一些女性词选，更关注当代女词人的作品，展现了民国当代女词人的风采。

得益于新文化运动与女性解放运动的蓬勃发展，民国时期的国民教育进一步普及，女子学校与女子教育的兴起更是提高了女性的文学素养。民国时期是才女辈出的时代，当时产生了许多女性文学创作者，许多女词人也络绎出现，通过各种刊物和出版物一步步走入人们的视野。龙榆生主编的《词学季刊》在民国时期有着十分特殊的地位，它是当时众多词学创作者与研究者进行交流的重要学术性刊物。该刊设有"近代女子词录"和"现代女子词录"栏目，收录吕碧城、丁宁、陈家庆等民国女词人 23 位，词作 150 余首。其中丁宁词收录 6 次，数量最多，为 28 首；陈家庆次之，收录 5 次，录词 24 首；徐小淑词收 21 首，吕碧城词收 15 首，其他如汤国梨、陈翠娜、张默君、翟贞元等人的词作也多有收录，展现了民国女词人独树一帜的创作风格。何振岱的《寿香社词钞》，收民国时期福州女词人词作凡 362 阕，包括王德愔《琴寄室词》35 阕、刘蘅《蕙愔阁词》93 阕、何曦《晴赏楼词》37 阕、薛念娟《小懒真室词》12 阕、张苏铮《浣桐书室词》36 阕、施秉庄《延晖楼词》20 阕、叶可羲《竹韵轩词》89 阕、王真《道真室词》40 阕，保存了 20 世纪 30 年代的福州才女之作。又如范烟桥的《销魂词选》，在众多明清女词人之外，还选录了大量的民国女词人的作品。该选辑录的民国女词人中，有丁宁、吕碧城、陈家庆、陈翠娜等广为人知的女词人，也有诸如邵英戡、顾慕飞、吴湘、王洁明、孙芙影、杨全荫、顾渭清、沈乐葆、李信慧等不太知名的民国女词人。这些女词人中，既有受传统闺阁教育成长起来的大家闺秀，又有接受过西方新式教育的女报人、女教师等新兴职业女性，编者对这些民国女词人的辑录，彰显出民国女性词的新特质和新气象。

民国女性词选的编撰与出版，往往折射出民国这一特定时期的特殊时代背景，对了解民国时期的文学有重要的意义。此外，民国女性词选在女性词选史上具有承上启下的作用，这些词选一方面是对明清时期女性词选的继承与发展，另一方面对民国以后的女性词选编撰也有重要的借鉴意义。

第二，民国女性词选的文献价值。民国女性词选还有十分重要的文献价值。这些词选对女性词作的选录、对女词人生平典事的记载，在文献方面有存人存史的意义。纵向来看，目前可见的民国女性词选，不仅是对民国时期重要女词人词作的选辑，更多的是对中国历代女词人创作情况的记录。范烟桥的《销魂词选》，选录范围从明代至民国，时间跨度约 600 年，共收录了女词人近 200 人，词作约 350 首；胡云翼的《女性词选》，收录范围更广，从唐代到清代，他一共选出了 70 余位有代表性的女词人，词作 90 余首；孙佩苣的《女作家词选》，录隋唐至清代 80 位女词人的词作 80 首；吴灏的《历代名媛词选》，号称"五百家名媛词选"，共收录词调 250 余种，词作 1500 多首。这些女性词选，保留了隋唐至清末民国的大量女性词人及作品，同时大致梳理了中国女性词的发展脉络，为研究女性词提供了丰富的文献资料。

横向来看，这些词选在收录各个时期女词人作品的同时，对这些女词人的生平、著述等情况也均有记录，为后世的研究者保存了大量的女性文学资料。民国女性词选所保留的女性文学资料主要包括以下几个方面。

其一，记述了女词人的生平事迹。大部分女性词选都会在选词时附上小传，记录女词人的姓名字号、所处朝代与籍贯、出身与婚育、生卒年份、创作情况等资料，这是明晰女词人所生之时代、了解其所处之背景的重要研究资料。如吴克岐在《清代词女征略》中对恽珠的记载：

> 恽珠，字珍浦，号星联，江苏阳湖人。格族孙女，肥乡典史毓秀女，泰安知府满洲完颜廷璐室，南河总督麟庆母。道光十三年四月十四日卒，著有《红香馆诗草》，附诗余。格，字寿平，号南田。毓秀，字芝堂。廷璐，字曙墀。麟庆，字见亭，嘉庆十四年进士。①

这则小传铺展了恽珠的家世生平，勾勒了一位出身仕宦、接受了良好家庭教育的女词人形象。小传之后，编者又辑录了《名媛诗话》《武进阳湖合志》《寄心盦诗话》《瀛洲笔谈》等著述中对恽珠的相关记载，使这位女词人的才学与性情概貌跃然纸上。

也有一些词选，除抄录女词人生平资料之外，还记载了相关的词本事。以胡云翼的《女性词选》为例，他在为女词人编撰生平小传时，常常有意从词话或笔记丛谈中摘录相关女词人的本事。如在舒氏的〔点绛唇〕之下，他这样记录道：

> 舒氏乃北宋元祐时人王齐叟（斋龄）的妻，夫妇均工词翰。以舒氏父出身武列，斋叟对之颇失礼。舒父怒，邀其女归，竟此离绝。女在父家，偶行池上，缅怀其夫，乃作此词。（据《夷坚志》）②

《女性词选》中诸如此类的本事记载还有很多，如花蕊夫人、琴操、李清照、幼卿、吴淑姬、窃杯女子、唐婉等。这些本事叙述了女词人的作词背景，读之可使人领悟女词人的心境，有助于进一步加深对女词人及其词作的理解。

其二，保存了女词人的其他文学创作文献。有的民国女性词选，不仅辑录女子的词作，有时也会抄录她们的诗作或序跋等，吴克岐的《清代词女征略》便是这样一部词选。《清代词女征略》选源极广，选词时采用了众多的女性诗词选、女性诗话词话、笔记丛谈等著述。因此，除了大量的清

---

① 吴克岐编《清代词女征略》第 13 卷。
② 胡云翼编《女性词选》，第 5 页。

代女性词作之外，编者还有意从《正始集》《随园诗话》《闺秀诗话》《然脂余韵》等著述中选录了许多女性诗作，少则一二篇，多则数十篇。诗词之外，偶有女子的序跋、书信等文章被收录其中。如在卷十一之首的"席佩兰"之下，吴克岐从《随园女弟子诗选》中选了席佩兰的《消寒图序》，还摘录了她的《谢袁简斋先生惠香囊唾壶启》与《上随园夫子书》二文，这几篇文章，以骈文写就，显露出席佩兰斐然的文采与深厚的文学功底。此外，编者还摘抄了施淑仪的《天真阁艳情考》，该文记述了席佩兰与屈秉筠二人诗画往来的趣闻轶事。词选所辑录的这些女词人的诗文创作，成为全方位了解女词人的重要途径。

其三，载录了女词人的交游。从民国女性词选的选阵中，可以获取许多关于女词人交游的资料。如何振岱以"福州八才女"的词集为源辑刊而成的《寿香社词钞》，揭示了民国福州女词人的交游情况。寿香社成立于20世纪30年代，可以说是当时福州的第一个女性诗社。诗社成员以著名词家何振岱为师，有王德愔、刘蘅、何曦、薛念娟、张苏铮、施秉庄、叶可羲、王真、洪璞、王娴等十余人。其中，前八位在当时颇有声名，被誉为"福州八才女"。寿香社课诗也课词，每月例集一次，临场拈题，限时限韵，尽兴而发，课词之后选取优秀作品即兴唱和，课词成果丰富。《寿香社词钞》的选阵较为简单，只选录"福州八才女"的词作，所录词作的题材内容也较为单一，多为诗社成员之间的酬唱赠答与社集命题之作。从中既可以看到这些女词人与男性词家亦师亦友的诗词往来，又可以看到寿香社众多女词人之间的交游与唱和。又如吴克岐的《清代词女征略》，选阵中列了许多袁枚女弟子，如席佩兰、孙云凤、孙云鹤、屈秉筠、骆绮兰、归懋仪等，这些女词人往来频繁、多有唱和，与袁枚等男性文人也有所交流。此外，陈文述所收的碧城女弟子也被列入选阵，如李佩金、许庭珠、杨芸、恽珠、沈善宝等。观察这些女词人的词作，可以看到她们一步步走出闺房、打破狭窄的交际圈，并逐渐在文学方面得到了社会的认同。

民国女性词选不仅保存了前代女子的词作，还对民国当代的女性词作有所弘扬，是了解历代女性词人创作以及女性词史的重要选本。同时，词选中所记载的女性资料，在词学研究以及女性文学研究中也有不可替代的文献价值。

二　词选对女性词史的书写

女性词历经千余年的发展，为中国文学增添了许多繁花硕果，然而女性词史却几乎隐没于词史之中。因此，为了填补词史的空白，充分发掘女性在词学方面的地位与贡献，对女性词史进行梳理十分必要。选录和记载了大量女词人作品及其生平资料的词选，成为书写女性词史的必要辅助，对研究女性词的发展历程有着不可或缺的作用。邓红梅教授的《女性词史》，在编写时便参考了大量的与女性词相关的选集，其中有不少都是民国女性词选，如光铁夫的《安徽名媛诗词征略》、何振岱的《寿香社词钞》等。

民国女性词选包罗了众多的女词人词作，对女性词史的书写有重要的意义。大多女性词选的辑录范围并非局限于民国时期，有些词选的朝代跨度极大，内容几乎涵盖隋唐至清代所有知名女词人的作品，可以说是一部中国女性词发展史，如孙佩苣的《女作家词选》、曾迺敦的《中国女词人》、吴灏的《历代名媛词选》、吴克岐的《词女词钞》等。这些通代词选，将历朝历代的女词人收录其中，并对其列传留词，具有十分重要的文献价值。通过对词选中女词人及其词作分布情况进行研究，可以清晰地感知女性词从隋唐到两宋、元明、清代、民国，萌芽到繁荣，至衰落而又极盛的发展轨迹。

女性词萌芽于隋唐时期，宋代以后迎来了一个发展的高峰。元代至明中期，女性词发展趋于衰落，明中后期及清代则是女性词发展的繁荣期。女性词的发展随着时代发展曲折前进，女性词的这种发展历程，在女性词选中最直观的体现便是各个朝代的女词人分布有着很大的差异（如表 5 - 1 所示）。

表 5 - 1　女词人朝代分布

单位：人

朝代分布 （人数） 词选名称	隋	唐	五代	宋	辽	元	明	清
女性词选		3	1	35		1	8	22
女作家词选	1	1	2	33		1	18	24

续表

朝代分布（人数） 词选名称	隋	唐	五代	宋	辽	元	明	清
中国女词人		3	2	46		4	28	96
历代名媛词选	1	6	2	50	1	3	86	331
词女词抄	1	18	4	91	1	12	89	145

通过对以上几部通代词选的女词人朝代分布进行分析，可以发现：隋唐五代作为女性词发展的萌芽时期，女词人数量寥寥可数；宋代，经过前代的积累，出现了大量的女词人；辽金元时期女性词发展趋于凋敝，女词人寥寥无几；至明清，女词人数量大大增加，女性词发展呈现出繁荣景象。可见，词选中各个时期女词人的分布数量与女性词的发展程度有着十分密切的关系。女性词选对女性词史有着重要的作用，能够更清晰地勾勒出女性词发展的脉络。

女性词选中还蕴藏着丰富的历史信息。通过分析词选的编者与编撰背景、女词人的生平交游、相关的女性词人词作的批评等信息，可以对女词人的创作活动与词坛背景、时代环境等内容加以认识，在勾勒女性词发展脉络的同时，努力还原一个有真实细节的女性词史。

民国女性词选不仅具有重要的文献价值，还有着鲜明的时代性。它对女性词史的书写有着非凡的意义，同时也是研究女性心灵发展史以及女性文学必不可少的参考资料。对民国女性词选进行探索，是完善民国文学研究以及中国文学研究的重要途径。

第五节　余论

词选作为重要的文学现象及文学批评方式，在保存大量的词人词作的同时，也展现了编撰者的词学倾向，甚至能够折射出词选产生时整个词坛与社会的独特风貌。当下，民国词人与词学已经逐渐走入人们的研究视野，成为众多学者的研究对象。民国女性词选作为民国词学研究的重要内容，也必将迎来更广泛的关注与探索。

民国女性词选蕴藏着丰富的词学资料，它收录了中国历代女词人作品，记载着才女生平事迹，因而具有十分重要的文献价值，是研究女性词学必不可少的文献。通过对女性词选中历代女词人文献辑录情况进行分析，可以清晰地勾勒出中国女性词史的轮廓；通过对词选的选心、选阵、选域等要素以及具体词人词作进行分析，又可以感受到词选背后隐藏的女性词坛的发展状况等重要信息。民国时期的女性词选，在展示历代女词人创作成果的同时，也映射出民国女词人独特的风采。

　　本文致力于民国女性词选的本体研究，对女性词与女性词选的发展历史进行总结，考述民国女性词选及其产生的土壤，同时从类型特征上对这些风貌各异的词选进行分类，选取六部较具价值的词选，从它们的选源、选心、选阵、选者等方面，进行详细的个案研究，以期在全面分析词选本体的同时，能够展现出这些民国女性词选的独特风貌。

　　民国女性词选是民国选坛的一抹亮色，它数量较多，所涉及的词人与词学资料也浩如繁星，因而具有相当广阔的研究前景。本文对民国女性词选进行了初步的梳理与研究，在文献的考索与具体的研究方面可能存在许多不足之处，期待能够在之后的学习与研究中有所完善。

（杨微路撰）

附录一　21世纪以来《花间集》研究述评

摘要：21世纪以来的《花间集》研究，在文献整理与研究、词作题材内容与艺术成就研究、词史与词学影响研究、词集编选的历史文化背景研究、跨文化与应用研究等方面成绩突出。各类研究立足于词的文体特点进行历史阐释，触及了词学研究的多重维度并不断深入，《花间集》研究呈现出良好发展态势。立足于文本精研展开多维学术视角，将前代研究一般性、模糊性、概括性论说变得特性化、具体化、精细化是后续研究的呼唤与期待。

关键词：21世纪；《花间集》；唐五代词；词学研究

　　《花间集》是中国词史上第一部文人词总集，其在词史上的典范性地位仿佛诗史上的《诗经》，对历代诗词创作和文学批评产生了深远的影响。宋人就将其奉为"长短句之宗""近世倚声填词之祖"。今人施蛰存仿《花间集》体例与风格编撰了《花间新集》，包含《宋花间集》10卷、《清花间集》20卷两种。所载陈兼与〔浣溪沙〕词中"令曲《花间》不二门"① 一语昭示了《花间集》为"本色"正体文人词"鼻祖"的地位。

　　20世纪以来的学术现代化进程中，《花间集》研究已成为专门的显学。21世纪近二十年来的研究成果丰硕、新意迭出，触及了词学研究的多重维度并不断深入。考察如下几部对《花间集》做宏观系统性研究的代表性专著或学位论文，即可略窥近年来学界《花间集》研究所选取的主要视角（见表1）。

表1　21世纪以来《花间集》宏观系统性研究著作与学位论文

成果类型	作者	书（题）名	出版（学位）信息	各章内容
专著	高峰	《花间词研究》	江苏古籍出版社，2001	花间词派的形成、花间词体、主题取向、审美情调、花间词风、花间词品

---

① 施蛰存：《花间新集》，浙江古籍出版社，1992，第173页。

续表

成果类型	作者	书（题）名	出版（学位）信息	各章内容
专著	张以仁	《花间词论续集》	"中央研究院"中国文哲研究所，2006	《花间集叙》解读、部分词调、词人生平、词作主旨和词汇
专著	赵丽	《花间集研究》	黑龙江人民出版社，2018	创作主体、女性意识、审美意象和道教文化意蕴
硕士学位论文	黄全彦	《花间集》研究	四川大学，2003	时代风潮、题材情感、风格探寻、与民间词的关系
硕士学位论文	张潇潇	《花间集》研究	山东大学，2011	产生背景、词人、艺术特色、版本流传和影响

由此可见，21 世纪的《花间集》研究在文献整理与研究、词作题材内容与艺术成就研究、词史与词学影响研究、词集编选的历史文化背景研究、跨文化与应用研究等方面成绩突出，有必要进行总结反思，以期更加深入推进《花间集》研究的历史进程。

一 精研推广：文献整理与普及

众所周知，系统而扎实的文献整理是古典文学研究的重要基础。21 世纪以来《花间集》最值得关注的文献整理成果当数杨景龙的《花间集校注》（中华书局，2014）一书，该注本以南宋绍兴十八年（1148）晁谦之建康郡斋本为底本，取校宋、明、清到近现代 20 多个版本，集注、评、选于一体，成为萧继宗《评点校注》后更加完善的整理研究性质的校注本。王兆鹏先生在该书序言中指出，其"有功于词学匪浅"，可谓"后出转精的集大成之作"。① 校注者对词作文本资料的搜求整理可谓"竭泽而渔"，如对温庭筠〔菩萨蛮〕（其一）的首句"小山重叠金明灭"的阐释历来众说纷纭，校注者广泛搜集了前代注释成果，辨析了许昂霄、李冰若、俞平伯、夏承焘、浦江清等名家的观点，还引述了沈从文《中国古代服饰研究》等专门史著作，综合、评析了前人"小山屏""小山枕""小山眉""小山髻"四种主要说法，并从词的章法结构出发给出"小山屏"一说较胜的见解。在对全词进行的疏解中，生动再现了抒情主人公的动作与情态，读后恍若身临其

---

① 王兆鹏：《〈花间集校注〉序》，杨景龙校注《花间集校注》，中华书局，2014，第 2～3 页。

境，而对于张惠言《词选》以比兴寄托评此词"感士不遇"的说法，主张持"疑似之间，全凭读者解会"的开放态度。凡此种种都体现了校注者厚积薄发、宏通开放的学术态度，深受学者和广大读者的肯定。但校注者在《花间集》词学批评方面显得重视不够，因而不免留有遗憾，如未对词学史上第一篇论词专文《花间集叙》做校注和集释；所辑录的汇评与总评资料不甚全备；以文字叙述的方式归纳历代词选对《花间集》词作的收录情况，显得不够清楚明晰等。

《花间集》的现代注释和解读的基本形态在 1935 年就已呈现，当年华锺彦《花间集注》与李冰若《花间集评注》相继问世，读者不再将《花间集》视为填词的模仿对象，而是将其作为古典文学遗产加以鉴赏、研读，关注名物考证、思想情感与艺术成就。后又有李一氓《花间集校》等经典文献整理专著出现，不断推动《花间集》的现代传播、接受和经典化。21世纪学人对此类经典注本多有研究，从中寻求古籍注释的经验与启发。四川省图书馆就编辑出版了《李一氓旧藏花间集汇刊》（国家图书馆出版社，2017），全面展示了前辈学者学术研究的丰厚积累和扎实求真的精神品质。马里扬《〈花间集校〉补》（《古籍研究》2018 年第 1 期）一文通过对校《花间集》存世的两部宋本，认为李一氓《花间集校》的版本搜求不完善，存在误校的情况。孙克强、刘少坤《〈花间集〉现代意义读本的奠基之作——试论华锺彦〈花间集注〉编撰特点及学术价值》（《湛江师范学院学报》2010 年第 1 期）则立足于晚近时期中国词学的现代转型，深入发掘了华锺彦《花间集注》在《花间集》接受史上的转折意义和现代学术价值。

古籍整理的最基础工作就是厘清版本递嬗源流并选取最佳的底本，明代毛晋汲古阁本可谓《花间集》的善本，但来源尚无定论。罗争鸣《毛本〈花间集〉来源管见》（《古籍整理研究学刊》2001 年第 5 期）、《毛本〈花间集〉来源补证》（《天津大学学报》2001 年第 4 期）、《毛本〈花间集〉来源续证》（《文献》2001 年第 3 期）等文，认为毛本是综合各本又较多沿袭公文纸印本的一个新版本，因此多年来众说纷纭。词籍评点是影响后人理解和传承经典的重要因素，也是评点者阐释文学思想的一种手段。在《花间集》的解读史上，明代戏曲名家汤显祖的评点备受关注。赵山林《试论汤显祖的〈花间集〉评点》（《东南大学学报》2012 年第 1 期）、郭娟玉《汤显祖〈玉茗堂评花间集〉新论》（《文学与文化》2012 年第 3 期）等文解读了其间汤显祖的词学思想，并分析了《花间集》对汤显祖戏曲创作的影响。叶晔《汤显祖评点〈花间集〉辨伪》（《文献》2016 年第 4 期）则通过对读比照，发现汤评多袭自杨慎《词品》和王世贞《艺苑卮言》，极有可能是他人伪托。

在促进中华优秀传统文化创造性转化和创新性发展的时代背景下，优秀的学术研究应更深入地满足大众的审美需要。21 世纪以来的《花间集》普及读本众多，如刘崇德、徐文武点校《花间集　尊前集》（河北大学出版社，2006），杨鸿儒注评《花间集》（浙江古籍出版社，2005），杨昀、李庆运、刘秀芬《花间集注析译》（河南人民出版社，2010），此外上海古籍出版社（2002）、北京万卷出版公司（2008）、贵州人民出版社（2008）、北京燕山出版社（2010）、江苏文艺出版社（2017）、三秦出版社（2018）都出版了《花间集》，刘淑丽有《花间词》（中华书局，2015），邓乔彬、刘兴晖《晚唐五代词选》亦选录花间词 50 余首，形式各异，各有特色。但学术影响力较大的词学研究专家参与较少，不利于最新学术研究进展的推广和对编选质量的把关，我们期待着从事普及与推广工作的花间词编著作者队伍今后不断优化。

古典文学研究如何平衡深化和普及的关系是一个值得思考的问题。《花间集》的影响历经千年而不衰，不仅仅是学者的研究对象，更是诗词爱好者的精神食粮，文献整理研究和普及读物水平的同步、普遍提高，应成为学术研究的应有之义。

二　诠析范型：题材内容与艺术成就

早在北宋年间，《花间集》的艺术审美特点就已成为世人填词、论词的标准，对花间词题材内容和艺术风格的认识历来被学者重点关注。21 世纪以来，这类研究成果主要通过分析词作意象和语言特点，概括提炼《花间集》创立的"词"这一文体独特的审美范型。

抒写艳情是花间词最主要的题材内容，21 世纪研究者主要从意象入手做了更加全面而深入的研究。20 年来，以《花间集》各类意象为研究对象的硕士学位论文已有 7 篇，包括色彩、屏风与屏风画、更漏、帘幕、窗、泪、香等各类意象。艾治平《花间词艺术》（学林出版社，2001）对全书划分的不同题材进行了词作评赏，彭国忠《试论〈花间集〉中的女冠子词》（《词学》第十八辑，华东师范大学出版社，2007）则重点关注词作对女冠情感生活的描述。蒋晓城《流变与审美视阈中的唐宋艳情词研究》（江西人民出版社，2009）将花间词中的艳情抒写特点概括为女性主体与女性世界，叙事化、类型化倾向，艳笔写柔情。以花间词为论据概括唐宋艳情词的审美特色和审美内涵。

诗词是以语言为载体的文艺形式，将历史上第一部文人词总集《花间集》视为语料加以解剖，能够集中而典型地探究早期词的语言特点。这类成果涉及不同词性核心义、用韵、修辞、章法结构等。闫一飞《〈花间集〉释义与研究》（吉林文史出版社，2014）对词作中涉及的背景、掌故、典故、民俗、民风等方面做了比较详尽的介绍，并对与之相关的历代诗文做了充分的引证。庄伟华《花间词研究三题》（硕士学位论文，福建师范大学，2009）侧重于研究语言的感觉艺术及其对人物形象塑造的作用。李雪静《〈花间集〉艺术手法研究——以常用修辞格为例》（硕士学位论文，山东大学，2018）聚焦比喻、拟人、借代这三种修辞格在词作中的运用。汪红艳《此时无声胜有声——论〈花间集〉的听觉语言》（《中国诗学研究》2019 年第 1 期）、《花间词人的水景书写与词体体性呈现》（《国学学刊》2019 年第 4 期）等文，对词作语言进行深入品读，考察视角独特，显得别开生面。江卉《论温、韦词的起结之法》（《中国韵文学刊》2017 年第 1 期）逐一解剖词作的章法结构，用精准的数据统计印证和阐发词人的风格特点。

正因为情词在《花间集》中占有压倒性比重，读者忽略了其中边塞、隐逸、怀古、宗教、风土、科举等题材。很多词作的风格有别于柔靡艳情，呈现出清新明朗的情调，早有"花间别调"之说。刘尊明《论五代西蜀的"花间词风"与"花间别调"》（《社会科学研究》2000 年第 6 期）、王婷婷《"花间别调"研究》（硕士学位论文，上海师范大学，2018）对这些词作进行全面考察，推动读者全面、辩证地把握《花间集》的特点。杨景龙在校注全书的基础上，发表《〈花间集〉题材内容再认识》（《殷都学刊》2016 年第 1 期）、《〈花间〉词艺"相对"论》（《词学》第三十三辑，华东师范大学出版社，2015）等文（亦见杨景龙《诗词曲新论》，中国文史出版社，2017，第 86～166 页），主张全面、辩证地认识《花间集》的内容与艺术。

从以上研究"花间别调"的成果可知，词作与地域文化关系密切，不少学者对此展开了深入研究。李定广《"花间别调"与晚唐五代蜀粤商贸活动》（《文学遗产》2018 年第 3 期）探索了全集 35 首南粤风土词与当时蜀粤商贸往来的密切联系。通过商路上的文化交流，其塑造了别样的南粤女性形象，花间词的题材、风格变得多样。赵惠俊《〈花间集〉的地理意象》（《中国韵文学刊》2016 年第 2 期）将花间词对地域空间的书写划分为江南、荆湘、边塞等部分，探究了不同地区地理环境对词作风格的影响，但此文忽略了 30 余首表现南粤风情的词作，将边塞词中对战事的描绘尽数归为虚拟想象的观点过于绝对化。刘幅超《〈花间集〉南方地名的艳情色彩》（《理论界》2017 年第 6 期）一文与前述成果关注地域广阔性促生"花间别调"的研究思路不同，它认为"花间本色"也是由词的南方文学特性所造就的。

在对《花间集》的题材内容和艺术成就进行深入细致研究的同时，对宏观的审美风格的提炼和抽绎也呈现出创新突破。王兆鹏早在其博士学位论文《宋南渡词人群体研究》（文津出版社，1992；凤凰出版社，2009）中就借用了美国科学哲学家库恩《科学革命的结构》（1962）中"范式"的内涵，将唐宋词二百多年的发展历程划分为"花间范式"、"东坡范式"和"清真范式"三大创作范式①，认为千年词史从一定意义上来说就是一种不断突破前人、创新引领新风尚的历史。王兆鹏把表现共我情感、普泛化抒情方式、高扬女性柔婉之美、附属于音乐作为"花间范式"的主要内涵。成书于 21 世纪的著作《唐宋词史论》（中国社会科学出版社，2000）之"从审美层次看唐宋词的流变"一节，从抒情主人公、情感指向、空间场景等方面进一步诠析了《花间集》创立的审美范型。如果说王兆鹏重点关注词史上审美范型的突破和创新，那么沈松勤则更多留意词文体创作的传承和延展。他的《从词的规范体系通观词史演进》（《中国社会科学》2019 年第 9 期）一文称花间词与苏轼、辛弃疾词和周邦彦、姜夔词，一道给词史先后树立了三条世代沿袭、踵事增华的文体规范。沈文将"花间规范"的内涵界定为，以男女之间的情思意念为主要内容，并通过昵昵儿女语即所谓"闺音"加以表现，聊资清欢的表现方法，为历代词人所接受形成的包括以"绮丽"为特征的诸要素组成并互为作用的规范体系。

综观本节所述的研究成果，可以发现 21 世纪以来对《花间集》思想内容和艺术特色的研究，落脚点在于深化、细化阐释《花间集》独有的特点，

---

① 后又提出"南唐范式"的概念，作为有别于三大创作范式的一种抒情范式，它起源于五代时期词人韦庄，定型于南唐李煜，造极于北宋，是真正意义上的文人士大夫之词。详见王兆鹏、胡玉尺《论唐宋词的"南唐范式"》，《湖南大学学报》（社会科学版）2018 年第 4 期。

分析其成为词史上词人创作和词学批评的重要范畴的原因。个性化、精细化、具体化也应成为学术研究发展的趋向和要求。

三 历史阐释：文化背景与政治语境

《花间集》的产生和早期流传，以及词作的内容风格与唐末五代蜀地的政治局势和社会风气密切相关。唐末五代的巴蜀地区成为 21 世纪研究者着力研究的时空范围，以期对花间词的编选背景、流传形态和早期影响进行历时阐释。陈明《〈花间集〉与巴蜀文化》（硕士学位论文，西北大学，2000）把花间词视为一种特定的文化现象，探讨了存留于词作身上的巴蜀文化印记。孙振涛《唐末五代西蜀文人群体及文学思想研究》（博士学位论文，南开大学，2012）以士人心态的解读为中心，将《花间集》缘情绮靡、寻芳猎艳和回归六朝"宫体"的文学创作思潮与蜀地文人群体的生存状态、文学价值取向相印证，分析了花间词人对宋初词坛的创作审美范式及词学崇雅思潮的深刻影响。沈松勤《唐宋词社会文化学研究》（浙江大学出版社，2000）一书以晚唐五代社会制度和文化心理考察为核心，探讨了歌伎制度对花间词形式与风格的影响。

探究时代和地域对文学作品的影响固然不容忽视，然而对文学创作主体的生平经历、性格特点、文学观念的具体研究则会更有力地打通文学研究的主脉。21 世纪以来针对 18 位花间词人的研究成果数量增长明显，词人的形象也更清晰而鲜活。笔者通过不同方式检索中国知网（CNKI）数据库，对该数据库收录的 21 世纪以来花间词人研究成果数量进行了初步统计（见表2）。

表2 21世纪以来 CNKI 花间词人研究成果数量

单位：篇

	期刊主题检索	期刊篇关摘检索	期刊全文检索	学位论文题名检索
温庭筠	823（68）	654（102）	10208（2443）	30（2）
皇甫松	128（8）	50（12）	890（256）	1
韦庄	814（54）	365（45）	6963（1525）	20（2）
薛昭蕴	0	3（1）	350（93）	0
牛峤	8（1）	10（2）	676（177）	1
张泌	27（5）	12（2）	904（219）	0

	期刊主题检索	期刊篇关摘检索	期刊全文检索	学位论文题名检索
毛文锡	10（0）	23（1）	730（163）	0
牛希济	6（1）	10（1）	563（137）	0
欧阳炯	118（29）	131（32）	1846（518）	1
和凝	6（1）	4（1）	96（21）	1
顾夐	24（1）	6（1）	256（83）	0
孙光宪	55（14）	80（19）	2800（937）	7（1）
魏承班	1（0）	2（0）	201（60）	0
鹿虔扆	9（2）	9（2）	110（36）	0
阎选	8（1）	0	184（50）	0
尹鹗	1（0）	1（0）	189（48）	0
毛熙震	12（3）	14（5）	321（90）	0
李珣	59（13）	49（13）	1804（231）	2

注：数据统计发表日期为 2000 年 1 月 1 日至 2020 年 6 月 30 日的成果，括号内为检索到的 CSS-CI 来源期刊或博士学位论文数量。作家"和凝"如以姓名为检索词，会检索到大量的自然科学研究成果，因此检索词换为"和凝词"。

从对于不同词人的研究成果数量分布来看，21 世纪研究者对花间词人的代表"温韦"二人用力最多，对"花间别调"的代表词人孙光宪和李珣也颇为关注，词集作序者欧阳炯也是研究者探讨的重心。这种分布态势高度符合晚唐五代词人的历史定位差异和 20 世纪的花间词人研究状况。[①] 21 世纪研究者对词人个体的研究日趋全面，刘尊明《唐宋词综论》（中国社会科学出版社，2004）一书专设"花间词人欧阳炯的词论及词"一节对《花间集》的作序者欧阳炯的生平、著述、词学思想、词艺及其相互关系做了精密分析。关注词人身份的多重性和不同人生阶段的心态变化，如波斯词人李珣的宾贡进士身份及其家人选妃入宫、南下经商编撰药典的经历，孙光宪先后仕前、后蜀和荆南的不同际遇；同一词人不同文体创作和文学主张与创作实际之间的差异，如温、韦二人诗词不同文体创作的共性和差异，牛希济《文章论》倡教化的文学主张与其文学创作间的背离等。对《花间集》编选者赵

[①] 刘尊明：《唐五代词人历史地位的定量分析》，《社会科学战线》2011 年第 3 期；刘尊明、白静：《20 世纪〈花间集〉研究的回顾与反思》，《南开学报》（哲学社会科学版）2005 年第 6 期。

崇祚的研究在 21 世纪也有所突破，如房锐《〈花间集〉编者赵崇祚考略》（《中华文化论坛》2015 年第 2 期）在钩稽相关文献资料的基础上，结合近年来成都市龙泉驿区十陵镇赵廷隐墓考古发掘的成果，探讨了赵崇祚的生平事迹及家世，挖掘了其人性格特点和所处政治局势与词集编撰之间的关联。

值得注意的是，有学者不再将《花间集》的编选只看作一种音乐娱乐行为，还关注其背后隐藏着的许多有关政治斗争和社会教化的因素，突破了人们对花间词的简单认识。李珺平《〈花间集叙〉思想内容与欧阳炯作叙动机》（《湖南城市学院学报》2013 年第 3 期）、《论赵崇祚编选动机及〈花间集〉宗教思想》（《中国文学研究》2013 年第 5 期）等，分析了全集包含的丰富的道家道教思想内容，认为其具有强烈的主流意识形态意义和宗教意义，赵崇祚、欧阳炯对《花间集》的编选和阐释，既有借道家道教提高文人曲子词艺术地位及政治地位的考虑，更是维护个人现实利益的手段。李博昊《论赵氏家族的政治危殆与〈花间集〉编纂的政治动机》（《江苏社会科学》2017 年第 3 期）、《论后蜀的文治政策与〈花间集〉的编纂原则》（《学术研究》2018 年第 5 期）认为《花间集》是一部政治性极强的词选集，十分契合后蜀宫廷审美习尚与文治政策，隐含着赵氏家族趋奉孟昶的政治心绪，并取得了极好的政治效果。李氏还有《〈花间集〉多择录小令之原因考论》（《中国韵文学刊》2018 年第 1 期）、《论蜀之地理形势与〈花间集〉的词调来源》（《湖北社会科学》2018 年第 4 期）、《〈花间集〉道教书写论微》（《中华文化论坛》2019 年第 7 期）等论述，都别有新意。但她将《花间集》多择录小令的原因归结为文人和歌姬传抄词作的薛涛笺尺寸所限，难免有混淆因果之嫌。清人宋翔凤《乐府余论》说："词自南唐以后，但有小令。其慢词盖起宋仁宗朝。中原息兵，汴京繁庶，歌台舞席，竞赌新声。耆卿失意无俚，流连坊曲，遂尽收俚俗语言编入词中，以便伎人传习。一时动听，散播四方。其后东坡、少游、山谷辈，相继有作，慢词遂盛。"精辟概括了词体形制的发展阶段，认为慢词兴起是宋仁宗朝后社会风气变化的产物，晚唐五代小令词的主要形制是由文体发展阶段决定的，而非纸质传播载体限制了词作篇幅。

文学阅读和相关研究从一定意义上讲就是阐释经典的过程，回归和还原作品生存的历史语境是普遍的学术追求，然而不同的立场、理念、视角、方法会极大影响阐释的可靠性。如何深度挖掘作品背后的历史文化内涵，又不曲解、误解和过度解读，实现与经典的有效对话，值得不断反思。

四　文学典范：词史与词学影响

《花间集》问世以后广为流传，被树立为文学典范。北宋李之仪就提出填词"以《花间集》中所载为宗"，论词"专以《花间》所集为准"① 的标准。《花间集》极大程度地参与了后世词体风格的奠定，影响了词学批评史的发展方向。

对花间词传播、接受和经典化历程的梳理成果甚夥，其中李冬红《〈花间集〉接受史论稿》（齐鲁书社，2006）最为全面。作者从版本流传和作品传播、词学批评史与词史角度系统、全面地梳理《花间集》由宋至清的影响和接受状况。该书是一部专门的阐释史和研究史，其中版本序录和对历代词选选录篇目的分析很见功夫，但缺乏对民国时期的系统性研究。依照历史朝代渐次展开的论说方式，使内容交叉重复，但也启发学界探索更有价值的、新意的论说视角。此外，范松义《〈花间集〉接受论》（硕士学位论文，河南大学，2003）、白静《〈花间集〉在明代的传播与接受》（《陕西师范大学学报》2005 年第 3 期）、高峰《唐五代词研究史稿》（齐鲁书社，2006）、张福洲《"花间"对宋词的影响研究》（硕士学位论文，南京师范大学，2008）、李京《清初〈花间集〉接受论》（硕士学位论文，南京师范大学，2017）等也对花间词传播接受史上的代表性时段做了梳理分析。

21 世纪对花间词词史和词学影响的探讨主要集中在艳词和文人词两大角度。词作细腻的女性描写和绮艳风格对后人填词产生了极大影响，王鹏《温柔的叛逆——〈花间集〉艳风新论》（《苏州大学学报》2002 年第 1 期）认为花间词以爱情相思为主题正是对正统文学审美情趣的叛逆。杨雨《论〈花间集〉对宋词女性意识的奠定》（《吉首大学学报》2002 年第 5 期）聚焦花间词奠定的宋词女性化特质，认为这一特质铸就了千年词史都难以完全脱离的"本色"。徐安琪《唐五代北宋词学思想史论》（人民文学出版社，2007）、《花间词学本色论新探》（《文艺研究》2008 年第 6 期）认为这种本色论是花间词最为重要的影响，并从历史背景、词体功能、审美趣尚的角度加以分析。

---

① 李之仪：《跋吴师道小词》，曾枣庄、刘琳编《全宋文》第 112 册，上海辞书出版社、安徽教育出版社，2006，第 139 页。

　　欧阳炯在给《花间集》所作的序言中有"南国婵娟，休唱莲舟之引"一语，就预示出该选本将催生区别于民间俗词的文人词的审美新面貌。李飞跃《〈花间集〉的编辑传播与新词体的建构》（《中州学刊》2012 年第 3期）就认为《花间集》的编纂与传播标志着以文本为主要传播方式的文人士大夫词体观念的形成，塑造了五代宋初以文人词为代表的新的词体形态，使词脱离诗、曲而最终独立。

　　欧阳炯《花间集叙》是现存最早的一篇论词专文，一直以来受到词学研究者的重视。进入 21 世纪以来，对《花间集叙》的解读还引发了一场持续多年、影响广泛的学术争论。彭国忠《〈花间集序〉：一篇被深度误解的词论》（《学术研究》2001 年第 7 期）一文首开其端，认为序文提出的"清绝"的审美标准在词学史上被长期忽视，郭锋《从〈花间集〉编纂标准看〈花间集序〉"清雅"的词学思想》（《广东社会科学》2006 年第 5 期）一文表示认同，提出从选本的编纂标准出发来探讨序文的词学思想的认识途径。李定广《也论〈花间集序〉的主旨——兼与贺中复、彭国忠先生商榷》（《学术研究》2003 年第 2 期）则明确反对以"清"来概括序文的思想倾向，并提出崇雅黜俗才是《花间集》的词学主张。彭国忠、贾乐园《再论〈花间集序〉——兼答李定广先生》（《中文自学指导》2006 年第 11 期）作为回应，对"清""雅""俗"等理论范畴做出了全面阐释。彭玉平《〈花间集序〉与词体清艳观念之确立》（《江海学刊》2009 年第 2 期）的认识则较为宏通全面，指出序言在审美倾向上具有两重性或折中性。后又有杨明《解读〈花间集序〉》（《博览群书》2009 年第 6 期）、郭丽《〈花间集〉研究述论》（《古籍整理研究学刊》2012 年第 2 期）对此加以评说，各家学者从不同角度诠释这篇专文反映的词学思想，深化了学界对词学史源头的认识。值得注意的是，孙克强《试论唐宋词坛词体观的演进——以〈花间集叙〉〈词论〉〈乐府指迷〉为中心》（《文学遗产》2017 年第 2 期）视野更加阔大，不再局限于序文本身，而是从唐宋词学发展史整体出发，认为欧阳炯《花间集叙》产生于文人词勃兴的五代，其主旨可看作文人雅化词的宣言。

　　《花间集》对明清词学影响很大，不仅见证了词学风气的变化，还起到了重要的推动作用。余意《〈花间集〉与词学之"寄托"理论》（《文艺理论研究》2007 年第 2 期）、《"六朝"风调与"花间"词统——论〈花间集〉与词体文学特征的历史形成》（《文艺理论研究》2008 年第 4 期）从明人论

述词体起源多追溯到六朝这一话语特点出发，认为词体文学特征的理论自
觉是明清词学中以《花间集》作为参考标准形成的。叶嘉莹《清词在〈花
间〉两宋词之轨迹上的演化——兼论清人对于词之美感特质的反思》(《南
京大学学报》2009 年第 2 期)认为清词巨大成就的取得，根本在于清词本
质上是在《花间集》、两宋词的轨迹演化基础上对词体美感特质的深度体
认。郭文仪《晚清"花间传统"的重建与令词的隐喻书写》(《北京大学学
报》2020 年第 1 期)关注到晚清词学家推尊《花间集》，以满足建构词学
统序的尊体需要。

《花间集》作为词文体的典范，对当下学人的意义早已超越了文体的限
制，成为总结和归纳文学经验的证据。顾农《〈花间集〉的意义》(《天中
学刊》2015 年第 4 期)认为抒发私情、艳情以及其他非正宗的感情是文学
史的常态，宫体诗和《花间集》产生后因缺乏政治性阐释而不易被世人承
认，而《诗经》和《楚辞》却因文学批评、文学阐释的及时出现而被承认
并被奉为经典。陈文新《论文学流派与总集的三种关系——以〈花间集〉
〈西昆酬唱集〉〈江湖集〉为例》(《厦门广播电视大学学报》2014 年第 3
期)将以总集命名的三个唐宋文学流派拈出，认为盟主、谱系和风格是文
学流派产生的必要条件并加以区分概括。

每一部古代典籍流传至今，都各自书写了一部传播、接受和经典化的
历史，这也是古代文学研究的重要课题。线性的历时性梳理和以话题开展
的理论范畴研究，在《花间集》研究中都成果斐然，合理借助传播学、心
理学、社会学等学科的理论和思维，探索新的合理叙述方式，提炼更多有
价值的学术命题是后辈学人着重努力的方向。

五 老树新花：跨文化研究与应用

《花间集》流传千年来，凭借精巧高妙的风格和情韵悠长的美感打动了
一代代读者，并超越了时代、国界和文化的限制，传播到海外并产生了多
种语言的译本和研究成果。这一现象在 21 世纪得到了很大关注，并由此出
现了跨文化反思评介和跨学科阐释应用两大类成果。

《花间集》在海外的研究主要集中在北美和日本两地。葛文峰《美国汉
学家傅恩的〈花间集〉英译与传播》(《中州学刊》2017 年第 3 期)、徐於
璠《再现与补偿：美国汉学家傅恩英译〈花间集〉研究》(硕士学位论文，

上海外国语大学，2019）就至今唯一一部《花间集》全英译本展开研究，从对译本的文本细读入手，归纳傅恩的译介方式、策略与效果，为中国文化外译的学者提供一些具体的译介思路。黄立《英语世界唐宋词研究》（四川大学出版社，2009）、涂慧《如何译介，怎样研究：中国古典词在英语世界》（中国社会科学出版社，2014）评介了 Lois Fusek 的《花间集》翻译与 Anna Ma hall Shields、叶嘉莹的花间词研究方法和学术路径，以启发国内学人。日本的词学研究可谓源远流长，早在日本万治三年（1660）读耕斋就对《花间集》进行了多重考证与批评，而后森川竹磎、神田喜一郎、青山宏、村上哲见等学者都有关于《花间集》的研究著述。汪超《近百年来日译花间词定量分析》（《中国语言文学研究》2017 年第 2 期）认为花间词在日本的译介与影响不尽如人意，有较大的提升空间。

需要特别关注的是，美国汉学家田安的《缔造选本：〈花间集〉的文化语境与诗学实践》（马强才译，江苏人民出版社，2016）一书。该书是田安几十年来研究成果的首次汉译，全书以把握《花间集》的"选集"特性为基础，从唐五代填词活动和词选对唐人选唐诗的继承等方面入手，认为花间词是唐代文学和文化潮流的产物，极能反映 10 世纪蜀国的社会风貌；作者又选择部分词牌，成组解读词作，尤其关注爱情主题，认为花间词在诗艺方面既模仿前代文学传统，又不断创新，确立了文人词特有的艺术品位。全书格局宏大，见解独特，特别是以选本特性为中心的研究方法，与国内肖鹏《群体的选择——唐宋词选与词人群通论》（凤凰出版社，2009），薛泉《宋人词选研究》（黑龙江人民出版社，2010）、《宋人词选与宋代社会文化研究》（人民出版社，2018）等著述有很大不同。其在精致的文本研习和史料搜集基础上，展现了西方汉学家对中国古代文学中的文体观念、文教政策、性别意识、抒情身份、宗教情结等问题的独到见解，颇具开拓性和启发性。该书面世不久，就有冯晓玉《艳词之盛　独美于兹——评田安〈缔造选本：〈花间集〉的文化语境与诗学实践〉》（《中华文史论丛》2017 年第 3 期）、邵雨《论田安〈缔造选本〉对〈花间集〉的解读》（硕士学位论文，华东师范大学，2018）、徐小雅《北美视野下花间词研究——以〈Crafting a Collection〉为中心》（硕士学位论文，西南大学，2015）等进行研究和评价，足见其学术水准之高。

近年来翻译的国外的中国文学史著作也对花间词有独特见解。梅维恒《哥伦比亚中国文学史》认为："《花间集》用文字记录文人词保存了词的原汁原味，又使词免于俗化。"① 孙康宜、宇文所安、艾朗诺等均是海外汉学名家，孙康宜、宇文所安主编的《剑桥中国文学史》认为张先、晏殊、柳永、欧阳修、苏轼、周邦彦串联起的北宋词的发展是对《花间集》风格的背离，形成了词创作的精英圈子。②

跨学科的文学阐释和实际应用方面，施蕾《〈花间集〉神女原型论析》（硕士学位论文，中国人民大学，2004）运用神话—原型理论解析神女形象，探究其产生的时代、地域和宗教信仰渊源。刘金月《〈花间集〉与洛可可式油画的比较研究》（硕士学位论文，辽宁师范大学，2014）研究了词与画两种艺术门类之间的共通性与差异。范丽真《〈花间集〉视觉符号学研究与文化创意设计研究》（硕士学位论文，四川师范大学，2018）运用符号学理论阐释文本中语言符号的文化内蕴，并将其初步运用到了现代女性的文创产品设计中，古老的《花间集》焕发出全新的文化生机。

总结 21 世纪以来的《花间集》研究，可以看出，立足文本精研展开多维学术视角是学术创新的内在要求。众多学人坚守词学研究的语言文学本位，不断创新研究方法，紧扣文体特点，还原时代风貌，使花间词研究不断创新并走向深入。期待后续的研究者在继承前人成熟的研究基础之上，不断开拓，将一般性、模糊性、概括性论说变得特性化、具体化、精细化。笔者为学力、目力所限，对众多研究成果的评述难免存在遗漏和片面，但求以点带面地促进相关问题的展开与深化。

（蒋昕宇撰）

---

① 〔美〕梅维恒：《哥伦比亚中国文学史》，马小悟、张治、刘文楠译，新星出版社，2016，第 344～345 页。
② 〔美〕孙康宜、宇文所安主编《剑桥中国文学史》，刘倩等译，生活·读书·新知三联书店，2013，第 485～504 页。

附录二　《草堂诗余》序跋辑录

一　草堂诗余序（杨慎）

诗词同工而异曲，共源而分派。在六朝，若陶宏景之〔寒夜怨〕，梁武帝之〔江南弄〕，陆琼之〔饮酒乐〕，隋炀帝之〔望江南〕，填辞之体已具已。若唐人之七言律，即填辞之〔瑞鹧鸪〕也；七言之仄韵，即填辞之〔玉楼春〕也。若韦应物之〔三台曲〕〔调笑令〕，刘禹锡之〔竹枝词〕〔浪淘沙〕，新声迭出。孟蜀之《花间》，南唐之《兰畹》，则其体大备矣。岂非共源同工乎？然诗圣如杜子美，而填辞若不闻之，〔忆秦娥〕〔菩萨蛮〕者，集中绝无。宋人如秦少游、辛稼轩辞极工矣，而诗殊不强人意，疑若独艺然者，岂非异曲分派之说乎？宋人选填辞曰《草堂诗余》，其曰"草堂"者，太白诗名《草堂集》，见郑樵书目。太白本蜀人，而草堂在蜀，怀故国之意也。曰"诗余"者，〔忆秦娥〕〔菩萨蛮〕二首为诗之余，而百代辞曲之祖也。今士林多传其书，而昧其名，余故为之批骘，而首著之云。洞天真逸升庵杨慎撰。

（《草堂诗余》五卷（杨慎批点，闵映璧校订本）忏花庵丛书本）

二　草堂诗余序（来兴学）

经宫纬羽，搨只字于色飞；角绿斗红，营片辞而魂绝。是以"云谣""黄泽"，响过清风；"宝鼎""芝芳"，价高白雪。乐府争传杨柳大堤之句；大晟曾填鱼游春水之腔。娱耳陶匏，并收金石；玩目黼黻，谁向玄黄。则有文姬墨卿，殢柔条于韶景；亦写离怀愁绪，悲落叶于劲秋。"云破月来花弄影"，郎中扣扉将命；"红杏枝头春意闹"，尚书倒屣屏呼。少长河阳，由来能舞；兄弟叶律，生小学歌。箜篌非关曹植之章，琵琶何待石崇之曲。

若乃皱水梦回，焉取君臣嘲谑；荷香桂子，那知金亮投鞭。《诗余》一编，汇连千首，织绡制锦，非唯芍药之花；风律鸾歌，宁止蒲萄之树。向来剞劂不无雌黄，邺架可登，奚囊未便。于是五松主人，然脂暝缮，弄墨晨书，新定鲁鱼，前仍甲乙。珠帘以玟瑁为押，玉树用珊瑚作枝，永对玩于床帷，长披拭乎纤手。因使诗盟酒社，月夕花朝，马上频开玉函，枕畔轻摇檀拍。肘悬丹检，豪哲聊供捧腹之欢；帐锁红楼，婵娟更唱莲舟之引。西陵来行学颜叔书。

（《草堂诗余》忏花庵丛书本）

三 草堂诗余序 （陈仁锡）

诗者，余也。无余无诗。诗曷余哉？东海何子曰："诗余者，古乐府之流别，而后世歌曲之滥觞也。元声在则为法省而易谐，人气乖则用法严而难叶。"余读而韪之。及又曰："诗亡而后有乐府，乐府阙而后有诗余，诗余废而后有歌曲。"由斯以谈，成周列国为一盛，而暴秦乐阙为一衰，汉兴，《郊祀》《房中》《铙鼓》暨苏、李为一盛，而魏晋六朝秦隋为一衰。太宗以下，李白、王维、昌龄辈为一盛，而天宝为一衰。宋有十二律，篇目增至二百余调，为一盛，而金元为一衰。其盛也，途巷被弦管，出汤火，扬清讴，甚则太、玄、宁王，天子审音，〔清平〕〔郁轮袍〕相继作，而〔忆秦娥〕〔菩萨蛮〕二词遂开宋待制柳屯田领乐创调之繁。其衰也，如秦如玄，主暴民愁，律吕道绝。乃若子建《怨歌》七解，暨横吹、和平诸调，六代陈隋并用之。而金元歌曲，激响千代，可谓歌曲亡诗余，诗余亡乐府，乐府亡诗耶？则是荡然无余，其何诗之有？人亦有言，有能不能，余谓审音不尔。夫声音之道，一叶而知天下秋，岂枘比哉？凡诗皆余，凡余皆诗；余何知诗，盖言其余而已矣。古吴陈仁锡题。

四 草堂诗余序 （沈际飞）

说者曰："周人制为乐章，汉世则有乐府，晋、宋之际有古乐府，与汉人之乐府不可同日语也。再变而为隋、唐五代之乐歌，又变而为宋、元之长短句，愈降愈下矣。"此以风气贬词者也。或曰："曰风、曰雅、曰颂，三代之音；曰歌、曰吟、曰行、曰操、曰辞、曰曲、曰谣、曰谚，两汉之音；曰律、曰排律、曰绝句，唐人之音。诗至于唐而格备，至于绝而体穷，宋不得不变而之辞，元不得不变而之曲。"此以体裁贬词者也。或曰："风雅本歌舞之具，汉不能歌风雅，则为乐府歌之。风雅但可作格，而不可言调。唐用绝句为歌，则乐府但可为格，而不可言调。由兹而下，诗变为词，词变为曲，代代如之。盖古今之音，大半不相通，则什九失其调。"此以音义言词，而为词解嘲者也。而不知词吸三唐以前之液，孕胜国以后之胎。斟量推按，有为古歌谣辞者焉，有为骚赋乐府者焉，有为五七言古者焉，有为近体歌行者焉，有为五七言律者焉，有为五七言绝者焉。而元人之曲则大都吞剥之故。说者又曰："通乎词者，言诗则真诗，言曲则真曲。"斯为平等观欤，而又有似文者焉，有似论者焉，有似序记者焉，有似箴颂者焉。於戏！文章殆莫备于是矣。非体备也，情至也。情生文，文生情，何文非情？而以参差不齐之句，写郁勃难状之情，则尤至也。彼琼玉高寒，量移有地；（神宗读坡词至"琼楼玉宇、高处不胜寒"，叹曰"苏轼终是爱君"，量移汝州。）花钿残醉，释褐自天；（俞国宝词"明日重移残酒，来寻陌上花钿"，高宗以为酸气，改作"重扶残醉"，即日予释褐。）甚而桂子荷香，流播金人，动念投鞭，一时治忽因之；（柳耆卿西湖词"三秋桂子，十里荷香"，金主闻之，遂起投鞭渡江之志。）甚而远方女子，读淮海词，亦解脍炙，继之以死。（长沙妓爱秦少游词，许嫁之，后闻秦讣，一恸而绝。）非针石芥珀之投，曷由至是？虽其镂镂脂粉，意专闺襜，安在乎好色而不淫，而我师尼氏删国风，逮《仲子》《狡童》之作，则不忍抹去，曰："人之情，至男女乃极。"未有不笃于男女之情而君臣、父子、兄弟、朋友间反有钟吾情者。况借美人以喻君，借佳人以喻友，其旨远，其讽微，仅仅如欧阳舍人所云"叶叶花笺，文抽丽锦；纤纤玉指，拍按香檀。不无清绝之词，用助娇娆之态"而已哉！或又曰，辛稼轩以诗词谒蔡光，蔡云："子之诗，未也，当以词名。"马鹤窗与陆清溪皆出菊庄之门，而清溪得诗律，鹤窗得词调。（刘泰，字士亨，号菊庄，景、泰间人。陆昂，字元偶，号清溪。马洪，字浩澜，号鹤窗。）诗与词几不可强同。而杨用修亦曰，诗圣如子美，不作填词；宋人如秦、辛，词极工矣，而诗不强人意。则不见夫李白之〔忆秦娥〕〔菩萨蛮〕，王建之〔调笑令〕，白居易之〔忆江南〕，昔日以为诗而非词，今日以为词而非诗；读者自作歧观，而作之者夫何歧乎？故诗余之传，非传诗也，传情也，传其纵古横今，体莫备于斯也。余之津津焉评之而订之，释且广之，情所不自已也，嵇康曰："著书妨人作乐耳。"

其然？岂其然？吴门鸥客沈际飞天羽父自题。

五 草堂诗余序（陈宗谟）

《草堂诗余》，诗之余也。说者疵其慢要俚俗，流连光景。故其弊也，致使语言颠覆，首尾混淆。西渠子曰，诗讫三百，是后流为二十有四：赋、颂、铭、赞、文、诔、箴、诗、行、咏、吟、题、怨、叹、章、篇、操、引、谣、讴、歌、曲、词、调，皆其六义之余，而古人作之，岂赘也耶？《南陔》《白华》《华黍》有声无词，音之至也。周汉而下，古乐府补乐歌，节以调应，词以乐定，题号虽不同，所以宣畅其一唱而三叹，诗余乐府，盖相为表里者也。卜子夏云："虽小道必有可观。"其在兹乎？吕举子偕其外君子仙洲，方将极意于诗者也，因予言，遂录以序之，梓而达诸天下也。时嘉靖十七年，岁次戊戌仲冬三月哉。生，明南京国子监监丞陈宗谟书。

（嘉靖十七年陈钟秀刻本）

六 草堂诗余序（何良俊）

顾子汝所刻《草堂诗余》成，问序于东海何良俊。何良俊曰：夫诗余者，古乐府之流别而后世歌曲之滥觞也。爰自上古，鸿荒之世，礼教未兴，而乐音已具。盖乐者，由人心生者也。方其淳和未散，下有元声，则凡里巷歌谣之辞，不假绳削而自应宫徵。即成周列国之风，皆可被之管弦，是也。迨周政迹熄，继以强秦暴悍，由是诗亡而乐阙。汉兴，《郊祀》《房中》之外，别有铙歌辞，如《雉子斑》《朱鹭》《芳树》《临高台》等篇。其他苏、李虽创为五言诗，当时非无继作者，然不闻领于乐官。则乐与诗分为二，明矣。魏晋以来，曹子建《怨歌行》七解，为晋曲所奏。他如《横吹》《相和》《平调》《清调》《清商》《楚调》诸曲，六朝并用之。陈隋作者犹拟乐府歌辞，体物缘情，属咏虽工，声律乖矣。唐太宗以文教开国。又，玄宗与宁王辈皆审音，海内清晏，歌曲繁兴，一时如李太白〔清平调〕，王维〔郁轮袍〕，及王昌龄、王之涣诸人，略占小词，率为伎人传习，可谓极盛。迨天宝末。民多怨思，遂无复贞观、开元之旧矣。宋初，因李太白〔忆秦娥〕〔菩萨蛮〕二词以渐创制。至周待制领太晟府乐，比切声调十二律，各有篇目。柳屯田加增至二百余调，一时文士复相拟作，而诗余为极盛。然作者既多，中间不无昧于音节，如苏长公者，人犹以"铁绰板唱大江东去"讥之，他复何言耶！由是诗余复不行，而金、元人始为歌曲。盖北人之曲，以九宫统之，九宫之外，别有道宫、高平、般涉三调，总一十二调。南人之歌，亦有南九宫，然南歌或多与丝竹不叶，岂所谓土气偏诐，钟律不得调平者耶？总而核之，则诗亡而后有乐府，乐府阙而后有诗余，诗余废而后有歌曲。大抵创自盛朝，废于叔世。元声在则为法省而易谐，人气乖则用法严而难叶，兹盖其兴革之大较也。然乐府以曒径扬厉为工，诗余以婉丽流畅为美。即《草堂诗余》所载，如周清真、张子野、秦少游、晁叔原诸人之作，柔情曼声，摹写殆尽，正词家所谓当行、所谓本色者也。第恐曹、刘不肯为之耳，假使曹、刘降格为之，又讵必能远过之耶？是以后人即其旧词，稍加隐括，便成名曲，至今歌之，犹耸心动听。呜呼，是可不谓工哉！余家有宋人诗余六十余种，求其精绝者，要皆不出此编矣。顾子上海名家，家富诗书，代传礼乐，尊公东川先生，博物洽闻，著称朝列，诸子清修好学，绰有门风，故伯叔并以能书供奉清朝，仲季将渐以贤科起矣。是编乃其家藏宋刻本，比世所行本多七十余调，是不可以不传。今圣天子建中兴之治，文章之盛几与两汉同风，独声律之学，识者所歉，不无叹焉，然则是编于声律家其可少哉？他日天翊昌运，笃生异人，为圣天子制功成之乐，上探元声，下采众说，是编或大有裨焉。观者勿谓其文句之工，但足以备歌曲之用，为宾燕之娱尔也。嘉靖庚戌，七月既望，东海何良俊撰。

（嘉靖二十九年顾从敬刻本）

七 草堂诗余跋

不著编辑姓名，书名见于王楙《野客丛书》，则编在庆元以前。词分小令、中调、长调实始此集，虽不及《花庵》持择之精，然名章秀语时时得宝，亦可称词山之五岳矣。前有嘉靖庚戌何良俊序云："顾子汝家藏宋刻本，比世所行本多七十余调，是不可不传。"《四库》著录者即厚此本。有"一切吉祥""高阳氏槐荣堂"又"赤堇山人"三印。

（嘉靖二十九年顾从敬刻本）

八　草堂诗余跋（毛晋）

宋元间词林选几届百指，唯《草堂》一编，飞驰几百年来，凡歌栏酒
榭，丝而竹之者，无不拊髀雀跃。及至寒窗腐儒，挑灯闲看，亦未尝欠伸
鱼睨，不知何以动人一至此也。其命名之意，杨升庵谓本之李青莲"箫生
咽""平林漠漠烟如织"二词，然非欤？若名调淆讹，姓氏影借，先辈已详
辨之矣。海隅毛晋识。

（《草堂诗余》《词苑英华》本）

九　草堂诗余跋（王鹏运）

右《草堂诗余》二卷，明嘉靖戊戌刻本，按近人词论以字数多寡分长
中短调，谓始于《草堂》，颇为识者所訾。此本钞自四明天一阁，分类编
列，与毛、闵诸刻体例迥殊，始知以字数为次者，乃明人羼乱之本，非本
然也。末附词话，虽征引未能博洽，亦颇足资发明。唯题号凌杂，注解芜
陋，是其一病。以足征《草堂》真本，且世少流传，遂附入所刻词之中。
原钞讹夺，几不可读。与李静校雠再四，方付手民。刻成后，王邃父监仓
又为审定姓名之阙误者，差为完善矣。其秋霁一阕，题为陈后主作，万红
友《词律》云："陈后主于数百年前先为此调，而句调多学浩然，岂非奇
事。"因削之云。光绪丙申冬日，修板事竣，识其大略如此。临桂王鹏
运记。

（《草堂诗余》四印斋刻嘉靖本）

一〇　草堂诗余跋（吴昌绶）

世传《草堂诗余》，异本最多。《四库提要》云："旧传南宋人所编。王
楙《野客丛书》作于庆元间，已引《草堂诗余》张仲宗〔满江红〕词，证
"蝶粉蜂黄"之语。则此书在庆元以前。按《直斋书录解题》：《草堂诗余》
二卷，书坊编集者。此见于著录之始。惟出其坊肆人手，故命名不伦。所
采亦多芜杂。取便时俗，流传浸广。宋刻今不可见。谬艺风先生与昌绶先
后收得明洪武壬申遵正书堂刊本，题"增修笺注妙选群英草堂诗余"。前后

集各分上下卷。半叶十三行。行大字二十三，小字二十九、三十不等。前有类选群英诗余总目。前集春景、夏景、秋景、冬景四类。后集节序、天文、地理、人物、人事、饮馔器用、花禽七类。子目六十有六。句下注故实，后附词话。各类中多有"新增"或"新添"字。标题亦曰增修。盖非宋时二卷之旧，在今日已为古本。日本狩野博士有元至正癸未庐陵泰宇书堂刊本。后集与洪武本同。惟前集每半叶十二行，注语行款小异。版已刓敝，中多缺叶。癸至壬申仅五十年，泰宇、遵正，同是江西坊肆。盖现有十二行本，岁久版损，遂以十三行本之后集合印，转不如洪武本为完善也。昌绶又有嘉靖间安肃荆聚春山所刻大字本。半叶九行，行大小均十八字，亦从此出。天一阁旧藏嘉靖戊戌闽沙太学生陈钟秀校勘二卷本，南京国子监丞陈宗谟序，题"精选名贤词话草堂诗余"，分时令、节序、怀古、人物、人事、杂录六类。次序不同，注亦有异。其目录题"重刊草堂诗余"。虽经羼乱，尚未尽失其真。至嘉靖庚戌，上海顾从敬刻《类编草堂诗余》四卷，题"武陵山人编次，开云逸史校正"。以小令、中调、长调分编，间采词话。是为别本之始。何良俊序称从敬家藏宋刻，较世所行本多七十余调。明系依托。自此本行而旧本遂微。如万历间上元昆石山人本四卷，则用顾刻增注故实。金溪胡桂芳本三卷，则用顾刻，改分时令、名胜、花卉、禽鸟、宫闺、人事、杂咏七类。吴郡沈际飞本六卷则用顾刻，加以评注。又附别集、续集、新集。汲古阁《词苑英华》本则用顾刻删去词话。此类尚多，要皆自顾本出也。光绪间，王给谏鹏运始刻陈钟秀本，于顾刻分调之谬，辨之甚晰。特犹未睹元明旧帙四百年来相沿之陋。今乃为之别白。因略疏源流如左。他日当汇集诸本，别撰一目备著异同，以诒来学。乙卯三月仁和吴昌绶。

沈际飞本秦士奇序曰："词流于唐，而盛于宋，乃选填词曰《草堂诗余》。而杨用修以青莲诗名《草堂集》，诗余者，青莲〔忆秦娥〕〔菩萨蛮〕二首为开山词祖。"按前人释草堂名义，仅见升庵此说。元凤林书院选词复袭其名，尤可异已。

江藩半毡斋题跋："是本不分小令、中调、长调，乃《草堂诗余》之原本也。世传《类编草堂诗余》，不知何人所分。古人书籍，往往为庸夫俗子所乱，殊为可恨。"按江氏此说最确，所见当是明初旧本。

（《草堂诗余》双照楼刊本）

一一 草堂诗余序 （宋泽元）

予年十五，肄业刘镜河太守郡斋，得见吴门沈天羽评释《草堂诗余》一帙，分正、续、别、新四集。维时童子无知，尚不谙读书之法，惟颇爱其评骘精当，注释审密，曾手录正集小令一卷，视为枕中秘久矣。三十年来，觅购此书，杳不可得，乃深悔曩时之未能悉付钞胥也。考之《四库提要》云：《草堂诗余》四卷，旧传南宋人所编。前明顾从敬刊行，多附以当时词话。盖沈氏即就顾本加以评释耳。此外又有陈眉公评本者，亦名《草堂诗余》，取唐、五代、宋、金、元、明人之作，拉杂收之，与顾本不啻判若淄渑，名同而实则异。

客岁仲秋，于坊间得杨升庵先生朱批本，为吴兴闵映璧所刻，太为愉快。唯析为五卷，而词话注释，一概芟去，与《提要》所载顾本迥异，然犹是宋人编选原书也。因念此书散佚殆尽，非及时阐布，恐从此遂成广陵散矣。于是斠订数过，亟付手民。其词句与他本互异，及于本词事有关涉者，随笔记识，得百余条，弃之可惜，因附泐于各词之后。挂一漏万之机，知所不免。他日续有所闻，当增列于卷末，第未知于顾本所载词话有当于什一否耳。博学君子，幸有以教我。光绪丁亥人日，山阴宋泽元叙于忏花庵。

（《草堂诗余》忏花庵丛书本）

一二 读草堂诗余记 （王国维）

《新刊古今名贤草堂诗余》（此疑宋人旧题）四卷，前有嘉靖己酉李谨序。序后有总目。卷一标题下有"皇明进士知歙县事四会南津李谨纂辑，歙县教喻秀州曾丙校次，歙丞饶余刘时济梓行"三行。卷四末有刘时济跋。李序及总目标题下均有"三衢童子山刊行"一行。宣统己酉得于京师。

按《草堂诗余》行世者以毛氏《词苑英华》本为广，次则沈际飞本，次则乌程闵氏朱墨本。近四印斋刻天一阁旧钞明嘉靖间闽沙太学士陈钟秀校勘本，世已惊为秘笈。于所见此书别本独多。一嘉靖庚戌顾从敬刊本；一嘉靖末安肃荆聚刊本；一万历李廷机刊本；一嘉靖己酉李谨刊本，即此本也。荆聚本在唐风楼罗氏，余三本均在敝箧。综而观之，可分为二类：

一，分调编次者，以顾从敬本为首，李廷机、闵映璧、沈际飞、毛晋诸本祖之。二，分类编次者，此本与陈钟秀本、荆聚本皆是。然此三本又自不同。陈钟秀本二卷，而此本与荆聚本则俱四卷。陈本分时令、节序、怀古、人物、人事、杂咏六类，而先本则首天时，次地理，次人物，次人事，次器用，次花鸟，亦为六类。次第亦复不同。陈本故有注，王氏重刊时已删去大半。荆聚本亦有注，讹脱殊甚。唯此本正文注文首尾完具。故分调编次之本，以顾本为最善；分类编次之本，当以此本为最善矣。

至分调与分类二种孰先孰后，尚一疑问。顾本与此本同为四卷，均与《直斋书录解题》卷数不合。顾本据何元朗序谓出顾氏家藏宋本，比世所行多三十余调。近临桂王鹏运始疑为明人羼乱之本。书中题武陵顾从敬编次，似其确证。然明人所题编次纂辑等语，全不足据，已于跋《尊前集》时言之。今案王楙《野客丛书》（二十四）云："《草堂诗余》载张仲宗〔满江红〕词'蝶粉蜂黄都褪却'，注：蝶粉蜂黄，唐人宫妆。"李本无此词，顾本则题周美成，在张仲宗、晁无咎二词之后。今《清真集》《片玉集》《片玉词》均有此词（程大昌《演繁露》续集四亦以此为美成词），自系周作。其误以为张仲宗者，殆王楙所见已为分调编次之本，或原脱人名，或因其前后相接而误忆也。则顾本出宋本之说，自尚可信。否则张词题为"春暮"，当入时令类，周词题为"春闺"，当入人事类，二词虽同一调，无从牵和也。

至此本编次，与周邦彦《清真集》《片玉集》、赵长卿《惜香乐府》相同，自是宋人体例。注虽芜累，分明出宋人手。如卷四东坡〔水龙吟〕咏笛词"梁州初遍"，注曰"初遍，谓如今乐府诸大曲凡数十解，于擫前则有排遍，擫后则有延遍，初遍岂非排遍之首解"云云，此数语证以史浩《鄮峰真隐漫录》卷四十五所有大曲，无一不合，非元以后人所能知，自系宋人之注。即云此注采之他书，然傅幹《注坡词》与顾禧补注《东坡长短句》，元时已少见。又元延祐本《东坡乐府》亦无注解，则定为宋人所注，当无大误。

要之，宋时，此书必多别本，故顾本与此本编次绝殊，不碍其为皆出宋本。然在宋本之中，则此先彼后，自有确证。顾本每词必有一题，勘以宋人本集，往往不合。然细考之，则顾本之题，如"春景""夏景""秋景""冬景""春恨""春闺""立春""元宵"之属，皆此本六大目之子目，是分调之时，必据分类本，而以其子目冠于词上，踪迹甚明。此实先有分类，后有分调本之铁案也。又顾本附词话若干条，皆见此本注中，殆祖本亦有注，而顾重刊时删去欤？

（《观堂外集·庚辛之间读书记》）

一三 类编草堂诗余四卷提要

不著编辑者名氏，旧传南宋人所编。考王楙《野客丛书》作于庆元间，已引《草堂诗余》张仲宗〔满江红〕词，证"蝶粉蜂黄"之语，则此书在庆元以前矣。词家小令、中调、长调之分，自此书始。后来词谱，依其字数以为定式，未免稍拘，故为万树《词律》所讥。然填词家终不废其名，则亦倚声之格律也。朱彝尊作《词综》，称草堂选词，可谓无目，其诟之甚至。今观所录，虽未免杂而不纯，不及《花间》诸集之精善，然利钝互陈，瑕瑜不掩，名章俊句，亦错出其间，一概诋排，亦未为公论。此本为明杭州顾从敬所刊，前有嘉靖庚戌何良俊序，称为从敬家藏宋刻，较世所行本，多七十余调。其刻在汲古阁本之前。又诸词之后，多附以当时词话，汲古阁本皆无之。考所引黄昇《花庵词选》、周密《绝妙好词》，均在宋末，知为后来所附入，非其原本。然采摭尚不猥滥，亦颇足以资考证，故仍并存焉。

（《四库全书总目提要》）

一四 元刻元印本增修笺注妙选草堂诗余提要（赵万里）

半叶十三行，行大二十二字，小二十九字。黑口，左右双阑。首总目，分春景、夏景、秋景、冬景、节序、天文、地理、人物、人事、饮馔、器用、花禽十二类，而不记调名。目后有至正辛卯孟夏双璧陈氏刊行牌子。案草堂诗余分类编次本，旧刻传世者颇不乏，一至正癸未庐陵泰宇书堂刊本，仅存前半，日本狩野直喜氏藏。一洪武壬申遵正书堂刻本，吴县曹元忠检书于内阁大库得之，以贻杭县吴昌绶，刊入双照楼影刻宋元人词。其本行款与此本同，盖即据此本重雕者。一嘉靖戊戌闽沙太学生陈钟秀刻本，天一阁藏书。四印斋刻本从之出，分时令、节序、怀古、人物、人事、杂咏六类。虽经后人羼乱，未尽失真。一嘉靖己酉李谨刻本，首天时，次地理，次人物，次人事，次器用，次花鸟，亦非元本之旧。见观堂先生《庚辛之间读书记》。一嘉靖间安肃荆聚刻本。一即此本，卷首有"季仓苇藏书"一印，延令书目载《类选群英诗余》二本，即此书也。此本前后集前又各具细目，题"妙选笺注群英诗余"。次行低五格有"建安古梅何士信君实编选"一行，则各本所无也。以校洪武遵正书堂本，前集下柳耆卿《望梅》一阕（泰宇书堂本亦有之），后集上沈会宗〔天仙子〕后附注苕溪渔隐云一节，洪武本俱夺去，盖当时所据本尾叶有残阙，而前后集目又逸去，故此书编选人姓名迄无由考见。今此本出，则诸本可立废矣。

（《校辑宋金元人词》）

一五　明嘉靖本类编草堂诗余四卷提要（赵万里）

题武陵逸史编次，开云山农校正。首有嘉靖庚戌何良俊序，略云：顾子汝上海名家，家富诗书，是编乃其家藏宋刻本，比世所行本多七十余调。是此本亦自旧本出。顾以小令、中调、长调编次，与分类本绝殊，然必先有分类本而后有分调本，其证凡三：此本每词必有一题，校以本集往往不合，细考之则此本之题，如春景、夏景、秋景、冬景、春恨、春闺、立春、元宵之属皆分类本六大目之子目，是分调时必据分类本，故以其子目冠于词上，其证一。古乐府及元明剧曲之佳者，其撰人姓名多不能确知，宋词亦然。故分类本于词之撰人不能详者，辄空缺不注，黄大舆《梅苑》、曾慥《乐府雅词拾遗》，亦如之。而分调时不明斯例，悉以前一阕所记撰人当之，于是宋世名家词，凭空又添出赝作若干首，而明以后人无摘其谬者，以讹传讹，实此书作之始。如分类本前集上〔浣溪沙〕"水涨鱼天拍柳桥"一阕，与周邦彦〔渡江云〕衔接，分调时以为周作，毛子晋补辑《片玉词》据以录入，即其例矣。然有时亦应分别观之，如〔满庭芳〕"晚兔云开"一阕，确系秦少游词，分类本脱注前人二字，此本以为秦作，固无可疑也。其证二。分类本以时令、天文、地理、人物等类标目，与周邦彦《片玉词》、赵长卿《惜香乐府》略同，盖所以取便歌者，至此本以小令、中调、长调为次，于他书无征，自应后于分类本，其证三。自分调本行而分类本渐微，嘉靖后所刻《草堂诗余》，如李廷机本、闵映璧本、《词苑英华》本，皆直接间接自此本出。即钱允治、卓人月、潘游龙、蒋景祁辈所著书，亦无不标小令、中调、长调之目。故欲考词集之分调本，不得不溯此本为第一矣。

（《校辑宋金元人词》）

一六　新刊草堂诗余引（李谨）

南津子曰：诗自三百篇而降，气运相沿，屡观其变，其道已不纯古，衰颓至于唐季，而诗余之变渐盛。至宋则又极焉，其体裁则繁，音节则轻，辞则近亵而妍巧混沦，敦厚之意存者寡矣。嗟乎！其去古也讵不遐哉。予政暇尝阅，集中虽多名流，以诗道咸未妙达，故不能高振而乐习之。若太白挺天纵之才，抱大雅之叹，为唐宗贤而有〔忆秦娥〕〔菩萨蛮〕二曲，深可怪也。较之他曲，盖亦非齐驱矣。客有闻者曰：信斯言也，曷以传耶？曰：求据步于正室，当引訾于康衢，弗传固宜也。然而按作者之遗，考时风之弊，其庶几可以兴欤？故刻而传之，是为引。嘉靖丁酉夏六月朔旦，赐进士第文林郎知歙县事四会南津子李谨书。

（明嘉靖十六年刘时济刻本《新刊古今名贤草堂诗余六卷》）

一七　新刊古今名贤草堂诗余识（刘时济）

幽人贤翠，汀洲驰情，云岳故秘思之抽□，悉所怀而川驰云飞之变，亦各鸣其逸志也。臞翁"风日流丽，斋晚孤吹"之评，岂肆喙乎？昔称豪士毕冠，盖诱松桂，每寓选咏中，故历辞藻，可以涵性情、离□俗，襟怀迈庸，峥峨迭兴，诗之神益多矣。唐宋名豪，冠秦苏，率散质，诗余载亦富，虽不能祛讥步春，获美雄浑，然肖翘缤纷，变眩曲尽，谓词人之冠也。亦宜故复刻之，以资后学三余之暇。白峰刘时济谨识。

（嘉靖十六年刘时济刻本《新刊古今名贤草堂诗余六卷》）

一八　跋诗余后（许希良）

物多厄于不遇。《草堂诗余》，古佳制也，数十年来蹈袭旧刻，类多模糊剥落，阅者凭意认字，付之想象，不便者久之，奇厄于不遇也。得李南津公倡新董正二三同志，相与竟成之，昔之厄而今之遇，犹诸美珠在溷，濯以清泉而自明矣，阅者其毋得珠忘泉。古杭梯峰许希良跋。

（明嘉靖十六年刘时济刻本《新刊古今名贤草堂诗余六卷》）

一九　新刊古今名贤草堂诗余卷末题记（黄承煊）

《简明目录》曰：《类编草堂诗余》四卷，不著编辑者名氏，王懋《野客丛书》已引之，则书在庆元以前矣。后来小令、中调、长调之分始于此集，其持择不及《花庵词选》之精，然名章隽句亦往往而在，朱彝尊以无目诋之，未免已甚矣。道光二十三年岁次癸卯仲冬，下浣海庵虞山黄承煊手录。

（明嘉靖十六年刘时济刻本《新刊古今名贤草堂诗余六卷》）

二〇　草堂诗余四卷跋（江藩）

是本不分小令、中调、长调，乃《草堂诗余》之元本也。世传《类编草堂诗余》不知何人所分，古人书籍往往为庸夫俗子所乱，殊为句可恨。江藩记。

（嘉靖三十三年杨金刻本）

二一　类编草堂诗余四卷跋（叶景葵）

嘉靖庚戌，上海顾从敬刻《类编草堂诗余》四卷，题"武陵山人编次，开云逸史校正"。此为万历间上元崑石山人本，即用顾刻，增注故实，见双照楼景印洪武本后跋。甲子春日得于北京。景葵记。

（万历刻崑石山人校辑本）

二二　草堂诗余别录（张綖）

歌咏以养性情，故声歌之词有不得而废者。诗余者，唐、宋以来之慢调也，吴文节公于《文章辨体》亦有取焉。虽亦艳歌之声，比之今曲，犹为古雅，故君子尚之。当时集本亦多，惟《草堂诗余》流行于世，其间复猥杂不粹。今观老先生朱笔点取，皆平和高丽之调，诚可则而可歌。复命愚生再校，辄敢尽其愚见，因于各词下漫注数语，略见去取之意，别为一录呈上。倘有可取，进教幸甚。

（上海图书馆藏明黎仪抄本）

二三 重刻草堂诗余序（陈金）

古太师陈民风以考俗，而里巷之歌谣，皆得以昭示于异代。说者谓有章曲者曰"歌"，无章曲曰"谣"，而注韩诗者亦云。以是考之，则曲调非后来之变也，《击壤》其滥觞乎？至《阳春》则其流演矣。君子谓《风》《雅》同出而异用，是故《豳风》亦曰《雅》，而大小《雅》之变则曰《风》，非无《雅》也，《雅》不用而《风》抒也。《风》变而为骚赋，入汉魏则流为五言，五言其唐体之祖乎？盖再变而曲调成，犹黄钟之再变而有子声，变半声之入调焉耳，非有出于乐之外也。诗余曲而尽，婉而成章，其亦调成而曲备者乎？好古者可以考风而知化矣。唐多逸、宋多典，亦多词人学士之所操弄，而忧君忧国之意，又每托于妇人女子之词，则其不能自已之情，真有足以感动人者，其志亦可采矣。其大约皆本《诗》之六义，岂曰取其辟而已乎？间有艳辞，亦并抒之，尽其变也。变极则反，反而正，不有待于时耶？夫声诗，古乐之余耳，诗余又其支流也，若溯流穷源以求所谓考中宣风者，则不在诗余之例。旧集分为上下卷，今仍之，刻于睦之郡斋。时嘉靖甲寅春日，当涂杨金识。

（《草堂诗余前集》明嘉靖三十三年刻本）

二四 合刻类编笺释草堂诗余序（钱允治）

先刻《草堂诗余》，无如云间顾汝所家藏宋本为佳，继坊间有分类注释本，又有毗陵长湖外史《续集》本，咸鬻于书肆，而于国朝未遑也。惟注释本脱落谬误，至不可句。太末翁元泰见而病之，博求诸刻，愈多愈缪，乃倩余任校雠之役，又命余搜葺国朝名人之作，并毗陵《续集》，尽加注释，凡三编焉。刻既成，复请序其事。余于末编稍吐绪余，僭书其上矣，兹又何言哉？惟是见闻不广，遗漏尚多，愿吾海内君子悯其阔落，出所珍藏，畀付翁氏，以类添入，或更为一卷，庶几雕绘满眼，云锦烂然，诧为大全，不亦美乎？若夫诗之名余，堂之名草，已具前言，兹不再续。万历甲寅长至日老生钱允治撰。长洲陈元素书。

二五　续诗余序（陈仁锡）

续经者僭经，续诗者僭诗，续诗余者法曰无僭，诗不可续，余可续也。吾读书尧峰，始见松陵之城郭，若庞山同里诸浸焉，澹台宝带碛砂陈湖之滨焉，松之泖崐之玉峰焉。横山若盘，穹窿若宾，阳山若拱，虞山若垣，锡山若龙，上方若腕，石湖若杯焉。乃陟青莎坞、万玉隈，登妙高峰，浸吾腹者，三万六千顷之半焉。莫釐缥缈之外，汛若水之凫，凡三十有余峰焉。荆溪之铜官、雪川之碧岩，如鹏决起，张左右翼焉。天如荈焉，舟如月焉，日月并出焉。落日之帆如雪焉。又或雾霁，见一顷焉。电起闪一峰焉，月上汎一波焉。吾见夫人蠛蠓焉，飞尘焉，而以拜石，则神人焉，袍笏焉，丈人焉。一草一木，皆顶礼焉。新钟鼓之声，壮云山之色焉。凡此者，皆天地之余，所谓旁望万里之黄山而皆青翠，俯瞰千仞之深谷而皆黔黑，吾乃与千古文章之士，游戏于葱岭云涛之间。当其忽然而捉笔，亦如天之一北一南，地之影长影短，箕为傲客，房为驷马而已矣。讵不可续乎哉？甲寅秋日，陈仁锡书于天涌峰。

（明钱允治、陈继儒、陈仁锡编《类选笺释草堂诗余》翁少麓万历四十二年刻本）

二六　草堂诗余叙（秦士奇）

夫诗亡而余骚赋，骚赋变而余乐府，乐府缺而余辞曲。粤古之乐章、乐歌、乐曲皆出于雅正，即《昔昔盐》《夜夜曲》，已兆辞名。自隋唐以来，声诗间为长短句，如《穆护砂》《阿鞞回》《鹦烂堆》等曲，至新曲《楚妃踏歌》，风华必诉六朝。唐则有《尊前》《花间》而成调，至集名《兰畹》《金荃》，取其逆风闻熏芳而弱也。词则宁为大雅罪人，必不尚豪爽磊落，明矣。迄宋崇宁立大晟府，命周美成诸人讨论古音，少得存者，由此八十四调之声稍传，后增演慢曲、引、近为三犯、四犯，领乐创调之繁有六十家，辞至二百余调。其间可歌可诵如李、晏、柳五、秦七、"云破月来花弄影"郎中、"红杏枝头春意闹"尚书，闺彦若易安居士，词之正也。至温、韦艳而促，黄九精而刻，长公骚而壮，幼安辨而奇，又辞之变体也。至高竹屋、姜白石、史梅溪、吴梦窗诸人，格调迥出清新。故辞流于唐而盛于宋，乃选填辞曰《草堂诗余》，而杨用修以青莲诗名《草堂集》。诗余者，青莲〔忆秦娥〕〔菩萨蛮〕二首为开山辞祖。殊不知辞不始于唐，如陶弘景之〔寒夜怨〕、梁武帝之〔江南弄〕、陆琼之〔饮酒乐〕、隋炀帝之〔望江南〕。六朝君臣颂酒赓色，务裁艳语，宛转儇佻，蔚发词华，又开青莲之先。若唐宣宗所称"牡丹带露真珠颗"，〔菩萨蛮〕一曲又不知谁氏所为，则又《花间集》之先声已。然《花间》皆小语致巧，犹伤促碎；至《草堂》以绵丽取妍六朝。故以宋人为诗之余，至金、元渐流为歌曲。若我明如刘伯温、杨用修、吴纯叔、文徵仲、王元美兄弟辈激响千代，移宫换羽，蝉缓而就之诗，若荡然无余，而不知即余亦诗也。自《三百》而后，凡诗皆余也。即谓骚赋为诗之余，乐府为骚赋之余。填辞为乐府之余，声歌为填辞之余。递属而下，至声歌亦诗之余；转属而上，亦诗而余声歌。即以声歌、填辞、乐府，谓凡余皆诗可也。然历朝、近代皆有一种古隽不可磨灭处，余故商之沈天羽氏，以正续两集并我明新集为之正次、订舛、抉媺撷芳，先识古今体制，雅俗脱出宿生尘腐气。大约取其命意远、造语鲜、炼字响、用字便、典丽清圆，一一粘出。至于别集，则历朝近代中所逸辞意颖拔、风韵秀上、骚不雄、丽不险、质不率、工不刻、天然无雕饰且语不经人道，皆如新脱手，读之使人神越色飞，令斗字逞侠者退舍。大约辞婉娈而近情，燕□莺吭，宠柳娇花，原为本色，但屏浮艳，不临郑卫为佳。至离情则销魂肠断，其辞多哀，但调感怆于南浦、渭阳之外；咏节叙要，措辞精粹，见时节风物聚会宴乐景况。然率俚岂可歌于坐花醉月之间？若咏物，恐摹写稍远，又恐体认太真，要收纵联密用事合题为妙。又难于寿辞，说富贵近俗，功名近谀，神仙近迂阔、虚诞，总此三意而无松椿龟鹤字为佳。人知辞难于长调而不知难于令曲，一句一字闲不得，亦一句一字着不得，即淡语、浅语、恒语极不易工，末句要留有余不尽意思。如近代《绝妙辞选》，名公调谀，多以此为射雕手。余才不甚颖浩，癖于词章，亦知辞平仄断句皆有定数，但不能断髯枯毫、句敲字推，故耽二十年未见其进。不知诗，乌知其余？余特言其余，海内词人韵士，得毋以击缶《韶》外为不足观也耶。东鲁尼山樵秦士奇书于玉峰署中。

二七 草堂诗余引（乔山书舍）

尝谓天运有四时，曰春、曰夏、曰秋、曰冬，而古之文人墨士莫不感时起兴，睹物兴思，对景赋诗焉。若春有芳草之游，夏有绿荷之赏，秋有黄花之饮，冬有白雪之咏，皆其事也。少游秦公、耆卿柳公辈非一人，其长短之调，四时之辞，本各随时而赋焉，但后世剞劂者，多失其类，散乱混淆，遂使作者之意不明矣，良可惜哉。吾年友李□□□业暇时，分门取类，仍加评释，付诸梓而行之天下。予展读之，其分类也明，其评论也当，后之有志于学词者，先之图谱以审其韵，后之评释以绎其义，则不患学词之无其助云。时万历壬寅岁孟冬月吉旦，乔山书舍梓。

（明董其昌评定、曾六德参释《新锓订正评注便读草堂诗余》明万历三十年乔山书舍刻本）

二八　类编草堂诗余序（胡桂芳）

曩余为司马郎，多暇日，尝取《草堂诗余》分类校之，令善书者录成一帙。自是每行役必置油壁中，有会心处，即凭轼观焉。绎妙词于目接，咏好景于坐驰，飘飘然若出风尘之表矣。携持既久，渐以脱落谋锓诸梓。黄生作霖、崔生畴来、朱生完，岭南所称博雅士也。畀之重校，订讹补逸，刊为三卷。既竣，请于余曰："《诗》之为义，大矣。缘情体物，必本王泽、系民风。非是者，君子无取焉。诗余，词多轻艳，何所爱而传之也？"余曰："非然。夫自大雅既湮，众制蔚起。如骚、如赋、如诗、如乐府，纷纶瑰玮，何可殚述。虽去古未远，而含思蓄韵，或至忘筌，贵纸传都，亦已充栋。在学者闭户自精而已，岂游情之致乎？若顾子所辑诗余约二百调，大率指咏时物，发抒性怀，平居讽诵，可以自乐，而尤宜于行迈，故足取也。抑余闻之，凡诗之作，由心而发，夫人之心岂不贵于适乎？天之适人以时，地之适人以境，人之自适以情，情适，而时与境皆适已。诗余诸调，或雅或俗，虽非一体，要皆随时与境，逞其才情，发为歌咏。丽词方吐，逸韵旋生，有得于悬解而合乎天倪者尔。乃状景物之清佳，纪山川之名胜，叙时事之变迁，揣人情之欣戚。或寓箴规于赞颂，或志警悟于登临，自足启灵扃而祛俗障。即古陈诗观风者，或所必采。间有音类巴、歈，词涉郑、卫，质之风雅，盖亦'思无邪'之旨也已。夫安得而訾之？且余驱驰原隰，俯仰乾坤，遇天气嘉、地形胜、众庶说、草木茂、禽鸟翔，未尝不跃然有怀，徐探是编，览之则见其摹写之工、音律之巧，若先得我心之同者。是以终日把玩而不能释手也。然此一诗余也，高言之则谓其天机独得，依永和声，可以被管弦而谐丝竹，卑言之则谓其绮靡渐滋、浇淳散朴，只以悦流俗而导淫哇，皆非余所敢知。余所知者，惟在行役之时，登车而后，无所事事，对景牵思，摘辞配境，则是编为有助焉尔。若其始而校之也，惟以便审阅。今而属子之重校也，将以备遗忘，岂谓是可诀六义之要，而追三代之风乎？"于是三生唯唯曰："闻命矣。"乃以授梓，而诠次余言于简端。万历丁未季春穀旦，广东布政使司管右布政事左布政使，金溪胡桂芳书于爱树堂。

二九　类编草堂诗余后跋（黄作霖）

金溪胡公总辖逾年，山海告宁，百废具举。铃阁之暇，辄进诸生商确文秕，间出所编《诗余》，令相厘正之。受而卒业，则景物缕分，短长鳞次，因门附类，端绪不淆。视昔诸刻体裁独当，而一宗顾汝和所选，金元靡习悉摈而不收。此编一出，长安之纸价复高矣。因请付之剞劂，公许而序之，且属霖跋其左方。霖不文，乌能供笔札之役，附青云于不朽哉！窃观诗余之制，始于李供奉两词，学士大夫争相摹效，遂为词林嚆矢。其世既远，其调益繁，而《花间》《金荃》诸集以次代兴，氄毛不翅矣。总之掞露裁云，扬葩舒藻，传意纨素之间，振响宫商之内，令读者飘然有凌云之想，可不谓工乎？或者犹谓柔情曼态，壮夫不为，第不考音比律，即乐府无当于世，又何宣金石、被管弦之冀也？勾吴王大司寇尝于《卮言》论次之，故知公所以表彰斯词，将与乐府并存四海之内，宁无同好者溯其元声，发其天籁，大雅不难复焉。兹固公意，亦王司寇所论次意也。万历丁未莫春，番禺门人黄作霖谨跋。

（胡桂芳重辑《类编草堂诗余》明万历三十五年刻本）

三〇　草堂诗余跋（黄裳）

此万历刊草堂诗余，残存卷首一卷，所存序跋独多，仍收之，不欲弃置也。

此草堂诗余新集，所录皆有明一代作者，不知当有几卷，此只存小令中调，亦可存也。辛卯十二月初二日，雨窗。

此卷得之吴下文学山房，凡二册，皆头本。模印绝初，明丽可爱。盗掠之余，前年还来一册。今日乃又得此，已不更记忆之矣。真意外之喜也。因记卷尾。甲子五月廿三日。

此册与新集一册，皆是头本书。见于吴下文学山房，因即买归。初印精丽，悦目赏心。草堂余所获凡五六本。嘉靖本有两种，俱不全。又万历书林张东川刻类编草堂诗余四卷，万历闽书林郑云竹梓新刻注释草堂诗余评林六卷，皆是全书。并于二十年前易去。箧中尚有万历书林本残存下半，连此共四本，皆为残卷。乙丑腊月初十日，天暴暖，斋居不出，理书遣曰，漫作此跋。黄裳。

草堂诗余正集存卷一。明刻本。九行，十九字。白口，单栏。眉上一栏，录评注。题"云间顾从敬类选，吴郡沈际飞评正"。前有古吴陈仁锡序，东鲁尼山樵秦士奇序，西陵来行学颜叔草堂诗余原序，吴门鸥客沈际飞天羽父自题草堂诗余四集叙，鹿城沈瓒馨孺跋。次天羽居士古香岑草堂诗余四集发凡。次东海何良俊正集原序。

草堂诗余新集存卷一至三。行款同前，题"吴郡沈际飞评选、钱允治原编"。前有吴郡钱允治国朝诗余原序。

新刻注释草堂诗余评林存卷四至六，大题下三行，"翰林九我李 廷机批评 启东翁正春校正 书林龙峰徐宪成梓行"。万历刻。九行，十八字。栏上录评语。四五六卷各题夏景、秋景、冬景。有跋。

明万历中闽中书林刻草堂诗余余旧藏有二本，俱有牌记。其一亦李九我评也。此册龙峰徐氏所刊，残存卷四之六一册，不知与旧藏之本孰先孰后，并藏之亦妙事也。丁酉十月初三日，雨中游姑苏旧肆，得之景德路上。黄裳记。

（《来燕榭书跋》）

三一　古香岑草堂诗余四集发凡（天羽居士）

铨异

调有定名，即有定格。其字数多寡、平仄、韵脚，较然中有参差不同者，一曰衬字，文义偶不联畅，用一二字衬之，密按其音节虚实间，正文自在。如南北剧，"这"字、"那"字、"正"字、"个"字、"却"字之类。从来词本即无分别，不可不知。一曰宫调，所谓黄钟宫、仙吕宫、无射宫、中吕宫、正宫、仙吕调、歇指调、高平调、大石调、小石调、正平调、越调、商调也。词有名同而所入之宫调异，字数多寡亦因之异者，如北剧黄钟〔水仙子〕与双调〔水仙子〕异，南剧越调过曲〔小桃红〕与正宫过曲〔小桃红〕异之类。一曰体制，唐人长短句皆小令耳，后演为中调、为长调。一名而有小令，复有中调，有长调，或系之以"犯"、以"近"、以"慢"别之，如南北剧名"犯"、名"赚"、名"破"之类。又有字数多寡同而所入之宫调异，名亦因之异者，如〔玉楼春〕与〔木兰花〕同，而以〔木兰花〕歌之，即入大石调之类；又有名异而字数多寡则同，如〔蝶恋花〕一名〔凤栖梧〕〔鹊踏枝〕，如〔念奴娇〕一名〔百字令〕〔酹江月〕〔大江东去〕之类，不能殚述。

比同

词中名多本乐府，然而去乐府远矣。南北剧中之名又多本填词，然而去填词远矣。今按南北剧与填词同者：如〔青杏儿〕即北剧小石调，〔忆王孙〕即北剧仙吕调，〔生查子〕〔虞美人〕〔一剪梅〕〔满江红〕〔意难忘〕〔步蟾宫〕〔满路花〕〔恋芳春〕〔点绛唇〕〔天仙子〕〔传言玉女〕〔绛都春〕〔卜算子〕〔唐多令〕〔鹧鸪天〕〔鹊桥仙〕〔忆秦娥〕〔高阳台〕〔二郎神〕〔谒金门〕〔海棠春〕〔秋蕊香〕〔梅花引〕〔风入松〕〔浪淘沙〕〔燕归梁〕〔破阵子〕〔行香子〕〔青玉案〕〔齐天乐〕〔尾犯〕〔满庭芳〕〔烛影摇红〕〔念奴娇〕〔喜迁莺〕〔捣练子〕〔剔银灯〕〔祝英台近〕〔东风第一枝〕〔真珠帘〕〔花心动〕〔宝鼎现〕〔夜行船〕〔霜天晓角〕，皆南剧引子。〔柳梢青〕〔贺圣朝〕〔醉春风〕〔红林檎近〕〔蓦山溪〕〔桂枝香〕〔沁园春〕〔声声慢〕〔八声甘州〕〔永遇乐〕〔贺新郎〕〔解连环〕〔集贤宾〕〔哨遍〕，皆南剧慢词。外此，鲜有相同者。

疏名

调名必有所取。如〔蝶恋花〕取梁元帝句"翻阶蛱蝶恋花情"，〔满庭芳〕取吴融句"满庭芳草易黄昏"，〔点绛唇〕取江淹句"明珠点绛唇"，〔鹧鸪天〕取郑嵎句"家在鹧鸪天"，〔踏莎行〕取韩翃句"踏莎行草过春溪"，〔西江月〕取魏万句"只今惟有西江月"，〔惜余春〕取太白赋，〔浣溪沙〕取少陵诗，〔潇湘逢故人〕取柳浑诗，〔青玉案〕取〔四愁诗〕。〔菩萨蛮〕，西域妇髻也。〔苏幕遮〕，西域妇帽也。〔尉迟杯〕，敬德饮酒，必用大杯也。〔兰陵王〕，入阵必先歌其勇也。〔生查子〕，"查"古"槎"字，张骞事也。其他或取篇首之字明之，或取篇中之字雅者名之，如〔大江东去〕〔如梦令〕〔人月圆〕〔疏帘淡月〕之类，可以意推。

研韵

上古有韵无书，至五七言体成而有诗韵，至元人乐府出而有曲韵。诗韵严而琐，在词当并其独用为通用者綦多，曲韵近矣。然以上支纸置分作支思韵，下支纸置分作齐微韵，上麻马祃分作家麻韵，下麻马祃分作车遮韵，而入声隶之平上去三声，则曲韵不可以为词韵矣。钱塘胡文焕有《文会堂词韵》，似乎开眼，乃平上去三声用曲韵，入声用诗韵，居然大盲，世不复考，将词韵不亡于无，而亡于有，可深叹也，愿另为一编正之。

分帙

《正集》裁自顾汝所手，此道当家，不容轻为去取，其附见诸词并鳞次其中。《续集》视顾选尤精约，悉仍其旧。《别集》则余僭为排缵，自宋泝之，而五代而唐而隋；自宋沿之，而辽而金而元，博综《花间》《樽前》《花庵选》、宋元名家词，以及稗官逸史，卷凡四，词凡若干首。《新集》钱功父始为之，恨功父搜求未广，到手即收，故玉石杂陈，竽瑟互进。兹删其什之五，补其什之七，其于操戈功父，不至于续尾顾公。

著品

评语，前未有也，近闽中墨本、吴兴朱本有之，非嘹呓，则隔搔，见者呕哕。兹集精加批剥，旁通仙释，曲畅性情，其灵慧新特之句用〇，尔雅流丽之句用、鲜奇警策之字用◎，冷异巉削之字用↩，鄙拙肤陋字句用｜，复用·读句，以便览者不嚼嚅于开卷，心良苦矣。

证故

注释不晓创之何人，而金陵本、闽中本、浙中、吴中本，辗转相袭，依样葫芦，显者复说，僻者阙如，大可喷饭。今细细查注，微显阐幽，不复不脱，间有援引非伦，亦如郭向注《庄》意，言之外别有新趣耳。

刊误

一句讹则一篇累，一字讹则一句累。同时才人腐豪八股业，皇及填词？即留心骚赋，高者工诗，其次制曲。《诗余》正续本帝虎亥豕，讹谬滋兴，谁与讲订？钱功父新编讹以传讹，差落颠倒，甚而调名亦混，如王元美〔西江月〕混入〔少年游〕、苏景元〔踏莎行〕混入〔木兰花〕、王止仲〔踏莎行〕混入〔水龙吟〕，徐小淑〔霜天晓角〕六调混为三调，杨用修〔莺啼序〕一调割为二调。尤可笑者，〔金字经〕〔水仙子〕〔天净沙〕〔一枝花〕〔折桂令〕〔梁州序〕皆以北曲混入，今兹考订正文，附注讹字，次其前后，芟其混入，可谓犁然。若夫名氏影借，本色难晦，故物宜还，并政之。

定谱

维扬张世文作《诗余图谱》七卷，每调前具图，后系辞于宫调，失传之日，为之规规而矩矩，诚功臣也。但查卷中，一调先后重出，一名有中调、长调，而合为一调，舛错非一。钱塘谢天瑞更为十二卷，未见厘剔。吴江徐伯曾以圈剔，黑白易淆，而直书平仄，标题则乖。且一调分为数体，体缘何殊？《花间》诸词未有定体，而派入体中，其见地在世文下矣。古歙程明善因之刻《啸余谱》，于天瑞兄弟也。余则以一调为主，参差者明注字数多寡，庶定格自在，神明惟人，即此是谱，不烦更览图谱矣。

竢哲

是刻历时一载，翻阅数番，衡古榷今，心血欲槁。所歉者，古人之词，随烟月以奄逝；今人之词，方云霞其蔚蒸。如升庵《填词选格》《词林万选》《词选增奇》《填词玉屑》《诗余补遗》《古今词英》《百琲明珠》等书已不复见，矧宋元遗本，其饱蠹覆瓿者不知几何矣。又如我明宋潜溪、解大绅、王阳明、王守溪、于廷益、何大复、唐荆川、杨椒山、莫廷韩、梅禹金、汤海若、黄贞父、汤嘉宾、骆象先、钟伯敬、丘毛伯、陶石篑、屠赤水、王百穀、袁中郎诸公，集中无词。而陈眉公、张侗初、李本宁、冯具区、王永启、钱受之、邹臣虎、韩求仲、顾邻初、王季重、董玄宰、谭友夏、赵凡夫诸公尚未有集，坐井窥管，自分不免。有同志者，不妨惠教，以嗣续编。

诚翻

坊人嗜利，更惜费，翻刻之弊所繇始也。迩来讦告追板，而急于窃其实，巧于掩其名，如《诗余》旧本，按字数多寡编次，今以春、夏、秋、冬编次矣。至本意送别、题情、咏物诸词，尽不可以时序论，必硬入时序中，不妥莫甚。太末翁少麓氏，志趋风雅，敦恳兹集，捐重赀精镌行世。吾惧夫后来市肆，有以春、夏、秋、冬故局刻之者，不然，以四集合编，稍增损评注刻之者，而能逃于翻之一字乎？夫抹倒阅者一片苦心为不仁，罟吞刻者十分生计为不义，讵嘿嘿而已也。先此布告。古香岑天羽居士言。

门人周佳玉、顾升华、周家珠、卢道贞、汪之骏、孙绳高、章法、王京、王襄、陆嘉胤、王时雍分较。

[《镌古香岑批点草堂诗余四集》（吴门万贤楼梓）明万贤楼刻本]

（刘学洋、孙克强辑）

参考文献

《草堂诗余》，中华书局，1958。

陈匪石编《宋词举》，金陵书画社，1983。

陈乃乾辑《清名家词》，上海书店，1980。

陈启明：《清代女性诗歌总集研究》，博士学位论文，复旦大学，2012。

陈廷焯编《词则》，上海古籍出版社，1984。

陈廷焯：《云韶集》，抄本。

陈廷焯著，孙克强主编《白雨斋词话全编》，中华书局，2013。

陈维崧编《妇人集》，上海商务印书馆，1936。

陈维崧等辑《今词苑》，康熙刻本。

陈维崧等辑《荆溪词初集》，康熙刻本。

陈耀文编《花草粹编》，河北大学出版社，2007。

陈振孙：《直斋书录解题》，上海古籍出版社，1987。

《词学季刊》，上海书店，1985。

〔日〕村上哲见：《唐五代北宋词研究》，杨铁婴译，陕西人民出版社，1987。

邓红梅：《女性词史》，山东教育出版社，2000。

丁放、甘松、曹秀兰：《宋元明词选研究》，商务印书馆，2012。

端木埰编选《宋词十九首》，上海开明书店排印本。

段含脂：《林下词选研究》，硕士学位论文，浙江大学，2014。

段继红：《清代闺阁文学研究》，南开大学出版社，2007。

范烟桥编《销魂词选》，中央书店，1934。

方智范等：《中国词学批评史》，中国社会科学出版社，1994。

凤林书院辑《元草堂诗余》，江苏古籍出版社，1988。

傅瑛：《明清安徽妇女文学著述辑考》，黄山书社，2009。

高波：《清代女词人研究》，硕士学位论文，南京师范大学，2002。

〔美〕高彦颐：《闺塾师——明末清初江南的才女文化》，李志生译，江苏人民出版社，2005。

葛渭君编《词话丛编补编》，中华书局，2013。

戈载：《词林正韵》，四印斋所刻词本。

戈载编选《宋七家词选》，蒙香室丛书本。

龚翔麟辑《浙西六家词》，康熙刻本。

顾嘉容、金寿人：《本朝名媛诗余》，清康熙金氏秀实轩刻本。

顾璟芳等辑《兰皋明词汇选》，辽宁教育出版社，1998。

顾贞观、纳兰成德辑《今词初集》，康熙刻本。

光铁夫编《安徽名媛诗词征略》，东方印书馆，1936。

归淑芬、孙蕙媛等：《古今名媛百花诗余》，清康熙抄本。

何振岱编《寿香社词钞》，福州林心恪刻朱印本，1942。

侯晰辑《梁溪词选》，抄本。

侯文灿辑《十名家词集》，康熙刻本。

胡孝思辑《本朝名媛诗钞》，康熙五十五年刻本。

胡文楷编《历代妇女著作考》（增订本），上海古籍出版社，2008。

胡云翼编《女性词选》，亚细亚书局，1928。

胡云翼：《中国词史大纲》，北新书局，1933。

胡云翼：《中国词史略》，大陆书局，1933。

胡云翼：《抒情词选》，亚细亚书局，1928。

胡云翼：《词学 ABC》，世界书局，1930。

胡云翼：《宋词研究》，中华书局，1926。

胡云翼编《故事词选》，中华书局，1939。

华连圃：《花间集注》，中州书画社，1983。

黄健：《民国文论精选》，西泠印社出版社，2014。

黄瑞辑《三台名媛诗辑》，光绪元年刻本。

黄昇编《花庵词选》，中华书局，1958。

黄苏辑《蓼园词选》，《清人选评词集三种》，齐鲁书社，1988。

黄燮清辑《国朝词综续编》，《四部备要》本。

黄心勉：《心勉偶存》，女子书店，1935。

黄嫣梨：《清代四大女词人：转型中的清代知识女性》，汉语大词典出版社，2002。

江润勋：《词学平论史稿》，香港龙门书店，1966。

蒋伯潜、蒋祖怡：《词曲》，世界书局，1939。

蒋景祁编《瑶华集》，中华书局，1982 年据康熙刻本影印。

金启华等编《唐宋词籍序跋汇编》，江苏教育出版社，1990。

况周颐：《历代词人考略》，抄本。

李白英编《中国历代女子词选》，光华书局，1932。

李冰若：《花间集评注》，人民文学出版社，1993。

李辉群：《女性与文学》，启智书局，1928。

李辉群：《注释历代女子词选》，中华书局，1935。

李睿：《清代词选研究》，安徽大学出版社，2011。

梁令娴编《艺蘅馆词选》，广东人民出版社，1981。

梁启勋：《词学》，中国书店，1985。

梁荣基：《词学理论综考》，北京大学出版社，1991。

梁乙真：《清代妇女文学史》，中华书局，1927。

梁乙真：《中国妇女文学史纲》，上海书店，1990。

林玫仪：《词学考铨》，联经出版事业股份有限公司，1987。

刘永济：《词论》，上海古籍出版社，1981。

刘毓盘：《词史》，上海书店，1985。

龙榆生：《词曲概论》，上海古籍出版社，1980。

《龙榆生词学论文集》，上海古籍出版社，2009。

龙榆生：《词学十讲》，福建人民出版社，1988。

龙榆生编选《近三百年百家词选》，上海古籍出版社，1997。

卢冀野：《词曲研究》，中华书局，1934。

陆昶：《历朝名媛诗词》，乾隆三十八年刻本。

罗忼烈：《词学杂俎》，巴蜀书社，1990。

马兴荣：《词学综论》，齐鲁书社，1989。

〔美〕曼素恩（SusanMann）：《缀珍录——十八世纪及其前后的中国妇女》，定宜庄、颜宜葳译，江苏人民出版社，2005。

毛晋编《宋六十名家词》，上海古籍出版社，1989。

茅暎编《词的》，万历四十八年（1620）刻本。

闵丰：《清初清词选本考论》，上海古籍出版社，2008。

缪荃孙辑《云自在龛汇刻名家词》，光绪刻本。

缪荃孙辑《常州词录》，光绪刻本。

南京大学中国语言文学系《全清词》编纂研究室编《全清词·顺康卷》，中华书局，2002。

欧阳珍：《明代妓女词人研究》，硕士学位论文，华东师范大学，2008。

钱三锡编《妆楼摘艳》，道光刻本。

求洁：《民国词集研究》，硕士学位论文，华东师范大学，2010。

屈兴国编《词话丛编二编》，中华书局，2013。

饶宗颐：《词集考》，中华书局，1992。

单士厘：《清闺秀正始再续集初编》，民国间归安钱氏铅印本。

舍之：《历代词选集叙录》，《词学》第六辑，华东师范大学出版社，1988。

沈辰垣编《御选历代诗余》，江苏古籍出版社，1998。

《施淑仪集》，人民文学出版社，2011。

施蛰存主编《词籍序跋萃编》，中国社会科学出版社，1994。

孙康宜：《古典与现代的女性阐释》，联合文学出版社，1998。

孙康宜：《耶鲁性别与文化》，上海文艺出版社，2000。

孙克强：《清代词学》，中国社会科学出版社，2004。

孙克强：《清代词学批评史论》，上海古籍出版社，2008。

孙克强、裴喆编《论词绝句二千首》，南开大学出版社，2014。

孙克强、杨传庆、和希林编《民国词话丛编》，社会科学文献出版社，2020。

孙克强、杨传庆主编《历代闺秀词话》，凤凰出版社，2019。

孙克强主编《清代词话全编》，凤凰出版社，2019。

孙佩苣编《女作家词选》，广益书局，1930。

孙默辑《国朝名家诗余》，康熙刻本。

谭献辑《清词一千首（箧中词）》，浙江古籍出版社，1996。

谭正璧：《女性词话》，中央书店，1935。

谭正璧：《中国女性的文学生活》，光明书局，1930。

唐圭璋编《词话丛编》，中华书局，1986。

唐圭璋：《词学论丛》，上海古籍出版社，1986。

唐圭璋编《唐宋人选唐宋词》，上海古籍出版社，2004。

陶樑编《词综补遗》，道光十四年刻本。

陶然：《金元词通论》，上海古籍出版社，2001。

陶子珍：《明代词选研究》，台北：秀威资讯科技股份有限公司，2003。

万树：《词律》，上海古籍出版社，1984。

汪青云：《清代女性词人研究》，硕士学位论文，安徽大学，2007。

王兵：《清人选清诗与清代诗学》，北京语言大学出版社，2009。

王昶纂《国朝词综》，《四部备要》本。

王昶纂《国朝词综二集》，《四部备要》本。

王昶辑《明词综》，嘉庆刻本。

王端淑编《名媛诗纬初编》，《哈佛燕京图书馆藏明清妇女著述汇刊》影印康熙六年清音堂刻本。

王绯：《空前之迹 1851～1930 中国妇女思想与文学发展史论》，商务印书馆，2004。

王慧敏：《民国女性词研究》，博士学位论文，南开大学，2012。

王世贞编《艳异编》，江苏广陵古籍印刻社，1998。

王熙元：《历代词话叙录》，台湾中华书局，1973。

王易：《词曲史》，上海书店，1989。

王翼飞：《清代女性文学批评研究》，博士学位论文，武汉大学，2014。

王英志：《清代闺秀诗话丛刊》，凤凰出版社，2010。

王瑜：《清代女性诗词成就论》，硕士学位论文，苏州大学，2004。

王兆鹏：《词学史料学》，中华书局，2004。

吴灏编《闺秀百家词选》，扫叶山房石印本，1925。

吴灏编《历代名媛词选》，扫叶山房石印本，1915。

吴克岐编《清代词女征略》，1922 年铅印本。

吴梅：《词学通论》，万有文库本。

吴骞：《海昌丽则》，乾隆三十三年吴氏耕烟馆刻本。

吴世昌：《词林新话》，北京出版社，1991。

吴熊和：《唐宋词通论》，浙江古籍出版社，1989。

夏秉衡编《历代名人词选（清绮轩词选）》，上海扫叶山房，民国十七年（1928）石印本。

夏承焘：《唐宋词人年谱》，上海古籍出版社，1979。

夏承焘校注，蔡嵩云笺释《词源注·乐府指迷笺释》，人民文学出版社，1981。

肖鹏：《群体的选择——唐宋人选词与词选通论》，凤凰出版社，2009。

谢桃坊：《中国词学史》，巴蜀书社，2002。

谢无量：《中国妇女文学史》，中华书局，1931。

徐珂选辑《历代闺秀词选集评》，商务印书馆，1926。

徐乃昌：《小檀栾室闺秀词钞》，清刻本。

徐乃昌校注《小檀栾室汇刻闺秀词》，清刻本。

徐釚著，王百里校笺《词苑丛谈校笺》，人民文学出版社，1998。

徐世昌：《晚晴簃诗话》，华东师范大学出版社，2009。

徐树敏、钱岳编《众香词》，大东书局，1933。

许菊芳：《民国以来重要唐宋词选研究》，博士学位论文，苏州大学，2012。

许夔臣辑《国朝闺秀香咳集》，清稿本。

《续修四库全书提要》，台湾商务印书馆，1972。

薛砺若：《宋词通论》，上海书店，1985。

薛泉：《宋人词选研究》，黑龙江人民出版社，2010。

严迪昌编著《近代词钞》，江苏古籍出版社，1996。

严迪昌：《清词史》，江苏古籍出版社，1990。

严迪昌：《清词史》，江苏古籍出版社，1999。

严迪昌编著《近现代词纪事会评》，黄山书社，1995。

杨海明：《唐宋词史》，江苏古籍出版社，1987。

杨希闵：《词轨》，抄本。

叶恭绰辑《广箧中词》，民国铅印本。

叶恭绰辑《全清词钞》，中华书局，1982。

叶嘉莹：《灵谿词说》，上海古籍出版社，1987。

叶嘉莹：《清词论丛》，河北教育出版社，1997。

叶嘉莹：《唐宋词十七讲》，岳麓书社，1989。

叶绍袁编《午梦堂集》，中华书局，1998。

虞蓉：《中国古代妇女的文学批评》，博士学位论文，四川大学，2004。

永瑢等：《四库全书总目提要》，中华书局，1965。

尤振中等：《清词纪事会评》，黄山书社，1995。

于翠玲：《朱彝尊〈词综〉研究》，中华书局，2005。

《乐府补题》，丛书集成初编本。

《云谣集杂曲子》，世界文库本。

恽珠编《国朝闺秀正始集》，清道光十一年红香馆刻本。

曾迺敦编《中国女词人》，女子书店，1935。

曾慥辑《乐府雅词》，《丛书集成初编》本。

曾王孙、聂先辑《百名家词钞》，康熙刻本。

张惠民编《宋代词学资料汇编》，汕头大学出版社，1993。

张惠言：《词选》，南京大学出版社，2011。

张宏生：《明清文学与性别研究》，江苏古籍出版社，2002。

张友鹤：《历代女子白话词选》，文明书局，1926。

张珍怀：《清代女词人选集》，黄山书社，2009。

张仲谋：《明词史》，人民文学出版社，2002。

张仲谋：《明代词学编年史》，高等教育出版社，2015。

张仲谋：《明代词学通论》，中华书局，2013。

张宗橚辑《词林纪事》，成都古籍书店，1982。

郑文焯批校《手批梦窗词》，台北："中央研究院"文哲研究所影印本。

郑文焯批校《手批清真集》，抄本。

郑文焯批校《手批乐章集》，台北：广文书局影印石莲庵本。

赵尊岳：《明词汇刊》，上海古籍出版社，1992。

赵为民等选辑《词学论荟》，台北：五南图书出版公司，1989。

赵雪沛：《明末清初女词人研究》，首都师范大学出版社，2008。

赵郁飞：《近百年女性词史研究》，博士学位论文，吉林大学，2017。

周济编《宋四家词选》，《清人选评词集三种》，齐鲁书社，1988。

周济辑，谭献评《词辨》，《清人选评词集三种》，齐鲁书社，1988。

周密辑，厉鹗、查为仁笺《绝妙好词笺》，中国书店，2014。

周铭编《林下词选》，清康熙刻本。

周之琦辑《心日斋十六家词选》，道光刻本。

朱崇才编《词话丛编续编》，中华书局，2010。

朱惠国、刘明玉：《明清词研究史稿》，齐鲁书社，2006。

朱祖谋选编，唐圭璋笺注《宋词三百首笺注》，上海古籍出版社，1979。

朱祖谋辑《国朝湖州词录》，吴兴丛书本。

朱祖谋辑《湖州词征》，吴兴丛书本。

朱彝尊、汪森：《词综》，上海古籍出版社，1978。

钟慧玲：《清代女诗人研究》，台北：里仁书局，2000。

卓回辑《古今词汇》，康熙刻本。

卓人月汇选，徐士俊参评，谷辉之校点《古今词统》，辽宁教育出版社，2000。

邹祗谟、王士禛编《倚声初集》，续修四库全书本。

《尊前集》，江西人民出版社，1984。

图书在版编目（CIP）数据

历代词选研究／孙克强等著 . -- 北京：社会科学
文献出版社，2021.7
ISBN 978 - 7 - 5201 - 8674 - 2

Ⅰ. ①历… Ⅱ. ①孙… Ⅲ. ①词（文学）- 诗词研究 -
中国 - 古代 Ⅳ. ①I207. 23

中国版本图书馆 CIP 数据核字（2021）第 138761 号

历代词选研究

著　　者／孙克强 等

出 版 人／王利民
责任编辑／吴　超
文稿编辑／李帅磊

出　　版／社会科学文献出版社·人文分社（010）59367215
　　　　　地址：北京市北三环中路甲 29 号院华龙大厦　邮编：100029
　　　　　网址：www. ssap. com. cn
发　　行／市场营销中心（010）59367081　59367083
印　　装／三河市龙林印务有限公司

规　　格／开　本：787mm × 1092mm　1/16
　　　　　印　张：21.5　字　数：362 千字
版　　次／2021 年 7 月第 1 版　2021 年 7 月第 1 次印刷
书　　号／ISBN 978 - 7 - 5201 - 8674 - 2
定　　价／138.00 元